Diretor Editorial
Christiano Menezes

Diretor Comercial
Chico de Assis

Gerente Comercial
Giselle Leitão

Gerente de Marketing Digital
Mike Ribera

Editores
Bruno Dorigatti
Raquel Moritz

Editores Assistentes
Lielson Zeni
Nilsen Silva

Capa e Projeto Gráfico
Retina 78

Designers
Aline Martins/Sem Serifa
Arthur Moraes

Finalização
Sandro Tagliamento

Revisão
Ana Kronemberger
Aline T.K. Miguel
Jéssica Reinaldo
Retina Conteúdo

Impressão e acabamento
Gráfica Geográfica

DADOS INTERNACIONAIS DE CATALOGAÇÃO NA PUBLICAÇÃO (CIP)
Angélica Ilacqua CRB-8/7057

Seres mágicos e histórias sombrias / organização de Neil Gaiman, Al Sarrantonio ; tradução de Regiane Winarski. -- Rio de Janeiro : DarkSide Books, 2019.
448 p.

ISBN: 978-85-9454-097-3
Título original: Stories: all-new tales

1. Contos de terror 2. Histórias de fantasmas I. Gaiman, Neil II. Sarrantonio, Al III. Winarski, Regiane

19-1988 CDD 808.83

Índices para catálogo sistemático:

1. Contos de terror

[2019]

DarkSide® *Entretenimento LTDA.*
Rua Alcântara Machado, 36, sala 601, Centro
20081-010 — Rio de Janeiro — RJ — Brasil
www.darksidebooks.com

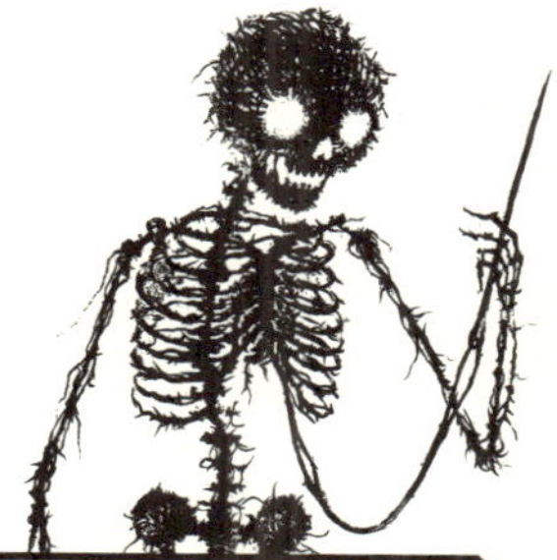

organização

NEIL GAIMAN
AL SARRANTONIO

SMHS

SERES MÁGICOS & HISTÓRIAS SOMBRIAS

TRADUÇÃO
REGIANE WINARSKI

DARKSIDE

Para todos os contadores e criadores de histórias
que entretiveram o público e se mantiveram vivos,
para Alexandre Dumas e Charles Dickens, para
Mark Twain e para a baronesa de Orczy e todo o
resto, e, acima de tudo, para Sherazade, que era
a contadora da história e a história contada.

SUMÁRIO

Grupo de Alfaiataria Literária

DARKSIDE

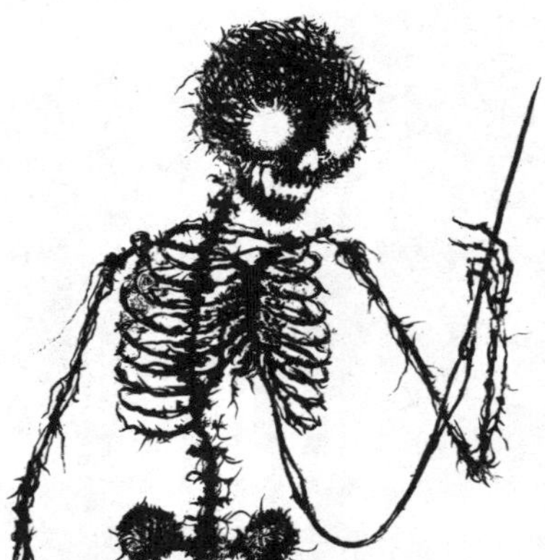

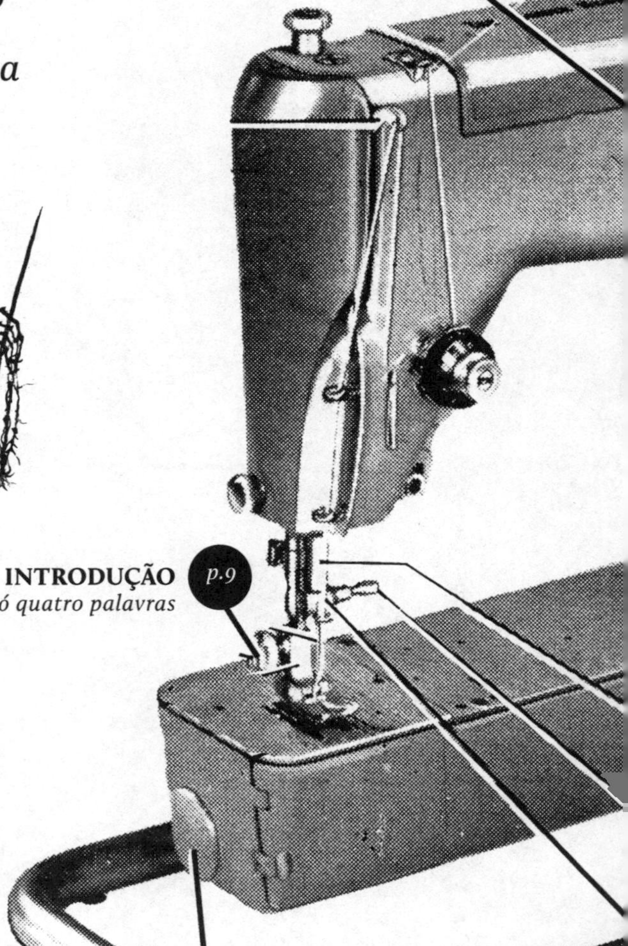

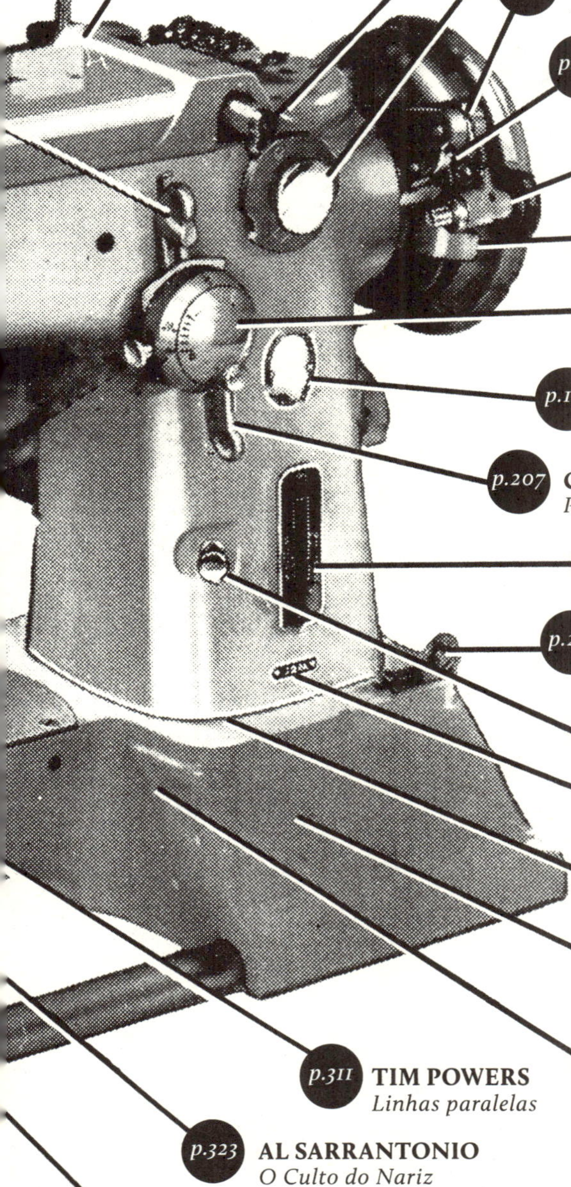

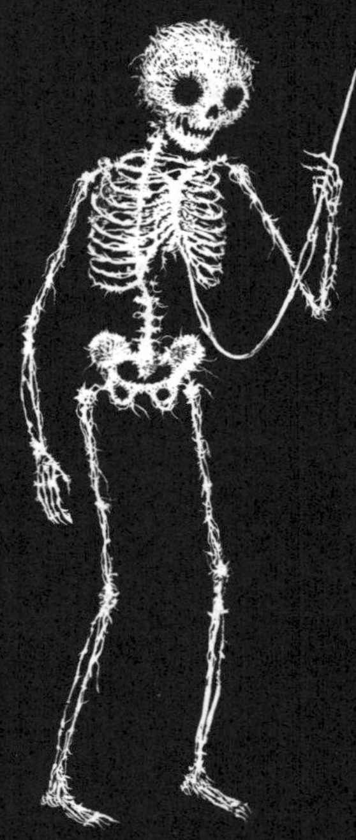

NEIL GAIMAN

Só quatro palavras

{ Introdução }

AL SARRANTONIO E EU ESTÁVAMOS DISCUTINDO sobre antologias de contos. Ele tinha editado uma antologia enorme de terror de vanguarda, e outra de fantasia de vanguarda, cada livro, a seu modo, definitivo. E, enquanto conversávamos, percebemos que tínhamos uma coisa em comum: que nós só nos importávamos mesmo com as histórias. O que nos fazia falta, o que queríamos ler, eram histórias que nos tocassem, histórias que nos obrigassem a virar a página. E, sim, nós queríamos texto bom (por que nos satisfazer com menos?). Mas queríamos mais do que isso. Nós queríamos ler histórias que usassem um raio de magia como forma de nos mostrar uma coisa que já vimos mil vezes como se nunca tivéssemos visto antes. De verdade, nós queríamos isso tudo.

E, lentamente, o desejo vira realidade...

Quando eu era criança, perturbava os mais velhos querendo histórias. Minha família improvisava ou lia histórias de livros. Assim que tive idade suficiente para ler, passei a ser uma daquelas crianças que precisava ter um livro ao alcance da mão. Eu lia um livro por dia, ou mais. Queria histórias, e queria sempre, e queria a experiência que só a ficção podia me dar: eu queria estar dentro delas.

A televisão e o cinema eram legais, mas eram histórias que aconteciam com outras pessoas. As histórias que eu encontrava nos livros aconteciam dentro da minha cabeça. De certa forma, eu estava lá.

É a magia da ficção: você pega as palavras e as usa para construir mundos.

Com o passar do tempo, me tornei um leitor mais exigente (eu me lembro da primeira vez que me dei conta de que não precisava terminar de ler um livro; da primeira vez que me dei conta de que o jeito como uma história estava sendo contada estava atrapalhando a própria história). Mas mesmo me tornando mais exigente como leitor, eu comecei a sentir que a coisa que me fazia continuar lendo, o lugar onde a magia acontecia, a força motivadora da narrativa às vezes estava sendo negligenciada. Eu lia uma prosa linda e não ligava para ela.

Tudo se resumia a quatro palavras.

Há certos tipos de leitor que só leem não ficção; que leem biografias, talvez, ou livros de viagens. Leitores que não leem nada além de poesia concreta. Há os que leem coisas que vão trazer melhorias para ele e sua família, que só leem livros que contam como sobreviver à crise financeira a caminho, ou como ter confiança em si mesmos, ou como jogar pôquer, ou como construir colmeias. Eu mesmo às vezes posso ser visto lendo livros sobre apicultura, e como escrevo ficção, sempre fico feliz de ler coisas factuais estranhas. Não importa o que lemos, somos parte da comunidade da história.

Há gente que não lê, claro. Eu conheci um homem na casa dos noventa anos que, quando soube que eu era escritor, admitiu para mim que tinha tentado ler um livro uma vez, bem antes de eu nascer, mas não conseguiu ver sentido naquilo e nunca mais tentou. Eu perguntei se ele lembrava qual era o nome do livro, e ele me contou, à maneira de alguém que tentou comer uma lesma uma vez, não gostou e não precisa lembrar o tipo de lesma, porque uma sem dúvida era muito parecida com as outras.

Ainda assim. Quatro palavras.

E eu só me dei conta uns poucos dias atrás, quando escreveram no meu blog:

Caro Neil,

Se você pudesse escolher uma citação — seja sua ou de outro autor — para ser escrita na parede da área infantil de uma biblioteca pública, qual seria?

Obrigada!
Lynn

Eu ponderei por um tempo. Já tinha dito muita coisa sobre livros e leitura infantil ao longo dos anos, e outras pessoas disseram coisas mais sentenciosas e mais sábias do que eu seria capaz. De súbito, surgiu na minha mente, e foi isto que eu respondi:

Não sei se escreveria uma citação se fosse eu que tivesse uma parede de biblioteca para desfigurar. Acho que eu só lembraria às pessoas do poder das histórias, de por que elas existem. Eu colocaria as quatro palavras que qualquer pessoa que conta uma história quer ouvir. As que mostram que está dando certo, e que páginas serão viradas:

"O que aconteceu depois?"

As quatro palavras que as crianças perguntam quando você faz uma pausa no meio de uma história. As quatro palavras que você ouve no final de um capítulo. As quatro palavras, ditas ou não, que mostram para um contador de histórias que as pessoas se importam.

A alegria da ficção, para alguns de nós, é a alegria da imaginação, libertar-se do mundo e ser capaz de imaginar.

Quando estava conversando com Al Sarrantonio, percebi que não estava sozinho ao me ver cada vez mais frustrado com os limites de gênero: a ideia de que categorias que existiam só para guiar pessoas em livrarias agora pareciam estar ditando o tipo de histórias que estavam sendo escritas. Eu amo a palavra *fantasia*, por exemplo, mas a amo pelo espaço quase infinito que oferece a um autor para brincar; um local infinito de brincadeiras, de certa forma, no qual os únicos limites são os da imaginação. Eu não a amo pela ideia de fantasia comercial. Fantasia comercial, para o bem ou para o mal, costuma penetrar em sulcos já existentes, sulcos cavados por J. R. R. Tolkien ou Robert E. Howard, deixando um mundo de histórias para trás, excluindo tanta coisa. Havia tanta ficção boa, ficção que permitia reinado livre para a imaginação do autor, além das prateleiras de gênero. Era isso que nós queríamos ler.

Tivemos a percepção de que o fantástico pode ser, e fazer, tão mais do que seus detratores supõem: pode iluminar o real, pode distorcê-lo, pode mascará-lo, pode escondê-lo. Pode mostrar o mundo que você conhece de uma forma que faça você perceber que nunca olhou para ele assim, que nunca *olhou* para ele. G. K. Chesterton comparou ficção de fantasia a viajar de férias — que a importância das suas férias é o momento em que você volta e vê o lugar onde mora com novos olhos.

E, assim, eu e o sr. Sarrantonio espalhamos o chamado, e as histórias começaram a chegar até nós. Alguns escritores aceitaram o desafio. Nós aprendemos a esperar só o inesperado.

"O que aconteceu depois?"

A verdadeira magia dessa pequena invocação é que inspirou centenas de milhões de palavras, fez pessoas que nunca se imaginaram contadoras de histórias virando narradoras que poderiam ter oferecido concorrência acirrada para Sherazade ou para o Joseph Jorkens de Dunsany. Nós viramos a página, e a aventura começa.

Tem alguma coisa esperando por você. Então, vire a página.

Neil Gaiman
Dezembro de 2009

RODDY DOYLE

Sangue

ELE CRESCEU NA CIDADE DO DRÁCULA. Passava pela casa de Bram Stoker todos os dias, a caminho da escola. Mas não significava nada para ele. Nunca sentiu nada, nem a mão de um fantasma e nem um tremor, nem uma lambida no pescoço ao passar. Na verdade, tinha quase dezoito anos, estava no último ano da escola, quando reparou na placa ao lado da porta. Nunca tinha lido o livro e provavelmente nunca leria. Tinha pegado no sono durante o *Drácula* de Coppola. Em um minuto, sua esposa estava gritando, segurando seu joelho; no seguinte, estava segurando o mesmo joelho, tentando acordá-lo. As luzes do cinema estavam acesas, e ela ficou furiosa.

— Como você pôde fazer isso?

— O quê?

— Dormir durante um filme assim.

— Eu sempre durmo quando o filme é uma merda.

— A gente saiu em um encontro.

— Isso é outra coisa, ele disse. — Por isso, peço desculpas. E como terminou, afinal?

— Ah, foda-se, disse ela com carinho — isso era possível em Dublin.

Então a coisa toda, todo esse papo de Drácula, não queria dizer nada para ele.

Ainda assim, ele queria beber sangue.

E muito.

O *muito* era recente e horrível. A coceira, a vontade, a língua pingando — tudo isso era horrível.

Ele nem sabia quando tinha começado. Mas sabia outra coisa — ele sabia quando tinha ficado ciente.

— Como você quer seu bife?

— Cru.

A esposa riu. Mas ele estava falando a verdade. Ele queria o pedaço de carne que ela estava segurando acima da frigideira, cru e *agora* — que se fodesse a frigideira, não era necessária. Sentia os músculos o segurando, e outros músculos lutando por ele — músculos do pescoço, músculos do maxilar.

E, então, acordou.

Mas ele já estava acordado, ainda estava parado na cozinha, olhando para o bife e ansiando por ele.

— Malpassado, então, disse ele.

Ela sorriu para ele.

— Você é tão brincalhão, disse ela.

Ele se escondeu atrás disso, do fato de que tinha agido como o idiota que era *ele*, quando se inclinou sobre a carne queimada no prato alguns minutos depois e a lambeu. As crianças o imitaram, e todos acabaram com molho marrom no nariz. Ele se obrigou a esquecer o maxilar dolorido e a necessidade de morder e rosnar. Todos assistiram a um DVD depois do jantar, e tudo ficou ótimo.

E ficou mesmo; tudo estava ótimo. A vida estava normal. Por um tempo. Por um bom tempo. Semanas — ele achava. Ele abriu a geladeira um dia. Havia dois bifes de filé em um prato, esperando. Devia ter sido semanas depois, porque ela — o nome dela era Vera —, ela não compraria bife com tanta frequência. E não era Vera quem fazia todas as compras, nem a maior parte; ela só passava pelo açougue com mais frequência do que ele. Ela comprava a comida; ele comprava o vinho. Ela comprava o sabonete e o papel higiênico — e ele comprava o vinho. *Você é tão brincalhão.*

Ele pegou um dos bifes e o levou até a pia. Olhou para trás para ter certeza de que estava sozinho e o devorou, inclinado sobre a pia. Mas não o *devorou*. Lambeu primeiro, como um picolé; estava frio. Ele ouviu as gotas de sangue caírem no alumínio abaixo e sentiu o sangue escorrendo pelo queixo, como se ele — o sangue — estivesse vindo dele. E começou a sugá-lo rapidamente, para bebê-lo. Devia estar quente. Ele sabia disso, e ficou enojado pelo fato de já estar plantando sua decepção, preparando-se para fazer de novo — *isso* —, alimentar uma necessidade, um vício que ele de repente tinha e aceitava. Ele rosnou — rosnou, porra. Olhou para trás — mas não se importou. *Você é tão brincalhão.* Ele mastigou até que aquilo deixasse de ser carne e cuspiu a polpa no lixo. Esfregou o queixo; lavou as mãos. Olhou para a camisa. Estava limpa. Ele ligou a água quente e viu as gotas pretas ficarem vermelhas, cor-de-rosa, e nada. Pegou o outro pedaço de filé na geladeira e o jogou do prato no lixo. Amarrou o saco plástico e levou para a lixeira de rodinhas.

— Onde está o jantar? Vera quis saber mais tarde.

— O quê?

— Comprei bifes de filé para nós. Olha.

Ela ficou parada na frente da porta aberta da geladeira.

— Estavam estragados, disse ele.

— Não estavam.

— Estavam, disse ele. — Estavam fedendo. Joguei tudo fora.

— Estavam perfeitos, disse ela. — Estão aqui?

Ela estava diante da lixeira.

— Na grande, lá fora, disse ele.

Ele não esperava isso; não tinha pensado tanto à frente.

— Vou levar de volta, disse ela, e foi para a porta dos fundos. — Que filho da puta.

Ela estava falando sobre o açougueiro.

— Não, disse ele.

Ele não se levantou, não pulou para bloquear a passagem. Ficou sentado à mesa. Conseguia sentir o coração — sua própria carne — pulando, batendo.

— Ele sempre foi legal, disse ele. — Se reclamarmos, isso vai — sei lá — mudar o relacionamento. Aquela coisa cliente-vendedor.

Ele gostou de se ouvir. Estava vencendo.

— Podemos comer carne moída, disse ele.

— Era para as crianças, disse ela. — Hambúrguer.

— Eu gosto de hambúrguer, disse ele. — Você gosta de hambúrguer.

A porta dos fundos estava aberta. Era um dia quente, depois de uma semana de dias quentes. Ele sabia: ela não queria abrir a lixeira e enfiar a cara num monte de moscas.

Todos comeram hambúrgueres pequenos. As crianças não reclamaram.

E ficou por isso mesmo.

Eliminado do organismo. Ele lembrava — se via — atacando a carne, pendurado acima da pia. Fechava os olhos, apertava-os com força — a ideia, o pensamento de ser pego naquele estado. Por um filho, pela esposa. O fim da vida dele.

Ele a matou — a vontade. Mas voltou dias depois. E ele a matou de novo. Na geladeira de novo — costeletas de carneiro desta vez. Ele enfiou a mão por cima das costeletas e pegou um pacote de peito de frango, uma daquelas bandejas de poliestireno, embrulhada em plástico filme. Enfiou o dedo pelo filme, puxou de volta. Colocou os peitos em um prato — e bebeu o sangue rosa, quase branco. Ele virou a bandeja na boca. E vomitou.

Curado. Enjoado — repugnado. Nunca mais. Ele ficou em casa e não foi trabalhar no dia seguinte. Vera colocou a mão na testa dele.

— Talvez seja gripe suína.

— Catapora, disse ele. *Você é tão brincalhão.*

Ela pareceu preocupada.

— Você já deve ter tido catapora quando era menino, disse ela. — Não teve?

— Acho que tive, disse ele.

Ela pareceu preocupada.

— Pode deixar homens adultos estéreis, disse ela.

— Eu fiz vasectomia, disse ele. — Três anos atrás.

— Esqueci, disse ela.

— Eu não.

Mas ele estava curado; já tinha resolvido tudo. O pensamento, a lembrança — o gosto do sangue de galinha, da bandeja de poliestireno —, tudo aquilo o fez ter ânsia de vômito o dia todo. Ele não tentou esquecer. Torturou-se até saber que estava curado.

Era atrás de ferro que ele estava. Concluiu isso depois de fazer algumas pesquisas no Google quando voltou ao trabalho. Fazia sentido; era um alívio. Tinha alguma coisa no gosto, até na aparência, do sangue vermelho-escuro de uma vaca — era metálico, enferrujado. Era isso que ele desejava, o ferro, o metal. Ele andava meio pálido mesmo; adormecia na frente da televisão, como um velho. Anemia. Ele só precisava de ferro. Assim, comprou uma caixa de suco de toranja — ele sabia que as crianças nem tocariam naquilo — e passou na farmácia no caminho de casa depois do trabalho, para comprar comprimidos de ferro. Arrependeu-se quando a mulher atrás do balcão olhou para ele por cima dos óculos e perguntou se eram para a esposa dele.

— Nós dividimos, disse ele.

Ela não se mexeu.

— Preciso ver a receita dada pelo seu clínico geral, disse ela.

— Para comprar ferro?

— É.

Ele comprou preservativos e pastilha para a garganta, e foi embora. Quando chegou em casa, sabia que sua teoria do ferro era furada e enfiou o suco de toranja no meio de uma cerca viva, junto com as camisinhas. As crianças estavam certas; suco de toranja era nojento. Não havia nada de errado com ele além do fato de que queria beber sangue.

Ele tinha filhos. Essa era a questão. Um menino e uma menina. Tinha família, uma esposa que amava, um emprego que tolerava. Trabalhava em um dos bancos, não em posição alta o suficiente para receber aqueles bônus loucos que eram dados nos dias de prosperidade, mas alta o suficiente para a família ser mantida refém enquanto ele ia para o banco com um dos bandidos para abrir o cofre — apesar de esse tipo de coisa nunca ter acontecido. A questão era que ele era normal. Era um homem heterossexual de 41 anos que morava em Dublin e gostava de uma cerveja ocasional com os amigos — Guinness, cheia de ferro —, jogava futebol de salão uma vez por semana em uma quadra de escola com vazamento no teto, fazia sexo com a esposa com frequência suficiente para ser classificada como regular, e gostaria de ter feito sexo com outras mulheres, muitas outras, mas era só um pensamento, nunca uma verdadeira ambição nem nada urgente e nem louco. Ele era normal.

Ele levou um bife de filé para o banheiro masculino do trabalho, devorou-o e tentou dar descarga com o saco plástico dentro da privada. Mas ficou lá como um paraquedas, boiando na água. Ele o pescou e enfiou no bolso. Verificou a camisa e a gravata no espelho, apesar de ter tomado cuidado para não se empolgar demais enquanto comia a carne no cubículo. Continuava sendo seu eu normal, limpo, impecável. Verificou os dentes para ver se havia pedaços de carne, colocou o rosto na frente do espelho. Ficou enorme. Ele voltou para a mesa e almoçou com os colegas, um sanduíche de abacate com tomate que tinha preparado naquela manhã — não havia recessão na geladeira dele. Ele se sentia bem, sentia-se ótimo.

Ele estava controlando a vontade, alimentando-a. Era seu próprio médico, estava em muito boas mãos. Logo estaria cheio de ferro e voltaria a ser a pessoa ainda mais normal de sempre.

Assim, ele acabou ficando bem surpreso quando pulou o muro, quando foi até lá. *Que porra estou fazendo?* Ele sabia exatamente o que estava fazendo. Estava indo atrás das galinhas da recessão do vizinho. Às três da madrugada. Ia arrancar a cabeça de uma delas a mordidas. Já tinha visto as galinhas — não sabia se devia chamar de galinhas ou de frangos — de uma das janelas do segundo andar. Ele as via todas as noites quando ia fechar a cortina da filha, depois de ler para ela. (Está vendo? Ele é normal.) Eram três ciscando no jardim. Ele as odiava, odiava a ideia em torno delas. A economia mundial oscilava, e a classe média imediatamente começava a plantar batata e cenoura, a comprar suas próprias galinhas e a negar que tinha ações de propriedades no Leste Europeu. E parava de falar com ele porque ele tinha se tornado o inimigo, do mal, só porque trabalhava em um banco. A vaca preguiçosa da casa vizinha podia fingir que ficava ocupada o dia todo cuidando das galinhas. Ora, ela teria uma a menos para cuidar, porque ele tinha pulado o muro. Caiu bem e silenciosamente — ele estava em forma; jogava futebol — e estava indo direto para as galinhas.

Ele sabia o que estava enfrentando. Estava esperando que uma luz se acendesse no andar de cima — ou melhor, no andar de baixo — ou na casa ao lado, a dele. Isso o deixaria se cagando de medo, faria com que pulasse o muro correndo. *Eu só estava tentando ver o ônibus espacial. Deve passar sobre a Irlanda hoje.* Ele mentiria para disfarçar — *Se bem que não vai parar* — enquanto o coração batia disparado nas costelas. Aquilo daria um jeito nele por alguns dias, uma semana; faria com que ele aguentasse o fim de semana.

Mas nenhuma luz se acendeu.

E as galinhas cacarejavam: *Estamos aqui.*

Ele pegou uma. Foi fácil, fácil demais. A noite estava linda; elas estavam tão visíveis quanto poderiam estar, paradas em fila, como uma banda de garotas, as Supremes. Já não deviam ter sido colocadas no galinheiro — era assim que se dizia? — para serem soltas de manhã? As raposas da cidade eram famosas; todo mundo já tinha visto uma. Ele mesmo já tinha visto uma andando pela rua ao voltar para casa da estação alguns meses antes.

Ele pegou a galinha, esperou o protesto, as bicadas. Mas não, a galinha se aninhou nos braços dele como uma porra de gatinho. A cabecinha em uma das mãos, as pernas duras e magrelas na outra, ele a esticou como um elástico e levou à boca. E mordeu — mais ou menos. Não houve explosão de sangue e nem mesmo um estalo seco. O pescoço ainda estava em sua boca. Ele sentia uma pulsação na língua. A galinha estava apavorada; ele sentia isso nas pernas dela. Mas não queria apavorar a ave — ele não era um homem cruel. Só queria arrancar a cabeça dela no dente e ficar com a boca embaixo do pescoço decapitado. Mas sabia: esse impulso não fazia parte dele. Ele não era vampiro nem lobisomem. E precisava de saciedade — sentia isso. *Eu estava arrancando a cabeça de uma galinha a mordidas, doutor.* Ele colocaria a galinha no chão agora e voltaria pelo muro.

Mas uma luz se acendeu — e ele mordeu. No andar de baixo, bem na frente dele — e a cabeça se soltou. Não houve sangue, não de verdade, só, bem, osso, cartilagem, alguma coisa molhada. Ele não vomitaria. Eles estariam olhando para ele, os vizinhos, ele ou ela ou ele *e* ela — Jim e Barbara. Mas ele foi rápido, estava calmo. Sabia que não podia ser visto porque a luz acesa era a da cozinha e estava escuro lá fora. Se bem que, agora que estava pensando — e ele *estava* pensando —, eles podiam tê-lo visto antes de acender a luz.

E agora, a galinha, a galinha decapitada e morta, decidiu protestar. Um grito saiu de uma coisa que não podia ser o bico, porque a cabeça, desconectada ao menos parcialmente, estava em uma das mãos dele. Ele estava segurando o corpo pelo pescoço, e o corpo estava se contorcendo. *Me larga, me larga.*

Ele largou a galinha, ouviu-a sair correndo e disparou. Ele correu para o muro. Não para o seu muro — ele estava *pensando*. Para o muro do outro lado, duas casas depois da dele. Subiu, nem teve trabalho, e desceu do outro lado. Sentou-se por um tempo para recuperar o fôlego, para pensar no caminho de volta para casa. Ele prestou atenção. Não ouviu a porta da cozinha ser aberta, e a galinha pareceu ter aceitado que estava morta. As outras duas não tinham reparado, ou estavam de luto. Tudo estava muito silencioso.

Estava em segurança — ele achava que estava em segurança. Era burro, estava eufórico, perplexo, envergonhado, satisfeito pra caralho e em segurança. Ele olhou para o céu. E viu o ônibus espacial. A estrela mais brilhante, deslocando-se regularmente pelo céu. *Endeavour* — ele se lembrou do nome.

Ele estava de volta na cama.

Ela acordou — parcialmente. Os pés frios dele, o peso no colchão.

— O que foi?

— Nada, disse ele. — Eu me levantei para ver o ônibus espacial.

— Legal.

Ela já estava dormindo.

— Foi incrível, disse ele, respondendo a ela. — Incrível.

Ele beijou o pescoço dela.

Ele até dormiu. Era noite de sexta, madrugada de sábado.

A cama estava vazia quando ele acordou. Fazia muito tempo que isso não acontecia, que ela não acordava antes dele. Estava se sentindo bem — estava se sentindo ótimo. Ele tinha passado fio dental e escovado os dentes antes de ir para a cama, sem rastros da galinha entre os dentes. Tinha gargarejado silenciosamente até os olhos lacrimejarem. Não havia gosto ruim e não havia culpa. Ele não devia ter feito o que fez, mas uma consideração mais importante logo sufocou qualquer culpa. Era o pensamento com o qual ele tinha adormecido, segurando como se fosse um urso de pelúcia, logo depois de beijar o pescoço da esposa.

Pescoços.

Era simples assim.

O sangue era uma pista falsa, por assim dizer, criada para distraí-lo — por sua psique, sei lá, sua consciência —, para impedi-lo de ver o que era óbvio e bem mais saudável. Eram pescoços que ele desejava, não sangue. Ele não queria beber sangue e estava tão anêmico quanto uma coxa de vaca. A verdade simples e suja era que ele queria morder pescoços. Era uma daquelas coisas da meia-idade. E era ótimo, era bom, porque ele estava no meio da vida, com alguns anos para mais ou para menos.

Sexo.

Simples.

Ele queria fazer sexo com tudo que estivesse vivo. Não literalmente. Queria fazer sexo com a maioria das coisas. Algumas coisas — a maioria, mulheres. Ele era um homem normal, entrando na meia-idade. Seus dias estavam contados. Ele sabia disso, mas não *pensava*. Um ano tinha 365 dias. Dez anos tinham 3.650. Trinta anos lhe davam 14.600. *Você tem 14.600 dias de vida. Está ótimo, obrigado.* Deitado na cama, ele se sentia feliz. A vontade tinha passado porque ele tinha entendido. Sua mente estava bem, mas alguma coisa nele estava enlouquecida. Sua biologia, alguma coisa assim. Não muito tempo antes, apenas algumas gerações atrás, ele já estaria morto ou pelo menos babando e banguela. A meia-idade e a melhor idade eram conceitos modernos. Seu cérebro os entendia, mas sua biologia — sua masculinidade — não. Ele só tinha alguns metros de cavalgada pela frente — era isso que a biologia pensava. Sendo mais objetivo, alguns anos de reprodução. E talvez a vasectomia tivesse piorado as coisas, deixando-as mais drásticas, e tivesse enviado mensagens desconexas — ele não sabia.

A mente humana era uma coisa engraçada. Ele estava doido para uma trepada, e por isso arrancou a cabeça de uma galinha do vizinho no dente.

Ele desceu a escada.

— Uma raposa pegou uma das galinhas da Barbara ontem à noite, disse Vera.

— Bem, isso era meio inevitável, não era?

— Isso foi meio insensível.

— É o que as raposas fazem, disse ele. — Quando?

— O quê?

— A raposa atacou?

— Ontem à noite, disse ela. — Você ouviu alguma coisa quando estava procurando aquele ônibus espacial?

— Nadinha, disse ele. — Só os astronautas batendo papo.

Ela sorriu. *Você é tão brincalhão.*

— Sobre o quê?

— Ah, só sobre quanto eles amam a Irlanda. Como está a Barbara?

— Arrasada.

— Ela disse que se sentia violada?

— Na verdade, disse, mas você é um filho da mãe tão cínico.

Ela estava rindo. E ele sabia: tinha se safado.

Estava mais tarde agora, era noite de novo, e ele beijou o pescoço dela. Ele mordeu o pescoço dela. Eles agiram como adolescentes por meia hora, e ainda estavam tontos meia hora depois.

— Ora, disse ela. — Estou pronta para outra.

A mão dela saiu em exploração.

— Volto em um minuto, disse ele.

Ele desceu, foi até a geladeira — duas cavalinhas em um prato. Ele olhou no freezer, pegou um saco que pareceu promissor. Duas costelas de porco. Ele colocou o saco embaixo da água quente até o plástico afrouxar. Em seguida, rasgou o plástico e atacou uma das costelas. Mas estava dura demais, fria demais. Ele a botou no micro-ondas por trinta segundos e esperou — e temeu — que o apito a fizesse descer. Ficou parado em frente à janela da cozinha e mordiscou as beiradas da costela e esperou — e temeu — que ela entrasse lá e visse o reflexo dele — a persiana estava erguida — antes de o ver, que ele se viraria e se revelaria, uma espécie de vampiro fazendo um lanche, e ela de alguma forma acharia isso sexy ou pelo menos razoável e o perdoaria, e enfiaria as mãos no cabelo dele, como fazia, e talvez até se juntasse a ele com a costela, e ele a ajudaria a pular o muro para eles pegarem as duas últimas galinhas de Barbara, uma para cada.

Ele jogou o resto da costela no lixo, sacudiu a lixeira para que desaparecesse embaixo do restante do conteúdo.

Ele esperaria o momento certo. A parte visual era importante; havia uma diferença enorme entre ser pego devorando um bife cru e lambendo uma costela de porco congelada, e convidar sua companheira de vida a fazer o mesmo. Não havia pressa, não havia motivo para correr. Nenhuma loucura; ele era normal.

Ele voltou para o andar de cima.

Ela o estava esperando. Mas não na cama, em *cima* da cama. Ela estava de pé bem longe da cama.

— O que é isto? perguntou ela.

Ela acendeu a luz.

Ela estava segurando uma cabeça na palma da mão aberta. Uma cabecinha.

— É uma cabeça de galinha, disse ele.

— Onde você conseguiu?

— Eu encontrei.

Ele era um palhaço, um idiota; tinha escondido embaixo das meias.

— É da Barbara, disse ela. — Não é?

— A cabeça da Barbara é maior, disse ele.

Não deu certo; ela não sorriu.

— A raposa largou no jardim? perguntou ela.

Ela estava lhe dando uma rota de fuga, estava oferecendo uma história sensata. Mas era a errada. Ele tinha encontrado uma cabeça de galinha e escondido? Ele não ia admitir a mentira. Era triste, perverso.

— Não, disse ele.

— E então, disse ela, e afastou o rosto. — O que aconteceu?

— Eu arranquei no dente, disse ele.

Ela olhou para ele de novo. Por um tempo.

— E como foi isso?

— Ótimo, disse ele. — Ótimo.

RODDY DOYLE, nascido em Dublin, escreveu romances, peças e roteiros. Seu livro *Paddy Clarke Ha Ha Ha* ganhou o Booker Prize em 1993. Sua trilogia de Barrytown originou os filmes *The Commitments — Loucos pela Fama*, *A Grande Família* e *A Van*.

F

JOYCE CAROL OATES

Figuras Fósseis

I.

DENTRO DA GRANDE BARRIGA ONDE O *tum tum tum* do grande coração bombeava vida cegamente. Onde devia haver um, havia dois: o irmão demônio, maior, esfomeado, e o outro, o irmão menor, e na escuridão líquida uma pulsação entre eles, um batimento que tremia e estremecia, agora forte, agora regredindo, agora forte de novo, enquanto o irmão demônio ia ficando cada vez maior, absorvia o alimento quando era bombeado para o útero, o calor, o sangue, a força mineral, chutava e estremecia de vida de forma que a mãe, cujo rosto não era conhecido, cuja existência só podia ser suposta, fazia uma careta de dor, tentava rir mas ficava mortalmente pálida, tentava sorrir segurando em um corrimão *Ah! Meu bebê. Deve ser menino.* Em sua ignorância, a mãe não sabia ainda que dentro de sua barriga não havia um, mas dois. Carne da minha carne e sangue do meu sangue, só que não um, mas dois. Ainda assim, não dois iguais, pois o irmão demônio era o maior dos dois, com o único desejo de sugar sugar sugar para seu ser a vida do outro, o irmão menor, toda a nutrição do útero líquido e escuro, sugar para dentro de si o irmão menor em volta do qual estava encolhido como se o abraçando, a barriga na coluna curva e a testa do irmão demônio encostada no osso mole da nuca do irmão menor. O irmão demônio não tinha discurso, mas era puro apetite. *Por que tem esse outro aqui — essa coisa! Por que isso quando tem eu! Tem eu, eu, eu, só tem eu.* O irmão demônio ainda não se alimentava pela boca, ainda não tinha dentes afiados para morder, mastigar, devorar, e assim não podia engolir o irmão menor para dentro de sua barriga, e assim o irmão menor sobreviveu dentro da barriga inchada onde o *tum tum tum* do grande coração bombeava vida cegamente e em ignorância até a hora do parto, quando o irmão demônio forçou o caminho para fora do útero de cabeça, um mergulhador, um pistão, ansiando por oxigênio, empurrando, gritando, lutando para se manifestar, inspirou ar pela primeira vez em um tremor de surpresa e começou a chorar alto, faminto, chutando com as perninhas, balançando os bracinhos, um rosto roxo furioso, olhos entrefechados e brilhantes, fios de cabelo impressionantemente escuros e grossos na cabeça vermelha de bebê *Um menino! Um menino de quatro quilos! Um menino lindo — perfeito!* Coberto do sangue oleoso da mãe, cintilando como fogo reprimido, um grito agudo e chutes frenéticos quando o cordão umbilical ligado ao umbigo dele foi habilmente cortado. E que choque em seguida — era possível? —, havia ainda outro bebê dentro da mãe, mas esse não era um bebê perfeito, era franzino, coberto de sangue oleoso, um homem idoso pequenininho com rosto enrugado expelido da mãe depois de catorze minutos gemidos em um espasmo final de contrações cada vez mais fracas. *Outro! Tem outro menino*, mas tão pequeno, malnutrido, dois quilos e meio, a maior parte do peso na cabeça, uma cabeça volumosa de veias azuis, a pele roxa, o crânio marcado do fórceps na têmpora esquerda, as pálpebras grudadas com pus sangrento, punhos pequeninos balançando sem energia, perninhas chutando fracamente, pulmõezinhos puxando ar sem vigor para dentro da diminuta caixa torácica *Ah, mas a pobre coisinha não vai viver — vai?* Um peitinho afundado, uma coisa meio torta na coluna, e só de leve, como se, ao longe, soassem os gritos engasgados como balidos. Em desprezo, o irmão demônio riu. De seu lugar no seio da mãe suga suga sugando o leite nutritivo da mãe, o irmão demônio riu de desprezo e raiva, pois *Por que tem esse outro aqui, por que isso, por que "irmão", por que "gêmeo", quando tem eu. Só um de mim.*

Só que não um: dois.

EM UM PICO FEBRIL a infância passou para o irmão demônio, que era o primeiro em todas as coisas. Em ritmo glacial a infância passou para o irmão menor, que seguia atrás do seu gêmeo em todas as coisas. O irmão demônio era uma alegria de olhar, puro fogo infantil, radiante emanando energia, cada molécula do ser tremendo de vida, apetite, *eu eu eu*. O irmão menor costumava ficar doente, os pulmões cheios de fluidos, uma pequena válvula do coração palpitava, ossos delicados na coluna curva, ossos delicados nas pernas tortas, anemia, apetite fraco, e o crânio sutilmente deformado por causa do parto a fórceps, seus gritos eram ofegantes, agudos, quase inaudíveis *eu? eu?* O irmão demônio era o primeiro em todas as coisas. No berço dos gêmeos, o primeiro a rolar e ficar de bruços, e o primeiro a rolar e ficar de costas. O primeiro a engatinhar. O primeiro a ficar em pé com as pernas bambas de bebê. O primeiro a andar cambaleante com os olhos arregalados de triunfo por estar na vertical. O primeiro a falar: Ma*mã*. O primeiro a beber, a engolir, a sugar nutrientes de tudo que encontrava, maravilhado com os olhos arregalados, ávido, a primeira palavra Ma*mã* não um apelo nem um pedido, mas uma ordem: Ma*mã*! Tardiamente, o irmão menor seguia o irmão demônio, inseguro dos movimentos, coordenando mal as pernas, os braços, a própria inclinação da cabeça questionável, a cabeça balançando sobre ombros frágeis, os olhos piscando rápido, lacrimosos, parecendo fraco com feições menos definidas do que as do irmão demônio de quem se dizia com orgulho *É um meninão!*, enquanto do menor se murmurava *Pobrezinho! Mas ele está crescendo.* Ou se murmurava *Pobrezinho! Mas que sorriso doce e triste.* Nesses primeiros anos, o irmão menor ficou doente muitas vezes e em várias teve que ser hospitalizado (anemia, asma, congestão pulmonar, arritmia cardíaca, entorses), e nesse ínterim o irmão demônio não parecia sentir falta do irmão menor, mas adorar a atenção total dos pais, e foi ficando ainda mais alto e mais forte, e logo nem se podia dizer direito que os meninos eram gêmeos — nem mesmo gêmeos "fraternos" —, pois os observadores reagiriam com sorrisos perplexos *Gêmeos? Como isso é possível?* Na idade de quatro anos, o irmão demônio era vários centímetros mais alto do que o irmão menor, cuja coluna era curva, cujo peito era afundado e cujos olhos piscavam, lacrimosos e vagamente focados, e parecia que os irmãos não eram gêmeos, mas só irmãos: um deles dois ou três anos mais velho do que o outro, e bem mais saudável. *Nós amamos os meninos igualmente. Claro.* Na hora de dormir, o irmão demônio caía no sono com a brusquidão de uma pedra afundando em água turva, indo parar no lodo macio e escuro abaixo. Na hora de dormir, o irmão menor ficava de olhos abertos, os membros finos tremendo, pois ele temia dormir como se podia temer afundar no infinito *Mesmo quando pequeno eu entendia que o infinito é um abismo vasto e insondável dentro do cérebro no qual nós caímos e caímos durante nossas vidas, caímos e caímos sem nome, sem face e desconhecidos onde até, com o tempo, o amor dos nossos pais se perde. Até o amor das nossas mães se perde. E toda memória* acordando de um sono leve e atormentado como água espumosa espalhada na cara, e ele está lutando para respirar, sufocado e tossindo, pois o irmão demônio sugou a maior parte do oxigênio do quarto, como o irmão demônio poderia evitar, seus pulmões são tão fortes, sua respiração é tão profunda e seu metabolismo é tão quente, naturalmente o irmão demônio vai sugar o oxigênio no quarto dos irmãos, onde a cada noite na hora de dormir os pais colocam os meninos na cama, em camas de solteiro, beijando cada um, declarando seu amor por cada um, e à noite o irmão menor acorda de um pesadelo de sufocamento, os pulmões fracos incapazes de respirar, em pânico e choramingando, em uma súplica por ajuda conseguindo sair da cama e do quarto até o corredor, caído entre o quarto dos irmãos e o dos pais, onde de manhã cedo os pais vão encontrá-lo.

Uma vida tão frágil, mas essa vida luta para se salvar! — assim o irmão demônio lembraria, com desprezo.

CLARO QUE NÓS AMAMOS *Edgar e Edward igualmente. Os dois são nossos filhos.*

Essa declaração o irmão demônio sabia que era mentira. Mas ficava irritado pela ideia de que, quando os pais diziam a mentira, como faziam com frequência, os que a ouviam podiam acreditar. E o irmão menor, o irmão doente, com o peito afundado, coluna torta, respiração asmática chiada, olhos lacrimosos e suplicantes e sorriso doce queria acreditar. Para repreendê-lo, o irmão demônio tinha um jeito de se virar contra ele quando eles estavam sozinhos, esbarrando nele sem nenhum motivo (evidente), empurrando-o, lutando com ele no chão, enquanto o irmão menor respirava para protestar contra o irmão que montava nele com os joelhos, apertando como um torno a caixa torácica quebradiça, batendo com a cabeça do esquisitinho no chão, a palma úmida da mão sobre a boca do esquisitinho para impedir que ele gritasse pedindo ajuda *Mamãe mamãe mamãe* baixo como o balido de um cordeiro moribundo e tão inaudível pela mãe em outra parte da casa no andar de baixo na alegria da ignorância, sem ouvir o tum-tum-tum da cabeça do irmão menor no piso acarpetado do quarto dos meninos até o irmão menor ficar imóvel, parar de lutar, parar de tentar respirar, o rostinho contraído já azul, e o irmão demônio para, o solta, ofegante e triunfante.

Podia ter matado você, esquisito. E vou se você contar.

Afinal, por que havia dois e não um? Como no útero, o irmão demônio sentia a injustiça, a falta de lógica.

Escola! Tantos anos. Aqui, o irmão demônio, que era chamado de Eddie, era o primeiro em todas as coisas. Já o irmão menor, que era chamado de Edward, ficava para trás. Imediatamente, no ensino fundamental, os irmãos não eram vistos como gêmeos, mas só como irmãos, ou parentes com sobrenome igual.

Eddie Waldman. Edward Waldman. Mas ninguém nunca os via juntos.

Na escola, Eddie era um dos garotos populares. Adorado pelas garotas, imitado e admirado pelos garotos. Ele era um menino grande. Um menino robusto. Era um líder natural, um atleta. Se balançava a mão, os professores o escolhiam. As notas nunca eram abaixo de B. O sorriso tinha covinhas, uma sinceridade esperta. Ele tinha um jeito de olhar com franqueza nos olhos. Aos dez anos, Eddie já tinha aprendido a apertar a mão dos adultos e se apresentar *Oi! Sou Eddie*, provocando sorrisos de admiração *Que criança inteligente e precoce!* e, para os pais do irmão demônio, *Como vocês devem sentir orgulho de seu filho*, como se na verdade só houvesse um filho, não dois. No sexto ano, Eddie concorreu a representante de turma e foi eleito com folga.

Eu sou seu irmão, lembra de mim!

Você não é nada meu. Vai embora!

Mas eu estou em você. Pra onde eu posso ir?

Já no ensino fundamental I, o irmão menor Edward ficou para trás do gêmeo. O problema não eram os trabalhos escolares — pois Edward era um garoto brilhante, inteligente, curioso —, suas notas eram muitas vezes A, quando ele conseguia terminar os trabalhos — exceto por sua saúde. Faltou tanto às aulas do quinto ano que teve que repetir de ano. Seus pulmões eram fracos, no oitavo ano ele ficou hospitalizado por semanas depois de uma cirurgia para consertar a válvula defeituosa do coração. No primeiro ano do ensino médio, ele sofreu um "acidente bizarro" — observado só pelo irmão Eddie, em casa — ao cair de um lance de escada, quebrando a perna e a patela direita e o braço direito e várias costelas e machucando a coluna, e depois teve que saltitar por aí tomado de vergonha, fazendo caretas de dor, de muletas. Seus professores estavam cientes dele, o garoto Waldman mais novo. Seus professores o viam com solidariedade, pena. No ensino médio, suas notas ficaram mais erráticas: às vezes A, mas com mais frequência C, D, Incompleto. O irmão menor parecia ter dificuldade de se concentrar nas aulas, se mexia com dor ou ficava parado com olhos arregalados, em uma névoa de analgésicos, sem nem perceber direito os arredores. Quando estava totalmente desperto, ele tinha o hábito de se inclinar sobre os cadernos, que eram estranhamente grandes, cadernos espiral com páginas sem pauta, como de desenho, e nesses cadernos ele parecia estar constantemente desenhando ou escrevendo; ele franzia a testa e mordia o lábio inferior, perdido em concentração, ignorando o professor e o resto da turma *Resvalando para o infinito, uma dobra no tempo e uma virada da caneta e ali está a liberdade!* A caneta tinha que ser hidrográfica preta com ponta fina. Os cadernos tinham que ter capa preta e branca marmorizada. O professor tinha que chamar "Edward" várias vezes para conseguir a atenção total do garoto, e nos olhos dele, uma chama rápida, como um fósforo aceso, a timidez suplantada por uma coisa como ressentimento, fúria. *Me deixem em paz, será que não dá, eu não sou um de vocês.*

Quando os irmãos tinham dezoito anos, Eddie era formando a caminho da faculdade, representante de turma e capitão do time de futebol americano e no anuário da escola estava como o "com mais chance de ser bem-sucedido", e Edward estava um ano atrás, com notas ruins. Ele tinha começado a chegar na escola de cadeira de rodas, levado pela mãe, agora no auge das dores na coluna por causa de uma hérnia de disco, e na cadeira de rodas ele era colocado na frente, no canto direito das salas de aula, perto da mesa do professor, uma figura quebrada e bizarra com um rostinho contraído de garoto, pele pálida e lábios frouxos, sonolento dos analgésicos ou absorto nos cadernos espiral nos quais só fingia tomar nota quando na verdade estava desenhando figuras exóticas — geométricas, humanoides — que pareciam pular da ponta da caneta hidrográfica preta.

Na primavera do seu segundo ano do ensino médio, sofrendo de bronquite, Edward não completou as matérias e nunca mais voltou à escola: sua educação formal tinha terminado. Naquele ano, Eddie Waldman foi recrutado por mais de dez universidades oferecendo bolsas esportivas e, com astúcia, escolheu a mais academicamente prestigiosa de todas as universidades, pois seu objetivo depois da universidade era a escola de direito.

Pareciam-se um com o outro como uma sombra pode se parecer com seu objeto. Edward era a sombra.

Àquelas alturas, os irmãos não dividiam mais o quarto. Os irmãos nem dividiam mais — até! — o costume velho, cruel e infantil do desejo do irmão demônio de fazer mal ao irmão menor; o desejo do irmão demônio de sugar todo o oxigênio do ar, de engolir o gêmeo menor completamente. *Por que tem esse outro aqui — essa coisa! Por que isso quando tem eu!*

O estranho era o seguinte: o irmão menor era quem sentia falta do laço entre os dois. Pois mais ninguém tinha marcado sua alma tão profundamente quanto seu irmão, nenhum laço tinha sido tão forte e tão íntimo. *Eu estou em você, eu sou seu irmão, você tem que me amar.*

Mas Eddie riu, recuando. Apertou a mão do irmão doente por quem só sentia uma leve repugnância, uma levíssima pontada de culpa, e disse adeus para os pais, permitiu-se ser abraçado e beijado e foi embora, sorrindo na expectativa por sua vida ele foi embora sem plano de voltar para a cidade e para a casa de infância, exceto por questão de obrigação como visitante temporário que ficaria, horas depois de chegar, inquieto, entediado, ansioso para fugir de novo para a vida "real" em outro lugar.

2.

AGORA JÁ COM VINTE ANOS, os irmãos raramente se viam. Nunca se falavam ao telefone.

Eddie Waldman se formou em direito. Edward Waldman continuou morando com os pais.

Eddie se destacou, foi recrutado por uma proeminente firma de direito de Nova York. Edward sofreu uma sucessão de "crises de saúde".

O pai se divorciou da mãe, de forma abrupta e misteriosa pareceu que o pai também tinha uma vida "real" em outro lugar.

Eddie entrou para a política sob tutela de um político conservador proeminente. Edward, sofrendo de dores na coluna, passava a maior parte dos dias em uma cadeira de rodas. Mentalmente calculando números, imaginando equações nas quais o numérico, o simbólico e o orgânico se combinavam, inventando música, preenchendo rapidamente folhas de papel cartão com figuras bizarras e meticulosamente detalhadas, geométricas e humanoides, em ambientes parecidos com os do pintor surrealista De Chirico e do artista visionário M. C. Escher. *Nossas vidas são fitas de Möbius, infelicidade e fascinação simultaneamente. Nossos destinos são infinitos, e infinitamente recorrentes.*

No afluente subúrbio da grande cidade americana, em uma rua residencial de casas grandes e caras, a casa dos Waldman, uma casa colonial de madeira em um terreno de 8 mil metros quadrados, começou a se deteriorar lentamente, a decair. O gramado da frente não era cortado e ficou alto, crescia musgo nas telhas podres do telhado, e jornais e folhetos se acumulavam na entrada. A mãe, antes uma mulher sociável, começou a ficar amarga, desconfiada dos vizinhos. A mãe começou a reclamar de saúde ruim. "Bruxarias" misteriosas. A mãe entendia que o pai tinha se divorciado dela como uma forma de se divorciar do filho deformado de coluna ruim com olhos lacrimosos e suplicantes que nunca cresceria, nunca se casaria, que passaria o resto da vida na execução febril de "arte" excêntrica e sem valor.

Com frequência, a mãe ligava para o outro filho, o filho de quem tinha tanto orgulho, a quem adorava. Mas Eddie sempre parecia estar viajando, e raramente retornava os recados da mãe.

Com o tempo, em uma década, a mãe morreria. Na casa agora abandonada (visitada com pouca frequência por uns poucos parentes preocupados), Edward viveria como recluso em dois ou três aposentos do andar de baixo, um dos quais convertido em ateliê improvisado. A mãe amarga teria deixado dinheiro suficiente para garantir que ele pudesse continuar morando sozinho e se dedicando ao trabalho; ele contratava ajuda para ir à casa de tempos em tempos para limpá-la, ou para tentar limpá-la;

para fazer compras para ele e preparar refeições. *Liberdade! Infelicidade e fascinação!* Em telas grandes, Edward transcrevia suas imagens bizarras de sonho, em meio a galáxias de hieroglíficas formas em uma sequência intitulada *Figuras Fósseis*. Pois era crença de Edward, que tinha lhe ocorrido em um paroxismo de dor na coluna, que a infelicidade e a fascinação são intercambiáveis e que um não pode predominar sobre o outro. Dessa forma, o tempo passava em um calor febril para o irmão adoentado, que não era adoentado, mas abençoado. O tempo era uma fita de Möbius que dava voltas em si mesma, semanas, meses e anos se passavam e o artista não ficava mais velho em sua arte. (No ser físico, talvez. Mas Edward tinha virado todos os espelhos para a parede e não tinha a menor curiosidade sobre como "era" o Edward de agora.)

O pai também morreu. Ou desapareceu, o que é a mesma coisa.

Os parentes pararam de visitar, e talvez tivessem morrido.

Ao infinito, que é o esquecimento. Mas é desse infinito que temos primavera: por quê?

Começou como que da noite para o dia a era da internet. Nenhum homem precisava ser recluso agora. Por mais sozinho e pária do mundo que fosse.

Pela internet, *E.W.* se comunicava com os companheiros — almas gêmeas — espalhados pelo ciberespaço, alguns dos quais, qualquer que fosse a hora, estavam invariavelmente lá — mas as necessidades de E.W. eram tão mínimas, sua ambição em relação à sua arte era tão modesta, que ele precisava só de alguns —, fascinados pelas *Figuras Fósseis* que ele exibia na rede, que negociavam comprá-las. (Às vezes, dando lances uns contra os outros, de somas inesperadamente altas.) E havia galerias interessadas em expor os trabalhos de *E.W.* — como o artista chamava a si mesmo — e pequenas mídias interessadas em publicá-los. Dessa forma, nos últimos anos do século XX, *E.W.* se tornou uma espécie de figura cult underground, de quem os boatos diziam ser pobre ou muito rico; um recluso aleijado morando sozinho em uma casa velha e deteriorada, em um corpo deteriorado, ou, perversamente, uma figura pública renomada que protegia sua privacidade como artista.

Sozinho, mas nunca solitário. Pois um gêmeo fica solitário?

Não enquanto seu gêmeo continuar existindo.

Os irmãos nunca entravam em contato agora, mas, na televisão, por acaso, pois às vezes Edward mudava os canais como alguém que se lança pelo gélido espaço intergaláctico, ele encontrava imagens do irmão perdido: dando discursos apaixonados ("santidade da vida"... "pró-vida"... "valores familiares"... "americanos patriotas") para multidões admiradas, sendo entrevistado, sorrindo para a câmera com a confiança intensa de alguém que fora ordenado por Deus. Ali estava o irmão demônio eleito para o Congresso americano por um distrito em um estado vizinho no qual o irmão menor não sabia que ele estava morando; ali, o irmão demônio ao lado de uma jovem atraente, segurando a mão da jovem, uma esposa, uma sra. Edgar Waldman, o irmão menor não sabia que ele tinha se casado. O irmão demônio foi acolhido pelos mais velhos ricos e influentes. Em um partido político, esses mais velhos procuravam a juventude para dar continuidade à sua herança política, à sua "tradição". Naquele partido político, a "tradição" era idêntica aos juros econômicos. Essa era a política triunfante da era. A era do eu. *Eu, eu, eu! Tem eu, eu, eu, só tem eu.* Câmeras filmavam plateias arrebatadas, plateias aplaudindo com fervor. Pois no *eu* há o desejo cego de perceber o *nós*. Como no mais primitivo, furioso e desalmado dos deuses, a humanidade vai perceber o *nós*. Nas galáxias mais distantes, infinitos de mero vazio, o antigo anseio por *nós*.

Assim, Edward, o irmão deixado para trás, curvado na cadeira de rodas, olhava para o irmão demônio vislumbrado na televisão não com amargura e nem com um sentido de estranhamento, como se pode sentir por um ser de outra espécie, mas com o anseio antigo e perverso *Eu sou seu irmão, eu estou em você. Onde mais pode ser que eu esteja?*

ESTE ERA O FATO inescapável: os irmãos compartilhavam o aniversário. Mesmo depois da morte, esse fato nunca mudaria.

Dia 26 de janeiro. No meio do inverno. A cada ano nesse dia os irmãos pensavam no outro com tanta vivacidade que cada um podia imaginar que o outro estava ao seu lado, ou atrás, um bafo na bochecha, um abraço fantasma. *Ele está vivo, eu consigo senti-lo*, Edward pensava com um tremor de expectativa. *Ele está vivo, eu consigo senti-lo*, Edgar pensava com um tremor de repulsa.

3.

CHEGOU O DIA 26 DE JANEIRO que marcou o quadragésimo aniversário dos irmãos. E, alguns dias depois, apareceu em uma exposição do novo acervo de *Figuras Fósseis* de E.W., em uma galeria de destaque no bairro de armazéns perto do rio Hudson, nas ruas West e Canal, em Nova York, o congressista americano Edgar Waldman, que tinha feito um discurso político naquela tarde em Midtown, sozinho agora, uma limusine com placa federal esperando no meio-fio. Reparando com satisfação que as salas de exposição estavam quase vazias. Reparando com repugnância como o linóleo velho e rachado grudava nas solas dos sapatos caros. O belo congressista usava óculos muito escuros, não olhava para ninguém, com medo de ser reconhecido naquele lugar sórdido. Mais do que tudo, ele estava com medo de ver o irmão aleijado — "E.W." —, que ele não via havia quase vinte anos, mas acreditava que reconheceria imediatamente embora, àquelas alturas, os gêmeos — "gêmeos fraternos" — não fossem nada parecidos. Edgar esperava a figura atrofiada e maltratada em uma cadeira de rodas, os olhos lacrimosos e suplicantes e o sorriso melancólico que enlouquecia, dava vontade de bater com os punhos, aquela oferta de perdão quando o perdão não era desejado. *Eu sou seu irmão, estou em você. Me ame!* Mas não havia ninguém.

Só o trabalho de E.W., pretensiosamente chamado pela galeria de "colagens". Aquelas *Figuras Fósseis* eram desprovidas de beleza, até as telas nas quais foram pintadas pareciam sujas e maltratadas, e as paredes nas quais estavam penduradas (tortas) estavam manchadas como se do teto de metal martelado pingasse ferrugem. O que eram aquelas obras de arte cobertas de formas de sonho/pesadelo, geométricas, mas também humanoides, mutando de uma para outra como entranhas translúcidas, profundamente ofensivas para o congressista, que sentia "subterfúgio", "perversão", "subversão" em uma arte tão obscura, e o que era obscuro era certamente "desalmado" — até "traidor". Muitíssimo perturbadoras, as *Figuras Fósseis* pareciam estar provocando o espectador, ao menos aquele espectador, como enigmas, e ele não tinha tempo para enigmas malditos, a filha de homem rico com quem ele se casou para avançar na carreira o estava esperando em St. Regis, aquela visita às ruas West e Canal era uma parada (não registrada) no itinerário do dia do congressista Waldman. Limpou os olhos para ver melhor uma obra de arte exibindo o céu noturno, galáxias e constelações distantes, e quase havia beleza ali, sóis como gemas de ovo engolindo sóis menores, cometas com formato de — eram espermatozoides?... espermatozoides flamejantes? — colidindo com luminosos planetas azulados e aquosos; e, projetando-se da superfície áspera da tela, uma coisa tão inesperada, tão feia que o congressista deu um passo para trás de perplexidade: era algum tipo de crescimento que parecia um ninho? um tumor? composto de carne de plasticina e cabelos escuros e crespos e — poderiam ser dentes de leite? arrumados em um sorriso? —, e um montinho de ossos de bebê?

Um fóssil, era isso. Uma coisa removida do corpo humano. Uma coisa muito feia descobriu uma cavidade no corpo de um gêmeo sobrevivente. A alma-fóssil do outro, que nunca tinha respirado vida.

Atordoado, tremendo de repulsa, o congressista deu as costas.

Saiu andando, em uma bruma de denúncias, de negações. Ao ver que algumas das telas eram bonitas — eram?... ou eram todas feias, obscenas, se você soubesse decodificá-las? —, ele foi levado a pensar que estava em perigo, que alguma coisa ia acontecer com ele, que havia um fato estatístico grosseiro que mostrava que na última eleição ele foi reeleito para seu lugar no Congresso por uma pequena maioria, mais do que em qualquer eleição precedente, em tal vitória há o pressentimento da derrota. Pelo labirinto de aposentos que levava ao começo da exposição e a um balcão com tampo de vidro onde havia uma garota com cara de entediada e pele branca muito pálida e um rosto cintilando com piercings, que parecia trabalhar para a galeria e perguntou a ela com uma voz trêmula de indignação se aquelas "figuras fósseis" ridículas eram consideradas "arte", e ela disse educadamente que sim, claro, tudo que a galeria exibia era arte, e ele perguntou se a exposição era paga com fundos públicos e pareceu parcialmente acalmado ao saber que não. Ele perguntou quem era o "dito artista" E.W., e a garota falou vagamente, disse que ninguém conhecia E.W. pessoalmente, só o proprietário da galeria já o tinha visto, ele morava sozinho fora da cidade e nunca ia para a cidade, nem mesmo para supervisionar a exposição, não parecia se importar se as obras de arte vendiam e nem por qual preço.

"Ele tem alguma doença 'degenerativa', tipo distrofia muscular ou Parkinson, mas até onde sabemos, E.W. está vivo. Ele está vivo."

E EU NÃO VOU *embora. Você é que vem a mim.*

CADA ANO: 26 DE JANEIRO. Um ano, em uma noite insone, Edward está mudando com inquietação os canais da televisão e fica surpreso de ver um close repentino — é Edgar? O irmão demônio Edgar? Imagens do noticiário do começo do dia, repetidas agora na madrugada, de repente a ampliação da cabeça de um homem, um rosto de maxilar amplo, um rosto envelhecido e obscurecido por óculos escuros, a pele brilhando de suor oleoso, um braço erguido para proteger o congressista desgraçado de um grupo de repórteres, fotógrafos e câmeras de televisão, ali está o Congressista Edgar Waldman sendo levado bruscamente para um prédio por policiais à paisana. *Indiciado em acusações múltiplas de suborno, violações de leis de campanha federal, perjúrio perante um grande júri federal.* A filha do homem rico já pediu divórcio, há um sorriso rápido, uma sugestão de dentes à mostra. Na casa de infância dos irmãos em que Edward mora em alguns aposentos do andar de baixo, Edward olha para a tela da televisão da qual seu irmão sumiu, sem saber se a sensação de latejar na cabeça é um choque profundo, uma pontada de dor que deve bater dentro do irmão ou sua própria empolgação, ansiedade. *Ele vem para mim agora. Ele não vai me negar agora.*

Epílogo

E FOI ASSIM. O IRMÃO DEMÔNIO voltaria para casa, para o gêmeo que o esperava.

Pois ele sabia agora *Não um, mas dois.* No mundo maior, ele tinha apostado sua vida e a tinha perdido e recuaria agora para o outro. Ao recuar, um homem deixa o orgulho de lado, desgraçado, divorciado, falido e com um brilho de loucura nos olhos azuis desbotados. O maxilar pesado estava prateado da barba por fazer, um tremor na mão direita que tinha sido erguida em uma corte federal para jurar que Edgar Waldman diria a verdade, só a verdade e nada mais do que a verdade *Sim, eu juro* e naquele batimento tudo acabou para ele, um gosto como de bile subindo no fundo da boca.

Ainda, a surpresa. Descrença. A ruína corroída de um rosto como argila que tinha sido deteriorada por filetes de água, vento. E aquele brilho de loucura nos olhos: *Eu?*

Ao recuar, agora voltava para o lar de infância que tinha renegado por anos. O irmão menor deixado para trás, de coluna torta, que morava sozinho desde a morte da mãe, agora muitos anos no passado. Quando jovem, ele nunca tinha considerado o tempo como qualquer coisa diferente de uma corrente que o levava, que o lançava para o futuro, e agora ele entendia que o tempo é uma maré em ascensão, uma maré implacável inexorável imparável, agora nos tornozelos, agora nos joelhos, subindo para as coxas, até a virilha e o tórax e o queixo, sempre subindo, uma água escura de total mistério nos impulsionando adiante não para o futuro, mas para o infinito, que é o esquecimento.

Voltando para a cidade de subúrbio do seu nascimento e para a casa que tinha renegado por décadas, vendo agora com uma pontada de perda como o bairro residencial tinha mudado, muitas das casas grandes convertidas em prédios de apartamentos e estabelecimentos comerciais, e a maioria dos plátanos alinhando a rua severamente aparados ou totalmente removidos. E ali estava a antiga casa dos Waldman, que já tinha sido o orgulho da mãe deles, tão esplendidamente branca, agora um cinza maltratado pelo tempo com janelas bambas e um telhado podre e um gramado de selva verdejante coberto de lixo, como se ninguém morasse ali havia muito tempo. Edgar não conseguiu fazer contato com Edward por telefone, não havia número na lista com o nome de Edward Waldman, agora seu coração disparado no peito, ele sentiu uma onda de medo *Ele morreu, é tarde demais*. Batendo com hesitação na porta e prestando atenção em uma resposta vinda de dentro e batendo de novo, mais alto, machucando os dedos, e finalmente soou lá dentro um balido baixo, uma voz perguntando quem era e ele gritou *Sou eu*.

Lentamente, como se com esforço, a porta se abriu. E ali, na cadeira de rodas, como Edgar o tinha imaginado, mas não tão destruído quanto Edgar tinha imaginado, estava o irmão Edward, que ele não via havia mais de duas décadas: um indivíduo murcho sem idade óbvia com um rosto estreito, pálido e franzido, mas sem rugas, um rosto de menino, e seu cabelo manchado de branco como o de Edgar, e um ombro ossudo mais alto do que o outro. Olhos azuis pálidos cheios de umidade que ele limpou com os cantos das duas mãos, e com uma voz rouca que parecia não ser usada havia um tempo ele disse *Eddie. Entre.*

...QUANDO ACONTECEU NÃO PODIA ser determinado precisamente, pois os corpos estavam congelados e preservados da deterioração, encontrados juntos em um sofá de couro usado como cama, puxado para trinta centímetros da lareira cheia de cinzas em um aposento do andar de baixo da antiga casa colonial cheia de móveis e o que parecia serem detritos acumulados de décadas, mas que podia ser material de arte, ou a própria arte em si, do artista excêntrico conhecido como E.W., os idosos irmãos Waldman em camadas de roupas volumosas deviam ter adormecido na frente do fogo na casa sem aquecimento, o fogo deve ter se apagado à noite e os irmãos morreram dormindo em uma prolongada temporada de frio de janeiro: o irmão a ser identificado como Edgar Waldman, de 87 anos, abraçando o irmão Edward Waldman, também de 87 anos, por trás, encaixando o corpo de forma protetora no corpo aleijado do irmão, a testa carinhosamente pressionada na nuca do irmão, as duas figuras encolhidas como uma matéria orgânica retorcida que se petrificou.

JOYCE CAROL OATES publicou mais de cinquenta romances, assim como numerosas coleções de contos e livros de poesia e não ficção. *The Doll-Master & Other Tales* e *Cutting Edge* são duas de suas obras mais renomadas, além de *Eles*, que ganhou o National Book Award.

I

JOANNE HARRIS

Incêndio em Manhattan

NÃO É MEU NOME — BEM, não *exatamente* —, mas pode me chamar de Lucky. Eu moro bem aqui em Manhattan, na cobertura de um hotel perto do Central Park. Sou um cidadão modelo de todas as formas, pontual, educado e organizado. Uso ternos elegantes. Depilo os pelos do peito. Você nunca acharia que eu fosse um deus.

É uma verdade muitas vezes esquecida que os deuses velhos — assim como os cachorros velhos — precisam morrer alguma hora. Só demora mais, só isso; e, enquanto não acontece, cidadelas podem cair, impérios podem desabar, mundos podem terminar e pessoas como nós acabam na pilha, redundantes e amplamente esquecidas.

De muitas formas, tive sorte. Meu elemento é o fogo, que nunca sai de moda. Há Aspectos de mim que ainda emanam poder — há demasiado do primitivo ainda nas divindades para que seja diferente, e apesar de eu não receber tantos sacrifícios quanto antes, ainda consigo ter reverência se quiser (quem não quer?) — depois da escuridão, quando as fogueiras são acesas. E os raios secos caem nas planícies — sim, são meus — e as florestas pegam fogo; e as piras funerárias e as fagulhas aleatórias e as tochas humanas — tudo meu.

Mas aqui, em Nova York, sou Lukas Wilde, vocalista da banda de rock Wildfire. Bem, eu digo *banda*. Nosso único álbum, *Burn It Up*, ganhou disco de platina quando o baterista morreu tragicamente no palco por causa um relâmpago bizarro.

Bem, talvez não tão bizarro. Nossa única turnê americana foi perseguida por raios do começo ao fim; dos cinquenta locais, 31 foram diretamente atingidos; em apenas nove semanas, perdemos mais três bateristas, seis *roadies* e um monte de equipamentos. Até eu estava começando a achar que tinha ido um *pouco* longe demais.

Ainda assim, foi um ótimo show.

Hoje em dia, estou parcialmente aposentado. Posso estar; como um de apenas dois integrantes sobreviventes da banda, eu tenho uma boa renda, e, quando estou entediado, toco piano em um bar de fetiche chamado Red Room. Não curto vinil (faz suar demais), mas não se pode negar que é um ótimo isolamento.

Agora você já deve ter concluído — sou uma pessoa noturna. O dia atrapalha meu estilo; além do mais, o fogo precisa de um céu noturno para mostrar suas vantagens. Uma noite no Red Room, tocando piano e olhando as garotas, depois indo até o centro para descanso e recreação. *Não* é um ambiente que meu irmão frequente; e, assim, foi com surpresa que dei de cara com ele naquela noite, quando estava dando uma boa olhada nas ruas inflamáveis do Upper East Side, cantarolando "Light My Fire" e contemplando um local para um incêndio.

Eu não falei? Sim, nesse Aspecto presente, eu tenho um irmão. Gêmeo. Não somos próximos; o Incêndio e o Fogo de Lareira têm pouco em comum, e ele não aprova meu estilo de vida extravagante, preferindo as alegrias mais domésticas de cozinhar. Imagine isso. Um deus do fogo cuidando de um restaurante — me deixa ardendo de vergonha. Ainda assim, o funeral é dele. Cada um vai para o inferno do seu jeito, e, além do mais, os filés grelhados na brasa dele são os melhores do mercado.

Passava da meia-noite, eu estava um pouco tonto da bebida — mas não tão tonto que desse para reparar — e as ruas estavam tão paradas quanto ficam em uma cidade que dorme só com um olho fechado. Um grupo de mendigos dormia em caixas de papelão debaixo de uma escada de incêndio; um gato revirava um latão de lixo. Era novembro; vapor saía das grades do esgoto e as calçadas brilhavam com suor frio.

Eu estava atravessando o cruzamento da Oitenta e Um com a Quinta Avenida, na frente do mercado húngaro de carnes, quando o vi, uma figura familiar com cabelo da cor de brasas para dentro da gola de um casaco cinza comprido. Alto, magro e com a agilidade de um bailarino; você quase poderia ser perdoado por achar que era eu. Mas o escrutínio atento revela a verdade. Os *meus* olhos são vermelhos e verdes; os dele, por outro lado, são verdes e vermelhos. Além do mais, eu não usaria aqueles sapatos nem morto.

Eu o cumprimentei com alegria. "Estou sentindo cheiro de queimado?"

Ele se virou para mim com expressão amedrontada. "Shh! Escuta!"

Fiquei curioso. Sei que nunca houve muito amor entre nós, mas ele costuma pelo menos me cumprimentar antes de começar as recriminações. Ele me chamou pelo meu verdadeiro nome. Levou um dedo aos lábios e me arrastou até um beco com fedor de mijo.

"Ei, Bren. O que está rolando?", sussurrei, ajeitando as lapelas.

A única resposta foi um movimento breve de cabeça na direção do beco quase deserto. Nas sombras, dois homens, quadrados nos sobretudos, os chapéus abaixados sobre os rostos estreitos e idênticos. Eles pararam por um segundo no meio-fio, olharam para a esquerda, olharam para a direita e atravessaram com uma coreografia veloz e sem esforço antes de sumirem como lobos na noite.

"Entendi." E entendia mesmo. Eu já os tinha visto. Conseguia sentir no sangue. Em outro lugar, em outro Aspecto, eu os conhecia, e eles me conheciam. E, acredite, eles eram homens apenas na forma. Por baixo daqueles sobretudos de detetive de desenho animado, eles eram só dentes. "O que você acha que estão fazendo aqui?"

Ele deu de ombros. "Caçando."

"Caçando quem?"

Ele deu de ombros de novo. Ele nunca foi um homem de palavras, mesmo quando não era homem. Já eu estou do lado das palavras. Eu acho que ajuda.

"Então você os viu aqui antes?"

"Eu estava seguindo os dois quando você chegou. Eu recuei — não queria levá-los até em casa."

Bem, eu conseguia entender isso. "O que eles são?", perguntei. "Aspectos de quê? Não vejo nada assim desde o Ragnarök, mas, pelo que lembro..."

"Shh..."

Eu estava ficando meio de saco cheio de ser empurrado e mandado calar a boca. Ele é o gêmeo mais velho, sabe, e às vezes toma liberdades. Eu estava prestes a dar uma resposta irritada quando ouvi um som vindo de perto, e uma coisa apareceu rapidamente. Demorei um tempo para entender; mendigos são difíceis de ver nessa cidade, e ele estava escondido em uma caixa de papelão debaixo de uma saída de incêndio, mas agora se mexeu com rapidez, o sobretudo velho batendo como asas em volta dos tornozelos ossudos.

Eu o conhecia de passagem. O velho Moony, aqui como um Aspecto de Mani, a Lua, mas louco de pedra, o pobre velho (costuma acontecer quando eles usam álcool, e o hidromel da poesia é uma poção inebriante). Ainda assim, ele conseguiu correr, e estava correndo agora, mas, quando Bren e eu saímos da frente, os dois caras de sobretudo comprido vieram interceptá-lo na entrada do beco.

Mais perto agora — eu senti o cheiro deles. Um odor pungente e selvagem, meio podre. Bem, você sabe o que dizem. Não se pode ensinar higiene oral a um carnívoro.

Ao meu lado, eu sentia meu irmão tremendo. Ou era eu? Eu não tinha certeza. Eu estava com medo, eu sabia disso — embora ainda houvesse álcool suficiente correndo pelas minhas veias para me deixar um tanto distante de tudo. De qualquer modo, fiquei parado, escondido nas sombras, sem ousar me mexer. Os dois homens estavam ali, na boca do beco, e Moony parou, hesitando agora entre lutar e fugir. E...

Era lutar. Tudo bem, eu pensei. Até um rato se virava quando encurralado. Isso não queria dizer que *eu* tinha que me envolver. Eu também sentia o cheiro dele, o fedor penetrante de bebida e sujeira e aquele cheiro asqueroso e nojento de poeta. Ele estava com medo, eu sabia disso. Mas também era um deus — ainda que um Aspecto maltrapilho de um —, e isso queria dizer que ele *lutaria* como um deus, e até um deus velho e alcoólatra como Moony tem seus truques.

Os dois caras ainda podiam levar um susto.

Por um momento, eles se mantiveram no lugar, dois sobretudos e um poeta louco em um triângulo escuro embaixo de um único poste de luz. E então, eles se moveram — os homens com aquele movimento ágil e fluido que eu tinha visto antes, Moony com um salto e um grito e um brilho nas pontas dos dedos. Ele lançou um Týr — uma runa poderosa —, e eu a vi brilhar no ar escuro como um estilhaço de aço, voando na direção dos dois não-exatamente-homens. Eles desviaram — nenhum *pas de deux* podia ser mais gracioso —, separando-se e se juntando de novo quando o míssil passou, seguindo em uma formação similar a uma cabeça de machado na direção do velho deus.

Mas lançar Týr abalou Moony. É preciso ter força para lançar as runas das Escrituras Antigas, e a maior parte do feitiço dele tinha acabado. Ele abriu a boca — para dizer um feitiço, eu achei —, mas, antes que pudesse, os sobretudos se aproximaram com aquela velocidade sobre-humana bizarra, e consegui sentir o fedor deles mais uma vez, mas bem mais forte, como o interior da toca de um texugo. Eles se aproximaram, desabotoando os casacos enquanto corriam — mas eles *estavam* correndo? Pareciam *deslizar*, como barcos, abrindo os longos casacos como velas para esconder e envelopar o sitiado deus da lua.

Ele começou a cantarolar — o hidromel da poesia, sabe —, e por um segundo a voz bêbada rachou e mudou, tornando-se a de Mani em seu Aspecto total. Um brilho repentino surgiu — os predadores soltaram um único rosnado, mostrando os dentes — e por um momento ouvi o cantarolar de carruagem do louco deus da lua, em uma linguagem que você nunca conseguiria aprender, mas da qual uma única palavra poderia deixar um mortal louco de arrebatamento, fazer descerem as estrelas, deixar um homem morto — ou trazê-lo de volta à vida novamente.

Ele cantarolou, e por um momento os caçadores pararam — e seria aquilo um único sinal de lágrima cintilando na sombra de um chapéu preto? — e Mani cantou um feitiço de amor e morte, e da beleza que é a desolação e do breve vaga-lume que ilumina a escuridão — por um piscar de olhos, por uma respiração — antes de piscar, apagar e morrer.

Mas o canto não os fez parar por mais de um segundo. Com ou sem lágrimas, aqueles sujeitos estavam *famintos*. Eles deslizaram para a frente, as mãos esticadas, e agora eu conseguia ver *dentro* dos casacos desabotoados, e por um momento tive certeza de que não havia corpo por baixo das roupas, nem pelo nem escamas, nem carne nem osso. Só havia *a sombra*; a escuridão do Caos; um negrume além de cor ou mesmo sua ausência; um buraco no mundo, devorador de tudo, faminto de tudo.

Brendan deu um único passo, e o segurei pelo braço e puxei de volta. Era tarde demais, de qualquer modo; o velho Moony já era. Ele caiu — não com um estrondo, mas com um suspiro sinistro, como se tivesse sido perfurado —, e as criaturas que agora nem *pareciam* mais homens estavam em cima dele como hienas, as presas brilhando, o sibilar estático das dobras dos trajes.

Não havia nada de humano na forma como eles se moviam. Nada além do necessário. Eles o ASPIRARAM do sangue ao cérebro — todo glamour, toda fagulha, tudo de pessoal e inflamável — e o que deixaram parecia menos um homem do que um recorte de papelão de um homem caído na sujeira do beco.

E eles foram embora, abotoando os casacos sobre a terrível ausência por baixo.

Um silêncio. Brendan estava chorando. Ele sempre foi o sensível. Eu limpei uma coisa (suor, eu acho) do rosto e esperei que minha respiração voltasse ao normal.

"Aquilo foi horrível", eu disse por fim. "Não vejo nada assim desde o Fim do Mundo."

"Você o ouviu?", perguntou Brendan.

"Ouvi. Quem imaginaria que o velho ainda tinha tanto feitiço nele?"

Meu irmão não disse nada, mas escondeu os olhos.

De repente, percebi que estava com fome, e pensei por um momento em sugerir uma pizza, mas decidi que era melhor não. Bren andava tão sensível ultimamente que poderia se ofender.

"Bem, vejo você depois, eu acho." Eu saí andando com passos incertos, perguntando-me por que irmãos sempre são tão difíceis e desejando ter conseguido chamá-lo para ir na minha casa.

Eu não tinha como saber, mas queria ter sabido — eu nunca mais veria aquele Aspecto dele.

DORMI ATÉ TARDE NO dia seguinte. Acordei com uma dor de cabeça e uma conhecida sensação de náusea pós-coquetel, mas então lembrei — da mesma forma como você se lembra de fazer alguma coisa que afetou as costas quando estava na academia, mas na hora você não se deu conta de como ficaria ruim, até o dia seguinte — e me sentei ereto.

Os caras, eu pensei. *Aqueles dois caras.*

Eu devia estar mais bêbado do que pensava na noite de ontem, porque hoje de manhã a lembrança deles me fez ficar paralisado até o âmago. Choque atrasado; eu conheço bem, e para combater os efeitos pedi serviço de quarto com café completo. Enquanto tomava café e comia bacon, panquecas e rios de xarope de bordo, trabalhei na minha recuperação, e apesar de ter ido bem, considerando as circunstâncias, descobri que não conseguia tirar a morte do velho Moony da cabeça, nem o jeito ágil com que os dois sobretudos se aproximaram dele, engolindo seu encanto antes de se abotoarem e seguirem em frente. Poesia em movimento.

Eu ponderei sobre minha escapada de sorte — Bem, acho que, se eles não tivessem farejado Moony primeiro, teria sido Seu Amigo Aqui e o Irmão Bren que serviriam de porção dupla de prato do dia —, mas meu coração estava longe de estar leve quando me ocorreu que, se aqueles caras estivessem mesmo atrás da nossa espécie, isso era no máximo uma pausa, não um perdão, e que mais cedo ou mais tarde aqueles sobretudos estariam afiando os dentes na minha porta.

Assim, terminei o café da manhã e liguei para Bren. Mas só consegui falar com a secretária eletrônica, então pesquisei o número do restaurante dele e disquei. A linha estava muda.

Eu teria tentado o celular, mas, como falei, não somos tão próximos. Eu não sabia o número, nem o nome da garota dele, nem mesmo o número da casa. Tarde demais agora, certo? Pra você ver. Carpe diem, essas coisas. Assim, tomei banho e me vesti e saí rapidamente debaixo de nuvens pretas para o Flying Pizza, o local de trabalho de Bren (que nome idiota!), na esperança de arrancar alguma coisa do meu gêmeo.

Foi lá que percebi que alguma coisa estava errada. A dez quarteirões de distância, eu já sabia, e as sirenes e carros de bombeiro e os gritos e a fumaça foram só confirmação. Havia algo de ameaçador naquelas nuvens pretas no céu e na forma delas, como um chapéu russo, todas cheias de pontas com agulhas de relâmpago acima da cena devastada. Meu coração foi despencando cada vez mais conforme eu chegava perto. Alguma coisa estava bem errada mesmo.

Olhei ao redor para ter certeza de que não estava sendo observado, lancei a runa visionária Bjarkán com a mão esquerda e olhei de esguelha através da forma de luneta. Vi fumaça; e raios vindos do chão; o rosto do meu irmão, pálido e contraído; e fogo; escuridão; e também, como eu temia, a Sombra — e seus capangas, os lobos, os caçadores de sombras, embrulhados nos sobretudos pesados.

Aqueles caras, eu pensei, e falei um palavrão. *De novo.*

E agora eu sabia onde os tinha visto — e eles também eram bem ruins naquele Aspecto, embora eu tivesse mais problemas para resolver na época do que agora, e admito que não dediquei minha atenção total a eles. Mas agora tomei cuidado, lancei runas de disfarce em volta de mim enquanto desviava do funil de fumaça preta, a pira funerária do restaurante do meu irmão — e até onde eu sabia, do próprio Brendan, que pareceu bem destruído na minha visão.

Finalmente cheguei lá e fiquei de olho em sobretudos, mas dei de cara com carros de bombeiro e de polícia para todo lado. Uma área tinha sido isolada no fim da rua, e havia homens tentando jogar água na grande espuma efervescente de fogo que já tinha enfiado as garras dentro do Flying Pizza.

Eu poderia ter dito que eles estavam perdendo tempo. Não se pode apagar o trabalho de um deus do fogo — mesmo de um deus do fogo de lareira — como se fosse uma bombinha. As chamas subiam, com nove, doze, quinze metros de altura, limpas e amarelas e carregadas de encantamentos que provavelmente deviam parecer fagulhas saltitantes para a sua espécie, mas que, se tivessem tocado em você, teriam arrancado todas as suas camadas, da pele ao osso.

E Brendan?, eu pensei. *Ele ainda poderia estar vivo em algum lugar?*

Bem, se estivesse, devia ter fugido. Não tinha como alguém sobreviver àquele fogo. E não era a cara de Bren fugir de cena. Ele se virou e lutou; eu cheguei a ver isso na minha visão, e meu irmão era tão inflexivelmente contra o uso de feitiços entre as divindades que não teria usado se tivesse qualquer tipo de escolha.

Usei Ós — a runa do mistério — para ler o destino do meu irmão. Vi os rostos deles, finos e lupinos; vi o sorriso dele, os dentes à mostra, e por um segundo na minha visão ele poderia ter sido eu, selvagem e furioso e cheio de uma ira assassina. Ele sabia ser legal, o meu irmão, sabe; só era preciso mais tempo para fazê-lo explodir. Eu o vi puxar a espada mental — ardente, a espada era, com um gume que tremia em luz translúcida. Uma espada capaz de cortar granito ou seda com a mesma facilidade; uma espada que eu não via desde a última vez que o mundo acabou, uma chama oscilante da espada de um deus do fogo que só *tocou* a sombra no interior de um sobretudo desabotoado e se apagou em uma nuvem de fumaça.

Na escuridão, eles foram para cima dele. Pergunta respondida. Bem, pelo menos meu irmão se foi com estilo.

Enxuguei o rosto e ponderei sobre os problemas. Primeiro: eu agora era um gêmeo único. Segundo: a não ser que ele tivesse levado os agressores junto (coisa de que eu duvidava), agora os dois sobretudos estariam atrás de mim. Terceiro...

Eu estava começando a elaborar o terceiro problema quando uma mão pesada caiu no meu ombro, outra segurou meu braço acima do cotovelo, e as duas aplicaram pressão dolorosa, que logo ficou excruciante quando a junta travou, e uma voz baixa e familiar sussurrou no meu ouvido.

"Lucky. Eu devia saber que você estava metido nisso. Essa confusão tem seu nome escrito nela toda."

Soltei um gemido e tentei livrar o braço. Mas o outro filho da mãe estava me segurando com muita força.

"Se você se mexer, vou quebrar seu braço", rosnou a voz. "Porra, talvez eu devesse quebrar de qualquer jeito. Só pelos velhos tempos."

Indiquei a ele que preferia que não. Ele travou meu braço mais um pouco — senti-o começar a querer quebrar e gritei —, e ele me empurrou com força na direção da parede do beco. Eu bati na parede, quiquei, virei-me com a espada mental pronta, meio puxada, e me vi olhando para um par de olhos tão sombrios e sem cor quanto um dia de chuva. Que sorte a minha — um amigo com ressentimento. O único tipo que eu tenho agora.

Bem, eu disse *amigo*. Ele é da nossa espécie, mas você sabe como é. Fogo e tempestade — nós não nos damos. Além do mais, no Aspecto atual, ele era mais alto, mais pesado e batia com mais força do que eu. O rosto era uma nuvem de tempestade, e qualquer pensamento que tive sobre lutar com o cara evaporou como perfume barato. Embainhei a espada e decidi ser cauteloso.

"Ei", eu disse. "É o Thor."

Ele fungou. "Se tentar qualquer coisa, vou encharcar você", disse ele. "Tenho um exército de nuvens de tempestade prontas para descarregar. Você será apagado como uma lâmpada antes de poder piscar. Quer experimentar?"

"Eu já quis alguma vez? Cumprimento legal, amigo. Há quanto tempo."

Ele grunhiu. "Arthur é meu nome no Aspecto atual. Arthur Pluviôse — e *você* está morto." Ele fez parecer como se fosse uma espécie esquisita de cerimônia de batismo.

"Errado", eu disse. "*Brendan* está morto. E se você acha que eu participaria do assassinato do meu próprio irmão..."

"Eu não descartaria a possibilidade", disse Arthur, apesar de eu conseguir ver que a notícia o tinha abalado. "Brendan está *morto*?", repetiu ele.

"Infelizmente." Fiquei tocado — eu sempre achei que ele odiava nós dois.

"Então não foi você?"

"Nossa, como você é rápido."

Ele fez cara feia. "Então, como?"

"De que outra forma?" Eu dei de ombros. "A Sombra, claro. Caos. Surt Negro. Escolha a sua metáfora."

Arthur soltou um suspiro longo e baixo. Como se aquilo tivesse rondado a mente dele por tanto tempo que qualquer notícia — até uma má notícia, até uma notícia *terrível* — poderia ser um alívio. "Então é verdade", disse ele. "Eu estava começando a pensar..."

"Finalmente..."

Ele ignorou a provocação e se virou novamente para mim, os olhos de dia de chuva brilhando. "São os lobos, Lucky. Os lobos estão no rastro de novo."

Eu assenti. Lobos, demônios, não existe palavra em nenhuma língua das divindades para descrever exatamente o que eles eram. Eu os chamo de *efêmeros*, apesar de ter que admitir que não havia nada de efêmero no Aspecto atual deles.

"Skól e Haiti, os Caçadores do Céu, servos da Sombra, Devoradores do Sol e da Lua. E de qualquer outra coisa que apareça no caminho. Brendan deve ter tentado derrubá-los. Ele nunca teve bom senso."

Mas percebi que ele não estava mais ouvindo. "O Sol e..."

"A Lua." Eu contei uma versão resumida dos eventos da noite anterior. Ele ouviu, mas percebi que estava distraído.

"Então, depois da Lua, o Sol. Certo?"

"Eu acho." Eu dei de ombros. "Isto é, supondo que haja um Aspecto do Sól em Manhattan, e, se houver..."

"Há", disse Arthur com voz sombria. "O nome dela é Sunny." E havia alguma coisa nos olhos dele quando ele falou, algo mais nefasto do que as nuvens carregadas de chuva acima, ou a mão dele no meu ombro, horrivelmente camarada e pesada como chumbo, que me fez pensar que o dia seria ainda pior do que tinha sido até o momento.

"Sunny", eu disse. "Então ela será a próxima."

"Por cima do meu cadáver", disse Arthur. "E do seu", acrescentou ele, quase como uma ideia que lhe tivesse ocorrido depois, mantendo a mão no meu ombro e dando aquele sorriso perigoso e tempestuoso.

"Claro. Por que não?", eu disse, para agradá-lo. Eu podia fazer isso — estou acostumado a fugir, e sabia que, em um estalar de dedos, Lukas Wilde podia desaparecer em uma hora, sem deixar rastros.

Ele também sabia. Seus olhos se apertaram, e acima de nós as nuvens começaram a se mover suavemente, ganhando embalo como lã em um fuso. Uma covinha apareceu em seu ponto mais baixo — logo se tornaria um funil de ar, eu sabia, carregado de feitiços mortais.

"Lembre o que dizem", disse Arthur, falando comigo usando meu nome verdadeiro. "Aonde quer que você vá, você sempre leva o tempo com você."

"Você me entende mal." Eu sorri, apesar de não sentir a menor vontade. "Vou ficar feliz em ajudar sua amiga."

"Que bom", disse Arthur. Mas ficou com a mão no meu ombro, e o sorriso ainda era todo dentes. "Vamos ficar nas sombras. Não precisamos envolver as divindades mais do que o necessário. Certo?"

Era uma tarde escura e tempestuosa. Eu tinha a sensação de que seria a primeira de muitas.

SUNNY MORAVA EM BROOKLYN Heights, em um loft em uma rua tranquila. Não é um lugar que eu costume visitar, e isso explica eu não a ter visto antes. A maior parte da nossa espécie escolhe a abordagem discreta; deuses também têm inimigos, e achamos que compensa guardar nossos feitiços só para nós.

Mas Sunny era diferente. Para começar, de acordo com Arthur (que nome idiota!), ela não sabia mais o que era. Acontece às vezes; você simplesmente esquece. Fica tão absorto no Aspecto presente que começa a pensar que é igual a todo mundo. Talvez tenha sido isso o que a manteve protegida por tanto tempo; dizem que os deuses cuidam dos bêbados e dos pouco inteligentes e das crianças, e Sunny se qualificava. Ficou evidente que meu velho amigo Arthur estava cuidando dela havia quase um ano sem ela saber, cuidando para que ela recebesse a luz do sol de que precisava para ser feliz, mantendo os curiosos e gatunos longe da porta dela.

Porque até as divindades começavam a ficar desconfiadas quando uma pessoa como Sunny mora por perto. Não era só o fato de não chover havia meses; de às vezes toda Nova York estar embaixo de uma nuvem, exceto as duas ou três ruas em volta do quarteirão dela; nem das curiosas auroras boreais que às vezes iluminavam o céu acima do apartamento dela. Era *ela*, só *ela*, com seu rosto e seu sorriso, fazendo cabeças virarem conforme passava. Um homem — um *deus* — poderia se apaixonar.

Arthur tinha deixado seu Aspecto de deus da chuva de lado, e agora estava parecendo mais ou menos um cidadão comum, mas pude perceber que estava fazendo um esforço enorme. Assim que atravessamos a Ponte do Brooklyn, eu o vi começando a se encolher, da mesma forma que um homem gordo encolhe a barriga quando uma garota bonita entra na sala. E vi as cores dela — de longe, como luzes no céu, e a expressão no rosto dele, aquela expressão de desejo truculento — se intensificou um pouco.

Ele me lançou um olhar crítico. "Pega mais leve aí, tá?", disse ele.

Bem, *isso* foi ofensivo. Eu era bem mais chamativo como Lukas Wilde, mas ao olhar para Arthur naquele momento, achei que era um mau momento para mencionar. Diminuí a intensidade do meu casaco vermelho, mas mantive o cabelo como estava, escondendo meus olhos de cores diferentes atrás de um par de óculos de sol.

"Melhor?"

"Vai servir."

Estávamos do lado de fora do local agora. Um apartamento comum nos fundos de muitos outros; uma escada de incêndio preta, janelas pequenas, um jardinzinho no telhado espalhando filetes verdes nas calhas. Mas, na janela, havia uma luz, uma coisa parecida com luz do sol, eu acho, piscando ocasionalmente aqui e ali — seguindo os movimentos dela conforme ela andava pelo apartamento.

Algumas pessoas não têm ideia de como passarem despercebidas. Na verdade, era impressionante os lobos não a terem pegado antes. Ela nem tentou esconder as cores, o que era francamente mais do que burrice, eu achava — droga, ela não tinha nem fechado a cortina.

Arthur me lançou um dos olhares dele. "Nós vamos protegê-la, Lucky", disse ele. "E *você* vai ser legal. Tá?"

Fiz uma careta. "Eu sou sempre legal. Como você pode duvidar de mim?"

ELA NOS CONVIDOU PARA entrar na mesma hora. Não verificou credenciais; não lançou nenhum olhar desconfiado por trás da cortina aberta. Eu a tinha classificado como bonita, mas burra; agora via que era genuinamente inocente, uma garotinha perdida na cidade grande. Não era meu tipo, naturalmente, mas eu entendia o que Arthur via nela.

Ela nos ofereceu uma xícara de chá de *ginseng*. "Qualquer amigo de Arthur", disse ela, e vi a careta dolorosa quando ele tentou usar os dedos grandes na pequena xícara de porcelana, o tempo todo tentando se controlar para Sunny poder ter sua luz do sol...

Chegou um ponto em que foi demais para ele. Ele soltou tudo com um ofego de libertação, e a chuva começou a cair como cobras sibilando nas calhas.

Sunny pareceu consternada. "Maldita *chuva*!"

Arthur parecia ter levado um soco forte bem no lugar onde os deuses do trovão guardam o ego. Ele abriu aquele sorriso fraco de novo. "Não faz com que você se sinta segura?", disse ele. "Você não acha que tem uma certa poesia no som, como pequenos martelos batendo nos telhados?"

Sunny balançou a cabeça. "Eca."

Acendi a lareira com um discreto feitiço e um movimento de dedos da runa Kaen. Pequenas chamas pularam da grade e dançaram de forma encantadora na frente dela. Foi um bom truque, eu mesmo digo — principalmente porque era uma lareira elétrica.

"Legal", disse Sunny, sorrindo de novo.

Arthur soltou um rosnado baixo.

"E então — você viu alguma coisa estranha por aqui ultimamente?" pergunta idiota, eu disse para mim mesmo. Transfira uma deusa do sol para o terceiro andar de uma casa de arenito marrom de Manhattan e você tem chance de ver mais do que as pirotecnias ocasionais. "Nada de homens de terno?", eu prossegui. "Sobretudos escuros e chapéus fedora, como alguém saído dos quadrinhos ruins dos anos 1950?"

"Ah, *esses* caras." Ela serviu mais chá. "Sim, eu os vi ontem. Estavam farejando o beco." Os olhos azuis de Sunny escureceram um pouco. "Eles não pareceram simpáticos. O que querem?"

Eu ia contar sobre Bren e o que aconteceu com o Velho Moony, mas Arthur me impediu com um olhar. Sunny tem esse efeito, sabe; faz os homens quererem fazer coisas idiotas. Coisas idiotas, nobres, sacrifícios — e eu estava começando a entender que seria parte disso, querendo ou não.

"Nada com que *você* precise se preocupar", disse Arthur com um grande sorriso, fechando a mão no meu braço e me levando até a sacada. "São só uns caras que estamos procurando. Vamos acampar aqui hoje e ficar de olho neles por você. Se houver algum problema, estaremos aqui. Não precisa se preocupar. Certo?"

"Certo", disse Sunny.

"Certo", eu disse por entre dentes trincados (meu braço parecia ter sido atacado várias vezes com um martelo). Esperei até estarmos sozinhos e Sunny ter fechado as cortinas e me virei para ele. "Qual é a ideia?", eu perguntei. "Nós não podemos segurar os lobos-Sombra. Você já deve saber disso, certo? Você viu o que eles fizeram com Moony e Bren. Nossa única chance é fugir deles, levar sua amiga com você e correr como loucos para outra cidade, para outro continente se pudermos, onde a Sombra tem menos influência..."

Arthur fez uma expressão teimosa. "Eu não vou fugir."

"Tudo bem. Bem, foi um prazer... *Ai!* Meu *braço*!"

"E nem você", disse o Thor.

"Bem, com você dizendo *assim*..."

Posso ser um tantinho impetuoso, mas sei quando me render a uma força maior. Arthur estava decidido que nós dois seríamos heróis. A única escolha que restava era *me* decidir a ajudá-lo, possivelmente salvando assim nossas peles, ou tentar fugir assim que a guarda do filho da mãe estivesse baixa...

Bem, eu poderia ter seguido qualquer um dos dois caminhos, mas nessa hora vi nossos garotos no beco, farejando e rosnando como lobos de terno, e não me restou escolha nenhuma. Puxei minha espada mental, ele puxou a dele. Encantamentos e runas perturbaram o ar da noite. Não que *isso* fosse nos ajudar, eu pensei; não ajudou meu irmão Bren, nem o deus da lua velho e maluco. E Sombra — ou Caos, se você preferir — tinha encantos próprios suficientes com os quais atacar três deuses renegados, fugitivos que sobraram do Fim do Mundo...

"Ei! Aqui em cima!", gritou o Thor.

Dois pares de olhos se viraram para nós. Um sibilar como estática soou quando os efêmeros se sintonizaram com nosso paradeiro. Um brilho de dentes quando eles sorriram — e logo eles estavam subindo pela saída de incêndio, todo o fingimento de humanidade deixado de lado, ágeis embaixo daqueles casacos pretos enormes, sem nada lá dentro além de dentes e garras, como poesia com apetite.

Ah, que ótimo, eu pensei. Excelente jeito de ser discreto, Thor. Foi ato de sacrifício, um estratagema para atrair a atenção deles, ou ele poderia ter algum plano? Se tinha, era novidade. Um sacrifício impensado era bem coisa dele. Eu não teria me importado *tanto*, mas estava claro que, em sua generosidade sem limites, ele também pretendia *me* sacrificar.

"Lucky!" Estava chovendo novamente. Grandes filetes de chuva trovejante caíam em nossas cabeças abaixadas, brilhando nas luzes néon em tons de preto e laranja — do céu tomado de estática, grandes flocos de neve caíam. Bem, é isso que acontece perto de um deus da chuva estressado; mas não me impediu de ficar encharcado, desejando ter levado meu guarda-chuva. E não impediu os efêmeros. Nem os raios que caíam como mísseis no beco (eu também tenho habilidades, e as estava usando como louco) tinham efeito nos lobos do Caos, cujas formas imensamente ágeis e que remetiam a cobras agora estavam empoleiradas na escada de incêndio abaixo de nós, a três metros de distância, prontas para atacar.

Uma delas atacou — um raio mental voou. Reconheci a runa Hagall. Uma das mais poderosas do meu colega, mas passou direto pelo efêmero com um guincho agudo, e a criatura foi para cima de nós de novo, desabotoando o casaco, e agora eu tinha certeza de que havia *estrelas* lá dentro, estrelas e a insensata estática do espaço...

"Olha", eu disse. "O que vocês querem? Garotas, dinheiro, poder, fama... Consigo todas essas coisas para vocês, sem dificuldade. Tenho influência neste mundo. Dois caras bonitos e solteiros como vocês... Ei, vocês iam ser de matar no showbiz."

Talvez não tenha sido a melhor escolha de palavras.

O primeiro lobo nos lançou um olhar lascivo. *"Matar"*, disse ele. Àquelas alturas, eu já sentia o cheiro de novo, e sabia que palavras não poderiam me salvar. Primeiro, ele estava faminto. Segundo, *nada* com aquele nível de halitose poderia achar que faria sucesso no ramo da música. Eu sabia que alguns caras tinham chegado bem perto. Minha filha Hel, por exemplo, conseguiu, apesar da aparência — digamos, *alternativa* —, uma séria base de fãs em certos círculos. Mas não aqueles caras. Falando sério, *eca*.

Lancei um punhado de runas mentais nessa hora: Týr; Kaen; Hagall; Ýr — mas nenhuma delas sequer o atrapalhou. O outro lobo estava em cima de nós agora, e Arthur estava lutando com ele, preso nas abas do casaco preto. A sacada estava se afastando da parede; fagulhas e estilhaços de luz das runas sibilavam na chuva torrencial.

Droga, eu pensei, *eu vou morrer molhado.* E ergui um escudo usando a runa Sól, e com a última onda desesperada do meu encanto, lancei *todas* as runas de fogo do Primeiro Aettir nas duas criaturas que já tinham sido lobos, mas que agora eram encarnações sinistras da vingança, porque nada escapa do Caos, nem o Trovão, nem o Incêndio, nem mesmo o Sol...

"Vocês estão bem aí fora?" Era Sunny, espiando por uma abertura na cortina. "Querem mais chá de *ginseng*?"

"Ah... não, obrigado", disse Arthur, agora com um lobo demônio em cada mão e aquele sorriso estúpido na cara de novo. "Olha, ah, Sunny, vai pra dentro. Estou meio ocupado agora..."

A coisa que o Thor estava segurando finalmente escapou da mão dele. Mas não foi longe; pulou em mim e me derrubou para trás, na amurada. A sacada cedeu com um gemido, e nós todos caímos juntos, de três andares. Eu bati no deque — com muita força — com o efêmero em cima de mim, e toda a vontade de lutar me foi arrancada e eu soube que era meu fim.

Sunny espiou da janela. "Está precisando de ajuda?", gritou ela para mim.

Eu conseguia ver *dentro* da criatura agora, e era sombrio — como aqueles contos de fada em que os dedos dos pés de duas irmãs são cortados e os vilões são bicados até a morte por corvos e até a pequena sereia tem que andar sobre navalhas pelo resto da vida por ousar se apaixonar... Só que eu sabia que Sunny tinha visto a versão da Disney, com todos os finais felizes, e os passarinhos e coelhos e os malditos esquilos (eu odeio esquilos!) cantando em harmonia, nas quais até os lobos são bonzinhos e ninguém nunca se machuca *de verdade*...

Dei um sorriso sarcástico para ela. "Preciso, você ajudaria?", eu disse.

"Tudo bem", disse Sunny, e puxou a cortina e foi para a sacada.

E uma coisa muito estranha aconteceu.

EU A ESTAVA OBSERVANDO do beco, os braços presos nas laterais do corpo agora e o efêmero montado em mim com o casaco aberto como um abutre prestes a bicar um globo ocular. O frio era tão intenso que eu não conseguia sentir as mãos, e o fedor da coisa fazia minha cabeça girar, e a chuva estava caindo no meu rosto, e meu encanto estava se esvaindo tão rápido que eu soube que tinha segundos, não mais...

A primeira coisa que ela fez foi abrir o guarda-chuva.

Ignorou as ordens desesperadas de Arthur — além do mais, ele ainda estava lutando com o segundo efêmero. As cores dele estavam chamejando de forma espalhafatosa; as luzes das runas rodopiavam em torno dos dois, beligerantes contra a chuva forte.

E, então, ela sorriu.

Foi como se o sol tivesse aparecido. Só que era noite, e a luz era tipo umas sessenta vezes mais poderosa do que a luz mais forte que você já viu, e o beco se iluminou em um branco intenso, e eu fechei bem os olhos para não se queimarem e caírem das órbitas bem ali, e todas essas coisas aconteceram ao mesmo tempo.

Primeiro de tudo, a chuva parou. A pressão no meu peito desapareceu, e consegui mover os braços de novo. A luz, que tinha sido intensa demais até para ver assim que começou a brilhar, se dispersou em um cintilar rosa-esverdeado. Pássaros no telhado começaram a cantar. Um aroma de alguma coisa floral se espalhou pelo ar — o mais estranho de tudo naquele beco, em que o cheiro de mijo era predominante —, e alguém colocou a mão no meu rosto e disse:

"Tudo bem, querido. Eles foram embora."

Bem, foi isso. Eu abri os olhos. Achei que tinha sofrido uma concussão maior do que pensava, ou que havia alguma coisa que o Thor não tivesse me contado. Ele me analisava, parecendo constrangido e acanhado. Sunny estava ajoelhada ao meu lado, alheia à sujeira do beco, e o vestido azul brilhava como o céu de verão, e os pés descalços eram como pequenos pássaros brancos, e o cabelo louro-claro caía no meu rosto, e fiquei feliz de ela não ser meu tipo, porque aquela moça era problema do começo ao fim. E ela me deu um sorriso que parecia um dia de verão, e o rosto de Arthur ficou perigosamente vermelho, e Sunny disse:

"Lucky? Você está bem?"

Eu esfreguei os olhos. "Acho que sim. O que aconteceu com Skól e Haiti?"

"Aqueles caras?", disse ela. "Ah, eles tiveram que ir embora. Eu os mandei de volta para a Sombra."

Agora Arthur estava com uma expressão incrédula. "Como você sabe sobre a Sombra?", perguntou ele.

"Ah, Arthur, você é tão *fofo*." Sunny saltitou até ficar de pé e deu um beijo no nariz do Thor. "Como se eu pudesse ter vivido aqui tanto tempo sem saber que eu era diferente..." Ela olhou para o céu iluminado. "Aurora boreal", disse ela com alegria. "A gente devia ver isso aqui com mais frequência. Mas agradeço muito", disse ela. "Por vocês cuidarem de mim e tudo. Se as coisas tivessem sido diferentes, se nós não fôssemos feitos de elementos tão diferentes, talvez você e eu pudéssemos... você sabe..."

O rosto de Arthur ficou ainda mais vermelho, se é que era possível.

"E o que vocês vão fazer agora?", perguntou ela. "Acho que estamos em segurança — ao menos por um tempo. Mas o Caos sabe sobre nós agora. E a Sombra nunca desiste..."

Pensei no assunto por um tempo. E uma ideia me ocorreu. Eu disse: "Você já pensou em uma carreira no ramo do entretenimento? Eu poderia arrumar um trabalho para você com a banda...". Eu me perguntei se ela sabia cantar. A maioria das esferas celestiais sabia, claro, e de qualquer forma ela iluminaria um ambiente só de subir no palco — nós economizaríamos uma fortuna em pirotecnia...

Ela abriu aquele sorriso dela de megawatts. "Arthur também está na banda?"

Eu olhei para ele. "Pode estar, eu acho. Sempre tem espaço para um baterista."

Pensando melhor, há muito a ser dito sobre pegar a estrada agora. Novas pessoas, novas músicas, novos lugares para ir...

"Seria legal." O rosto dela estava melancólico. O dele parecia o de um cachorrinho doente, e fiquei ainda mais aliviado de nunca ter sido do tipo romântico. Tentei imaginar o resultado: a deusa do sol e o deus do trovão no palco juntos, todas as noites.

Eu achava que via agora. O Wildfire em turnê de novo. Estamos falando de chuvas de peixe, de auroras boreais equatoriais; de furacões, eclipses, erupções solares, enchentes relâmpago — e raios. Muitos raios. Podia ser meio arriscado, claro.

Mas, de qualquer modo, um show e tanto.

JOANNE HARRIS é autora de *The Evil Seed* e *Chocolate*, que foi número um da lista de campeões de vendas do *London Sunday Times* e foi indicado na categoria Melhor Livro do Ano do prêmio Whitbread de 1999. *Runas*, publicado em 2007, foi seu primeiro livro para crianças e adolescentes.

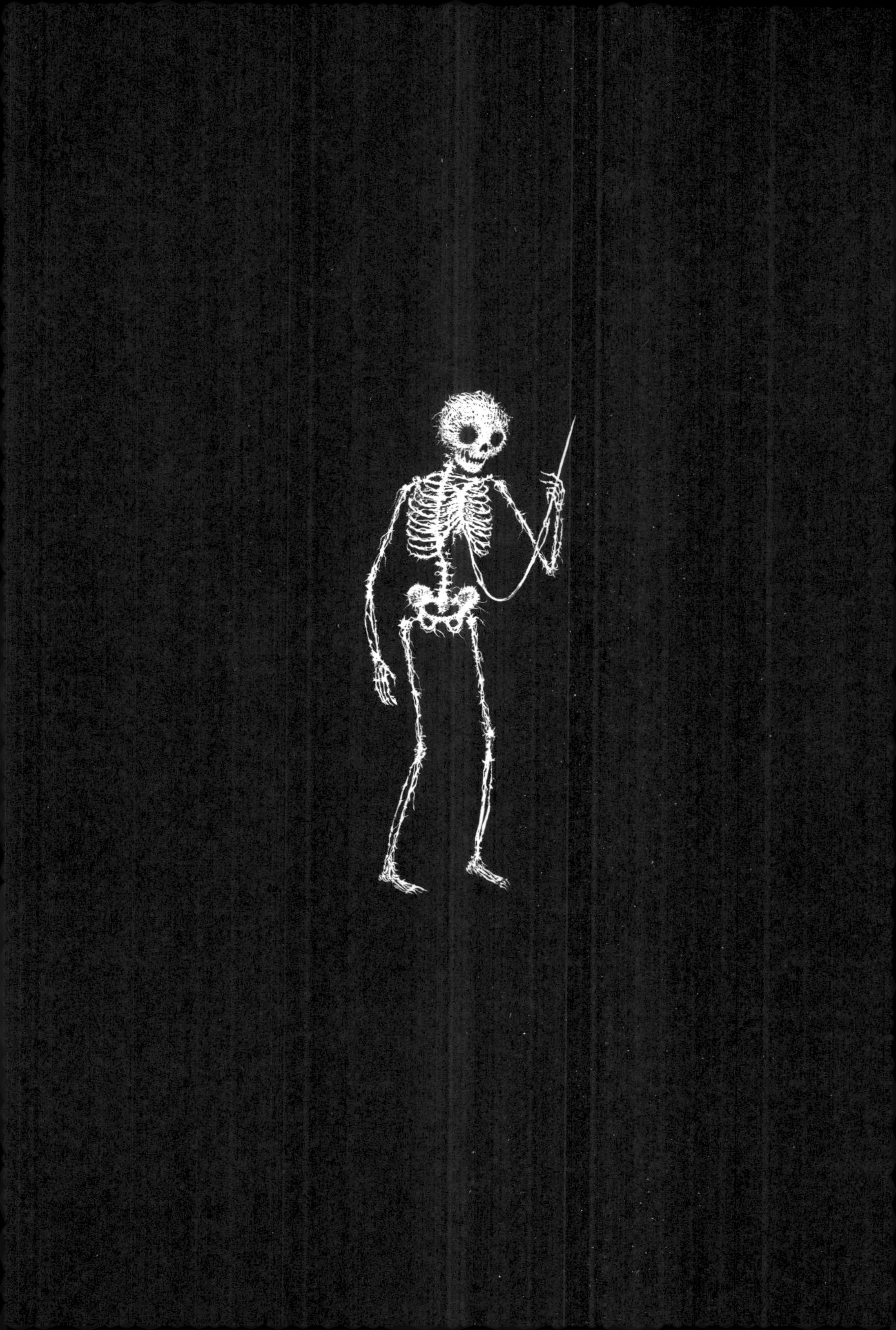

A

NEIL GAIMAN

A verdade é uma caverna nas Montanhas Negras

VOCÊ ME PERGUNTA SE POSSO ME perdoar? Eu posso me perdoar por muitas coisas. Por onde o deixei. Pelo que fiz. Mas não vou me perdoar pelo ano em que odiei minha filha, quando acreditei que ela tinha fugido, talvez para a cidade. Durante aquele ano, proibi que o nome dela fosse mencionado, e se o nome dela entrasse nas minhas orações enquanto eu orava, era para pedir que ela um dia aprendesse o significado do que tinha feito, da desonra que havia trazido à família, do vermelho que contornava os olhos da mãe dela.

Eu me odeio agora por isso, e nada o irá diminuir, nem mesmo o que aconteceu naquela noite, na encosta da montanha.

Eu tinha procurado por quase dez anos, apesar de o rastro estar frio. Eu diria que o encontrei por acidente, mas não acredito em acidentes. Se você segue o caminho, acaba chegando à caverna.

Mas isso foi depois. Primeiro, houve o vale no continente, a casa branca na campina suave com o regato no meio, uma casa que parecia um quadrado de céu branco na grama verde, com a urze ficando roxa.

E havia um garoto do lado de fora da casa, tirando lã de um espinheiro. Ele não viu enquanto eu me aproximava, e não levantou o rosto até eu dizer: "Eu também fazia isso. Recolhia a lã dos espinheiros e galhos. Minha mãe lavava, depois fazia coisas para mim com ela. Uma bola e uma boneca".

Ele se virou. Pareceu chocado, como se eu tivesse aparecido do nada. E não tinha. Eu tinha andado muitos quilômetros, e ainda tinha muitos outros a seguir. Eu disse: "Eu ando silenciosamente. Essa é a casa de Calum MacInnes?".

O garoto assentiu, empertigou-se todo até sua altura máxima, que era talvez dois dedos a mais do que a minha, e disse: “Eu sou Calum MacInnes”.

“Tem outro com esse nome? O Calum MacInnes que eu procuro é um homem adulto.”

O garoto não disse nada, só soltou uma bola densa de lã de ovelha dos dedos ávidos do espinheiro. Eu disse: “Seu pai, talvez? Ele seria Calum MacInnes também?”.

O garoto estava me examinando. “O que você é?”, perguntou ele.

“Eu sou um homem pequeno”, eu disse. “Mas sou homem mesmo assim, e vim ver Calum MacInnes.”

“Por quê?” O garoto hesitou. E então: “E por que você é tão pequeno?”.

Eu disse: “Porque eu tenho uma coisa para perguntar ao seu pai. Coisa de homem”. Vi um sorriso começar a surgir nos cantos dos lábios dele. “Não é uma coisa ruim ser pequeno, jovem Calum. Houve uma noite em que os Campbell bateram à minha porta, uma tropa inteira, doze homens com facas e varas, e eles disseram à minha esposa, Morag, que ela tinha que me entregar, pois eles tinham ido me matar em vingança por alguma besteira imaginada. E ela disse: ‘Jovem Johnnie, corra até a campina mais distante e diga ao seu pai para voltar para casa, que eu mandei chamar’. E os Campbell viram o garoto sair correndo pela porta. Eles sabiam que eu era uma pessoa perigosa. Mas ninguém tinha dito para eles que eu era um homenzinho, ou, se alguém disse, eles não acreditaram.”

“O garoto chamou você?”, perguntou o rapaz.

“Não era garoto nenhum”, eu disse para ele, “era eu mesmo. E eles me tinham ali, mas mesmo assim eu saí pela porta e escapei por entre os dedos deles.”

O garoto riu. Então disse: “Por que os Campbell estavam atrás de você?”.

“Foi uma discordância sobre a propriedade do gado. Eles acharam que as vacas eram deles. Eu aleguei que a posse das vacas pelos Campbell tinha acabado na primeira noite em que as vacas foram comigo pelas colinas.”

“Espere aqui”, disse o jovem Calum MacInnes.

Eu me sentei ao lado do regato e olhei para a casa. Era uma casa de bom tamanho: eu acharia que era a casa de um médico ou de um homem da lei, não de um saqueador de fronteira. Havia pedrinhas no chão, e fiz uma pilha delas, e joguei as pedrinhas, uma a uma, no regato. Tenho um olho bom, e gostei de jogar as pedrinhas pela campina até a água. Eu tinha jogado cem pedras quando o garoto voltou, acompanhado de um homem alto com andar gingado. O cabelo tinha mechas grisalhas, o rosto era longo e lupino. Não há lobos naquelas colinas, não mais, e os ursos também sumiram.

"Bom dia para você", eu disse.

Ele não disse nada em resposta, só ficou olhando; estou acostumado a olhares. "Estou procurando Calum MacInnes. Se for você, diga, e vou cumprimentá-lo. Se não for, me diga logo, e sigo meu caminho."

"O que você quer com Calum MacInnes?"

"Quero contratá-lo como guia."

"E aonde você gostaria de ser levado?"

Eu o encarei. "É difícil de dizer", eu disse. "Pois há alguns que dizem que não existe. Há uma certa caverna na Ilha da Névoa."

Ele não disse nada. Depois, falou: "Calum, volte para casa".

"Mas pa..."

"Diga para sua mãe que mandei ela lhe dar um doce de leite. Você gosta. Vá."

Expressões diferentes surgiram no rosto do garoto — perplexidade, fome, felicidade —, e ele se virou e voltou correndo para a casa branca.

Calum MacInnes disse: "Quem mandou você aqui?".

Eu apontei para o regato seguindo entre nós, colina abaixo. "O que é isso?", perguntei.

"Água", respondeu ele.

"E dizem que há um rei além dela", eu disse.

Eu não o conhecia na ocasião, e nunca o conheci bem, mas seus olhos ficaram alertas, e a cabeça se inclinou para o lado. "Como vou saber que você é quem você diz que é?"

"Eu não aleguei nada", eu disse. "Só que tem alguns que ouviram que tem uma caverna na Ilha da Névoa, e que você talvez saiba o caminho."

Ele disse: "Eu não vou dizer onde a caverna fica".

"Eu não vim pedir instruções. Estou procurando um guia. E dois viajam em mais segurança do que um."

Ele me olhou de cima a baixo, e esperei a piada sobre meu tamanho, mas ele não a fez, e fiquei agradecido por isso. Ele só disse: "Quando chegarmos à caverna, eu não vou entrar. Você tem que pegar o ouro sozinho".

Eu disse: "Para mim, tanto faz".

Ele disse: "Você só pode pegar o que conseguir carregar. Eu não vou tocar em nada. Mas, sim, eu levo você".

Eu disse: "Você vai ser bem pago pelo incômodo". Eu enfiei a mão no gibão e entreguei a bolsinha que carregava lá dentro. "Isto é por me levar. Outra com o dobro do tamanho quando voltarmos."

Ele virou as moedas da bolsinha na mão enorme e assentiu. "Prata", disse ele. "Bom." E também: "Vou me despedir da minha esposa e do meu filho".

"Não tem nada que você precise trazer?"

Ele disse: "Eu era saqueador na juventude, e saqueadores viajam com pouca coisa. Vou pegar uma corda, para as montanhas". Ele bateu na espada que estava pendurada no cinto e entrou na casa branca. Eu nunca vi a esposa dele, nem naquela hora, nem em nenhuma outra. Não sei de que cor o cabelo dela era.

Joguei mais cinquenta pedras no regato enquanto esperava, até que ele voltou com um rolo de corda pendurado em um ombro, e saímos andando juntos para longe de uma casa grande demais para qualquer saqueador, e seguimos na direção oeste.

AS MONTANHAS ENTRE O resto do mundo e a costa são colinas graduais, visíveis de longe como coisas suaves, roxas e indefinidas, como nuvens. Parecem convidativas. São montanhas lentas, do tipo que se sobe com facilidade, como se sobe uma colina, mas são colinas que levam um dia inteiro e ainda mais para subir. Nós subimos a colina, e, no final do primeiro dia, estávamos com frio.

Vi neve nos picos acima, mesmo sendo o ápice do verão.

Não dissemos nada um para o outro naquele primeiro dia. Não havia nada a ser dito. Nós sabíamos aonde estávamos indo.

Fizemos uma fogueira de bosta seca de ovelha e um espinheiro ressecado; fervemos água e preparamos nosso mingau, cada um jogando um punhado de aveia e uma pitada de sal na panelinha que eu carregava. O punhado dele foi enorme, e o meu foi pequeno, como as minhas mãos, o que o fez sorrir e dizer: "Espero que você não coma metade do mingau".

Eu disse que não ia e, realmente, não comi, pois meu apetite é menor do que o de um homem adulto. Mas isso é uma coisa boa, eu acredito, pois consigo seguir na floresta só com nozes e frutas que não impediriam uma pessoa maior de morrer de fome.

Uma espécie de caminho seguia pelas colinas altas, e o percorremos e não encontramos quase ninguém: um funileiro e seu burro, carregado de panelas velhas, e uma garota puxando o burro, que sorriu para mim quando achou que eu era uma criança, depois fez cara de desprezo quando percebeu o que sou, e teria jogado uma pedra se o funileiro não tivesse batido na mão dela com o chicote que estava usando para encorajar o burro; e, mais tarde, ultrapassamos uma velha e um homem que ela disse que era seu neto, voltando pelas colinas. Nós comemos com ela, e ela nos contou que tinha ido ao nascimento do primeiro bisneto, que foi um bom parto. Ela disse que leria nossa sorte nas linhas das palmas da mão se tivéssemos moedas para botar na dela. Eu dei à senhora um *groat* das terras baixas, e ela olhou a palma da minha mão.

Ela disse: "Vejo morte no seu passado e morte no seu futuro".

"A morte espera no futuro de todos", eu disse.

Ela fez uma pausa, lá na mais alta das terras altas, onde os ventos do verão trazem sopros de inverno, onde uivam e batem e cortam o ar como facas. Ela disse: "Houve uma mulher em uma árvore. Vai haver um homem em uma árvore".

Eu disse: "Isso vai significar alguma coisa para mim?".

"Um dia. Talvez." Ela disse: "Cuidado com o ouro. A prata é sua amiga". E, assim, ela encerrou comigo.

Para Calum MacInnes, ela disse: "Sua palma foi queimada". Ele disse que era verdade. Ela disse: "Me dê sua outra mão, a esquerda". Ele deu. Ela olhou com atenção. E disse: "Você volta para onde começou. Você vai chegar mais longe do que a maioria dos homens. E não tem túmulo esperando por você nesse lugar aonde está indo".

Ele disse: "Você está me dizendo que não vou morrer?".

"É a sorte de uma mão esquerda. Só sei o que falei, mais nada."

Ela sabia mais. Eu vi em seu rosto.

Aquela foi a única coisa de importância que nos aconteceu no segundo dia.

Nós dormimos a céu aberto naquela noite. A noite estava clara e fria, e o céu estava carregado de estrelas que pareciam tão luminosas e próximas que eu sentia que dava para esticar o braço e pegá-las, como frutas silvestres.

Ficamos deitados lado a lado sob as estrelas, e Calum MacInnes disse: "A morte aguarda você, ela disse. Mas a morte não me aguarda. Acho que minha sorte foi melhor".

"Talvez."

"Ah", disse ele. "É tudo besteira. Conversa de mulher velha. Não é verdade."

Acordei na neblina da aurora e vi um cervo nos observando com curiosidade.

No terceiro dia, chegamos ao cume das montanhas e começamos a descer a encosta.

Meu companheiro disse: "Quando eu era garoto, a espada do meu pai caiu no fogo de cozinhar. Eu a peguei, mas o cabo de metal estava tão quente quanto as chamas. Eu não esperava isso, mas não quis soltar a espada. Eu a carreguei para longe do fogo e mergulhei-a na água. Soltou vapor. Eu me lembro disso. A palma da minha mão ficou queimada e minha mão se curvou, como se fosse ter que carregar uma espada até o fim dos dias".

Eu disse: "Você com sua mão. Eu, só um homenzinho. Que ótimos heróis nós somos, procurando nossa fortuna na Ilha da Névoa".

Ele soltou uma gargalhada, curta e sem humor. "Que ótimos heróis." Isso foi tudo que ele disse.

A chuva começou a cair nessa hora e não parou. Naquela noite, nós passamos por um pequeno lote de terra com uma casa. Havia um filete de fumaça saindo da chaminé, e nós chamamos o dono, mas não houve resposta.

Eu empurrei a porta e chamei de novo. O local estava escuro, mas eu sentia cheiro de sebo, como se uma vela acesa tivesse acabado de ser apagada.

"Não tem ninguém em casa", disse Calum, mas eu balancei a cabeça e segui em frente, depois enfiei a cabeça na escuridão embaixo da cama.

"Você pode fazer a gentileza de sair?", perguntei. "Pois somos viajantes em busca de calor e abrigo e hospitalidade. Nós compartilharemos nossa aveia e nosso sal e nosso uísque. E não vamos fazer mal a você."

Primeiro a mulher, escondida embaixo da cama, não disse nada, depois falou: "Meu marido está viajando, nas colinas. Ele mandou que eu me escondesse se estranhos aparecessem, por medo do que poderiam fazer comigo".

Eu disse: "Sou só um homenzinho, boa mulher, do tamanho de uma criança, você poderia me jogar longe com um golpe. Meu companheiro é um homem de tamanho normal, mas juro que não faremos nada a você além de aproveitar da sua hospitalidade e nos secar. Por favor, saia".

Toda coberta de poeira e teias de aranha ela estava quando saiu, mas, mesmo com o rosto todo sujo, ela era linda, e mesmo com o cabelo cheio de teias e acinzentado pela poeira, ainda era comprido e denso, e vermelho-dourado. Por um momento ela me fez pensar na minha filha, mas minha filha olharia um homem nos olhos, enquanto aquela só olhava para o chão, com medo, como alguma coisa esperando para levar uma surra.

Eu dei a ela um pouco da nossa aveia, e Calum pegou tiras de carne seca no bolso, e ela foi até o campo e voltou com dois nabos mirrados e preparou comida para nós três.

Eu comi minha parte. Ela estava sem apetite. Acredito que Calum ainda estava com fome quando terminou a refeição. Ele serviu uísque para nós três: ela tomou só um pouco, e com água. A chuva batia no telhado da casa e pingava em um canto, e, por mais desagradável que fosse, fiquei feliz de estar debaixo de um teto.

Foi nessa hora que um homem entrou pela porta. Ele não disse nada, só olhou para nós, desconfiado, com raiva. Tirou a capa de juta oleada e o chapéu, e largou tudo no chão de terra. Estavam pingando e fizeram uma poça. O silêncio foi opressor.

Calum MacInnes disse: "Sua esposa nos deu hospitalidade quando a encontramos. Difícil foi encontrar".

"Nós pedimos hospitalidade", eu disse. "Assim como pedimos a você."

O homem não disse nada, só grunhiu.

Nas terras altas, as pessoas gastam palavras como se fossem moedas de ouro. Mas o costume é forte aqui: estranhos que pedem hospitalidade devem receber, mesmo que você tenha uma briga de sangue contra eles e seu respectivo clã ou grupo.

A mulher — pouco mais do que uma garota, enquanto a barba do marido era grisalha e branca, e me perguntei por um momento se ela era filha dele, mas, não; só havia uma cama, onde mal cabiam dois —, a mulher saiu, foi para o cercado de ovelhas adjunto à casa e voltou com bolinhos de aveia e presunto seco que devia ter escondido lá, cortou-o em fatias finas e o botou sobre um talhador de madeira na frente do homem.

Calum serviu uísque para o homem e disse: "Nós procuramos a Ilha da Névoa. Você sabe se está lá?".

O homem olhou para nós. Os ventos são mais frios nas terras altas, e arrancariam as palavras dos lábios de um homem. Ele repuxou a boca e disse: "Está. Eu a vi do pico esta manhã. Está lá. Não sei dizer se vai estar amanhã".

Nós dormimos no piso de terra batida da cabana. O fogo se apagou, e não houve calor da lareira. O homem e sua mulher dormiram na cama, atrás da cortina. Ele fez o que quis com ela embaixo da pele de carneiro que cobria a cama, e, antes de fazer isso, bateu nela por nos alimentar e nos deixar entrar. Eu os ouvi, não pude deixar de ouvi-los, e o sono foi difícil de encontrar naquela noite.

Eu já dormi em casas de pobre, e já dormi em palácios, e já dormi sob as estrelas, e teria dito antes daquela noite que todos os lugares eram iguais para mim. Mas acordei antes da primeira luz, convencido de que tínhamos que ir embora daquele lugar, mas sem saber por quê, e acordei Callum com um dedo nos lábios dele, e saímos silenciosamente da casa na montanha sem nos despedir, e nunca fiquei tão feliz de ir embora de algum lugar.

Estávamos a um quilômetro e meio do lugar quando eu falei: "A ilha. Você perguntou se estaria lá. Claro, uma ilha está em um lugar ou não está".

Calum hesitou. Ele parecia estar pesando as palavras, e disse: "A Ilha da Névoa não é como os outros lugares. E a névoa que a envolve não é como as outras névoas".

Nós seguimos por um caminho gasto por centenas de anos por ovelhas e cervos e uma boa quantidade de homens.

Ele disse: "Eles também a chamam de Ilha Alada. Alguns dizem que é porque a ilha, se vista de cima, parece um par de asas de borboleta. E não sei quanto disso é verdadeiro". E também: "'E o que é a verdade?', disse o zombeteiro Pilatos".

É mais difícil descer do que subir.

Eu pensei no assunto. "Às vezes eu acho que a verdade é um lugar. Na minha mente, é como uma cidade: pode haver cem estradas, mil caminhos, todos que acabam levando ao mesmo lugar. Não importa de onde você vem. Se você anda na direção da verdade, vai chegar a ela pelo caminho que escolher."

Calum MacInnes olhou para mim e não disse nada. E então: "Você está enganado. A verdade é uma caverna nas Montanhas Negras. Só tem um caminho até lá, só um, e esse caminho é traiçoeiro e difícil, e se você escolher o caminho errado, vai morrer sozinho, na encosta da montanha".

Nós chegamos à crista e olhamos para a costa abaixo. Eu via vilarejos lá embaixo, junto à água. E conseguia ver as Montanhas Negras à minha frente, do outro lado do mar, saindo da névoa.

Calum disse: "Ali está sua caverna. Naquelas montanhas".

Os ossos da terra, eu pensei, ao vê-las. E fiquei inquieto, pensando em ossos, e, para me distrair, eu disse: "E quantas vezes você foi lá?".

"Só uma." Ele hesitou. "Eu procurei durante todo o meu décimo sexto ano, pois tinha ouvido as lendas, e acreditei que encontraria se procurasse. Eu tinha dezessete anos quando cheguei lá, e voltei com todas as moedas de ouro que consegui carregar."

"E você não teve medo da maldição?"

"Quando eu era jovem, não tinha medo de nada."

"O que você fez com seu ouro?"

"Uma parte eu enterrei e só eu sei onde. O resto usei como pagamento pela mulher que eu amava, e construí uma boa casa com ele."

Ele parou como se já tivesse falado demais.

Não havia barqueiro no píer. Só um barquinho pequeno, onde mal cabiam três homens adultos, amarrado a um tronco de árvore na margem, torto e meio morto, e um sino ao lado.

Eu toquei o sino, e logo um homem gordo apareceu na margem.

Ele disse para Calum: "Vai custar um xelim pelo transporte, e três vinténs para o seu garoto".

Eu me empertiguei. Não sou tão grande quanto os outros homens, mas tenho tanto orgulho quanto qualquer outro. "Eu também sou um homem", eu disse. "Vou pagar o xelim."

O barqueiro me olhou de cima a baixo e coçou a barba. "Peço perdão. Meus olhos não são o que já foram. Vou levar vocês à ilha."

Eu entreguei um xelim a ele. Ele pesou na mão. "São nove vinténs que você não tirou de mim à base de trapaça. Nove vinténs é muito dinheiro nessa época sombria." A água estava da cor de ardósia, apesar de o céu estar azul, e montes de espuma seguiam uns aos outros à medida que percorriam a superfície da água. Ele desamarrou o barco e o empurrou pelas pedras até a água. Nós entramos na água fria e subimos a bordo.

A batida de remos na água do mar, e o barco sendo impulsionado em movimentos tranquilos. Eu me sentei mais perto do barqueiro. Eu disse: "Nove vinténs. É um bom dinheiro. Mas ouvi falar de uma caverna nas montanhas da Ilha da Névoa, cheia de moedas de ouro, o tesouro dos antigos".

Ele balançou a cabeça como quem descarta a ideia.

Calum estava me olhando, os lábios tão apertados que estavam brancos. Eu o ignorei e perguntei novamente ao homem: "Uma caverna cheia de moedas de ouro, presente dos nórdicos ou sulistas ou dos que dizem que estiveram aqui muito antes de qualquer um de nós: os que fugiram para o Oeste quando as pessoas vieram".

"Ouvi falar", disse o barqueiro. "Também ouvi falar da maldição. Acho que um pode cuidar do outro." Ele cuspiu no mar. E disse: "Você é um homem honesto, anão. Estou vendo na sua cara. Não procure essa caverna. Nada de bom pode vir de lá".

"Tenho certeza de que você está certo", eu disse para ele, sem malícia.

"Tenho certeza de que estou", disse ele. "Pois não é todos os dias que eu levo um saqueador e um homenzinho anão para a Ilha da Névoa." E ele disse: "Nesta parte do mundo, não é considerado bom agouro falar sobre os que foram para o Oeste". Nós seguimos pelo resto da viagem em silêncio, embora o mar tivesse ficado mais agitado e as ondas batessem na lateral do barco, de tal forma que me segurei com as duas mãos por medo de ser levado embora.

E depois do que pareceu ser meia vida, o barco foi preso a um píer comprido de pedras pretas. Nós andamos pelo píer enquanto as ondas batiam à nossa volta, os borrifos de sal beijando nossos rostos. Havia um corcunda em terra vendendo biscoitos de aveia e ameixas secas até quase virarem pedra. Dei um vintém a ele e enchi os bolsos do gibão.

Nós entramos na Ilha da Névoa.

Estou velho agora, ou pelo menos não sou mais jovem, e tudo que vejo lembra outra coisa que vi, de forma que não vejo nada pela primeira vez. Uma garota bonita, o cabelo vermelho-fogo, me lembra de só mais cem moças iguais, e as mães delas, e o que elas eram enquanto cresciam, e a aparência que tinham quando morreram. É a maldição da idade, que todas as coisas sejam reflexo de outras coisas.

Eu digo isso, mas meu tempo na Ilha da Névoa, que também é chamada pelos sábios de Ilha Alada, não me lembra de nada além dele mesmo. É um dia daquele píer até chegar às Montanhas Negras.

Calum MacInnes olhou para mim, metade do tamanho dele ou menos, e saiu em uma passada larga, como se me desafiando a acompanhar. As pernas dele o impulsionavam pelo chão, que estava molhado, e por todas aquelas samambaias e urzes.

Acima de nós, nuvens baixas passavam, cinzentas e brancas e pretas, escondendo umas às outras e se revelando e se escondendo de novo.

Eu o deixei ir à frente, deixei-o seguir na chuva, até ser engolido pela névoa úmida e cinza. Só então eu saí correndo.

Essa é uma das coisas secretas sobre mim, coisas que não revelei para nenhuma pessoa exceto Morag, minha esposa, e Johnnie e James, meus filhos, e Flora, minha filha (que as Sombras acolham sua pobre alma): eu corro, e corro bem, e se for necessário consigo correr mais rápido e por mais tempo e com passadas mais seguras do que qualquer homem de tamanho normal; e foi assim que eu corri nessa hora, pela névoa e pela chuva, subindo pelo terreno alto e os cumes de pedra negra, ainda abaixo do topo.

Ele estava à minha frente, mas logo o vi, e continuei correndo e passei por ele, no terreno alto pelo cume da colina entre nós. Abaixo de nós havia um riacho. Posso correr durante dias sem parar. Esse é o primeiro dos meus três segredos, e um segredo que não revelei a homem algum.

Nós já tínhamos discutido onde acamparíamos naquela primeira noite na Ilha da Névoa, e Calum tinha me dito que passaríamos a noite embaixo da pedra que se chama Homem e Cachorro, pois dizem que parece um homem velho com o cachorro ao lado, e cheguei lá no fim da tarde. Havia um abrigo embaixo da pedra, protegido e seco, e alguém que tinha estado lá antes de nós deixou lenha, gravetos e varas e galhos. Acendi o fogo e me sequei na frente da fogueira e tirei o frio dos ossos. A fumaça da madeira se espalhou pela urze.

Estava escuro quando Calum entrou no abrigo e olhou para mim como se não esperasse me ver antes da meia-noite. Eu disse: "Por que você demorou tanto, Calum MacInnes?".

Ele não disse nada, só me olhou. Eu disse: "Tem truta, cozida em água da montanha, e fogo para aquecer seus ossos".

Ele assentiu. Nós comemos a truta, tomamos uísque para nos aquecer. Havia uma pilha de urze e samambaia, seca e marrom, reunida nos fundos do abrigo, e dormimos ali, enrolados em nossas capas úmidas.

Eu acordei no meio da noite. Havia aço frio na minha garganta — a parte chata da lâmina, não o fio. Eu disse: "E por que você me mataria à noite, Calum MacInnes? Nosso caminho é longo, e nossa jornada ainda não acabou".

Ele disse: "Eu não confio em você, anão".

"Não é em mim que você tem que confiar", eu disse para ele, "mas naqueles a quem eu sirvo. E se você partiu comigo, mas não voltar comigo, tem gente que vai saber o nome de Calum MacInnes e vai fazer com que seja dito nas sombras."

A lâmina fria permaneceu no meu pescoço. Ele disse: "Como você passou na minha frente?".

"E aqui estava eu, pagando o mal com o bem, pois fiz comida e preparei uma fogueira para você. Sou um homem difícil de perder, Calum MacInnes, e não é bom para um guia fazer o que você fez hoje. Agora tire sua espada da minha garganta e me deixe dormir."

Ele não disse nada, mas, depois de alguns momentos, a lâmina foi afastada. Eu me obriguei a não suspirar nem respirar, torcendo para que ele não pudesse ouvir meu coração disparado no peito; e eu não dormi mais naquela noite.

De café da manhã, fiz mingau e joguei ameixas secas dentro para amaciá-las.

As montanhas estavam pretas e cinzentas no branco do céu. Nós vimos águias, enormes e de asas maltrapilhas, circulando acima de nós. Calum seguia em um ritmo sóbrio e eu andava a seu lado, dando dois passos para cada um dele.

"Quanto tempo?", eu perguntei a ele.

"Um dia. Talvez dois. Depende do tempo. Se as nuvens despencarem, dois dias, ou até três..."

As nuvens despencaram ao meio-dia, e o mundo foi coberto por uma neblina pior do que a chuva: gotículas de água flutuavam no ar, encharcando nossas roupas e nossa pele; as pedras nas quais andávamos se tornaram traiçoeiras, e Calum e eu subimos mais devagar, pisamos com mais cuidado. Estávamos andando montanha acima, sem escalar, por caminhos de bodes e trilhas íngremes. As pedras eram pretas e escorregadias: nós andamos e escalamos e subimos e nos agarramos, nós escorregamos e deslizamos e tropeçamos e cambaleamos, e até na neblina Calum sabia aonde estava indo, e eu fui atrás.

Ele parou em uma cachoeira que caía cruzando o nosso caminho, grossa como um tronco de carvalho. Tirou a corda fina dos ombros e a enrolou em uma pedra.

"Isso não estava aqui antes", disse ele. "Eu vou primeiro." Ele amarrou uma ponta da corda na cintura e seguiu pelo caminho, passou pela queda d'água, encostando o corpo na face molhada da pedra, seguindo devagar e com atenção pela camada de água.

Fiquei com medo por ele, com medo por nós dois: prendi o ar enquanto ele passava e só respirei quando ele estava do outro lado da cachoeira. Ele testou a corda, deu um puxão, fez sinal para eu ir atrás, quando uma pedra cedeu embaixo do pé dele, Calum escorregou e caiu no abismo.

A corda se manteve firme, e a pedra ao meu lado também se manteve firme. Calum MacInnes estava pendurado na ponta da corda. Ele olhou para mim, e eu suspirei, apoiei-me ao lado de uma pedra do despenhadeiro, e o puxei. Eu o trouxe de volta para a trilha, pingando e xingando.

Ele disse: "Você é mais forte do que parece", e eu me xinguei por ser tolo. Ele devia ter visto no meu rosto, pois, depois que se sacudiu (como um cachorro, fazendo gotículas voarem), disse: "Meu garoto Calum me contou a história que você contou a ele sobre os Campbell terem ido atrás de você e você ter sido enviado para o campo pela sua esposa, eles achando que ela era sua mãe e você, um garoto".

"Foi só uma história", eu disse. "Uma coisa para passar o tempo."

"Mesmo?", disse ele. "Eu ouvi falar de um grupo de busca dos Campbell enviado alguns anos atrás, procurando vingança contra alguém que tinha pegado o gado deles. Eles foram e nunca voltaram. Se um sujeito pequeno como você pode matar mais de dez Campbell... Bem, você deve ser forte e deve ser rápido."

Eu devo ser *burro*, eu pensei com pesar, de contar aquela história para aquela criança.

Eu os peguei um a um, como coelhos, quando iam mijar ou ver o que tinha acontecido com os amigos. Matei sete antes da minha esposa matar o primeiro dela. Nós os enterramos no vale, construímos um moledro com pedras empilhadas acima deles, para fazer peso de forma que os fantasmas não saíssem andando, e ficamos tristes; os Campbell tinham ido tão longe para me matar, e nós acabamos sendo forçados a matá-los.

Não tenho alegria em matar; nenhum homem deveria ter, e nenhuma mulher. Às vezes a morte é necessária, mas é sempre uma coisa ruim. Isso é uma coisa da qual não tenho dúvida, mesmo depois dos eventos sobre os quais falo aqui.

Peguei a corda de Calum MacInnes e subi e subi, por cima das pedras, até onde a cachoeira surgia na lateral da colina, e ali era estreito o suficiente para eu atravessar. Era escorregadio, mas consegui passar sem incidentes, amarrei a corda no lugar, joguei a ponta para o meu companheiro e o ajudei a atravessar.

Ele não me agradeceu, nem por salvá-lo, nem por fazer com que atravessássemos; e eu não esperava agradecimento. Mas também não esperava o que ele disse, que foi: "Você não é um homem inteiro, e você é feio. Sua esposa: ela também é pequena e feia como você?".

Decidi não me ofender, quer a intenção fosse de ofensa ou não. Só disse: "Não é. Ela é uma mulher alta, quase do seu tamanho, e, quando era jovem, quando nós dois éramos jovens, ela era considerada por alguns a garota mais bonita das terras baixas. Os bardos escreviam músicas elogiando os olhos verdes e o cabelo ruivo-dourado e comprido".

Achei que o vi fazer uma careta, mas é possível que eu tenha imaginado, ou, mais provavelmente, desejado que tivesse imaginado essa visão.

"Como você a conquistou, então?"

Eu falei a verdade: "Eu a queria, e consigo o que quero. Eu não desisti. Ela disse que eu era sábio e era gentil, e que eu sempre a sustentaria. E foi o que fiz".

As nuvens começaram a descer novamente, e o mundo ficou borrado nos cantos, mais indefinido.

"Ela disse que eu seria um bom pai. E fiz o melhor para criar meus filhos. Que também têm tamanho normal, caso você esteja querendo saber."

"Eu bati no jovem Calum até ele criar bom senso", disse o Calum mais velho. "Ele não é um mau garoto."

"Só dá para fazer isso enquanto eles estão com você", eu disse. E então parei de falar e me lembrei daquele longo ano, e também me lembrei de Flora quando era pequena, sentada no chão com geleia no rosto, olhando para mim como se eu fosse o homem mais sábio do mundo.

"Fugiu, é? Eu fugi quando era moleque. Tinha doze anos. Fui até a corte do Rei do outro lado da Água. O pai do rei atual."

"Esse não é o tipo de coisa que se ouve sendo dita em voz alta."

"Eu não tenho medo", disse ele. "Não aqui. Quem pode nos ouvir? As águias? Eu o vi. Ele era um homem gordo que falava bem a língua dos estrangeiros, e a nossa língua somente com dificuldade. Mas ainda era o nosso rei." Ele fez uma pausa. "E se ele voltar para nós, vai precisar de dinheiro, para navios e armas e para alimentar as tropas que reunir."

Eu disse: "É o que eu acho. É por isso que vamos em busca da caverna".

Ele disse: "Esse ouro não presta. Não vem de graça. Tem custo".

"Tudo tem seu custo."

Eu estava me lembrando de cada marco — escalar a área do crânio da ovelha, atravessar os primeiros três riachos e andar ao longo do quarto até as cinco pedras empilhadas e encontrar o local onde a pedra parece uma gaivota e andar entre dois muros íngremes de pedra preta, e deixar que o declive o levasse consigo...

Eu conseguia lembrar, eu sabia. Bem o bastante para encontrar o caminho para baixo de novo. Mas a neblina me confundia, e eu não conseguia ter certeza.

Nós chegamos a um pequeno lago no alto das montanhas e bebemos água fresca, pegamos criaturas brancas enormes que não eram camarões nem lagostas nem caranguejos e as comemos cruas como linguiças, pois não conseguimos encontrar madeira seca para acender nosso fogo àquela altura.

Nós dormimos em uma saliência ampla ao lado da água gelada e acordamos em meio às nuvens antes do amanhecer, quando o mundo estava cinza e azul.

"Você estava soluçando enquanto dormia", disse Calum.

"Tive um sonho", eu disse para ele.

"Eu não tenho sonhos ruins", disse Calum.

"Foi um sonho bom", eu disse. Era verdade. Eu tinha sonhado que Flora ainda estava viva. Ela estava resmungando sobre os garotos do vilarejo, me contando sobre o tempo que passou nas colinas com o gado, sobre coisas inconsequentes, dando seu grande sorriso e jogando o cabelo o tempo todo, ruiva-dourada como a mãe, embora o cabelo da mãe esteja agora cheio de mechas brancas.

"Sonhos bons não deviam fazer um homem chorar desse jeito", disse Calum. Uma pausa, e então: "Eu não tenho sonhos, nem bons, nem ruins".

"Não?"

"Não desde que eu era jovem."

Nós nos levantamos. Um pensamento me ocorreu. "Você parou de sonhar depois que veio à caverna?"

Ele não disse nada. Nós andamos pela montanha, entramos na neblina quando o sol nasceu.

A neblina pareceu adensar e se encher de luz sob o sol, mas não sumiu, e me dei conta de que devia ser uma nuvem. O mundo cintilava. E então me pareceu que eu estava olhando para um homem do meu tamanho, um homem pequeno e corcunda, a sombra dele, parado no ar na minha frente, como um fantasma ou um anjo, e ele se movia quando eu me movia. Tinha uma aura de luz, e reluzia, e eu não saberia dizer quão perto ou longe ele estava. Já vi milagres e já vi coisas do mal, mas nunca vi nada assim.

"É magia?", eu perguntei, embora não sentisse cheiro de magia no ar.

Calum disse: "Não é nada. Uma propriedade da luz. Um reflexo. Nada mais. Eu também vejo um homem ao meu lado. Ele se move quando eu me movo". Eu olhei para trás, mas não vi ninguém ao lado dele.

De repente, o homenzinho cintilante no ar sumiu, e a nuvem, e era dia, e estávamos sozinhos.

Nós subimos aquela manhã toda. Calum tinha torcido o tornozelo no dia anterior, quando escorregou na cachoeira. Agora havia inchado na minha frente, ficou inchado e vermelho, mas o caminhar dele não ficou mais lento, e se ele estava sentindo incômodo ou dor, seu rosto não demonstrava.

Eu disse: "Quanto tempo?", quando o crepúsculo começou a borrar as beiradas do mundo.

"Uma hora, menos, talvez. Nós vamos chegar à caverna e vamos dormir esta noite. De manhã, você vai entrar. Pode trazer tanto ouro quanto conseguir carregar, e vamos seguir o caminho de volta para irmos embora da ilha."

Eu olhei para ele nessa hora, cabelo grisalho, olhos cinzentos, um homem tão grande e lupino, e disse: "Você dormiria fora da caverna?".

"Dormiria. Não tem monstros na caverna. Nada que vá sair e pegar você à noite. Nada que vá nos comer. Mas você só deveria entrar durante o dia."

Nós contornamos um desmoronamento de pedras, só pedras pretas e cinza bloqueando parcialmente o caminho, e vimos a boca da caverna. Eu disse: "Isso é tudo?".

"Você esperava pilares de mármore? Ou a caverna de um gigante, como nas histórias contadas ao pé do fogo?"

"Talvez. Não parece nada. Um buraco na pedra. Uma sombra. E não tem guardas?"

"Não tem guardas. Só o lugar, e o que ele é."

"Uma caverna cheia de tesouros. E você é o único que consegue encontrar?"

Calum riu nessa hora, como um latido de raposa. "Os habitantes da ilha sabem como encontrá-la. Mas são sábios o bastante para não vir aqui, para não pegar o ouro. Dizem que a caverna o deixa mau: que cada vez que você a visita, cada vez que entra para pegar ouro, ela come o bem na sua alma, então eles não entram."

"E é verdade? Ela torna as pessoas más?"

"...Não. A caverna se alimenta de outra coisa. Não do bem e do mal. Não de verdade. Você pode pegar seu ouro, mas depois as coisas ficam", ele fez uma pausa, "as coisas ficam *planas*. Passa a ter menos beleza no arco-íris, menos importância num sermão, menos alegria em um beijo..." Ele olhou para a boca da caverna, e pensei ver medo nos olhos dele. "Menos."

Eu disse: "Há muitos para quem o apelo do ouro supera a beleza de um arco-íris".

"Eu, quando jovem, era um exemplo. Você, agora, é outro."

"Então entramos ao amanhecer."

"Você entra. Eu vou esperar aqui fora. Não tenha medo. Nenhum monstro protege a caverna. Nenhum encanto faz o ouro sumir se você não souber um determinado feitiço ou verso."

Nós montamos nosso acampamento; ou melhor, nos sentamos na escuridão, encostados na parede fria de pedra. Não haveria sono ali.

Eu disse: "Você pegou ouro aqui, como vou fazer amanhã. Comprou uma casa com ele, uma noiva, um bom nome".

A voz dele soou na escuridão. "Sim. E não significaram nada para mim quando passei a ter tudo isso, ou menos do que nada. E se seu ouro pagar para o Rei do outro lado da Água voltar para nós e governar aqui e gerar uma terra de alegria e prosperidade e calor, vai continuar não significando nada para você. Vai ser como uma coisa sobre a qual você ouviu falar que aconteceu com um homem em uma história."

"Eu vivi minha vida para trazer o rei de volta", eu disse para ele.

Ele respondeu: "Leve o ouro para ele. Seu rei vai querer mais ouro, porque reis querem mais. É assim que eles são. Cada vez que você voltar, vai significar menos. O arco-íris não vai significar nada. Matar um homem não vai significar nada".

Então o silêncio na escuridão. Eu não ouvi aves: só o vento que gritava e soprava nos picos como uma mãe procurando seu bebê.

Eu disse: "Nós dois matamos homens. Você já matou alguma mulher, Calum MacInnes?".

"Não matei. Eu não matei mulheres nem garotas."

Passei as mãos pela espada na escuridão, procurando a madeira e o centro do cabo, o aço da lâmina. Estava ali, nas minhas mãos. Eu não pretendia contar para ele, só atacar quando estivéssemos fora das montanhas, golpear uma vez, golpear fundo, mas agora eu sentia as palavras sendo puxadas de mim, ou naquele momento ou nunca mais. "Dizem que houve uma garotinha", eu disse para ele. "E um espinheiro."

Silêncio. O assobio do vento. "Quem contou?", perguntou ele. E então: "Não importa. Eu não mataria uma mulher. Nenhum homem de honra mataria uma mulher...".

Eu sabia que, se dissesse uma palavra, ele faria silêncio sobre o assunto e nunca mais falaria dele. Então eu não disse nada. Só esperei.

Calum MacInnes começou a falar, escolhendo as palavras com cuidado, falando como se estivesse se lembrando de uma história que ouviu quando criança e tinha quase esquecido. "Me disseram que as vacas das terras baixas eram gordas e lindas, e que um homem podia ganhar honra e glória se aventurando para as terras do sul e voltando com o belo gado vermelho. Então eu fui para o sul, e nenhuma vaca era boa o suficiente, até que na encosta de uma colina nas terras baixas eu vi as melhores vacas, as mais vermelhas, as mais gordas que um homem já viu. Então comecei a levá-las para longe, pelo caminho por onde tinha vindo.

"Ela veio atrás de mim com um graveto. O gado era do pai dela, ela disse, e eu era um bandido e um biltre e todos os tipos de coisas ruins.

Mas ela era linda, mesmo zangada, e se eu já não tivesse uma jovem esposa, talvez tivesse sido mais gentil com ela. Mas puxei uma faca e encostei na garganta dela e mandei que parasse de falar. E ela parou.

"Eu não a mataria — eu não mataria uma mulher, isso é verdade —, então a amarrei pelo cabelo a um espinheiro e tirei a faca da cintura dela, para deixá-la mais lenta enquanto tentava se soltar, e empurrei a lâmina fundo na grama. Eu a amarrei no espinheiro pelo cabelo comprido e não pensei mais nela quando fui embora com o gado.

"Demorou um ano para eu voltar por aquele caminho. Eu não estava atrás de vacas naquele dia, mas subi pela lateral da encosta — era um local solitário, e, se você não estivesse olhando, talvez não o visse. Talvez ninguém tenha procurado a garota."

"Eu soube que procuraram", eu disse para ele. "Se bem que alguns acreditavam que ela tivesse sido levada por saqueadores, e outros acreditavam que ela tivesse fugido com um funileiro, ou ido para a cidade. Mas, mesmo assim, as pessoas procuraram."

"Sim. Eu vi o que vi — talvez você tivesse que estar onde eu estava para ver o que eu vi. Foi uma coisa maligna o que eu fiz, talvez."

"Talvez?"

Ele disse: "Eu peguei ouro da caverna da névoa. Não sei mais dizer se existe bem ou mal. Mandei uma mensagem por uma criança em uma estalagem dizendo onde ela estava e onde poderiam encontrá-la".

Eu fechei os olhos, mas o mundo não ficou mais escuro.

"Existe o mal", eu disse para ele.

Eu vi em pensamento: o esqueleto dela sem roupas, sem carne, tão nu e branco quanto qualquer um ficaria, pendurado como uma marionete de criança no espinheiro, amarrada a um galho pelo cabelo ruivo-dourado.

"Ao amanhecer", disse Calum MacInnes, como se estivéssemos falando sobre provisões ou sobre o tempo, "você vai deixar a espada para trás, como é de costume, e vai entrar na caverna, e vai trazer o máximo de ouro que puder carregar. E vai levá-lo de volta com você até o continente. Não tem vivalma nessas partes para saber o que você carrega e de onde isso vem, e que possa tirá-lo de você. Em seguida mande o ouro para o Rei do outro lado da Água, e ele vai usar para pagar seus homens e alimentá-los e comprar armas. Um dia, ele vai voltar. Me diga nesse dia que existe o mal, homenzinho."

QUANDO O SOL ESTAVA no céu, eu entrei na caverna. Era úmido lá dentro. Ouvi água correndo por uma parede e senti vento na cara, o que foi estranho, porque não havia vento dentro da montanha.

Na minha mente, a caverna era cheia de ouro. Barras de ouro estariam empilhadas como lenha, e sacos de moedas de ouro ocupariam o chão entre elas. Haveria correntes de ouro e anéis de ouro e pratos de ouro empilhados como louça na casa de um homem rico.

Eu tinha imaginado riquezas, mas não havia nada assim ali. Só sombras. Só pedra.

Mas havia alguma coisa. Alguma coisa que esperava.

Eu tenho segredos, mas existe um segredo que está por baixo de todos os meus outros segredos, e nem meus filhos sabem, embora eu acredite que minha esposa desconfie, e é o seguinte: minha mãe era uma mulher mortal, filha de um moleiro, mas meu pai veio até ela do Oeste, e para o Oeste ele voltou depois que se divertiu com ela. Não posso ser sentimental quanto à minha paternidade: tenho certeza de que ele não pensa nela, e duvido que tenha sabido sobre mim. Mas ele me deixou um corpo que é pequeno e veloz e forte; e talvez eu seja como ele de outras formas — eu não sei. Sou feio, e meu pai era lindo, ou pelo menos foi o que minha mãe disse uma vez, mas acho que ela talvez tenha sido enganada.

Eu me perguntei o que eu teria visto naquela caverna se meu pai fosse um estalajadeiro das terras baixas.

Você teria visto ouro, disse um sussurro que não era um sussurro, vindo das profundezas da montanha. Era uma voz solitária, e distraída e entediada.

"Eu teria visto ouro", eu disse em voz alta. "Seria real ou seria uma ilusão?"

O sussurro estava achando graça. *Você está pensando como um homem mortal, fazendo com que as coisas sejam sempre uma coisa ou outra. É ouro que eles veriam e em que eles tocariam. Ouro que eles carregariam, sentindo o seu peso o tempo todo, ouro que trocariam com outros mortais pelo que precisavam. Que importância tem se está lá ou não, quando eles conseguem ver, tocar, roubar, matar por ele? É ouro de que eles precisam e ouro que eu lhes dou.*

"E o que você pega pelo ouro que lhes dá?"

Bem pouco, pois minhas necessidades são poucas, e eu estou muito velho; velho demais para seguir minhas irmãs para o Oeste. Eu sinto o prazer e a alegria deles. Eu me alimento um pouco, alimento-me do que eles não precisam e não valorizam. Um gostinho do coração, uma lambida e uma mordiscada das ótimas consciências, uma fatia da alma. E, em troca, um fragmento meu sai desta caverna com eles e olha para o mundo pelos olhos deles, vê o que eles veem até que suas vidas acabem e eu pegue de volta o que é meu.

"Você pode se mostrar para mim?"

Eu conseguia enxergar na escuridão melhor do que qualquer homem nascido de homem e mulher. Vi uma coisa se mover nas sombras, e as sombras se congelaram e mudaram, revelando coisas sem forma na beirada da minha percepção, onde ela encontra a imaginação. Perturbado, eu disse a coisa apropriada a ser dita em horas assim: "Apareça na minha frente em uma forma que não me prejudique nem seja ofensiva para mim".

É isso que você deseja?

O gotejar de água ao longe. "Sim", eu disse.

Surgiu das sombras e olhou para mim com órbitas vazias, sorriu para mim com dentes de marfim maltratados pelo vento. Era puro osso, exceto o cabelo, que era vermelho e dourado, e estava enrolado no galho de um espinheiro.

"Isso ofende meus olhos."

Tirei da sua mente, disse um sussurro que cercava o esqueleto. O maxilar não se mexeu. *Escolhi uma coisa que você amava. Essa era sua filha, Flora, como estava na última vez que você a viu.*

Eu fechei os olhos, mas a figura permaneceu ali.

Disse: *O saqueador espera você na boca da caverna. Espera que você saia sem armas e carregado de ouro. Ele vai matá-lo e tirar o ouro das suas mãos mortas.*

"Mas eu não vou sair com ouro, vou?"

Pensei em Calum MacInnes, no grisalho lupino do cabelo, no cinza dos olhos, na linha da espada. Ele era maior do que eu, mas todos os homens são maiores do que eu. Talvez eu fosse mais forte e mais rápido, mas ele também era rápido, e era forte.

Ele matou minha filha, eu pensei, e me perguntei se o pensamento era meu ou se tinha se esgueirado das sombras e penetrado na minha cabeça. Em voz alta, eu disse: "Tem outra saída nesta caverna?".

Você sai por onde entrou, pela boca da minha casa.

Fiquei parado ali e não me mexi, mas na minha mente eu era como um animal em uma armadilha, procurando e pulando de ideia em ideia, sem encontrar apoio nem consolo e nem solução.

Eu disse: "Estou desarmado. Ele me disse que eu não podia entrar neste lugar com uma arma. Que não era o costume".

É costume agora não trazer arma para a minha casa. Não foi sempre assim. Siga-me, disse o esqueleto da minha filha.

Eu a segui, pois conseguia vê-la, mesmo quando estava tão escuro que não conseguia ver mais nada.

Nas sombras, disse: *Está embaixo da sua mão.*

Eu me agachei e senti. O cabo parecia osso — talvez um chifre. Toquei na lâmina com cautela na escuridão, descobri que estava segurando uma coisa que parecia mais uma sovela do que uma faca. Era fina e afiada na ponta. Seria melhor do que nada.

"Tem algum preço?"

Sempre tem um preço.

"Então eu pago. E peço mais uma coisa. Você diz que pode ver o mundo pelos olhos dele."

Não havia olhos naquele crânio vazio, mas ele assentiu.

"Avise-me quando ele dormir."

Não disse nada. Desfez-se na escuridão, e me senti solitário naquele lugar.

O tempo passou. Segui o som de água pingando, encontrei um laguinho de pedra e bebi água. Encharquei o resto da aveia e comi, mastigando até se dissolver na boca. Dormi e acordei e dormi de novo, e sonhei com minha esposa, Morag, me esperando conforme as estações mudavam, me esperando como esperamos nossa filha, me esperando para sempre.

Uma coisa, eu achava que um dedo, tocou na minha mão: não era ossudo e duro. Era macio e humano, mas frio demais. *Ele dorme.*

Saí da caverna na luz azul antes da aurora. Ele dormia na boca da caverna, como um gato, eu sabia, de forma que o menor toque o teria acordado. Segurei minha arma na frente do corpo, um cabo de osso e uma lâmina como uma agulha de prata enegrecida, estiquei a mão e peguei o que estava querendo sem acordá-lo.

E então cheguei mais perto, e a mão se esticou na direção do meu tornozelo e seus olhos se abriram.

"Onde está o ouro?", perguntou Calum MacInnes.

"Não tenho nenhum." O vento soprou frio na encosta da montanha. Eu tinha gingado para trás, para longe do alcance dele, quando ele tentou me pegar. Ele ficou no chão e se apoiou em um cotovelo.

Ele disse: "Onde está minha espada?".

"Eu peguei", eu disse. "Enquanto você dormia."

Ele olhou para mim, sonolento. "E por que você faria isso? Se eu fosse matar você, teria feito no caminho para cá. Eu poderia tê-lo matado mais de dez vezes."

"Mas eu não tinha ouro na subida, tinha?"

Ele não disse nada.

Eu disse: "Se você acha que podia ter feito com que eu tirasse o ouro da caverna, e que o fato de não ser você quem o carregasse salvaria sua alma infeliz, você é um tolo".

Ele não parecia mais sonolento. "Tolo, é?"

Ele estava pronto para lutar. É bom deixar enraivecidas as pessoas que estão prontas para lutar.

Eu disse: "Não um tolo. Não. Já conheci tolos e idiotas, e eles são felizes em sua idiotice, mesmo com palha no cabelo. Você é sabido demais para fazer tolice. Você só procura infelicidade e leva infelicidade com você e passa infelicidade para todos em quem toca".

Ele se levantou, segurando uma pedra na mão como um machado, e veio para cima de mim. Sou pequeno, e ele não poderia bater em mim como bateria em um homem do tamanho dele. Ele se inclinou para golpear. Foi um erro.

Segurei o cabo de osso com força e golpeei para cima, perfurando rápido com a ponta da sovela como uma cobra. Eu sabia o ponto no qual estava mirando e sabia o que faria.

Ele largou a pedra e botou a mão no ombro direito. "Meu braço", disse ele. "Não estou sentindo meu braço."

Ele praguejou e encheu o ar com palavrões e ameaças. A luz da aurora no topo da montanha deixou tudo lindo e azul. Naquela luz, até o sangue que tinha começado a encharcar a roupa dele era roxo. Ele deu um passo para trás e ficou entre mim e a caverna. Eu me senti exposto, o sol nascente nas costas.

"Por que você não trouxe ouro?", ele me perguntou. O braço estava pendurado na lateral do corpo.

"Não havia ouro lá para gente como eu", eu disse.

Ele se jogou para a frente nessa hora, correu para cima de mim e me chutou. A sovela saiu voando da minha mão. Passei os braços em volta de sua perna, e me segurei nele enquanto caíamos juntos pela encosta da montanha.

A cabeça dele estava acima de mim, e vi triunfo nela, depois vi o céu, depois o chão do vale estava acima de mim e eu estava subindo em sua direção e depois estava abaixo e eu estava caindo para a morte.

Uma colisão e uma batida, e agora girávamos sem parar pela lateral da montanha, o mundo um carrossel vertiginoso de pedra e dor e céu, e eu sabia que era um homem morto, mas continuei agarrado às pernas de Calum MacInnes.

Vi uma águia dourada em pleno voo, mas se estava abaixo ou acima de mim eu não sabia mais dizer. Estava lá, no céu da aurora, nos fragmentos estilhaçados do tempo e da percepção, na dor. Eu não estava com medo: não havia tempo e nem espaço para ficar com medo, não havia espaço na minha mente e não havia espaço no meu coração. Eu estava caindo pelo céu, segurando-me com força à perna de um homem que estava tentando me matar; nós estávamos colidindo com as pedras, nos arranhando e machucando e então...

...nós paramos. Paramos com força suficiente para eu me sentir sacudido, e quase fui jogado para longe de Callum MacInnes e abaixo, rumo à minha morte. A lateral da montanha tinha desmoronado ali muito tempo antes, tinha sido arrancada, deixando só uma placa de pedra vazia, lisa e sem marcas, como vidro. Mas isso estava abaixo de nós. Onde nós estávamos havia uma saliência, e na saliência havia um milagre: raquítico e retorcido, bem acima da copa das árvores, onde nenhuma árvore tinha o direito de crescer, havia um espinheiro torto, não muito maior do que um arbusto, apesar de ser velho. As raízes cresceram para dentro da encosta da montanha, e foi esse espinheiro que nos segurou em seus braços cinzentos.

Eu soltei a perna, saí de cima do corpo de Calum MacInnes e fui para a encosta da montanha. Fiquei de pé na saliência estreita e olhei para a queda vertiginosa. Não havia como descer dali. De jeito nenhum.

Eu olhei para cima. Talvez fosse possível, eu pensei, subir devagar, com a sorte do meu lado, e chegar ao topo da montanha. Se não chovesse. Se o vento não estivesse muito faminto. E que escolha eu tinha? A única alternativa era a morte.

Uma voz: "E então. Você vai me deixar aqui para morrer, anão?".

Eu não disse nada. Não tinha nada para dizer.

Os olhos dele estavam abertos. Ele disse: "Eu não consigo mexer o braço direito, pois você o perfurou. Acho que quebrei uma perna na queda. Não posso subir com você".

Eu disse: "Eu posso conseguir, ou posso fracassar".

"Você vai conseguir. Já vi você escalar. Depois que você me salvou, atravessando aquela cachoeira. Você subiu naquelas pedras como um esquilo subindo numa árvore."

Eu não tinha aquela confiança dele na minha capacidade de escalada.

Ele disse: "Jure para mim por tudo que lhe é mais sagrado. Jure pelo seu rei, que espera do outro lado do mar, como tem feito desde que tiramos os súditos dele desta terra. Jure pelas coisas que vocês, criaturas, amam — jure pelas sombras e pelas penas de águia e pelo silêncio. Jure que vai voltar para me buscar".

"Você sabe o que eu sou?", eu perguntei.

"Não sei de nada", disse ele. "Só que quero viver."

Eu pensei. "Juro por essas coisas", eu disse para ele. "Pelas sombras e por penas de águia e pelo silêncio. Juro pelas colinas verdes e pelas pedras. Eu vou voltar."

"Eu teria matado você", disse o homem no espinheiro, e ele falou com humor, como se fosse a maior piada que um homem já tivesse contado para outro. "Eu tinha planejado matar você e levar o ouro como se fosse meu."

"Eu sei."

O cabelo dele emoldurava o rosto como uma auréola cinza e lupina. Havia sangue na bochecha, onde ele a arranhara na queda. "Você pode voltar trazendo cordas", disse ele. "Minha corda ainda está lá em cima, perto da boca da caverna. Mas você precisaria de mais do que aquilo."

"Sim", eu disse. "Vou voltar com cordas." Eu olhei para a pedra acima, examinei-a da melhor forma que pude. Às vezes, bons olhos são a diferença entre a vida e a morte, se você vai escalar. Eu vi onde precisaria ficar conforme fosse subindo, o formato do meu trajeto na face da montanha. Achei que conseguia ver a saliência do lado de fora da caverna, da qual nós tínhamos caído lutando. Eu iria para lá. Sim.

Soprei as mãos para secar o suor antes de começar a subir. "Eu vou voltar para buscar você", eu disse. "Com cordas. Eu jurei."

"Quando?", perguntou ele, e fechou os olhos.

"Em um ano", eu disse para ele. "Eu volto aqui em um ano."

Eu comecei a subir. Os gritos do homem me seguiram conforme eu pisava e me arrastava e me espremia e me erguia pela encosta da montanha, se misturando com os gritos das grandes aves de rapina; e me seguiram no caminho de volta da Ilha da Névoa, sem trazer qualquer ganho pelas minhas dores e meu tempo, e vou ouvi-lo gritando no fundo da minha mente enquanto adormeço ou nos momentos antes de despertar, até morrer.

Não choveu, e o vento soprou e me empurrou, mas não me jogou encosta abaixo. Eu subi, e subi em segurança.

Quando cheguei na saliência, a entrada da caverna parecia uma sombra mais escura sob o sol do meio-dia. Eu me virei, dei as costas para a montanha e para as sombras que já se reuniam nas rachaduras e frestas e dentro do meu crânio, e comecei minha lenta jornada para longe da Ilha da Névoa. Havia cem estradas e mil caminhos que me levariam de volta para a minha casa nas terras baixas, onde minha esposa estaria esperando.

NEIL GAIMAN é um dos principais nomes da fantasia contemporânea e um criador prolífico de prosa e quadrinhos. Ele começou sua carreira como escritor atuando como jornalista, até que se fixou de vez na ficção. *Sandman*, seu primeiro trabalho de grande sucesso, se tornou o primeiro quadrinho na história a receber um prêmio literário: o World Fantasy Award, em 1991. Hoje ele assina livros mundialmente conhecidos para crianças e adultos, e que já ganharam adaptações de sucesso para o cinema e TV, como *Coraline*, *Deuses Americanos* e *Belas Maldições*.

D

MICHAEL MARSHALL SMITH

Descrença

Aconteceu no Bryant Park, um pouco depois das seis da tarde. Ele estava sentado sozinho na sombra do poste entre as árvores, a uma das mesas verdes e bambas de metal no lado norte, perto de onde fica a área da livraria Barnes & Noble durante o dia. Estava aquecido, usando roupas comuns e casuais, e bebia de um copo do Starbucks, vermelho por causa das festas, comprado na loja da esquina da Sexta Avenida, em frente a uma das entradas do parque. Ele entrou na fila, como qualquer pessoa normal: ao olhar pela vitrine, não dava para ter ideia de quem era, nem do poder que tinha sobre aquele e outros bairros.

Ele fez exatamente a mesma coisa nas duas noites anteriores. Eu o segui da Times Square nas duas vezes, o vi comprar a mesma bebida no mesmo lugar e passar meia hora sentado na mesma cadeira, ou bem perto dela, vendo o mundo passar. Evidentemente, como me garantiram, era o que aquele homem sempre fazia naquela hora do dia e naquela época do ano. Hábitos e rituais são alguns dos nossos maiores consolos, mas são um dom para pessoas como eu.

Daria no mesmo se ele tivesse se embrulhado com um laço de fita.

Nas ocasiões anteriores, eu só observei, registrei as ações dele e segui em frente. A coisa tinha sido marcada para uma data específica, por motivos que eu desconhecia e com os quais não me importava.

O dia chegou, e entrei no parque pela entrada seguinte, perto dos banheiros, andando casualmente e sem intenção evidente.

Parei por um momento na escada. Ele não parecia estar ali com proteção. Havia outras pessoas espalhadas pelo parque, sentadas a mesas ou andando sob o finzinho do crepúsculo, mas não havia indicação de serem mais do que nova-iorquinos comuns, dando um tempo antes de encarar o metrô ou as pontes e túneis ou os aeroportos, para ir para casa, para suas famílias ou amigos ou para seus companheiros oficiais para passar as festas de fim de ano. Aproveitando os últimos segundos de solidão abençoada, um cigarro sem testemunhas ou um beijo ilícito e uma promessa de não esquecer, antes de entrarem em um dia ou dois de encarceramento forçado com as pessoas que ocupavam suas vidas reais.

A presença delas no parque não me preocupava. Elas estavam absortas em suas companhias ou em alguma coisa nelas mesmas, e nenhuma teria reparado em mim até ser tarde demais. Já fiz trabalhos mais difíceis em condições mais complicadas. Eu poderia ter dado o tiro a seis metros de distância, continuado andando, mas percebi que não queria que acontecesse assim. Não com aquele cara. Ele merecia menos.

Eu o observei discretamente enquanto me aproximava da posição. Ele parecia relaxado, tranquilo, como se saboreando seus poucos momentos particulares de paz antes de enfrentar alguma grande empreitada. Eu sabia o que ele achava que seria. Também sabia que não ia acontecer.

Havia uma cadeira vazia do outro lado da mesa dele. Eu me sentei nela.

Ele me ignorou por dois minutos, espiando de forma vagamente benigna os galhos esqueléticos das árvores altas que contornam todo o gramado central do parque: olhando para elas ou talvez para todos os prédios em volta da praça revelados pela escassez de folhas da estação. Poder ver esses monólitos faz o parque parecer maior e ao mesmo tempo mais íntimo, nu.

Indefeso.

"Oi, Kane", disse ele por fim.

Eu nunca o tinha visto antes — não em carne e osso, pelo menos, só em fotos —, então não sei como ele conseguiu me identificar imediatamente. Acho que é função dele saber coisas sobre as pessoas.

"Você não parece surpreso", eu disse.

Ele finalmente olhou para mim, depois para longe, parecendo observar um jovem casal sentado a uma mesa vinte metros adiante. Eles estavam embrulhados em casacos pesados e cachecóis, e se agarravam com um otimismo cauteloso. Depois de alguns minutos, eles se separaram, sorrindo com hesitação, os braços nos ombros do outro, e se viraram para olhar as luzes penduradas nas árvores, para ouvir o som dos carros buzinando, para saborear o local onde estavam. Um caso recente, o legado de uma festa de escritório, talvez, destinado a ser fonte de silêncios constrangedores no escritório no dia dos namorados. Ou isso, ou gravidez e casamento e todos os silêncios depois disso.

"Eu sabia que podia acontecer", disse o homem, tirando a tampa do copo de café e olhando dentro, como se avaliando quanto tempo tinha. "Não estou surpreso que seja você sentado aí."

"E por que isso?"

"Aceitar um trabalho para esta noite? Está frio. É preciso um certo tipo de pessoa. Quem mais iam chamar?"

"Isso é para ser um elogio? Você acha que se me amaciar eu não vou agir?"

O homem olhou calmamente para mim através do vapor daquilo que cheirava a um *gingerbread latte*.

"Ah, você vai agir. Não tenho dúvida disso."

Não gostei do tom dele, e senti a coisa começar a se desenrolar dentro de mim. Se você já tentou parar de fumar, então já sentiu uma coisa parecida — o desejo repentino e horrível de destruir o mundo e tudo que tem nele, começando bem aqui, agora, e com a pessoa fisicamente mais próxima de você.

Não sei o que essa coisa é. Não tem nome. Só sei que está lá, e a sinto quando desperta. Sempre teve um sono muito leve.

"Não, é sério", eu disse. "É só porque eu moro em uma casa grande agora, tenho esposa e filho, que você acha que não posso fazer o que eu faço?"

"Você ainda tem isso dentro de si. Sempre vai ter."

"Vou mesmo, porra."

"E é algo de que se orgulhar?" Ele balançou a cabeça. "A pena disso tudo é que você era um bom garoto."

"E não é assim com todo mundo?"

"Não. Algumas pessoas saem do útero com defeito. Você pode educá-las quanto quiser, mas mais cedo ou mais tarde elas vão passar o estrago adiante. Com você, poderia ter sido diferente. Isso torna tudo pior."

"Eu sou quem escolhi ser."

"É mesmo? Todo mundo no bairro sabe o tipo de pessoa que seu pai era."

Minhas mãos tremem involuntariamente.

"Ele não tinha fé em nada", disse o homem. "Era cheio de ódio. E gostava de machucar. Eu me lembro de observá-lo quando ele era jovem, sabendo como ele ficaria quando crescesse. Ou morto por dentro, ou com afeições de um jeito inapropriado. Talvez as duas coisas. Estou certo?"

"Se você quer que isso se desenvolva de forma civilizada", eu disse, a voz tensa, "é melhor abandonar essa linha de discussão."

"Me perdoe. Mas você veio aqui me matar, Kane. Isso também é bem pessoal, você não acha?"

Eu sabia que devia ir em frente de uma vez. Mas também estava ciente de que era o maior trabalho da minha carreira, e quando estivesse feito, teria acabado.

Eu também estava curioso. "Que porra faz você pensar que é melhor do que eu?", eu disse. "O que você faz não é tão diferente."

"Você acha mesmo?"

"Você se colocou em uma posição de poder, fez com que fosse você aquele que escolhe quem tem o quê. Quem prospera, quem não tem nada. E depois aponta o dedo e vidas se fodem para sempre. Igual a mim."

"Não vejo dessa forma." Ele olhou para o copo novamente. Esse hábito estava começando a me dar nos nervos.

"É, beba logo", eu disse. "O tempo está acabando."

"Uma pergunta."

"Como eu encontrei você?"

Ele assentiu.

"As pessoas falam."

"As minhas pessoas?"

Eu balancei a cabeça com irritação. A verdade era que os soldados dele se mantiveram firmes. Eu procurei dois (um tomando pho em um restaurante de lámen embaixo de uma ponte no Queens, o outro dormindo em uma árvore no meio do Central Park) e peguei pesado com eles — até o ponto em que um deles não trabalharia mais para ele e nem para ninguém, nunca mais. Os dois só olharam para mim com os olhos frios e estranhos e esperaram o que eu ia fazer. Não foram eles que me disseram para ficar parado na Times Square no fim de qualquer tarde de dezembro e esperar até esse homem aparecer, chegando lá de direções desconhecidas.

"Quem, então?"

"É tarde demais para você anotar nomes", eu disse com uma certa satisfação. "Agora, tudo isso acabou."

Ele sorriu de novo, mas mais friamente, e vi alguma coisa no rosto dele que não estava lá antes — ao menos não na superfície. A calma firme de um homem que estava acostumado a fazer avaliações, a tomar decisões das quais dependiam as vidas dos outros. Um homem que media, avaliava e que estava agora prestes a pagar o preço, por ordem de pessoas que caíram do lado errado da linha que ele acreditava ser seu direito concedido por Deus desenhar.

"Você se acha um cara grandioso, generoso", eu disse. "O pai de todo mundo. Mas alguns entendem a verdade. Sabem que é tudo baboseira."

"Eu não deixei minhas regras claras? Não cuidei das pessoas que mereceram?"

"Só para que elas fizessem o que você queria."

"E o que *você* quer? Por que está aqui hoje, Kane?"

"Uma pessoa me pagou para estar. Mais de uma, na verdade. Crime organizado. Pessoas que dizem que basta. Que querem se vingar pelo que você fez a elas."

"Eu sei sobre isso", interrompeu ele, como se entediado. "Posso até adivinhar quem são essas pessoas. Mas perguntei por que *você* está aqui."

"Pelo dinheiro."

"Não. Senão você já o teria feito a dez metros de distância e estaria indo embora agora."

"Então me diz por que se você é tão inteligente."

"É pessoal", disse ele. "E isso é um erro. Você vive com conforto fazendo o que faz, e tem uma espécie de vida. Nos seus termos. Isso porque você só presta serviços. Mas você quer esse aqui para si mesmo. Admita. Você me odeia e é um sentimento seu."

Aquele homem era inteligente o bastante para reconhecer uma mentira quando ouvisse, então eu não disse nada.

"Por quê, Kane? Aconteceu alguma coisa em alguma noite, quando havia neve no chão lá fora e tudo deveria ser só cantigas e luzinhas piscando? Seus presentes vieram com condições, com preço? Pagamentos cobrados no meio da noite, quando a mamãe estava dormindo?"

"Já chega."

"Quantas pessoas você matou, Kane? Você consegue lembrar?"

"Eu lembro", eu disse, mas não conseguia.

"Quando você deixa ir pro pessoal, o preço fica pessoal também. Você está abrindo seu coração aqui. Tem certeza de que quer fazer isso?"

"Vou fazer de graça. Pela merda que você é e sempre foi."

"A descrença é fácil, Kane. É a fé que precisa de coragem, e personalidade."

"Seu tempo acabou", eu disse.

Ele suspirou. Em seguida, virou o copo, tomou o resto do café e o colocou na mesa entre nós.

"Acabei", disse ele.

Durante os quinze minutos que ficamos conversando, quase metade das pessoas foi embora do parque. O casal se agarrando estava entre eles, e foi embora de mãos dadas. A pessoa mais próxima agora estava a uns sessenta metros. Eu me levantei, enfiei a mão dentro do casaco.

"Tem alguma coisa que você queira dizer?", eu perguntei, olhando para o rosto suave e rosado. "Às vezes as pessoas têm."

"Não para você", disse ele.

Eu peguei a arma e coloquei a ponta com o silenciador no meio da testa dele. Ele não tentou se mexer. Segurei seu ombro direito com a outra mão e puxei o gatilho uma vez.

Com todo o trânsito em volta da praça, eu mal ouvi o som. A cabeça dele foi jogada para trás.

Soltei o ombro, e ele pendeu lentamente pela cintura, até o peso do peito grande e amplo puxar o corpo da cadeira e o fazer cair pesadamente no chão, quase de cara.

Um pedaço da parte de trás da cabeça tinha sumido, mas os olhos ainda estavam abertos. A barba roçava o concreto enquanto ele tentava dizer alguma coisa. Depois de duas tentativas, percebi que não eram palavras que ele estava proferindo, mas uma série de sons. Botei o cano na têmpora dele e puxei o gatilho de novo. Uma parte da têmpora oposta explodiu nas pedras.

E ele ainda estava tentando dizer as três sílabas curtas, cada uma igual à outra.

Puxei o gatilho uma última vez, e ele ficou quieto. Eu me inclinei para ter certeza e para sussurrar no que restava do ouvido.

"Verifique duas vezes, certo, babaca?"

Depois, saí do parque. Alguns quarteirões depois, encontrei um táxi, e comecei a longa e lenta viagem de volta para casa, em Nova Jersey.

ACORDEI CEDO NA MANHÃ seguinte, como a maioria dos pais, com o som do meu filho passando correndo pelo nosso quarto e descendo a escada. A caminho da lareira, sem dúvida.

Boa sorte com isso, eu pensei, embora soubesse que a meia dele estaria cheia de qualquer modo.

Alguns minutos depois, Lauren se sentou. Ela vestiu o roupão, foi até a janela e puxou as cortinas.

Ela sorriu para alguma coisa que viu lá fora e se virou rapidamente para sair do quarto.

Quando peguei meu roupão e desci para a cozinha para fazer café, eu soube o que ela tinha visto pela janela. Tinha nevado à noite, e a neve cobriu o pátio e os galhos das árvores. O País das Maravilhas de Inverno, completo, apareceu vestido a rigor. Eu provavelmente teria que ajudar a fazer um boneco de neve mais tarde, quer estivesse com vontade ou não.

Na sala, minha esposa e meu filho estavam sentados juntos de pernas cruzadas no centro do piso, admirando o que havia nas meias que já tinham tirado da lareira. Balas, presentinhos, pequenas tralhas que deviam ser importantes só porque tinham sido encontradas em uma meia. Reparei que o biscoito deixado na mesa perto da lareira tinha uma mordida grande. Lauren sempre foi boa com os detalhes.

"Feliz Natal, pessoal", eu disse, mas nenhum dos dois pareceu ouvir.

Eu os contornei e fui até a lareira. Peguei a meia que restou. Eu sabia que alguma coisa estava diferente antes mesmo de ela estar na minha mão.

Estava vazia.

"Lauren?"

Ela olhou para mim. "Ho, ho, ho", disse ela. Não havia nada em seu rosto.

Ela sorriu brevemente antes de voltar a falar com nosso filho, vendo pela terceira ou quinta vez enquanto ele enchia e esvaziava a meia. O sorriso dela me atravessou completamente. Mas sempre foi assim.

Deixei a meia no braço de uma das cadeiras e fui para a cozinha.

Abri a porta dos fundos e fui para a neve.

Estava muito silencioso, e não havia mais nada além de frio.

MICHAEL MARSHALL SMITH é um escritor britânico de livros, roteiros e contos. Ganhou os prêmios British Fantasy, August Derleth e Philip K. Dick. Seu livro *The Intruders* foi selecionado pela BBC como base para uma série dramática.

A

JOE R. LANSDALE

As estrelas estão caindo

ANTES DE DEEL ARROWSMITH VOLTAR DOS mortos, ele estava atravessando um campo ao luar de madrugada, procurando por sua casa. O ambiente era familiar, mas ao mesmo tempo diferente. Parecia que ele tinha saído de casa quando criança e voltado como adulto para examinar a propriedade antiga, mas descobriu que tiraram o balanço da árvore, a macieira foi cortada, a grama estava alta e uma casinha foi erigida onde seu melhor cachorro havia sido enterrado.

Durante a travessia, a lua já baixa ficou estreita, como doce barato lambido demais, e o sol surgiu entre as árvores. Havia pontinhos de gelo na grama verde e curva e no mato mais alto, amarelo como milho maduro. Na lembrança ele viu não o campo do leste do Texas à frente dele e nem as fileiras escuras de carvalhos e pinheiros que vinham depois, nem mesmo o caminho de lama que serpenteava pelo campo na direção das árvores como um fitilho de sangue.

Ele viu um campo na França onde havia uma trincheira comprida e funda, e na trincheira havia corpos ensanguentados, alguns sem membros e com pedaços do cérebro espalhados como aveia derramada. O ar se encheu com o fedor pungente de carne podre e fumaça de arma de fogo, resíduo de gás venenoso e zumbido de moscas. O fundo da garganta dele tinha gosto de cobre queimado. O estômago estava em nó. As árvores pareciam as sombras escuras dos soldados correndo na direção dele, e, por um momento, ele pensou em enfrentar o ataque, apesar de já não portar uma arma.

Ele fechou os olhos, respirou fundo e balançou a cabeça. Quando os abriu, o fedor tinha passado e suas narinas se encheram do aroma da manhã. A lua sumiu como um floco de neve derretendo. Nuvens brancas fofinhas percorriam o céu, e a luz passava pelas copas das árvores, caía entre elas, fazia as sombras ficarem compridas ao longo dos troncos e no chão. O céu ficou azul-claro e a geada secou na grama, que ficou em pé novamente. Pássaros começaram a cantar. Gafanhotos começaram a pular.

Ele continuou pelo caminho que atravessava o campo e partia as árvores. Enquanto andava, tentava lembrar exatamente onde sua casa ficava e como era e o cheiro que tinha, e, mais importante, como ele se sentia quando estava lá dentro. Tentou se lembrar da esposa e como era a aparência dela e como se sentia quando estava dentro dela, e só conseguiu encontrar no fundo da mente a imagem de uma mulher mais jovem do que ele de vestido comprido e sem cor, em uma casa com três cômodos. Ele sequer conseguia evocar a nudez dela, o formato dos seios e o comprimento das pernas. Era como se eles tivessem se visto só uma vez, de passagem.

Quando passou pelas árvores e saiu do outro lado, o campo estava lá, como devia estar, e estava cheio de flores azuis e amarelas. Antes, já tinha estado repleto de milho alto e amontoados verdes de vagem e ervilhas. Não era arado havia anos, provavelmente desde que ele foi embora. Ele seguiu a trilha e andou na direção de casa. Estava onde ele a tinha deixado. Não tinha melhorado com o tempo. A chaminé estava preta no alto, e a madeira não pintada estava soltando flocos de tinta como pele de cobra. Ele tinha cortado as árvores e as partido no meio para fazer a madeira da casa, e como todo o resto que viu desde que voltou, estava menor do que ele lembrava. Atrás ficava o defumadouro que ele fez com troncos e, à esquerda, a casinha que ele construiu. Ele havia lido muitas revistas lá enquanto cuidava das obrigações fisiológicas matinais.

Na frente, perto do poço, que tinha sido construído com pedras e agora tinha um telhado apoiado em quatro varas grossas, estava um garoto. Ele soube na mesma hora que era seu filho. O garoto devia ter uns oito anos. Tinha quatro quando Deel partiu para lutar na Grande Guerra, para atravessar o vasto oceano escuro. O garoto estava com um balde na mão, segurado pelo cabo. Ele o colocou no chão e correu na direção da casa, gritando uma coisa que Deel não conseguiu identificar.

Um momento depois, ela saiu de casa, e sua memória se encheu. Ele continuou andando, e, quanto mais perto chegava dela, parada na porta, mais apertado seu coração ficava. Ela era loura e alta e magra e usava um vestido de cor clara no qual havia flores bem mais sem graça do que as do campo. Mas o rosto brilhava mais do que o sol, e ele soube agora como ela ficava nua na cama, e tudo que havia sido perdido voltou a ele, e ele soube que estava em casa de novo.

Quando estava a três metros deles, o garoto, assustado, segurou a mãe com força, e ela disse: "Deel, é você?".

Ele parou e ficou sem dizer nada. Só olhou para ela, ingerindo-a como se fosse uma cerveja gelada. Finalmente, disse: "Abatido e cansado, mas eu".

"Eu achei..."

"Eu não escrevi porque não sei."

"Eu sei... mas..."

"Eu voltei, Mary Lou."

ELES SE SENTARAM RIGIDAMENTE à mesa da cozinha. Deel estava com um prato diante de si e tinha comido o feijão que havia ali. A porta da frente estava aberta, e eles viam até bem depois do poço, até o campo coberto de flores. A janela também estava aberta, e havia uma brisa leve soprando as beiradas das cortinas que a emolduravam. Deel tinha a sensação que teve quando estava atravessando o campo e passando pelas árvores, e quando viu a casa pela primeira vez. E agora, lá dentro, o telhado pareceu muito baixo e a cozinha era pequena demais e as paredes estavam próximas demais. Tudo era muito pequeno.

Mas havia Mary Lou. Ela estava sentada à mesa à frente dele. O rosto não tinha rugas e os ombros eram tão estreitos quanto os do garoto. Os olhos brilhavam como as flores azuis no campo.

O garoto, Winston, estava à esquerda dele, mas tinha puxado a cadeira para perto da mãe. O garoto o observou com atenção, e, por sua vez, Deel observou o garoto. Deel via Mary Lou nele, mas nada de si.

"Eu mudei tanto assim?", perguntou Deel, em resposta ao jeito como eles olhavam para ele. Os dois estavam com as mãos no colo, como se ele pudesse pular por cima da mesa a qualquer momento e os morder.

"Você está muito magro", disse Mary Lou.

"Eu estava gordo quando parti. Estou magro demais agora. Em pouco tempo, espero chegar no peso certo." Ele tentou sorrir, mas o sorriso sumiu. Ele respirou fundo. "E então, como você está?"

"Estou?"

"É. Você sabe. Como você está?"

"Ah. Bem", disse ela. "Bem. Tudo bem."

"O garoto?"

"Ele está ótimo."

"Ele fala?"

"Claro que fala. Diga oi para o seu pai, Winston."

O garoto não falou.

"Diga oi", disse a mãe.

O garoto não respondeu.

"Tudo bem", disse Deel. "Faz um tempo. Ele não se lembra de mim. É natural."

"Você foi pelo Canadá?"

"Como eu falei que faria."

"Eu não tinha como ter certeza", disse ela.

"Eu sei. Eu entrei com os americanos, um ano atrás, mais ou menos. Não importava com quem eu estava. Foi ruim."

"Entendo", disse ela, mas Deel percebeu que ela não entendia nada. E não a culpava. Ele tinha sido tomado pelo entusiasmo da guerra e da aventura, partiu para o Canadá e foi participar, deixou a família em uma situação difícil, achando que a vida estava passando por ele e ele estava deixando tudo passar. A vida estava bem ali, e ele não a reconheceu.

Mary Lou se levantou e ficou se movendo em torno da mesa, serviu feijão no prato dele, foi até o fogão e trouxe pão de milho e o colocou ao lado do feijão. Ele observou cada gesto. O cabelo dela estava um pouco suado na testa, grudado, como palha molhada.

"Quantos anos você tem agora?", ele perguntou a ela.

"Quantos anos?", disse ela, voltando para seu lugar na mesa. "Deel, você sabe quantos anos eu tenho. Estou com 28, mais velha do que quando você foi embora."

"Tenho vergonha de dizer, mas esqueci seu aniversário. Esqueci o dele. Não sei quantos anos eu tenho."

Ela disse para ele as datas de nascimento dos dois.

"Caramba", disse ele. "Não me lembro de nada disso."

"Eu... eu achei que você tivesse morrido."

Ela disse isso várias vezes desde que ele chegou em casa. Ele disse: "Eu ainda não estou morto, Mary Lou. Sou de carne e osso".

"É mesmo. Com certeza é."

Ela não comeu o que havia no prato. Só ficou ali parada, olhando, como se seu conteúdo pudesse se transfigurar.

Deel disse: "Quem consertou o poço e construiu o teto em cima?".

"Tom Smites", disse ela.

"Tom? Ele é uma criança."

"Não mais", disse ela. "Ele tinha dezoito anos quando você foi embora. Ele não era criança na época, não de verdade."

"Parece que não", disse Deel.

DEPOIS DO JANTAR, ELA lhe entregou o cachimbo, como sempre fazia, e ele encontrou uma cadeira de balanço de vime que não se lembrava de estar lá antes, levou para fora e se sentou, olhando para as árvores e fumando seu cachimbo e se balançando.

Ele estava pensando no antes e estava pensando no agora e estava pensando no depois, quando seria noite e ele poderia ir para a cama, e não sabia muito bem como abordar a questão. Ela era sua esposa, mas ele não tinha intimidade com ela havia anos, e agora estava em casa, e queria que fosse como antes, mas não se lembrava de como era antes. Ele sabia como fazer o que queria fazer, mas não sabia como fazer amor. Tinha medo de ela achar que ele era como um gato sarnento que tinha entrado pela janela e se deitado ali e esperava ser acariciado.

Ele se sentou e fumou e pensou e se balançou.

O garoto saiu da casa e parou de lado e ficou olhando para ele.

O garoto tinha o cabelo dourado da mãe e era corpulento para um garoto tão novo. Tinha uma espécie de marca de nascença na frente da orelha direita, no maxilar, como um pequeno morango. Deel não se lembrava disso. O garoto era um bebê, claro, mas ele não se lembrava mesmo. Por outro lado, não conseguia se lembrar de várias coisas, exceto as coisas que não queria lembrar. Delas ele se lembrava. E da pele de Mary Lou. Disso ele se lembrava. De como era macia ao toque, como manteiga.

"Você se lembra de mim, garoto?", perguntou Deel.

"Não."

"Nem um pouco?"

"Não."

"Claro que não. Você era muito pequeno. Sua mãe contou sobre mim?"

"Não."

"Nada."

"Ela disse que você morreu na guerra."

"Entendo... Bem, eu não morri."

Deel se virou e olhou pela porta aberta. Conseguia ver Mary Lou na pia, jogando água na bacia, a água que tinha esquentado no fogão. Estava soltando fumaça. Ele pensou que devia ter levado madeira para ela acender o fogo. Devia ter ajudado a acender o fogo e aquecer a água. Mas estar perto dela o deixava nervoso. O garoto o deixava nervoso.

"Você frequenta a escola?", perguntou ele ao garoto.

"A escola pegou fogo. Tom me dá aula de ler e escrever e fazer contas. Ele estudou oito anos na escola."

"Você já foi pescar?"

"Só com Tom. Ele me leva para pescar e caçar de vez em quando."

"Ele já ensinou você a fazer um arco e uma flecha?"

"Não."

"Não, senhor", disse Deel. "Você diz não, senhor."

"Como é?"

"Diga sim, senhor ou não, senhor. Não sim e não. É grosseria."

O garoto baixou a cabeça e se deslocou trinta centímetros pelo chão, fazendo um montinho de terra.

"Não vou bater em você", disse Deel. "Só estou dizendo que é assim que se faz. É assim que eu faço se for alguém mais velho do que eu. Eu digo não, senhor e sim, senhor. Entendeu, filho?"

O garoto fez que sim.

"E o que você diz?"

"Sim, senhor."

"Que bom. É importante ter bons modos. Você tem que ter bons modos. Um garoto não pode passar pela vida sem modos. Você sabe ler e escrever um pouco, e tem que fazer contas para proteger seu dinheiro. Mas também tem que ter bons modos."

"Sim, senhor."

"Isso aí... E sobre aquele arco e flecha. Ele nunca ensinou isso, é?"

"Não, senhor."

"Bem, esse vai ser nosso plano. Vou mostrar a você como se faz. Um velho *cherokee* me ensinou. Não é tão fácil quanto pode parecer, não fazer um bom. E também ser bom o bastante para acertar alguma coisa com ele é uma outra história."

"Por que você faria isso se tem uma arma?"

"Acho que não seria necessário. Mas é divertido, e caçar com um arco é esporte de verdade em comparação a uma arma. E agora não estou gostando tanto assim de armas."

"Eu gosto de armas."

"Não tem nada de errado nisso. Mas as armas não gostam de você, e não o amam de volta. Nunca dê muita atenção e afeto a uma coisa que não pode dar o mesmo."

"Sim, senhor."

O garoto, claro, não fazia ideia do que ele estava falando. Deel mesmo não tinha certeza do que estava falando. Ele se virou e olhou pela porta. Mary Lou estava em frente à bacia, lavando os pratos; quando esfregava, a bunda sacudia um pouco, e, naquele momento, Deel se sentiu pela primeira vez um homem vivo.

NAQUELA NOITE, A CAMA pareceu pequena. Ele ficou deitado de costas com as mãos cruzadas sobre a barriga, usando o macacão de dormir vermelho desbotado, que estava velho quando ele partiu e tinha sido atacado por traças em sua ausência. Estava pronto para se desfazer. A janela ao lado da cama estava aberta, e a brisa que entrava era fresca. Mary Lou estava deitada ao lado dele. Ela usava uma camisola comprida branca que tinha sido remendada com pedaços de tecido de cores variadas. O cabelo estava solto, e estava comprido. Estava comprido quando ele foi embora. Ele se perguntou com que frequência ela o tinha cortado e quanto tempo havia demorado para crescer em cada uma das vezes.

"Faz um tempo", disse ele.

"Tudo bem", disse ela.

"Não estou dizendo que não posso e nem que não vou, só estou dizendo que não sei se estou pronto."

"Tudo bem."

"Você estava solitária?"

"Eu tenho Winston."

"Ele cresceu muito. Deve ser uma boa companhia."

"É mesmo."

"Ele se parece um pouco com você."

"Um pouco."

Sem olhar para ela, Deel esticou a mão e a colocou sobre a barriga dela. "Você ainda parece uma garota", disse ele. "Teve um filho e ainda parece uma garota... Sabe por que perguntei quantos anos você tinha?"

"Porque você não lembrava."

"Bem, é, tinha isso. Mas porque você não está nem um pouco diferente."

"Eu tenho espelho. Não é muito bom, mas não me deixa com aparência mais jovem."

"Você está igual."

"Nesse momento, qualquer mulher estaria bonita para você." Depois de falar, ela se deu conta. "Eu não quis dizer isso. Só quis dizer que você ficou fora tempo demais... Eu soube que as mulheres são bonitas na Europa."

"Algumas são, outras, não. Não tem nenhuma tão bonita quanto você."

"Você alguma vez... Sabe?"

"O quê?"

"Você sabe... Enquanto estava lá."

"Ah... Admito que sim. Umas duas vezes. Eu não tinha certeza se ia voltar para casa. Não houve nada. Não quis dizer nada. Era como encher a barriga esfomeada, só isso."

Ela ficou em silêncio por muito tempo. E disse: "Tudo bem".

Ele pensou em fazer uma pergunta similar, mas não conseguiu. Ele se virou para ela. Ela ficou parada. Estava imóvel como um cadáver. Ele sabia como era. Tinha sido obrigado algumas vezes a se deitar entre eles.

Uma vez, deslocando-se por uma cidade na França com os colegas soldados, ele deu de cara com uma mulher morta, caída entre duas árvores. Não havia sequer um ferimento nela. Era jovem. O cabelo era escuro. Parecia que tinha se deitado para cochilar. Ele esticou a mão e tocou nela. Ainda estava quente.

Um dos colegas dele, um soldado, sugeriu que todos se revezassem com ela antes que ela esfriasse. Era uma piada, mas Deel apontou o fuzil para ele e o espantou. Mais tarde, na trincheira, ele ficou lado a lado com o mesmo homem, um sujeito de Wisconsin que, como ele, tinha entrado na Grande Guerra pelo Canadá. Eles fizeram as pazes, e o sujeito de Wisconsin disse que a piada foi ruim, que não era para ele ficar ressentido, e Deel disse que tudo bem, e eles assumiram posições ao lado um do outro e conversaram um pouco sobre como era em casa e esperaram a guerra chegar. Durante a batalha, usando máscaras de gás e disparando fuzis, o sujeito de Wisconsin levou um tiro que o derrubou. Um momento depois, a batalha parou, ao menos por um momento.

Deel se inclinou sobre ele, levantou a máscara e a cabeça do homem. O homem disse: "Minha mãe nunca mais vai me ver".

"Você vai ficar bem", disse Deel, mas viu que metade da cabeça do homem tinha sumido. Como ele estava falando? Por que não estava morto? O cérebro dele estava vazando.

"Tem uma carta dentro da minha camisa. Diz pra minha mãe que eu a amo... Ah, meu Deus, olha lá. As estrelas estão caindo."

Deel, reagindo ao olhar distante do companheiro derrubado, se virou e olhou para cima. As estrelas estavam brilhando e paradas no lugar. Houve uma explosão de disparo de canhão e o chão tremeu e o céu se iluminou em vermelho; a vermelhidão permaneceu no ar como um véu. Quando Deel olhou para o sujeito, os olhos do homem ainda estavam abertos, mas ele estava morto.

Deel enfiou a mão dentro da jaqueta do homem e encontrou a carta. Percebeu então que o homem também tinha levado um tiro no peito, porque a carta estava escura de sangue. Deel tentou desdobrá-la, mas estava tão úmida por causa do sangue que se desfez. Não havia nada para entregar a ninguém. Deel não conseguia nem lembrar o nome do homem. Tinha entrado por um ouvido e saído pelo outro. E agora ele tinha morrido, e suas últimas palavras foram "As estrelas estão caindo".

Enquanto ele estava segurando a cabeça do garoto, um oficial veio andando pela trincheira segurando uma pistola. O rosto estava preto de pólvora, os olhos brilhavam na noite, e ele olhou para Deele disse: "Tem que haver algum propósito para tudo isso, filho. Algum propósito", e saiu andando pela trincheira.

Deel pensou naquela noite e naquela morte, depois pensou na mulher morta de novo. Perguntou-se o que tinha acontecido com o corpo dela. Eles tiveram que deixá-la ali, entre as duas árvores. Alguém a tinha enterrado? Ela tinha apodrecido lá? As formigas e outros elementos acabaram com ela? Ele tinha sonhos sobre se deitar ao lado dela, no campo. Só ficar deitado lá e resvalar com ela para o vazio.

Deel sentiu agora como se estivesse deitado ao lado daquela mulher morta, loura em vez de morena, mas tão sem vida quanto a mulher entre as árvores.

"Acho que nós devíamos só dormir hoje", disse Mary Lou, sobressaltando-o. "Podemos deixar as coisas tomarem seu rumo. Não é nada de mais."

Ele tirou a mão de cima dela. E disse: "Tudo bem. Claro".

Ela rolou de lado, para longe dele. Ele ficou deitado em cima da coberta com as mãos na barriga, olhando para as vigas feitas de troncos.

DOIS DIAS E NOITES se passaram sem que ela ficasse mais carinhosa com ele, mas ele achava que dormir com ela era a melhor parte de sua vida. Gostava de seu cheiro doce e gostava de ouvi-la respirar. Quando ela estava dormindo profundamente, ele se virava de leve e, com cuidado, se apoiava em um cotovelo e olhava a forma dela na escuridão. A volta para casa não foi o que ele queria ou esperava, mas naqueles momentos em que olhava para ela na escuridão, ele tinha certeza de que era melhor do que tudo aquilo que tinha acontecido antes por quase quatro anos horríveis.

Os dias seguintes o conduziram a levar o garoto para a floresta e encontrar a madeira certa para um arco. Ele cortou uma árvore de pau d'arco e mostrou ao garoto como apará-la com um machado, como cortar a madeira em formato de arco, como secá-la em um fogo que era em sua maior parte fumaça. Eles passaram muito tempo nisso, mas se o garoto gostou do que estava aprendendo, não demonstrou. Ele mantinha os sentimentos escondidos e falava menos do que a mãe. O garoto sempre parecia estar a alguns metros de distância, mesmo quando estava ao lado dele.

Deel construiu o arco para o garoto, prendeu nele uma corda forte e mostrou como encontrar a madeira certa para as flechas e como pegar penas no ninho de um pássaro e como prendê-las nas hastes das flechas. Demorou quase uma semana para fazer o arco, outra para secá-lo e fazer as flechas. No resto do tempo, Deel olhava para o que já tinha sido um campo arado e agora eram dez hectares de flores com algumas árvores pequenas começando a crescer, retorcendo-se entre as flores. Tentou imaginar o campo coberto de milho.

Deel usou um machado para cortar as árvores novas, e naquela tarde, à mesa de jantar, perguntou a Mary Lou o que tinha acontecido com a mula.

"Morreu", disse Mary Lou. "Estava velha quando você foi embora, e só ficou mais velha. Nós a comemos quando morreu."

"Nada falta a quem não desperdiça", disse Deel.

"Foi o que pensamos", disse ela.

"Se você não está plantando, como consegue sobreviver?"

"Tom traz algumas coisas de vez em quando, peixes que pega, legumes da casa dele. Um esquilo ou outro. Nós criamos um porco e defumamos a carne, tínhamos nossa própria horta."

"Como estão os pais de Tom?"

"O pai morreu de tanto beber e a mãe só morreu mesmo."

Deel assentiu. "Ela vivia doente, e o marido era bem mais velho do que ela... Eu sou mais velho do que você. Mas não tanto. Ele era quanto? Quinze anos? Eu... Bem, deixa ver. Sou dez."

Ela não respondeu. Ele esperava alguma espécie de confirmação de que a diferença de dez anos entre eles não era nada, que não havia problema. Mas ela não disse nada.

"Que bom que Tom estava por perto", disse Deel.

"Ele ajudou", disse ela.

Depois de um tempo, Deel disse: "As coisas vão mudar. Você não vai precisar aceitar caridade de mais ninguém. Amanhã vou à cidade, ver se consigo comprar sementes e arrumar uma mula. Tenho um dinheiro da guerra para receber. Não é muito, mas é o suficiente para começarmos. Winston vai comigo, podemos ver se compramos balas ou algo do tipo para ele".

"Gosto de menta", disse o garoto.

"Pronto", disse Deel.

"Você não devia fazer isso tão pouco tempo depois de voltar", disse Mary Lou. "Ainda tem tempo até o plantio de outono. Você devia caçar como costumava fazer, ou pescar por alguns dias... Pode levar Winston junto. Você merece um descanso."

"Acho que mais uns dois dias não vão fazer mal. Todos nós precisamos de tempo para nos reacostumarmos."

NA TARDE SEGUINTE, QUANDO Deel voltou do riacho com Winston, os dois estavam com um par de peixes em um barbante molhado, e Winston os carregava pendurados nas costas, de forma que pendiam como ornamentos, e deixaram sua camisa úmida. Eram percas pequenas, mas boas, e foi o garoto quem as pegou e, no processo, mostrou empolgação verdadeira, a primeira que Deel havia visto nele. A luz do sol brincava nas escamas enquanto elas batiam nas costas de Winston. Deel, andando um pouco atrás de Winston, observava os peixes com atenção. Ele os viu morrendo lentamente, fora da água, tentando respirar. Não conseguia sufocar a vontade de levá-los de volta ao riacho e os soltar. Ele viu homens feridos ofegarem daquela forma, no campo, nas trincheiras. Pareciam peixes que só precisavam ser colocados na água.

Quando eles se aproximaram da casa, Deel viu um cavaleiro chegando, e viu Mary Lou saindo da casa para encontrá-lo.

Mary Lou foi até o homem, e o homem se inclinou na sela, e eles conversaram, e Mary Lou segurou a sela com uma das mãos e andou com o cavalo na direção da casa. Quando viu Deel e Winston se aproximando, ela soltou a sela e andou ao lado do cavalo. O homem no cavalo era alto e magro, com cabelo preto que caía nos ombros. Era como uma cascata de tinta caindo de baixo do chapéu cinza torto.

Quando eles se aproximaram, o homem no cavalo levantou a mão em cumprimento. Naquele momento, o garoto gritou "Tom!" e saiu correndo pelo campo na direção da casa, os peixes balançando.

ELES SE SENTARAM À mesa da cozinha. Deel e Mary Lou e Winston e Tom Smites. A mãe de Tom era metade *chickasaw*, e ele parecia ter herdado todas as cores dela, junto com a altura e o corpo musculoso do pai sueco. Ele parecia um tipo de deus da floresta. O cabelo caía pelas laterais do rosto, e a pele tinha cor de nozes e era lisa e ele tinha feições equilibradas e mãos e pés grandes. O chapéu pousava sobre um dos joelhos.

O garoto estava sentado bem perto de Tom. Mary Lou estava sentada à mesa, as mãos na frente do corpo, apoiadas nas tábuas. Ela estava com a cabeça virada para Tom.

Deel disse: "Tenho que agradecer por você ajudar minha família".

"Não tem nada para agradecer. Você me levava para caçar e pescar o tempo todo. Meu pai não fazia essas coisas. Ele era fazendeiro e criador de porcos e era um bêbado. Você foi bom para mim."

"Obrigado novamente por ajudar."

"Eu quis ajudar. Não tive problema por isso."

"Você tem uma família sua, imagino."

"Ainda não. Eu domo cavalos e tenho algumas vacas e porcos e galinhas, tenho uma horta de bom tamanho, mas ainda não tenho família. Ainda não. Eu soube por Mary Lou que você precisa de uma mula e de sementes."

Deel olhou para ela. Ela contou isso tudo no curto tempo em que andou ao lado do cavalo dele. Ele não sabia o que achava disso. Não sabia se queria que alguém soubesse do que ele precisava e do que não precisava.

"É. Quero comprar uma mula e algumas sementes."

"Pois então. Eu tenho um cavalo pronto para arar. Não é tão bom quanto uma mula, mas posso vender barato, bem barato. E tenho mais sementes do que posso usar. Pouparia uma ida sua à cidade."

"Eu achei que ia gostar de ir à cidade", disse Deel.

"Ah, bem, claro. Mas posso conseguir essas coisas para você."

"Eu queria levar o Winston aqui até o mercado e comprar balas."

Tom sorriu. "Isso é uma boa ideia, mas por acaso eu fui à cidade hoje de manhã e..."

Tom pegou um pacote de papel pardo no bolso da camisa e colocou na mesa e abriu o pacote com cuidado, revelando duas balas de menta.

Winston olhou para Tom. "É para mim?"

"É."

"Pegue uma agora, Winston, e coma depois do jantar", disse Mary Lou. "Guarde a outra para amanhã. Vai ser algo para você aguardar com ansiedade."

"Foi muito gentil da sua parte, Tom", disse Deel.

"Você devia ficar para o almoço", disse Mary Lou. "Deel e Winston pegaram uns peixes, e tenho umas batatas. Posso fritá-las."

"Que proposta gentil", disse Tom. "Pode deixar que limpo os peixes."

OS DIAS SEGUINTES SE passaram com Tom levando o cavalo e as sementes, e voltando no dia seguinte com algumas peças de arado de que Deel precisava. Deel começou a achar que nunca voltaria à cidade, e agora não tinha tanta certeza se queria ir. Tom ficava mais à vontade com sua família do que ele, e ele sentia ciúmes disso e queria ficar com eles e encontrar seu lugar ali. Tom e Mary Lou conversavam sobre todo tipo de coisa, muito à vontade, e o garoto tinha perdido todo o interesse no arco. Na verdade, Deel o encontrou junto com as flechas embaixo de uma árvore perto de onde o bosque começava. Ele os pegou e guardou no defumadouro. O ar estava seco lá dentro, e a madeira secaria melhor, se bem que ele não sabia se algum dia o garoto ia querer o arco de novo.

Deel arou dois hectares e meio do campo coberto de flores, e no dia seguinte Tom apareceu com uma carroça cheia de merda de galinha seca e o ajudou a espalhar na terra aberta. Deel arou por cima, e Tom o ajudou a plantar ervilhas e feijões para a lavoura de outono, uma área com um tipo de abobrinha amarela e alguns poucos montinhos com sementes de melancia e melão.

Naquela noite, eles estavam sentados na frente da casa, Deel na cadeira de balanço e Tom em uma cadeira de cozinha. O garoto estava sentado no chão perto de Tom, girando um graveto na terra. A única luz vinha da porta aberta da casa, da lâmpada lá dentro. Quando Deel olhou por cima do ombro, viu Mary Lou na pia de novo, lavando os pratos, mexendo a bunda. Tom olhou naquela direção uma vez, olhou para Deel e olhou para o céu, como se decorando a posição das estrelas.

Tom disse: “Você e eu não saímos para caçar desde bem antes de você ir embora”.

“Você vinha muito aqui naquela época, não vinha?”, disse Deel.

Tom assentiu. “Eu sempre me senti melhor aqui do que em casa. Mamãe e papai brigavam o tempo todo.”

“Sinto muito pelos seus pais.”

“Bem”, disse Tom, “todo mundo tem uma hora para morrer, sabe. Pode ser de muitos jeitos, mas às vezes a hora simplesmente chega e você tem que aceitar.”

“Acredito que isso seja verdade.”

“Que tal a gente sair para caçar?”, disse Tom. “Não como carne de gambá há séculos.”

“Eu nunca gostei de gambá”, disse Deel. “É gorduroso demais.”

“Você não preparou direito. Isso é uma coisa que eu sei fazer, preparar um gambá gostoso. Claro que o melhor jeito é pegar um, prender e dar milho para ele comer por uma semana, depois matar. A carne fica melhor assim, mais firme. Mas eu aceito atirar em um, mostrar a você como tirar aquele gosto selvagem usando vinagre e coisas do tipo, cozinhar com batata-doce. Eu tenho mais batata-doce do que consigo usar.”

“Deel gosta de batata-doce”, disse Mary Lou.

Deel se virou. Ela estava na porta, secando as mãos em um pano de prato. Ela disse: “Acho que é uma boa ideia, Deel. Ir caçar. Não seria nada mal aprender a cozinhar gambá direito. Você e Tom deviam ir, como antigamente”.

“Eu não como batata-doce há anos”, disse Deel.

“Mais um motivo”, disse Tom.

O garoto disse: “Eu quero ir”.

“Não haveria problema”, disse Tom, “mas, sabe, acho que desta vez é só para mim e Deel. Quando eu era criança, ele me ensinou sobre a floresta, e eu gostaria de ir com ele, pelos velhos tempos. Tudo bem para você, Winston?”

Winston não agiu como se estivesse tudo bem, mas disse: “Tá”.

NAQUELA NOITE, DEEL SE deitou ao lado de Mary Lou e disse: "Gosto de Tom, mas estava pensando que podíamos dar um jeito para ele não vir tanto aqui".

"Ah?"

"Sei que Winston o admira, e não me importo com isso, mas preciso conhecer Winston novamente... Porra, eu nunca cheguei a conhecer o garoto. E preciso voltar a conhecer você... Eu lhe devo tempo, Mary Lou. O tipo certo de tempo."

"Não sei do que você está falando, Deel. Tipo certo de tempo?"

Deel pensou por um momento, tentando encontrar as palavras certas. Ele sabia o que sentia, mas dizer era bem diferente. "Sei que você acabou ficando comigo porque eu parecia melhor do que alguns outros que foram pedir sua mão. No fim das contas, eu não era bem o partidão que você pensava. Mas temos que descobrir aquilo de que precisamos, Mary Lou."

"Aquilo de que precisamos?"

"Amor. Nós nunca encontramos o amor."

Ela ficou em silêncio.

"Só pense", disse Deel, "nós devíamos ter um tempo juntos antes de começarmos a receber Tom com tanta frequência. Você entende o que estou dizendo, não entende?"

"Acho que sim."

"Eu nem sinto que cheguei em casa direito. Não fui à cidade e nem contei para ninguém que voltei."

"De quem você está sentindo falta?"

Deel pensou muito tempo sobre isso. "Não tem ninguém além de você e Winston de quem eu tenha sentido falta, mas preciso fazer algumas coisas voltarem ao normal... Preciso fazer contatos para obter crédito no mercado, talvez uma troca de produção por coisas de que vamos precisar ano que vem. Mas, mais do que tudo, eu só quero ficar aqui com você para podermos conversar. Você e Tom conversam muito. Eu queria que nós pudéssemos conversar assim. Nós temos que aprender a conversar."

"Tom é uma pessoa fácil de conversar. Ele é falante. Consegue falar sobre qualquer coisa e fazer parecer que é importante, mas, quando termina, não disse nada... Você não era falante antes, Deel, então por que seria agora?"

"Eu quero ouvir o que você tem a dizer, e quero que você ouça o que eu tenho a dizer, mesmo se não falarmos sobre nada além de catálogos de semente ou passe o feijão, ou que eu preciso de mais lenha ou pare de roncar. Qualquer coisa que seja normal. Então a questão é que não quero Tom por aqui tanto assim. Quero que tenhamos um tempo meu e seu e de Winston, é isso que estou dizendo."

Deel sentiu a cama mexer. Virou-se para olhar, e na escuridão viu que Mary Lou estava puxando a camisola até acima dos seios. Os pelos pubianos pareciam densos na escuridão, e os seios eram redondos e cheios e convidativos.

Ela disse: "Talvez esta noite nós possamos começar a nos conhecer melhor".

A boca dele ficou seca. Ele só conseguiu dizer: "Tudo bem".

Suas mãos tremeram quando ele desabotoou o macacão na virilha, e ela abriu as pernas e ele subiu em cima dela. Só demorou um momento para ele explodir.

"Ah, Deus", disse ele, e caiu em cima dela, tentando sustentar o peso nos cotovelos.

"Como foi?", perguntou ela. "Eu estou boa?"

"Ótima, mas eu acabei rápido demais. Ah, garota, faz tanto tempo. Me desculpa."

"Tudo bem. Não foi nada." Ela deu um tapinha rígido nas costas dele e se virou um pouco para que ele soubesse que ela queria que ele saísse de cima.

"Eu posso fazer melhor", disse ele.

"Amanhã à noite."

"Eu e Tom vamos caçar amanhã à noite. Ele vai trazer um cachorro, e vamos pegar um gambá."

"É verdade... Na próxima noite."

"Tudo bem", disse Deel. "Tudo bem."

Ele deitou na cama e se abotoou e tentou decidir se estava se sentindo melhor ou pior. Houve alívio, mas não houve fogo. Ela foi como um buraco no colchão.

TOM LEVOU UMA CADELA e um rifle .22 e um saco de juta. Deel pegou sua arma de cano duplo no armário, tirou da capa de couro coberta de óleo e viu que estava em ótima condição. Levou-a junto com uma bolsa de balas pendurada para fora. As balas eram velhas, mas ele não tinha motivo para duvidar da capacidade delas. Tinham sido guardadas junto com a arma, secas e protegidas.

O céu estava claro e as estrelas brilhavam e a lua parecia um pedaço entalhado de sabão fresco de lixívia, mas estava brilhando, tanto que dava para ver o chão claramente. O garoto estava na cama, e Deel e Tom e Mary Lou estavam na frente da casa olhando para a noite.

Mary Lou disse para Tom: "Cuida dele, Tom".

"Pode deixar", disse Tom.

"Não deixe de cuidar dele", disse ela.

"Eu vou cuidar dele."

Deel e Tom tinham começado a andar para a floresta quando foram distraídos por uma sombra. Uma coruja mergulhou na direção do campo. Eles viram a ave pegar um rato gordo e sair voando com o animal no bico. A cadela correu atrás da sombra da coruja, que atravessava o caminho.

Enquanto eles viam a coruja subir para o céu da noite e voar na direção da floresta, Tom disse: "Nada na vida é certo, não é?".

"Principalmente quando se é um rato", disse Deel.

"A vida pode ser cruel", disse Tom.

"Não tinha crueldade naquilo", disse Deel. "Era sobrevivência. A coruja estava com fome. Os homens não são assim. Não são como as outras coisas, exceto talvez pelas formigas."

"Formigas?"

"As formigas e os homens fazem guerra por que podem. O homem faz todos os tipos de proclamação e discurso e dá motivos e tal, mas, no fim das contas, só fazemos guerra porque queremos e podemos."

"É um jeito duro de falar", disse Tom.

"O homem não fica feliz enquanto não mata tudo em seu caminho e não corta tudo que cresce. Ele vê uma coisa selvagem e bonita e quer prender e esfaquear, punir por ser selvagem. A beleza o atrai, e ele a mata."

"Deel, você tem uns pensamentos estranhos", disse Tom.

"Acho que tenho."

"Nós vamos matar para ter alguma coisa para comer, mas, diferentemente da coruja, não vamos comer rato. Nós vamos comer um gambá grande e gordo e vamos preparar a carne com batata-doce."

Eles viram a cadela correr à frente, para a linha escura das árvores.

QUANDO CHEGARAM À BEIRADA da floresta, as sombras das árvores caíram sobre eles, e então eles entraram no bosque, e estava escuro, mas havia lugares com aberturas de luz onde os galhos eram finos. Eles seguiram na direção das aberturas, encontraram uma trilha e seguiram por ela. Conforme andavam, a luz foi diminuindo, e Deel olhou para cima. Uma nuvem escura tinha surgido.

Tom disse: "Caramba, parece que vai chover. Isso veio do nada".

"É chuva passageira", disse Deel. "Vai cair, derramar água e sumir antes de termos tempo de encontrar um lugar para secar."

"Você acha?"

"Acho. Já vi muita chuva, e quando surge uma assim, está de passagem. Essa nuvem vai chorar e seguir em frente, posso garantir. Nem vai ter relâmpago junto."

Como se em resposta às palavras de Deel, começou a chover. Nada de relâmpago e nem de trovão, mas o vento aumentou e a chuva foi grossa e fria.

"Conheço um bom lugar à frente", disse Tom. "Podemos entrar embaixo de uma árvore, tem um tronco para a gente se sentar. Até matei uns gambás lá."

Eles encontraram o tronco embaixo da árvore, se sentaram e esperaram. A árvore era um carvalho e era velha e grande e tinha galhos longos e folhas grossas que se abriam como lonas. As folhas mantiveram Deel e Tom quase secos.

"A cadela se meteu bem no meio da floresta", disse Deel, e apoiou a espingarda no tronco e as mãos nos joelhos.

"Se ela pegar um gambá, você vai ouvir. Parece um trompete."

Tom botou a .22 no colo e olhou para Deel, que estava perdido em pensamentos. "Às vezes", disse Deel, "quando nós estávamos lá e chovia, nós ficávamos nas trincheiras, esperando alguma coisa acontecer, e as trincheiras se enchiam de água, e tinha uns ratos enormes nadando na água, e às vezes a gente ficava com tanta fome que matava um e comia."

"Ratos?"

"São iguais a esquilos. Mas o gosto não é tão bom. Mas um esquilo não passa de um rato de árvore."

"É? Tem certeza?"

"Tenho."

Tom se mexeu no tronco, e, quando fez isso, Deel se virou para ele. Tom ainda estava com a .22 no colo, mas, quando Deel olhou, o cano estava erguido na direção dele. Deel começou a dizer alguma coisa, tipo "Ei, cuidado com o que está fazendo", mas naquele momento soube o que devia ter sabido o tempo todo. Tom ia matá-lo. Sempre planejou matá-lo. Desde o dia em que Mary Lou o encontrou no campo, no lombo do cavalo, eles estavam esperando o barulho dos ossos dele caindo no chão. Foi por isso que o impediram de ir à cidade. Ele já havia sido dado como morto, e, se ninguém achasse diferente, não havia crime a considerar.

"Eu sabia e não sabia", disse Deel.

"Eu tenho que fazer isso, Deel. Não é nada pessoal. Eu gosto de você. Você foi bom para mim. Mas eu tenho que fazer isso. Ela vale que eu faça uma coisa assim... Não adianta tentar pegar aquela espingarda, você está na mira. Uma .22 não é muita coisa, mas é suficiente."

"Winston", disse Deel. "Ele não é meu filho, é?"

"Não."

"Ele tem uma marca de nascença no rosto, e lembro agora de ter visto a mesma marca quando você era criança. Esqueci, mas agora lembro. Está embaixo do seu cabelo, não está?"

Tom não disse nada. Tinha chegado para trás no tronco. Já não estava sob a copa da árvore, e a chuva caía no chapéu dele e fazia o cabelo comprido grudar nas laterais da cara.

"Você se meteu com minha esposa naquela época, quando tinha dezoito anos, e eu nem desconfiei", disse Deel, e sorriu como se achasse que havia humor naquilo. "Achei que você era só uma criança grande e mais nada."

"Você é velho demais para ela", disse Tom, olhando através do rifle. "E nunca deu atenção de verdade para ela. Estou com ela quase o tempo todo desde que você foi embora. Só por acaso eu não estava quando você chegou. Porra, Deel, tem roupas minhas no baú lá e você nem viu. Você pode saber do tempo, mas não sabe nada de mulheres, e nem sabe de homens."

"Eu não quero saber sobre eles, então às vezes não sei o que eu sei. E homens e mulheres não são tão diferentes... Você já matou um homem, Tom?"

"Você vai ser meu primeiro."

Deel olhou para Tom, que estava olhando para ele por cima do cano da .22.

"Não é fácil conviver com isso, mesmo quando você não conhece o homem", disse Deel. "Eu matei muitos. Eles vêm me ver quando eu fecho os olhos. Os que vi morrer e os que imaginei morrendo."

"Não me vem com história de fantasma. Não acho que você vai voltar para me ver depois que morrer. Não acho nem um pouco."

Tinha ficado escuro por causa da chuva, e a forma de Tom era só uma forma. Deel não conseguia ver as feições dele.

"Tom..."

A .22 berrou. A bala acertou Deel na cabeça. Ele caiu por cima do tronco e despencou onde a chuva o atingia na cara. Pensou logo antes de cair na escuridão: está tão fresco e limpo.

DEEL OLHOU POR SOBRE a borda da trincheira, onde havia um pedaço de metal com uma abertura para olhar. Só conseguia ver escuridão, exceto quando um relâmpago partia o céu e o campo se iluminava. Os trovões explodiam tão alto que ele não conseguia saber a diferença entre eles e o fogo do canhão, que também estava soando, soltando grandes explosões perto do parapeito e no interior da trincheira em ziguezague, jogando homens para a esquerda e para a direita como bonecos.

De repente, ele viu formas. Moviam-se pelo campo como uma coluna de fantasmas. Correndo rapidamente eles vieram, cada vez mais perto. Ele enfiou o fuzil pela abertura e mirou sem muita precisão, e a ordem veio e ele disparou. Metralhadoras começaram a arrotar. O campo se iluminou com os estalos vermelhos constantes. As formas começaram a cair. Os rostos dos da frente se iluminaram quando as metralhadoras estalaram, deixando suas feições vermelhas como o diabo. Quando os relâmpagos caíam, pareciam vibrar pelo campo. Os canhões rugiram e os trovões ribombaram e as metralhadoras cuspiram e os fuzis estalaram e os homens gritaram.

O restante dos alemães estava do outro lado do campo, acima das ramificações das trincheiras e dentro das próprias trincheiras. A luta corpo a corpo começou. Deel lutou com a baioneta. Perfurou um soldado alemão tão pequeno que os ombros nem preenchiam o uniforme. Quando o alemão ficou pendurado na lâmina, segurando o cano do fuzil, fogos arderam ao longo da trincheira, e naquele momento Deel viu que o queixo do soldado tinha pelinhos louros. A expressão do garoto era a de alguém que tinha acabado de perceber que esse jogo não era nada glorioso, afinal.

E, então, Deel tossiu.

Ele tossiu e começou a se engasgar. Tentou se levantar, mas não conseguiu no começo. Sentou-se, e a lama pingava dele e a chuva caía sem parar. Ele cuspiu terra e ofegou, tentando inspirar o ar. A chuva lavou seu rosto e afastou o cabelo da testa. Ele não sabia por quanto tempo havia ficado sentado na chuva, mas, depois de um momento, a chuva parou. Sua cabeça doía. Ele botou a mão nela e os dedos saíram cobertos de sangue. Botou a mão lá de novo, afastando o cabelo. Havia um sulco em sua testa. Ele tinha sangrado muito, mas agora o sangramento tinha passado. A lama no túmulo encheu o ferimento e o estancou. A cova rasa devia ter sido cavada mais cedo. Tudo tinha sido planejado, mas a chuva foi inesperada. A chuva deixou a terra úmida e, na escuridão, Tom não o cobriu bem o suficiente. Não o botou fundo o suficiente. Não fechou a cova com firmeza suficiente. E seu nariz ficou livre. Ele conseguiu respirar. O chão estava macio e não conseguiu segurá-lo. Ele só se sentou e a terra caiu para os lados.

Deel tentou sair da cova, mas estava fraco demais, então se remexeu na terra solta e ficou deitado de cara no chão. Quando sentiu força suficiente para levantar a cabeça, a chuva tinha passado, as nuvens tinham ido embora e a lua brilhava.

Deel saiu da cova e rastejou na direção do tronco onde ele e Tom se sentaram. Sua espingarda estava caída atrás do tronco. Tom esqueceu a arma ou não se importava. Deel estava fraco demais para pegá-la.

Deel conseguiu subir no tronco e se sentar, a cabeça baixa, olhando para o chão. Uma cobra rastejou por cima de suas botas e serpenteou para a escuridão da floresta. Deel esticou a mão e pegou a espingarda. Estava úmida e fria. Ele a abriu, e as balas pularam. Nem as tentou encontrar na escuridão. Ergueu o cano, virou-o na direção do luar e espiou dentro. Limpo. Sem sujeira nos canos. Ele não tentou achar as duas balas que tinham caído. Colocou duas novas da sua bolsa de munição. Respirou fundo. Pegou algumas folhas úmidas e as apertou sobre o ferimento. Elas grudaram. Ele se levantou. Cambaleou em direção à sua casa, as folhas grudadas no sangue adornavam sua testa como se ele fosse um tipo de deus da floresta.

NÃO DEMOROU PARA O cambaleio virar caminhada. Deel saiu da floresta e pegou o caminho que atravessava o campo. Com o fim da chuva, estava claro de novo, e um vento fraco tinha começado a soprar. A terra estava com cheiro forte, como naquela noite na França, quando choveu e os raios brilhavam, e os soldados chegaram, e o cheiro úmido da terra se misturou com o cheiro cortante da pólvora e com o odor da morte.

Ele andou até conseguir ver a casa, escura como ferrugem no meio do campo. A casa pareceu muito pequena, menor do que antes; era como se tudo que já tinha importado para ele continuasse a encolher. A cadela foi recebê-lo, mas ele a ignorou. Ela se afastou e foi na direção das árvores que ele tinha deixado para trás.

Ele chegou até a porta e começou a chutá-la. A porta estalou e gemeu e bateu alto na parede ao abrir. Deel entrou, andando rápido. Foi até a porta do quarto, estava aberta. Ele entrou. A janela estava aberta e o quarto estava iluminado pelo luar, tão forte que ele enxergava com clareza, e o que viu foi Tom e Mary Lou deitados juntos no meio do ato, e naquele momento ele pensou em seu breve tempo com ela e como ela deixou que ele a possuísse para não falar mais sobre Tom. Pensou em como ela entregou a si mesma para proteger o que tinha com Tom. Alguma coisa se mexeu dentro de Deel, e ele a reconheceu como o âmago do que era o homem. Ficou olhando para os dois, e eles o viram e pararam no meio do ato. Mary Lou disse "Não", e Tom pulou do meio das pernas dela, até ficar de pé. Nu como veio ao mundo, ele ficou parado por um momento no meio da cama, depois pulou pela janela aberta como uma raposa em um buraco. Deel levantou a espingarda e atirou e arrancou parte do parapeito da janela, mas Tom já estava longe. Mary Lou gritou. Jogou as pernas na lateral da cama e fez que ia se levantar, mas não conseguiu. Suas pernas estavam fracas demais. Ela se sentou novamente e começou a gritar o nome dele. Alguma coisa clamou do interior de Deel, um chamado longo, profundo e sombrio e certeiro. Uma folha ensanguentada caiu da testa dele. Ele ergueu a espingarda e disparou. O tiro penetrou no seio dela e a derrubou na cama, empurrando a cabeça na parede abaixo da janela.

Deel ficou parado olhando para ela. Os olhos estavam abertos, os lábios um pouco separados. Ele viu o cabelo dela e o lençol ficarem escuros.

Ele abriu a espingarda, carregou o cano duplo com duas balas da bolsa de munição e foi para a porta do outro lado, a que levava ao quartinho que era do garoto. Abriu-a com um chute. Quando entrou, o garoto, de camisola, estava rastejando pela janela. Ele deu um tiro, mas o melhor que talvez tivesse conseguido foi crivar as solas dos pés dele de estilhaços. Como o pai, Winston era ligeiro nos buracos.

Deel foi rapidamente até a janela aberta e olhou. O garoto estava cruzando o campo iluminado pelo luar como uma lebre, correndo na direção de uma área escura na floresta para o lado da cidade. Deel pulou a janela e saiu andando atrás do garoto. E, então, ele viu Tom. Tom estava à direita, correndo na direção de onde havia uma ravina profunda e uma plantação de amoras. Deel foi atrás dele. Começou a correr. Podia se imaginar com os outros soldados atravessando um campo, esperando que uma bala acabasse com tudo.

Deel começou a se aproximar. Estar descalço estava atrapalhando Tom. Ele estava mancando. Deel achava que os pés de Tom deviam estar cheios de carrapichos e machucados das pedras. A sombra de Tom subia e descia, como se fosse a alma dele tentando se separar do hospedeiro.

A ravina e as amoreiras ainda estavam lá. Tom chegou à ravina, encontrou uma abertura nas plantas, foi para o outro lado e desceu. Deel foi logo em seguida e desceu para a ravina. Estava úmido lá, com cheiro fresco de chuva recente. Deel viu Tom subindo do outro lado da ravina, entrando no meio dos arbustos de amora. E foi atrás dele. Quando chegou no ponto onde Tom tinha entrado, viu-o preso nas plantas. Os galhos tinham se contorcido em volta dos braços e da cabeça dele e o seguravam como se ele estivesse enganchado ali. Quanto mais Tom lutava, mais os espinhos machucavam a pele e melhor os galhos do arbusto o seguravam. Tom se virou e rolou e logo estava virado na direção de Deel, pendurado acima dele no alto do barranco, sustentado pelas amoreiras, um braço esticado, o outro pressionado contra o abdome, embrulhado como um presente de Natal da natureza, um presente para aquilo que os homens e as formigas mais gostavam de fazer. Ele estava respirando pesadamente.

Deel virou a cabeça de leve, como um cachorro tentando distinguir o que vê. "Você atira mal."

"Não tem motivo para fazer isso, Deel."

"Não é questão de motivo. É o jeito dos homens", disse Deel.

"Do que você está falando, Deel? Estou pedindo, implorando, não me mate. Foi ela que me convenceu. Ela achava que você estava morto havia muito tempo. Queria que as coisas voltassem a ser como quando éramos só eu e ela."

Deel respirou fundo e tentou sentir o gosto do ar. Era um gosto tão limpo um momento antes, mas agora estava amargo.

"O garoto escapou", disse Deel.

"Vá atrás dele, se quiser, mas não me mate."

Um sorriso surgiu no rosto de Deel. "Até os pequenos crescem e viram homens."

"O que você diz não faz sentido, Deel. Você não está bem."

"Nenhum de nós está", disse Deel.

Deel ergueu a arma e disparou. A cabeça de Tom saiu voando e o corpo pendeu no meio dos galhos e ficou pendurado na beirada da ravina.

O GAROTO ERA RÁPIDO, muito mais rápido do que o pai. Deel percorreu um terreno amplo enquanto o procurava, e conseguia ver os sinais do garoto ao luar, ver onde a grama estava pisada, ver as pegadas descalças na terra úmida, mas o garoto já tinha chegado à floresta, e talvez à cidade que ficava depois. Ele sabia disso. Não importava mais.

Ele se afastou da floresta e voltou para o campo até chegar às Pancake Rocks. Eram rochas achatadas, pedaços redondos de arenito empilhados, parecendo uma pilha enorme de panquecas. Ele tinha se esquecido delas. Foi até lá e parou, e olhou para a beirada de cima das pedras. Eram seis metros até lá em cima. Ele se lembrava disso de quando era criança. Seu pai disse: "Aquilo ali fica a seis metros daqui de baixo. Um garoto espartano seria capaz de escalar e chegar ao topo em três minutos. Eu consigo escalar e chegar ao topo em três minutos. Vamos ver o que você consegue fazer".

Ele nunca chegou ao topo em três minutos, apesar de ter tentado várias vezes. Era importante para seu pai por algum motivo, algum motivo humano, e ele tinha se esquecido disso até aquele momento.

Deel apoiou a espingarda nas pedras e tirou as botas e as roupas. Arrancou a camisa e fez uma alça para a espingarda, pendurou-a no ombro nu e pegou a bolsa de munição e a pendurou no outro ombro, e começou a subir. Chegou ao topo. Ele não sabia quanto tempo demorou, mas achava que tinham sido só uns três minutos. Ficou em pé em cima das Pancake Rocks e olhou para a noite. Dava para ver sua casa de lá. Ele se sentou de pernas cruzadas na pedra e apoiou a espingarda nas coxas. Olhou para o céu. As estrelas brilhavam, e o espaço entre elas continuava tão distante quanto a eternidade. Se o homem pudesse, arrancaria as estrelas, pensou Deel.

Deel se sentou e se perguntou que horas eram. A lua tinha se deslocado, mas não tanto a ponto de puxar o sol. Deel sentia como se estivesse sentado ali havia dias. Ele cochilou um pouco, e no sonho era uma formiga, uma de muitas formigas, e estava indo na direção de um buraco no chão do qual saía fumaça e fagulhas de fogo. Ele andou com as formigas para o buraco, e todas entraram nele, uma de cada vez. Pouco antes de chegar a vez dele, ele viu as formigas na frente dele virarem cascas pretas no fogo, e seguiu atrás delas, se apressando para que chegasse sua vez, e acordou e olhou pelo campo iluminado pelo luar.

Ele viu, vindo da direção de sua casa, um cavaleiro. O cavalo parecia um cachorro grande porque o cavaleiro era enorme. Ele não via o homem havia anos, mas soube quem era imediatamente. Lobo Collins. Era o xerife do condado quando ele partiu para a guerra. Ele viu Lobo cavalgar em sua direção. Não pensou nada sobre isso. Só ficou olhando.

Bem fora do alcance da espingarda de Deel, Lobo parou e desceu do cavalo e puxou um rifle preso na bota.

"Deel", gritou Lobo. "É o xerife Lobo Collins."

A voz de Lobo, alta e clara, percorreu o campo. Era como se eles estivessem sentados ao lado um do outro. A luz estava tão boa que ele conseguia ver o bigode de Lobo claramente, caindo nos cantos da boca.

"Seu garoto veio me contar o que aconteceu."

"Ele não é meu garoto, Lobo."

"Todo mundo sabia disso, menos você, mas não era motivo para você fazer o que fez. Eu fui até a casa e também encontrei Tom na ravina."

"Eles ainda estão mortos, eu suponho."

"Você não devia ter feito aquilo, mas ela era sua esposa, e ele estava se metendo com ela, então você tinha algum motivo, e um júri pode interpretar as coisas assim. É algo em que pensar, Deel. Pode dar certo para você."

"Ele atirou em mim", disse Deel.

"Bem, isso deixa tudo diferente. Por que você não abaixa essa arma, e você e eu voltamos para a cidade e vemos como podemos resolver as coisas?"

"Eu estava morto antes de ele atirar em mim."

"O quê?", disse Lobo. Ele tinha se apoiado em um joelho. Estava com o Winchester por cima desse joelho, e com a outra mão segurava a rédea do cavalo.

Deel ergueu a arma e a apoiou na pedra, o cano apontado para o céu.

"Você está fora do alcance aí em cima", disse Lobo. "Essa espingarda não vai me atingir, mas eu posso atingir você, e posso enfiar uma bala no cu de uma mosca daqui até a lua."

Deel se levantou. "Eu não consigo alcançar você, então acho que tenho que chegar um pouco mais perto."

Lobo se levantou e soltou as rédeas do cavalo, que não se mexeu. "Não seja burro, Deel."

Deel pendurou a alça improvisada da espingarda no ombro e começou a descer pela parte de trás das pedras, onde Lobo não conseguia vê-lo. Ele desceu mais rápido do que tinha subido, e nem sentiu onde as pedras rasgaram seus joelhos e pés nus.

Quando Deel se aproximou da lateral das pedras, Lobo tinha se movido só um pouco, para longe do cavalo, e estava parado com a Winchester apontada para baixo ao lado do corpo. Estava vendo Deel avançar, nu e determinado. Lobo disse: "Isso não faz sentido, Deel. Não vejo você há anos, e agora vou dar minha melhor olhada em você pelo cano de uma Winchester. Não faz sentido".

"Nada faz sentido", disse Deel, e andou mais rápido, tirando a espingarda do ombro.

Lobo recuou um pouco, levantou a Winchester até o ombro e disse: "Último aviso, Deel".

Deel não parou. Puxou a espingarda até o quadril e mandou bala. O tiro passou longe e caiu na grama como granizo, uns seis metros na frente de Lobo. E, então, Lobo disparou.

Deel achou que alguém o tivesse empurrado. A sensação foi essa. Que alguém tinha se aproximado dele escondido e o empurrado no ombro. Quando percebeu, ele estava deitado no chão olhando as estrelas. Sentia dor, mas não como a dor que sentiu quando se deu conta do que ele era.

Um momento depois, a espingarda foi tirada de sua mão, e em seguida Lobo estava ajoelhado ao lado dele com a Winchester em uma das mãos e a espingarda na outra.

"Acabei de matar você, Deel."

"Não", disse Deel, cuspindo sangue. "Eu não estou vivo para ser morto."

"Acho que acertei um pulmão", disse Lobo, como se orgulhoso de sua mira. "Você não devia ter feito o que fez. Que bom que o garoto escapou. Ele não foi a causa de nada."

"Ele só não teve a vez dele ainda."

O peito de Deel estava se enchendo de sangue. Era como se alguém tivesse colocado um funil em sua boca e derramado o sangue nele. Ele tentou dizer mais alguma coisa, mas não saiu. Só uma tosse e um pouco de sangue, que jorrou quente em seu peito. Lobo botou as armas no chão, pegou a cabeça de Deel e a apoiou em uma de suas coxas, para ele não ficar tão engasgado.

"Uma última palavra, Deel?"

"Olha lá", disse Deel.

Os olhos de Deel tinham se voltado para o céu, e Lobo olhou. O que viu foi a noite e a lua e as estrelas. "Olha lá. Está vendo?", perguntou Deel. "As estrelas estão caindo."

Lobo disse: "Não tem nada caindo, Deel", mas, quando olhou novamente para baixo, Deel já tinha partido.

JOE R. LANSDALE é autor de dezenas de livros e contos, inclusive a popular série de mistério intitulada *Hap & Leonard*. Ganhou várias vezes o Bram Stoker Award. Mora em Nacogdoches, Texas, com a esposa e os filhos.

J

WALTER MOSLEY

Juvenal Nyx

I.

ELA ME BATIZOU DE JUVENAL NYX e me tornou um filho da noite.

Eu estava em uma reunião noturna de sábado em uma Splinter, a Livraria da Facção Radical, apresentando a posição da Fusão dos Grêmios dos Alunos Negros sobre quando e como aceitaríamos trabalhar com organizações brancas radicais. Nós acreditávamos que, por tempo demais, nossos sistemas, movimentos e libertação definitiva foram apropriados por grupos brancos fingindo, talvez até acreditando, serem nossos amigos e aliados. Mas, no final, fomos sobrecarregados com objetivos fora das nossas comunidades, desviados por caminhos que abandonavam as necessidades e finalidades da nossa gente.

Tudo correu bem com o discurso, e as pessoas lá, tanto as negras quanto as brancas, pareceram levar minhas palavras a sério. Senti que a articulação dos nossos objetivos era por si só uma vitória, uma linha traçada no cimento de secagem rápida que tinha sido derramado na moldura da revolução que se aproximava.

Eu era muito jovem.

Ela me abordou depois que a série de palestrantes fez seus comentários, súplicas, pedidos e chamados por solidariedade. Ela era baixa e branca, pálida, na verdade, usava uma calça jeans frouxa e uma camiseta azul desbotada. Não era bonita e não usava muita maquiagem. Só seus olhos eram impressionantes. Eram muito escuros, talvez até pretos, com uma pátina prateada brilhando por baixo de vez em quando.

"Gostei do que você tinha a dizer", disse ela. "Todo homem precisa aprender a se posicionar antes de contar com a ajuda de outros."

O uso que ela fez da palavra *homem* me deixou curioso. Eu tinha suposto, pela forma como se vestia, que ela seria feminista.

"Isso mesmo", eu disse. "O homem negro não precisa do sr. Charlie para pavimentar o caminho. É o homem branco que quer nosso poder."

"Todo mundo quer sua força", disse ela.

Com isso, ela olhou nos meus olhos e tocou no meu pulso esquerdo. Seus dedos estavam frios.

"Quer tomar café comigo?", perguntou ela.

O *não* estava na minha garganta, mas um "Sim" saiu da minha boca. "Não posso demorar", acrescentei, desajeitado. "Tenho que voltar para o meu pessoal e fazer meu relato."

"EU SOU DA ROMÊNIA", disse ela no café em frente à livraria. "Meus pais morreram e sou sozinha no mundo. Trabalho às vezes como freelancer de copidesque e vou a reuniões à noite."

"Reuniões políticas?", perguntei, impressionado com o luar que emanava de trás dos olhos dela.

"De nenhum tipo específico", disse ela, descartando todo o conteúdo com o movimento de um ombro. "Vou a leituras e palestras, inaugurações de exposições de arte e coisas assim. Só quero ficar perto de pessoas, fazer parte por um tempo."

"Você mora sozinha?"

"Moro. Prefiro assim. Os relacionamentos parecem perder o sentido, e depois de algumas semanas eu desejo a solidão de novo."

"Quantos anos você tem?", perguntei, tentando entender o jeito estranho com que ela falava.

"Sou jovem", ela respondeu, sorrindo como se houvesse uma piada escondida entre as palavras dela. "Vem para casa comigo esta noite."

"Eu não vou atrás de garotas brancas, Julia", eu disse, porque esse foi o nome que ela disse para mim.

"Vem para casa comigo", ela insistiu.

"Eu te levo até a porta", eu disse com relutância, "mas depois tenho que voltar para a Casa Central."

"O que é a Casa Central?"

"Os integrantes e membros seniores dos grêmios de toda a cidade alugaram uma casa no Harlem. Nós moramos juntos e nos preparamos para o que está vindo."

Ela sorriu com as minhas palavras e se levantou.

"JULIA", DISSE UM HOMEM quando estávamos na metade do quarteirão depois de sair do café. "Espera."

Ele era alto e forte, branco e louro. Podia ser jogador de futebol americano em alguma universidade, talvez a mesma onde eu estudava.

"Martin", disse ela, um cumprimento morno.

"Aonde você vai?" Ele tinha uma gaze grossa presa no antebraço esquerdo.

Como ela não respondeu, ele me olhou de cara feia.

"Essa é a minha, a minha namorada, cara", disse ele.

Eu não respondi. Mas estava me preparando para uma briga que achava que não poderia vencer. Ele era muito grande e eu sou, no máximo, peso médio.

"Vá embora e você não vai se machucar", disse o jogador de futebol americano.

O tom dele tinha um toque de súplica. Isso o fez parecer ainda mais perigoso.

"Ei, cara", eu disse. "Eu acabei de conhecer a moça, mas você não vai me fazer ir a lugar nenhum."

Ele veio na minha direção, e me preparei para dar o soco mais forte que conseguisse. Eu não ia deixar que aquele garoto branco me fizesse botar o rabo entre as pernas e sair correndo.

"Martin, para", disse Julia. Cada sílaba era o som de um martelo batendo em um prego.

Os dedos de Martin se abriram como um leque, e ele puxou a mão de volta, como se tivesse se queimado.

"Vai embora", disse ela, "e não me incomoda mais."

Martin tinha mais de um metro e oitenta e pesava mais de cem quilos, a maior parte dos quais era músculo. Ele tremia como um homem resistindo a um vento forte. Os músculos do pescoço se destacaram e se contraíram, e ele fez uma careta, expondo os dentes em um sorriso de caveira. Depois de um minuto desse esforço, Martin virou as costas e saiu cambaleando pela calçada rua adentro, para longe. Encolhido enquanto andava, ele deu a impressão de ser um homem fugindo de uma surra.

"Você estava pronto para brigar com ele", disse Julia.

Eu não respondi.

"Ele teria machucado você", declarou ela.

Com isso, ela pegou meu braço e me levou pelo centro de Manhattan até a entrada de pedestres da ponte do Brooklyn. Não questionei nossa caminhada. Havia um aumento de energia no meu sangue e nos meus músculos pela briga em que quase me meti, por medo da surra que eu certamente levaria.

No caminho, ela me contou sobre a vida dela na Romênia, a fuga dos comunistas para Munique, onde ela morou com ciganos por um tempo. Era uma noite fresca de outono, e ouvi sem sentir necessidade de responder. Da parte dela, ficou segurando meu braço e falando com alegria sobre uma vida que parecia uma história saída de um livro.

Quando chegamos do outro lado, ela me levou até onde havia muitos armazéns e algumas residências. Chegamos a uma escada que levava a uma porta abaixo da superfície da rua. Ela abriu a porta sem usar chave.

Descemos um corredor comprido até chegarmos a uma escada que nos levou pelo menos mais três níveis para baixo. Depois, chegamos a outro corredor e a uma porta para a qual ela pegou uma chave.

ERA UM APOSENTO PEQUENO e mal iluminado com uma mesa de bordo em um canto e um único colchão no chão. Não havia janelas, claro, e o aposento tinha um cheiro seco e rançoso, como uma tumba selada por séculos.

A porta se fechou atrás de mim, e me virei para encarar os olhos de Julia. As luas neles estavam luminosas, e o sorriso dela tirou meu fôlego. Ela tirou a camiseta azul, tirou a calça larga e ficou nua. Percebi quando parti para cima dela que essa sexualidade descontrolada estava aumentando desde que Martin me ameaçou. Tirei a calça, e Julia começou a rir. Eu a puxei para a pequena cama, e ficamos juntos. Minha calça estava nos meus tornozelos. Meus sapatos ainda estavam nos pés, mas eu não podia perder o tempo de tirá-los. Eu tinha que estar dentro dela. Tinha que foder aquela garota, continuar fodendo. Nada podia me impedir. Mesmo meu orgasmo só desacelerou a urgência desesperada por um momento ou dois.

O tempo todo, Julia ria e falava comigo em uma língua estrangeira. De vez em quanto, puxava meu cabelo para trás e examinava meus olhos com aquela luz sinistra dos dela.

Eu me contorci em cima dela enquanto ela me envolvia com as pernas e os braços frios. Eu não conseguia parar. Não conseguia me afastar. Pela primeira vez na vida, senti que sabia o que era liberdade. Eu entendia que essa paixão era a única coisa que tocava o âmago do meu ser.

ACORDEI SEM ME LEMBRAR de ter perdido a consciência, mas devo ter desmaiado, porque agora estava em outro aposento, em uma cama com cabeceira. Meus pulsos e tornozelos estavam acorrentados aos quatro cantos da cama, e eu estava nu.

O quarto também era desprovido de janelas e com ar parado. Parecia que eu estava em um lugar profundo no subterrâneo, mas gritei mesmo assim. Gritei e berrei até minha garganta arder, mas não apareceu ninguém. Ninguém me ouviu.

Com o passar das horas, eu me debatia e gritava, mas as correntes eram tão fortes quanto as paredes eram espessas. Havia uma vela amarela acesa, grossa como uma coluna, a pouca luz que Julia deixou para mim, e me perguntei se eu estava destinado a morrer naquela tumba subterrânea.

Às vezes, senti medo de que aquilo fosse algum plano de supremacia branca contra o grêmio dos alunos negros de Nova York. Eu tinha sido capturado como uma maneira de passar alguma mensagem? Iam me linchar ou me queimar? Eu seria um mártir da causa?

Muitas horas se passaram até a porta se abrir e Julia entrar. Gritei tudo que consegui até que ela fechasse a porta, mas ela nem se incomodou. Sorriu e foi se sentar ao meu lado na cama.

Ela estava usando um roupão de veludo vermelho que descia até os pés descalços. Havia um capuz, mas estava caído para trás.

"Este é um quarto dentro de um quarto que, por sua vez, fica dentro de um quarto maior", disse ela. "Estamos no subterrâneo profundo e ninguém vai ouvir você."

"Por que você me acorrentou assim?", perguntei, tentando não demonstrar meu medo.

Em resposta, ela se levantou e deixou o suntuoso roupão cair no chão. Ela estava nua como eu. Fiquei sem ar nos pulmões, mas não sei se foi a nudez ou aqueles olhos que me deixaram perplexo.

Ela sorriu de novo e se ajoelhou ao meu lado. Moveu a cabeça rapidamente e mordeu meu antebraço esquerdo.

Eu passei muitos dias escrevendo os próximos parágrafos de descrição.

Como posso explicar um sentimento totalmente estranho, um sentimento que levou todas as emoções que eu poderia vivenciar para além do limite de minha habilidade de suportar? A dor foi uma música que gritei em harmonia falhada. O fluxo de sangue não era só a minha vida, mas a vida de todos que vieram antes de mim. A alegria trêmula dela era um animal selvagem no meu peito, arranhando e lutando para escapar da minha tola e suposta existência civilizada.

Minhas costas se arquearam para cima e eu gritei pelo clímax — e para que a dor continuasse. Eu queria sangrar dentro de Julia mais do que tinha desejado o sexo. Eu era um bebê de novo — tão empolgado pelas novas sensações da vida que precisava das correntes para conter meu êxtase.

Quando caí no colchão, eu não existia mais. Era a casca do casulo de uma mariposa que se transformou de lagarta em um ser voador. Estava cheio de nada, cercado por nada. Não estava morto porque nunca tinha vivido verdadeiramente. A larva agitada e o inseto alado usaram meu ser inerte só para a transição, me deixando sem nada além de vazio, como o efeito passageiro de um sorriso fraco.

"Juvenal Nyx", sussurrou uma voz.

"O quê?", eu perguntei com voz rouca.

"Esse é seu nome."

Fiquei à deriva por muitas horas, que pareceram semanas ou meses. Não estava consciente e nem dormindo, mas também não estava ciente do mundo ao meu redor. Naquele limbo, fui abordado por várias entidades representando consciências que alegavam não ter raça, nem sexo, nem espécie.

"Você está correndo o perigo do conhecimento", disse um ser desses, que parecia um nimbo amarelo sem origem.

"De ser descoberto?", eu perguntei de um jeito que não foi pela fala.

"De saber", respondeu a aura vazia de luz.

"Não entendi."

"Então ainda há esperança."

"JUVENAL", DISSE UMA VOZ humana.

Abri os olhos e vi Julia, novamente de jeans e camiseta, sentada no pé da cama. Ela estava me olhando de uma forma que só posso descrever como faminta.

"Julia."

O sorriso não sumiu dos olhos predatórios.

"Você é um homem doce." Apesar de ter sussurrado essas palavras, eu as ouvi como um grito por um corredor comprido e ecoante. "Senti o cheiro da sua doçura antes mesmo de entrar na livraria. Fui até lá por sua causa."

"Você soltou Martin depois de morder o braço dele", eu disse, "não foi?"

"Eu deixo todos irem embora depois da primeira mordida", disse ela. "Centenas... milhares."

Eu, o antigo eu, suspirou de alívio.

"E também quero soltar você", disse ela, "mas seu sangue canta para mim."

Ela tocou na parte interna da minha coxa direita, entre o joelho e a virilha. Os dedos frios massagearam o local. O mero toque provocou um eco de prazer sombrio.

Ela se inclinou sobre mim e parou a dois centímetros do ponto que tinha tocado, os olhos lunares olhando os meus.

"Morde", eu disse, apesar do pânico no peito.

DURANTE OS QUATRO DIAS seguintes ela bebeu do meu outro braço e da minha outra perna, e finalmente do meu abdome, acima do umbigo. Fiquei em êxtase e medo constantes. Não comi, não dormi e nem senti necessidade de me aliviar. Meu corpo ficava em estado de repouso total, menos quando ela se alimentava do meu sangue.

"Nós nunca bebemos muito", disse ela uma noite depois de se banquetear. Estava deitada com a cabeça na minha coxa, saboreando sua perversão. "Não precisamos de muito para ficarmos vivos. Nós não somos como vocês, que precisam matar e desperdiçar para seguir em frente. Só um pouco de sangue fresco pode nos manter vivos por vários dias."

"Então por que você me morde todos os dias?", perguntei. Não havia medo na minha pergunta. Logo depois da mordida, eu me sentia drogado, complacente. Só queria entender o que ela estava dizendo.

Ela se sentou. Os olhos antes pretos estavam agora brancos, com aquela luz estranha.

"Nós não podemos nos multiplicar como vocês", disse ela. "Temos que criar nossa descendência. Nossa mordida contém uma droga que rapidamente viraria veneno para a maioria das pessoas. Mas, para alguns, os que são doces, podemos passar a característica que nos torna únicos. Esses, podemos chamar de nossos amantes."

"Você me ama?"

"Amo seu gosto."

"Você quer dizer da mesma forma como eu amo um bom bife?"

Uma onda de nojo surgiu no rosto dela.

"Não, não a morte, mas a vida que vive em você e em mim simultaneamente. A sensação da existência que carrego em mim e que é você. Isso, esse gosto, é a experiência mais extraordinária que qualquer criatura viva pode conhecer."

"E Martin?", eu perguntei quando tive a sensação de que ela podia ir embora. Eu odiava quando ela saía depois de me morder. Era como se eu precisasse que ela estivesse aqui comigo para manter a escuridão longe.

"Nossa mordida, como falei, é uma droga. Faz com que as pessoas de quem nos alimentamos nos queiram. Normalmente, elas esquecem, ou se lembram de nós em sonho, mas às vezes nos perseguem. Essa é uma consequência possível da simbiose entre nós. Eu cometi o erro de levar você ao lugar onde Martin me conheceu. A fome dele é forte, mas se eu o mordesse de novo, ele certamente morreria."

"Por quanto tempo você o mordeu?"

"Dois anos."

"E o ferimento ainda precisava de curativo?"

"Provavelmente não. Às vezes, eles usam o curativo como lembrete."

"Você...", eu comecei, mas ela colocou a mão fria na minha testa, e eu desmaiei.

QUANDO ACORDEI, NA MANHÃ seguinte à última mordida, as correntes tinham sido removidas. Em uma cadeira de encosto reto, encontrei minhas roupas, todas bem dobradas. Em cima da pilha havia um envelope creme com o nome JUVENAL NYX escrito. O quarto estava silencioso, e eu soube que Julia tinha ido embora de vez.

As mordidas latejavam, mas não doíam.

Saí correndo pela porta que levava a um corredor, que envolvia completamente minha cela. Havia uma porta que ia desse corredor até um outro, que envolvia o primeiro. Não havia mobília e nem tapete nos dois corredores intermediários. O único aposento adicional que encontrei foi um banheiro pequeno. Diante dessa visão, percebi que meu corpo estava voltando a mim e que eu precisava usá-lo.

Querido Juvenal,

Você é meu a partir de agora até o distante dia em que você ou eu deixarmos de existir. Isso pode demorar muitos anos, talvez até séculos. Você vai descobrir várias coisas sobre si mesmo nas próximas semanas e meses. Não tenha medo delas. Não se desespere. Você é meu como se tivesse saído do meu útero, e eu sou sua, apesar de não podermos nos ver por muito tempo. Confie nos seus instintos e nas suas necessidades. Ceda às suas fomes e paixões. Um dia, vamos ficar juntos novamente — quando for seguro para nós dois.

Esses aposentos são seus agora. Use-os como eu os usei.

Eu te amo,
Julia

A carta foi escrita com uma caneta-tinteiro, e cada palavra foi elaborada para mim.

Voltei até a cela e olhei em volta. O piso era de pinho, simples e sem acabamento. A cama era simples. Só havia aquela única cadeira. Aquele quarto poderia ser um poema sobre a vida de Julia e agora sobre a minha.

Eu me sentei, ouvindo algo como o som de violoncelos, ao longe. Depois de um momento, percebi que a música era a cantoria do meu sangue.

Depois de muito tempo sentado ali, me perguntando que droga ela colocava na boca antes de me morder, eu me levantei e saí andando do quarto subterrâneo, pretendendo nunca mais voltar.

O DIA ESTAVA CLARO, luminoso. Todos os sons eram secos e altos. Fiquei tanto tempo na escuridão que meus olhos doíam e o sol queimava minha pele.

Mas também havia uma qualidade cristalina no ar e na vista. Atravessei a ponte me sentindo leve, sem peso. As pessoas à minha volta pareciam pesadas e um tanto estabanadas. Senti uma simpatia por elas. Estava na metade da ponte do Brooklyn quando me dei conta de que não pensei em questões de raça nenhuma vez naquele dia. Branco, preto e marrom, tudo parecia a mesma coisa para mim.

Ordenei a mim mesmo que saísse do transe e visse a paisagem política e racial como eu sabia que era. Tentei dizer a mim mesmo que meu aprisionamento danificou meu sentido de realidade, que Julia tinha roubado minha capacidade de ver claramente.

Mas, por mais que tentasse, não conseguia ver defeito nos homens e mulheres seguindo suas vidas. E Julia... os olhos de luar e o leve sotaque não geraram raiva e nem medo, nem recriminação e nem desejo de vingança.

Segui andando, sentindo-me mais leve e mais feliz a cada passo. O mundo parecia estar cantando um hino alegre à sua própria vida e destino. As aves e insetos e até os aromas químicos no ar me deixaram nostálgico por uma coisa que faleceu, mas que ainda vivia na memória dos sentidos.

Eu ri e fiz uma dancinha enquanto andava.

Decidi caminhar até o Harlem e a Casa Central.

Senti-me como um príncipe ao andar pela Quinta Avenida lotada. As pessoas eram meus súditos inconscientes, e eu era de uma realeza benevolente. Dentre eles, de vez em quando, eu via halos de cores fortes, lembrando-me da aura amarela que me avisava sobre o conhecimento.

Quando cheguei ao Central Park, a música no céu ficou estridente. Estava sempre alta, mas eu não dava bola. As árvores falavam de sua idade e gravidade. Elas foram para um lado enquanto tomei a direção oposta. Havia um latejar no meu sangue, e eu estava sentindo tanta vertigem que precisei me sentar em um banco da praça.

Eu estava sorrindo para as pessoas que passavam. Algumas olhavam para mim com expressões preocupadas. Muito tempo antes, na semana anterior, eu teria dito que era por eu ser um homem negro, cheio da determinação da minha raça, mas agora pensei que eles não podiam entender a experiência que corria nas minhas veias.

O sol estava gritando comigo, e decidi me levantar. Só então percebi como estava fraco. Eu caí de cara. Não me machuquei porque estava inconsciente antes de bater no chão.

EM ALGUM LUGAR, o sol estava se pondo. Seu grito final sobre o horizonte foi seguido de um silêncio tão profundo que fui arrancado do sono, como se alguém tivesse jogado cinquenta quilos de gelo na minha pele nua. Eu pulei da cama de hospital e olhei pela janela para a escuridão crescente do crepúsculo.

"O que você tem, cara?", perguntou um homem.

Eu me virei para olhar para ele. Ele era um de seis outros homens nas camas espalhadas pelo quarto, um homem branco de barba grisalha e bigode mais escuro, mas de certa forma também grisalho.

"Como eu vim parar aqui?", perguntei.

"Trouxeram você. A gente achou que você estava morto."

Eu ainda estava vestido. A empolgação do dia foi substituída pela certeza da noite. A emoção que tomava conta de mim era sombria e perigosa.

Eu estava na rua antes de perceber que não havia sapatos nos meus pés. Mas não me incomodei com o toque da pele no concreto e no asfalto.

Voltei para o parque. Quando cheguei lá, procurei minha presa.

ELA ERA UMA MULHER jovem de pele marrom andando por uma via tranquila. Não havia medo emanando dela. Segui em sua direção e, quando a alcancei, passei um braço pela cintura dela, puxei-a para perto e mordi, com um dente inferior que nunca tinha tido antes, o pescoço dela. Foi uma perfuração, um pequeno ferimento que cicatrizaria muito rápido. Ela lutou comigo pelos oito segundos, e então senti sua mão acariciar minha nuca.

"Quem é você?", sussurrou ela. "O que está fazendo comigo?"

O sangue dela correu lentamente para a minha boca. Foi a refeição mais saborosa e suntuosa que eu já tinha feito. Era filé e manteiga e vinho tinto denso que os deuses ingeriam nos dias sagrados de suas divindades.

"Por favor", sussurrou ela com voz trêmula. "O que está acontecendo comigo? Estou sentindo em toda parte." Ela esfregou o corpo no meu.

Eu bebi mais e mais.

Ela me contou coisas naquele parque, com pessoas passando e achando que éramos amantes que sequer conseguiam esperar chegar a portas fechadas.

Enquanto eu sentia o gosto da rica recompensa, ela sussurrou os segredos da vida dela. Seus desejos e decepções, amores e erros fluíram junto com o sangue. Percebi em algum lugar no fundo da mente que eu estava me alimentando da alma dela além da seiva da vida.

Essa experiência deliciosa durou quinze minutos, e de repente o dente se retraiu dolorosamente para dentro da gengiva inferior. Eu me afastei dela, e ela esticou os braços para mim.

"Quem é você?", perguntou ela.
"Juvenal Nyx", eu disse.
"O que você fez comigo?" Ela levou os dedos da mão direita ao pescoço.
"É uma droga."
"Eu", ela hesitou, "quero mais."
"Me encontre aqui amanhã no mesmo horário e vou lhe dar o que você quer."
Ela estava prestes a dizer mais alguma coisa, mas coloquei um dedo nos lábios dela.
"Vá", eu disse, e ela obedeceu imediatamente.

EU ESTAVA CORRENDO PELO parque com toda a leveza de um jovem cervo ou do predador de pés rápidos seguindo seu rastro. Estava gargalhando, irrefreável. Minha primeira presa me esqueceria. Se não esquecesse, se voltasse, eu não voltaria àquele lugar por várias semanas. Eu sabia que a droga da minha mordida se tornaria tóxica nas veias dela se eu a mordesse de novo.

Corri por todo o caminho até o Harlem, mas quando cheguei à rua onde a Casa Central ficava, hesitei. Pela primeira vez entendi no meu intelecto que as coisas tinham mudado. Havia seguido meus sentidos até aquele quarteirão. Mas então percebi que não podia simplesmente entrar na comunidade política de pés descalços e sangue no hálito.

Fui até o beco próximo ao prédio do outro lado da rua e escalei a parede sem dificuldade. Quando cheguei ao terraço, me encolhi, a pele negra na escuridão crescente, para espionar meus amigos.

CECIL BONTEMPS E MINERVA Jenkins saíram pela porta da frente da casa tarde da noite. Eu me concentrei neles com todos os meus sentidos. Eles estavam conversando sobre a reunião da qual tinham acabado de sair. Era uma reunião sobre mim, sobre o meu desaparecimento. Eles citaram uma garota branca com quem fui visto saindo.

"Jimmy sempre foi meio esquisito", disse Cecil. "Deve estar enfiado num quarto transando com a garota, doidão."

Um animal rosnou e levei um susto. Olhei ao redor, pelo telhado vazio, procurando. Só então percebi que o ruído bestial tinha vindo da raiva em mim.

"Jimmy não usa drogas", disse Minnie. "Você sabe disso. Aconteceu alguma coisa com ele. Nós devíamos fazer como Troy diz e procurar a polícia."

"A polícia não pode vir aqui remexer na Central", disse ele. "E se encontrassem nossas armas?"

Nós estávamos estocando fuzis e munição para a futura revolução. Estavam guardados em um baú no porão, prontos para o dia em que a lei marcial fosse declarada contra o Homem Negro.

"Nós temos que fazer alguma coisa, Cecil."

"Tudo bem. Tá. Vamos até aquela livraria de novo."

FIQUEI NAQUELE TELHADO TRÊS dias, xeretando meus antigos colegas. Durante o dia, o sol subia e se espalhava no céu, e eu entrava em coma depois de um tempo. À noite, eu despertava e observava meus amigos como se fossem presas.

Na quarta noite, persegui um jovem por uma viela três quarteirões ao norte da Casa Central. Eu o empurrei contra uma porta e mordi seu ombro. Ele chorava e se lamuriava enquanto eu bebia seu soro da vida. A sensação foi inquietantemente sexual. Percebi que, a não ser que fosse necessário, eu preferia o sangue de mulheres.

"O que você fez comigo?" O discurso dele saiu arrastado, mas ele estava com medo.

"Vai", eu disse com uma voz grave que era estranha para mim.

Ele saiu correndo.

Eu já tinha esquecido a Casa Central àquelas alturas. Pelo resto da noite, andei pelas ruas, olhando e não querendo, um perigo, mas não uma ameaça.

Ao amanhecer, voltei ao armazém no Brooklyn para onde Julia tinha me levado. Dois andares abaixo do quarto para onde ela me levou na primeira vez ficava a câmara que parecia uma tumba, e que seria meu lar dali em diante. Ela deixou a chave da porta no meu bolso.

Na escuridão, muito abaixo da rua, eu ouvia o canto distante do sol. Eu me sentia protegido na minha cripta — e perigoso também.

2.

ISSO FOI 33 ANOS ATRÁS, EM outubro de 1976. Desde então, eu moro na câmara subterrânea que era de Julia. A propriedade foi passada a mim, e morei lá, dormindo na cama ou sentando na cadeira de encosto reto, saindo de vez em quando para um pouco de sangue de algum pedestre distraído. Às vezes, eu mordia só o suficiente para introduzir a droga no organismo, depois usava o dinheiro deles para alugar um quarto de hotel onde lentamente, ao longo da noite, eu lambia seus pescoços e rosnava como um lobo.

Não matei ninguém e descobri muitas coisas sobre a minha mutação.

Um detalhe muito importante é que eu cicatrizo muito rapidamente.

Descobri isso uma noite, quando uma gangue de jovens decidiu me atacar junto com a mulher de quem eu estava me alimentando no Prospect Park. Eram oito, mas eu estava com força total e me soltei deles depois de algum esforço. Percebi depois que tinha sido esfaqueado três vezes no peito. Sem dúvida meu pulmão foi perfurado, e possivelmente sofri algum dano ao coração.

Pensei em ir a um hospital, mas alguma coisa me fez ficar longe de companhia humana estando ferido, e fui para casa morrer.

Por muitos dias, fiquei deitado no chão do quarto, sentindo dor no peito. Mas depois de uma semana, mais ou menos, eu revivi o suficiente para poder sair e me alimentar. Agora, tudo que resta dos meus ferimentos fatais são três cicatrizes esbranquiçadas no peito.

Eu não leio livros nem vou ao cinema, não vejo televisão nem sigo os noticiários. O único contato humano que tive até bem recentemente ficou primariamente limitado à euforia sussurrante das minhas vítimas. Eu me alimentei em intervalos de poucos dias, nutrindo-me de sangue humano e de vazamentos da alma quando eles estão sob meu domínio. Posso passar dias sentado no quarto subterrâneo saboreando os murmúrios baixos das minhas vítimas. As palavras delas sobre desejos secretos e sonhos não realizados me imbuem das possibilidades de uma vida que me foi negada. Às vezes, eu vago por horas nos segredos contados a mim por lábios desfalecidos. Consigo ver as imagens das quais eles se lembram e sinto as emoções que esconderam de todo mundo.

Nos primeiros anos, só fui atrás de mulheres por causa da natureza íntima da minha mordida. Mas, com o passar do tempo, também ataquei alguns homens. Meu gosto por sangue se refinou, e procuro certos sabores e aromas. Há noites em que saio e não há ninguém para mim. E apesar de eu preferir mulheres jovens, há outros que exigem atenção.

Descobri outras coisas sobre a minha natureza. Por exemplo, sou alérgico à lua cheia. Nessas noites, se sou exposto à regência lunar, desenvolvo uma febre e uma dor de cabeça tão poderosas que chego a ficar cego com tal potência. Se saio na lua cheia, fico incapacitado por mais de uma semana.

Foi assim que descobri outro detalhe das minhas características físicas. Quando a febre me acomete, fico fraco, e a maioria das pessoas normais consegue se defender do meu ataque. E como a doença dura tanto tempo, fico enfraquecido pela subsequente falta de nutrição.

Nesse estado diminuído, sou obrigado a procurar caça que esteja igualmente incapacitada.

Depois da primeira vez que fiquei enfraquecido pela alergia lunar, encontrei uma senhora idosa confinada a uma cadeira de rodas, que foi abandonada por um tempo por um cuidador nada profissional. O cuidador foi até o rio, não muito longe da minha cripta, e estava conversando em uma cabine telefônica. Enquanto ela estava ali, eu me esgueirei por trás da mulher e a mordi.

Os sonhos dela eram fragmentados e o sangue era fino, mas eu não podia fazer mais nada. Eu esperava que ela não morresse por causa do meu ataque. Percebo que, desde a minha transformação, tenho uma reverência instintiva pela vida em toda a sua miríade de formas. Aranhas e baratas, ratos e seres humanos, todos têm direito à vida aos meus olhos. Eu bebi meio drinque do sangue sem gosto da senhora idosa e saí correndo para me reavivar.

Quatro semanas depois, vi a mulher passeando com uma nova enfermeira. Estava saudável para uma mulher da idade dela, conversando animadamente com a nova cuidadora. Percebi então que minha mordida tem certas propriedades curativas. Eu me lembro de sorrir para minha presa idosa quando passei. Ela pareceu ter reconhecido alguma coisa em mim, embora isso possa parecer impossível, pois eu a ataquei por trás.

OUTRA PARTE DA MINHA vida são os halos, círculos vazios de luz que parecem ser invisíveis ao olho humano. Existem de todas as cores e têm uma variedade de naturezas. Alguns são predadores e atacam e destroem outros da mesma espécie. Alguns são capazes de se comunicar comigo. Não são muitos os que aprovam a minha existência. Não sei se é porque não querem ser vistos ou se sentem repulsa pelas minhas vontades e necessidades. Não importa — nós existimos em planos diferentes e não conseguimos tocar nem afetar o outro de nenhuma forma física.

O único halo que reconheço é o ser amarelo que se aproximou de mim quando Julia estava me transformando em Juvenal Nyx. Aparece para mim às vezes e passa mensagens enigmáticas sobre conhecimento e percepção.

"Você está no caminho de saber o que devia ser segredo", disse para mim mais de uma vez — não em palavras, mas o significado atravessou o vão entre nós e se acomodou na minha mente.

Não dei muita atenção a essas mensagens até nove meses atrás.

Eu estava na rua Water, vendo a senhora idosa que precisava de cadeira de rodas antes de eu a morder. Agora, ela não tinha mais enfermeira e estava cuidando do que podia ser um neto pequeno.

Tive um sentimento paternal pela mulher idosa e me senti antigo até os ossos. Era uma noite de verão, e o sol já estava escondido o suficiente atrás do horizonte para eu não me preocupar com a tontura.

"Venha", disse uma voz na minha cabeça.

Eu me virei e vi o halo amarelo irregular flutuando no ar atrás de mim.

Eu me levantei para seguir, mas a estranha voz aguda disse: "Depois".

"Ir depois?", eu perguntei ao ar vazio.

O halo desapareceu, e voltei ao meu lar subterrâneo para esperar que voltasse a aparecer. Eu tinha me alimentado recentemente e não tinha necessidade de caçar.

Mais tarde, na mesma noite, a luz amarela apareceu na minha câmara. Não falou, mas me guiou para fora da minha casa. Me levou à entrada de pedestres da ponte do Brooklyn e sumiu de vista.

Eu segui pelo caminho. Era tarde da noite e estava atipicamente frio, e eu era uma das únicas pessoas caminhando na rua. Quando passei pelo primeiro pilar da ponte, vi uma mulher que tinha subido em uma viga e estava prestes a pular agora.

Minha condição me torna muito ágil e forte. Eu corri ao longo da viga e segurei a mulher pelo pulso quando ela estava caindo pela lateral. Eu a puxei e segurei sua cintura para o caso de ela querer tentar de novo.

"Isso não é uma boa ideia", eu disse. Minha voz soou seca e falhada, pois eu raramente falava.

"O que tem nos seus olhos?", disse ela em resposta.

Por algum motivo, isso me fez sorrir.

"Você ia se matar", eu disse.

"Isso não vai acontecer agora", disse ela, "obviamente." Ela olhou para o lado com uma certa melancolia. "Quer me pagar um café?"

O NOME DELA ERA Iridia Lamone. Ela tinha nascido e sido criada no norte da Califórnia e foi para Nova York estudar pintura.

"Eu me casei com meu namorado do ensino médio, mas não nos damos mais", disse ela no Telltale Bean, em Brooklyn Heights.

Seu comportamento não exibia qualquer sinal de que ela tinha acabado de tentar se matar.

Meus sentidos estavam tão apurados por causa do halo e de salvar uma vida que demorei um tempo para identificar a potência do aroma dela. Havia um perfume em seu sangue que eu nunca tinha sentido. Me atraiu de uma forma primitiva. Eu me vi tendo que me segurar para não a morder bem ali, no café.

"Foi por isso que você tentou se matar?", perguntei.

"Tarver está sempre deprimido", disse ela. "Ele fica emburrado pela casa quando não está trabalhando e sente ciúme da minha pintura. Sempre que estou trabalhando, ele arruma um jeito de interferir. Ou precisa da minha atenção ou encontra algum problema na casa. Ele aparece com problemas de encanamento e contas não pagas — qualquer coisa para me distrair, qualquer coisa para que não tenha que se sentir mal por eu viver minha vida."

"Isso não é resposta."

"Eu não lhe devo resposta, Juvenal. Que tipo de nome é esse, aliás?"

"Eu fiquei doente uma vez", eu disse. "Uma mulher salvou minha vida, e depois que fiquei melhor ela sugeriu que eu usasse o nome Juvenal Nyx."

"Por quê?"

"Quer dizer 'filho da noite'."

"Parece que você foi batizado em homenagem a um poema."

"A doença me deixou com certas alergias à luz natural. Se eu saio no sol, fico fraco. Se fico fora por muito tempo, perco a consciência."

"E você fica com a pele irritada?", perguntou ela. Ela estava sorrindo, menos de uma hora depois da tentativa de suicídio.

"Não, mas também tenho uma espécie de alergia ao luar intenso."

"Uau. E você chama isso de melhor?"

"É melhor. Eu conheço os parâmetros da minha existência e vivencio o êxtase todas as noites."

Isso era verdade, apesar de eu nunca ter mencionado. Eu não era amaldiçoado nem debilitado. Não sentia falta da minha família e amigos. A vida que conheci décadas antes me parecia como a de um rato preso no labirinto de um pesquisador. Meu sexo, minha raça, minha existência repetitiva — essas eram as correntes da mortalidade, as amarras das quais me soltei.

"Êxtase?", murmurou ela.

A expressão nos olhos dela me disse que eu a amava. O aroma no hálito dela era o odor da procriação.

"Por que você tentou pular?", eu perguntei.

"É que veio tudo de uma vez", disse ela, em um tom direto. "Eu não queria ir para casa para ver Tarver, e tinha certeza de que nunca mais pintaria."

"Por que você não o abandonou?"

"Porque isso o mataria, e aí eu teria a morte dele na cabeça."

"E então você vai tentar de novo?"

"Acho que não", refletiu ela.

Iridia tinha a pele escura como o bronze e olhos grandes e amendoados. O cabelo castanho-dourado era comprido e denso, preso em uma trança que lembrava uma corda larga.

"Por quê?", eu perguntei.

"Porque acredito no destino, e você me salvou no último momento possível, quando eu tinha desistido."

"Só porque eu te salvei você não vai mais tentar se matar?"

"Não só porque você me salvou", disse ela. Ela esticou a mão por cima da mesa e segurou a minha, fria. "Eu já tinha pulado. Consegui sentir a gravidade abaixo de mim. Eu tinha me entregado à morte, mas você me segurou e me puxou."

Nós nos olhamos, e eu me perdi.

"Você abriria mão do sol?", perguntei.

"Nunca", disse ela. "Sou aquarelista e preciso dele para alimentar meu coração."

"Mas você estava disposta a morrer", argumentei.

"Não mais."

Foi naquele momento que tomei controle da minha vida. Tudo que aconteceu antes ficou imediatamente óbvio e claro. Eu tinha existido como ser humano por 22 anos, seguindo os caminhos prescritos. Tinha raça e gênero, nacionalidade e língua. Eu era o que o mundo fez de mim. E então, quando Julia chegou, eu virei o que ela fez de mim. Tão tênue era minha existência que a transformação que ela operou destruiu o tecido fino da minha identidade. Eu sequer consegui manter meu nome. Durante 55 anos, nunca fiz uma escolha sozinho. Sempre era levado, sempre modelado pelas mãos dos outros. Até minha política escolar vinha do desejo de pertencer.

Iridia encontrou sua identidade com um gesto simples, mudou a direção quando viu uma nova luz.

"Quer ir para casa comigo hoje?", perguntei.

"Mas tenho que voltar para Tarver de manhã"

"Tudo bem."

EU QUERIA MAIS DO que tudo morder Iridia, mudá-la de ser humano para criança predadora. A presa no meu maxilar inferior latejou quando nos beijamos, quando fizemos amor, mas eu não a fiz aparecer.

Eu soube instintivamente que, se a transformasse, nós teríamos que nos separar. Foi por isso que Julia me deixou antes de eu despertar para os meus poderes. O aroma do amor para nós é fatal. Quando fazemos nossos filhos, somos compelidos a devorá-los.

Essa fome cresceu em mim como o abismo embaixo de Iridia quando ela pulou da ponte do Brooklyn; foi por isso que nunca encontrei um ser como eu. Nós somos muito raros. Nosso amor é na verdade uma fome, e nós, como nossos antecessores humanos, somos nossa melhor presa.

"QUAL É SEU VERDADEIRO nome, Juvenal Nyx?", perguntou ela na madrugada, depois que fizemos amor durante horas.

Tive que pensar por alguns momentos antes de responder com hesitação: "James Tremont, de Baltimore".

"Você não parece ter certeza", disse ela antes de beijar meu umbigo.

"É que faz muito tempo."

"Você não é tão velho."

"Sou mais velho do que pareço."

As narinas dela se dilataram, e a glândula embaixo do meu maxilar inchou com o veneno. Eu a apertei e beijei seu mamilo esquerdo.

"Morde", sussurrou ela.

"Mais tarde", eu disse.

"Quero agora."

"Como vou te fazer voltar se não te fizer esperar?"

Ela se sentou na cama, no quarto subterrâneo vazio.

"Eu nunca conheci um homem como você", disse ela.

"Então estamos empatados", eu respondi, pensando que não falava tanto havia décadas.

"Você não precisa mesmo de música e nem de livros e quadros nas paredes?"

"Por muito tempo, achei que as únicas coisas de que precisava eram comida e sono."

"E agora?"

"De tantas outras coisas que não consigo nem começar a articular"

"Vou ter que contar a Tarver sobre esta noite", disse ela baixinho.

"É."

"Eu não vou abandonar ele."

Eu queria dizer para ela que o amor que destroçava meu peito jamais poderia viver com ela — a minha fome por sua alma era grande demais.

"Nós vamos nos ver novamente?", perguntei.

"Eu também não vou te abandonar", disse ela com segurança.

"Por quê? Você mal me conhece."

"Te conheço melhor do que já conheci qualquer homem", disse ela. "Você salvou minha vida. E acho que foi para isso que você foi feito — para salvar vidas."

3.

PEGUEI UM ESCRITÓRIO NA COBERTURA DO Antwerp Building e mandei fazer uma placa que dizia JUVENAL NYX: SOLUCIONADOR DE PROBLEMAS.

Coloquei cartões de visitas em cabines telefônicas e quadros de avisos por toda a cidade, mandei o irmão de Iridia, Montrose, fazer um site na internet para mim e botei um anúncio em dois jornais gratuitos. Peguei dinheiro *emprestado* para esses investimentos com algumas das minhas vítimas mais abastadas. Planejo pagar tudo, e por isso escolhi ignorar a influência indevida que tive sobre elas.

Decidi pelo caminho da empresa própria porque isso é contra a natureza do meu ser. Criaturas como eu devem ficar escondidas na noite, afastadas do mundo em geral. Nós temos que nos alimentar da humanidade, não ajudar as pessoas com suas agruras reais e imaginadas.

Era hora de eu ir contra a maré do meu destino.

Minhas horas de trabalho vão do pôr do sol até o amanhecer, e escuto qualquer problema, qualquer um mesmo — desde casos severos de acne a ameaças de morte ou aprisionamento. Aceito e rejeito trabalhos, recolho pagamentos baseados na capacidade do cliente de pagar e passo todos os fins de semana com Iridia.

Encontro pessoas desaparecidas, curo uma variedade de doenças menores e até salvo uma vida de vez em quando.

Tarver Lamone me odeia, mas não me preocupo com ele. Costumo sentir o perigo quando está próximo, e é bem difícil me fazer mal. Às vezes me preocupo com Iridia, mas ela tem tanta certeza sobre o que é certo e errado, e sobre seu caminho indecifrável, que ainda não descobri como dizer não para ela.

E sou viciado na presença dela. Uma vez, quando ela teve que passar três semanas na casa da família na Califórnia, eu caí em um estado próximo da catatonia que durou quase um mês. Iridia e Montrose tiveram que invadir minha moradia subterrânea e ela teve que ficar comigo durante horas para eu voltar à consciência.

NÃO PARECE UMA BOA vida, eu sei, mas tem seus lados bons. Todos os dias, recebo ligações de pessoas que precisam de alguém como eu. Já ajudei crianças com seus deveres de casa e mulheres a se livrarem de perseguidores. Curei um homem de acrofobia e paralisei permanentemente um serial killer que queria parar o que fazia.

Tudo estava indo bem até uma madrugada, à 00h06, quando uma mulher entrou no meu escritório.

Eu tenho 1,84 m de altura. Ela era bem mais alta do que eu, a pele mais branca do que a pele de uma larva. O cabelo era volumoso, comprido e preto. Ela teria sido bonita se não fosse a intensidade dos olhos verdes feito um laser. O vestido que usava era preto ou verde, talvez as duas coisas, e os sapatos de salto pareciam feitos de vidro vermelho.

"Sr. Nyx?", perguntou ela.

"Sim", eu disse, sentindo uma onda desconhecida de medo.

"Você é jovem."

"Sou mais velho do que pareço."

Ela observou meu escritório. A decoração era bem parecida com a da minha casa subterrânea, havia três cadeiras de carvalho de encostos retos e uma mesinha redonda de carvalho abaixo da janela com vista para o Brooklyn. A única decoração pendurada na parede era uma aquarela de uma região de mato sob um sol forte.

"Posso me sentar?", perguntou ela. A voz não era masculina e nem feminina, quase não era humana de tão intensa e grave.

"Certamente", eu disse.

Ela se sentou na cadeira mais próxima, e eu me sentei em frente a ela. Ela encarou meus olhos, e me concentrei em não afastar o olhar. Isso a fez sorrir. Era um sorriso predatório — nesse assunto me considero especialista.

Ela era linda da forma como o fogo é lindo, perigoso e intocável.

As narinas se dilataram e, depois que um minuto se passou, ela me entregou um cartão que dizia MAHEY X. DEMOLA com letras vermelhas no canto inferior esquerdo.

Era só isso, sem título, sem profissão, sem endereço e telefone. Não havia e-mail nem qualquer símbolo. Se você não soubesse o que o nome significava, não sabia nada.

"Como posso ajudar, sra. Demola?"

Ela sorriu e olhou por mais alguns segundos.

"O quadro me surpreende", disse ela por fim.

"Por quê?"

"Suas horas, sua profissão. Você não parece um adorador do sol."

"Minha namorada é pintora. Ela me deu como presente de escritório novo."

"É sério?", disse ela.

"Como é?"

"É sério o que vocês dois têm?"

"Por que está aqui, sra. Demola?"

"Perdi meu bichinho de estimação." O sorriso dela seduziria imperadores e assustaria crianças.

"Cachorro?"

"Uma raça rara, grande e bem feroz."

"Não sei..."

"Tenho medo de que Reynard seja perigoso."

A luz nos olhos dela mudou, e ou fui obrigado a prestar atenção ou as palavras em si me comoveram.

"Perigoso como?"

"Ele é carnívoro e é grande", disse ela a título de explicação.

"Se um cachorro está atacando gente na cidade, tenho certeza de que o controle de animais vai atrás dele."

"Reynard é um rato de esgoto, apesar do tamanho. Acredito que tenha conseguido entrar nos túneis abandonados do metrô embaixo da cidade. Há pessoas morando lá, eu acho, pessoas que talvez não estejam no radar do seu controle de animais."

Eu tinha passado algum tempo nas várias catacumbas abandonadas embaixo da cidade. Já cacei por lá e passei alguns dias relaxantes no subterrâneo, longe dos sons da cidade.

"Grande como?"

"Grande."

Mahey carregava uma bolsa branca grande que parecia ser feita de algum tipo de pele. De dentro, tirou um rolo azul de veludo, com talvez uns 45 cm centímetros de comprimento. Ela o entregou para mim.

Eu desenrolei o tecido e encontrei uma faca preta simples, com um pouco menos de trinta centímetros. O cabo era uma parte fundamental da lâmina de metal.

"Leve isso com você", disse ela.

"Eu não disse que ia aceitar o serviço."

"Não sejamos acanhados, sr. Nyx."

Eu queria argumentar mais, mas enrolei a faca de metal e me levantei.

"Acho que é melhor eu ir trabalhar, então."

"Você pode me acompanhar até o carro lá embaixo", disse ela, um pouco menos formal do que antes.

Quando entramos no ambiente apertado do elevador, senti um odor intenso de floresta. Não era um cheiro doce, mas havia uma leveza e uma escuridão, degradação e um novo crescimento. Era quase sufocante.

Na rua, havia um Lincoln Town Car vermelho-cereja estacionado à porta. Um homem baixo e porcino em um vibrante terno verde estava esperando a sra. Demola.

Quando nos aproximamos, alguém gritou: "Ei, Nyx!".

Ele estava atravessando a rua correndo na minha direção. Era Tarver Lamone, usando calça de moletom branca e um casaco cinza. Ele estava se movendo bem rápido quando puxou uma pistola do bolso do moletom. Fiquei tão surpreso que não me movi imediatamente. O chofer também foi pego de surpresa, mas Mahey não era nem um pouco lenta. Ela esticou a mão e colocou quatro dedos no antebraço de Tarver, o da mão que segurava a arma. O braço todo virou espaguete e caiu sem vida.

"Ele não é seu para você matar", disse ela, em tom quase instrutivo. "Não hoje."

Tarver largou a pistola e gritou. Virou-se e saiu correndo. Seu passo ficou com um gingado estranho porque o braço direito ainda caía frouxo na lateral do corpo.

Eu me virei para olhar para minha cliente amazona.

"O que foi aquilo?", perguntei.

"Você não foi feito para amar, sr. Nyx", disse ela. "Os ferrões e espinhos vão te perfurar tão certamente quanto os dentes enormes de Reynard."

Com essas palavras, ela foi até a porta do carro, agora aberta pelo motorista de aparência suína.

Eu os vi se afastarem e me perguntei pela primeira vez se essa rebelião contra a minha natureza era uma coisa boa.

A GRAND CENTRAL STATION estava praticamente vazia à uma da madrugada. Fui até a entrada do metrô e segui para a plataforma do centro, ocupada por alguns viajantes noturnos: jovens amantes e bêbados, punks de rua e sem-teto. Um trem local chegou, e quase todo mundo entrou.

Fui até a extremidade da plataforma e pulei no trilho. Eu estava me movendo bem rápido, e se alguém visse alguma coisa, não teria como me impedir.

A oitocentos metros ao norte havia uma escada de metal que levava a outra rede de túneis e corredores subterrâneos. Um deles dava em um espaço apertado que me levou engatinhando até mais longe, para outro conjunto de passagens e túneis de acesso. Alguns desses caminhos levavam a escritórios e depósitos usados por trabalhadores do metrô para armazenamento e descanso. Também havia dutos esquecidos, alguns dos quais levavam viajantes subterrâneos a lugares que formavam uma cidade abaixo da cidade.

Eu estava andando por um túnel completamente escuro por meia hora quando um fedor repentino quase me fez cair de joelhos. Acendi um fósforo. Normalmente, consigo me deslocar na escuridão sem luz nenhuma. É uma das habilidades que desenvolvi depois de conhecer Julia.

Mas, apesar de conseguir me deslocar sem esbarrar nas coisas, eu não consigo enxergar.

O fósforo revelou um cadáver podre e dizimado. Tinha sido humano, mas eu não conseguia saber se era de homem ou mulher. A virilha, a barriga e o peito tinham sido arrancados, e o rosto tinha sido comido. Boa parte da carne tinha sumido. Só as mãos estavam um tanto intactas, mas retorcidas e imundas.

Fosse quem fosse, não estava morto havia muito tempo, mas embaixo do metrô havia muita vida procurando por carne morta. Baratas, ratos e moscas envolviam o cadáver. Cambaleei para longe, perguntando-me sobre o bichinho de Mahey X. Demola.

Pelo caminho, encontrei mais seis cadáveres. O odor era sufocante. Os sons de coisas correndo pela escuridão eram perturbadores até para mim.

Eu estava a caminho da comunidade subterrânea chamada Cidade da Luz, batizada assim por causa da gambiarra elétrica que um homem chamado Nathan Charles fez anos antes. Havia lâmpadas, ventiladores, aparelhos de vídeo e até computadores na caverna abaixo da rua 73 Leste. Eu já tinha ido lá nas minhas andanças noturnas, conheci algumas das pessoas que habitavam aquele lugar estranho.

Quando segui para a comunidade cooperativa, senti medo de haver mais corpos — muitos mais.

"Quem está aí?", perguntou um homem, e uma luz forte foi apontada para meus olhos noturnos.

Todos os meus sentidos ficaram temporariamente bloqueados pelo brilho, mas reconheci a voz.

"Sou eu, Lester. Juvenal."

"Juvy?" A luz se afastou. "O que você está fazendo aqui embaixo, filho?"

"Eu soube que havia algum tipo de cachorro aqui atacando a sua gente. Achei que devia vir ajudar."

"Ajude a si mesmo e saia daqui", disse um dos meus poucos amigos. "O que está aqui embaixo nos atacando não é cachorro. É uma porra de monstro, cara. Merda. Arrancou o braço de Lonnie Bingham de uma vez só. Ele morreu gritando."

Com a luz longe do meu rosto, consegui ver meu amigo Lester. Ele era da minha idade (e, portanto, parecia bem mais velho), alto como eu, negro e careca. Eu o conheci em uma das minhas peregrinações pelas cavernas subterrâneas. Eu gostava dele porque ele não subia à superfície havia trinta anos. Ele cuidava da Cidade da Luz, um prefeito beneficente vindo da população local.

"Quantas pessoas morreram?", eu perguntei.

"Tem umas doze desaparecidas. Nós fizemos um abrigo reforçado no lado norte. Todo mundo está lá agora. A coisa não consegue entrar, mas nós não podemos sair para buscar comida e suprimentos. E precisamos de uma arma grande também."

Um uivo soou pela rede ampla de túneis, cavernas e câmaras. O som penetrou em todos os meus sentidos: senti um gosto azedo e um cheiro ácido, minha pele doeu, e visões de gritos violentos dançaram à minha frente. Meu corpo todo formigou, e de repente minha atenção foi atraída para um ponto à frente.

"É ele", disse Lester. "É o animal."

"Está logo adiante. Vá, L. Busque seus suprimentos e armas. Vou cuidar desse cachorro aí."

"Está maluco, Juvy? Você é só um garoto, cara. Não pode fazer mal àquela coisa. Eu atirei à queima-roupa com minha pistola .22 e ela nem diminuiu a velocidade."

Lester segurou meu braço, e eu o empurrei. Sou bem mais forte do que os homens normais. Lester caiu no chão e rolou alguns metros. Eu virei de costas para ele e segui em frente.

A coisa uivou de novo. Esse grito gerou alucinações. Consegui ver pessoas correndo de animais de todos os tipos. Senti cheiro de morte e as estrelas começaram a chorar. Vi homens e mulheres sendo estuprados e massacrados — depois comidos. Os agressores eram seres cruéis que pareciam crianças, mas que eram mais velhos do que as árvores mais velhas da floresta.

Quando a visão terminou, eu me vi de joelhos sentindo uma dor como se uma estaca tivesse sido enfiada no meu cérebro.

Eu me levantei e segui rapidamente na direção da Cidade da Luz.

ERA MENOS DO QUE uma favela no interior de uma gruta de pedra. Havia barracas e abrigos, latas com fogo e móveis embaixo da luz elétrica que batizava a cidade de oitenta pessoas, mais ou menos. Na extremidade da entrada ficava uma porta de metal enorme. Ninguém sabia para que servia a câmara. Agora, abrigava o restante do povo de Lester.

Acima, em um parapeito de pedra natural, estava o *bichinho de estimação* de Mahey X. Demola. Ele era coberto de pelo dourado, menos no focinho, que era listrado de preto e vermelho-sangue. As patas eram quase mãos, e apesar de ele ficar de quatro, eu acreditava que podia ficar de pé, ereto.

Um rosnado soou na minha garganta. Todos os pensamentos racionais sumiram da minha mente. Uma fúria profunda e assustadora cantou pelos meus músculos, e a fera acima de mim uivou.

Vi um olho na escuridão acima do *cachorro* de Mahey. Olhou para mim com curiosidade enquanto a criatura pulava do parapeito.

Vi a mancha dourada vindo. Eu queria mergulhar e rolar, depois agarrar e rasgar e morder e arrancar. Mas fiquei atordoado por aquele olho, tentando entender o que queria dizer...

Reynard se chocou contra mim e saí voando. Ele era duro como pedra, e eu era, pela primeira vez em décadas, apenas humano. Reynard bateu em mim, enfiando as garras primeiro no meu rosto e depois no peito.

Eu bati nele com os dois punhos e não houve efeito nenhum. Ele mordeu meu braço e me deu uma cabeçada. Eu caí no chão, sem sentir nada, mas ainda cheio de ódio. Reynard parou acima de mim, a boca um bocejo cheio de fedor de fome, ódio e expectativa cruel.

Houve vários estouros. Pensei por um instante que era o som de Reynard arrancando um dos meus membros, mas ouvi um grito gargarejado. Era meu nome sendo dito.

Juvenal.

Os pensamentos que cascateavam naquele momento não tinham progressão linear. O rosto de Lester estava ali, e a pistola dele também — foi isso que soltou os estouros. Ele usou a arma para tentar me salvar, condenando a ambos no processo. A pistola de baixo calibre era sua única arma.

A faca preta de ferro, enfiada no meu cinto, era a minha.

Não tentei desenrolar o veludo azul. Enquanto Reynard erguia a cara para ver o que o machucava, enfiei o rolo azul no peito dele.

O uivo que ele soltou foi o que só posso chamar de cacofonia de estrelas em explosão. Eu estava caindo, girando por um vazio sem fim. Eu era impossível, e também a ideia de mim. Eu estava sangrando e odiando, matando...

"Juvy, pare!", gritou Lester. Ele estava tentando me tirar de cima do cadáver do animal. Eu estava enfiando a faca no corpo inerte repetidamente. Estava ultrajado pelas visões que ele tinha me mostrado. Queria que ele retirasse todas elas.

"Ele está morto, cara!", gritou Lester, e conseguiu me puxar para trás.

Eu estava fraco pelos ferimentos e pela perda de sangue, mas ainda tomado de raiva.

A faca pulsava na minha mão, e eu me virei.

"Juvenal", chamou Lester.

"Agora não, cara", eu disse. "Agora não."

CAMBALEEI POR TÚNEL ATRÁS de túnel, sem ideia de para onde estava indo. A faca de ferro latejava na minha mão. A sensação era boa. A sensação era doentia. A sensação era de que estava viva e com raiva, como uma abelha presa dentro de uma mão fechada.

Encontrei um local de acampamento abandonado em uma cavidade na parede. Lá, peguei um sobretudo sujo. Vesti-o para esconder meus ferimentos ensanguentados e segurei a lâmina dentro da manga do casaco.

Subi para o metrô e cheguei à estação da rua 28. Saí de lá e cambaleei no alvorecer.

"Sr. Nyx", uma voz rouca que talvez não devesse ter falado usando palavras me chamou.

Era o chofer suíno de Mahey, parado ao lado da limusine cereja.

Ele segurou a porta de trás aberta, e não tive forças para recusar.

"Oi, sr. Nyx", disse Mahey quando me sentei ao lado dela.

Eu não respondi.

"Encontrou Reynard?"

"Encontrei. Você não disse o que queria que eu fizesse, então o matei."

"Isso mesmo. Está com a faca?"

Estava latejando junto ao meu antebraço. Eu não queria entregá-la. Mas aquelas luzes verdes não aceitariam uma recusa. Puxei a faca e a entreguei para ela. Ela tirou uma folha de plástico da bolsa de pele e pegou o objeto sem tocar nele.

Ela colocou a faca na bolsa e me deu um sorriso que era para ser simpático. Em seguida, pegou um bolo de dinheiro e entregou para mim.

"Onde posso deixá-lo, sr. Nyx?"

DORMI NO CHÃO DO meu escritório por mais de sessenta horas.

Meu pequeno conjunto de salas tem um banheiro com uma muda de roupas no armário. Depois de dois dias e meio de sono comatoso, eu me lavei na pia e me vesti. Em seguida, fui me sentar em uma cadeira em frente à janela e agradeci à noite por ainda estar vivo.

Meus ferimentos físicos estavam quase curados, mas as lembranças ainda me maltratavam. Reynard e eu tínhamos uma coisa em comum. Ele era uma criatura, como eu. Os uivos dele carregavam conhecimento, e o fedor falava de uma história alternativa às mancadas evolucionárias da vida conhecida.

E Mahey também era parte da minha linhagem escondida. Eu tinha certeza disso. E o que era aquela lâmina preta na qual ela não queria tocar? E aquele olho que imaginei, mas também tenho certeza de sua existência?

Houve uma batida na porta.

Imaginei por um momento se era Tarver com a arma ou talvez Mahey, ou um dos capangas dela, com a faca preta pulsante.

Uma criatura como Reynard não bateria.

"Quem é?"

"Sinistro", disse ela.

Eu abri a porta, e a mulher que eu amava até o nível molecular estava na minha frente, vestida de amarelo e branco.

Ela olhou nos meus olhos, e eu nos dela.

"Nós temos que conversar", disse ela.

Eu a fiz entrar.

Sentados em cadeiras um em frente ao outro, foi a primeira vez em meses que nos encontramos sem um beijo.

"O quê?", eu disse.

"Tarver está em uma instituição psiquiátrica, enlouquecido e com o braço direito completamente paralisado."

"Hã?"

"Ele tem seus momentos, mas em determinado ponto disse que você fez isso com ele."

"Ah. Bem, sabe..."

"O que está acontecendo?", perguntou Iridia.

"Tarver veio aqui com uma arma", eu disse.

"O quê?"

"Ele se aproximou de mim e puxou a arma, mas antes que ele pudesse atirar, a mulher com quem eu estava, uma cliente, bloqueou o braço dele. Ele gritou e saiu correndo, mas até onde eu pude ver, ela não o cortou nem nada."

"Mas então, como ele ficou paralisado e louco?"

Eu hesitei. Até aquele momento, minha identidade e minhas habilidades eram um segredo. Segredos são como a noite: escondem de vista aquilo de que desconfiamos e tememos. Mas eu não queria mais viver na escuridão. Iridia, o amor do meu ser, não era alguém de quem eu quisesse me esconder. E mesmo que a verdade me fizesse perdê-la, pelo menos ela me conheceria, ainda que só por um tempo.

"Quero contar uma história sobre uma mulher chamada Julia", eu disse. "Ela me batizou de Juvenal Nyx e me tornou um filho da noite."

WALTER MOSLEY é autor de mais de vinte livros em muitas categorias, mas talvez seja mais conhecido pelos apreciados e populares livros do detetive Easy Rawlins. Nascido em Los Angeles, ele agora mora em Nova York.

A

RICHARD ADAMS

A faca

TUDO O QUE É NARRADO NESTA história aconteceu em 1938.

Foi só quando Philip viu a faca caída no mato que sua vida mudou de natureza, de uma fantasia a uma possibilidade assustadora. Ele parou, virou a cabeça para dar uma espiada e deu alguns passos para trás, olhou fixamente e continuou olhando, como se precisasse ter certeza de que a faca era real.

Sim, era real mesmo. Foi a única coisa por um tempo que conseguiu romper a paliçada de seu medo lúgubre e abrangente.

Antes disso, seus pensamentos foram dominados pela horrível apreensão, a perspectiva de dor física severa, inescapável e próxima. Era como se sua mente estivesse repetindo uma fita várias vezes. Como ponto de partida, havia as palavras finais de Stafford para ele no dia anterior. "Então vejo você na biblioteca depois das orações amanhã à noite, e você só tem a si mesmo a quem agradecer." Em seguida, veio a virada de Stafford e seu próprio aprisionamento naquelas palavras, cercando-o como as grades de uma jaula. E, então, a hora da intervenção; e de volta às palavras de Stafford.

Desde o começo do período e da escolha de Stafford como monitor da casa, ele se tornou — não só aos olhos dele mesmo, mas aos de todo mundo — a vítima principal de Stafford. "Stafford não gosta de você, gosta?", dissera Jones. "E você *pode* culpá-lo?", acrescentou Brown, e os dois caíram na gargalhada.

Durante todo o período, seus delitos foram se acumulando, gerando uma série de pequenas punições, que chegaram ao clímax na semana anterior com a surra que Stafford lhe deu na biblioteca da casa. A dor foi severa — a pior que ele já tinha sentido —, e agora, aparentemente, se repetiria.

Na noite anterior, ele mal dormiu. Não conseguiu tomar café da manhã e mal conseguiu almoçar. Jones e Brown foram as únicas pessoas para quem ele contou.

E agora ali estava ele, andando pelo bosque molhado sozinho em uma tarde de descanso parcial. E agora ali estava a faca. Explodiu e entrou à força nos pensamentos dele, que se renderam e pararam.

Era bem parecida com as facas que ele viu na televisão, as facas que um monte de gente entregou para a polícia como resultado de um apelo público.

Ele se inclinou e a pegou. Tinha uns trinta centímetros na bainha elaborada e a ponta era muito afiada. E agora, bem na hora, veio a fantasia.

A faca tinha sido enviada para ele por uma Força misteriosa, e ele estava sob ordens de usá-la. Ele sempre tinha fantasias. Não havia fim para elas: fantasias de vingança, fantasias sexuais, fantasias de poder supremo. Até um ponto considerável, ele vivia em solidão com suas fantasias.

Sob ordens de usá-la. Quando e onde? "Meu senhor, vou usá-la no meio da noite e ninguém vai saber..." Ele parou de falar. Mudou deliberadamente os pensamentos. No entanto, os primeiros pensamentos voltaram. Mas claro que ele não a usaria de verdade, usaria?

Se usasse, o que aconteceria? Pela primeira vez, não conseguiu imaginar. No entanto, uma coisa estava clara. Haveria uma agitação tremenda; a agitação mais tremenda do mundo. Mas e se ninguém conseguisse saber que era ele?

Ele não levaria outra surra, levaria? A surra seria engolida na agitação horrível. Tudo mudaria. Sim, essa era a verdadeira questão. Tudo mudaria, inclusive sua vida.

Ninguém sabia que ele tinha uma faca. E ninguém iria querer pegá-la depois que ele a usasse como pretendia. Antes das orações da casa naquela noite, ele tinha pensado exatamente o que faria.

Ao subir para o quarto, ele estava tão preocupado que esbarrou em uma pessoa sem nem reparar. "Ah, droga, Jevons, por que você não olha para onde está indo?" "Desculpe, er... Desculpe, er..."

A maioria dos garotos do último ano tinha quartos individuais. Ele já tinha um havia dois períodos. Naquela noite, depois que as luzes se apagaram, ele ficou deitado em silêncio na escuridão, forçando-se a ficar acordado.

Mas adormeceu. Quando acordou, eram duas da madrugada pelo seu relógio. A última chance de dizer não. Mas, sim, ele ainda estava determinado a ir em frente. O que tinha a perder?

Estava com a faca? Estava com a lanterna? Estava com a toalha de banho de outra pessoa que roubou do vestiário? Ele abriu a porta do quarto, saiu para o corredor e ficou escutando. Não havia som em lugar nenhum. Não era longe até a porta do quarto de Stafford (cuidado, nada de digitais).

E agora ele estava parado ao lado da cama de Stafford, ouvindo a respiração regular enquanto ele jazia de costas. Ele acendeu a lanterna, apontou para o pescoço de Stafford e, em um único movimento, enfiou a faca. A ponta era tão afiada que ele quase não a sentiu perfurar. Ele soltou o cabo e de uma vez só abriu a toalha sobre o pescoço, com faca e tudo, voltou correndo para o quarto, guardou a lanterna em uma gaveta e voltou para a cama.

Disso tudo ele se lembrava claramente. E depois? Bem, a agitação tremenda. O choque por toda a escola. O choque por todo o país. Os jornais, o diretor, a polícia, a procura de digitais. (Com que objetivo? Ele ofereceu a dele prontamente.)

Aparentemente, ninguém contou para a polícia que ele era um garoto que irritava Stafford. Tantos irritavam.

Os pais dele não foram difíceis de persuadir quando ele pediu para ir embora no final do período.

EU SOU SEU PADRINHO, e sempre tive um interesse simpático por ele. Somos amigos íntimos há muitos anos.

Uma noite, na semana passada, depois que veio jantar comigo, ele me contou tudo e disse que muitas vezes pensou em se entregar. Eu falei para ele deixar essa ideia de lado e garanti que o segredo está totalmente seguro comigo. Eu não contaria a vivalma.

Bem, você contaria?

RICHARD ADAMS é autor de *Shardik*, *The Girl in a Swing* e muitos outros romances, mas talvez seja mais conhecido por *Em Busca de Watership Down*, que foi campeão de vendas e recebeu a medalha Carnegie e o prêmio Guardian de ficção infantil. Richard Adams faleceu em 2016.

JODI PICOULT

Pesos e medidas

O SOM MAIS ALTO DO MUNDO é a ausência de uma criança. Sarah se viu esperando no momento em que abriu os olhos de manhã: aquela fita de cetim de uma risadinha ou o baque de um pulo da cama — mas só ouviu o chiado da cafeteira que Abe devia ter deixado programada na cozinha na noite anterior, cuspindo furiosamente enquanto terminava de ferver. Olhou para o relógio por cima da paisagem do corpo adormecido de Abe. Por um momento, pensou em tocar naquele ombro dourado ou em passar a mão pelos cachos escuros, mas, como a maior parte dos momentos, passou antes que ela se lembrasse de agir. "Nós temos que levantar", disse ela.

Abe não se moveu, não se virou para ela. "Certo", disse ele, e pelo tom da voz ela soube que ele também não estava dormindo.

Ela rolou de costas. *"Abe."*

"Certo", ele repetiu. Ele se levantou da cama em um movimento e se fechou no banheiro, onde deixou o chuveiro ligado por muito tempo antes de entrar, supondo, incorretamente, que o ruído de fundo impediria qualquer pessoa do lado de fora de ouvi-lo chorar.

O PIOR DIA DA vida de Abe não foi o que você imaginaria, mas o seguinte, quando ele foi escolher o caixão da filha. Sarah implorou para que ele fosse; disse que não conseguia se sentar e falar sobre o que fazer com a filha como se ela fosse uma caixa de roupas que ficaram pequenas e que tinha que ser guardada em um lugar protegido e seco. O diretor funerário era um homem com cabelo feio penteado sobre a careca e gentis olhos cinzentos, e sua primeira pergunta para Abe foi se ele tinha visto a filha... depois. Abe tinha — quando os médicos e enfermeiras tinham desistido e os tubos tinham sido removidos e os carrinhos de emergência tinham sido afastados, ele e Sarah tiveram um momento para se despedir. Sarah saiu do quarto do hospital gritando. Abe se sentou na beirada da cama com o colchão de plástico estalando sob o peso dele e entrelaçou os dedos nos da filha. Por um momento breve e apavorante, pensou que a sentiu se mexer, mas era só seu próprio choro sacudindo a cama. Ele ficou sentado assim por um tempo, e acabou conseguindo puxá-la para o colo e subir na cama como se fosse o paciente.

O que ele lembrava agora não era como ela estava parada, nem como a pele dela foi ficando cinzenta sob o toque dele, mas que ela pesava só um pouquinho menos do que naquela manhã, quando ele entrou com ela no colo pela porta dupla da emergência. Não era impressionante pensar que ele — um homem que vivia de pesos e medidas — seria sensível a isso mesmo em um momento tão sufocante como aquele. Abe se lembrava de ouvir os médicos dizerem que uma pessoa que morria perdia 21 gramas de peso — a medida da alma humana. Mas percebeu, segurando a filha nos braços, que a balança estava toda errada. A perda devia ser medida em léguas: a cronologia linear que ele não viveria com ela quando ela perdesse o primeiro dente, ficasse de coração partido por causa de um garoto, perdesse o capelo da formatura quando o jogasse para o céu prateado. A perda devia ser medida circularmente, como ângulos: os minutos entre os dois, os graus de separação.

Sugerimos que vocês vistam sua filha da forma como ela gostaria, disse o diretor funerário. *Ela tinha um vestido de festa preferido, ou um macacão que sempre usava para subir em árvores? Um uniforme de futebol? Uma camiseta de uma viagem favorita?*

Houve outras perguntas, decisões a serem tomadas, e finalmente o diretor funerário levou Abe para outra sala para escolher um caixão. As amostras estavam empilhadas contra a parede, sarcófagos pretos e de mogno reluzentes, tão encerados que ele conseguia ver suas feições transtornadas no reflexo. O diretor funerário levou Abe até os fundos da sala, onde três caixões pequenos estavam apoiados na parede como soldados corajosos. Eles variavam da altura do quadril dele até um que era só um pouco maior do que uma caixa de pão.

Abe escolheu um pintado de branco brilhante, com detalhes dourados, porque lembrava os móveis do quarto da filha. Ficou olhando para o caixão. Apesar de o diretor funerário ter garantido que era do tamanho certo, para Abe não parecia grande o bastante para abrigar uma garota tão cheia de vida como sua filha. Ele sabia que não era grande o bastante para guardar o casco de tartaruga feito de dor que ele criou em volta de si no dia anterior. O que queria dizer, claro, que, mesmo depois que sua filha se fosse, a dor ficaria para trás.

O FUNERAL ACONTECEU EM uma igreja que nem Abe e nem Sarah frequentavam, numa cerimônia planejada pela mãe de Sarah, que apesar de tudo aquilo ainda conseguia acreditar em Deus. Primeiro, Sarah foi contra — quantas discussões idealistas ela e Abe tiveram sobre religião ser algo como uma lavagem cerebral; sobre deixarem a filha escolher o próprio arco-íris de crenças? — mas a mãe de Sarah bateu o pé, e Sarah — ainda furiosa— estava fraca o bastante para se deixar levar. *Que tipo de mãe*, dissera Felicity, *não quer que um homem de Deus diga algumas palavras para a filha?* Agora, Sarah estava sentada no banco da frente enquanto aquele pastor falava, palavras que fluíam pela multidão como uma brisa anestésica. Na mão dela estava um bichinho de pelúcia azul-petróleo, um cachorrinho que ia para toda parte com a filha, ao ponto de estar sem pelúcia e desfiado e quase irreconhecível como animal. Sarah o apertou na mão com tanta força que sentia o enchimento começar a forçar as costuras.

Tente se lembrar, enquanto celebramos sua curta e gloriosa vida, de que a tristeza vem do amor. A tristeza é uma espécie de privilégio terrível.

Sarah se perguntou por que o pastor não mencionou as coisas verdadeiramente importantes: como o fato de que a filha dela podia pegar um rolo de papel higiênico e transformá-lo em uma câmera de vídeo de mentira, ocupando sua imaginação por horas. Ou que as únicas músicas que a faziam parar de chorar quando ela tinha cólica nos primeiros meses eram as do álbum *Sgt. Pepper's Lonely Hearts Club Band*. Ela se perguntou por que ele não falou para as pessoas que foram até lá que sua filha tinha acabado de aprender a dar estrela na ginástica artística e que era capaz de encontrar o Grande Carro em qualquer céu noturno.

Senhor, receba esta Sua filha nos braços da Sua misericórdia, no descanso abençoado da paz eterna e na companhia dos anjos.

Ao ouvir isso, Sarah levantou a cabeça. *Não Sua filha*, pensou ela. *Minha.*

Dez minutos depois, acabou. Ela permaneceu imóvel enquanto todas as outras pessoas saíam para entrar em seus carros e seguir até o cemitério. Mas tinha combinado uma coisa especial com Abe; o único pedido dela para o funeral. Ela sentiu a mão de Abe no ombro e os lábios perto do ouvido. "Você ainda..."

"Sim", interrompeu ela, e ele saiu também.

Ela andou até o caixão, cercado de uma quantidade constrangedora de flores. Flores de outono, como as que ela tinha no buquê de casamento. Ela se obrigou a olhar para a filha — que parecia, bem, perfeitamente normal, o que era a grande ironia ali.

"Oi, amor", disse Sarah baixinho, e colocou o cachorrinho embaixo do braço da filha. Em seguida, abriu a bolsa grande que tinha levado para a igreja.

Era crucial que ela fosse a última a ver a filha antes do caixão ser fechado. Queria ser a última pessoa a botar os olhos na filha, da mesma forma como — sete anos antes — havia sido a primeira.

O livro que tirou da bolsa tinha os cantos tão dobrados e estava tão gasto que a lombada rachou e algumas das páginas já tinham descolado. "'Em uma sala verde grande'", ela começou a ler, "'havia uma lareira e um balão vermelho e uma foto de...'"

Ela hesitou. Essa era a parte em que a filha teria dito: *uma vaca pulando por cima da lua*. Mas agora Sarah teve que dizer as palavras pela filha. Ela leu até o final, recitando de memória quando as lágrimas surgiram tão furiosamente que ela não conseguia mais ver as palavras no papel. "'Boa noite, estrelas'", sussurrou ela. "'Boa noite, ar. Boa noite, barulhos em todo lugar.'" Ela inspirou em meio aos soluços e levou o dedo aos lábios da filha. "Durma bem", disse Sarah.

NO SALÃO DA IGREJA, Abe achou que havia uma quantidade obscena de comida, como se doces e ovos recheados e ensopados de carne pudessem compensar o fato de que ninguém sabia o que dizer para ele. Ficou segurando um prato cheio que alguém lhe havia trazido, mas não comeu nada. De tempos em tempos, um amigo ou parente se aproximava e dizia alguma coisa idiota: *Como você está? Está aguentando bem? Com o tempo não vai doer tanto.* Coisas assim só lhe davam vontade de botar o prato na mesa e dar um soco em quem falou até sua mão sangrar, porque esse tipo de dor ele conseguia entender melhor do que a dor vazia no peito que não passava. Ninguém disse o que todos estavam realmente pensando quando olhavam furtivamente para Abe com o terno preto de caimento ruim e o prato de isopor: *Ainda bem que foi com você e não comigo.*

"Com licença."

Abe se virou e deu de cara com uma mulher que nunca tinha visto antes — de meia-idade, com rugas em volta dos olhos que o fizeram pensar que ela tinha sorrido muito na juventude. Talvez uma das amigas da igreja de Felicity, pensou ele. Ela estava segurando uma caixa de bulbos de narciso. "Sinto muito pela sua perda", disse ela, e lhe entregou a caixa.

Ele colocou o prato em uma cadeira ao lado para poder pegar as flores. "Plante agora", disse ela, "e quando florescerem na primavera, pense nela."

Ela tocou no braço dele e saiu andando, deixando Abe agarrado à esperança.

SARAH CONHECEU ABE QUANDO tinha acabado de chegar em Los Angeles, e algumas amigas a levaram a um clube de charutos que era tão exclusivo que você tinha que entrar por um prédio corporativo de escritórios e dar uma senha ao porteiro para poder chegar ao grupo certo de elevadores. O clube ficava no terraço do prédio, e as amigas de Sarah tentaram curá-la da saudade da Costa Leste exibindo o umidificador de Mel Gibson. Era um lugar escuro, onde atores que se imaginavam músicos tinham boa chance de pegar um violão e tocar com a banda; isso só deixou Sarah mais ciente do quanto odiava aquela cidade, aquele emprego novo, o fato de ter partido de onde ela realmente queria estar.

Elas se sentaram ao bar, puxando os bancos ao lado de um cara de boa aparência, com o cabelo preto como tinta e um sorriso que deu a Sarah a sensação de ter caído em um redemoinho. As amigas de Sarah pediram cosmopolitans e tentaram ver quem flertava mais — e acabaram fazendo com que ele revelasse que era o baterista da banda e que seu nome era Abe. Quando uma das garotas voltou do banheiro e exclamou *Vocês viram todas as estrelas?*, Abe se inclinou e chamou Sarah para dançar. Eles se moveram como fumaça na pista de dança vazia, ao som de uma música de jazz. "Por que eu?", perguntou Sarah simplesmente.

A mão dele, apoiada na lombar dela, a puxou um pouquinho mais para perto. "Porque", disse Abe, "quando sua amiga começou a falar das estrelas, você foi a única nessa porra de lugar que olhou para o céu."

Três meses depois, eles se mudaram para Massachusetts juntos. Seis meses depois, se casaram em meio a muitos brindes e piadas sobre Abraão e Sara e seu destino de criar uma tribo. Mas, como seus homônimos bíblicos, eles demoraram anos para ter uma filha — oito, precisamente. Tempo suficiente para Sarah acreditar que era hora de parar de tentar. Tempo suficiente para ela ficar maravilhada com a novidade da gravidez; para nunca pensar duas vezes no fato de que aquele podia não ser o fim da luta, mas o começo.

NO CAMINHO PARA CASA depois da igreja, Sarah se virou para Abe e mandou que ele parasse no mercado. "Não tem nada em casa", disse ela, como se isso não fosse óbvio em vários níveis. Eles estavam atordoados demais para pensar na aparência dos dois a uma da tarde, andando pelo corredor de comida congelada de terno e gravata e pérolas e saltos. Eles andaram pelo mercado, pegando os itens que pareciam ter cara de coisa normal: ovos e pão e queijo e leite; coisas que qualquer família poderia comprar. No corredor de cereais, Abe esticou a mão automaticamente para pegar Kix de frutas silvestres, o favorito dela, até perceber que eles não precisavam mais; e disfarçou graciosamente pegando a caixa de cereal ao lado, uma coisa horrorosa de fibras com cara de palha que ele sabia que nunca comeria.

Eles foram para a fila da caixa favorita deles, a que não se importava quando a filha ajudava a passar os códigos de barra das latas de sopa e das ervilhas congeladas na máquina. Ela sorriu quando os viu. "Uau, olha só vocês dois", disse ela, olhando para as roupas deles e piscando. "Não me digam que ir ao mercado é o que substitui um encontro sem os filhos atualmente..."

Abe e Sarah ficaram paralisados. Aquela mulher não sabia — como *poderia*? Ela achou, como qualquer outro estranho acharia, que a filha deles estava em casa com uma babá, assistindo a *O Diário da Princesa* pela seiscentésima vez ou fingindo que os potes de Tupperware eram uma bateria. Quando Abe assinou o recibo do cartão de crédito, a caixa esticou a mão para baixo da registradora e pegou um pirulito. "Ela gosta do azul, né? Diz pra ela que senti falta dela."

"Pode deixar", disse Abe, pegando o pirulito com tanta força que o palito se curvou. "Pode deixar, eu digo."

Ele seguiu Sarah, que foi empurrando o carrinho até o lado de fora, onde o sol estava tão forte que o deixou com lágrimas nos olhos. Sarah se virou para ele, sem palavras, encarando-o. "O quê?", disse Abe, a voz rouca. "O que eu fiz de errado?"

TRÊS DIAS DEPOIS, SARAH acordou e pegou o suéter favorito, mas descobriu que seus braços passavam agora uns sete centímetros da manga. Irritada — Abe o encolheu quando lavou as roupas? —, ela pegou outro e percebeu que também estava pequeno. Olhou-se no espelho por um momento e puxou as mangas até os cotovelos, onde não viu nada de errado.

Ela tentou fingir que não reparou quando tirou a louça da máquina e conseguiu pela primeira vez na vida alcançar a prateleira do alto dos armários sem ter que subir em um banco nem pedir a Abe que a ajudasse.

EM SEU ÚLTIMO DIA de licença de luto remunerada, Abe se lembrou de estar sentado no hospital com a filha. Havia estrelas-do-mar pintadas no vidro da janela, e enquanto eles esperavam o médico e Sarah lia uma revista de sala de espera da virada do século, sua filha quisera brincar de "estou vendo". Chegou ao ponto em que, nos últimos sete anos, Abe quase conseguia fazer isso de forma semiconsciente — como a filha tinha o hábito de mudar o objeto-alvo no meio da brincadeira, o jogo não tinha um sentido linear. Ele disse que era a placa de saída acima da porta, a maçaneta do banheiro, a estrela-do-mar da direita, e foi ficando cada vez mais impaciente, desejando que o médico entrasse logo para ele não ter que jogar mais uma vez.

Foi só uma garganta inflamada. A febre não passou de 38. Aquele era o critério — você não devia se preocupar com a febre enquanto ela não passasse de 38, uma coisa que Sarah aprendeu da forma mais difícil quando ligava para o pediatra no começo, surtando por tudo, desde pedaços de unhas soltas até crosta láctea. Mas, ao longo da vida da filha, eles foram ganhando confiança no sistema de saúde. Não iam correndo para o consultório ao sinal da primeira tosse; faziam com que ela esperasse até o dia seguinte quando tinha dor de ouvido, para ver se continuaria doendo de manhã, antes de eles a levarem para ser examinada. E, dessa vez, Sarah a deixou em casa para ver se seria um vírus ou uma faringite. Eles fizeram o que deviam fazer como pais; ouviram os médicos; seguiram as regras — e, na hora do jantar, as regras já não se aplicavam. Crianças não deveriam morrer de faringite, mas, por outro lado, não era preciso olhar longe para encontrar os *não deveriam*. Por todo o mundo havia tsunamis arrasando países inteiros; havia mulheres esquimó com o leite dos seios cheio de mercúrio; havia guerras sendo travadas que iniciaram por motivos errados. Por todo o mundo coisas impossíveis, que nunca deveriam ter acontecido, estavam acontecendo.

Abe se deu conta de que brincaria de "estou vendo" por milhares de anos, se pudesse.

NO DIA SEGUINTE, QUANDO Abe saiu para trabalhar, Sarah arrumou a casa. Não só um aspirador e um pano no chão, veja bem, mas esfregou os banheiros à mão e tirou a poeira dos aquecedores e lavou as paredes. Ela mexeu nas gavetas e colocou em sacolas todos os suéteres que não cabiam, e a nova pilha de calças que iam só até os tornozelos. Livrou-se das canecas de viagem e das molheiras e das tigelinhas que nunca usava e revirou todas as gavetas da cozinha. Organizou as roupas de Abe por grupos de cores; jogou fora todos os frascos de remédio que tinham passado da data de validade. Limpou as prateleiras da geladeira e jogou fora as alcaparras e a mostarda e a raiz-forte que não tinham sido usados depois daquela receita tantos meses antes.

Ela começou a arrumar os armários da casa — o da frente, com os casacos de inverno ainda em hibernação e as botas espalhadas em um cesto de plástico no chão — e depois o armário do corredor, com suas pilhas de toalhas branquinhas e pot-pourri aromático. Foi nesse que ela se viu esticando a mão até o fundo da prateleira de cima — o esconderijo que nunca conseguiu alcançar antes sem esforço, e que por isso virou seu esconderijo de presentes de Natal comprados e guardados o ano todo para a filha. Um a um, Sarah tirou o robô de controle remoto, um kit de arte para fazer fadas de flores, um kit de acessórios — tesouros que ela encontrava em janeiro ou março ou maio e sabia na mesma hora que a filha amaria. Ela ficou imóvel por muito tempo, segurando os objetos nos braços alongados, paralisada pela evidência mais concreta que já tinha encontrado de que sua filha não... voltaria... para... casa.

Sarah se sentou no meio do corredor. Abriu a embalagem do robô de plástico, colocou as pilhas e o botou para andar até o banheiro. Abriu o kit de acessórios e enrolou um boá no pescoço; olhou-se no espelhinho em forma de coração para passar batom fúcsia e sombra azul cintilante, uma versão prostituta da felicidade.

Quando o telefone tocou, ela correu para o quarto para atender. "Como você está?", perguntou Abe.

"Bem", disse Sarah. No espelho do quarto, ela ainda conseguia ver as bochechas vermelhas de palhaço, a boca extravagante. "Estou bem."

Ela desligou o telefone e foi até a cozinha para pegar um saco preto de lixo, grande o bastante para caber todas as folhas caídas do quintal, ou um armário cheio de futuro. Colocou todos os brinquedos que tinha comprado para a filha ainda sem uso no saco de lixo e o carregou no ombro até a garagem. Como não era dia de coleta, Sarah foi até o depósito municipal, onde deixou o atendente furar o bilhete dela uma vez pelo privilégio de jogar o saco na beirada da ravina. Ela esperou até aquele saco cheio do que ela tinha perdido se aninhar entre outros sacos cheios de coisas que as pessoas realmente decidiram jogar fora.

FARMACÊUTICOS VIVEM NOS DETALHES, e foi por isso que Abe aprendeu um sistema inteiro de medidas na faculdade que a maioria das pessoas estudadas nem sabe que existe. Pergunte a qualquer um que já preencheu o interior de uma minúscula cápsula de gelatina com a dose de um medicamento e a pessoa vai saber que vinte grãos são iguais a um escrúpulo. Três escrúpulos equivalem a um dracma troy. Oito dracmas troy equivalem a uma onça troy, que equivale a 480 grãos, ou 24 escrúpulos.

Abe estava tentando contar os 24 escrúpulos, mas eles não tinham nada a ver com os comprimidos espalhados à frente no tapetinho de borracha da Pfizer, um brinde que ele ganhou em algum evento em

Santa Fe. Era engraçado — um escrúpulo por si só era uma dúvida; ao botar a palavra no plural, virava um conjunto de princípios, de ética. *Era* simples assim, ele entendia agora. Só era preciso sobreviver a um dos seus arrependimentos, e isso bastava para você perceber que estava vivendo a vida toda do jeito errado.

Ele lamentava ter mandado a filha arrumar o quarto no dia anterior ao que ela morreu. Lamentava o fato de que não a abraçou na frente das amigas dela no concerto de outono na escola porque achou que o constrangimento dela era mais importante do que seu orgulho. Lamentava não ter levado a família à Austrália quando eles ainda eram uma família. Lamentava não ter tido a chance de conhecer um neto. Lamentava ter tido sete anos em vez de 77.

Abe afastou esses pensamentos e começou a recontar os comprimidos. Mas precisava ficar puxando a calça — estava caindo até os quadris. Ele acabou se escondendo atrás de uma parede de remédios, desabotoou o jaleco e apertou o cinto. Faria sentido ele estar perdendo peso — não estava comendo nada, na verdade —, mas o cinto de repente não cabia. Não havia buraco onde precisava haver; ele tinha ficado magro daquele jeito rápido demais.

Frustrado, ele pegou barbante na sala dos fundos, do tipo usado nos carregamentos, e tirou o cinto para passar a cordinha no lugar. Pensou em voltar lá para dentro e terminar o pedido, mas acabou saindo pela porta de carga e descarga da farmácia e seguiu andando — em volta do quarteirão, depois mais três, atravessando o sinal, até chegar a um bar pelo qual passava todos os dias quando ia para casa de carro. O nome era Olaf's, e estava aberto apesar de serem só onze da manhã.

Quando passou pela porta, ele se deu conta de que parecia um Charlie Chaplin pobre, com uma corda segurando a calça. Estava ciente de que não ia a um bar durante o dia desde que era baterista, uma vida antes. Havia cinco pessoas no bar, mesmo naquela manhã, e não era o tipo de gente que se encontra em bares à noite. Eram os casos de azar, os que precisavam de uísque (uma dose!) para aguentar mais algumas horas de um dia de trabalho comum; ou as garotas de programa que precisavam esquecer antes de ir para casa dormir e deixar as lembranças da noite anterior para trás; ou os velhos que só queriam encontrar a juventude no fundo de uma garrafa de gim.

Abe subiu em um banco — e a palavra era mesmo subir; ele devia estar mais exausto do que pensava, por todo o esforço necessário para se sentar nele. "Você tem Jameson?", ele perguntou ao barman, e o cara olhou para ele com um sorriso torto como um raio.

"Boa tentativa, garoto", disse ele.

"Como é?"

O barman balançou a cabeça. "Você tem identidade?"

Abe tinha 42 anos e não conseguia lembrar a última vez que pediram sua identidade. Tinha cabelos grisalhos nas têmporas, caramba. Mas procurou a carteira e se deu conta de que estava no trabalho, no armário, como sempre. "Não tenho", disse ele.

"Certo", disse o barman. "Então eu não tenho Jameson. Volte quando fizer 21 anos."

Abe ficou olhando para ele, sem entender. Ele pulou do banco e caiu com força. Durante o caminho de volta para o trabalho, procurou seu reflexo nos capôs reluzentes dos Buick, em vitrines de padarias, em poças. Quando se perdia uma filha, também se perdia os anos passados com ela?

UMA SEMANA DEPOIS DA morte da filha, Sarah não conseguia parar de pensar nela. Sentia o gosto da pele da garotinha, um beijo, um momento antes da chicória no café fazer efeito, ou da doçura do bolinho desabrochar na língua. Pegava um jornal e sentia o elástico das meias pequeninas entre os dedos quando as dobrava depois de lavá-las. Ela estava em um aposento e ouvia a música da voz da filha, a forma como a gramática pulava pelas frases dela como uma perereca.

Abe, por outro lado, estava começando a perdê-la. Ele fechava os olhos e tentava pensar no rosto da filha, e ainda conseguia, mas estava cada vez mais indefinido nas beiradas. Ele se via passando horas no quarto dela, inspirando o aroma do xampu de morango com manga ainda preso nas fibras do travesseiro, ou observando os livros nas prateleiras e tentando vê-los pelos olhos dela. Chegou ao ponto de abrir as tintas de pintura a dedo, de ficar sem camisa na frente do espelhinho de desenhar o coração dela no peito.

EMBORA SARAH TIVESSE POR método fazer o oposto do que sua mãe lhe dizia para fazer, desta vez ela seguiu seu conselho. Apareceu na igreja, tremendo ao lembrar os hinos que foram tocados no funeral da filha, preparando-se para a ausência do caixão no altar. Bateu na porta da sala do pastor, e ele a recebeu lá dentro e lhe deu uma xícara de chá. "Então", disse o pastor, "sua mãe está preocupada com você."

Sarah abriu a boca para dizer algo mordaz e tipicamente horrível, mas se segurou a tempo. *Claro* que sua mãe estava preocupada. Essa era a descrição da função, não era? Foi por isso que ela foi fazer aquela visita.

"Posso perguntar uma coisa?", disse Sarah. "Por que *ela*?"

"Não entendo..."

"Eu entendo essa coisa de Deus. Entendo o reino dos céus. Mas há milhões de garotinhas de sete anos por aí. Por que Deus levou a *minha*?"

O pastor hesitou. "Deus não levou sua filha, Sarah", disse ele. "A doença levou."

Sarah fez um ruído debochado. "Claro. Livre-se da responsabilidade quando for conveniente." Ela conseguia sentir que estava perigosamente no limite de surtar e se perguntou por que achou que era uma boa ideia ir até lá.

O pastor esticou a mão para pegar a dela. A dele era quente e frágil, familiar. "O céu é um lugar incrível", disse ele baixinho. "Ela está lá em cima, e está olhando para nós agora, sabe."

Sarah sentiu a garganta apertar. "Minha filha", disse ela, "não consegue andar de teleférico sem hiperventilar. Ela tem pânico em elevadores. Nem gosta da cama de cima do beliche. Ela morre de medo de altura."

"Não mais."

"Como você sabe disso?", explodiu Sarah. "Como sabe que tem alguma coisa depois? Como sabe que simplesmente não... termina?"

"Eu não sei", disse o pastor. "Mas posso ter esperanças. E realmente acredito que sua filha esteja no céu, e mesmo que ela ainda sinta medo, Jesus vai estar lá para protegê-la."

Ela se virou quando as lágrimas começaram a escorrer. "Ela não conhece Jesus", disse Sarah. "Ela conhece a mim."

ABE SE VIU DESAFIANDO a gravidade. Estava parado na cozinha, pegando um copo de água, e se via subindo na ponta do pé. Não conseguia andar rapidamente pela rua sem começar a flutuar entre as passadas. Começou a colocar pedras nos bolsos das calças, que estavam todas compridas demais para ele agora.

Ele estava sentado na cama da filha um sábado, lembrando uma conversa que eles tiveram. *Eu ainda vou poder morar aqui quando me casar?*, ela tinha perguntado, e ele sorriu e disse que não haveria problema nenhum.

Mas e o seu marido?, perguntara ele.

A filha pensou nisso com atenção. *Bem, a gente podia botar o colchonete, como quando uma amiga vem dormir aqui.*

A campainha tocou, e quando Abe desceu a escada, deu de cara com a garotinha que a filha considerava a melhor amiga — a última a usar o colchonete, na verdade —, parada de olhos vermelhos ao lado da mãe. "Oi, Abe", disse a mulher. "Espero que não estejamos incomodando."

"Não!", disse ele com alegria demais. "Não! Nem um pouco!"

"É que Emily está tendo dificuldade com, bem, *você sabe*. Ela fez um desenho e queria trazer aqui. Achou que talvez você pudesse pendurar." A garotinha esticou um papel na direção de Abe: um desenho de giz de cera de duas garotinhas — uma de cabelo escuro, como sua filha, uma de cabelo claro, como Emily. Elas estavam de mãos dadas. O sol ardia no céu e havia grama embaixo dos pés delas.

Abe percebeu que estava quase do tamanho de Emily; mal precisou se agachar para encarar os olhos dela. "Está lindo, querida", disse ele. "Vou colocar atrás da cama dela." Ele esticou a mão como se quisesse tocar no topo da cabeça dela, mas percebeu que isso poderia magoá-lo mais do que ofereceria consolo a ela, e no último minuto puxou o braço de volta.

"Você está bem?", sussurrou a mãe de Emily. "Você parece..." A voz dela sumiu no ar enquanto ela tentava encontrar a palavra certa, mas acabou desistindo e balançou a cabeça. "Bem. *Claro* que você não está bem. Me desculpe, Abe. De verdade." Com um último olhar, ela pegou a mão de Emily e saiu andando pelo calçamento diante da casa.

Abe segurou o desenho na mão com tanta força que amassou o papel. Viu Emily chutar as folhas caídas na calçada, criando pequenos tornados enquanto sua mãe olhava para a frente, sem nem perceber que estava perdendo uma coisa tão pequena e maravilhosa.

SARAH E ABE NÃO se falavam, isso até Abe entrar no quarto da filha e encontrar Sarah tirando os livrinhos das prateleiras e colocando em caixas. "O que você está fazendo?", perguntou ele, abalado.

"Não consigo passar por isso", disse Sarah, "sabendo que está no mesmo corredor."

"Não", respondeu Abe.

Sarah hesitou. "O que você quer dizer com *não*?"

Abe enfiou a mão em uma das caixas e pegou uma pilha de livrinhos de figuras e os colocou de volta na prateleira. "Não é porque você está pronta para abrir mão dela", disse ele, "que *eu* também estou."

O rosto de Sarah se encheu de cor. "Abrir mão dela?", sussurrou Sarah. "É isso que você acha que estou fazendo? Pelo amor de Deus, Abe, eu só quero *funcionar* como um ser humano normal de novo."

"Mas você não é normal. *Nós* não somos normais." Os olhos dele se encheram de lágrimas. "Ela *morreu*, Sarah."

Sarah fez uma careta, como se tivesse levado um tapa. Em seguida, deu meia-volta e saiu andando do quarto.

Abe desabou no chão, os dedos enfiados no cabelo. Depois de meia hora, se levantou e saiu andando pelo corredor até o quarto. Encontrou

Sarah deitada de lado, olhando para o sol que descia vergonhosamente até o horizonte. Abe se deitou na cama e aninhou o corpo no dela. "Eu a perdi", sussurrou ele. "Não me diga que perdi você."

Sarah se virou para ele e apoiou a palma da mão na bochecha dele. Beijou-o, por todas as palavras que não podia dizer. Eles começaram a consolar um ao outro — um toque aqui, um roçar de lábios ali, uma gentileza. Mas quando suas roupas se dissolveram em poças no chão, quando Abe se apoiou por cima da esposa e tomou o corpo dela e tentou acomodar as curvas dela em seus cânions, eles não se uniram sem limites, como antigamente. Eles não combinaram, apenas o suficiente para tornar a situação desconfortável; apenas o suficiente para ela dizer *Me deixe tentar isso* e para ele dizer *Talvez assim.*

Depois, quando Sarah adormeceu, Abe se sentou e olhou para o pé da cama, para os pés da esposa, longos e brancos além da beirada.

NA MANHÃ SEGUINTE, ABE e Sarah ficaram deitados no escuro. "Talvez eu precise ficar sozinha por um tempo", disse Sarah, apesar de não ser o que esperava dizer.

"Talvez precise", respondeu Abe, apesar de ser o oposto do que queria dizer. Era como se, nesse novo mundo, onde o impossível tinha acontecido, nada mais se encaixasse: nem a linguagem, nem a razão, nem mesmo os dois.

Quando Sarah saiu da cama, ela levou o lençol junto — uma reserva que nunca havia sido necessária durante os quinze anos de casamento. Impediu Abe de ver o que ele teria notado em um instante: que o crescimento que Sarah tinha vivenciado era exatamente proporcional ao que Abe tinha diminuído; e que, se desse para medir uma coisa tão insubstancial quanto isso, seria exatamente do mesmo tamanho e dimensão da filha que eles perderam.

SARAH PEGOU A MALA, apesar de estar guardada nas prateleiras mais altas do sótão. Abe a viu fazer a mala. Na porta eles fizeram promessas que os dois sabiam que não cumpririam. "Vou ligar", disse Sarah, e Abe assentiu. "Fique bem", respondeu ele.

Ela ia ficar com a mãe — uma coisa que, em todos os anos de casamento, Abe jamais imaginaria que fosse acontecer; mas considerou um sinal positivo. Se Sarah estava escolhendo Felicity apesar do relacionamento difícil, talvez houvesse esperança de que todas as crianças voltem para os pais, por mais impossível que pareça a jornada.

Ele precisou colocar uma cadeira junto à janela porque não tinha mais altura suficiente para olhar pelo parapeito. Ficou de pé na almofada e a viu colocar a mala no carro. Ela parecia enorme aos olhos dele, uma giganta — e ele considerou que é isso que a maternidade faz com uma mulher: a deixa maior do que a vida. Ele esperou até não conseguir mais ver o carro e desceu da cadeira.

Ele não podia mais trabalhar; estava baixo demais para alcançar a bancada. Não podia ir dirigindo para nenhum lugar porque os pedais ficavam longe de seus pés. Não havia nada para Abe fazer, então ele andou pela casa, ainda mais vazia do que antes. Ele se viu, claro, no quarto da filha. Ali, passou horas: desenhando com o kit de arte; brincando com a comida de mentirinha e a caixa registradora; mexendo nas gavetas de roupas e jogando consigo mesmo: você consegue se lembrar da última vez que ela usou isso? Colocou um CD da rádio Disney e se obrigou a ouvi-lo todo. Enfileirou os bichos de pelúcia como testemunhas.

Em seguida, entrou na casa de bonecas, a que tinha construído para ela no Natal. Fechou a porta. Olhou para o papel de parede bem colado, para o sofazinho de veludo vermelho, para a pia da cozinha. Subiu a escada até o quarto, onde podia olhar pela janela para o conteúdo do seu coração. A vista era perfeita.

JODI PICOULT é campeã de vendas e tem mais de 14 milhões de livros vendidos no mundo todo. Ganhou o prêmio New England Bookseller em 2003, e mora atualmente em Hanover, New Hampshire.

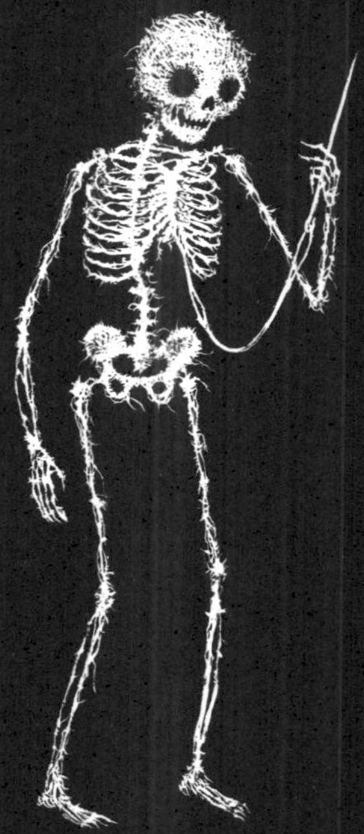

L

MICHAEL SWANWICK

Lago Goblin

EM 1646, POUCO ANTES DO FIM da Guerra dos Trinta Anos, uma patrulha de cavaleiros hessianos, fugindo das consequências de uma batalha desastrosa contra o Norte na qual uma manobra fracassada de ataque pelos flancos em uma hora virou de vitória certa a derrota abjeta, acampou ao pé do que um camponês local capturado e forçado a lhes servir de guia garantiu que era uma das montanhas mais altas da região de Spessart, na Alemanha. Dentre eles estava um jovem oficial chamado Johann von Grimmelshausen, um agitador e mentiroso habitual, conhecido entre os colegas como Jurgen, que na Inglaterra é traduzido como Jack.

Como as linhas de frente estavam distantes e o campo abandonado, a patrulha pegou uma grande quantidade de comida e vários barris de vinho alemão no caminho. Naquela noite, eles comeram e beberam bem. Quando a comida acabou, eles chamaram o guia para contar sobre o local em que eles se encontravam. Ele, tendo lentamente chegado à opinião de que não pretendiam matá-lo quando terminassem com seus serviços (e, possivelmente, tendo planos de acalmá-los com sua servidão e depois fugir sob a cobertura da escuridão, quando todos estivessem dormindo), ficou feliz em obedecer.

"Diretamente abaixo de nós, a menos de quatrocentos metros de distância, fica o Mummelsee" — no dialeto local o nome queria dizer Lago Goblin —, "que não tem fundo e que tem a propriedade peculiar de transformar o que quer que seja jogado dentro dele em outra coisa. Então, por exemplo, se um homem amarrasse uma quantidade de pedrinhas em um lenço e colocasse na água com um barbante, quando o puxasse de volta, as pedrinhas teriam virado ervilhas ou rubis ou ovos de víbora. E se houvesse um número ímpar de pedrinhas, o número do que elas se tornariam seria invariavelmente par, mas se a quantidade fosse par, o lenço sairia cheio de coisas em número ímpar."

"Seria uma forma bonita de ganhar a vida", observou Jack. "Sentado às margens de um lago, transformando pedras em rubis."

"O que elas viram não é previsível", avisou o camponês. "Não dá para contar que vão virar pedras preciosas."

"Mesmo que virassem só uma vez em cem... Bem, já passei muitos dias pescando com menos resultado."

Àquelas alturas, vários dos cavaleiros estavam inclinados para a frente, ouvindo com atenção. Até os que olhavam distraídos ao longe, como se não se importassem, deixaram de falar para não perder algo de útil. Ao ver tarde demais que tinha incitado a ganância deles, o camponês acrescentou rapidamente: "Mas é um lugar muito perigoso! É o lago que Lutero disse ser amaldiçoado, e que se você jogasse uma pedra nele, uma tempestade terrível sopraria imediatamente, com granizo e relâmpagos e ventos fortes, pois há demônios acorrentados nas profundezas".

"Não, isso era em Poltersberg", disse Jack negligentemente.

"Poltersberg!", disse o camponês com desprezo. "O que Poltersberg sabe de terrores? Tinha um fazendeiro aqui que teve que matar o melhor cavalo de arado quando ele quebrou a perna. Por ser de mente questionadora, ele arrastou a carcaça até o lago e a jogou lá dentro. A carcaça afundou e voltou a subir, viva — mas horrivelmente transformada, de forma que os dentes eram como facas, duas pernas em vez de quatro, e asas como as de um morcego enorme. Gritou de dor e saiu voando na noite, nenhum homem sabe para onde.

"Pior ainda, quando a carcaça bateu na água, respingos caíram no rosto do fazendeiro, apagando seus olhos, e daquele momento em diante, ele ficou cego."

"Como ele soube que o cavalo se transformou, então?", perguntou Jack com um sorrisinho sardônico.

A boca do camponês se abriu e se fechou. Depois de um tempo, ele disse: "Também dizem que dois degoladores trouxeram o corpo de uma mulher que eles...".

Jack o interrompeu. "Por que ouvir suas histórias se podemos descobrir nós mesmos?"

Houve um murmúrio geral de concordância e, depois de alguns cutucões com uma faca, o camponês levou todos para baixo.

O caminho até Mummelsee era íngreme e sem uma estrada delimitada, e a disposição dos soldados estava consideravelmente azeda quando eles chegaram lá. Os resmungos eram direcionados tanto para Jack quanto para o guia camponês, pois, ao refletirem, ficou claro para eles que ele insistiu no trajeto não por crença real de acabar rico — pois que militar experiente acredita *nisso*? —, mas por seu amor inato por perversidades.

Alheio ao humor do grupo, Jack pulou até a extremidade de um píer de pedra em ruínas. Tinha levado junto um punhado de cerejas frescas, que carregou no quepe, e as estava comendo uma a uma e cuspindo o caroço na água. "O que tem ali?", perguntou ele, indicando com negligência o que parecia ser uma pedra grande e submersa, de formato retangular e inclinada para um lado. Era facilmente visível, pois a lua estava cheia e o céu estava limpo, e a luz parecia deixar a noite clara como o dia.

"Na época do meu avô", disse o camponês com avidez, como se ansioso para recuperar a boa reputação, "o duque de Württemberg fez um bote ser construído e colocado no lago para avaliar a profundidade. Mas depois que a medida chegou a nove cabos com um pedaço de chumbo na ponta sem chegar ao fundo... ora, o bote, contrariando a natureza da madeira, começou a afundar. Todos voltaram correndo para a terra, com muito medo. Nenhum escapou sem se molhar, e dizem que doenças terríveis os afligiram na idade avançada."

"Então aquilo é o bote, você diz?"

"Se você olhar com atenção, dá para ver onde os braços de Württemberg foram entalhados na madeira. Gasto, talvez, mas nítido de ver." O camponês apontou para umas marcas leves que um homem crédulo poderia se convencer de serem o descrito.

Jack se virou para ele, furioso. "Seu patife! Estou olhando as sementes de cereja afundando na água, e nada aconteceu com elas. Uma não virou duas, duas não viraram dezessete, e nenhuma delas — nenhumazinha! — mostrou a menor tendência de virar um rubi nem uma esmeralda, nem uma víbora, nem um boi e nem mesmo um peixe."

Protestando como louco, o camponês tentou passar correndo por Jack e sair do píer. Jack, por sua vez, estava igualmente determinado a não deixar que ele fizesse isso. Assim, um jogo de gato e rato aconteceu, com o camponês fazendo o papel do rato e os cavaleiros, dos gatos. E embora só um dos lados ganhasse em número, todo o desespero e toda a artimanha estavam do outro.

Finalmente, Jack pulou no camponês e, quando o homem escapou de seus braços, se viu capturado por dois colegas risonhos, levantado no ar e jogado no Mummelsee.

JACK AFUNDOU, AFUNDOU, AFUNDOU, engasgado. A água era clara como cristal, mas bem no fundo era preta como carvão, pela monstruosidade de suas profundezas. Tão cheio de raiva dos colegas ele estava que, de início, não reparou quando parou de engasgar com a água. Em seguida, antes que pudesse ficar propriamente maravilhado com essa estranha virada de circunstâncias, ele foi distraído de forma repentina por movimentos no fundo do lago. Ao longe, as criaturas se pareciam muito com sapos, indo de um lado para o outro, mas quando chegaram mais perto pareciam seres humanos, exceto a pele que era verde e as roupas, que apesar de finas e flutuantes, eram trançadas de algas e outras plantas aquáticas.

Mais e mais desses espíritos aquáticos se ergueram como aves de mergulho e rapidamente cercaram Jack. O número era tão grande que ele não teve outra escolha além de ir junto deles quando, com gestos e testas franzidas, os silfos indicaram que ele devia descer até o fundo do Mummelsee. Como um bando de aves circulando ao descer do céu, eles o guiaram para baixo.

Quando Jack finalmente tocou de leve o fundo do lago com um dos pés, erguendo uma camada leve de lodo, e depois com o outro, criando uma segunda nuvem de lodo, ele percebeu que o esperava ali um silfo ou nixe (a taxonomia dos espíritos do lago não era um assunto no qual ele fosse fluente) trajando ouro e prata, o que o fez concluir que se tratava do rei do Mummelsee.

"Um bom-dia para você, Jack", disse o rei. "Você está bem?"

"Deus nos salve da dor e do sofrimento, amigo!", exclamou Jack. "Mas como você pode saber meu nome?"

"Quanto a isso, prezado, venho lendo suas aventuras, mais recentemente com esses patifes e falsos amigos que o jogaram neste lago." A barba pontuda e os fios do bigode do rei oscilaram de leve na água, e isso fez Jack segurar o pescoço em apreensão repentina por estar respirando em um meio para o qual os homens mortais não eram adequados. Mas, quando o rei riu, sua gargalhada soou tão natural e calorosa que Jack não pôde deixar de rir com ele. Assim, percebendo que um homem que ainda era capaz de rir não estava morto nem sem ar, ele deixou os medos de lado.

"Que lugar é este", perguntou Jack, "e que tipo de gente vive aqui?"

"Ora, como dizem, 'Tanto acima como abaixo'. Nós temos nossas fazendas e cidades e igrejas, embora o deus que adoramos nelas não tenha o mesmo nome que o seu. Colhemos junco para fazer nossos telhados. Cavalos-marinhos puxam os arados nos nossos campos, e vacas-marinhas dão leite em nossos celeiros. Peixes-gato perseguem peixes-rato, e gnomos aquáticos abrem vãos na lama em busca de mexilhões e pedras preciosas. As donzelas daqui podem ter escamas, mas não são menos bonitas e nem menos escorregadias do que as do seu mundo acima da água."

Enquanto falava, o rei do Mummelsee levou Jack por uma rua agradável para um destino que ainda não tinha revelado, e todos os nixes que guiaram Jack até lá embaixo se juntaram em uma procissão casual atrás deles, rindo e conversando e indo de um lado a outro no caminho, de forma que só pareciam um cardume de vairões. Eles nadaram acima de uma rua sinuosa, depois por uma floresta de algas que se abriu abruptamente em uma cidade branca e luminosa.

Grandes eram as maravilhas daquela metrópole submarina. As paredes dos prédios eram tão brancas que cintilavam, pois eram cobertas (pelo que explicou o rei) com pó de pérolas. Embora as ruas não fossem pavimentadas de pedras preciosas, muitos afrescos nas paredes externas eram feitos a partir delas, e as cenas que mostravam não eram de guerra, mas de crianças brincando e amantes fazendo a corte. A arquitetura era uma mistura feliz de influências mouras e asiáticas, com minaretes e pagodes coexistindo em harmonia, e entradas nos andares mais altos assim como nos de baixo. Também não passou despercebido a Jack que não havia trancas nas portas nem guardas nas entradas do palácio — e isso estava longe de ser a maior das maravilhas que ele viu.

A maior maravilha de todas, ao menos para Jack, foi a donzela sílfide Poseidonia, a filha do rei, que saiu para cumprimentar o pai em seu retorno à cidade. Assim que ele bateu os olhos na forma esbelta e perfeita, Jack ficou determinado a conquistá-la. Não era uma tarefa difícil, pois ele era um homem atraente com porte ereto de soldado, e a admiração franca gerou nela um rubor feliz e nenhum protesto. Além do mais, o povo sereio, sendo pagão e sem os limites dos padrões cristãos de pudor, a atração mútua logo foi expressa fisicamente.

O tempo passou. Podem ter sido dias ou podem ter sido meses.

No fim de uma tarde, deitado na cama da princesa, com os lençóis e travesseiros em desordem sensual e uma luz azul-esverdeada entrando pelas janelas do quarto, Jack limpou a garganta e disse com hesitação: "Me diga uma coisa, minha mais querida e mais amada".

"O que quiser!", respondeu a jovem sílfide apaixonada.

"Uma coisa continua me incomodando — uma coisa pequena, talvez, mas fica cutucando no fundo da minha mente, e não consigo me livrar dela, por mais que tente. Quando cheguei nesta terra rica e esplêndida, seu pai me disse que tinha lido minhas aventuras. Por meio de que tipo de magia? Em que livro inimaginável?"

"Ora, neste aqui, meu mais querido patife." (Era a qualidade mais encantadora da sílfide o fato de ela amar Jack exatamente pelo que ele era e não apresentar qualquer apreensão pela personalidade dele.) "Em que outro livro poderia ser?"

Jack olhou de um lado do quarto para o outro e respondeu: "Não estou vendo livro nenhum".

"Bem, claro que não, seu bobo. Se estivesse *aqui*, como você poderia estar nele?"

"Não posso dizer, deleite dos meus olhos, pois suas respostas não fazem sentido nenhum para mim."

"Acredite, ele leu sobre você nesse livro, e você nunca saiu dele."

Agora, Jack começou a sentir um princípio de raiva. "Esse que você diz... é qual? O diabo que me leve se eu conseguir entender alguma coisa da sua resposta!"

A gargalhada morreu na garganta de Poseidonia, e ela exclamou: "Pobrezinho! Você realmente não entende, não é?".

"Se eu entendesse, estaria neste instante implorando como um tolo por uma resposta simples e direta?"

Ela o observou com um sorriso triste. "Acho que está na hora de você conversar com meu pai", disse ela por fim.

"MINHA ADORÁVEL JOVEM FILHA não tem energia suficiente para satisfazê-lo?", perguntou o rei do Mummelsee.

"Tem, e mais", disse Jack, que já tinha se acostumado com a forma chocante e direta de falar dos silfos.

"Então fique satisfeito com ela e essa existência livre de preocupações que você tem, e não procure investigar além dos limites dessas páginas sempre tão agradáveis."

"Mais uma vez você fala em charadas! Majestade, essa história está me deixando louco. Eu imploro, ao menos desta vez, fale comigo de forma clara e simples, como se eu fosse uma criança."

O rei suspirou. "Você sabe o que são livros?"

"Sim, claro."

"Quando foi a última vez que leu um?"

"Ora, eu..."

"Exatamente. Ou que alguém que você conhece leu um?"

"Eu estava na companhia de soldados desordenados, cuja reação ao dar de cara com uma biblioteca poderia normalmente ser a de usar o conteúdo para acender fogueiras, então isso não é terrivelmente surpreendente."

"Você deve ter lido livros na juventude. Pode me contar a história de algum deles?"

Jack ficou em silêncio.

"Está vendo? Os personagens dos livros não leem livros. Ah, eles os fecham quando alguém entra na sala, ou os jogam de lado com repulsa pelo que acham que foi dito ali dentro, ou escondem o rosto em um quando fingem ler enquanto outra pessoa faz sermão sobre questões que eles não querem enfrentar. Mas eles não *leem*. Seria algo recursivo, deixando cada livro efetivamente infinito, de forma que nenhum poderia ser terminado sem todos serem lidos. Esse é o método infalível de descobrir em que lado da página você está — você leu algum livro este ano?" O rei arqueou uma sobrancelha e esperou.

Depois de um longo silêncio, Jack disse: "Não. Não li".

"Então pronto."

"Mas... como é possível? Como é que podemos...?"

"É a coisa mais simples que pode ser imaginada", respondeu o rei. "Eu, por exemplo, fico entre os capítulos onze e dezessete do livro cinco de uma coisa chamada *Simplicissimus*. Eu garanto, é uma vida boa. E daí se as paredes do meu palácio são finas como papel, as janelas são apenas desenhadas de caneta, e minhas ações são circunscritas pela vontade do artista? Eu não envelheço nem morro, e quando você, ao fazer um breve descanso da sua ginástica romântica com minha filha, se dá ao trabalho de me visitar, sempre acho nossas conversinhas divertidas."

Melancólico, Jack olhou por uma janela com vidraça de nácar polida e tão lisa que chegava a ser transparente. "É uma coisa difícil", disse ele, "perceber que não se é verdadeiramente real." E depois de um longo momento pensando: "Mas isso não faz sentido. Concordo que meus arredores e condições não podem ser melhorados. Mas vi coisas na guerra que... Bem, não é bom pensar. Quem criaria um mundo como o nosso? Quem poderia achar divertidas tais crueldades das quais, eu admito, participei algumas vezes?".

"Senhor", disse o rei, "eu não sou o artista, e ele, desconfio, não é ninguém de grande estima nesse mundo enorme e inimaginável. Ele pode passar despercebido por você na rua. Em conversa, é totalmente possível que ele não o impressionasse favoravelmente. Por que, então, você deveria esperar mais dele do que ele — ou, talvez, do que ela — poderia esperar de seu criador amplamente mais potente?"

"Você está dizendo que o mundo do nosso autor não é melhor do que o nosso?"

"É possível que seja pior. Pelo trabalho dele podemos inferir certas coisas sobre o mundo no qual ele vive. Nossa arquitetura é ornamentada e romântica. A dele deve ser simples e sem graça — com folhas de concreto cinza, talvez, com cada janela sendo gêmea exata das outras —, senão ele não teria se dado ao trabalho de imaginar a nossa com tantos detalhes lindos."

"Então, como nosso mundo é tão cruel e violento, faz sentido que o dele seja um modelo de paz e gentileza?"

"Digamos que o nosso tem um vigor primordial enquanto o dele afunda em hipocrisia fácil e cômoda."

Balançando a cabeça devagar, Jack disse: "Como é que você sabe tanto sobre o mundo em que vivemos e eu sei tão pouco?".

"Há dois tipos de personagem, meu filho. O seu está sempre pulando pelas janelas com a calça na mão, incorporando dignitários estrangeiros com a intenção de fraudar bispos não caridosos, sendo emboscados em becos escuros por rufiões portando facas, e indo para casa cedo apenas para descobrir a esposa recém-casada na cama com o marido da amante."

"Parece que você andou lendo meu diário", disse Jack, impressionado. "Se eu tivesse um diário para ser lido."

"Isso porque você é o tipo de personagem ativo, cujo objetivo principal é fazer uma história andar. Já eu sou do tipo de personagem mais reflexivo, cujo propósito é explanar e revelar o significado interno da narrativa. Mas estou vendo que você está confuso — vamos sair brevemente da minha história."

E, com a simplicidade de um virar de página, Jack se viu parado em um jardim agradável, banhado na luz dourada do sol do fim da tarde. O rei do Mummelsee estava sentado em uma cadeira que, embora simples, dava a ideia de um trono — o tipo de trono que um rei filósofo poderia ocupar.

"É uma observação muito boa, a sua", disse o rei em resposta à observação muda de Jack. "É possível que, com encorajamento, você ainda possa ser convertido em um personagem reflexivo."

"Onde estamos?"

"Este é o jardim do meu querido amigo dr. Vandermast, em Zayana, onde é tarde eterna. Aqui, ele e eu tivemos muitas longas discussões sobre enteléquia e epistemologia e outras sobre desimportantes e efêmeras nulidades. O bom doutor está discretamente ausente, para que possamos conversar em particular. Ele reside em um livro chamado... mas que importância tem? Este é um daqueles lugares mágicos onde podemos, com equanimidade, discutir a natureza do mundo. De fato, esse aspecto é tal que nem poderíamos fazer diferente se tentássemos."

Um beija-flor apareceu abruptamente na frente de Jack e pairou no ar como uma joia frenética coberta de penas. Ele esticou o dedo, e a ave pairou logo acima, e ele sentiu o movimento delicado do ar vindo das asas batendo loucamente sobre a pele. "Que maravilha é essa?", perguntou ele.

"É só minha filha. Apesar de não aparecer nesta cena, ela ainda deseja fazer com que suas vontades sejam conhecidas — e assim se expressa de forma imagética. Obrigado, querida, pode ir agora." O rei bateu palmas, e o beija-flor sumiu. "Ela vai ficar de coração partido se você for embora de nosso reino fictício. Mas sem dúvida outro herói vai aparecer, e, sendo fictícia, Poseidonia não aprende com suas experiências e nem permite que a deixem amarga contra o gênero de quem as executa. Ela vai recebê-lo de forma tão entusiasmada e aberta quanto recebeu você."

Jack sentiu uma pontada perfeitamente compreensível de ciúme. Mas botou-a de lado. Concentrando-se no cerne da discussão, ele disse: "Isso é uma discussão acadêmica, senhor? Ou tem um lado prático?".

"O jardim do dr. Vandermast não é como os outros lugares. Se você desejasse sair completamente do nosso mundo, sem dúvida isso poderia ser arranjado."

"Eu poderia voltar depois?"

"Ora, não", disse o rei com lamento. "Um milagre basta para qualquer vida. E, devo acrescentar, é mais do que qualquer um de nós dois merece, rigidamente falando."

Jack pegou um graveto e andou de um lado para o outro entre os canteiros floridos, cortando as flores mais altas. "Devo então decidir com base em informação nenhuma? Pular cegamente no abismo ou ficar em dúvida na beirada dele para sempre? Como você diz, essa é uma existência prazerosa. Mas posso ficar satisfeito com esta vida sabendo que existe outra e também ignorando o que tudo isso requer?"

"Acalme-se. Se for mesmo necessário, vamos ver quais podem ser as alternativas." O rei do Mummelsee esticou a mão no colo e virou a página de um volume com capa de couro no qual Jack não tinha reparado antes.

"VOCÊ VAI FICAR SENTADO aí para sempre, sonhando acordado, quando há tarefas a fazer? Eu juro, você deve ser o homem mais preguiçoso do mundo."

A esposa gorda de Jack saiu da cozinha, coçando distraidamente a bunda. O rosto de Gretchen estava redondo onde já tinha sido fino, e havia um leve mancar no jeito de andar, onde antes cada movimento tinha sido dança para uma música que só ela conseguia ouvir. Mas o coração de Jack ficou mole quando ele a viu, como sempre acontecia.

Ele botou de lado a pena de ganso e jogou areia sobre o que tinha escrito até ali. "Você está indubitavelmente certa, minha querida", disse ele calmamente. "Sempre está."

Quando estava indo cortar madeira, pegar água e alimentar o porco que eles estavam engordando para o Fastnacht, ele teve um vislumbre de si mesmo em um espelho pendurado junto à porta dos fundos. Um homem velho e maltrapilho com uma barba tão fina que parecia comida por traças olhou para ele com horror. "Eh, senhor", ele murmurou para si mesmo, "você não é o jovem e belo soldado que derrubou Gretchen no monte de feno minutos depois que a conheceu, tantos anos atrás."

Um vento frio soprou partículas de gelo em seu rosto quando ele saiu, e os troncos na pilha de madeira estavam congelados, de forma que ele teve que bater com o cabo do machado para separá-los e poder cortá-los. Quando foi até o poço, o gelo estava tão denso que ele chegou a ficar suado ao quebrá-lo. Depois, quando tinha tirado a pedra da cobertura do balde de restos da cozinha e começou a andar para o chiqueiro, ele escorregou em uma área congelada e virou os restos na roupa. Isso queria dizer não só que ele teria que lavar as roupas semanas antes da hora — o que no inverno era uma tarefa horrível —, mas que tinha que catar os restos do chão com as mãos expostas e colocar no balde, porque o porco ainda precisava ser alimentado acontecesse o que acontecesse.

Assim, resmungando e reclamando sozinho, o velho Jack voltou para casa, onde lavou as mãos e botou uma roupa limpa e se sentou para voltar a escrever. Depois de alguns minutos, sua esposa entrou no aposento e exclamou: "Está tão frio aqui!". Ela se ocupou de acender a lareira, embora fosse tanto trabalho carregar lenha até o escritório dele que Jack teria preferido aguentar o frio para poupar o trabalho adicional mais tarde. Ela apareceu atrás dele e colocou as mãos em seus ombros. "Você está escrevendo uma carta para Wilhelm de novo?"

"Para quem mais?", resmungou Jack. "Nós nos matamos de trabalhar para mandar dinheiro para ele, mas ele nunca escreve! E quando escreve, as cartas são tão curtas! Ele passa o tempo todo bebendo e se enchendo de dívidas com alfaiates e correndo atrás..." Ele se segurou a tempo e tossiu. "Correndo atrás de jovens inadequadas."

"Bem, afinal, quando você tinha a idade dele..."

"Quando eu tinha a idade dele, eu não fazia essas coisas", disse Jack com indignação.

"Não, claro que não", disse sua esposa. Ele conseguia sentir o sorriso que não virou para olhar. "Meu pobre e querido tolo."

Ela beijou o topo da cabeça dele.

O SOL SURGIU DE trás de uma nuvem quando Jack reapareceu, e o jardim ardeu com uma centena de cores fortes — influência de Poseidonia, Jack achava. As flores viraram a cabeça para ele, flertando e abrindo as pétalas na direção de seu olhar.

"E então?", disse o rei do Mummelsee. "Como foi?"

"Eu tinha perdido a maioria dos meus dentes", disse Jack com tristeza, "e havia uma dor na minha lateral que não passava. Meus filhos estavam crescidos e tinham ido embora, e não tinha sobrado nada na minha vida pelo que ansiar além da morte."

"Isso não é uma crítica", disse o rei, "só um catálogo de reclamações."

"Tenho que admitir que havia uma certa autenticidade na vida do outro lado do portão. Uma validez e uma complexidade que se poderia dizer que falta à nossa."

"Aí está."

A iluminação escureceu, e um vento passou pelas árvores, fazendo-as suspirar. "Por outro lado, há uma falta de propósito nesta vida que a outra não tem."

"Isso também é verdade."

"Entretanto, se houver propósito na nossa existência — e tenho quase certeza de que há —, não tenho a menor ideia de qual seja."

"Ora, mas isso é bem fácil de responder!", disse o rei. "Nós existimos para divertir o leitor."

"E esse leitor, quem exatamente é ele?"

"Quanto menos se disser sobre o leitor", disse o rei do Mummelsee de maneira fervorosa, "melhor." Ele se levantou. "Nós já conversamos muito", disse ele. "Há dois portões neste jardim. Um leva para o lugar de onde viemos. O segundo leva... àquele outro lugar. O que você viu ainda agora."

"Tem nome esse outro lugar?"

"Alguns chamam de Realidade, embora a pertinência desse título seja discutível."

Jack puxou o bigode e mordeu o lábio inferior. "Eu juro, não é escolha fácil."

"Mas não podemos ficar neste jardim para sempre, Jack. Mais cedo ou mais tarde você vai ter que escolher."

"De fato, o senhor está certo", disse Jack. "Preciso ser firme e resoluto." Em volta dele, o jardim esperava em silêncio. Nenhum sapo agitava a superfície espelhada do lago. Nenhuma folha de grama se mexia na campina. O próprio ar parecia tenso de expectativa.

Ele escolheu.

E foi assim que Johann von Grimmelshausen, às vezes conhecido como Jurgen, fugiu do confinamento estreito e opressor da literatura, e também do Mummelsee, ao se tornar verdadeiramente humano e, portanto, sujeito aos caprichos da história. O que quer dizer que ele, claro, morreu séculos atrás. Se tivesse permanecido na ficção, ainda estaria conosco hoje, embora sem a riqueza da experiência que você e eu encaramos todos os dias de nossas vidas.

Ele tomou a decisão certa? Só Deus pode dizer. E, se não existir Deus, ora, então nunca vamos saber.

MICHAEL SWANWICK começou a publicar no começo dos anos 1980 e atualmente mora na Filadélfia. É vencedor dos prêmios Hugo, World Fantasy, Theodore Sturgeon Memorial e Nebula.

PETER STRAUB

Mallon, o guru

PERTO DO FIM DO QUE ELE mais tarde chamou de seu "período de desenvolvimento", o guru americano Spencer Mallon passou quatro meses viajando pela Índia com seu líder espiritual, Urdang, um temível alemão com jeito enganosamente calmo. No terceiro desses meses, lhes foi concedida uma audiência com um iogue, um grande homem sagrado que morava no vilarejo de Sankwal. No entanto, aconteceu uma coisa estranha e perturbadora assim que Mallon e Urdang chegaram aos arredores do vilarejo. Uma gralha-preta mergulhou do céu e caiu com um baque alto e um sacudir de penas na frente deles, morta no chão de terra. Na mesma hora, os aldeões foram na direção deles, embora Mallon não soubesse se foi por causa da gralha ou por ele e Urdang serem estranhos de pele clara. Ele lutou contra a sensação incômoda de estar cercado de estranhos tagarelando em uma língua que ele jamais entenderia, e, no meio dessa grande dificuldade, tentou encontrar a paz e o equilíbrio que ele às vezes sentia durante suas meditações quase diárias, em geral de duas horas.

Um pé sujo com unhas espessas de uns sete centímetros de comprimento chutou a ave morta para o lado. Os aldeões chegaram mais perto, perto o suficiente para tocar neles, e, inclinados e falando com grande intensidade, os incitaram a andar, puxando-os pela camisa e pela cintura de suas calças. Eles, ou talvez só ele, Spencer Mallon, estava sendo exortado, importunado, suplicado a executar um serviço inimaginável. Queriam que ele fizesse algum tipo de *tarefa*, mas a tarefa em si permaneceu um mistério. O mistério ficou mais claro só depois que uma cabana frágil pareceu quase se materializar, como uma miragem no terreno estéril onde estava. Um dos homens incitando Mallon puxou a manga da camisa dele com mais força e implorou, com gestos agitados como os de uma ave, para que ele fosse para dentro da cabana, evidentemente sua, para que entrasse e *visse* uma coisa — o homem indicou a necessidade de visão apontando uma unha preta para o protuberante olho direito.

Eu fui escolhido, pensou Mallon. *Eu, não Urdang, fui eleito por esse povo ignorante e sofredor.*

No recinto escuro e quente, ele foi convidado a olhar para uma criança pequena com olhos enormes e impassíveis, os membros como gravetos. A criança parecia estar morrendo. Cascas amarelas bem escuras envolviam suas narinas e sua boca.

Olhando para Mallon, o aldeão trêmulo levantou uma das mãos e passou as pontas dos dedos delicadamente na testa enorme do garoto. Em seguida, fez sinal para Mallon chegar mais perto do catre.

"Você não entendeu?", disse Urdang. "É para você tocar no garoto."

Com relutância, sem saber exatamente o que estavam pedindo que ele fizesse e com medo de contrair alguma doença horrível, Mallon baixou os dedos esticados na direção da cabeça esquelética como se estivesse prestes a mergulhá-los em uma bacia de fluido fedorento recolhido da fossa comunitária.

Garoto, pensou ele, *pelo bem da minha reputação, eu espero muito que vejamos uma cura milagrosa.*

No momento do contato, uma partícula bem pequenina de energia, um erg radiante tão rápido e viscoso quanto mercúrio, passou diretamente da mão dele pela parede frágil do crânio do garoto.

Em meio a esse fenômeno extremamente interessante, o pai caiu de joelhos e começou a murmurar de gratidão.

"Como essas pessoas sabem sobre mim?", perguntou ele.

"A verdadeira pergunta é: o que eles acham que você fez?", disse Urdang. "E como eles acham que sabem? Depois da nossa audiência, sugiro que a gente dê o fora."

Mallon percebeu que Urdang não tinha ideia do que tinha acabado de acontecer. Era a restauração de um equilíbrio cósmico: uma ave morreu e uma criança foi salva. Ele foi o fulcro entre a morte e a restauração. Uma experiência perfeitamente indiana lhe foi dada. O grande iogue o abraçaria como faria com um filho, abriria sua casa e seu ashram e o receberia como um aluno de capacidades sem precedentes.

Seguindo por uma viela estreita no vilarejo propriamente dito, Mallon esticou distraidamente dois dedos e os passou por alguns centímetros na parede coberta de lama ao seu lado. Ele não tinha plano, nenhum propósito além de ver o que ia acontecer, pois sabia que, de alguma forma, seu toque alteraria o universo. Os resultados desse teste foram profundamente gratificantes: na parede, as duas linhas traçadas com o dedo brilharam em um azul néon que se iluminou e intensificou até ameaçar queimar os olhos. Os aldeões se viraram e balançaram os braços, soltando uma falação em êxtase misturada com gritos agudos de alegria. Junto com todo mundo, Mallon parou para olhar a parede maravilhosa e milagrosa. Um zumbido elétrico ocupava todos os espaços de seu corpo; ele se sentia capaz de soltar fagulhas pelos dedos.

Eu devia tocar naquele garoto de novo, pensou ele. *Ele sairia pulando da cama.*

Em segundos, as linhas azuis vibrantes esfriaram, encolheram e sumiram no cáqui sem graça da parede. Os aldeões se aproximaram, esfregaram a parede, se encostaram nela, falaram com ela em sussurros. Os que beijaram a parede ficaram com a boca e o nariz pintados de branco pela poeira. Só Mallon e talvez Urdang ficaram mortificados de ver a prova de sua magia sumir tão rapidamente do mundo.

A multidão falante, nem um pouco decepcionada, se amontoou novamente em torno dele e o empurrou para a frente. As mãos imundas de unhas pretas deram muitos tapinhas carinhosos e carícias maravilhadas. Eles acabaram chegando a um muro amarelo alto com portão de ferro. Urdang abriu caminho em meio à multidão e empurrou o portão para entrar em um jardim longo e florido. Na extremidade distante do jardim havia uma construção graciosa de terracota com uma fileira de janelas dos dois lados da entrada adornada de azulejos. Jovens cabeças escuras surgiram nas janelas. Dando risadinhas, as mulheres recuaram.

Os aldeões incitaram Mallon e Urdang a seguirem em frente. Os portões bateram atrás deles. Ao longe, um carro de boi fazia ruído ao se deslocar. O gado mugia atrás da construção de terracota.

Estou apaixonado por toda a Índia!, pensou Mallon.

"Cheguem mais perto", disse uma voz seca e penetrante.

Um homem pequeno com um dhoti de um branco estonteante estava sentado em posição de lótus na frente de um chafariz no meio do jardim. Um momento antes, Mallon não tinha reparado nem no homem nem no chafariz.

"Acredito que o senhor seja Urdang", disse o homem. "Mas quem é seu peculiar seguidor?"

"O nome dele é Spencer Mallon", disse Urdang. "Mas, mestre, com todo respeito, ele não é peculiar."

"Esse homem é a peculiaridade em pessoa", disse o homenzinho. "Por favor, sentem-se."

Eles se sentaram à frente do homem, ajustando-se na posição de lótus da melhor maneira possível, Urdang com facilidade e perfeição, Mallon um pouco menos. Ele considerava extremamente provável que, de alguma forma profunda e positiva, ele fosse realmente peculiar. A peculiaridade de sua espécie era uma grande distinção, como o mestre entendia, e o pobre Urdang, não.

À frente deles, o grande homem sagrado contemplou os dois em um silêncio misteriosamente moldado pelos ângulos intensos e curvas cintilantes da cabeça raspada e do rosto duro como uma noz. Pela qualidade do silêncio, Mallon sentiu que o iogue não estava incondicionalmente satisfeito pela homenagem da visita. Claro que o elemento difícil só podia ser Urdang — a presença de Urdang naquele lugar sagrado. Depois de uns nove ou dez minutos, o iogue virou a cabeça para um lado e, falando com as flores ou com o chafariz, pediu chá gelado e bolinhos de mel. Essas delícias foram levadas por duas das garotas de cabelos escuros, que usavam lindos sáris coloridos e sandálias com sininhos nas tiras.

"É verdade que quando vocês entraram no nosso vilarejo, uma gralha-preta caiu morta do céu?", perguntou o homem sagrado.

Urdang e Mallon assentiram.

"Isso é um sinal, Urdang. Temos que considerar o significado desse sinal."

"Vamos fazer isso, então", disse Urdang. "Acredito que o sinal seja auspicioso. Aquilo que consome a morte é devorado por ela."

"Mas a morte cai do céu no nosso vilarejo."

"Imediatamente depois, esse jovem tocou na testa de uma criança moribunda e restaurou sua boa saúde."

"Ninguém da idade e da posição desse jovem pode fazer isso", disse o iogue. "Tal feito exige grande santidade, mas mesmo a grande santidade não é suficiente. É preciso ter passado décadas em estudo e meditação."

"E ainda assim aconteceu. A morte foi banida."

"A morte nunca é banida, só viaja para outro lugar. Seu aluno me perturba muito."

"Querido mestre, quando os aldeões estavam nos trazendo para sua casa, este homem que eu trouxe até você esticou um braço e..."

O iogue o silenciou com um movimento da mão. "Não estou preocupado com tais demonstrações. Fogos de artifício não me impressionam. Sim, indicam a presença de um dom, mas de que adianta esse dom, a que propósitos vai servir?"

Mallon tinha tocado em uma criança moribunda, dissera o mestre, mas tinha restaurado a saúde dela? Mesmo que tivesse, curar era mesmo seu trabalho? Uma mera crença podia curar tão bem quanto outras forças, temporariamente. Mallon estava bem versado nos sutras? Quanto dos ensinamentos budistas ele conhecia?

Urdang respondeu que Mallon não era budista.

"Então por que vocês vieram?"

Mallon falou de coração. "Eu vim pela sua bênção, querido mestre."

"Você não pode ter minha bênção. Eu que peço a sua." O homem sagrado soou como se falasse com um antigo inimigo.

"A *minha* bênção?", perguntou Mallon.

"Dê para mim como deu para a criança."

Confuso e irritado, Mallon chegou para a frente e esticou a mão. Ele quase desejou negar a bênção, como o iogue tinha feito, mas não podia se comportar de forma tão infantil diante de Urdang. O homem sagrado se inclinou para a frente e permitiu que sua testa fosse tocada. Se alguma partícula de energia voou de sua mão para o crânio do iogue, Mallon não sentiu a passagem.

O rosto do mestre se contraiu, não por maldade, e por um momento ele fechou os olhos.

"E então?", disse Mallon. Urdang ofegou diante da grosseria dele.

"É bem como pensei", disse o mestre, abrindo os olhos. "Não posso ser responsável pelo seu Spencer Mallon, e você não deve me pedir mais nada. Vejo tudo claramente. Esse homem peculiar, esse homem mais perigosamente peculiar já despertou a desordem no nosso vilarejo. Ele deve ir embora de Sankwal imediatamente, e você, que o trouxe aqui, Urdang, deve ir com ele."

"Se é seu desejo, mestre", disse Urdang. "Mas talvez..."

"Não. Chega. Seria sábio de sua parte se separar desse aluno assim que puder fazer isso de forma honrada. E quanto a você, meu jovem..."

Ele virou os olhos lamentosos para Mallon, e Mallon conseguiu sentir o espírito dele pairando nas proximidades, irado e temeroso.

"Aconselho que você tome muito, muito cuidado em tudo que faz. Mas seria mais sábio se não fizesse nada."

"Mestre, por que você tem medo de mim?", perguntou Mallon. "Só quero amar você." Na verdade, ele desejou amar o mestre antes de conhecê-lo. Agora, só queria ir embora do vilarejo e deixar o assustado e invejoso iogue bem para trás. Ele percebeu que, se Urdang quisesse deixá-lo por isso, também não haveria problema nenhum.

"Sou agradecido por você não me amar", disse o mestre. "Vocês vão embora do meu vilarejo agora, os dois."

Quando Urdang abriu os portões, os caminhos estavam vazios. Os aldeões tinham fugido de volta para casa. O ar escureceu e a chuva começou a cair. Antes de eles chegarem a terreno aberto, a terra tinha virado lama. Um grito alto veio da cabana do pobre homem com a criança doente, e eles não sabiam dizer se era de alegria ou de dor.

O livro *Ghost Story*, de PETER STRAUB, costuma ser considerado o clímax dos livros de terror modernos. Ele ganhou os prêmios Bram Stoker, World Fantasy e International Horror Guild. Nasceu em Milwaukee, Wisconsin, e agora mora em Nova York.

P

LAWRENCE BLOCK

Pegar e soltar

DEPOIS DE UM BOM TEMPO PESCANDO, você passava a conhecer as águas. Alguns lugares eram bons ao longo dos anos, e você ia até eles em certas horas do dia e em certas estações do ano. Escolhia o equipamento de acordo com as circunstâncias, pegava a isca certa e arriscava a sorte.

Se nenhum peixe mordia a isca, você seguia em frente. Escolhia outro lugar.

ELE ESTAVA SEGUINDO PELA interestadual, permanecia na pista da direita, levando o grande SUV em uma velocidade regular de dez quilômetros por hora abaixo do limite de velocidade. A cada saída, soltava o acelerador e ficava de olho em caroneiros. Havia uma sequência de quatro saídas em que podia haver alguns em fila, universitários querendo carona para casa, ou para outro campus, aonde quer que sentissem necessidade de ir. Havia tantos, e eles sempre estavam indo a algum lugar, e nem importava para onde ou por quê.

Ele dirigiu para o norte, passou por quatro saídas, pegou a quinta, atravessou e pegou a alça de acesso para a estrada na direção sul. Mais quatro saídas e fez a mesma coisa, e logo estava indo para o norte de novo.

Agindo devagar.

Havia gente pedindo carona em todas as saídas, mas seu pé nunca tocou no pedal do freio. Pairava acima, mas ele sempre via alguma coisa que o fazia seguir em frente. Havia muitas garotas hoje, algumas especialmente atraentes de jeans apertado e camiseta sem sutiã, mas todas pareciam estar na companhia de garotos ou de outras garotas. Os únicos solitários que ele viu pedindo carona eram homens. E ele não estava interessado em rapazes. Queria uma garota, uma garota sozinha.

LUCAS 5:5. *SENHOR, PESCAMOS a noite inteira e não pegamos nada.*

Às vezes você dirigia o dia todo e o único motivo para parar era encher o tanque. Mas o verdadeiro pescador era capaz de pescar a noite toda e não pegar nada e não achar que tenha sido desperdício de tempo. Um verdadeiro pescador era paciente, e, enquanto esperava, entregava a mente à relembrança de outros dias na beira da água. Ele se permitiu lembrar em detalhe de quando uma caça em particular mordeu a isca e ficou presa no anzol. E ofereceu resistência.

E chiou na frigideira.

QUANDO ELE PAROU PARA ela, ela pegou a mochila e deu uma corridinha até o carro. Ele abriu a janela e perguntou para onde ela estava indo, e ela hesitou por tempo suficiente para dar uma olhada nele e decidir que estava tudo certo. Ela citou uma cidade que ficava oitenta a cem quilômetros à frente pela estrada.

"Tudo bem", disse ele. "Posso praticamente te levar até a porta da casa."

Ela jogou a mochila no banco de trás e entrou ao lado dele. Fechou a porta, colocou o cinto de segurança.

Disse alguma coisa sobre como estava agradecida, e ele disse alguma coisa apropriada e se juntou ao fluxo de carros indo para o norte. O que, pensou ele, ela tinha visto naquele rápido olhar de avaliação? O que será que deu a ela a sensação de que ele não oferecia perigo?

O rosto dele era comum. As feições eram regulares e medianas e, ora, comuns. Nada se destacava.

Uma vez, anos antes, ele deixou o bigode crescer. Achou que daria personalidade ao seu rosto, mas só pareceu deslocado. O que aquilo estava fazendo ali, em cima do lábio? Ele o manteve ali, esperando se acostumar, e um dia percebeu que isso não ia acontecer e o raspou.

E voltou ao rosto esquecível. Comum, nada ameaçador. Seguro.

"PESCADOR", DISSE ELA. "MEU pai gosta de pescar. Uma ou duas vezes por ano ele passa um fim de semana fora com alguns amigos e volta com um isopor cheio de peixes. E minha mãe tem que limpar tudo, e a casa fica fedendo a peixe por uma semana."

"Bem, desse mal eu não sofro", eu disse para ela. "Sou o que chamam de pescador que pega e solta."

"Você não vai para casa com um isopor cheio?"

"Eu nem tenho isopor. Ah, eu tinha. Mas o que descobri com o tempo foi que era do esporte que eu gostava, e era bem mais simples e mais fácil se o jogo terminasse com o peixe removido do anzol e colocado delicadamente de volta na água."

Ela ficou em silêncio por um momento. Em seguida, perguntou se ele achava que eles gostavam.

"Os peixes? Essa é uma pergunta interessante. É difícil saber aquilo de que um peixe gosta e não gosta, nem se a palavra *gostar* pode ser aplicada a um peixe. Você poderia argumentar que um peixe lutando pela vida acaba ficando intensamente vivo de uma forma que não ficaria em outra circunstância, mas isso é bom ou ruim do ponto de vista do peixe?" Ele sorriu. "Quando eles saem nadando", disse ele, "eu tenho a sensação de que estão satisfeitos por estar vivos. Mas pode ser que eu só esteja tentando me colocar na posição deles. Não tenho como saber como é para eles de verdade."

"Acho que não."

"Uma coisa que não consigo deixar de pensar", disse ele, "é se eles aprendem alguma coisa com a experiência. Ficam mais cautelosos da vez seguinte? Ou continuam dispostos a morder a isca do pescador que aparecer depois?"

Ela pensou na pergunta. "Acho que são só peixes", disse ela.

"Olha só", disse ele. "Acho que são."

ELA ERA UMA COISINHA linda. Estudante de administração, ela disse para ele, fazendo a maioria das eletivas relacionadas a inglês porque sempre gostou de ler. O cabelo era castanho com mechas mais claras, e ela tinha o corpo bom, com seios grandes e quadris largos. Feita para parir, ele pensou, e teria uns três ou quatro e ganharia peso a cada gravidez e nunca conseguiria perder. E o rosto dela, já meio gorducho, só ficaria mais largo e se tornaria bovino, e a faísca se apagaria dos olhos dela.

Houve uma época em que ele sentiria a inclinação de poupá-la disso tudo.

"FALANDO SÉRIO", DISSE ELA. "Você podia ter me deixado na saída. Isso está te tirando do caminho."

"Menos do que você pensa. Aquela ali é a sua rua?"

"Aham. Mas se você quiser me deixar na esquina..."

Mas ele a levou até a porta da casa de subúrbio. Esperou enquanto ela pegava a mochila e a deixou ir até metade do caminho para a porta para chamá-la de volta.

"Sabe", disse ele, "eu ia perguntar uma coisa antes, mas não quis te assustar."

"Ah, é?"

"Você não fica nervosa de pegar carona com estranhos? Não acha perigoso?"

"Ah", disse ela. "Você sabe como é, todo mundo pega."

"Entendi."

"E sempre deu certo até agora."

"Uma jovem sozinha..."

"Bem, eu normalmente me junto com outra pessoa. Um garoto ou pelo menos outra garota. Mas, desta vez, bem..."

"Você decidiu correr o risco."

Ela abriu um sorriso.

"Deu tudo certo, não deu?"

Ele ficou em silêncio por um momento, mas manteve o olhar no dela. E disse: "Lembra do peixe sobre o qual conversamos?".

"Peixe?"

"Sobre a sensação de voltar para a água. E se ele aprende alguma coisa com a experiência."

"Não entendi."

"Nem todos são pescadores do tipo que pesca e solta", disse ele. "É uma coisa que você deveria manter em mente."

Ela ainda estava parada, com expressão de incompreensão, quando ele engrenou o SUV e foi embora.

ELE FOI PARA CASA se sentindo satisfeito. Nunca tinha se mudado da casa onde morava desde que nasceu, e era só dele desde a morte da mãe, dez anos antes.

Ele verificou a caixa de correspondência, que continha seis envelopes com cheques dentro. Ele tinha um comércio pelo correio, vendia iscas de pesca, e passou quase uma hora preparando os cheques para depósito e arrumando os pedidos para serem enviados. Ele ganharia mais dinheiro se anunciasse seu negócio on-line e deixasse as pessoas pagarem com cartões de crédito, mas não precisava de muito dinheiro, e achava mais fácil deixar as coisas como eram. Os anúncios eram os mesmos todos os meses nas mesmas revistas, e seus clientes antigos refaziam pedidos, e apareciam clientes novos suficientes para manterem-no de pé.

Ele preparou macarrão, esquentou o molho bolonhesa, picou alface para uma salada, jogou um pouco de azeite em cima. Comeu à mesa da cozinha, lavou a louça, assistiu ao noticiário na televisão. Quando terminou, deixou a imagem na tela, mas tirou o som, e pensou na garota.

Mas agora se entregou à fantasia que ela inspirou. Uma estrada solitária. Um pedaço de fita adesiva sobre a boca. Uma luta que terminaria com os braços dela quebrados.

Tirando a roupa dela. Perfurando cada uma de suas aberturas por vez. Oferecendo dor física como companhia para o pavor.

E acabando com ela com uma faca. Não, com as mãos, estrangulando-a. Não, melhor ainda, com o antebraço sobre a garganta dela e seu peso empurrando, esmagando-a.

Ah, que alegria, que emoção, a doce libertação. E agora era quase tão real para ele quanto se tivesse acontecido.

Mas não aconteceu. Ele a deixou na porta de casa, intocada, só com uma dica do que poderia ter acontecido. E, como não aconteceu, não havia isopor cheio de peixes para limpar — não havia corpo do qual se livrar, não havia provas para fazer desaparecer, nem a sensação de arrependimento que permeou seu prazer em tantas outras ocasiões quase perfeitas.

Pegar e soltar. Esse era o caminho, pegar e soltar.

O BAR DE BEIRA de estrada tinha nome, Toddle Inn, mas ninguém nunca o chamava de outra coisa além de Roy's, por causa do homem que foi o dono por quase cinquenta anos até o fígado parar de funcionar.

Isso era uma coisa com a qual ele provavelmente nunca precisaria se preocupar, pois nunca tinha sido de beber muito. Naquela noite, três dias depois de ter deixado a jovem caroneira na porta de casa, ele teve o impulso de ir a alguns bares, e o Roy's foi sua quarta parada. Ele pediu uma cerveja no primeiro e tomou dois goles, saiu do segundo sem pedir nada e bebeu a maior parte da Coca que pediu no bar número três.

O Roy's vendia chope, e ele parou no bar e pediu um copo. Havia uma música inglesa que ele tinha ouvido uma vez, da qual só se lembrava de uma estrofe:

O homem que compra um quartilho de cerveja
Ganha meio quartilho de água;
A única coisa que o senhorio tem
Que presta é sua filha.

A cerveja estava aguada, claro, mas não importava porque ele não gostava de cerveja, boa ou ruim. Mas o bar tinha algo que o interessava, o que tinha ido procurar.

Ela estava a dois bancos dele e tomava alguma coisa em um copo comprido, com uma fatia de laranja presa nele. Ao primeiro olhar pareceu a caroneira, ou uma irmã mais velha dela, a que deu errado. A blusa estava pequena, e ela tinha tentado dar um jeito desabotoando o botão de cima. O batom estava manchado na boca carnuda, e o esmalte nas unhas estava lascado.

Ela pegou a bebida e ficou surpresa de descobrir que tinha terminado. Balançou a cabeça, como se tentando pensar em como resolver esse desenvolvimento inesperado, e enquanto pensava ele levantou a mão para chamar a atenção do barman e apontou para o copo vazio da garota.

Ela esperou a bebida nova estar na frente dela, pegou-a e se virou para o benfeitor. "Obrigada", disse ela, "você é um cavalheiro."

Ele diminuiu a distância entre os dois. "E pescador", disse ele.

ÀS VEZES, NÃO IMPORTAVA o que havia no anzol. Às vezes, não era nem necessário molhar a linha. Às vezes, você só precisava se sentar e eles pulavam dentro do barco.

Ela já tinha tomado várias bebidas antes da que ele pagou para ela, e não precisava das outras duas que ele pagou depois. Mas achava que precisava, e ele não se importou de gastar dinheiro nem de ficar ali sentado enquanto ela bebia.

Seu nome era Marni, como ela disse repetidamente. Ele não corria perigo de esquecer, e ela não parecia correr perigo de lembrar o nome dele, o qual ficava perguntando sem parar. Ele disse que era Jack — não era —, e ela ficava pedindo desculpas pela incapacidade de guardar a informação. "Sou Marni", ela dizia em cada uma das ocasiões. "Com *i*", acrescentou na maioria das vezes.

Ele se viu lembrando uma mulher que pegara anos antes em um bar com o mesmo tipo de ambiente. Ela era um tipo bem diferente de bêbada, embora estivesse dizimando Harvey Wallbangers com a mesma diligência com que Marni virava os drinques, batizados de gandy dancers. Ela foi ficando cada vez mais silenciosa, e os olhos se tornaram vidrados, e quando ele os conduziu ao local que tinha selecionado antes, ela estava apagada. Ele tinha planos interessantes para ela, e ali estava, praticamente em coma, totalmente incapaz de saber o que estava sendo feito.

Assim, ele se permitiu imaginar que ela estava morta e a tomou dessa forma, e ficava esperando que ela acordasse, mas ela não acordou. E foi excitante, mais excitante do que ele teria imaginado, mas no final ele se segurou.

Ele parou por um momento para avaliar a situação e deliberadamente quebrou o pescoço dela. Em seguida, a possuiu de novo, imaginando que ela só estivesse dormindo.

E isso também foi bom.

"PELO MENOS EU FIQUEI com a casa", ela estava dizendo. "Meu ex tirou meus filhos de mim, dá para imaginar? Arrumou um advogado que disse que eu era uma mãe incapaz. Dá para imaginar?"

A casa que o ex-marido deixou que ficasse com ela certamente parecia uma moradia de bêbado. Não era imunda, só muito desarrumada. Ela o segurou pela mão e o levou por um lance de escadas até o quarto, que não era mais arrumado do que o resto da casa, e se jogou nos braços dele.

Ele se soltou, e ela pareceu intrigada. Ele perguntou se havia alguma coisa em casa para beber, e ela disse que tinha cerveja na geladeira e que talvez tivesse vodca no congelador. Ele disse que voltaria logo.

Ele deu cinco minutos a ela, e quando voltou com uma lata de Rolling Rock e meia garrafa de vodca, ela estava caída de costas, nua, roncando. Ele colocou a lata e a garrafa de vodca na mesa de cabeceira e puxou o cobertor para cobri-la.

"Pegar e soltar", disse ele, e a deixou lá.

PESCAR NÃO ERA SÓ uma metáfora. Dois dias depois, ele saiu pela porta de casa em uma manhã fria de outono. O céu estava carregado, a umidade mais baixa do que antes. A brisa vinha do oeste.

Era o dia certo. Ele pegou seu equipamento, fez suas escolhas e dirigiu para a margem de um riacho que era sempre bom nesse tipo de dia. Pescou no local por uma hora e, quando saiu de lá, tinha pescado e devolvido três trutas. Cada uma se debateu muito, e quando ele as soltou, talvez tenha observado que elas mereceram sua liberdade, que cada uma merecia outra chance na vida.

Mas o que isso queria dizer, realmente? Podia-se dizer que um peixe conquistou ou mereceu alguma coisa? Podia-se dizer o mesmo de alguém? E um esforço desesperado para ficar vivo dava direito a alguém viver?

Consideremos o humilde linguado. Era um peixe de água salgada, do tipo que ficava no fundo do mar, e quando você o fisgava, ele raramente fazia mais do que se debater um pouco enquanto você o puxava. Isso o tornava moralmente inferior à truta? Ele tinha menos direito de viver por causa de seu comportamento geneticamente prescrito?

Ele parou no caminho para casa, comeu um hambúrguer e uma porção de batatas fritas. Bebeu uma xícara de chá. Leu o jornal.

Em casa, limpou e separou o equipamento e guardou tudo em seu lugar.

NAQUELA NOITE, CHOVEU, E ficou chovendo e parando pelos três dias seguintes. Ele ficou perto de casa, assistiu a um pouco de televisão.

Durante a noite, deitava-se na espreguiçadeira e fechava os olhos para poder lembrar. Uma vez, alguns meses antes, ele tentou contar. Fazia isso havia anos, desde antes da mãe morrer, e nos primeiros anos seu apetite era voraz. Às vezes ele achava que era um milagre não ter sido pego. Naquela época, deixou DNA para todo lado, junto com Deus sabia mais o quê em termos de provas.

De alguma forma, ele se safou. Se o tivessem pegado, se ele tivesse atraído o mínimo que fosse de atenção oficial, tinha certeza de que teria cedido. Ele teria contado tudo, confessado tudo. Não teriam precisado das provas, menos ainda do DNA. Só precisariam de uma cela onde trancá-lo e uma chave para jogar fora.

Houve muitas, mas ele variou muito, e pouco do que fazia caía em um padrão. Ele leu sobre outros homens que tinham gostos específicos, em essência, sempre caçando a mesma mulher e a matando da mesma forma. Na verdade, ele procurava a variedade deliberadamente, não por precaução, mas porque era mesmo o tempero da vida — ou da morte, se preferir. *Quando tenho que escolher entre dois males*, dissera Mae West, *eu escolho o que ainda não experimentei*. Fazia sentido para ele.

E depois de ele mudar, depois de ter se tornado de fato um pescador que pega e solta, houve um momento em que pareceu a ele que houvera uma mão divina o mantendo em segurança durante todos aqueles anos. Quem podia dizer que não havia um propósito em tudo, e uma força-guia governando o universo? Ele foi poupado para que pudesse... fazer o quê? Pegar e soltar?

Não demorou para que decidisse que aquilo era bobagem. Ele matou todas aquelas garotas porque queria — ou precisava, tanto faz. E parou de matar porque não queria ou não precisava matar, ficava mais satisfeito ao pegar e soltar.

Então quantas foram? A resposta simples era que ele não sabia, não tinha como saber. Nunca guardou troféus, nunca ficou com suvenires. Tinha memórias, mas tinha ficado virtualmente impossível distinguir entre as lembranças dos eventos verdadeiros e as lembranças das fantasias. Uma era tão real quanto outra, quer tivesse acontecido ou não. E, realmente, que diferença fazia?

Ele pensou naquele serial killer capturado no Texas, o idiota que ficava encontrando novas mortes para confessar e levando as autoridades a mais túmulos escondidos. Só que algumas das vítimas foram mortas quando ele estava preso em outro estado. Ele estava enganando todo mundo por algum motivo? Ou estava lembrando — de forma vívida e com detalhes — atos que não tinha efetivamente cometido?

ELE NÃO SE INCOMODAVA com a chuva. Sua infância foi solitária, e ele passou a ter uma vida adulta solitária. Nunca tinha tido amigos e nunca sentiu necessidade. Às vezes, gostava da ilusão de sociedade, e em tais momentos ia a um bar ou restaurante, ou andava no shopping, ou se sentava em um cinema, só para estar entre estranhos. Mas na maior parte do tempo sua própria companhia era suficiente.

Em uma tarde chuvosa, ele pegou um livro na estante. Era *The Compleat Angler*, de Izaak Walton, e ele o leu inteiro incontáveis vezes, e o folheou de maneira aleatória muitas outras. Ele sempre parecia encontrar algo que valesse a reflexão entre aquelas páginas.

Deus jamais concebera recreação tão calma, quieta e inocente quanto a pesca recreativa, leu ele. A frase ressoou nele, como sempre fazia, e decidiu que a única mudança que poderia fazer seria a palavra final. Ele preferia somente pesca. Stephen Leacock, afinal, tinha observado que pesca recreativa foi o nome dado à pesca por pessoas que não sabiam pescar.

No primeiro dia sem chuva, ele fez uma lista de compras e foi ao mercado. Empurrou um carrinho por um corredor e pelo seguinte, pegando ovos e bacon e macarrão e molho enlatado, e estava avaliando os méritos de duas marcas de sabão em pó quando viu a mulher.

Ele não a estava procurando, não estava procurando ninguém. A única coisa em sua mente era sabão em pó e amaciante, e ele ergueu o rosto e ali estava ela.

Ela era bonita, não linda e cheia de juventude como a caroneira, nem vulgarmente disponível como Marni, a beberrona, mas genuinamente bonita. Poderia ter sido atriz ou modelo, mas ele sabia que não era.

Cabelo escuro comprido, pernas longas, um corpo que já tinha sido atlético e feminino. Um rosto oval, nariz forte, maçãs altas. Mas não foi à beleza dela que ele reagiu, foi a outra coisa, uma qualidade indefinível que de repente deixou o Tide e o Downy e todo o conteúdo de seu carrinho sem importância nenhuma.

Ela estava de calça e uma camisa de brim de mangas compridas desabotoada por cima de uma camiseta azul-clara, e não havia nada de provocativo no traje dela, mas não importava o que ela estava usando. Ele viu que ela tinha uma lista extensa, a qual estava consultando, e só alguns itens no carrinho. Concluiu que tinha tempo de ir até os caixas e pagar pelas compras. Era melhor do que simplesmente abandonar o carrinho. As pessoas costumavam se lembrar de quem fazia isso.

Ele colocou as sacolas de compras de volta no carrinho, e a caminho do carro se virava periodicamente para olhar a entrada. Guardou as sacolas no porta-malas, entrou e se posicionou atrás do volante e achou uma boa vaga para esperá-la.

Ele ficou sentado pacientemente com o motor ligado. Não estava prestando atenção à hora, mal percebeu sua passagem, mas sentiu que ficaria à vontade esperando eternamente até que as portas se abrissem e a mulher saísse. O homem impaciente não foi feito para pescar, e, de fato, esperar, uma espera paciente e passiva, era parte do prazer do passatempo. Se algum peixe mordesse a isca toda vez que seu anzol passasse pela superfície da água, se você pegasse um peixe atrás do outro, ora, onde estava a graça? Era o mesmo que passar uma rede. Daria na mesma jogar uma granada em um riacho de trutas e pegar tudo que saísse voando até a superfície.

Ah. Ali estava ela.

"EU SOU PESCADOR", DISSE ele.

Essas não foram as primeiras palavras que ele disse para ela. Foram "Me deixe ajudar". Ele parou atrás dela quando ela estava a ponto de botar as compras na mala do carro, saiu e ofereceu ajuda. Ela sorriu e estava prestes a agradecer, mas não teve oportunidade. Ele tinha uma lanterna em uma das mãos, três pilhas tamanho C em um estojo de borracha, e a segurou pelo ombro, virou-a e bateu com força na parte de trás da cabeça dela. Ele a pegou enquanto caía, deitando-a delicadamente.

Em poucos instantes, ela estava no banco do passageiro do SUV dele, as compras dela estavam em seu respectivo porta-malas, que fora fechado com violência. Ela estava apagada, e por um momento ele pensou que talvez tivesse batido com força demais, mas verificou e viu que ela tinha pulsação. Usou fita adesiva nos pulsos e na boca, prendeu o cinto de segurança e saiu dirigindo com ela a bordo.

E, da mesma forma que tinha esperado pacientemente que ela saísse do supermercado, esperou que ela voltasse à consciência. *Sou pescador*, ele pensou, e esperou uma oportunidade de dizer as palavras. Ficou de olho na estrada à frente, mas de tempos em tempos lançava um olhar a ela, e sua aparência não mudava. Os olhos estavam fechados, os músculos estavam relaxados.

Pouco depois de entrar em uma estrada secundária, ele sentiu que ela estava acordada. Olhou para ela, e ela estava igual, mas ele conseguia detectar uma mudança. Ele lhe deu mais um momento para ouvir o silêncio e falou, contou que era pescador.

Não houve reação dela. Mas ele tinha certeza de que ela tinha ouvido.

"Um pescador que pega e solta", disse ele. "Nem todo mundo sabe o que isso quer dizer. É que eu gosto de pescar. Exerce um efeito sobre mim que mais nada é capaz de exercer. Pode chamar de esporte ou de passatempo, como preferir, mas é o que eu faço e sempre fiz."

Ele pensou nisso. O que sempre fez? Bem, praticamente. Algumas das suas lembranças mais antigas da infância envolvem pescar com uma vara de bambu e botar no anzol minhocas que ele mesmo tinha procurado no quintal. E algumas das suas lembranças adultas mais antigas e duradouras envolviam um outro tipo de pesca.

"Eu nem sempre fui um pescador que pegava e soltava", disse ele. "Da forma como eu via na época, por que um homem se daria ao trabalho de pegar um peixe e devolver depois? Pelo que parecia, para mim, se você pega uma coisa, você mata. Se você mata uma coisa, você come. É bem evidente, você não diria?"

Você não diria? Mas ela não quis dizer nada, não podia dizer nada, não com a fita na boca. Mas ele viu que ela tinha parado de fingir que estava inconsciente. Seus olhos estavam abertos agora, embora ele não conseguisse ver que expressão tinham.

"O que aconteceu", disse ele, "foi que eu perdi o gosto. De matar e tudo. A maioria das pessoas pensa em pescar e consegue não pensar em matar. Parece achar que o peixe sai da água, tenta respirar algumas vezes e acaba desistindo. Talvez dê uns pulos primeiro e mais nada. Mas, veja, não é assim. Um peixe pode viver mais tempo fora da água do que você pensa. O que você tem que fazer é acabar com ele. Bater na cabeça dele com um porrete. É rápido e fácil, mas não dá para escapar do fato de que você o está matando."

Ele prosseguiu, contou como era poupado da tarefa de matar quando soltava o que tinha pegado. E outras tarefas desagradáveis, eviscerar, tirar as escamas, se livrar do refugo.

Ele saiu de uma estrada de asfalto e entrou em uma de terra. Não seguia por aquela estrada havia um tempo, mas estava como ele lembrava, um caminho silencioso pela floresta que levava a um local do qual ele sempre gostara. Ele parou de falar agora e deixou que ela pensasse no que ele tinha dito, deixou que ela interpretasse como quisesse, e só voltou a falar quando tinha estacionado o carro em um bosque, onde não podia ser visto da estrada.

"Tenho que te contar", disse ele, soltando o cinto de segurança dela, puxando-a para fora do carro. "Eu gosto bem mais da vida sendo um pescador que pega e solta. Tem todo o prazer de pescar sem o lado ruim, sabe?"

Ele a colocou no chão, de costas. Foi buscar uma chave de roda e quebrou as duas patelas dela antes de soltar os tornozelos, mas deixou a fita nos pulsos e na boca.

Ele cortou a roupa dela. Tirou as próprias roupas e as dobrou com cuidado. Adão e Eva no jardim, ele pensou. Nus e sem qualquer vergonha. *Senhor, pescamos a noite inteira e não pegamos nada.*

Ele foi para cima dela.

EM CASA, COLOCOU AS roupas na máquina de lavar e preparou um banho. Mas não entrou na banheira imediatamente. Ele estava com o cheiro dela e não estava com pressa de tirar. Era melhor poder inspirar o aroma enquanto revivia a experiência toda, desde o primeiro momento em que a viu no supermercado até o som, feito o estalar de um graveto, do pescoço dela quando foi quebrado.

E ele também se lembrou da primeira vez que se afastou do padrão de pegar e soltar. Foi menos impulsivo daquela vez, ele pensou muito no que ia fazer, e quando a garota certa apareceu — jovem, loura, estilo líder de torcida, com nariz arrebitado e uma pintinha na bochecha —, quando ela apareceu, ele estava pronto.

Depois, ele ficou chateado. Estava regredindo? Tinha sido infiel ao código que tinha adotado? Mas ele não demorou para superar esses pensamentos, e desta vez não sentiu nada além de uma satisfação calma.

Ainda era um pescador que pegava e soltava. Provavelmente sempre seria. Mas, pelo amor de Deus, isso não o tornava vegetariano, não é?

Porra, não. Um homem ainda precisava fazer uma refeição decente de vez em quando.

LAWRENCE BLOCK é o autor aclamado de duas séries que se passam em Nova York, com o detetive particular Matthew Scudder e o ladrão Bernie Rhodenbarr. Em 1993, Block foi denominado Grande Mestre pelo Mystery Writers of America.

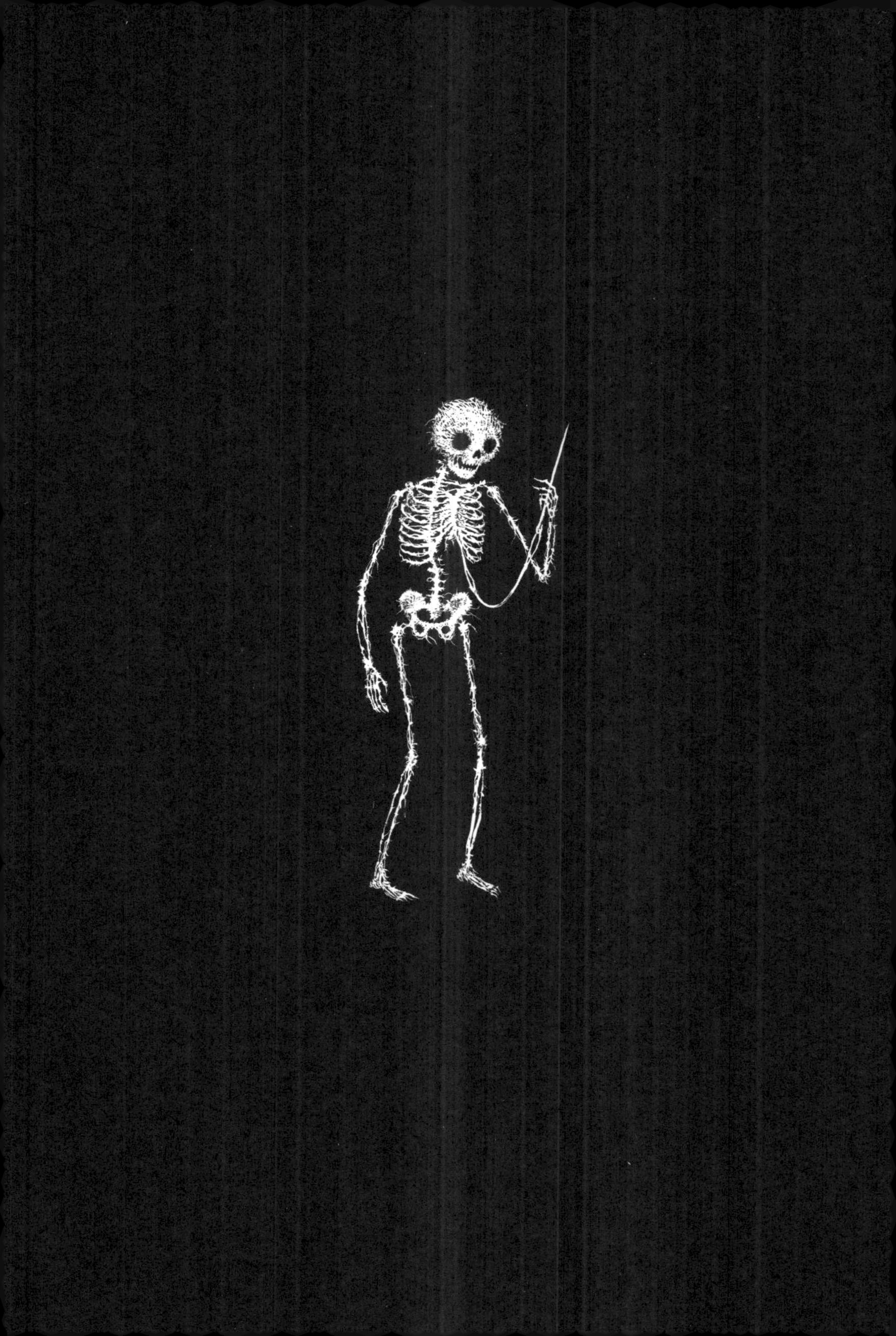

B

JEFFREY FORD

Bolinhas e raios de luar

ELE FOI BUSCÁ-LA ÀS SETE COM o Belvedere conversível, a capota abaixada, verde-esmeralda, com aquelas barbatanas atrás se projetando como as traves de um gol. Da janela do apartamento no terceiro andar, ela o viu parar junto ao meio-fio na frente do prédio.

"Ei, Dex", gritou ela, "onde você arrumou o submarino?"

Ele inclinou o chapéu de feltro para trás e olhou para cima. "Todos no convés, gata", disse ele, batendo no assento branco de couro.

"Me dá um minuto", disse ela, rindo e jogando um beijo. Andou pelo tapete azul trançado da sala e foi até o banheirinho com mancha de infiltração no teto e gesso rachado. Parada na frente do espelho, ela se inclinou para olhar a maquiagem — blush e pó suficientes para consertar as paredes. A sombra no olho era azul-pavão, o rímel era azul-marinho. Ela deu uma ajeitada na cinta por cima do vestido, depois esticou o tecido e recuou para se olhar. Usando um tomara que caia preto com estampa de bolinhas brancas, como estrelas em um universo perfeito, ela se virou de perfil e inspirou. "Meu bom Deus", disse ela, e expirou. Ao atravessar a quitinete, pegou uma garrafinha prateada na mesa cheia de riscos e a enfiou na bolsa.

Seus saltos fizeram uma barulheira nos degraus de madeira, e ela se desequilibrou depois do primeiro patamar. Ao abrir a porta da frente, saiu na luz da noite e na primeira brisa fresca do que parecia uma eternidade. Dex estava esperando no meio-fio, segurando a porta do passageiro aberta. Quando ela se aproximou, ele tirou de leve o chapéu e se inclinou um pouco.

"Está linda, moça", disse ele.

Ela parou para beijar a bochecha dele.

As ruas estavam vazias, não havia vivalma na calçada, e exceto pelo fato de que em uma ou outra janela dos prédios altos e velhos pelos quais eles passavam dava para ver uma luz amarela, a cidade toda também parecia vazia. Dex virou à esquerda na Kraft e seguiu em direção à saída da cidade.

"Faz muito tempo, Adeline", disse ele.

"Calma, querido", disse ela. "Não vamos pensar nisso. Quero que você me conte aonde está me levando hoje."

"Vou te levar para onde posso te pegar", disse ele.

Ela bateu no ombro dele.

"Quero uns coquetéis", disse ela.

"Claro, gata, claro. Pensei em irmos ao Ice Garden, balançar o esqueleto, tomar umas biritas e ir para o deserto depois da meia-noite ver as estrelas cadentes."

"Você é demais", disse ela, e se inclinou para ligar o rádio. Uma versão em sax de "Every Time We Say Goodbye", como uma bola de barbante se desenrolando, envolveu uma vez os pescoços deles e saiu voando no vento forte.

Ela acendeu um cigarro para cada um enquanto o carro seguia pela noite que caía. Um tatu passou correndo pela luz dos faróis cinquenta metros à frente, e o aroma de sálvia se misturou com o perfume de orquídea de Adeline. Prendendo o cigarro nos lábios, Dex colocou a mão livre no joelho dela. Ela a segurou e entrelaçou os dedos nos dele. Em seguida, ficou escuro, o asfalto virou terra e a lua subiu lentamente como uma bolha em um pote de mel, acima da silhueta distante das colinas; uma cara de torta cósmica olhando para o decote de Adeline. Sorrindo, ela se encostou no banco e fechou os olhos. Só um momento passou antes de ela os abrir, mas eles já estavam lá, passando pela longa avenida ladeada de araucárias na direção da entrada circular do cintilante Ice Garden. Dex parou e estacionou na entrada. Quando estava saindo, um garoto ruivo com sardas e uniforme de manobrista se adiantou.

"Sr. Dex", disse ele, "não o vemos há um tempo."

"Tire uma foto, Jim-Jim", disse Dex, e jogou um dólar de prata no ar. O garoto pegou a moeda e a deixou cair no bolso do colete antes de abrir a porta para Adeline.

"Como andam as coisas, Jim?", perguntou ela quando ele a levou até o meio-fio.

"Acabaram de ficar melhores", disse ele, e bateu no colete.

Dex contornou o carro por trás, pegou o braço de sua acompanhante, e juntos eles passaram pelas palmeiras enormes em vasos e desceram um túnel curto na direção de um grande pátio retangular, aberto sob o céu do deserto e rodeado por um jardim verdejante da mais magnífica flora cristalina, emitindo uma neblina de reflexo. No limiar do alto pórtico em arco, Dex e Adeline pararam por um momento e observaram o amontoado de pessoas e, do outro lado da vastidão de mesas e cadeiras e a pista de dança, o palco onde acontecia a apresentação do artista musical da noite, Nabob and His Ne'er-do-wells. Acima do mar de cabeças, o trombone cromado em uma das mãos, o microfone na outra, Nabob cantava uma versão jazz de "Weak Knees and Wet Privates".

Um sujeito de smoking branco e um fez vermelho se aproximou do casal. Era um homenzinho gorducho com bigodinho fino; um bebê de cinquenta anos brincando de se fantasiar. Dex tirou o chapéu e esticou a mão. "Mondrian", disse ele.

O maître fez uma leve reverência e, erguendo a voz acima da barulheira alegre, disse: "É sempre um prazer receber vocês novamente".

Adeline também apertou a mão dele.

"Você está linda esta noite", disse ele.

"Mesa para dois", disse Dex, e passou uma nota de vinte novinha na cara de Mondrian. "Perto da pista de dança."

O homem gorducho se inclinou novamente e em sua subida pegou a nota na mão de Dex. "Me sigam, amigos", disse ele, e se virou e abriu caminho lentamente pelo labirinto de mesas e pela multidão agitada. Enquanto eles seguiam pela casa lotada, Adeline acenava para quem gritava seu nome, e quando alguém gritou para Dex, ele piscou, mirou com indicador e polegar e puxou um gatilho invisível. Mondrian encontrou para eles um lugar bem na frente, à esquerda do palco. Ele puxou a cadeira de Adeline, e quando ela estava sentada, curvou-se.

"Dois gim wrinkles", disse Dex, e em um instante o maître tinha desaparecido na multidão.

Adeline tirou dois cigarros da bolsa e os acendeu com a pequena vela na mesa. Dex se inclinou, e ela colocou um entre os lábios dele. Botou o outro nos seus.

"Que tal estar de volta à ativa?", perguntou ele.

Ela abriu um sorriso largo, soprou um filete de fumaça e assentiu. "A sensação é sempre boa nas primeiras duas horas à solta por aí. Não estou pensando em mais nada no momento", disse ela.

"Que bom", disse ele, e tirou o chapéu e o colocou na cadeira ao lado.

A música parou nessa hora e foi substituída pelo falatório e pelas gargalhadas da multidão, pelo tilintar de copos e talheres. Nabob pulou da plataforma da banda, caiu no chão e rolou para a frente até se levantar ao lado de Dex.

"Dexter", disse ele.

"Ainda cuspindo sucessos", disse Dex, e riu ao apertar a mão do líder da banda.

"Bobby, você não vai me dar um beijo?", disse Adeline.

"Estou saboreando a expectativa", disse ele, e se inclinou para dar um beijo nos lábios dela. O beijo durou um momento, até Dex esticar a perna pela lateral da mesa e dar um chute na bunda do artista. Todos riram enquanto Nabob contornava a mesa e se sentava.

Cruzando os braços compridos, o líder da banda se inclinou para a frente e balançou a cabeça estreita. "Vocês dois vieram pelas estrelas hoje?", perguntou ele.

"E mais um pouco", disse Adeline.

"Me conte tudo", disse Dex.

"Bem, o mesmo de sempre, você sabe. E Killheffer está esperando sua volta."

Uma garçonete apareceu com dois gim wrinkles — gelo rosa líquido e o gim caseiro do Garden. Os copos captaram a luz e revelaram bolhinhas subindo de uma cereja gorda. Dex deu uma nota de cinco para a mulher, que sorriu para ele antes de se afastar.

"Que se foda Killheffer", disse Dex, erguendo o copo para tocar no de Adeline.

"Ele vem aqui quase todas as noites, se senta em um canto, fica mexendo nas contas daquele ábaco dele e anotando números em um livro", disse Nabob.

"Killheffer é totalmente maluco", disse Adeline.

"Um sujeito estranho", disse Nabob, assentindo. "Uma noite mais parada um tempo atrás, e a maioria das noites é parada quando vocês não estão aqui, ele me pagou um drinque e explicou como o mundo é feito de números. Ele disse que quando as estrelas caem quer dizer que tudo está sendo dividido por si mesmo. Em seguida, soprou um anel de fumaça de um de seus charutos. 'Assim', disse ele, e apontou para o centro."

"Você entendeu?", perguntou Adeline.

Nabob riu e balançou a cabeça. "Jim-Jim faz mais sentido."

"Se ele mostrar aquele sorriso de quem come merda aqui hoje, vou afofar as bochechas dele", disse Dex.

Adeline deu uma tragada no cigarro e sorriu. "Parece diversão de meninos. Achei que você estivesse aqui para dançar e beber."

"Estou, gata. Estou", disse Dex, e terminou o resto do drinque, pegando o cabinho da cereja entre os dentes. Quando afastou o copo, a fruta estava pendurava na frente da boca. Adeline se inclinou, pousou um braço ao redor do ombro dele e os lábios na cereja. Ela comeu devagar, mastigando só com os lábios antes daquilo tudo virar um longo beijo.

Quando eles terminaram, Nabob disse: "Você é uma artista, srta. Adeline".

Dex pediu outra rodada de bebidas. Eles conversaram por alguns minutos sobre o passado, lembranças distantes de sol forte e céu azul.

"O intervalo acabou", disse Nabob, virando rapidamente o resto da bebida. "Sejam bonzinhos."

"Toque 'Name and Number'", pediu Adeline quando o líder da banda seguiu na direção do palco. Com um impulso, ele pulou no ar, fez uma pirueta e caiu ajoelhado junto ao suporte do microfone. Levantou-se devagar, como uma trepadeira subindo por uma treliça.

Dex e Adeline aplaudiram, assim como o resto da casa quando viu o artista no palco novamente. O cantor magro dançou sozinho por um momento antes de pegar o microfone. Os Ne'er-do-wells assumiram seus lugares e ergueram os instrumentos.

"Mondrian, meu bom homem. Gire a manivela do gás e baixe as luzes", disse Nabob, a voz ecoando pelo jardim e até o deserto.

Um momento depois, as chamas das velas no meio de cada mesa ficaram bem menores. "Ooooh", disse Nabob, e a plateia aplaudiu.

"Baixe mais", disse ele para o maître.

Mondrian obedeceu. Assobios soaram no meio do brilho âmbar do Ice Garden. O sax barítono soltou uma nota tão lenta que parecia uma bola de feno seco rolando pelo deserto. As cordas entraram, houve um floreio do flautim e três notas longas do trombone cromado de Nabob. Ele afastou o bocal, estalou os dedos ao ritmo da música e cantou:

"Minha querida, você destrói meu coração
Quando vejo que seu nome e número estão
Bem ali, nas folhas do caderno
Minha pele arde como o inferno
É só doçura com medo à beça
E você fecha as pernas em volta da minha cabeça
Quando vejo seu nome e número..."

Quando Nabob entrou na segunda estrofe, Dex se levantou e esticou a mão para Adeline. Ele a guiou pela escuridão, para o mar de casais balançando. Eles se agarraram desesperadamente, pernas entre pernas, lábios grudados, girando lentamente no escuro. Em meio ao rio de dançarinos, a correnteza de movimentos não podia ser negada. Eles se permitiram ser puxados pelo fluxo inevitável conforme a música continuava.

Quando a canção terminou, Adeline disse: "Preciso ir ao toalete".

Eles saíram da pista de dança na hora que as luzes se acenderam e andaram na direção da estrutura enorme onde ficava o cassino, as salas de jogos, os salões de prazer do Ice Garden. Com três andares e no estilo de um palácio veneziano, era um monstro de sombras com luar nos olhos. No pórtico que levava até lá dentro, Dex lhe entregou uma nota de vinte e disse: "Vejo você novamente à mesa".

"Eu sei". Ela se esticou e deu um beijo na bochecha dele.

"Você está bem?", perguntou ele.

"A mesma de sempre", disse ela, e suspirou.

Ele devia rir, mas só conseguiu dar um sorriso. Eles deram as costas um para o outro. Enquanto contornava a pista de dança na volta, Dex olhou para Nabob e viu o artista no meio da música lançar um olhar para ele e indicar a mesa. Ali estava Killheffer, usando um smoking e o tal sorriso de cem dentes, fumando um Wrath Majestic e olhando para o céu.

Ao chegar à mesa, Dex se sentou em frente a Killheffer, que, ainda olhando para cima, disse: "Gim wrinkles, eu supus".

Dex reparou na nova rodada de bebidas e esticou a mão para pegar a sua.

"As estrelas estão animadas hoje", disse Killheffer, baixando o olhar.

"Pena que eu não estou", disse Dex. "O que vai ser desta vez, professor? Roleta-russa? Uma carta tirada do fundo de um maço de cartas cortado três vezes? O arremessador de facas vendado?"

"Você adora relembrar meus erros de cálculo", disse Killheffer. "Mas o tempo só é desmembrado pela repetição."

"Estou de saco cheio das suas baboseiras absurdas."

"Bem, não fique, porque estou dizendo que consegui. Eu fiz as contas. Você quer tanto assim sair?"

"Sair?", disse Dex. "Eu nem sei como entrei. Me diz de novo que você não é o diabo."

"Sou um simples professor de circunstâncias e destino. Um acadêmico com imaginação forte demais."

"Então por que esse sorriso maluco? Toda a sua palhaçada? Esse seu charuto tem cheiro de algo que lembra vagamente o mar."

"Eu sempre fui um sujeito gregário e que valoriza um bom charuto. A coisa de cem dentes é um mero truque de multiplicação."

"Estou cansado pra caralho", disse Dex.

Killheffer enfiou a mão no bolso do paletó e tirou uma seringa hipodérmica. Ele a colocou na mesa. "Essa é a solução", disse ele.

A grande seringa de vidro continha um líquido verde-jade.

Dex olhou e balançou a cabeça. Lágrimas apareceram nos cantos dos olhos dele. "Você está de brincadeira? Só isso? É a coisa mais triste que já vi."

"Você tem que confiar em mim", disse Killheffer, ainda sorrindo.

"Se você não reparou, estamos aqui de novo. O que é? Veneno? Xarope para tosse? Droga?"

"É minha mistura especial de esquecimento; um destilado de equações de livre-arbítrio. Eu chamo de 'Gargalhada na Escuridão'", disse o professor, ajeitando com orgulho o cabelo preto oleoso.

Dex não conseguiu segurar um sorriso. "Você é um excêntrico maligno, mas tudo bem, vamos lá. Qual é o acordo desta vez?"

"Mondrian está neste momento lá em cima no terceiro andar, na Sala do Chiado número quatro, esperando uma colega minha que prometeu favores exóticos a ele, mas infelizmente nunca vai cumprir. Você vai chegar no lugar dela. Eu o quero morto." Killheffer apagou o charuto apressadamente e estalou os dedos para a garota dos charutos que passava. Ela parou ao lado de Dex e abriu a caixa pendurada por uma tira nos ombros. Não havia charutos, só uma coisa coberta por um lenço.

"Você pensa em tudo", disse Dex, e enfiou a mão na caixa para pegar a arma. Ele se levantou e a enfiou na cintura da calça. "Como vou receber?"

"A cura vai ser entregue antes da noite acabar", disse o professor. "Ande logo, Mondrian só consegue se afastar das amadas gorjetas por pouco tempo."

"O que você tem contra ele?", perguntou Dex enquanto pegava o chapéu na cadeira ao lado.

"Ele é um circuito computacional", disse Killheffer. "Um verdadeiro jogo de soma zero."

No final do corredor comprido e escuro no terceiro andar do pavilhão, Dex foi parado pelo vigia da noite, um sujeito imponente de cabeça raspada e uma escopeta de cano serrado na mão esquerda.

"Quais são as novidades, Jeminy?", perguntou Dex.

"Obviamente, você, Dex. Procurando um quarto?"

Ele assentiu.

"Dez dólares. Mas, para você, pelos velhos tempos, são dez dólares", disse Jeminy, e riu.

"Você é muito bom para mim", disse Dex, e uma nota de dez apareceu em sua mão. "A dama vai chegar a qualquer momento."

"Sala do Chiado número cinco", disse o homenzarrão, a voz ecoando pelo longo corredor. "Bota pra ferver, meu amigo."

"Pode deixar", disse Dex, e em pouco tempo passou a andar mais devagar e olhou para trás para verificar se Jeminy estava novamente sentado de costas para ele, virado para as escadas. Ele passou por uma porta atrás da outra, e a cada seis delas uma fraca lâmpada a gás brilhava nas duas paredes. Quando se aproximou da sala número quatro, ele reparou que a porta estava apenas encostada, mas estava escuro no interior. Com a arma na mão, ele a segurou na frente do corpo.

Ele abriu a porta, entrou e a fechou silenciosamente. O luar entrava por uma janela alta e arqueada, mas Dex só conseguia ver sombras. Ele observou o aposento, e lentamente as formas de cadeiras, uma mesa de centro, uma penteadeira e, mais para o lado do quarto, uma cama ficaram evidentes para ele. Sentado na beirada daquela cama estava uma silhueta curvada com o formato revelador do fez no topo.

"É você, minha flor do deserto?" Era a voz de Mondrian.

Dex atravessou rapidamente a sala. Quando estava ao lado da silhueta e tinha entendido onde estava a têmpora esquerda da vítima, ele puxou o cão da arma com o polegar e passou o indicador pelo gatilho. Mas, antes que pudesse fazer o disparo, o saco de sombras curvado que era Mondrian pulou nele com uma força terrível. Dex, totalmente surpreso de o sujeitinho tranquilo ter tido a iniciativa de atacar, caiu para trás, tropeçando no tapete, e a arma saiu voando na escuridão. Ele tentou se levantar, mas o maître caiu em cima dele como um saco de areia, uma das mãos segurando seu pescoço. Por mais que Dex conseguisse socar a cara de Mondrian, a sombra do fez nunca se inclinou. Eles rolaram várias vezes até estarem sob o raio de luar. Dex viu o brilho de uma lâmina acima, mas seus braços estavam agora presos pelos joelhos do adversário. Sem conseguir impedir a descida da faca, ele prendeu a respiração em preparação para a dor. Mas as luzes se acenderam, houve um tiro e seu adversário caiu de cima dele.

Dex se levantou, virou-se e deu de cara com Adeline, parada ao lado da porta aberta, o cano da arma ainda soltando fumaça. Do corredor, ele ouviu Jeminy tocar o apito, um alerta para a força de seguranças do Ice Garden.

"Bom tiro, gata", disse ele. "Apague a luz e feche a porta."

Ela fechou a porta, mas não mexeu no interruptor. "Olha", disse ela para Dex, apontando com a arma para o chão atrás dele. Ele se virou e viu o sorriso de cem dentes de Killheffer. O fez estava preso no queixo do professor por um elástico. Uma bala fez um terceiro olho na testa dele.

"O filho da puta", disse Dex. Ele se inclinou, pegou seu chapéu de onde tinha caído e remexeu nos bolsos do paletó de Killheffer. Ele só encontrou o tubo de charutos com um único Wrath Majestic dentro. Enfiou-o no bolso interno do paletó.

"Estão vindo", disse Adeline. Ela apagou as luzes. Houve o som de pés correndo e de vozes no corredor. "Estão indo de porta em porta."

"Vamos sair atirando", disse Dex.

Adeline estava ao lado dele. Ela sussurrou em seu ouvido: "Não seja imbecil, vamos pela saída de incêndio".

Dex foi na direção da janela. Adeline tirou os saltos.

De alguma forma, Mondrian sabia que tinha que pedir o carro, porque, quando Dex e Adeline chegaram na frente do Ice Garden, sem fôlego, com as roupas amassadas, o Belvedere estava lá, a capota abaixada e ligado, com Jim-Jim segurando a porta de Adeline.

"Gostei dos seus sapatos", disse o garoto, apontando para os pés descalços dela.

"Minha nova moda, Jim", disse Adeline.

Dex contornou o carro rapidamente. Mondrian estava lá para abrir a porta para ele. Quando Dex entrou atrás do volante, disse: "Sem ressentimentos sobre esta noite", e deu uma gorjeta para ele esquecer o pretendido homicídio. Mondrian se curvou de leve e pegou a nota.

"Sempre a seu serviço", disse o maître. "Sigam em segurança." Ele fechou a porta do carro.

Dex pegou um dólar de prata no bolso, pisou no acelerador e jogou a moeda por cima do carro. Jim-Jim a pegou, e antes que pudesse guardar no bolso do colete, o Belvedere não passava de dois pontinhos vermelhos na metade da avenida das araucárias.

"Meus pés estão me matando", disse Adeline quando eles cantaram pneu na entrada do Ice Garden e pegaram a estrada que ia pelo deserto.

"Você atira bem demais", disse ele.

"Foi sorte", disse ela, a voz subindo com o vento.

"Vou celebrar o momento."

"Tudo está bem quando termina bem", disse Adeline, "mas qual é a jogada dele desta vez?"

"Gargalhada na escuridão", disse Dex, e fez uma curva fechada para a direita. Adeline deslizou na direção dele, e ele passou o braço pelos ombros dela. O carro saiu da estrada e disparou por uma avenida de luar, andando ao longo da vegetação desértica, deixando uma coluna de poeira pelo deserto. Adeline ligou o rádio e encontrou Dete Walader cantando "I Remember You".

Eles se deitaram em um cobertor embaixo das estrelas cintilantes. Uma brisa leve soprou neles. Aqui e ali, a forma escura de um cacto parecia uma sentinela. A dez metros dali, o rádio do Belvedere tocava uma coisa com som de cordas. Adeline tomou um gole da garrafinha prateada e a passou para Dex. Ele enfiou a guimba do Majestic na areia e tomou um gole.

"O que é isso?", perguntou ele, apertando os olhos.

"Minha mistura de esquecimento", disse ela.

"Essa fala é de Killheffer", disse ele. "Você o viu hoje?"

Ela assentiu e encostou a bochecha no peito dele. "No toalete feminino; ele estava na cabine ao lado da que escolhi, me esperando."

"Ele é rápido", disse Dex, "porque ele estava na nossa mesa quando voltei para lá."

"Ele sussurrou da outra cabine que queria que eu matasse Mondrian. Eu disse que não faria isso, mas ele disse que tinha a solução e estava disposto a trocar comigo pelo assassinato. Eu falei que queria ver. Em seguida, a porta da minha cabine foi aberta e ele estava parado ali. Eu quase gritei. Não sabia o que fazer. Eu estava no banheiro, caramba. Ele estava com aquele sorriso idiota na cara e abriu o zíper."

Dex se apoiou em um cotovelo. "Vou matá-lo", disse ele.

"Tarde demais", disse Adeline. "Ele enfiou a mão na calça e tirou uma seringa hipodérmica enorme com um líquido verde dentro. E disse: 'Está vendo a ponta dessa agulha? Pense nela como o ponto final da sua história interminável. Você quer sair?'. Eu só queria me livrar dele, então assenti. Ele me deu uma arma e me disse que Mondrian estava na Sala do Chiado número quatro."

Um longo tempo transcorreu em silêncio.

"Mas, no final, você decidiu apagar Mondrian?", perguntou Dex.

"Acho que sim". disse Adeline. "Que outra coisa se pode fazer ao chegar ao Ice Garden e ir parar no meio do esquema de Killheffer? Mondrian podia muito bem ser feito de papel machê, no fim das contas. Ele é educado, mas claro que eu acabaria com ele pela possibilidade de pular fora do problema."

"Eu sentiria sua falta", disse Dex.

"Eu não deixaria você aqui sozinho", disse ela. "Eu ia pegar a seringa para você."

"Você não pensou em usar em você? Gata, estou tocado."

"Bem, talvez quando eu percebesse que, se funcionasse, você não ia mais vir me buscar e eu gastaria cada rodada naquela porcaria de prédio naquele buraco, vendo rachar o reboco das paredes."

"Eu também estava prestes a explodir o cérebro de Mondrian por você", disse ele. "Consigo ver como está ficando parado para você."

"Você não pensou em si mesmo?", perguntou ela.

Dex se sentou e apontou para um par de faróis ao longe. "Vamos pegar as armas", disse ele. Ele se levantou e a ajudou. Ela pegou sua lingerie ali perto e a vestiu.

"Quem você acha que é?", perguntou ela, juntando-se a ele no carro.

Ele entregou uma pistola para ela. "Seguranças do Ice Garden", disse ele.

Quando o carro que se aproximava parou a poucos metros do cobertor, Dex esticou a mão pela lateral do Belvedere e acendeu os faróis, revelando um carro preto muito velho, mais parecendo uma carruagem coberta, com volante e sem cavalo. A porta se abriu e Mondrian saiu. Ele carregava um guarda-chuva aberto e uma caixinha. Dando três passos furtivos, ele chamou: "Sr. Dexter".

"Esperando chuva, Mondrian?", disse Dex.

"Estrelas, senhor. Estrelas."

Adeline riu onde estava, agachada atrás do Belvedere.

"Um pacote para a dama e o cavalheiro", disse Mondrian.

"Coloque aos seus pés, bem aí, e pode ir", disse Dex.

Mondrian colocou o pacote na areia, mas ficou parado em posição ereta junto a ele.

"O que você está esperando?", perguntou Dex.

Mondrian ficou quieto, mas Adeline sussurrou: "Ele quer gorjeta".

Dex deu dois tiros no guarda-chuva. "Fica com o troco", gritou ele.

Mondrian se curvou e disse: "Generosidade, senhor". Ele voltou para o carro. Quando o maître se afastou, Adeline pegou o pacote. Dex se reuniu a ela no cobertor, onde ela se sentou com a caixa no colo, um cubo de vinte centímetros embrulhado em papel prateado com uma fita vermelha, como um presente de aniversário.

"Pode ser uma bomba", disse ele.

Ela hesitou por um instante e disse: "Ah, fazer o quê", e arrancou o papel. Enfiando as unhas no vão entre as abas de papelão, ela puxou dos dois lados, arrancando a tampa. Botou a mão na caixa e pegou a seringa de Killheffer. Botou a mão lá dentro de novo e tateou.

"Só tem uma", disse ela.

"Agora você sabe qual é o jogo dele", disse Dex.

Ela ergueu a agulha na direção do luar, e o líquido verde na seringa de vidro cintilou. "É lindo", disse ela com um suspiro.

"Usa você", disse Dex.

"Não, você", disse ela, e entregou a seringa a ele.

Ele esticou a mão, mas parou, os dedos roçando no êmbolo de metal. "Não", disse ele, e balançou a cabeça. "O tiro foi seu."

"Provavelmente nem vai funcionar", disse ela, e colocou a seringa com cuidado no cobertor entre eles, afagando-a duas vezes antes de recolher a mão.

"Vamos jogar dados", disse Dex, passando o mindinho ao longo da agulha. "O vencedor leva."

Adeline não disse nada por um tempo, depois assentiu, concordando. "Mas, primeiro, uma última dança para o caso de funcionar."

Dex se levantou, foi até o carro e aumentou o rádio. "Estamos com sorte", disse ele, e as primeiras notas de "Polka Dots and Moonbeams" soaram no deserto. Ele voltou dançando lentamente até ela. Ela ajeitou o vestido, arrumou a cinta e passou os braços em volta dele, apoiando o queixo em seu ombro. Ele a segurou pela cintura, e eles giraram lentamente, com cansaço, ao som da música.

"Então nós vamos jogar dados?", sussurrou ela.

"Isso mesmo", disse ele.

Três voltas depois, Adeline disse: "Não pense que não lembro que você tem aquele par de dados viciados".

Dex inclinou a cabeça para trás e riu, e, como se em resposta, naquele exato momento, as estrelas começaram a cair, fazendo riscos na noite, deixando marcas brilhantes. Primeiro uma pequena quantidade, depois uma centena e outras mais se soltaram do firmamento e pularam. Bem a oeste, as primeiras colidiram com um ribombar distante e gêiseres iluminados de chamas. Mais delas se seguiram, longe e perto, e Dex e Adeline se beijaram no meio da conflagração.

"Me pega às sete", disse ela, o lábio inferior no lóbulo da orelha dele, e o apertou com mais força.

"Estarei lá, gata", prometeu ele. "Estarei lá."

Com a precisão de uma bala entre os olhos, uma dentre o milhão de mensageiras celestiais caiu sobre eles, uma bola de fogo do tamanho do Ice Garden. A explosão fez o Belvedere girar no ar como um dólar de prata e transformou tudo em pó.

JEFFREY FORD é conhecido pelos livros iconoclastas e literários de fantasia sombria. É vencedor de inúmeros prêmios, tanto pelos contos quanto pelos trabalhos mais longos. Mora no sul de Nova Jersey com a esposa e os filhos.

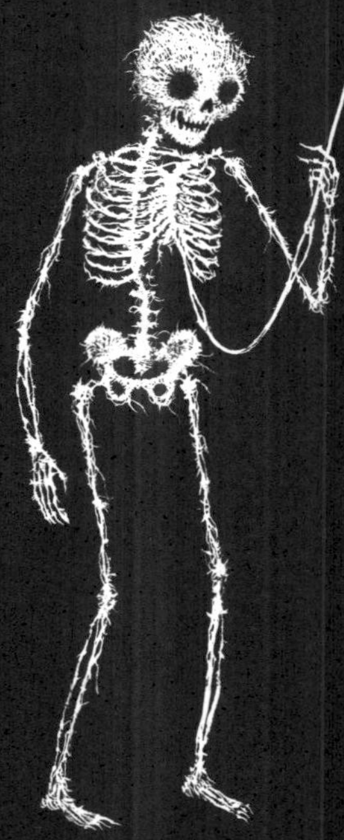

P

CHUCK PALAHNIUK

Perdedor

O PROGRAMA AINDA ESTÁ EXATAMENTE IGUAL ao que era quando você estava doente com aquela febre alta e ficou em casa vendo televisão o dia inteiro. Não é *Let's Make a Deal*. Não é *Wheel of Fortune*. Não é Monty Hall, nem Pat Sajak. É aquele outro programa em que a voz alta e retumbante chama seu nome na plateia, diz "Venha até aqui, você é o próximo competidor", e, se você adivinhar o preço do pacote de macarrão, ganha uma viagem de ida e volta para passar uma semana em Paris.

É *esse* programa. O prêmio nunca é nada de útil, como roupas boas ou música ou cerveja. O prêmio é sempre um aspirador de pó ou uma máquina de lavar, uma coisa que talvez deixasse você animado para ganhar se você fosse, tipo, a empregada de alguém.

É a Semana da Adrenalina, e a tradição é que todo mundo que é parte do Zeta Delta pegue um ônibus escolar fretado para ir a um estúdio de televisão assistir à gravação do programa. As regras dizem que todos os Zeta Deltas usam a mesma camiseta vermelha com os caracteres gregos zeta delta ômega aplicados na cor preta em serigrafia. Primeiro, você precisa tomar um selinho da Hello Kitty, talvez meio selinho, e esperar o efeito. Parece um adesivinho de papel com o desenho da Hello Kitty, que você chupa e engole, só que na verdade é mata-borrão com ácido.

O que acontece é que os Zeta Deltas se sentam juntos para formar uma mancha vermelha no meio da plateia do estúdio e gritam para aparecer na televisão. Eles não são os Gama Mão Boba. Não são os Lambda Estupradores. São os Zeta Deltas, os que todos querem ser.

Como o ácido vai afetar você — se você vai surtar e se matar ou se vai comer alguém vivo —, isso ninguém diz.

É tradição.

Desde que você era uma criancinha com febre, eles chamam os competidores para participar do game show, a voz estrondosa sempre chamando um cara que é fuzileiro naval dos Estados Unidos usando algum uniforme de banda marcial com botões de metal. Sempre tem a avó velha de alguém vestindo moletom. Tem um imigrante de algum lugar e você não consegue entender metade do que ele diz. Tem um cientista de foguetes com barriga grande e o bolso da camisa cheio de canetas.

Continua do jeito que você lembra, quando era criança, só que agora... todos os Zeta Deltas começam a gritar com você. A gritar tanto que apertam os olhos. Todo mundo é aquelas camisetas vermelhas e as bocas grandes e abertas. Todas as mãos deles estão empurrando você para fora da cadeira, empurrando você para o corredor. A voz estrondosa está dizendo seu nome, mandando você descer. Você é o próximo competidor.

Na sua boca, a Hello Kitty tem gosto de chiclete rosa. É a Hello Kitty, o tipo popular, não o de sabor de morango ou de sabor de chocolate que o irmão de alguém prepara à noite no prédio de ciências, onde trabalha como zelador. O selo de papel parece entalado na metade da garganta, só que você não quer vomitar na televisão, não em vídeo gravado com estranhos assistindo, para sempre.

Toda a plateia do estúdio está virada para ver você tropeçar pelo corredor com sua camiseta vermelha. Todas as câmeras de TV estão dando zoom em você. Todos estão batendo palmas exatamente da forma como você lembra. Aquelas luzes de Las Vegas piscando, delineando tudo no palco. É uma coisa nova, mas você viu um milhão-zilhão de vezes antes, e só no automático é que você vai para trás do balcão vazio ao lado de onde o fuzileiro americano está.

O apresentador do game show, que não é Alex Trebek, balança um braço, e uma parte do palco começa a se mover. Não é um terremoto, mas uma parede inteira rola sobre rodinhas invisíveis, todas as luzes em toda parte piscam sem parar, só que rápido, apenas piscam, piscam, piscam, só que mais rápido do que a boca humana consegue expressar. Essa parede enorme dos fundos desliza inteira para o lado, e de trás sai uma modelo gigante cintilando com um milhão-bilhão de brilhos no vestido apertado, balançando um braço comprido e magrelo para mostrar uma mesa com oito cadeiras como a que você veria na sala de jantar de alguém no dia de Ação de Graças, com um peru assado e batatas-doces e tudo em cima. A cintura da modelo tem o diâmetro do pescoço de uma pessoa. Cada uma das tetas dela tem o tamanho da sua cabeça. Aquelas luzes estilo Las Vegas piscam para todo lado. A voz estrondosa diz quem fez a mesa, com que tipo de madeira. Diz o preço de venda sugerido.

Para vencer, o anfitrião levanta uma caixinha. Como um mágico, ele mostra para todo mundo o que tem embaixo — só essa coisa que é o pão em sua forma natural, o jeito como o pão vem antes de ser transformado em uma coisa que dá para comer, como um sanduíche ou rabanadas. Só o pão, do jeito como sua mãe poderia encontrar na fazenda ou onde quer que o pão cresça.

A mesa e as cadeiras podem ser facilmente suas, só que você tem que adivinhar o preço daquele pão grande.

Atrás de você, todos os Zeta Deltas se aninham com suas camisetas, formando o que parece uma ruga vermelha gigantesca no meio da plateia do estúdio. Sem nem olhar para você, todos os cortes de cabelo estão amontoados, formando um centro grande e cabeludo. Parece uma eternidade quando seu telefone toca e um Zeta Delta diz quanto apostar.

Aquele pão fica ali parado o tempo todo. Coberto com uma casca marrom. A voz estrondosa diz que é um pão incrementado com dez vitaminas e minerais essenciais.

O velho apresentador do game show, ele está olhando para você como se nunca tivesse visto um telefone antes. Ele diz: "Qual é sua aposta?".

E você diz: "Oito pratas?".

Pela expressão na cara da vovó, parece que deviam chamar os paramédicos por causa de um ataque do coração. Pendurado em uma das mangas do moletom há um Kleenex amassado que parece enchimento que vazou, balançando em branco, como se ela fosse um urso de pelúcia estragado que alguém amou demais.

Para atrapalhar você usando uma estratégia brilhante, o fuzileiro americano, o filho da mãe, diz: "Nove dólares".

E, para atrapalhá-lo, o cientista diz: "Dez. Dez dólares".

Deve ser uma pegadinha, porque a vovó diz: "Um dólar e noventa e nove centavos", e a música começa a tocar, alta, e as luzes piscam. O apresentador puxa a vovó para o palco, e ela está chorando, e participa de um jogo em que atira uma bola de tênis para ganhar um sofá e uma mesa de bilhar. A cara de vovó dela parece tão amassada e enrugada quanto o lenço de papel que ela puxa da manga do moletom. A voz estrondosa chama outra vovó para o lugar dela, e tudo continua acontecendo.

Na rodada seguinte, você precisa adivinhar o preço das batatas, mas tipo uma coisa inteira de batatas reais e vivas, antes de virarem comida, do jeito como vêm dos mineradores ou de quem cava as batatas na Irlanda ou em Idaho ou em algum outro lugar que começa com *I*. Nem transformadas ainda em batata de saquinho ou batata frita.

Se você adivinha certo, ganha um relógio grande dentro de uma caixa de madeira como o caixão do Drácula de pé, só que com uns sinos de igreja dentro de uma caixa que faz ding-ding não importa qual seja a hora. No telefone, sua mãe chama de *relógio de carrilhão*. Você mostra o relógio para ela pelo vídeo, e ela diz que parece vagabundo.

Você está no palco com as câmeras e as luzes da TV, todos os Zeta Deltas esperando, e encosta o telefone no peito e diz: "Minha mãe quer saber, você tem alguma coisa melhor que eu possa ganhar?".

Você mostra à sua mãe as batatas pelo vídeo, e ela pergunta: O anfitrião velho comprou no A&P ou no Safeway?

Você liga para seu pai, e ele pergunta sobre o percentual a pagar no imposto de renda.

Deve ser a Hello Kitty, mas o rosto desse relógio grande do Drácula olha de cara feia para você. São como olhos secretos, escondidos; as pálpebras se abrem, e os dentes começam a aparecer, e você consegue ouvir um milhão-bilhão de baratas gigantes vivas rastejando pelo interior da caixa de madeira. A pele de todas as supermodelos fica parecendo cera, sorrindo sem olhar para nada.

Você diz o preço que sua mãe falou. O fuzileiro diz um dólar a mais. O cientista de foguetes diz um dólar a mais do que ele. Só que essa rodada... você ganha.

Todas as batatas abrem seus olhinhos.

Só que agora você precisa adivinhar o preço de uma vaca inteira cheia de leite em uma caixa, do jeito que o leite vem na geladeira da cozinha. Você tem que adivinhar o preço de uma coisa inteira de cereal matinal do jeito que você encontra no armário da cozinha. Depois disso, um bolo de sal puro do jeito que vem do mar, só que em uma caixa redonda, mas mais sal do que qualquer pessoa conseguiria comer por toda uma vida. Sal suficiente para poder botar na borda de um milhão-bilhão de margaritas.

Todos os Zeta Deltas começam a mandar mensagens de texto como loucos. Sua caixa de entrada está lotando.

Depois são os ovos como os que você encontra na Páscoa, só que só brancos e arrumados dentro de uma caixa de papelão. Um conjunto inteiro de doze. São ovos muito minimalistas, branquinhos... Tão brancos que dava para ficar olhando para eles para sempre, só que em seguida você precisa adivinhar sobre um vidro grande que parece xampu amarelo, mas é uma coisa nojenta chamada óleo de cozinha, você não sabe para que serve, e depois você precisa escolher o preço certo de uma coisa congelada.

Você coloca a mão acima dos olhos para conseguir ver além das luzes do palco, só que todos os Zeta Deltas estão perdidos no brilho intenso da luz. Você só os consegue ouvir gritando valores diferentes de dinheiro. Cinquenta mil dólares. Um milhão. Dez mil. Só gente louca gritando números.

Como se o estúdio fosse uma floresta escura e as pessoas fossem macacos gritando aqueles barulhos de macaco.

Os molares na sua boca estão trincando com tanta força que você sente o gosto de metal quente das obturações, aquela prata derretendo nos seus dentes de trás. Enquanto isso, as manchas de suor descem da sua axila até seu cotovelo, todas pretas-vermelhas nos dois lados da sua camiseta Zeta Delta. O sabor de prata derretida e de chiclete rosa. É apneia do sono só que durante o dia, e você precisa lembrar a si mesmo de respirar... respirar de novo... enquanto as supermodelos andando nos saltos altos cintilantes tentam promover para a plateia um forno de micro-ondas, uma esteira, enquanto você fica olhando para decidir se elas são mesmo bonitas. Elas fazem você girar um trocinho, que sai rolando. Você tem que juntar uma série de figuras para que se unam com perfeição. Você é um rato branco em Princípios da Psicologia Comportamental Intermediária, fazem você adivinhar que lata de feijão cozido custa mais do que as outras. Toda essa barulheira para ganhar uma coisa na qual você se senta para cortar a grama.

Graças à sua mãe dizendo os preços, você ganha uma coisa do tipo que você colocaria em uma sala coberta de vinil impermeável, resistente a manchas e de limpeza fácil. Você ganha uma daquelas coisas nas quais as pessoas podem andar nas férias para uma vida de diversão e animação familiar. Você ganha uma coisa pintada à mão com o talismã do Velho Mundo inspirado no lançamento recente de um filme épico campeão de bilheteria.

É igual a quando você ficava doente com febre alta e seu coração de criancinha batia forte e você não conseguia respirar, só pela ideia de que alguém poderia levar para casa um órgão elétrico. Por mais doente que estivesse, você assistia a esse programa até a febre passar. Todas as luzes piscando e os móveis de quintal pareciam fazer você se sentir melhor. Pareciam curar ou fazer a doença passar de alguma forma.

Parece uma eternidade depois, mas você vence até chegar na Rodada do Tudo ou Nada.

Nela, são só você e a vovozinha de moletom de antes, só a avó normal de alguém, mas ela sobreviveu a guerras mundiais e bombas nucleares, provavelmente viu todos os Kennedy levarem tiros e Abraham Lincoln também, e agora ela saltita nas pontas dos pés calçados com tênis, batendo as mãos de vovó e cercada de supermodelos e de luzes que piscam enquanto a voz estrondosa faz a ela a promessa do veículo utilitário esportivo, de uma televisão de tela grande e de um casaco de pele que vai até o chão.

E deve ser o ácido, mas parece que nada faz sentido.

Tipo assim, se você tem uma vida chata e sabe o preço do macarrão e da salsicha, sua grande recompensa é que você vai poder passar uma semana em um hotel em Londres? Você vai poder pegar um avião para Roma. Roma, na Itália. Você enche a cabeça de uma quantidade suficiente de lixo medíocre e é recompensado com supermodelos gigantescas lhe dando um veículo de neve?

Se esse game show quer ver quão inteligente você realmente é, eles precisam perguntar quantas calorias tem um bagel de cebola e cheddar. E podem perguntar o preço dos minutos do seu celular a qualquer hora do dia. Podem perguntar o valor da multa por andar cinquenta quilômetros por hora acima do limite de velocidade. Podem perguntar o preço de uma passagem de ida e volta para Cabo no recesso de primavera. Você sabe dizer até os centavos do preço do ingresso para ver a turnê de reencontro do Panic! At The Disco.

Deviam perguntar o preço de um Long Island Iced Tea. O preço do aborto de Marcia Sanders. Perguntar sobre a medicação cara para herpes que você tem que tomar, mas não quer que seus pais saibam que você precisa. Podem perguntar o preço do seu livro de História da Arte Europeia, que custou trezentos dólares — puta que pariu, né.

Podem perguntar quanto aquele selinho da Hello Kitty lhe custou.

A vovó de moletom aposta uma quantidade regular de dinheiro no tudo ou nada. Como sempre, os números da aposta dela aparecem em luzinhas, cintilando na frente de sua respectiva bancada, onde ela se encontra.

Aqui, todos os Zeta Deltas estão gritando. Seu celular toca sem parar.

No seu tudo ou nada, uma supermodelo traz 220 quilos de carne moída crua. A carne cabe dentro de uma churrasqueira. A churrasqueira cabe no convés de uma lancha que cabe dentro da carreta usada para rebocá-la que cabe em uma enorme picape com reboque que cabe dentro da garagem de uma casa novinha em Austin. Austin, no Texas.

Enquanto isso, todos os Zeta Deltas se levantam. Eles ficam de pé e sobem nas cadeiras gritando e balançando os braços, não cantarolando o seu nome, mas cantarolando "Zeta Delta!". Cantarolando "Zeta Delta!". Cantarolando "Zeta Delta!", alto o bastante para aparecer na gravação da transmissão.

Deve ser o ácido, mas... você está lutando com uma velha desconhecida que você nunca viu antes, brigando por merdas que nem quer.

Deve ser o ácido, mas — aqui e agora — que se foda escolher administração como especialização universitária. Que se fodam os Princípios Gerais de Contabilidade Avançado.

Presa no meio da sua garganta, uma coisa lhe dá ânsia de vômito.

E de propósito, sem querer, você aposta um milhão, trilhão, zilhão de dólares — e 99 centavos.

E tudo fica silencioso. Talvez sejam só os cliques de todas aquelas luzes de Las Vegas acendendo e apagando, acendendo e apagando. Acendendo e apagando.

Uma eternidade depois, o apresentador do game show chega perto demais, para junto do seu cotovelo, e sussurra: "Você não pode fazer isso". O apresentador sussurra: "Você tem que participar desse jogo para ganhar...".

De perto, o rosto do apresentador parece rachado em um milhão-bilhão de fragmentos só colados com maquiagem rosa. Como Humpty Dumpty ou um quebra-cabeça. As rugas são como as cicatrizes de batalha por jogar o mesmo jogo de televisão desde que o para sempre começou. Todos os fios de seus cabelos cinzentos estão sempre penteados na mesma direção.

A voz estrondosa pergunta — aquela voz grave e alta que explode do nada, a voz de um gigante de tamanho gigantesco que não dá para ver —, ele pergunta: Você pode repetir sua aposta?

E talvez você não saiba o que quer da vida, mas sabe que *não* é um relógio de carrilhão.

Um milhão, trilhão... você diz. Um número grande demais para caber na frente da sua bancada. Mais zeros do que todas as luzes brilhantes que existem no mundo do game show. E provavelmente é a Hello Kitty, mas lágrimas escorrem dos seus dois olhos, e você está chorando porque pela primeira vez desde que era garotinho você não sabe o que vai acontecer, lágrimas destruindo a frente da sua camiseta vermelha, deixando pretas as partes vermelhas, de forma que as letras gregas não fazem o menor sentido.

A voz de um Zeta Delta, sozinho em toda aquela plateia enorme e silenciosa, ele grita: "Seu merda!".

Na telinha do seu celular, uma mensagem de texto diz: "Babaca!".

A mensagem de texto? É da sua mãe.

A vovó de moletom, ela está chorando porque ganhou. Você está soluçando porque... você não sabe por quê.

No fim das contas, a vovó ganha os veículos de neve e o casaco de pele. Ela ganha a lancha e a carne moída. A mesa e as cadeiras e o sofá. Todos os preços das duas vitrines, porque sua aposta foi alta demais da conta. Ela está pulando, a dentadura branca e reluzente espalhando sorrisos para todo lado. O apresentador do game show faz todo mundo começar a bater palma, só que os Zeta Deltas não batem. A família da vovó sobe no palco — todos os filhos e netos e bisnetos dela — e perambula por ali para tocar naqueles brilhantes veículos esportivos, para tocar nas supermodelos. A vovó dá beijos de batom vermelho por toda a cara rosa e fragmentada do apresentador do game show. Ela está dizendo "Obrigada". Dizendo "Obrigada". Dizendo "Obrigada", até quando seus olhos de vovó rolam para trás, e sua mão agarra o moletom no local que cobre o coração.

CHUCK PALAHNIUK é autor de *Clube da Luta* e de inúmeros outros livros, inclusive *Pygmy*. Ganhou vários prêmios, dentre eles o Pacific Northwest Bookseller Association. Ele mora no estado de Washington.

0

DIANA WYNNE JONES

O diário de Samantha

Gravado no BSQ SpeekEasi Série 2/89887BQ e descoberto em uma caçamba de lixo na Regent Street, em Londres

25 de dezembro, 2233

CANSADA HOJE E COM PREGUIÇA. VOLTEI tarde de Paris ontem, da festa da minha mãe. Minha irmã está grávida e não pôde ir (além do mais, ela mora na Suécia), e minha mãe insistiu para que *uma* das filhas estivesse lá para conhecer nosso padrasto mais recente. Não que eu o tenha conhecido particularmente. Minha mãe me apresentou para um monte de homens e ficou me dizendo quão rico cada um deles era: acho que está tentando me iniciar na carreira dela, que basicamente é a de casar por dinheiro. Obrigada, mãe, mas ganho o suficiente nas passarelas para estar feliz como estou. Além do mais, estou descansando dos homens desde que terminei com Liam. As pérolas da coleção da minha mãe foram um filósofo francês, que me seguiu de um lado para outro dizendo *"La vide cc n'est pas le nknt"* (uma baboseira francesa inteligente que quer dizer "O vácuo não é nada", eu acho), um diretor de cinema colombiano vesgo que ficava tentando se jogar em cima de mim e um milionário excêntrico sei lá de onde com dentes de diamante. Mas havia outros. Eu estava usando meus novos Stiltskins, o que me fez ficar bem mais alta do que eles. Um erro. Eles sempre sabiam onde eu estava. No final, me cansei de ser perseguida e fui embora. Acabei de pegar o trem-bala da meia-noite para Londres, que não esteve à altura do nome. Atrasou e ficou lotado e tive que vir de pé o caminho todo.

Meus pés estão me matando hoje.

Instruí o Housebot que Não Estou em Casa para nada nem ninguém e espero ter um dia de paz. Engraçado pensar que o dia de Natal era uma ocasião em que todo mundo se reunia e trocava presentes. Me dá calafrios. Hoje pensamos nele como o dia mais tranquilo do ano. Fico sentada em paz na minha sala toda branca — um subproduto da carreira da minha mãe, pensando bem, pois meu lindo apartamento foi dado para mim pelo meu penúltimo padrasto — não, antepenúltimo agora, esqueci.

Ah, droga! Alguém tocou a campainha e o Housebot *atendeu*. Eu mandei não atender.

Eu *disse* que não damos presente de Natal agora? Foi só eu falar.... O Housebot voltou com uma *árvore*, logo uma árvore, equilibrada em seu topo plano. Impossível dizer que *tipo* de árvore, pois não tem folhas, nenhuma etiqueta dizendo quem mandou, nada além de uma gaiolinha de vime amarrada a um galho com um pássaro marrom bem grandinho dentro. A porcaria do pássaro me bicou quando o soltei. Não estava feliz. Entrou embaixo do pequeno sofá e deixou cocô no tapete ao fugir.

Eu achava que árvores de Natal tinham que ser verdes. Fiz o Housebot colocar a coisa lá fora, no pátio, ao lado da piscina, onde está parecendo nua. O pássaro está com fome. Andou tentando comer o tapete. Entrei na internet para ver que tipo de pássaro é. Depois de uma hora procurando, consegui uma imagem que sugere que a criatura é uma perdiz. Uma ave de caça, aparentemente. Eu devo *comer*? Sei que comiam aves no Natal antigamente. Eca. Entrei na internet de novo para pesquisar comida de perdiz. "Desculpe, prezado cliente, mas só haverá entregas no começo da Liquidação de 27 de dezembro, quando nossa variedade de alimento de luxo para aves voltará a estar disponível a preços imbatíveis." Sim, mas o que eu faço *agora*?

Ah, viva. O Housebot resolveu o problema trazendo uma tigela de milho enlatado. Eu a enfiei embaixo do sofá, e a criatura parou o barulho.

Árvores precisam ser alimentadas?

26 de dezembro, 2233

NÃO ACREDITO NISSO! *OUTRA* ÁRVORE CHEGOU com *outra perdiz* em uma gaiola pendurada nela. Desta vez, corri para a porta da frente para fazer levarem de volta, ou pelo menos fazer a pessoa que fez a entrega dizer de onde as coisas estavam vindo. Mas o homem só enfiou uma gaiola nas minhas mãos com dois pombos brancos dentro e foi embora. A van que ele dirigia não tinha identificação nas laterais. Eu gritei com o

Housebot por ter aberto a porta, mas não adianta nada. O Housebot só tem sessenta frases em seu repertório e fica dizendo "Senhora, chegou uma entrega" até eu desligar a voz.

Nós tivemos uma briga de perdizes embaixo do sofá.

Levei a gaiola dos pombos para o pátio e a abri. Mas *por acaso* os pássaros saem voando? Parece que também não consigo me livrar deles. Pelo menos comem aveia de fazer mingau. As perdizes, não. Acabou o milho enlatado.

Desisto. Vou passar o resto do dia vendo filmes antigos.

Liam ligou. Perguntei se ele tinha tido a coragem de me mandar quatro aves e duas árvores. Ele disse: "Do que você está falando? Eu só liguei para saber se você ainda está com meu relógio de pulso". Eu desliguei na cara dele. Palhaço.

27 de dezembro, 2233

A LIQUIDAÇÃO COMEÇA HOJE! ME ATRASEI para sair por causa da porcaria da comida de pássaro. Quando encontrei a Avian Foodstuffs, descobri, para minha consternação, que a menor quantidade que eles entregam é um saco de vinte quilos. Onde eu colocaria tanto alpiste? Desliguei o computador e fui até a loja da esquina. Ainda estava fechada. Tive que andar até a Carnaby Street para encontrar alguma coisa aberta, depois tive que voltar carregando dez latas de milho. Eu tinha prometido me encontrar com Carla e Sabrina na Harrods para tomar café e me atrasei tanto que elas foram embora.

Não está sendo um bom dia. *E* não consegui encontrar uma única coisa que eu quisesse na Liquidação.

Voltei para casa — meus Stiltskins estavam me matando — e encontrei no meio da minha sala mais uma árvore com uma perdiz pendurada, uma segunda gaiola com dois pombos brancos e um viveiro grande com três pássaros diferentes dentro. Demorei um tempo para localizar esses três, mas me lembrei de um livro de fotos que meu segundo padrasto me deu quando eu era pequena. No G de galinha havia um pássaro meio parecido com os três, só que o do livro era redondo e marrom e com aparência mansa. Não esses. Podem até ser galinhas, mas têm caras malvadas como a de uma bruxa, penas feias e manchadas, e um troço mole e vermelho no alto que as faz parecer alienígenas. Quando cheguei em casa, elas estavam tentando bicar umas às outras até ficarem peladas. A sala estava cheia de penas feias. Gritei com o Housebot e o fiz levar o viveiro para o pátio, onde corri para soltar as galinhas bestiais. Elas correram, cacarejando e bicando as perdizes, as plantas nos vasos e as três árvores. Estavam com fome, obviamente. Eu suspirei e acessei a Avian Foodstuffs de novo. Problemas aí. Alimento para que tipo de ave?, eles perguntaram. Galinhas, eu digitei. Pombos. Perdizes. Acabaram de entregar três sacos de vinte quilos. As embalagens são diferentes, mas por dentro me parecem a mesma coisa. Eu sei porque abri os três e espalhei um montinho de cada pelo pátio — e outro montinho dentro de casa porque precisei salvar as perdizes. Todos comem de todos os tipos.

Estou exausta depois disso. Liguei para Carla e para Sabrina. Sabrina não ajudou em nada. Ela tinha acabado de encontrar Stiltskins rosa por metade do preço e não conseguia pensar em mais nada além da dúvida sobre se deveria comprar. "Tira cara ou coroa", eu disse para ela. Carla pelo menos foi solidária. "Me ajuda!", eu disse para ela. "Estou sendo perseguida por alguém que fica me mandando aves."

"Tem certeza de que não é uma pegadinha de Liam?", perguntou Carla. Era uma pergunta sagaz. Ele devia ter ligado falando aquela besteira do relógio só para ter certeza de que eu estava em casa. "E você não mandou aquele seu Housebot não deixar nada vivo entrar?", disse Carla.

"Mandei, *mandei*!", eu gritei. "Mas a porcaria não dá a menor atenção!"

"Reprograma", aconselhou Carla. "Deve ter sido uma falha na engrenagem, sei lá."

Ou Liam o reprogramou, eu pensei. Assim, passei uma hora com o manual, apertando botões, e no final eu estava tão furiosa que liguei para o Liam. A secretária eletrônica atendeu. Típico! Deixei uma mensagem abusiva — que ele provavelmente não vai ouvir porque o Housebot estava tentando limpar as penas e estava fazendo aquele barulho alto que ele faz quando engasga — que pelo menos aliviou meus sentimentos.

28 de dezembro, 2233

PASSEI UMA MANHÃ GLORIOSA NA LIQUIDAÇÃO e voltei com seis sacolas da Barganhas Maravilhosas e descobri que tenho quatro papagaios agora. *E* mais uma perdiz (e outra árvore), mais dois pombos e mais três daquelas indescritíveis galinhas. O Housebot ignorou minha tentativa de programação como se eu nem tivesse tentado. O pátio agora virou uma pequena floresta cheia de cocôs. Os pombos ficam nas árvores e as galinhas ficam correndo embaixo. Dentro de casa tem quatro perdizes correndo e quatro daqueles anéis largos sobre palitos, onde os papagaios deviam ficar empoleirados, mas não ficam. O vermelho gostou do meu quarto. O verde fica voando o tempo todo, gritando palavrões, e os dois multicoloridos se empoleiram em qualquer lugar que não seja o poleiro oficial. *Eu* coloquei os poleiros no armário porque o Housebot se detém sempre que encontra um. Encomendei um saco de vinte quilos de Avian Feed (para papagaios), que na verdade é diferente dos outros e que os papagaios consomem em pires na mesa da cozinha. Ando dando gargalhadas loucas de tempos em tempos. Estou habituada. Estou resignada.

Não estou, NÃO!

Alguém ensinou esses malditos papagaios a gritar "Samantha, eu te *amo*!". Eles fazem isso o tempo inteiro agora.

Coloquei minhas roupas mais bonitas e austeras e meus Stiltskins e fui para o apartamento de Liam. Ele estava péssimo. Estava em suas roupas de dormir. Não se barbeou nem penteou os cachos e acho que estava bêbado. O apartamento estava tão terrível quanto ele. Eu vi porque assim que ele abriu a porta eu entrei, com Liam recuando na minha frente, e gritei com o máximo do meu fôlego. Admito que o pijama me deixou ainda mais irritada porque ficou óbvio para mim que ele tinha recebido uma mulher. Mas, na verdade, não tinha. Só estava deitado pela casa. Ele disse: "Cala a boca e me explica por que você está gritando". Eu expliquei. E ele riu. Isso me deixou furiosa. Eu gritei "Você está me perseguindo com *pássaros*!", e, para minha grande surpresa, eu caí no choro.

Para minha surpresa maior ainda, Liam quase foi legal. Ele disse: "Olha, Sammy, você tem alguma ideia de quanto custa um papagaio?". Eu não tinha. Ele me disse. Era muito. "E antes de você ficar desconfiada por eu saber", disse ele, "eu só sei porque escrevi um artigo sobre isso no mês passado. Tá? Desde quando eu tenho dinheiro para quatro papagaios? E nem sei onde se compra galinhas, e menos ainda perdizes. Então tem outra pessoa fazendo isso com você, não eu. A pessoa tem que ser rica além de piadista, e tem que saber como fazer seu Housebot ignorar suas ordens e deixar os pássaros entrarem. Então, pense em todos os homens ricos que você conhece e vá gritar com os mais prováveis. Não comigo."

Eu cedi. "Então eu andei até aqui para nada", eu disse. "E meus pés estão doendo."

"Isso é porque você está usando esses sapatos idiotas", disse ele.

"Saiba você", eu disse, "que esses são os Stiltskins mais novos no mercado. Custaram milhares."

Ele riu, para minha maior indignação, e me disse: "Então volta para casa de táxi".

Enquanto eu estava esperando o táxi, Liam passou o braço em volta de mim — de um jeito distraído, como se tivesse esquecido que não estávamos mais juntos — e disse: "Pobre Sammy. Tive uma ideia. Que tipo de árvores são?".

"Como posso saber?", eu disse. "Elas não têm *folhas*."

"Isso é um problema", disse Liam. "Você pode me fazer um favor e me avisar se o que seu perseguidor te mandar agora for uma coisa valiosa?"

"Talvez", eu disse, e o táxi chegou. Não gosto desses táxis mais novos. Sai uma conta mecânica do taxímetro que diz GORJETA, e o valor é sempre enorme. Mas acho que valeu a pena para saber que não é Liam quem tem feito isso comigo.

29 de dezembro, 2233

FOSSE QUAL FOSSE A IDEIA QUE Liam teve, ele estava *certo*! A árvore e as aves de sempre começaram a chegar, mais uma perdiz, mais galinhas, mais pombos e mais quatro papagaios, bem barulhentos. Deixei o Housebot, que tinha sido traiçoeiro e deixado que entrassem, lidar com as malditas criaturas — apesar de eu ter que alimentar as coisas porque não consigo meter no circuito do Housebot que coisas vivas têm que comer: o Housebot simplesmente sai limpando as pilhas de alpiste, a não ser que eu o mande parar. Deixei-o ajeitando viveiros e a árvore mais nova no pátio e parti para a Liquidação. Estava na metade da escada lá fora quando um entregador chegou e me fez assinar para receber um pacote pequeno.

Alguém me mandou um *livro* agora!, eu pensei com repulsa enquanto voltava para dentro de casa. Quase não abri, mas, por causa do que Liam disse, achei que devia. O que são livros valiosos?, eu pensei enquanto rasgava o embrulho. Bíblias antigas? Primeiras edições de *Winnie the Pooh*? Mas não era um livro. Uma caixa de joias do tamanho de um livro caiu no chão. Peguei rapidamente antes que o Housebot pudesse limpar. Ofeguei um pouco quando abri. Havia cinco anéis dentro, todos muito extravagantes e parecendo ser valiosos. Um era cheio de diamantes — ou de algo parecido com diamantes — e o resto parecia safiras, esmeraldas e outras pedras valiosas, todas em engaste de ouro. E havia um bilhete em cima, não em caligrafia de verdade, se é que você me entende, mas com aquele tipo de letra redonda e cuidadosa que os vendedores usam quando você pede que incluam uma mensagem. Dizia: "De seu ardente admirador. Case-se comigo".

"Mas não vou *mesmo*!", eu disse em voz alta.

Os anéis são pequenos demais. Acho que isso prova que não foi Liam. Ele uma vez comprou um anel de noivado, afinal, e sabe que meus dedos são meio largos na base. A não ser que esteja sendo sacana, claro. Quem mandou os anéis parece ter gosto extravagante. Todos me lembraram do tipo de anel de vidro e plástico que as pessoas lhe dão quando você é uma garotinha, de modo que levei a caixa toda quando saí para a Liquidação e mandei um joalheiro verificar. São de verdade. Eu poderia comprar mais cinco pares de Stiltskins se os vendesse. Ora!

Eu pretendia contar a Liam, mas encontrei Carla na Oxford Street e esqueci. Quando contei para ela, ela quis saber se eu estava pensando em me casar com o perseguidor desconhecido. "De jeito nenhum!", eu disse para ela. "Mas minha mãe se casaria, provavelmente."

30 de dezembro, 2233

AH, MEU DEUS! TENHO SEIS GANSOS agora. Assim como outra árvore, outra perdiz, mais pombos, outras galinhas e quatro papagaios a mais (totalizando doze deles e uma barulheira danada). Não consegui acreditar nos gansos. Cheguei à porta na hora que um grupo de homens terminava de colocá-los dentro de casa. O último montou em cima do Housebot. São aves *grandes* e não são simpáticas. Pelo menos elas são grandes demais para atacar as perdizes embaixo do sofá, mas cinco foram para o pátio e começaram a dominar as galinhas na mesma hora. Os guinchos e cacarejos lá fora ficaram mais altos do que os gritos dos papagaios. Mas uma gansa ficou dentro de casa e parece estar chocando as almofadas do sofá. Ela esticou um pescoço comprido e irritado e tentou me bicar quando fiz um esforço para persuadi-la a se juntar aos outros lá fora. Então ela fica sentada lá, grande, com formato de barco e branca, com o bico amarelo virando de um lado para o outro para ter certeza de que não a estou perturbando, os olhos de botão me encarando de forma irritante.

A única coisa boa nessa manhã foi que o mesmo entregador apareceu com outro pacote de anéis. Ele é um jovem simpático. Parece impressionado comigo. Disse com hesitação quando eu estava assinando a entrega: "Com licença, moça, mas você não é daquele programa sobre roupas? *Passarela*?". Eu disse que sim, era, mas que não estávamos filmando no momento. Ele meio que saiu cambaleante, bastante impressionado.

Os anéis de hoje são todos de ouro antigo e sofisticado. Com a mesma mensagem de ontem. Liam não teria dinheiro para nada disso, mesmo se hipotecasse o apartamento, usasse o salário e vendesse a alma. Eu o perdoo.

E eu supus que teria que alimentar os gansos. Entrei na Avian Foodstuffs de novo, e eles enviaram um saco à prova d'água de petiscos verdes e pegajosos. Os gansos parecem não gostar. Todos comeram a comida das galinhas. As galinhas protestaram e saíram correndo. Para calá-las, virei um saco inteiro de comida de galinha no canto do pátio, e isso só gerou outra batalha furiosa. Aí, choveu, e os gansos entraram em casa. A alavanca que abre e fecha as portas de correr do pátio está situada na parte de baixo para que o Housebot possa sair e limpar a piscina, e por acaso é bem da altura dos gansos.

Descobri então que os gansos são as criaturas mais incontinentes do universo. Meu espaço vital está agora coberto de montinhos de excremento, e os gansos pisam neles, espalhando-os com os pés grandes e triangulares. Qualquer interferência é por minha conta e risco. Eu desabei e liguei para Liam.

Ele disse: "Não me liga. Seu celular deve estar grampeado, assim como seu Housebot foi alterado. Me encontra no café da esquina".

Quão pouco receptivo você consegue ser? Para piorar, o café é o local onde sempre nos encontrávamos quando estávamos juntos. Mas trinquei os dentes, peguei a capa de chuva e fui.

Ele estava sentado do lado de fora, na chuva. Ele fica bem de capa de chuva. Até tinha pedido o tipo certo de café para mim. Ele disse: "O que foi agora? Gansos?".

Fiquei estupefata. "Como você sabia?"

"E cinco anéis de ouro ontem e cinco hoje?", disse ele.

"Sim, mas todos muito pequenos", eu disse.

"Ah", disse ele, satisfeito consigo mesmo. "Então você tem um admirador que, além de rico, é um romântico incurável. Ele está mandando para você os itens de uma música antiga — era muito popular duzentos anos atrás — chamada 'Os doze dias de Natal'."

"Então, seja quem for, não tem *noção* de como está me irritando!", eu disse.

"O idiota acha que está cortejando você", disse Liam. "Deve pertencer a uma sociedade em que andam por aí de roupas medievais, ou de armadura, sei lá. Mas também está atualizado o suficiente para alterar seu Housebot e provavelmente grampear seu telefone. Então, pense em qualquer homem rico que você conhece que se encaixa na descrição e você vai saber quem é. Vamos lá. Pense."

Eu estava tentando pensar. Mas tente pensar com um monte de papagaios sentados na cabeceira da sua cama e o resto voando acima, gritando que ama você. Eu não tinha feito nenhum progresso. Fiquei sentada olhando gotas de chuva caírem no meu café e pensei muito. Eu conheço muitos homens ricos. É assim na minha área. Mas eles são quase todos homens da imprensa, e estes *não* são românticos. Não dá para imaginar um bando mais cínico. A não ser que eu tivesse irritado um deles, claro... E a maioria dos estilistas é gay.

"Ah", disse Liam. "Minha outra conjectura é que ele não é nem um pouco atraente. Desconfio que esteja acostumado a pagar muito para fazer com que as mulheres fiquem interessadas. É bem patético, na verdade."

Na mesma hora pensei no grupo de sujeitos nem um pouco atraentes aos quais minha mãe me apresentou na véspera de Natal. "É *isso*!", eu gritei. "Abençoado seja, Liam! Vou ligar para a minha mãe hoje à noite."

"Acho que não é sua mãe quem está fazendo isso", disse ele.

"Não, não", eu disse, e expliquei. Ele concordou que eu podia estar na pista certa, e conversamos um pouco sobre o assunto. Ele disse: "A propósito, as árvores vão ser pereiras", e me entregou uma lista. "para você saber o que esperar em seguida", ele disse, e se levantou e foi embora. Assim, do nada.

Eu estava com raiva demais para olhar para a lista. Queria ter olhado.

31 de dezembro, 2233, véspera de Ano Novo

VOU A TRÊS FESTAS HOJE, ENTÃO vou sair do meu apartamento infestado de aves assim que puder. Mas liguei para minha mãe. Surtei com ela. Ela talvez tenha achado que eu estava louca no começo, mas, quando me acalmei e descrevi os gansos — a propósito, o do sofá tinha botado um ovo quando eu voltei —, ela começou a ver que eu talvez estivesse com um problema real. Ela disse do jeito cauteloso e respeitoso com que sempre fala sobre dinheiro: "Bem, você *pode* estar falando sobre Franz Dodeca, eu acho. Não que ele fosse fazer uma coisa assim, claro. Ele é dono da Multiphones e da SpeekEasi e da Household Robotics e é multimilionário e, naturalmente, é muito respeitado".

"Quem era ele?", eu perguntei. "Dos esquisitos que você me apresentou."

"Não são *esquisitos*, querida", disse ela com reprovação na voz. "Ele era o que tinha os dentes de diamante encantadores."

Pensei com desânimo nesse Dodeca, um homem baixo e gordo com um terno risca de giz nada lisonjeiro. Uma criatura pálida e sardenta, pelo que eu lembrava, com cabelo avermelhado e fino penteado para trás da testa sardenta. Ficava mostrando aqueles dentes cintilantes horríveis para mim em sorrisos sinistros. E esse idiota é dono do meu diário, do meu telefone e do meu Housebot! Eu esperava que ele engolisse um dos dentes e engasgasse. "Diz para ele", eu disse para minha mãe, "para parar de me mandar *pássaros*. Diz que ele não tem chance. Diz que ele destruiu as chances já inexistentes ao me perseguir dessa forma. Diz que não e que é para ele *ir embora*!"

Minha mãe protestou. Consegui perceber que ela estava relutante quanto a perder a chance de todo aquele dinheiro na família. Mas depois que falei para ela pelo menos dez vezes que não havia a *menor chance* de eu me casar com esse idiota, mesmo que ele fosse dono do *universo*, ela disse: "Bem, querida, vou ligar para ele e tentar dizer com tato".

Se ela ligou para o querido Franz, não adiantou de nada. Os cisnes chegaram hoje de manhã, sete. Junto com mais seis gansos etc, etc. Pelo menos eu tenho mais cinco anéis de ouro. Vieram com um horrível bilhete de súplica, assinado "Seu eternamente apaixonado, Franz", que pareceu estranho na letra redonda da vendedora. Acho que minha mãe devia ter ligado para o homem, pois ele parece saber que seu disfarce já era. Mas isso não parece tê-lo impedido.

Os cisnes tinham sido drogados, obviamente. A equipe de entrega os carregou caídos nos braços, pela sala até o pátio, onde os colocou cuidadosamente na piscina. Os gansos entraram em seguida. Agora são doze, e estão botando ovos para todo lado. Como se não fosse o suficiente estar sobrecarregada de galinhas — também botando ovos — e com um novo grupo de papagaios verdes berrando. Os cisnes estavam acordando quando saí. Housebot tentou fazer uma omelete para mim antes que eu saísse e eu quase vomitei.

1º de janeiro, 2234, Ano Novo

GRAÇAS AOS CÉUS! NEM OS MILHÕES de Dodeca podem fazer alguém trabalhar neste país no dia de Ano Novo. Nenhum pássaro chegou. Nada chegou. Que alívio! Ou seria se os cisnes não brigassem com os gansos o tempo todo. E percebi, quando cheguei por volta das quatro da madrugada, que minha casa está fedendo. Horrivelmente. A cocô de passarinho, sementes podres e penas velhas. O Housebot não consegue acompanhar a limpeza.

Vou ter que parar de usar meus Stiltskins. Meus pés estão me matando depois da noite de ontem. Um dos meus dedões está meio torto. Tenho lembranças muito imprecisas da diversão, mas lembro que encontrei Liam na queima de fogos de artifício dos Markham e, além de olhar de cara feia para os meus Stiltskins, ele quis saber se eu já tinha consultado a lista dele. Eu disse que não queria saber. Também contei sobre o querido Franz — eu acho. Lembro vagamente que ele insistiu para que eu jogasse o celular fora e destruísse o Housebot. O homem não faz *ideia*!

Mas essa lembrança me fez perceber que quase certamente vou receber mais cisnes e mais gansos amanhã. Não posso contar com a minha mãe para fazer isso parar. Não tem mais espaço na piscina do pátio. Mas me ocorreu que a casa ao lado, que é do meu antepenúltimo padrasto, tem um jardim grande com um lago ornamental falso. Vou ligar para o Padrasto Cinco. Até onde eu sei, ele ainda está em uma cabana em Bali, recuperando-se de ter sido casado com a minha mãe.

Acabei conseguindo falar com ele. Como sempre, ele foi um amor. "Não é a cara da sua mãe!", disse ele. "Conheço Franz Dodeca superficialmente. Ele é totalmente obcecado, rico demais. Venha aqui para Bali e vou tratar de mantê-lo longe de você."

Bem, eu não podia fazer isso. Me parecia incesto. Então perguntei se ele podia me emprestar o jardim da casa ao lado. Ele concordou na mesma hora e me deu o código de entrada. Mas me avisou que o jardineiro e cuidador da casa podia não ficar muito feliz. Ele disse que ligaria para esse sr. Wilkinson e explicaria. "E me conta as novidades", disse ele. "Não acontece nada aqui em Bali. É bom para mim, mas gosto de um pouco de ação distante de tempos em tempos."

2 de janeiro, 2234

QUE BOM QUE FIZ ESSE ACORDO com o Padrasto Cinco. Trouxeram os cisnes etc. de ontem junto com o lote de hoje, somando catorze cisnes inertes, pesados e volumosos e mais doze gansos. Indiquei o caminho pela porta da frente do Padrasto Cinco até o lago no jardim dele. Os gansos pareceram gostar de lá. Quando as árvores e os pombos e as galinhas chegaram, também mandei que fossem colocados lá. Mas os papagaios tinham que ficar comigo porque não eram resistentes o suficiente, eles disseram. Pelo menos ganhei mais dez anéis de ouro.

Estamos correndo sério risco de ficar sem comida de pássaro. Fui até a loja da esquina, mas só abre amanhã. A Avian Foodstuffs está fechada a semana toda. De novo.

Não acredito nisso! Os cisnes não eram tudo. Eu estava prestes a atravessar a rua voltando da loja da esquina quando vi, andando e mugindo pela rua, um bando de vacas. Oito no total. Elas estavam sendo levadas por oito mulheres jovens que, para ser justa, pareciam meio constrangidas. As pessoas nos carros e nas calçadas estavam parando para olhar. Algumas as vinham seguindo desde Picadilly, aparentemente. Não se vê vacas em Londres com frequência atualmente.

Meu estômago ficou embrulhado. Eu sabia que eram para mim. E eram. Sinceramente, não sei como esse Dodeca é capaz de imaginar que eu possa querer oito vacas. Vacas não são nem um pouco românticas. Os narizes escorrem e elas soltam bosta o tempo todo enquanto andam. Soltaram mais bosta no lindo corredor do Padrasto Cinco quando levei o bando para o jardim. Falei para as garotas: "Se vocês quiserem ficar, a casa tem catorze quartos e há uma pizzaria que entrega aqui na mesma rua. Fiquem à vontade". Eu estava me sentindo mais do que um pouco tonta naquele momento. Os papagaios não ajudam.

Agora está pior. O sr. Wilkinson chegou meia hora depois das vacas e gritou comigo por deixar um bando de vacas pisotear o gramado dele. Eu disse que me livraria delas assim que pudesse. Eu ia ligar para minha mãe e arrancar o número do telefone desse Dodeca, e depois ligar para ele e mandar que viesse *buscar* o seu gado. E ver se *ele* gostava. Mas, antes que eu pudesse, uma mulher severa com seios fartos apareceu à porta, dizendo que era do Fundo de Proteção às Aves e que meus vizinhos do outro lado da rua me denunciaram por crueldade com aves. Segundo ela, eles contaram 107 aves variadas sendo entregues no meu apartamento — *xeretas!* —, onde o espaço devia estar apertado. Eu tinha que levá-los para uma moradia melhor, ela disse, ou corria o risco de ser processada.

Depois do sr. Wilkinson, ela foi *a gota d'água*. Eu a mandei sumir dali.

3 de janeiro, 2234

NÃO, A GOTA D'ÁGUA FOI HOJE. Liguei para minha mãe ontem à noite e, depois de muito protestar, ela me deu o número particular de Dodeca. O problema era que eu não sabia o que *dizer*, e todos aqueles papagaios dificultam o *pensamento* — sem falar em outra briga de cisnes contra gansos explodindo a cada cinco minutos. Meu Deus, como essas aves são cruéis! E eu me sentei em um ovo quando fui telefonar para Dodeca e desisti. Disse que faria isso hoje.

O dia hoje começou com aquelas vaqueiras vindo aqui, choramingando e reclamando. Havia camas, mas não havia lençóis e nem cobertores na casa ao lado, elas disseram, e não era com isso que elas estavam acostumadas. E onde elas deviam colocar os 75 litros de leite? Eu mandei jogar fora, por que não? E elas disseram que era desperdício. Acabei me livrando delas no final, mas só depois de comprar uma pilha de lençóis e cobertores pela internet, que custaram uma fortuna.

Em seguida, as entregas de aves começaram. Àquelas alturas, eu estava quase sem alpiste, então mandei esse bando, inclusive os cisnes, para o jardim do Padrasto Cinco, e corri até a loja da esquina. Só tinha comida de canário, então comprei tudo que eles tinham disso. Estava andando com dificuldade para casa quando vi um tipo totalmente novo e diferente de van estacionar, e o Housebot, aquele traidor, abrir a porta da minha casa. Os homens começaram a descarregar e montar uma série de estruturas. Eu atravessei a rua e perguntei o que eles estavam fazendo.

Eles disseram: "Saia da frente, moça. Temos que botar isso tudo dentro dessa casa aqui".

Eu disse: "Mas o que é isso?".

"Camas elásticas, moça", disseram eles.

Isso me fez entrar correndo em casa e espalhar rapidamente a comida de canário e procurar a lista que Liam tinha me dado. Encontrei-a quando eles estavam colocando a primeira cama elástica dentro de casa. Eram nove. Eu não fazia ideia de como eles achavam que iam fazer todas caberem lá dentro. Quando abri a lista, um dos homens foi atacado pela gansa que estava chocando no sofá, e todos saíram do ambiente para se acalmar. Liam tinha escrito: "Nono dia: nove lordes saltitantes; Décimo dia: dez damas dançando; Décimo primeiro dia: onze flautistas tocando...".

Não li mais nada. Dei um berro louco e corri para o meu quarto, onde todos os papagaios pareciam ter se reunido, e aos gritos de "Eu te *amo*, Samantha" botei todas as caixas com os anéis na bolsa por segurança e saí correndo de novo até o telefone público mais próximo, rezando para que não tivesse sido vandalizado.

Não tinha sido. Consegui falar com Liam. "O que foi agora?", disse ele, mal-humorado.

"Liam", eu disse, "tenho nove camas elásticas agora. É mesmo verdade que vão mandar bailarinas e músicos escoceses depois?"

"Quase certo", ele disse, "se você recebeu mocinhas leiteiras ontem. Recebeu?"

"Recebi", eu disse. "Liam, eu não aguento mais."

"O que você espera que eu faça?", perguntou ele.

"Casa comigo", eu disse. "Me tira de tudo isso."

Houve um silêncio horrível e longo. Achei que ele tinha desligado na minha cara. Eu não o culparia por isso. Mas ele acabou dizendo: "Só se você puder me dar a certeza de que não sou só uma fuga para você".

Eu jurei para ele com a mão no coração. Falei que o mero pensamento em Franz Dodeca me fazia perceber que Liam era o único homem para mim. "Senão eu tomaria um avião e iria até minha irmã, na Suécia", eu disse. "Ou talvez para Bali, para encontrar o Padrasto Cinco."

"Tudo bem", disse ele. "Você vem para cá agora?"

"Daqui a pouco", eu disse. "Tenho que resolver as coisas com Dodeca primeiro." Nós trocamos um número surpreendente de palavras de carinho, e depois eu desliguei e voltei correndo para o meu apartamento pelo que eu esperava que fosse a última vez.

Cheguei na hora que um micro-ônibus apareceu e descarregou seis rapazes que aparentavam boa forma usando vestes vermelhas e pequenas coroas, e mais três de meia-idade, que pareciam igualmente em forma. A maioria estava carregando garrafas de champanhe e querendo diversão. Todos entraram no meu apartamento na minha frente. Tive que desviar deles e passar pelos homens que colocavam a última cama elástica, além de vários gansos furiosos e perdizes apavoradas, para chegar ao telefone — um telefone que o querido Franz certamente tinha grampeado. Enquanto digitava o número dele, os rapazes subiram nas camas elásticas e começaram a saltitar solenemente. Um dos gansos se juntou a eles sem querer. Tive que botar uma das mãos sobre o ouvido para detectar que tinha sido atendida pela secretária eletrônica de Dodeca. Ótimo.

"Franz, querido", eu disse depois do bipe. "Estou *tão* agradecida por todas as coisas que você está me mandando. Você realmente tocou meu coração. Por que você não vem ficar comigo no meu apartamento? Vem logo. E então vamos ver." Eu desliguei, com o delicioso pensamento de Franz chegando e o Housebot traidor deixando que ele entrasse no meio daquilo tudo.

Seria mais do que aquilo tudo, eu descobri quando saí. Outro bando de vacas estava vindo pela rua, mugindo e soltando bosta no caminho. De outra direção, vi a moça grandalhona da Proteção às Aves, ou o quer que fosse, avançando. Ela parecia estar acompanhada de um policial. E o sr. Wilkinson estava saindo pela porta da casa do Padrasto Cinco. Corri na outra direção, passando pelas vacas. E fui dar de cara logo com o entregador legal, que estava saindo da van com um quinto pacote de anéis.

Eu o parei. "Você me conhece, não conhece?", eu disse. "Posso assinar agora e poupar sua ida até minha porta?" Ele inocentemente deixou, e eu saí correndo com o pacote. "Eu trouxe um dote!", eu disse para Liam quando cheguei...

"Não, Liam, não! Eu ainda não terminei!"

Uma voz de homem: "Não seja burra, Sam. Você sabe que ele vai estar ouvindo. Quer que ele saiba onde estamos? Vamos jogar isso fora antes que você revele ainda mais para ele."

O diário termina aqui.

DIANA WYNNE JONES escreveu muitos livros de fantasia para adultos e crianças, dentre eles a série *Crestomanci*, que ganhou o prêmio Guardian de livros infantis em 1977. *O Castelo Animado* foi transformado em filme de destaque pelo diretor japonês Hayao Miyazaki. A autora faleceu em 2011.

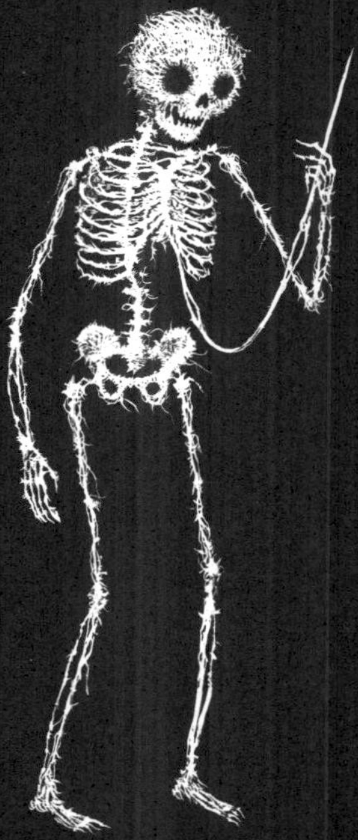

STEWART O'NAN

Terra dos perdidos

ELA ERA CAIXA NO BILO, EM Perry, e seu casamento tinha terminado havia tempo. Pouco depois de seus dois filhos saírem de casa, deixando Ollie, o pastor-alemão, como seu único companheiro. Desde o começo ela acompanhou o caso no jornal e na televisão, absorvendo-o como um mistério, discutindo com os colegas de trabalho e os clientes — a ponto de o gerente ter que pedir para ela parar. No começo ela visitou o site na internet e deixou mensagens de apoio na seção de visitantes, de uma mãe para outra, mas depois que James Wade confessou que tinha enterrado a garota em algum lugar a oeste de Kingsville, ela começou a fazer um arquivo. À noite, quando não conseguia dormir, ela olhava as transcrições e o mapa da mãe, convencendo-se de que era possível. Não conseguia acreditar que um sentimento tão forte podia estar equivocado.

Ela não contou para ninguém o que ia fazer — não era tão burra. A primeira vez foi a mais difícil porque ela se sentiu tola. Na privacidade da garagem, com Ollie olhando, ela colocou no porta-malas do carro uma pá grande e uma pequena, uma lanterna a pilha e um par de luvas de trabalho. Ela abriu a porta e ele pulou no banco de trás, correndo de uma janela para outra, desesperado só porque ia sair.

"Calma, calma", disse ela. "Não está na hora de brincar."

Procurar a pé demorou mais do que ela imaginava. Eles não encontraram nada mais sinistro do que uma gaivota em decomposição, mas ela não ficou decepcionada. Abrir caminho na terra de ninguém atrás da faixa comercial da Rota 302 era uma aventura, e procurar deu a ela uma sensação de realização. Eles poderiam riscar aquele local e seguir para o próximo.

Mais tarde ela acrescentou equipamentos mais sérios, como um cortador de cabos e um bastão de caminhada leve de grafite, recomendado por profissionais cujos sites na internet ela tratava como a Bíblia. Ela documentava tudo, gravava vídeos de qualquer terreno em que eles mexessem, fazia anotações de campo assim que chegava em casa.

Quando o outono chegou, ela reprogramou os turnos e passou a trabalhar à noite para poder aproveitar a luz do dia. Em duas semanas, o solo congelaria, e ela teria que parar até a primavera. Foi nessa ocasião, quando estava com pressa, que ela descobriu um depósito U-Store-It nos arredores de Mentor, cercada por paliçada e com uma estrada de terra passando pelos pinheiros logo atrás. Na madeira exposta, adolescentes pintaram seus nomes ilegíveis com tinta spray vermelha fluorescente.

Ela andou com Ollie pela cerca até ele parar para farejar um montinho cheio de mato. Ela o puxou para longe duas vezes, e nas duas vezes ele voltou para o mesmo lugar. "Bom menino", disse ela, dando um petisco para ele, e enrolou a guia em uma árvore.

Ela cutucou o montinho com o bastão de caminhada. O solo era arenoso e solto, e ela voltou ao carro para pegar a pá.

Ela cavou o primeiro buraco fundo, depois outros mais rasos a cada noventa centímetros. Estava fora de forma, e tinha que baixar a cabeça para secar o rosto no ombro. Estava fresco, e quando ela parou para beber água, o suor no pescoço a fez tremer. Quando chegou no meio da cerca, o céu estava começando a escurecer. Nos quatro cantos do depósito, luzes fortes se acenderam, zumbindo e atraindo insetos, gerando sombras estranhas. Ela verificou o celular — eram quase cinco horas. Precisava ir para casa e se arrumar para o trabalho. Em vez de deixar o local desprotegido à noite, ela decidiu ligar para o FBI.

Disseram que estava muito tarde. Que enviariam alguém para falar com ela no dia seguinte.

Quando reclamou com o filho mais velho, ele lhe perguntou por quanto tempo vinha fazendo isso.

O agente que enviaram fez a mesma pergunta. Olhou para os fichários dela e para a foto da garota na prateleira da lareira e para o mapa grande preso na cozinha.

"Só estou tentando ajudar", disse ela. "Se fosse um dos meus filhos, eu ia querer todo mundo participando."

"Eu também ia", disse o agente de forma tranquilizadora, como se fosse senso comum.

No dia seguinte, eles a levaram para o local em um Suburban sem identificação da polícia para olhar uma retroescavadeira cavar uma trincheira junto à cerca. Agentes de casaco corta-vento e luvas de látex peneiravam a terra em telas de metal, depois a espalhavam para os cachorros. Um projeto assim teria levado semanas para ela, e ela estava feliz de ter ligado. Imaginava a mãe da garota recebendo a notícia. Ela não se importava com receber o crédito. Seria suficiente saber que a garota estava finalmente em casa.

Não encontraram nada. Só terra. Minhocas. Foi só coincidência. Como o agente disse, havia pichação em tudo atualmente.

O que queria dizer que ela estava maluca.

Ao deixá-la em casa, ele agradeceu. "Eu sei que sua intenção era a melhor."

Era? Ela podia admitir que pelo menos parte do motivo de estar procurando pela filha de um estranho era que ninguém mais precisava dela. Só Ollie.

Ela prometeu aos filhos que faria uma pausa depois disso. Tirou o mapa da parede e guardou a foto em uma gaveta, e viu as últimas semanas do outono passarem.

Honrar a promessa foi mais fácil no inverno. Ela usou o tempo para repensar as estratégias e estocar suprimentos. Alguns sites recomendavam uma forquilha para revirar o solo, outros, uma picareta. No papel, repetidamente, ela rearrumou o porta-malas, como se fosse atravessar o país. Matriculou Ollie em um curso on-line para cães farejadores e treinou com panos carregados de cheiro no quintal. Ele nem sempre encontrava na mesma hora, só ficava olhando para ela como se ela pudesse dar uma dica.

"Você quer passar ou não?", perguntava ela. "Ou eu só estou perdendo tempo?"

Ela ficava de olho no site e examinava os grupos de discussão em busca de novidades. Tinha medo de um dia a página aparecer dizendo que ela tinha sido encontrada, mas mês após mês nada mudou. Fazia dois anos e meio. Além da família, ela devia ser a única pessoa procurando.

Em março, o solo tinha descongelado, e ela prendeu o mapa na parede. Tinha transformado o quarto do filho mais velho em um centro de comando, depois de esvaziar a mesa e encher as gavetas com seus cadernos. Em um quadro de cortiça novinho ela prendeu seu planejamento. Quatro dias por semana ela sairia para procurar, se o tempo permitisse. Ela ficou impaciente demais no outono e deixou suas emoções falarem mais alto. Ela esperava encontrar a garota na primeira vez que saiu, como se fosse médium. Mas precisava ser calma e metódica. Se tivesse sucesso, seria porque sabia como trabalhar.

Ollie só gostava de andar de carro e passear. Ele tinha seu certificado, mas o cheiro de morte o fazia espirrar. Os aromas que o interessavam vinham de outros cachorros, e ele imediatamente os cobria com o dele, levantando a perna e fazendo com que ela esperasse. Quando a primavera virou verão, a única coisa que ele encontrou foi uma colmeia de abelhas, incitando os insetos e ganhando um calombo no nariz. Ele teria ficado e tentado lutar se ela não o tivesse arrastado para longe.

Ela cometeu o erro de contar para o filho mais novo, que contou para o mais velho, que ligou e disse que achava que eles tinham combinado que ela ia parar.

"Não sei por que você está tão aborrecido", disse ela.

"Estou preocupado com você. Você entende por quê?"

"Não."

"É por isso", disse ele.

Depois disso, todas as vezes que ligava, ele fazia questão de perguntar como a busca estava indo.

Ela se recusava a mentir.

"Está igual", dizia ela.

"O que isso quer dizer?"

Queria dizer que ela estava indo cada vez mais longe a oeste, dedicando semanas inteiras a uma única saída da interestadual, percorrendo as florestas cheias de insetos atrás de pontos de parada de caminhão e de lojas de fogos de artifício, explorando o terreno junto a cada paliçada que encontrava, pichada ou não. Seus joelhos estalavam, seus braços doíam, e quando no trabalho precisava se inclinar por cima da esteira e levantar um galão de leite para botar no carrinho de alguém, ela pensava que ele talvez estivesse certo. Estava velha demais para estar fazendo aquilo.

Sempre havia a possibilidade de James Wade ter mentido. Conforme seu mapa ia se enchendo de alfinetes, ela tentava não deixar que isso a incomodasse.

Em agosto, ao pular uma vala, ela torceu o tornozelo e perdeu três semanas, estragando o planejamento e dando ao filho uma nova desculpa para perturbá-la. Para compensar, começou a sair cinco dias por semana, mas sentia que estava se apressando, fazendo as coisas de qualquer jeito. O tempo estava ameno, a sensação de verão se prolongando até outubro. Se continuasse assim (e o Weather Channel dizia que era provável), ela teria chance de terminar.

Uma tarde clara, ela estava perto de Fairport Harbor, atrás de um centro de locação de caminhões Ryder, quando Ollie parou e se deitou em um vão raso repleto de agulhas de pinheiro. Ele apoiou a cabeça nas patas e baixou as orelhas como se estivesse sendo punido. Ela não tinha ensinado nada parecido a ele.

"Vem, levanta." Ela assobiou e bateu palmas, mas ele não se mexeu. Ela precisou convencê-lo com um petisco e o amarrar a uma árvore, e mesmo assim ele se encolheu de medo.

O tal Ryder não era um depósito particular, e a cerca, embora cheia de placas, era de arame com barras de plástico verde, mas ela foi buscar a câmera de vídeo mesmo assim.

O vão era arredondado, tinha mais ou menos um metro e meio de comprimento e se aprofundava alguns centímetros abaixo do nível do restante do solo ao redor. Ela afastou as folhas e agulhas de pinheiro e colocou a forquilha ao lado como forma de medir, narrando enquanto filmava a cerca. "Três de novembro de 2008, 13h27."

Quando tinha filmado o suficiente, ela colocou a câmera no chão e pegou a forquilha. Enfiou-a bem no centro do vão, espetando os dentes na camada de terra, empurrando com o pé, puxando o cabo de forma que o solo rachou e quebrou em volta. Ela enfiou de novo e abriu um buraco.

Atrás dela, Ollie choramingou.

"Shh", disse ela.

Na terceira vez que ela enfiou a forquilha e puxou, a ferramenta agarrou um pedaço de tecido.

Estava descolorido por causa da lama e fedia a mofo, mas era inconfundivelmente um pedaço de náilon verde, com um tufo de manta acrílica branca aparecendo em um buraco.

Ela colocou a forquilha de lado, jogou as luvas fora e agarrou o pano, puxando-o mais alguns centímetros para fora da terra. Era um saco de dormir, ela conseguia ver a costura grossa do zíper. Com um único dedo ela limpou a lama seca e revelou o denteado do zíper.

Graças a Deus, pensou ela. O que Brian diria agora?

Enquanto esperava esse momento, ela não queria ver o que havia dentro. O que precisava fazer era parar e ligar para alguém, mas depois do ano anterior, não podia. Ela se ajoelhou ao lado do buraco e o cavou com as próprias mãos expostas. Desta vez, teria certeza. E então todos saberiam que ela não era maluca.

STEWART O'NAN, nascido em Pittsburgh, é autor de inúmeros livros, como *Songs for the Missing* e *The Good Wife*. Sua primeira coletânea de contos, *In the Walled City*, recebeu o prêmio Drue Heinz Literature em 1993.

L

GENE WOLFE

Leif no vento

"ELE ESTÁ LÁ FORA", DISSE ENA, "há 1h52. Demorou 28 para prender aquela placa. Estou tentando fazer com que ele volte desde que acabou."

Brennan esfregou o queixo. Era bem grande, e exigia um movimento amplo para ser esfregado. "Ele responde a você? Diz alguma coisa?"

"Às vezes. Nem sempre."

"Mas está consciente?"

"Acho que sim."

"Estado de fuga?"

Ena deu de ombros.

"Fala com ele."

"Vou tentar." Ena ligou o microfone. "Aqui é Ena de novo, Leif. Brennan está aqui comigo agora. O que você está fazendo?"

"Vendo o sol nascer, Ena. A sombra planetária está sumindo. Sumindo... Esse sol aparece atrás da curva do horizonte, está espiando agora. Consigo sentir as primeiras brisas do vento solar."

Brennan tentou suavizar a voz. "Você não pode sentir vento solar, Leif. Está com o traje."

"Eu sinto."

Ena disse: "Por favor, volte, Leif. Nós completamos a pesquisa, fizemos tudo que tínhamos que fazer e...".

Brennan a interrompeu. "O serviço está concluído, Leif. Não tem vida lá embaixo. Temos amostras de rochas, núcleos, tudo. Planeta habitável sem vida. Se semearmos, pode haver colônias aqui em duzentos anos. Talvez menos."

Leif não disse nada.

Ena disse: "Eu nunca implorei nada a um homem...".

"Pássaros. Estou vendo pássaros."

Brennan riu com deboche. "Você não está vendo pássaros, caramba! Não tem nenhum e, se tivesse, você não conseguiria ver aqui de cima."

Ena disse: "Pense em mim, Leif. Se você não quer pensar em você, pelo menos pense em mim. A viagem para casa vai levar mais quinze anos. E se Brennan morrer?".

Silêncio.

"Walt morreu. Barbara e Alaia também. Brennan também poderia morrer. Eu tentaria levar a nave para casa sozinha e ficaria louca. Não conseguiria suportar. Você sabe o que o teste provou — ninguém conseguiria." Ela fez uma pausa e esperou. "Pense em mim se não quer pensar em si mesmo."

Leif exclamou: "Vocês deviam ver esses pássaros! Os detalhes! As cores! As cristas, os penachos e as papadas!".

Brennan disse: "Você está sonhando, Leif".

"Eu não conseguiria sonhar nada assim. Não está dentro de mim. Não está dentro de ninguém. São tão grandes, e ficam menores conforme chegam perto. Cada vez menores, como pedras preciosas."

Ena olhou para Brennan, esperando que ele respondesse, e viu que ele estava botando o traje. Ela desligou o microfone. "Você vai lá fora atrás dele?"

"Se precisar, vou."

Ela ligou o microfone de volta. "Leif, estou oferecendo tudo que tenho. Vou ser sua escrava se você voltar." Ela engoliu em seco e se perguntou se o microfone tinha captado o som. "Vou cuidar de seus detalhes, todos eles, e dos meus também. Vamos ser heróis quando voltarmos para casa, e vou lhe dar um banho primeiro, e limpar e passar seu uniforme. Vou engraxar suas botas e polir seus metais. Você disse uma vez que eu era bonita, lembra? Você não gostaria de ter uma escrava bonita?"

Brennan murmurou: "Disse mesmo?".

"Eu... durmo com você, como você queria, Leif. Você pode fazer o que quiser comigo, e vou fazer o que você mandar. Por favor."

Leif disse: "Estão fazendo ninho em mim, todos os pássaros lindos. Estão se empoleirando nas fibras nervosas, bebendo das veias menores, Ena. Batendo asas e cantando. É assim que uma árvore se sente no verão".

Com cansaço, Ena desligou o microfone. "Ele não liga para mim."

"Ele não liga para nós", disse Brennan. "Agora, não."

Leif disse: "O vento murmura nos meus galhos, e os pássaros fazem seu ninho ali". Ele pareceu arrebatado. A tela de Ena mostrava uma estrela-do-mar prateada, os braços abertos, as pernas abertas, o rosto invisível atrás do reflexo do sol no visor dele. Lentamente, a estrela-do-mar se virou, rolando como uma roda.

Ela ouviu a eclusa de ar ser aberta. "Você vai atrás dele?"

Brennan entrou na eclusa de ar. "Me deseje sorte."

"Desejo", disse ela. A eclusa de ar se fechou, e ela acrescentou: "Eu desejo sorte aos dois. Espero que não matem um ao outro".

E, um pouco depois: "Mais do que tudo, eu desejo sorte para mim mesma".

Não havia nada que pudesse fazer além de ficar sentada olhando? Ela soltou o cinto, saiu flutuando e tomou impulso.

Walt devia estar como ela se lembrava da última vez — tão rapidamente congelado que nenhum grande cristal se formou, os olhos fechados, muito, muito morto.

Mas não estava. Morto, sim, mas ainda *presente*. Tão rapidamente congelado, pensou ela, que a alma não teve tempo de sair do corpo. Brennan achava que talvez fosse possível reanimá-lo na terra, e Brennan podia estar certo.

Os olhos de Walt não estavam completamente fechados. Mas não estavam antes?

Claro. Mas Walt estava espiando como alguém que finge estar dormindo.

"Pode ser que eu durma com Leif se Brennan o trouxer de volta. Vou ter que dormir com Brennan. Você está morto, Walt." Ena fez uma pausa. "Você está morto, ao menos por enquanto. Não vai ser traição."

Por trás de um escudo plástico transparente como ar, Walt a observava em silêncio.

"Você entende, não entende?" Ela começou a fechar a tampa. "Além do mais, eu... Nós não somos tão diferentes de vocês, nós mulheres."

Ela voltou para a ponte, flutuando acima dos escuros corredores ovoides que deviam ecoar, mas não ecoavam. Foi errado silenciá-los, ela pensou. A absorção de som era boa demais, funcionava bem demais. Fantasmas sussurravam nos corredores escuros agora, o fantasma de Alaia e o de Barbara.

O de Walt.

Na tela, Brennan estava com um fio em volta da cintura de Leif e o puxava enquanto voltava para a nave. Iluminada pela ascensão da Beta Andrômeda, a linha laranja frouxa fazia aros e voltas fantásticos contra o planeta ainda escuro em que eles orbitavam. Ena ligou o microfone. "Ele deu algum trabalho, Brennan?"

"Nem um pouco."

Mudando de ponto de observação, ela viu Brennan entrar na eclusa de ar, se virar e começar a puxar Leif. Não houve resistência, mas... Ela inseriu uma cápsula de sedativo no injetor. Leif, ela disse para si mesma, não era particularmente forte. E afastou do pensamento o conhecimento de que todos os psicóticos eram.

Lá dentro, ele retirou o capacete sem ajuda. A expressão estava embevecida, os olhos distantes. O pescoço era um dos melhores lugares.

Leif relaxou, oscilando, e Brennan disse: "Acho que foi uma boa ideia".

"Não pode fazer mal." Ena estava abrindo o traje de Leif.

"Estou cheio de pássaros", Leif disse para ela.

"Estou vendo."

"Estão fazendo ninho em mim. Eu mencionei isso?"

Distraidamente, ela assentiu.

"Nós somos as árvores deles. É por isso que não tem árvores aqui. Nós, árvores, acabamos de chegar." Leif fez uma pausa. "Eu gostaria de me sentar."

"Não há motivo para não fazer isso", disse Brennan. "Tire as botas, e eu o coloco em uma cadeira."

Como Leif não se mexeu, Brennan o levantou, as botas presas ao chão pelas solas magnéticas. Quando Brennan colocou Leif no assento em frente ao painel, Ena prendeu seu cinto.

O primeiro salto cobriu quatro milésimos de um ano-luz; a recarga para o próximo levaria 36 horas.

"Nós vamos para casa?", perguntou Leif. Ele parecia sonolento, e nem tocou na fivela que o prendia no assento.

Brennan disse: "Vamos". Ele estava dobrando o traje de Leif.

"Você vai ter que andar no *spinner*", disse Ena para Leif, "assim como Brennan e eu. Como fizemos na viagem de ida. Você consegue?"

Leif pareceu não ter ouvido.

"Duas horas por dia", disse Brennan. "Se não fizer isso, suas pernas vão se quebrar quando chegarmos em casa."

Ena estava inspirada. "Seus membros, Leif. São seus braços e suas pernas. Você sabe o que acontece quando membros se quebram."

Leif ficou olhando para ela. "Os ninhos caem."

"Exatamente!"

"Vou para o *spinner* agora." Leif soltou o cinto. "Por três horas. Três horas por dia para mim. Não vou esquecer."

Quando Leif tinha saído, Brennan riu, envolveu Ena com os braços e a beijou. Quando se separaram, ele sussurrou: "Você sempre foi a mulher mais inteligente a bordo".

Eles estavam recarregando para o quarto salto quando Ena ouviu o primeiro pássaro, os trinados claros transmitidos pelo sistema de ventilação. Uma busca de vinte minutos o encontrou no Estoque de Espécimes número 3, onde tinha feito ninho entre as pilhas de pedras rotuladas de maneira organizada.

Era um pouco maior do que um corvo, e não era (ela concluiu) exatamente como um pássaro deveria ser. Aquele pescoço sinuoso, coberto de escamas com formato de diamante, podia pertencer a uma cobra; as laterais do bico longo e curvo eram denteadas como lâminas de serras. Abriu as asas quando ela se aproximou, ameaçando-a com garras retráteis que surgiram das extremidades dianteiras.

"Não quero machucar você", disse Ena com voz suave. "De verdade. Você é muito, muito valioso para nós três. É uma forma de vida alienígena, entende." Era difícil permanecer calma.

A ave eriçou as penas — um zumbido de aviso, alto e abrupto.

Ela tomou impulso perto de um saco de coleta de espécimes e recuou. "Vou trazer uma coisa para comer. Não sei de que você gosta, então vou tentar várias coisas." A ave poderia comer a comida deles?

Brennan estava verificando os registros de recarregamento. "A recarga está indo bem", disse ele. "O próximo salto deve acontecer na hora marcada."

"Os pássaros de Leif são reais." Ela tinha se aproximado de seu painel.

"Você está de brincadeira?"

Ao ver o ceticismo dele, ela assentiu. "Claro. Mas você não ouve o barulho? Escute. Acho que está vindo pelos dutos de ventilação."

Depois de um momento, ele se levantou do banco e pegou impulso até um duto. Ena sorriu.

"É um rolamento quase falhando. Provavelmente uma das ventoinhas. Vou cuidar disso."

Quando ele saiu para o corredor, ela gritou: "Boa sorte!".

Ela estava checando a recarga quando Leif entrou. "Está precisando de mim?"

"Não." Ela sorriu. "A melhor coisa que você pode fazer agora é tomar um banho e colocar um uniforme limpo. Você pode fazer isso? Por mim?"

Leif assentiu.

"Obrigada! Eu agradeço de verdade. Coloque o que você está usando na lavanderia e eu cuido do resto. Não se esqueça de esvaziar os bolsos."

"Não tem nada neles." Leif pareceu esperar que ela falasse. "Tudo bem, vou esvaziar mesmo assim."

Estava quase na hora do salto quando Brennan voltou. "Tem um pássaro na nave!"

"Jura?" Ena fingiu surpresa.

Ele se segurou em um suporte de mão e parou, ofegante. "Querida, você tem que ver! É mais alto do que eu."

"Se você vai cheirar solventes", disse Ena secamente, "não quero que me chame de querida. Pode parar. Pode parar agora mesmo. Esse é o único aviso que você vai receber."

"Está no convés H. Venha, vou mostrar."

"Um de nós tem que ficar na ponte, e como você andou cheirando, tem que ser eu."

"Leif pode ficar."

"Leif não está por perto, e só Deus sabe o que faria se ficasse sozinho aqui."

"É de verdade. Vou ter que tirar uma foto?"

Quase sentindo pena dele, ela balançou a cabeça. "Não. Não precisa, Brennan. Pegue e jogue para fora da nave. Vai ficar em algum lugar do espaço, e posso ver pelo meu visor."

"Você não entende o que isso quer dizer?"

"Entendo. Quer dizer que Leif pode infectar outros com as alucinações dele. Ou você andou cheirando. Prefiro a segunda opção."

"Vou pegar", disse Brennan. "Pegar e confinar. Depois, vou mostrar para você. Não dê o salto sem mim. Você não é qualificada."

"Você quer dizer que não tenho o papel. A essas alturas, sei fazer tão bem quanto você."

"Não dê o salto!"

Ele saiu. Ena sorriu enquanto tentava rastreá-lo pelas câmeras de segurança. Quando CARREGAMENTO COMPLETO apareceu no canto superior esquerdo da tela, ela deu o salto.

MAIS DE UM DIA se passou antes de Brennan voltar. Ena dormiu na ponte, presa a um suporte e pendurada, sem peso, entre 552 instrumentos. Leif entrou e se ofereceu para levar comida e água. Ela estava usando as câmeras de segurança para procurar Brennan quando ele tocou no ombro dela.

"Você deu o salto, eu senti." Ele estava se esforçando para fazer uma expressão severa, mas só pareceu abatido e triunfante.

"Claro", disse Ena. "Eu sabia que sentiria. Eu dei o salto, e é por isso que o combustível está queimando e a força está oscilando. Não sei o que é aquela vibração, mas quase..."

"Muito engraçado." Brennan prendeu o cinto em torno de si, no assento em frente ao painel. Ele observou a tela, clicou duas vezes e a observou de novo.

"Pegou o pássaro?"

"Peguei." Brennan assentiu. "Peguei uma rede de carga número três e a preparei para que se fechasse quando a ave tentasse passar. Quando estava pronta, eu empurrei a ave na minha frente com um maçarico de solda."

"Onde a ave está agora?"

Ele suspirou. "No armário de ração vazio, é o que espero. Pode ainda estar emaranhada na rede. Não sei."

"Não podemos deixar ela lá por quinze anos."

"Certo. Vamos soltá-la, filmar, matar, filmar mais um pouco, tirar os ossos e guardá-los." Baixinho, ele acrescentou: "Se tiver ossos".

Ena disse: "Amostras de tecido também. Talvez a gente devesse congelar a cabeça".

"É."

"Tem alguma coisa que você não está me contando."

"Eu tentei... truques. Você não acreditaria em mim."

"Você não acreditou em *mim* quando eu contei que os pássaros de Leif eram reais."

Brennan se empertigou. "Ainda não tenho certeza se você estava certa. Pode ser que eu tenha pegado uma alucinação. Quer ir buscar a câmera?"

"Alguém tem que ficar na ponte."

"Leif. Vou chamá-lo."

Desta vez, ela não protestou.

Os armários verdes de alimentos ficavam no convés C. Brennan segurou a maçaneta do que ficava no corredor 10. "É este. Vou ser sincero com você, querida. Não acho que ainda esteja aí, mas foi onde coloquei. Joguei aí dentro e tranquei a porta." Ele tirou a chave do bolso, uma tira de plástico do tamanho de um clipe de papel.

Ena suspirou. "Walt era quem tinha que ficar com isso. Era para nos impedir de comer demais."

"Walt está morto."

Ela assentiu. "Então agora podemos comer o quanto quisermos."

"Sem três dos tripulantes, não vai fazer diferença. Não se preocupe."

"Então eu devia comer demais. Pessoas entediadas sempre comem demais."

Observando-a, Brennan assentiu. "Era por isso que Walt ficava com a chave."

"Mas eu não faço isso. Não como o suficiente. Fico me forçando a comer. Ou tento, pelo menos. Todos os meus uniformes estão largos." Ela fez uma pausa. "Você não vai abrir?"

"Em um minuto, eu acho. O tédio faz as pessoas comerem, você está certa sobre isso. A depressão impede que comam. Uma pessoa bem deprimida é capaz de morrer de fome. Você tentou subornar Leif com sexo. Eu ouvi."

Lentamente, Ena assentiu.

"Não vou dizer que não quero sexo. Seria mentira, e você saberia que era mentira. Todos os homens querem sexo, mas não é a única coisa que quero. Eu quero que você me ame. Quero que você me ame como amava

Walt. É verdade, eu quero por meus motivos egoístas. É isso mesmo. Mas quero pelo seu bem também."

Brennan fez uma pausa. "Por um segundo, você estava tentando sorrir. Queria que tivesse conseguido."

Ela disse: "Eu também".

"Quando eu te beijei na ponte, você retribuiu."

Ela assentiu.

"Então há esperança para nós."

"'Esperança é a coisa com penas.'" Ena esperou que Brennan falasse. Como ele não disse nada, ela acrescentou: "É Emily Dickinson".

"É, eu sei." Brennan se impulsionou na direção do armário de alimentos. "Você quer que eu mostre o pássaro e pare de falar sobre isso porque te incomoda. Entendi. Só que também pode ajudar, então eu tenho que continuar. Você acha que não sinto falta de Barbara? Acha que não acordo quando a cabine está escura, pensando se ela está dormindo? Eu preciso de você quase tanto quanto você precisa de mim. Você não precisa acreditar nisso."

"Em que eu acredito não importa."

"Claro que importa! Eu preciso de você, e é por isso que nunca vou desistir. Você vai ver, Ena..."

"O quê?"

"Nós vamos voltar para casa vivos. Nós dois."

Ela o beijou, e foi parecido — e ao mesmo tempo não foi — com o beijo na ponte.

"Acho que o pássaro não está mais aí dentro", disse Brennan um tempo depois. "Não mesmo. Era ardiloso demais para isso."

"Nós também não achamos que podia fazer ninho em Leif."

"É. Que porra eles são? Demônios? Não podem ser anjos."

Ena disse: "Acho que não temos palavra. Nem conceito. Vamos ter que desenvolver essas duas coisas".

"Talvez. Se pudermos."

Brennan abriu o armário, e uma coisa menor do que uma abelha saiu voando.

"Fugiu", disse ele. "De alguma forma, fugiu. Para onde foi?"

"'Eles ficam menores conforme chegam perto.'"

"O que isso quer dizer?"

"Exatamente isso, talvez. Leif disse isso antes de você o trazer de volta."

Brennan esfregou o maxilar. Para sua surpresa, Ena descobriu que gostava de vê-lo esfregar o maxilar.

"O meu não ficou menor quando eu estava atrás dele."

Ena assentiu. "Ele não estava chegando mais perto. Você estava, ou estava tentando."

Eles deram um salto.

"Filho da puta! Você sentiu isso?"

"Senti." Ela percebeu que estava segurando o braço dele, e o soltou. "Senti, sim. Foi Leif, na ponte."

"Claro. Só pode ter sido." Brennan olhou o relógio. "Ele fez na hora que a recarga concluiu."

Ela assentiu. "Agora vamos ter que ver em qual direção."

ELES FIZERAM UM JULGAMENTO no dia seguinte, um tribunal improvisado, com Leif preso ao assento. "Eu sou o promotor", explicou Brennan. Ele já não parecia estar com raiva, mas sua voz estava mortalmente séria. "Você é o réu e o advogado de defesa também. Ena é a juíza. Ela e eu achamos que isso vai ser justo. O que você acha não importa. Vou expor o caso contra você. Você vai ter oportunidade de responder. Ena vai decidir sua pena."

"Se houver", disse Ena.

"Ela vai decidir sua pena, se houver uma. Entendeu?"

"Eu não queria fazer mal a nenhum de vocês", disse Leif. Podia muito bem estar falando sozinho. "Só queria voltar. O combustível está excedente em 47 por cento. A comida..."

Brennan ergueu o punho e olhou para Ena.

Ela balançou a cabeça. "Nós éramos amigos, Leif. Eu gostaria que fôssemos novamente. Gostaria que fôssemos amigos agora."

"Certo."

"Que bom. Estamos em um julgamento. Sou sua juíza. Entendeu?"

"Não sou burro. Eu só quero voltar."

"Eu sei. Brennan?"

"Ele sabotou nossa missão. Não por acidente. Nem mesmo por falta de atenção. Fez isso deliberadamente. Trouxe as porcarias dos pássaros para dentro. Nós não sabemos quantos são, mas são muitos. Você e eu vamos ter que reuni-los e matá-los. Pode levar anos, e talvez nós nunca peguemos todos."

Leif começou a falar, mas Brennan o silenciou. "Ele anulou nosso último salto e representa um perigo para nós e para a missão nos próximos quinze anos. Digamos que o deixemos viver. Vamos ter que trancá-lo e alimentá-lo, só você e eu, além de todas as nossas outras tarefas. Vamos ter que cuidar para que ele fique trancado, porque não podemos confiar nele aqui fora por um minuto. Um de nós vai ter que ir com ele até o *spinner*, e vou ter que ser eu, porque ele pode atacar você. Se..."

"Eu posso atacar você também", disse Leif.

"Claro." Brennan sorriu. "Quer tentar?"

"Ele vai tentar", disse Ena, pensativa. "Talvez até tenha sucesso se pegar você desprevenido. Agora pare de discutir com ele."

Ela apontou para Leif. "Você tem que ficar quieto até que seja sua vez de falar. Vamos botar fita na sua boca se precisarmos."

Brennan limpou a garganta. "Você está certa. Acho que ele não conseguiria, mas vai tentar. Mais cedo ou mais tarde, ele vai tentar me atacar. Se conseguir, a missão já era. Estará encerrada. Destruída. Seis vidas e bilhões de dólares desperdiçados."

Ena assentiu.

"Esse não é o único perigo. Esta nave não foi construída como prisão. Independentemente de onde ele seja trancado, ele vai ter anos para tentar descobrir como escapar. Eu nunca quis matar ninguém, e Deus sabe que não quero matar Leif. Mas vamos ter que fazer isso mesmo assim. Podemos deixá-lo sedado por quinze anos? Você tem drogas suficientes para isso?"

Ena fez que não.

"Por um ano?"

"Nós podemos deixá-lo levemente sedado por um ano ou mais. Não por dois."

"Como você sabe que levemente seria suficiente?"

"Eu não sei", disse Ena.

Brennan suspirou. "Certo, você me entendeu. Ele pode ser legalmente morto? Eu não sei e você também não sabe, mas nós dois duvidamos. Então, não estou pedindo que você o mate e nem que me ajude a matá-lo. Eu faço sozinho. Vou colocá-lo na eclusa de ar sem traje, e vamos anotar no diário de bordo. Pode ser que me julguem por assassinato quando voltarmos para casa. Pode ser que não. Vou correr o risco. Agora vamos ouvir Leif."

"Eu não botei a missão em perigo", começou Leif. "Já expliquei isso. Tem comida suficiente e combustível suficiente. A produção de ar está ótima. O que tentei fazer teria atrasado o retorno da nave à Terra em alguns dias. Não mais do que isso. Vocês dois são perfeitamente capazes de levarem a nave de volta. Se vocês morrerem, a nave é perfeitamente capaz de voltar sozinha. Nós seis fomos postos a bordo para cuidarmos de emergências e porque seríamos necessários quando a nave chegasse a Beta Andrômeda. Já fizemos isso tudo, ou pelo menos fizemos da melhor forma que três pessoas poderiam fazer, tirando fotos, medindo o campo magnético, mapeando e todo o resto."

"Terminou?", perguntou Brennan.

"Não. Você me culpa por trazer os pássaros. Se o que vocês dizem fosse o correto, e não é, mas, se fosse, eu mereceria uma medalha. Nenhum de vocês encontrou vida alienígena. Nem um pedacinho. Nem um rastro. Eu encontrei e voltei para a nave com espécimes vivos. Vocês não admitem nada, eu sei. Mas, se sua acusação fosse correta, esse seria o fato, e eu seria um herói."

Ena disse: "Você diz que não é".

"Digo. Os pássaros entraram em mim quando eu estava com o traje, lá fora, no espaço. Eu falei para vocês que eles estavam lá."

Com relutância, Ena assentiu.

"Eu não queria voltar para a nave infectado como estava. Brennan me obrigou. Se trazer meus pássaros para a nave foi um crime, Brennan é o criminoso. Não eu."

"Foi você que sabotou nossa missão", disse Brennan.

Ena levantou a mão. "Nós ouvimos a acusação e a defesa de Leif. Não quero começar tudo de novo."

Leif disse: "Você me prometeu uma chance de me defender. Tenho mais uma coisa a dizer. Vai levar menos de um minuto. Posso falar?".

Ela assentiu. "Vá em frente."

"Brennan me ameaça com a morte. Vocês devem entender que eu queria voltar para Beta Andrômeda para poder morrer lá. Vou botar o traje e sair de novo. Vocês só precisam me deixar fazer isso. Coloquem um K ao lado do meu nome no diário e anotem que foi suicídio. Vai ser verdade, e se algum de vocês for acusado do meu assassinato, o registro do veriscópio vai provar sua inocência."

Ena sorriu. "Brennan?"

"Estou disposto se você estiver."

"Não estou. Não dessa forma. Você vai ter que nos fazer um serviço primeiro, Leif. Ande pela nave e recolha os pássaros. Todos eles. Coloque todos dentro de você novamente. Eles entraram uma vez, e acho que vão entrar de novo se você os abordar corretamente. Faça isso e vamos voltar como você pede e deixar você sair."

ELE SE ABRIU COMO uma estrela-do-mar, e os pássaros voaram. Todos — ou quase todos. Agora, ele voava como uma folha seca no vento solar, girando como um cata-vento.

Seu ar estava acabando. Seu corpo morreria; e aquilo que não morresse estaria livre, enfim, livre para vagar pelo universo e além.

A morte esperava ao lado dele, calorosa e sombria e simpática, e Leif mal podia esperar.

NA CABINE, ENA SORRIU sozinha enquanto balançava a garrafinha marrom. Ela tinha percebido a leve fragrância da loção pós-barba de Brennan quando eles se revezaram na ponte. Ele não podia ter levado o suficiente para durar metade da viagem; assim, tinha guardado um pouco e estava usando agora.

O odor a assombrava, delicioso e não identificável. Que loção pós-barba Walt costumava usar, que colônia? Ela já tinha sabido essas coisas, mas tinham sumido, e só a lembrança da fragrância leve de Brennan restava. Couro? Especiarias? Não parecia ser nada disso.

Virando o frasco na mão, ela releu o rótulo que tinha lido tantas vezes desde que o tinha encontrado em um armário de comida: EXTRATO DE BAUNILHA.

Ela ficaria com cheiro de biscoito.

Depois de abrir o frasco, ela aplicou o líquido marrom e ralo que havia lá dentro em cinco pontos estratégicos.

Brennan a receberia calorosamente quando ela retornasse. Eles se beijariam, e ela desabotoaria a camisa dele. E depois...

Ela interrompeu a fantasia para ouvir. Um pássaro cantava em seu pulso direito.

GENE WOLFE, escritor de fantasia e ficção científica e ganhador de vários prêmios, talvez seja mais conhecido por *O Livro do Novo Sol*, série composta inicialmente de quatro volumes. O autor faleceu em 2019.

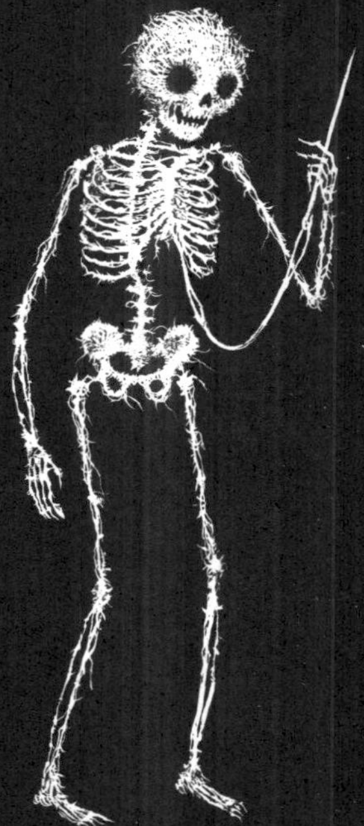

I

CAROLYN PARKHURST

Indisposta

EU ESTAVA ME SENTINDO UM POUCO indisposta, então liguei para Yvonne, para que viesse ficar comigo. Acredito que irmãs têm a responsabilidade de cuidar uma da outra, apesar de não parecer um ponto de vista popular para todo mundo atualmente. Acho que se mais pessoas levassem as responsabilidades familiares mais a sério, o mundo não estaria no tipo de situação... Mas o telefone estava tocando.

"Alô", disse Yvonne.

"Yvonne, você precisa vir hoje à tarde. Não estou bem."

Ouvi-a suspirar do outro lado; acredito que ela nem tentou disfarçar. "É mesmo importante, Arlette? Tenho um milhão de coisas do casamento para fazer."

"Ah, o casamento. Está chegando?"

"É sábado, Arlette, e você sabe."

"Bem, espero que eu consiga ir. Estou me sentindo fraca desde cedo, e não sei se estarei bem no sábado."

"Arlette, por favor, não comece..."

"Bem, não é minha culpa eu estar doente. Mas se eu tivesse um pouco de ajuda, talvez..."

Houve um longo silêncio. Eu conseguia vê-la do outro lado, usando aquele anel de noivado estranho no dedo. Uma mulher da idade dela. "Tudo bem", disse ela. "Vou pedir a Arthur para fazer algumas coisas para mim. Estarei aí em meia hora."

Nós desligamos, e eu me encostei nos travesseiros, satisfeita.

O FATO É QUE o casamento devia ser meu por direito. Yvonne e eu conhecemos Arthur ao mesmo tempo, e ficou claro desde o começo que era em mim que ele estava interessado. Antigamente, na época bíblica, e acho que em outros pontos notáveis da história, se houvesse duas irmãs solteiras, a mais jovem não podia casar antes da mais velha. Era ilegal. Se a mais jovem tentasse violar as regras e fugir e se casar, ela era sentenciada à morte. Eu devia contar isso para Yvonne. Cortariam a cabeça dela. Era assim mesmo.

Nós conhecemos Arthur em um cruzeiro para idosos ao qual Yvonne me levou pelo meu septuagésimo aniversário. Foi ideia dela, e uma não muito boa, tenho que dizer — o quarto era apertado, a comida era péssima e a maioria dos outros passageiros era composta de velhos patéticos e chatos. Quando Yvonne me deu os bilhetes, ela disse: "Quem sabe? Pode ser que a gente conheça dois viúvos legais", mas havia três mulheres para cada homem, e os homens que estavam lá eram carecas, banguelas e dementes. Cheguei a ver um deles tentar tomar sopa com os dedos. Então, quando Arthur entrou no salão de jantar, alto e ereto, a cabeça cheia de cabelo prateado cintilando à luz dos candelabros de temática náutica, todas as coroas pareceram se empertigar. E quando ele se sentou ao meu lado, eu pensei: Fiquem de olho. Vou enfeitiçar esse homem. Assim, iniciei uma conversa sobre eventos atuais — para testá-lo, pensei, para ver se ele ainda tinha uma mente plenamente funcional —, e ele pareceu capaz de conversar sobre mais do que o tipo de remédio que estava tomando, o que automaticamente o tornou uma companhia melhor para jantar do que qualquer outra pessoa à mesa. Ele e eu conversamos e rimos durante toda a refeição, e Yvonne só meio que se mesclou com o estofamento, como de costume. Sempre foi assim; há uma suavidade nela, uma sonolência, que não suporto. Se não fosse eu, o mundo a teria consumido muito tempo atrás.

Então Yvonne ficou sentada em silêncio, beliscando a costela — não há apetite naquela garota, nunca houve — enquanto eu começava a preparar as bases para minha grande sedução. As coisas estavam indo bem, e eu tinha certeza de que ele estava na palma da minha mão. Arthur e Arlette, minha mente cantarolava. Arthur e Arlette. Eu estava extasiada, e Deus sabe que mereço um pouco de felicidade. Yvonne sabe como estou solitária desde que Stephen faleceu. Ela não se importa de ficar sozinha; está acostumada. Mas eu fui feita para estar casada, e na minha mente eu já tinha feito a decoração da igreja, as flores arrumadas de forma artística nas mesas.

Mas, no final da refeição, uma coisa estranha aconteceu. Arthur se levantou da cadeira, me ajudou a sair da minha e disse, olhando diretamente para mim: "Gostaria de dar uma caminhada sob o luar, Yvonne?".

Senti uma pontada ácida no estômago, e meu corpo todo se contraiu. Vi Yvonne erguer a cabeça com esperança, mas lancei um olhar para ela. "Bem", eu disse para Arthur de forma azeda, "eu estaria bem mais interessada se você tentasse me chamar pelo nome certo."

Por um instante, o rosto de Arthur pareceu gelar enquanto ele alternava o olhar entre mim e Yvonne. Em seguida, ele arregalou os olhos em uma demonstração cavalheiresca de choque e caprichou nos pedidos de desculpas. “Sinto muito”, disse ele. “Devo ter confundido as apresentações. Então Yvonne é sua irmã?”

“Isso mesmo”, eu disse. Enrolei meu xale no corpo, como que me fechando. Seria preciso um pouco mais de galanteio para compensar um erro desses.

“Por favor, me perdoe”, disse ele. E então, como se tivesse alguma coisa a ver: “Vocês duas são muito parecidas”.

Bem, esse foi um erro fatal da parte dele. Durante toda a nossa vida, Yvonne e eu ouvimos que parecíamos gêmeas, mas eu não vejo isso. Não vejo mesmo. É verdade que só temos treze meses de diferença — e, ah!, com que frequência eu desejei voltar e recapturar a glória desses preciosos treze meses em que eu fui a única! Nós também temos cores parecidas, mas minhas feições são bem mais graciosas. Qualquer pessoa que ache que me comparar a Yvonne é um elogio tem muito a aprender. E a lição pode muito bem começar o mais rápido possível.

“Desculpe”, eu disse, a voz gelada como a horrível escultura de gelo em forma de cisne decorando o bufê. “Mas estou me sentindo um pouco cansada esta noite e acho que vou ter que recusar seu convite.” E fui embora dormir, com minha irmã desleixada a reboque.

Meu plano era manter Arthur distante por metade de um dia, mais ou menos, e gradualmente permitir que ele me reconquistasse por meio de muita dedicação e elogios. Mas no café da manhã seguinte percebi que cometi um erro tático. Arthur me ignorou completamente, e começou a se dedicar a Yvonne como se ela fosse uma ave rara que ele esperava ver havia anos. No meio da manhã eles foram para o cassino juntos; no final da tarde, tinham se inscrito em aulas de dança de salão. E fiquei sentada na minha cadeira no convés, fervendo em minha fúria, vendo as ondas passarem.

PARA FALAR A VERDADE, não é a primeira vez que Yvonne e eu nos vimos em uma situação assim. Quando conheci meu falecido marido Stephen — eu tinha 21 anos na época, e Yvonne tinha vinte —, ele já estava saindo com Yvonne. Ela e eu trabalhávamos na padaria do nosso pai, o que eu achava uma coisa bem agradável de fazer enquanto esperava encontrar um marido. Mas não foi o suficiente para Yvonne, e ela começou a ter aulas na faculdade local. Ela queria ser bibliotecária — como se fosse preciso estudar para aprender a dizer “shhh”. Bem, nós só descobrimos depois, mas aparentemente havia um jovem que pegava o ônibus na mesma hora que Yvonne, e os dois se olhavam por cima dos livros no trajeto. E um ou o outro sorria um pouco, e eles ficavam constrangidos e afastavam o olhar. Um romance e tanto, afinal, ficar lendo e afastando o olhar — *Casablanca* é que não era. Finalmente, depois de um ano disso — sim, demorou um ano inteiro para um dos covardes fazer alguma coisa —, o jovem foi se sentar ao lado de Yvonne e disse oi. Eles ficaram inseparáveis depois disso, pegavam o ônibus juntos e falavam sobre livros. O nome do jovem era Stephen, e ele era poeta. Pelo menos foi o que ele disse; na verdade, ele era contador e tinha ambições de ser poeta.

Ela o levou para casa uma noite para jantar com nossa mãe, nosso pai e comigo, e fiquei tão desnorteada que senti meu queixo cair. Eu ficava flertando com todos os homens que entravam na padaria, e a ratinha da Yvonne, com a cabeça enfiada nos livros, acabou encontrando um homem sozinha.

Yvonne levou aquele homem para casa, um homem tímido e desajeitado que passou um ano tentando reunir coragem para dizer oi, e nós nos sentamos na sala e olhamos para ele. E tenho que dizer, ele era bonito. Tinha olhos grandes, como os de um cervo, e as pernas eram tão compridas que se esticavam até o meio da sala. Mas eu observei enquanto ele e Yvonne se olhavam, dois ratinhos espiando pelo buraquinho, e pensei que esse garoto precisava de uma mulher que o transformasse em alguma coisa. Uma que fosse cheia de vida e ousada, não tímida como Yvonne. Olhei para o futuro deles juntos e vi uma vida de noites tranquilas, sentados lado a lado, esperando para ver quem teria coragem de dizer "Quer leite no chá?" Lendo livros juntos — era exatamente o tipo de coisa que eles teriam feito. Me deu vontade de bocejar. Esse Stephen, ele precisava de uma mulher que pudesse lhe ensinar a se divertir, uma mulher que não tivesse medo de expressar sua própria opinião. Stephen e eu fomos feitos para ficarmos juntos, eu vi na mesma hora. Nós não merecíamos a felicidade? E o que Yvonne faria com um homem daqueles? Yvonne tinha seus estudos, suas buscas solitárias. Ela sempre ficava mais feliz sozinha. E, assim, para o bem de nós todos, eu decidi salvar Stephen de Yvonne.

Foi mais difícil do que eu esperava. Ele tinha ficado bastante enamorado dela, por motivos que nunca consegui imaginar. Tentei todas as formas mais sutis de flerte — nunca tantas luvas foram largadas no caminho de um rapaz, nunca os ombros de uma jovem proclamaram tanto estar com frio —, mas nenhuma teve efeito. E então, um dia, tive uma ajudinha do destino. Nós três íamos juntos a um lago próximo fazer um piquenique — àquelas alturas, eu já tinha me inserido na maioria das atividades de Stephen e Yvonne —, mas Yvonne ficou doente e não pôde ir. Stephen estava pronto para cancelar o passeio, mas fiz uma expressão triste e disse que tinha passado a manhã toda na cozinha preparando meus ovos recheados especiais, por que nós dois não podíamos ter um dia agradável? E Yvonne, previsivelmente, ficou do meu lado e disse para que fôssemos e nos divertíssemos. Essa mulher nunca sabe se impor. Então Stephen e eu fomos até o lago sozinhos, e fiz questão de encontrar um local agradável e discreto.

Passamos a tarde sentados à sombra de um lindo salgueiro-chorão, e vivemos momentos maravilhosos, conversando e rindo. Mais tarde, Yvonne me perguntaria como eu pude fazer uma coisa dessas com ela, mas na época não pareceu que Yvonne tivesse alguma coisa a ver com tudo aquilo. Nós estávamos nos apaixonando, só isso. Eu tinha levado escondido um pouco do uísque do meu pai na cesta de piquenique, e nem Stephen e nem eu éramos muito de beber, então nós dois ficamos meio tontos, e quando uma tempestade repentina nos obrigou a procurar abrigo no banco de trás do carro dele, nós fizemos o que se desenrolou de forma natural. Nosso amor era uma força da natureza, eu sempre disse.

Claro que houve lágrimas e acusações, mas, um mês depois, quando contei para Stephen que eu estava grávida, pareceu que seria melhor se nós dois nos casássemos. E quando percebi que confundi as datas e não estava grávida, já estávamos voltando da lua de mel.

Por um tempo, Yvonne se manteve longe da nossa casa, e ela e Stephen pareciam um pouco constrangidos quando estavam próximos um do outro, mas deixei claro que não queria os dois pisando em ovos por causa de um envolvimento sem futuro, e eles entenderam rapidinho.

Stephen e eu tivemos um bom casamento. No começo, ele não era o tipo de marido que eu esperava que fosse, mas, com a minha orientação, ele começou a tomar forma. Fiz com que ele desistisse da poesia e das leituras e de todas as outras coisas bobas que ele gostava de fazer para passar o tempo, e fiz com que se concentrasse na carreira. Em poucos anos, ele tinha subido de posição na firma, e tínhamos dinheiro suficiente para uma boa vida. Stephen perdeu a infantilidade e a suavidade que tinha quando me casei com ele, e me agradava ver a resistência que se desenvolveu no lugar. Tentamos ter filhos por um tempo, mas não conseguimos — havia um problema no meu útero sobre o qual tenho certeza de que você não quer ouvir —, e, se for para ser honesta, acho que é melhor assim. Não sou do tipo maternal.

Alguns anos depois que nos casamos, minha mãe me deu seus enfeites de Natal. Minha mãe tinha um olho artístico, e a sua árvore de Natal sempre era arrebatadora. Ao longo dos anos, ela tinha reunido uma linda coleção de enfeites, alguns bem valiosos, e sei que Yvonne sempre torceu para que fossem passados a ela um dia. Acho que ficou magoada por minha mãe ter me escolhido para ficar com eles, mas estava ficando claro que o papel dela seria o da tia solteirona, rondando nossos Natais de família, e não faria sentido que ela ficasse com eles. Minha mãe era uma mulher prática, e ela viu isso tão bem quanto eu. Ela sabia que era assim que o mundo funcionava, e não havia nada que se pudesse fazer. Mas Yvonne nunca viu coisas que eram óbvias para todo mundo, e sei que ela encarou como desprezo. Sinceramente, 45 anos se passaram, mas acho que ela ainda não superou isso.

Naquele primeiro Natal em que tínhamos os enfeites, dei uma festa grande para toda a família. Fiz um lindo presunto, e nos sentamos aos pés da minha árvore de Natal perfeita para abrir os presentes. Stephen tocou piano — esse era um hobby que eu aprovava —, e cantamos cantigas de Natal até tarde. Quando todo mundo foi embora, Yvonne se ofereceu para ficar e ajudar a arrumar as coisas, pois eu tinha tido todo o trabalho da festa, e aceitei a gentil proposta. Fui para a cama e deixei Yvonne na cozinha e Stephen ainda sentado ao piano, tocando cantigas.

Duas horas deviam ter se passado quando acordei e vi que Stephen não estava na cama comigo. As luzes ainda estavam acesas no andar de baixo, e me esgueirei até a sala. Stephen e Yvonne estavam sentados no sofá juntos. Estavam com os braços em torno do outro, olhando fundo nos olhos, as testas se tocando. Ela estava acariciando a nuca dele e falando em voz baixa. Um momento antes que as tábuas do piso estalassem e eles olhassem para mim, eu a ouvi dizer duas palavras para ele. Eu a ouvi dizer "Larga ela".

E então, como eu disse, houve o barulho do piso, e os dois viraram a cabeça como se tivessem sido pegos roubando, o que, de certa forma, tinham mesmo.

"Sai da minha casa", eu berrei, e por um momento não tive certeza de com quem estava falando. Eles ficaram sentados ali, paralisados. Peguei um dos enfeites da árvore, um anjinho branco de porcelana, e joguei neles com a força recém-descoberta de uma mulher traída. Bateu na parede acima da cabeça deles e caiu no chão, lascando uma das asas, mas sem quebrar. Era feito de material mais resistente do que eu pensava.

Stephen não me deixou, claro. Que ideia. Pode dizer o que quiser sobre ele, mas ele levava suas responsabilidades a sério. Acho que ele sabia que estava em posição favorável comigo. Pouca coisa mudou depois disso; eu ganhei um casaco de pele novo e um trunfo para jogar em todas as discussões que tínhamos. E quando Yvonne me procurou, chorando e pedindo desculpas, eu a recebi de braços abertos. Amigos perto, inimigos mais perto ainda. Mas cuidei para que ela e Stephen não tivessem um único minuto sozinhos, nem unzinho em trinta anos. Quando Stephen estava na cama do hospital, a duas horas de morrer, ele me pediu se podia ter alguns minutos para se despedir dela sozinho, e sabe o que eu disse? Não. Eu disse não. Simples assim.

FORAM AS FOTOS QUE me fizeram pensar. Não sei se você já fez um cruzeiro — se não fez, não perca seu dinheiro —, mas uma das coisas mais horríveis é que eles tiram um monte de fotos suas para tentar vender para você. Tem um corredor inteiro dedicado à exposição dessas obras de arte em forma de suvenires, e você precisa olhar e procurar seu rosto no meio da multidão. É bem deprimente, na verdade, ver como todas as fotos são iguais. Aqui está o gado todo, subindo a prancha de embarque; aqui estão eles em seus esquisitos trajes de festa, posando ao lado do pobre capitão, que tem que ouvir as mesmas piadas mil vezes. "Se você está aqui, quem está pilotando o navio?". E, no fim das contas, você é como o resto deles, fica sorrindo para a câmera, tentando parecer que está se divertindo. Não, eu não ia gastar nem um centavo nas fotos.

Mas, como Yvonne passava todos os momentos com Arthur (só os momentos em que estava desperta, veja bem... a única semana louca da vida dela, e ela continuava sendo pudica demais para se divertir), eu me vi com tempo sobrando. E, assim, fui passear pelo corredor dos animais da fazenda para tentar identificar o momento em que a traição da minha irmã começou. Olhe, aqui estão Yvonne e Arlette chegando juntas, parecendo tão felizes quanto duas irmãs podem ficar. Aqui está Arthur, chegando sozinho. Aqui estão Yvonne e Arlette em frente a um fundo caribenho; aqui estão elas em frente a um pontilhado de estrelas falsas. E também — aqui está, bem na sua frente! — Arlette sozinha na Noite de Gala, usando suas roupas mais lindas, e aqui estão Yvonne e Arthur posando como um velho casal na festa de bodas de ouro. Olhe os dois juntos. Dá para ver imediatamente que eles não combinam. Pelo menos, eu pensei, e não foi com pouca alegria, pelo menos a foto não ficou boa; Arthur virou a cabeça na hora que a fotografia foi tirada e mal dá para perceber que é ele. E foi nessa hora que reparei em uma coisa estranha. Olhei todas as fotos anteriores e reparei que não havia uma única do rosto de Arthur. Parecia que, por algum motivo, ele não queria que tirassem sua foto. E foi nessa hora que pensei: Esse é um homem que tem algo a esconder.

Fiquei preocupada pelo bem-estar de Yvonne, claro. Não daria para saber pela forma como ela se veste ou como decora a casa, mas Yvonne tem bastante dinheiro. Nenhum de nós esperava, óbvio — bibliotecários mal ganham o suficiente para sustentar seus livros e fazer doações para canais de televisão públicos. Mas havia um homem que ia à biblioteca onde ela trabalhava, um homenzinho velho que gostava de ir todos os dias de manhã para ler o jornal. E acho que ele gostava de Yvonne. Não que tenha dado em alguma coisa — assim era a história da vida de Yvonne, ou era o que todo mundo achava antes de Arthur —, mas acho que eles conversavam, e ela violava as regras por ele e o deixava tomar café enquanto lia, desde que ele fosse discreto e não derramasse. Ela me contava sobre esse homem, que ele mostrava artigos que ela poderia gostar de ler, e que depois de um tempo ele começou a levar um copo de café para ela também, e eu dizia: "Você está vivendo a vida de uma estrela de cinema, Yvonne. As emoções nunca acabam". Mas um dia esse homem morreu dormindo, e deixou quase cinco milhões de dólares para Yvonne. Era de se pensar que um homem com tanto dinheiro podia pagar uma assinatura de jornal, mas sei lá. Claro que foi uma grande surpresa para todo mundo, e saíram histórias sobre Yvonne em todos os jornais. Ela disse aos repórteres: “Ah, não vai mudar minha vida”, assim como os ganhadores de loteria que saem e compram helicópteros no dia seguinte, só que para ela foi verdade. Ela manteve o trabalho na biblioteca, e ainda corta o cabelo no salão de seis dólares como uma não milionária sem classe. Patética.

Assim, quando vi o jeito como Arthur ficava escondendo o rosto em todas aquelas fotos, primeiro achei que ele só não queria ser visto com Yvonne e o cabelo de seis dólares. Mas quando reparei que ele estava fazendo a mesma coisa em todas as fotos anteriores, nas fotos que precediam o “vamos pisar em Arlette e em seu coração mole”, eu percebi o que estava acontecendo. Não era que ele não queria ser visto com Yvonne; ele não queria ser visto, ponto.

QUANDO CHEGAMOS EM CASA — nunca fiquei tão feliz de botar os pés em terra firme —, eu decidi que descobriria a história de Arthur. Foi mais fácil do que se pensaria. Eu me sentei e assisti ao programa *America's Most Wanted*, e descobri que eles tinham um website. Liguei o computador que Yvonne me deu de aniversário no ano passado e dei uma pesquisada. E você nem imaginaria, encontrei Arthur em uma hora. O nome verdadeiro dele não é Arthur, no fim das contas. É Martin Edward Jaffe, e ele é procurado pelo desaparecimento de uma mulher com quem se casou em Denver. Uma mulher rica, um namoro a jato. É uma história tão velha que quase chega a ser chata. Sinceramente, Yvonne não poderia ser mais ingênua? Escrevi pedindo uma cópia do artigo de jornal de Denver que tinha a foto dele e esperei o momento certo para mostrar para Yvonne.

DEPOIS DE DESLIGAR o telefone com Yvonne, eu me acomodo novamente nos travesseiros e espero para ver se hoje vai ou não ser o dia. Ela demora mais de uma hora para chegar, o que não conta a favor dela — sinceramente, ela mora a apenas cinco minutos de distância —, e primeiro penso que eu talvez não vá contar a ela. Bem feito para ela, eu penso, ela está cavando a própria cova. Mas, no fim das contas, eu tenho coração mole, e ela é minha única irmã. Ainda assim, não é um assunto fácil de abordar; seria mortal para ela ter que cancelar o casamento tão tardiamente, pobrezinha. Ela está mais feliz do que a vejo há anos, e quem sou eu para tirar isso dela? Assim, enquanto ela está lá embaixo esquentando um caldo para mim, eu pego a caixa de enfeites de Natal no armário.

Dentro, embrulhadas em jornais velhos, estão todas as peças bobas de vidro e purpurina das quais ela parece gostar tanto. Só Deus sabe por que as guardei por tanto tempo. Pego um objeto e o desembrulho; é o anjinho branco com a asa lascada. Coloco o anjo no recorte de jornal de Denver e embrulho bem, depois enfio no fundo da caixa. Ouço Yvonne subindo a escada, fecho a caixa rapidamente e volto para a cama.

Yvonne entra no quarto com uma bandeja com sopa e biscoitos salgados. Vejo que trouxe bolacha de água e sal em vez de Ritz e quase decido cancelar o plano e deixar que ela descubra sobre Arthur sozinha. Mas respiro fundo e lembro a mim mesma de que ela é minha irmã. E, de qualquer modo, ela já viu a caixa no chão.

Ela coloca a bandeja na cama e aponta para a caixa. "O que é isso?", pergunta ela, apesar de estar rotulada e de ela já ter visto a caixa mil vezes. Ela é uma criatura muito irritante. Arthur não sabe em que se meteu.

Mas sorrio e deixo a minha voz tão doce quando a cobertura do bolo de casamento brega que ela encomendou para sábado. "Presente de casamento", eu digo. "Sei que você sempre quis isso." Ela fica com aquela expressão que sempre odiei, uma espécie de alegria hesitante e assustada, como um cachorro tirando carne da mão que sabe que pode bater nele.

"Arlette, é sério?", diz ela. Ela parece prestes a chorar, e sinto vontade de beliscá-la.

"Bem, eu espero ir passar o Natal na sua casa de agora em diante. Faz sentido."

"Ah, Arlette!", exclama ela, e passa os braços em volta do meu corpo, quase derrubando o prato de sopa. "Foi por isso que você me fez vir aqui hoje, não foi? Você é a irmã mais fofa que uma pessoa pode ter!"

"Você sempre me entendeu direitinho", eu digo, e mordo um biscoito.

Vejo-a pegar a caixa e levar para o carro, falando sobre alguma bobagem qualquer. Penso na foto de Arthur escondida lá dentro, no rosto mentiroso enrolado no anjo estragado. Ela vai encontrar no Natal, se a visão estiver boa. E, se acontecer alguma coisa antes, a culpa não é minha. Eu fiz tudo que podia.

E se, Deus me perdoe, acontecer alguma coisa antes, estou preparada para cuidar da situação com minhas próprias mãos. Não tenho dúvida de que, com um pouco de orientação, Arthur possa se tornar o tipo de marido que eu mereço.

CAROLYN PARKHURST é autora campeã de vendas de *Cães de Babel* (que também foi escolhido como livro notável do *New York Times* em 2003) e de *Lost and Found*. Ela mora em Washington, D.C.

U

KAT HOWARD

Uma vida em ficção

ELE ME COLOCOU EM UMA HISTÓRIA novamente.

Falei para ele parar com isso depois que terminamos. Na verdade, foi um dos motivos para termos terminado. Ser musa é ótimo e tal até você realmente se tornar uma.

Na primeira vez que aconteceu, fiquei lisonjeada. E minha vida normal não era tão boa a ponto de eu sentir falta dela, sabe? Assim, ser puxada para aquele mundo — um mundo que ele escreveu só para mim, onde eu era tudo, a inalcançável, a ideal — foi algo bem poderoso.

Quando ele terminou a história e eu voltei para o mundo real, a primeira coisa que fiz foi transar com ele até minhas coxas ficarem doendo. Foi nossa primeira vez juntos. Ele disse que foi o melhor sexo da vida dele.

Quando perguntei se alguém já tinha caído em uma história que ele tinha escrito, ele disse não que ele soubesse. Claro, ele já tinha baseado personagens em pessoas que conhecia, já tinha roubado pedacinhos das vidas delas. Um gesto, uma frase, uma cor de olho específica ou jeito de andar. Os pequenos roubos que todos os escritores cometem.

Perguntei o que ele tinha feito de diferente daquela vez.

"Eu estava me apaixonando por você, eu acho. Só conseguia pensar em você. Assim, quando escrevi Marah, você estava na minha cabeça. Sempre."

Eu não entrei na história imediatamente, e não sabia o que tinha acontecido nas partes em que Marah não apareceu. Ler a versão concluída foi uma mistura estranha de *déjà vu* e mistério.

Aparentemente inspirado pela minha entrega sexual no mundo real, a próxima coisa que ele escreveu comigo dentro foi uma história erótica. A Ali era bem mais flexível do que eu, tanto fisicamente quanto nas preferências de gênero.

Gostei muito daquela história, mas uma noite tentei uma coisa na cama que Ali achava divertida, mas que ele achou que era pervertida demais. Depois disso, as únicas cenas de sexo em que ele me colocou envolviam sexo oral.

Os homens podem ser tão previsíveis, mesmo quando são gênios literários.

Talvez principalmente quando são.

Quando ele voltou a me inserir em alguma coisa, eu perdi meu emprego. Era um romance no qual ele estava trabalhando na época, e quando ele estava escrevendo Nora, eu desaparecia da minha vida assim que ele pegava a caneta. Durante dias, até semanas seguidas, quando a escrita estava fluindo bem.

Ele disse que não sabia o que acontecia comigo durante esses momentos. Ele ia até meu apartamento, olhava as coisas, molhava minhas plantas. Quando lembrava. Quando não estava tão mergulhado na escrita que nada do lado de fora era percebido.

Eu sempre estava na cabeça dele nessas ocasiões, ele dizia, nas extremidades dos pensamentos. Como se isso fosse me tranquilizar.

Aconteceu mais rápido. Ele começava a escrever e eu aparecia na história e ficava lá até ele terminar.

Quanto mais eu vivia na escrita dele, menos vivia no mundo real, e menos lembrava como era viver no mundo real, como pessoa real, como eu.

Quando a escrita estava indo bem, eu ficava cercada pelo sentimento confortável e caloroso de que outra pessoa sabia o que estava acontecendo, estava tomando todas as decisões, era a rede de segurança embaixo da corda bamba. Tudo era tênue, com foco suave, borrado na periferia.

Eu podia viver uma aventura sem me preocupar com as consequências. Afinal, eu estava sempre nas beiradas do pensamento dele.

Até o dia em que não estava. Tudo congelou, e eu estava em uma sala fria e branca, cheia de estátuas das pessoas com quem tinha estado conversando.

Andei de pessoa em pessoa, tentando iniciar conversas, mas nada aconteceu. Andei pela sala de novo, procurando uma saída, mas não havia nada. Paredes brancas sólidas, piso, teto. Era uma sala grande, mas eu sentia a pressão das paredes contra a minha pele.

Andei até o centro da sala e me sentei de pernas cruzadas no chão. Esperando.

Sua mente já ficou vazia? Aquele espaço entre um pensamento e o outro, quando seu cérebro é só ruído branco, quando não tem nenhum pensamento na sua cabeça — você se lembra dessa sensação?

Imagine essa ausência se prolongando para sempre. Não há como fugir, porque você não sabe — não é que não lembra, não sabe — o que você estava pensando antes do seu cérebro ter um branco, e assim não sabe o que fazer para fazê-lo funcionar de novo. Simplesmente não tem nada. Silêncio. Branco.

E não há tempo. Não há como saber por quanto tempo você fica naquela sala branca, ampla e claustrofóbica, tornando-se cada vez menos você.

Nunca consegui descobrir por quanto tempo esperei lá. Mas de repente eu estava numa sala que nunca tinha visto, de volta ao mundo real, e ele estava lá.

Havia rugas nos cantos dos olhos dele e fios grisalhos no cabelo. Bloqueio de escritor, ele explicou. Ele tentou escrever até o final, trabalhar em outros projetos, mas nada ajudou. Finalmente, naquela manhã, ele abandonou o romance, classificando-o como impossível de terminar.

Perguntei se ele tentou me trazer de volta quando estava tendo o bloqueio.

Ele nem chegou a pensar nisso.

Foi quando terminei com ele.

Descobri que ele fez muito sucesso quando eu estava longe. Um queridinho dos críticos, elogiado principalmente pela complexidade e veracidade das personagens femininas.

Ao falar de Marah em uma entrevista, ele a descreveu como seu amor perdido. A entrevistadora achou romântico.

Achei a entrevistadora cansativa. Estar perdida não era nada romântico.

Partes de mim ficaram perdidas ou foram cobertas por todas aquelas outras mulheres que fui para ele. Claro, elas eram eu, mas eram a visão dele de mim, exagerada, um pouco diferente, a verdade contada de forma meio torta.

Botei uma música no rádio e lembrei que era Ali que gostava de punk cigano. Abandonei minha padaria favorita por duas semanas quando me convenci de que tinha a alergia a glúten de Fiona.

Por três meses, pensei que meu nome fosse Marah.

Durante tudo isso, houve intervalos de normalidade. Mas eu ainda sentia o puxão quando ele pegava emprestados pequenos pedaços de mim para as ficções dele. Eu perdia meu perfume favorito, ou a lembrança da primeira vez que meu coração foi partido. Pedacinhos de mim que se soltavam, indolores. Às vezes, voltavam quando ele escrevia “Fim”. Mas era mais comum que não voltassem.

Lembrei a ele que tinha prometido não escrever mais sobre mim. Ele me garantiu que não tinha pretendido. Eram só pedacinhos aqui e ali. Ele tomaria mais cuidado. E eu devia era ficar lisonjeada.

Mas, então, uma semana da minha vida desapareceu. Eu amava aquela história, Imogen era uma personagem incrível, o tipo de mulher que eu queria ser. Essa não era a questão.

A questão era que ele tinha me roubado de mim mesma de novo. Eu sumi e não sabia aonde tinha ido parar. E havia mais coisas sobre mim que eu tinha esquecido. Verde era mesmo minha cor favorita?

Liguei o computador e comecei a digitar como louca. Tudo que eu conseguia lembrar sobre mim. Mas quando olhei o arquivo, havia lacunas em itens que eu sabia que já tinha lembrado, e eventos que apareciam duplicados.

Ofegante, tirei a roupa e me olhei, esperando que meu corpo fosse mais real do que minha mente. Mas aquela cicatriz no meu joelho era de cair da bicicleta quando eu tinha doze anos ou de uma pedra afiada demais na praia quando eu tinha dezessete? Era mesmo desse jeito que eu acenava para dizer oi? Eu choraria em um momento desses?

Qualquer um choraria, eu achava.

Eu tentei me reescrever. Revirei caixas de pétalas de flores desbotadas, amassei pedaços de ingressos, folheei anuários obsessivamente. Liguei para amigo depois de amigo para brincar de você-se-lembra.

Quando eu lembrava o suficiente para perguntar. Para saber quem eram meus amigos.

Não deu certo. O dom que ele tinha, ou a maldição da qual eu estava sofrendo e que permitia que ele me arrastasse para suas histórias, era uma magia misteriosa demais para que eu conseguisse duplicar.

Ainda assim, os vazios da minha vida aumentaram. Novas mudanças aconteceram. Acordei um dia e vi que meu cabelo estava branco. Não como o de uma mulher idosa, mas o branco platinado de uma estrela do rock ou de uma rainha elfa.

Eu não o pintei de volta.

Foi publicada uma coleção de contos. Ele apareceu nas listas de mais vendidos e foi indicado para prêmios literários importantes.

Eu esqueci que gostava de leite no café.

Ele ligou, pediu para me ver. Disse que ainda me amava, que era assombrado pelas lembranças da minha pele, da minha voz, do meu cheiro. Eu pensei que também sentia falta dessas mesmas coisas. E disse para ele que sim.

Ele demorou um momento para me reconhecer, ele disse, quando atravessei o bar para me encontrar com ele. Alguma coisa estava diferente. Falei que eu não sabia o que podia ser.

Ele fez o pedido para nós dois. Eu deixei. Eu tinha certeza de que ele sabia do que eu gostava.

Havia uma história, explicou ele. Achava que seria, talvez, a melhor coisa que ele escreveria na vida. Ele sentia a eletricidade da história estalar na pele, sentia as palavras que escreveria latejarem e ecoarem no cérebro.

Ele tinha um esboço que eu podia olhar, ver o que eu achava. Empurrou uma pasta fina sobre a mesa.

Questionei em voz alta por que ele pediria permissão desta vez. Essa história era mais longa. Um épico. Ele não tinha certeza de quanto tempo levaria para escrever. Depois do que aconteceu na última vez, quando eu... Bem. Ele queria perguntar.

Eu agradeci pelo gesto.

Bati os dedos em cima da pasta, mas não a abri.

Um garçom colocou discretamente um Martíni à direita do meu prato. Que engraçado. Eu achava que era Madeleine que tomava Martíni. Mas bebi e fechei os olhos de prazer pelo amargor do álcool.

Eu disse sim.

Para mais uma história, a obra-prima que eu conseguia ver ardendo nos olhos dele. Mas eu tinha uma condição.

Qualquer coisa, disse ele. O que eu precisasse.

Eu queria que ele me deixasse na história quando terminasse.

Ele disse que tinha imaginado que eu poderia pedir isso. Fiquei surpresa por ele não ter tido certeza. Ele assentiu em concordância, e assim ficou combinado.

Nós conversamos trivialidades no jantar. De vez em quando, o olhar dele perdia o foco, e eu via as linhas do enredo sendo tecidas por trás deles.

Fiquei curiosa para saber como ele me batizaria dessa vez, quase perguntei, mas percebi que não tinha importância. E percebi também que nem tinha mais certeza de qual era meu próprio nome. Grace, talvez? Achei que parecia ser o certo. Grace.

Ele começou a rabiscar na capa da pasta enquanto estávamos esperando a conta. Eu o vi escrever.

"Rafe se apaixonou pela voz dela primeiro, perdidamente, quando ela se apresentou como..."

KAT HOWARD mora em Minneapolis. Ela se formou em direito e depois fez Ph.D. em literatura inglesa, ambos na University of Minnesota. Formou-se em 2008 no Clarion Writers' Workshop. "Uma Vida em Ficção" é sua primeira história publicada.

Q

JONATHAN CARROLL

Que o passado comece

EAMON REILLY ERA BONITO E DESLEIXADO. Parecia conhecer todo mundo, até as garçonetes dos restaurantes. Quando passava pela porta, elas abriam sorrisos e começavam a flertar para valer no minuto em que ele se sentava à mesa. Vi isso acontecer várias vezes em locais diferentes, lugares onde nenhum de nós tinha ido. Perguntei se ele conhecia aquelas mulheres, mas ele sempre dizia que não.

Eamon era aberto com as emoções, e funcionava. As pessoas gostavam dele mesmo quando ele estava sendo impossível, o que acontecia com frequência. Ele dirigia um Mercedes velho e malcuidado que era imundo por dentro e por fora. Sempre que alguém andava nele, ele tinha que tirar coisas do banco do passageiro e jogar atrás. Às vezes, não dava para acreditar no que tinha lá — uma forquilha rabdomântica de metal; uma caixa de fraldas (ele era solteiro); uma cesta de pelota basca; e, uma vez, uma foto amassada com um autógrafo muito íntimo de uma famosa atriz de cinema. Ele escrevia tudo em letras de forma tão precisas que pareciam saídas de uma máquina de escrever. Tinha um diário detalhado, mas ninguém nunca via o que havia nele, embora ele carregasse o caderno para todo lado. Sua vida amorosa era um desastre constante, e nós nos perguntávamos por que nenhuma mulher ficava muito tempo com ele.

Ele já teve um relacionamento com minha namorada Ava por algumas semanas. Mas ela não ajudou quando finalmente reuni coragem de perguntar por que ela terminou com ele. "A gente não combinava."

"*E?*"

"E nada. Algumas pessoas não combinam em certas configurações. Tem gente de quem dá para ser amiga, mas se os dois viram amantes, a mistura é errada ou tóxica ou... sei lá. Para mim, Eamon é um cara legal como amigo, mas não foi um bom namorado."

"Por quê?"

Ela apertou os olhos, o que costuma ser sinal de que um tópico está encerrado e Ava não quer mais falar sobre aquilo. Mas daquela vez foi diferente. "Senta."

"O quê?"

"Senta. Vou contar uma história. É meio longa."

Fiz o que ela mandou. Quando Ava manda você fazer uma coisa, você faz porque, ora, porque ela é Ava. A mulher gosta de sobremesa, de política internacional, da verdade, de trabalhar em situações perigosas e de coisas incríveis, não necessariamente nessa ordem. Ela é jornalista e é enviada a missões em lugares extremamente perigosos em todo o mundo, como Spinkai Raghzai, no Paquistão, ou Serra Leoa. Pode ser vista no noticiário da televisão segurando o cabelo ou o capacete enquanto um helicóptero militar decola ali perto, deixando-a com uma pequena equipe de cinegrafistas em um distante posto militar ou em um vilarejo vazio que foi atacado por rebeldes na noite anterior. É destemida, autoconfiante e impaciente. Também está grávida, e é por isso que está em casa ultimamente. Nós temos quase certeza de que o filho é meu, mas há uma chance de ser de Eamon.

Conheço Ava Malcolm há doze anos e a amo há uns onze. Durante esses onze anos, ela não expressou nenhum interesse em mim, exceto por ligações ocasionais de madrugada de lugares inimagináveis, como Ouagadougou ou Aleppo. A qualidade dessas ligações era invariavelmente ruim e barulhenta. Com muita frequência até o nascimento dos telefones via satélite, em algum lugar no meio da conversa a linha ficava muda de repente, como se tivesse se cansado da nossa falação e desejado ir dormir.

Mais tarde, ela admitiu que por um tempo achou que eu fosse gay. Mas quando voltou de uma missão no fim do mundo e viu que eu estava morando com Jan Schick, meus dias gays na mente de Ava Malcolm acabaram.

Mas a pobre Jan não tinha a menor chance. Eu sempre achei que amaria Ava apenas de longe, que ficaria agradecido por qualquer tempo que ela dedicasse a mim e continuaria admirando essa mulher corajosa e talentosa enquanto ela seguia vivendo uma vida importante.

E, então, ela levou um tiro. A amarga ironia é que não aconteceu em um buraco remoto, onde fazia 55 graus à sombra e os bandidos montavam em animais em vez de tanques. Aconteceu em uma loja de conveniência a quatro quarteirões do apartamento dela em Nova York. Uma ida rápida ao mercado para uma garrafa de vinho tinto e um saco de salgadinho de queijo coincidiu com um imbecil chamado Leaky tentando roubar sua primeira loja com uma arma que ele disse depois ter disparado acidentalmente duas vezes. Uma das balas passou de raspão no ombro de Ava. Mas como veio de uma pistola Glock G36 subcompacta, um "raspão" não era coisa pouca. Provavelmente não teria acontecido se ela tivesse se deitado no chão como o resto das pessoas da loja assim que Leaky começou a gritar. Mas Ava, sendo Ava, queria ver o que estava acontecendo, então só ficou parada até a arma disparar, apontada mais ou menos na direção dela.

Ava viu muitas coisas horríveis nos anos de repórter, mas sempre conseguiu escapar de ferimentos. No entanto, como costuma acontecer com pessoas que se feriam seriamente, ela ficou traumatizada. Quando saiu do hospital, ela "viajou, trepou com homens e se escondeu por um ano". Palavras dela.

"Eu saí do hospital com o braço em uma tipoia e o cu pegando fogo. Estava uns 142 por cento maluca, eu diria. Queria viver a vida com o dobro de radicalidade depois — ver o dobro de coisas e ter o máximo de homens que pudesse. Cheguei perto de morrer e a única coisa que aprendi com a experiência foi que eu queria *mais*: mais vida, mais sexo, mais lugares novos...

"Então usei todas as milhas que juntei ao longo dos anos com o trabalho. Quando acabaram, pedi todos os favores a quem me devia e podia me levar aonde eu queria ir. Passei muito tempo no sudoeste da Rússia porque aquela área era como o novo Velho Oeste, com todo o dinheiro do petróleo e exploração indo para lá.

"Foi em Baku que conheci a Yit."

Era o jeito típico de Ava de contar histórias. Nas notícias de televisão ela passava as informações relevantes em perfeitos trechos sonoros e era clara como água. Mas em pessoa se deixava levar, contando uma história ou acontecimento pessoal de tal forma que não se dava conta de que você podia não conhecer Baku ou, como a maioria das pessoas do planeta Terra, o que era um "Yit".

"Por favor, explique os dois últimos termos."

"Azerbaijão", disse ela com impaciência. "Baku é a capital do Azerbaijão."

"Certo, Baku. E o que é Yit?"

"Um *djelloum*."

"O que é um gelum?"

"Yit é outra palavra para *djelloum* — uma espécie de vidente, mas mais xamânico. É uma espécie de combo de vidente e sábio. Mas, no Azerbaijão, são as mulheres que são *djelloum*, não os homens. O que é interessante, porque a sociedade é muito machista e voltada para o masculino em todos os aspectos."

"Certo... Baku e uma Yit."

Ela se inclinou e beijou a lateral da minha boca. "Gosto como você me faz parar e pede explicação. A maioria das pessoas me deixa falando."

"Prossiga."

"Certo. No final da viagem, eu queria passar um tempo em Baku porque um dos meus livros favoritos, *Ali e Nino*, se passa lá. O livro faz a cidade parecer um dos lugares mais românticos do mundo. Não é, mas essa não é a questão.

"Eu estava visitando um bairro chamado Sabunçu. Meu guia era Magsud, um azeri fluente em inglês que já tínhamos contratado antes, quando fui enviada para lá a trabalho. Então, eu conhecia bem o sujeito. Ele sabia de que tipo de coisa eu gostava e no que estava interessada. Daquela vez, como não estava trabalhando, eu o contratei só para me levar para passear.

"Quando chegamos a Sabunçu, Magsud disse que uma das *djelloum* mais famosas da Rússia morava naquela parte da cidade. Eu estaria interessada em visitá-la? Coisas como leitura de mão, astrologia e leitura de cartas de tarô são como crack pras mulheres. Videntes, xamãs, médiuns — é só nos levar. Então eu disse que, claro, eu adoraria conhecer uma Yit.

"O nome dela era Lamiya, que quer dizer 'estudada' em azeri. Ela morava em um pequeno apartamento em um daqueles conjuntos habitacionais sem graça dos anos 1950, uma construção de cimento cinza dos projetos de habitação comunista, em que todos os prédios parecem iguais e dá para se perder facilmente. Acho que havia dois aposentos, mas só vimos a sala, que era escura mesmo no meio do dia. Lamiya estava sentada em um sofá. Ao lado havia um bercinho. O tempo todo que ficamos lá, ela manteve uma das mãos dentro do bercinho, como se estivesse tocando no bebê para que ficasse quieto.

"Depois que nos sentamos, ela perguntou a Magsud se eu sabia sobre *lal bala*, que quer dizer criança silenciosa. Ele disse que não. Ela falou para ele explicar para mim antes de ela prosseguir. Claro que eu não entendi o que eles estavam falando porque eles estavam falando azeri. Mas eu o vi fazer uma careta quando ela terminou, como se fosse difícil me explicar aquilo de uma forma que eu fosse entender.

"Enquanto Magsud explicava *lal bala* para mim, Lamiya manteve a mão dentro do bercinho. Eu só soube depois." Ava parou de falar e ficou olhando para mim por alguns momentos. Acho que estava reunindo forças para seguir para a parte difícil.

"Agora vou contar a história exatamente como aconteceu. Você pode acreditar ou não, mas saiba que eu acredito de coração por causa do que Lamiya me disse sobre mim mesma. Detalhes e fatos que ninguém na face da Terra poderia saber além de mim. *Ninguém*, entende? Nem meus pais, nem minha irmã, ninguém. Mas Lamiya sabia. Ela citou as coisas mais íntimas sobre mim como se estivesse lendo uma lista.

"Primeiro preciso explicar a criança silenciosa. De acordo com a lenda, há três na Rússia o tempo todo. Quando uma morre, outra nasce imediatamente para substituí-la. É como a sucessão do Dalai Lama no Tibete: uma criança silenciosa escolhe a mãe antes de nascer."

"O que você quer dizer com antes de nascer? Antes da *criança* nascer?"

"É. Lamiya disse que sabia que teria uma criança silenciosa assim que sentiu que estava grávida. Então, quando a dela nasceu, ela não ficou surpresa nem chateada de ver."

"Por que alguém ficaria chateado de ver o próprio bebê? Havia alguma coisa de errada com ele?"

Ava pareceu apreensiva, como se hesitante de dizer o que tinha que ser dito em seguida. "A criança não está viva. Quer dizer, está meio viva... meio viva e meio morta; vive metade neste mundo e metade no outro mundo também."

"Que 'outro mundo'?"

"A vida após a morte. O bebê está meio vivo e meio morto, como falei. Nunca envelhece. Vive um certo número de anos; nunca sabem quantos serão. Isso é diferente para cada criança. No dia em que morre, está exatamente igual ao dia em que nasceu, apesar de algumas dessas crianças viverem por décadas. Nunca se mexe, nem come, nem respira. Nunca abre os olhos. Mas o coração bate, e, mais importante, é um oráculo.

"Depois que ela conta coisas secretas sobre você que o convencem sem a menor sombra de dúvida de que ela é genuína, você tem permissão de fazer duas perguntas à mãe. Você pode perguntar qualquer coisa — sobre o passado, sobre o futuro, qualquer coisa que queira. Enquanto ela estiver tocando na criança silenciosa, ela vai responder. Mas você só pode perguntar duas coisas."

"O que você perguntou?"

Ava balançou a cabeça. "Não vou contar. Mas parte..." Ela parou, se levantou e andou até a janela. Fiquei sentado esperando algum sinal do que fazer — ir até ela, ficar sentado, falar, ficar em silêncio...

Tocando no vidro da janela, ela deslizou os dedos em um arco longo na condensação. Eu quase conseguia sentir a umidade fria nas pontas dos meus dedos. O que ela disse em seguida me pegou completamente desprevenido.

"Eamon Reilly já contou a você sobre o passado dele? Sobre a infância?"

"*Eamon?* O que ele tem a ver com isso?"

"Muita coisa." Ava começou a esfregar as duas mãos com muita rapidez no vidro, como se tentando apagar alguma coisa. Em seguida, se virou para me olhar. "Acompanhe o que eu digo — tudo está conectado. Vocês já conversaram sobre o passado dele?"

"Não."

"O pai de Eamon era piloto. Aterrorizou a família por anos, batia neles e fazia muitas outras coisas terríveis — um verdadeiro sádico. Uma das torturas favoritas era voar bem baixo por cima da casa deles com um jatinho quando sabia que todos estavam em casa. Eamon disse que era tão assustador que as crianças e a mãe se escondiam debaixo da cama ou no porão porque tinham certeza de que um dia ele cairia em cima da casa e mataria todos eles."

"O que aconteceu com ele?"

"O sujeito também era um bêbado, e por sorte caiu com o carro da ponte um dia e morreu."

"Jesus! Então é por isso que Eamon tem... o quê, *questões*?"

"É. Uma vez fiquei tão irritada pelo jeito como ele estava se comportando que dei um tapa na cara dele. Só então ele me contou algumas das histórias e detalhes da infância. Eu finalmente comecei a entender por que ele é como é. Não o torna menos exasperante, mas, cara, com aquele passado..."

"Terrível. Coitado."

"É. Não sei se é o único motivo para ele ser tão peculiar, mas deve contribuir."

Cruzei os braços sobre o peito e perguntei: "Mas o que isso tem a ver com a criança silenciosa?".

"Uma das coisas que Lamiya me contou foi que sou parte de uma maldição."

Descruzei os braços lentamente e fiquei sem saber o que fazer com eles. "O que você quer dizer, você é *amaldiçoada*?" Minha voz soou ao mesmo tempo duvidosa e desesperada. Como suas mãos e sua voz ficam inúteis em momentos assim. Só ficam atrapalhando; nenhuma delas sabe o que fazer nem como se comportar em uma crise que de repente cai em cima de você na forma de uma palavra — como "amaldiçoada" ou "morto" ou "câncer".

Ela balançou a cabeça. "Não, eu sou *parte* de uma maldição. Mas acho que, de certa forma, eu sou por causa do papel que tenho nisso.

"Lamiya disse que depois que eu voltasse para os Estados Unidos, eu engravidaria, e foi o que *aconteceu*. Mas meu filho vai sofrer a maldição de viver exatamente a mesma vida que o pai, quer ele queira ou não. Só alguns detalhes não importantes serão diferentes." Ela parou e não disse mais nada, mas continuou olhando diretamente para mim. Acho que ela estava deixando que eu absorvesse as palavras.

"Ela não disse quem seria o pai?"

"Não, ela não quis dizer isso. Disse que quem me engravidasse seria aquele que carrega a maldição."

"Então pode ser eu também, Ava."

"Pode, você está certo. Vamos descobrir com um exame de DNA, mas eu queria falar com você primeiro, antes de fazer. Você obviamente é uma parte importante disso."

"É, *acho* que sou", eu disse cinicamente e com crueldade, apesar de não querer. Eu nunca quis ser cruel com ela, mas por que ela estava me contando isso agora? Por que não antes?

Mais silêncio.

"Eu te amo, Ava, mas isso é loucura, muita loucura. Parece uma das histórias das Mil e Uma Noites — a criança silenciosa, uma *djelloum*, uma maldição... Como você pode saber que é verdade?"

"Por causa das coisas que aconteceram desde que a vi. Coisas que Lamiya disse que *aconteceriam*. Todas aconteceram: a gravidez, meu caso com Eamon, e mais do que tudo, *você*."

"O que você quer dizer com 'eu'?"

Naquele momento, a máquina de lavar que estava funcionando ao fundo decidiu apitar e parar. Ava ficou em silêncio e não estava com cara de quem ia responder à minha pergunta tão cedo. Fiz uma careta e andei até o outro lado para pegar as roupas lavadas. Abri a porta da máquina, me inclinei e tirei as roupas molhadas.

"Ava."

"O quê?"

"Sua máquina de lavar está cheia de letras." Puxei um K grande, branco e molhado e coloquei na palma da mão. Depois de olhar, eu o levantei para ela ver. Tinha uns 25 centímetros e parecia feito de pano molhado. Olhei na máquina de novo e vi que, em vez de roupas, estava cheia de uma pilha encharcada de letras de forma.

Ava não pareceu surpresa. Na verdade, ela assentiu quando eu mostrei o K.

"Eu as coloquei aí."

"Você colocou... onde está sua roupa suja?"

"No banheiro."

"Mas por quê? Por que você fez isso? O que são essas letras? Para que servem?"

"Pegue mais quatro. Não escolha — só enfie a mão e tire quatro. Vou dizer por que quando você terminar."

Eu queria dizer alguma coisa, mas não disse. Enfiei a mão na máquina de lavar e a mergulhei na pilha grande, macia e molhada de letras de pano como se estivesse escolhendo os números de um bingo. Quando estava com quatro na mão, Ava me mandou juntar todas no chão para formarem alguma palavra. As letras eram K, V, Q, R e O.

"Não formam palavra nenhuma porque só tem uma vogal."

Ela estava longe o suficiente para não conseguir ver quais eram. "Me diga quais pegou."

"K, V, Q, R e O."

Ela bateu com as duas mãos no colo. "Foram as mesmas letras que Eamon escolheu."

"*O quê?* Eamon também fez isso? Você também mandou que ele tirasse letras da máquina de lavar?" Eu percebi que minha voz estava alta, quase gritando.

"Sim, foi um teste para vocês dois. Eu sabia qual seria a resposta, mas tinha que fazer mesmo assim." O tom da voz dela dizia que não era nada de mais — por que eu estava fazendo esse escândalo todo?

Um teste usando letras molhadas tiradas da máquina de lavar? Eamon também fez? Criança silenciosa. Uma Yit. Uma maldição. Pela primeira vez em todos os anos que eu a conhecia, olhei para Ava como se ela pudesse ser o inimigo.

"VOCÊ ACHA QUE AVA está louca?"

"Claro que está louca. Por que você acha que eu a deixei?"

"*Você* a deixou? Ela disse que foi o contrário — que ela deixou você."

Eamon riu com deboche e puxou o lóbulo da orelha. "Você sabe o que dizem: nunca se apaixone por um psiquiatra porque eles são as pessoas mais malucas do mundo? Quero alterar essa frase e dizer que os correspondentes também. Nunca se apaixone por um correspondente de guerra. Eles viram coisas ruins demais. Toda a dor e sofrimento os afeta e ferra a cabeça deles. O giroscópio de Ava está torto, cara.

"Ela contou a história da criança silenciosa? É por isso que você está aqui?" Ele não esperou resposta. Pegou a vodca e tomou um gole como se já soubesse o que eu ia dizer. "Aquilo não foi o problema. Era meio doido, mas pelo menos foi divertido. Foi uma boa história. Mas aí vieram as letras na máquina de lavar, depois os animais congelados..."

"Que animais congelados?"

Ele bateu no meu ombro. "Ela ainda não fez isso? Ah, tem mais surpresas guardadas para você, amigão! Quanto mais tempo você passar com Ava, mais divertida ela fica. Eu pulei fora nos animais congelados. Foi o suficiente para mim. Ufa."

"Mas e se o filho for mesmo seu?"

Eamon apoiou o queixo na mão e olhou para o chão. "Então vou fazer tudo que puder para que Ava e o bebê fiquem protegidos e bem cuidados. Mas não vou morar com aquela mulher. De jeito nenhum. Ela é doida de pedra." Ele falou com calma e determinação. Já tinha pensado naquilo tudo e agora estava tranquilo com suas decisões.

"Mas espera, Eamon. Imagina só por um minuto se o que ela disse ser verdade for verdade. E se você for o pai e a criança tiver a maldição de viver a sua vida?"

"Minha vida não teve problema nenhum. Tenho uma vida boa."

"E seu pai e as coisas que ele fez com a sua família?"

"É, aquilo foi terrível, mas não planejo fazer as mesmas coisas com a minha família se eu acabar tendo uma um dia." Ele sorriu para mim. "E não tenho licença de piloto, então não precisa ter medo de eu passar voando sobre a casa de Ava e mergulhar na direção dela.

"A propósito, e o *seu* pai? Ele foi um homem bom? E se você for o pai da criança? Ela vai ter que se preocupar com isso?"

"Eu não conheci meu pai. Ele deixou minha mãe quando eu tinha dois anos."

"Bem, aí está! Lamento ouvir isso, mas de certa forma quer dizer que você pode ser mais perigoso do que eu se realmente houver maldição. Porque você não sabe que tipo de cara seu pai foi, ou é. Ele pode ser bem pior do que o meu velho."

Nós nos olhamos, e nosso silêncio foi de quem concorda com o que ele tinha acabado de dizer.

Eamon riu e balançou a cabeça. "Pobre Ava... Na pior perspectiva, se a maldição *for* verdade, ela pode estar ferrada de um jeito ou de outro: eu com meu pai monstro, e você com seu pai misterioso que poderia bem ser Jack, o Estripador."

Eu disse com voz fraca: "Pode ser que meu pai seja um cara ótimo".

"Caras ótimos não abandonam a família."

"Você abandonou Ava."

A voz dele se reduziu a um resmungo baixo. "Ela não é minha família. Eu nunca disse que queria ser pai."

Às vezes as pessoas dizem coisas, muitas vezes sem querer, que chegam a uma conclusão por você. Assim que Eamon disse que não queria ser pai, tive um estalo mental de que eu *queria* ser o pai do filho de Ava — mais do que qualquer coisa no mundo. Era simples assim. Eu a amava e desejava ser parceiro dela pelo resto da vida se ela quisesse. Eu não me importava se o filho dela fosse de Eamon e não me importava se houvesse maldição. E, mais importante, eu não me importava se Ava Malcolm era uma doida varrida. Eu queria ficar com ela e faria qualquer coisa para fazer com que isso acontecesse.

Quando falei isso para Eamon, ele levantou um braço e o moveu pelo ar, como se fosse um padre me dando uma bênção. "Não sei se você é idiota, masoquista ou o cara mais maneiro da face da Terra. Você sabe que as pessoas não ficam melhores com a idade — só ficam mais como elas realmente são. Se Ava é doida agora, ela só vai ficar mais doida."

"Eu sei. Mas talvez ela não seja."

"Verdade, talvez ela não seja. Mas a alternativa para ela não ser doida é que existe *mesmo* uma maldição e você vai ter que enfrentar um monte de merda totalmente diferente. De qualquer modo, a batata quente está na sua mão."

"Pode ser que sim, mas pode ser que não. Você sabe que ela vai ao hospital hoje pegar o resultado do exame de DNA."

Eamon respirou fundo e soltou o ar de uma vez só. "Me liga e me conta o resultado, tá?"

"Pode deixar." Estiquei a mão direita, e demos um longo aperto de mãos.

Ele sorriu. "Você é um bom sujeito, de verdade. Ficar ao lado de Ava assim, a qualquer custo? Corajoso da sua parte."

"Eamon, antes de eu ir embora, me conte sobre os animais congelados que você mencionou antes."

"Não, você não precisa ouvir sobre isso agora. Talvez tenha sido só uma coisa que ela fez comigo. Esqueça que falei." Ele me deu um tapinha no ombro e saiu do bar.

Quando voltei para o apartamento de Ava, ela não estava lá, então abri a porta com a minha chave. Na mesa do corredor, de um jeito impossível de não ver, havia uma pilha de papéis com um bilhete amarelo em cima. Com letras pretas grandes, dizia LEIA, POR FAVOR. Peguei os papéis e vi que havia mais coisa escrita no bilhete com letras menores.

"Este é o resultado do exame de DNA. Diz que nem você nem Eamon é o pai do meu filho. Sou covarde e não tenho coragem de estar aqui quando você descobrir isso. Vou passar a tarde com minha irmã e volto mais tarde. Por favor, fique aqui para que possamos pelo menos conversar. Me desculpe por ter mentido para você sobre outros homens. Houve outros desde que você e eu ficamos juntos.

"Não sei se vai fazer diferença para você, mas não menti sobre Lamiya e a maldição. Não sei quem é o pai, embora até hoje eu tivesse certeza de que era você ou Eamon. Mas Lamiya *foi* real. A maldição é real. Meu profundo amor e afeição por você são reais. Por favor, esteja aí mais tarde. Eu não mereço, mas posso pedir."

Atordoado, tentei olhar os papéis na pilha, mas tudo era composto de números e gráficos e um resumo no final. Não consegui entender porque meu cérebro estava voando rápido e não tinha mais espaço dentro dele.

Ainda de casaco, andei para a sala com os papéis na mão e me sentei no sofá. O sofá onde tivemos tantas boas conversas e fizemos sexo e passamos momentos silenciosos e satisfeitos, sentados juntos, lendo ou só estando presentes. Tentei olhar os papéis de novo, mas não foi possível, então me inclinei para a frente para jogá-los na mesa de centro na frente do sofá.

Um grande livro de fotografia que eu nunca tinha visto antes estava ali. O título do livro era *Freeze Frame*, e todas as fotos dentro eram imagens impressionantes de animais mortos, peixes e répteis... todo o reino animal congelado. Todas as imagens eram de criaturas mortas congeladas — de costas, de lado, no gelo no mercado, em estradas vazias cobertas de neve onde tinham sido atropelados e mortos por carros passando. O livro era lindo, comovente e macabro ao mesmo tempo. Enquanto o folheava, eu ficava pensando na pergunta de Eamon, se eu já tinha encontrado os animais congelados. Era disso que ele estava falando, desse livro? Ou havia mais?

Eu tinha olhado umas dez fotos até chegar à página marcada. Havia um Post-it verde no alto, dobrado na página pelo uso constante. A fotografia era diferente de todas as outras no livro. Era de uma mulher vestida de preto segurando um bebê nos braços. Está nevando — o mundo em volta dela está branco. Ela e a criança são a única cor presente. Mas a criança, ou o pouco que conseguimos ver porque a mulher a está segurando como se a estivesse escondendo do fotógrafo, parece morta e tão branca nos braços dela que também poderia estar congelada, como todos os outros seres do livro.

Mas o mais impressionante na fotografia é a expressão no rosto da mulher. Ela está totalmente serena. Se *está* segurando uma criança morta, ela passou do ponto da dor para uma coisa sagrada ou não humana. Ela está em paz, ou em uma espécie de loucura transcendental que lhe deu paz. A imagem era tão poderosa e linda — não há outra palavra para ela — que fiquei olhando pelo que devia ter sido um minuto inteiro. Só depois que aquela primeira impressão hipnótica passou foi que olhei para o pé da página, onde ficavam todos os créditos das fotos. O nome do fotógrafo não estava listado, mas o local onde foi tirada era Sabunçu, Baku, Azerbaijão.

JONATHAN CARROLL, em geral considerado um autor de realismo mágico, é autor do livro *The Land of Laughs* e muitos outros. Ele ganhou os prêmios Bram Stoker, World Fantasy e British Fantasy.

0

JEFFERY DEAVER

O terapeuta

Um

EU A CONHECI POR ACIDENTE, EM um Starbucks perto do centro médico onde fica meu consultório, e soube na mesma hora que ela estava com problemas.

Afinal, reconhecer pessoas aflitas era minha profissão.

Eu estava lendo as anotações dos meus pacientes, que transcrevo imediatamente depois das sessões de cinquenta minutos (muitas vezes, como agora, fortificado pelo meu latte favorito). Tenho boa memória, mas, no campo de aconselhamento e terapia, é preciso ser "totalmente diligente e incansável", a expressão de muitas sílabas sendo a preferida de um dos meus professores favoritos.

Esse local específico fica nos arredores de Raleigh, em um movimentado shopping a céu aberto, e, sendo dez e meia da manhã de um dia agradável de maio, havia muita gente ali em busca de sua dose de cafeína.

Havia uma mesa vazia perto de mim, mas sem cadeira, e a morena elegante de vestido azul-marinho conservador se aproximou e perguntou se podia pegar a cadeira sobrando da minha mesa. Eu olhei para o rosto redondo, bonito no estilo da revista *Good Housekeeping*, não no da *Vogue*, e sorri. "Fique à vontade."

Não fiquei surpreso quando ela não disse nada, não sorriu. Ela só pegou a cadeira, fez muito barulho ao virá-la e se sentou. Não que fosse um flerte sendo rejeitado; meu sorriso não foi mais do que um gesto ligeiramente simpático. Eu tinha o dobro da idade dela e parecia — surpresa! — um terapeuta calvo que vivia no consultório e na biblioteca. Nem um pouco o tipo dela.

Não, a resposta fria veio do problema em que ela estava metida. O que, por sua vez, *me* perturbava muito.

Sou terapeuta licenciado, uma profissão na qual as regras da ética me impedem de obter trabalho da mesma forma que um designer gráfico ou um personal trainer poderiam conseguir. Assim, eu não disse nada e voltei às minhas anotações, enquanto ela tirava uma pilha de papéis de uma bolsa de academia e começava a revisá-la, tomando a bebida com urgência, mas sem apreciar o líquido quente. Não fiquei surpreso. Com os olhos doloridos, a cabeça baixa, consegui ver que ela estava trabalhando em um plano de aula. Acredito que era do sétimo ano.

Professora... Fiquei ainda mais preocupado. Sou particularmente sensível a problemas emocionais e psicológicos em pessoas que têm influência sobre jovens. Eu não atendo crianças como pacientes — é uma especialidade à qual nunca me dediquei. Mas nenhum psicólogo pode atuar sem uma compreensão rudimentar da psique infantil, onde são plantadas as sementes dos problemas posteriores que meus colegas e eu tratamos no atendimento a adultos. Crianças, especialmente entre dez e onze anos, estão em estados de desenvolvimento particularmente suscetíveis e podem ficar eternamente prejudicadas por uma mulher como a professora sentada ao meu lado.

Claro que, apesar de toda a minha experiência na área, não é impossível fazer diagnósticos errados. Mas minhas preocupações foram confirmadas um momento depois, quando ela atendeu uma ligação. Ela falou baixo no começo, mas com um tom ríspido na voz, o tom e a linguagem sugerindo que a pessoa que ligou era alguém da família, provavelmente uma criança. Meu coração despencou com a ideia de ela ter filhos. Não fiquei surpreso quando alguns minutos depois sua voz se ergueu com raiva. Ela estava perdendo o controle. "Você fez o quê?... Eu falei para não fazer, em nenhuma circunstância... Você não prestou atenção ao que eu disse? Ou foi burrice de novo?... Tudo bem, vou para casa depois da conferência... Nós conversamos depois."

Se ela pudesse ter batido o telefone em vez de apertado o botão de desligar, tenho certeza de que teria feito isso.

Um suspiro. Um gole da bebida de café. E de volta às anotações furiosas nas margens do plano de aula.

Eu baixei a cabeça e olhei para as minhas anotações. Meu prazer pelo latte tinha passado completamente. Tentei pensar em como prosseguir. Sou bom em ajudar pessoas, e gosto (há um motivo para isso, claro, um que remete à minha infância, o que não é mistério). Eu sabia que podia ajudá-la. Mas não era fácil assim. Muitas vezes, as pessoas não sabem que precisam de ajuda e, mesmo que saibam, resistem a procurar alguém. Normalmente, eu não me preocuparia tanto com um encontro passageiro desses; eu daria um tempo à pessoa para que ela percebesse sozinha que precisava de terapia.

Mas isso era sério. Quanto mais eu observava, mais claros eram os sintomas. A rigidez da postura, a falta de alegria e de prazer no que estava fazendo no plano de aula, a falta de prazer na bebida, a raiva, o jeito trêmulo e obsessivo com que escrevia.

E os olhos. Aquilo que mais fala, ao menos para mim.

Os olhos.

Por isso, decidi arriscar. Eu me levantei para comprar outro latte e, ao voltar para a minha mesa, deixei um guardanapo cair na dela. Pedi desculpas e o peguei. Depois ri e olhei para o trabalho dela.

"A minha namorada é professora", eu disse. "Ela odeia planos de aula. Nunca sabe direito o que fazer com eles."

Ela não queria ser incomodada, mas até as pessoas no estado dela aceitam certas convenções sociais. Ela levantou o rosto, os olhos perturbados de um castanho profundo. "Dão mesmo trabalho. Mas o comitê da escola insiste."

Desajeitado, mas pelo menos quebrei o gelo e conversamos um pouco.

"Sou Martin Kobel."

"Annabelle Young."

"Onde você dá aula?"

Era em Wetherby, uma cidade de bom tamanho no centro da Carolina do Norte, a uma hora de Raleigh. Ela estava ali para ir a uma conferência sobre educação.

"Pam, a minha namorada, dá aula no ensino fundamental I. E você?"

"Fundamental II."

Os anos mais voláteis, eu reflito.

"É a idade que ela está pensando em pegar agora. Está cansada de crianças de seis anos... Você bota muita energia nisso", eu disse, indicando o plano.

"Eu tento."

Eu hesitei um momento. "Escuta, é meio fortuito eu ter encontrado você. Se eu desse a você nosso número e você tivesse alguns minutos — quer dizer, se não for forçar a barra —, você poderia pensar em ligar para a Pam? Ela precisa de conselhos. Uns cinco minutos, só. Para dar algumas sugestões sobre o fundamental II."

"Ah, não sei. Sou professora há apenas três anos."

"Só pense no assunto. Você parece saber o que está fazendo." Eu peguei um cartão de visitas.

Martin J. Kobel, mestre
Terapia comportamental
Especialidades: controle de raiva e vícios

Escrevi "Pam Robbins" no alto, junto com o número do telefone de casa.

"Vou ver o que posso fazer." Ela enfiou o cartão no bolso e se voltou para o café e para o plano de aula.

Eu sabia que tinha ido o mais longe que podia. Qualquer coisa além daquilo pareceria inadequada e a afastaria.

Depois de quinze minutos, ela olhou o relógio. Aparentemente, a conferência a que ela tinha ido assistir recomeçaria em breve. Ela deu um sorriso frio na minha direção. "Foi um prazer falar com você."

"Igualmente", eu disse.

Annabelle pegou o plano de aula e as anotações e enfiou tudo na bolsa. Quando se levantou, um adolescente passou por ela e a empurrou sem querer com a mochila volumosa. Vi os olhos dela se encherem daquela expressão que eu conhecia tão bem. "Meu Deus", sussurrou ela para ele. "Aprenda bons modos."

"Ei, moça, me desculpa..."

Ela fez um gesto de mão para o pobre garoto deixar pra lá. Annabelle andou até o balcão para colocar mais leite no café. Limpou a boca e jogou o guardanapo fora. Sem olhar para mim e para mais ninguém, ela virou o semblante frio na direção da porta e saiu.

Esperei trinta segundos e fui até o local onde estava o leite. Ao olhar no buraco da lixeira, vi, como esperava, o meu cartão, ao lado do guardanapo amassado. Eu teria que usar uma abordagem diferente. Mas não desistiria. Os riscos envolvendo o bem-estar dela e das pessoas próximas eram bastante altos.

Contudo, seria necessária certa delicadeza. Percebi que não se pode dizer abertamente para pacientes em potencial que os problemas deles são resultado não de uma infância perturbada ou de um relacionamento ruim, mas simplesmente porque uma entidade invisível se agarrou às psiques deles como um vírus e estava exercendo sua influência.

Em uma outra era, ou em um outro local, alguém poderia ter dito que a professora estava possuída por um espírito demoníaco ou similar. Agora somos bem mais científicos sobre esse tema, mas ainda é melhor entrar no assunto aos poucos.

ANNABELLE YOUNG ESTAVA SOB influência de um neme.

O termo foi cunhado por um médico em Washington, D.C., James Pheder, um biólogo e pesquisador renomado. Ele elaborou o termo combinando as palavras "negativo" e "meme", esta última descrevendo um fenômeno cultural que se espalha e se replica nas sociedades.

Acho que a referência a meme — a versão com "m" — engana um pouco, pois sugere uma coisa mais abstrata do que um *n*eme realmente é. No meu longo livro sobre o assunto, publicado alguns anos atrás, eu defino um neme como "um corpo discreto de energia intangível que evoca reações emocionais extremas em humanos, resultando em comportamento na maioria das vezes prejudicial ao hospedeiro ou à sociedade na qual ele ou ela vive".

Mas "neme" é um nome curto e conveniente, e todos os terapeutas e pesquisadores familiarizados com o conceito o usam.

A palavra também é benéfica no fato de descrever de forma neutra uma construção científica e comprovada, e evita os termos históricos que acobertaram a verdade por milhares de anos. Palavras como fantasmas, espíritos, as presenças numinosas de Rudolf Otto, mortos-vivos, os fantasmas famintos do budismo, as mulheres de branco das localidades rurais, os yurei japoneses, demônios. Dezenas de outros.

Essas lendas fictícias e superstições eram, de modo geral, resultado da incapacidade de explicar cientificamente os nemes no passado. Como costuma acontecer, até um fenômeno ser racionalmente explicado e quantificado, o folclore preenche as lacunas. A antiga crença, por exemplo, na geração espontânea — que vida podia surgir de objetos inanimados — foi aceita por milhares de anos, apoiada por observações aparentemente científicas, como o surgimento de larvas e outras infestações em comida podre ou água parada. Só quando Louis Pasteur provou por experimentos controlados e repetidos que materiais vivos, como ovos ou bactérias, tinham que estar presentes para haver geração de vida foi que a antiga visão caiu.

A mesma coisa aconteceu com os nemes. Elaborar o conceito em termos de fantasmas e possessão de espíritos era uma ficção simples e conveniente. Agora, sabemos a verdade.

Quando eu era criança, nunca ouvi falar dessas coisas que depois seriam chamadas de nemes. Só depois de um incidente particular foi que fiquei ciente: as mortes dos meus pais e do meu irmão.

Podemos dizer que minha família foi morta por um.

Quando eu tinha dezesseis anos, fomos a um dos jogos de basquete de Alex na nossa escola. Em determinado momento, fui com meu pai ao quiosque de cachorro-quente. O pai de um jogador do time adversário estava parado ali perto, tomando uma Coca e vendo o jogo. De repente — ainda lembro com perfeição —, o homem passou por uma transformação, mudou instantaneamente de relaxado e benigno a tenso, distraído, defensivo. E os olhos... não havia dúvida de que mudaram. A cor pareceu se alterar; ficaram mais escuros, maléficos. Eu sabia que alguma coisa tinha acontecido, que alguma coisa o tinha possuído, eu pensei na época. Fiquei gelado e me afastei dele.

O homem ficou com raiva de repente. Furioso. Alguma coisa na quadra o irritou. Uma falta, talvez, uma marcação ruim do árbitro. Ele gritou com o time de Alex, gritou com nosso treinador, com o árbitro. Em sua fúria, ele esbarrou no meu pai e deixou cair o refrigerante, molhando os sapatos. Foi culpa dele, mas ele pareceu culpar meu pai pelo acontecimento. Os homens iniciaram uma discussão, mas meu pai logo percebeu que o outro estava descontrolado, consumido pela estranha fúria, e voltou comigo para a arquibancada.

Depois do jogo, continuei incomodado, mas achei que o problema tinha ficado para trás. Mas não. O homem nos seguiu até o estacionamento e, gritando, desafiou bizarramente meu pai para uma briga. A esposa do sujeito estava chorando, puxando-o para trás e pedindo desculpas. "Ele nunca se comportou assim, de verdade!"

"Cala a boca, puta", disse ele, enfurecido, e bateu nela.

Abalados, nós entramos no carro e fomos embora. Dez minutos depois, dirigindo pela I-40, estávamos sentados em um silêncio apreensivo quando um carro cortou pelas três pistas. O homem do jogo nos fechou, tirando-nos da estrada.

Eu me lembro de ter visto o rosto dele contorcido de raiva acima do volante.

No tribunal, ele explicou às lágrimas que não sabia o que tinha acontecido. Era como se tivesse sido possuído. Essa defesa não o ajudou muito. Ele foi declarado culpado três vezes de homicídio culposo em primeiro grau.

Depois que saí do hospital após o acidente, não consegui tirar da cabeça a lembrança do que tinha acontecido ao homem. De como ficou claro para mim que ele tinha mudado em um piscar de olhos. Foi como virar um interruptor.

Comecei a ler sobre mudanças repentinas na personalidade e fúria e impulso. Essa pesquisa acabou me levando aos textos do dr. Pheder e outros pesquisadores e terapeutas. Fiquei fascinado com o conceito de nemes, considerado teoria por alguns, realidade por outros.

Quanto à origem, há várias teorias. Aceito a que me parece mais lógica. Nemes são vestígios de instinto humano. Foram parte integral da formação psicológica das criaturas da corrente que levou ao *Homo sapiens* e foram necessários à nossa sobrevivência. Nos primórdios dos humanoides, era ocasionalmente necessário se comportar de formas que consideraríamos ruins ou criminosas agora. Cometer atos de violência, ficar furioso, impulsivo, sádico, ganancioso. Mas, conforme as sociedades se formaram e se desenvolveram, a necessidade desses impulsos mais sombrios passou. Os corpos governantes, os exércitos, os executores da lei assumiram a tarefa da nossa sobrevivência. A violência, a fúria e os outros impulsos sombrios se tornaram não só desnecessários, mas eram contra os interesses da sociedade.

De alguma forma — há várias teorias sobre isso — os impulsos neurológicos poderosos que motivaram esses comportamentos sombrios se separaram dos humanos e passaram a existir como entidades independentes, bolsões de energia, poderíamos dizer. Na minha pesquisa, encontrei um precedente para essa migração: a mesma coisa aconteceu com a telepatia. Muitas gerações atrás, a comunicação psíquica era comum. O advento das técnicas modernas de comunicação eliminou a necessidade do que poderíamos chamar de percepção extrassensorial, embora muitas crianças pequenas ainda tenham habilidades telepáticas documentadas. (Entretanto, é interessante notar que, com o uso cada vez maior de celulares e computadores pelos pequenos, os incidentes de telepatia entre os jovens estejam caindo drasticamente.)

Mas, seja qual for sua genealogia, os nemes existem e há milhões deles. Eles flutuam por aí como vírus da gripe até encontrar uma pessoa vulnerável e se incorporar à psique do hospedeiro ("incorporar" é usado no lugar de termos críticos como "infestar" ou "infectar", e nunca a palavra teologicamente carregada "possuir"). Se alguém está impulsivo, irritado, deprimido, confuso, assustado — até fisicamente doente —, os nemes sentem e vão direto para o córtex cerebral, a parte do cérebro onde as emoções são controladas. Eles costumam evitar pessoas emocionalmente estáveis, com força de vontade e que têm um grau elevado de autocontrole, embora nem sempre.

Os nemes são invisíveis, como ondas eletromagnéticas e a luz no fim do espectro, mas às vezes é possível saber se estão perto caso você ouça distorção em um celular, televisão ou rádio. Normalmente, o hospedeiro não sente a incorporação em si; só sente uma mudança repentina de humor. Algumas pessoas conseguem sentir na hora. Sou um desses, apesar de não haver nada de "especial" em mim. É só como ter ouvido apurado ou visão boa.

Os nemes pensam?

De certa forma, sim. Embora pensamento provavelmente seja a palavra errada. É mais provável que eles sejam como insetos, com uma sensação de percepção e instinto. A sobrevivência é muito forte neles também. Não há nada de imortal nos nemes. Quando o hospedeiro falece, eles parecem também se dissipar. Eu não acredito que eles se comuniquem uns com os outros, pois nunca vi nenhuma evidência disso.

Isso não minimiza os danos que eles provocam, claro. É significativo. A fúria, o comportamento impulsivo que surge da incorporação leva a estupro, assassinato, abuso físico e sexual e danos mais sutis, como uso excessivo de substâncias tóxicas e abuso verbal. Também afetam a fisiologia e a morfologia do corpo do hospedeiro, como uma série de autópsias vários anos atrás provou.

Depois do meu terrível encontro pessoal com um neme, decidi que queria trabalhar em um campo que ajudasse a minimizar o mal que eles podiam fazer. Eu me tornei terapeuta.

A linha da minha abordagem é comportamental. Quando se está sob influência de um neme, não dá para "expulsá-lo", como um profissional (agora não mais) brincou de forma infeliz em uma conferência de psicoterapia em Chicago há alguns anos. Dá para tratar os sintomas. Eu me concentro em trabalhar com meus pacientes para alcançar o autocontrole, usando uma série de técnicas para evitar ou minimizar comportamentos que sejam destrutivos para eles ou outros. Na maioria dos casos, nem importa que o paciente saiba que ele ou ela é hospedeiro de um neme (alguns pacientes ficam à vontade com a realidade, outros não). De qualquer modo, os métodos que eu uso são sólidos e estabelecidos, usados por todos os terapeutas comportamentais e com bom nível de sucesso.

Houve derrotas ocasionais, claro. É da natureza da profissão. Dois pacientes meus, nos quais nemes muito potentes haviam incorporado, se mataram quando não conseguiram resolver o conflito entre seus objetivos e o comportamento influenciado pelo neme.

Tem também uma coisa que tenho sempre em mente há anos: o risco para mim. Minha vida é dedicada a minimizar a eficiência e a propagação deles, e às vezes me pergunto se um neme sente que sou uma ameaça. Isso provavelmente é dar muito crédito a eles; é preciso tomar cuidado para não os personificar. Mas não consigo deixar de pensar em um incidente vários anos atrás. Eu estava em uma conferência de psicologia em Nova York e quase fui assaltado. Foi curioso, porque o jovem agressor era aluno exemplar de uma boa escola de ensino fundamental perto do meu hotel. Ele nunca tinha se metido em confusão com a polícia. E estava armado com uma faca longa. Um policial fora de serviço estava passando por perto e conseguiu prendê-lo quando ele saiu atrás de mim com a arma.

Era tarde da noite e eu não conseguia enxergar com clareza, mas acreditei pelo olhar do garoto que ele estava sob influência de um neme, cujo sentimento de sobrevivência o motivava a me matar.

O que não era muito provável. Mas, se houvesse alguma verdade nisso, eu não deixaria que atrapalhasse minha missão de salvar pessoas em risco.

Pessoas como Annabelle Young.

NO DIA SEGUINTE AO encontro com ela no Starbucks, fui até a biblioteca da North Carolina State University e fiz umas pesquisas. As bases de dados das instituições de licenciatura do estado e o sempre útil Google revelaram que a mulher tinha trinta anos e trabalhava na Chantelle West Middle School, no condado de Wetherby. O interessante era que ela era viúva — o marido tinha morrido três anos antes — e, sim, ela tinha um filho de nove anos, provavelmente o alvo da raiva dela ao telefone. De acordo com as informações sobre a escola onde ela ensinava, Annabelle dava aulas para grupos grandes, com uma média de 35 alunos por ano.

Isso queria dizer que ela podia ter um impacto dramático e arrasador nas vidas de muitas pessoas jovens.

Havia também a questão do bem-estar de Annabelle. Eu tinha quase certeza de que ela tinha começado a sofrer a influência do neme na época em que o marido morreu; uma perda pessoal repentina assim deixa a pessoa emocionalmente vulnerável e mais suscetível do que em outras ocasiões. (Também reparei que ela tinha voltado a trabalhar por volta daquela época e fiquei pensando se o neme sentiu ali uma oportunidade de se incorporar em alguém que podia influenciar um grande número de indivíduos igualmente vulneráveis, as crianças da turma dela.)

Annabelle era uma mulher obviamente inteligente e podia muito bem ir procurar terapia alguma hora. Mas chega um ponto em que o neme está tão profundamente incorporado que as pessoas realmente se acostumam ou se viciam nos comportamentos inapropriados que os nemes causam. Elas não *querem* mudar. Minha avaliação era que ela já tinha passado desse ponto. E, assim, como eu não seria contatado por ela, fiz a única coisa que pude. Fui a Wetherby.

Cheguei lá cedo, em uma quarta-feira. O trajeto de carro foi agradável, por uma daquelas rodovias combinadas que atravessam o centro da Carolina do Norte. Bifurcava em algum lugar perto de Raleigh, e prossegui na parte cada vez mais rural da bifurcação, na direção da antiga Carolina do Norte. Armazéns de tabaco e pequenas fábricas de peças industriais — a maioria fechada anos antes —, mas ainda no meio do mato. Estacionamentos de trailer completamente abertos. Bangalôs e muitas provas de amor pela Nascar e linhas partidárias republicanas.

O centro de Wetherby foi renovado, mas só pelas aparências. Reparei na mesma hora, quando percorri o trecho de dois quarteirões, que ninguém estava comprando nada nas galerias de arte e lojas de antiguidades, e os restaurantes quase vazios, eu desconfiava, ganhavam toldos novos com nomes novos a cada oito meses, mais ou menos. O verdadeiro trabalho em lugares como Wetherby acontecia nos shoppings e complexos de escritório e condomínios residenciais construídos em torno de novos campos de golfe.

Fiz check-in em um pequeno hotel, tomei banho e comecei o reconhecimento, primeiro na Chantelle Middle School. Estacionei quando percebi que as aulas tinham terminado, mas não vi Annabelle Young.

Naquela noite, por volta das sete e meia, encontrei a casa dela, a seis quilômetros e meio, uma casa colonial modesta de vinte anos precisando de pintura, em um beco sem saída. Não havia carro na porta. Estacionei embaixo de umas árvores e esperei.

Quinze minutos depois, um carro parou na frente da garagem. Não consegui ver se o filho dela estava dentro ou não. O Toyota entrou na garagem e a porta se fechou. Alguns minutos depois, eu saí, entrei no bosque ao lado da casa e olhei a cozinha. Vi-a pegando pratos lá dentro. Pratos sujos do almoço ou da noite anterior, eu supus. Ela os colocou na pia, e a vi parar e olhar para baixo. Seu rosto estava virado, mas a linguagem corporal, mesmo de longe, me dizia que ela estava com raiva.

O filho apareceu, um garoto magrelo com cabelo castanho meio comprido. A linguagem corporal *dele* sugeria que ele estava sendo cauteloso. Ele disse alguma coisa para a mãe. Ela virou a cara para ele, e ele assentiu rapidamente. E saiu. Ela ficou onde estava, olhando para os pratos por um momento. Sem nem os enxaguar, ela saiu da cozinha e passou a mão com firmeza pela parede para desligar o interruptor. Eu quase consegui ouvir o gesto furioso de onde estava.

Eu não queria falar com ela com o filho presente, então voltei para o hotel.

No dia seguinte, acordei cedo e voltei até a escola antes dos professores chegarem. Às sete e quinze, vi o Camry dela chegando e a vi sair e andar sem sorrir até a escola. Havia um monte de gente em volta e ela estava atarantada demais para conversar.

Voltei às três da tarde, e quando Annabelle saiu eu a segui até um shopping a céu aberto ali perto, com um mercado Harris-Teeter como loja principal. Ela foi fazer compras e saiu meia hora depois. Colocou as sacolas de plástico no porta-malas. Eu ia me aproximar dela, apesar de um encontro no estacionamento não ser o melhor lugar para abordar meu caso, quando a vi trancar o carro e ir até um bar e restaurante próximo.

Às três e meia ela não almoçaria e nem jantaria, e eu sabia o que ela tinha em mente. As pessoas influenciadas por nemes costumam beber mais do que deveriam, para sufocar a ansiedade e a raiva que vêm com a incorporação.

Embora eu fosse trabalhar em algum momento para fazê-la reduzir o consumo de álcool, o fato de ela estar um pouco embriagada e relaxada agora poderia ser uma grande ajuda. Esperei cinco minutos e fui atrás. Dentro da taverna escura, que tinha cheiro de Lysol e cebola, eu a vi no bar. Ela estava tomando um drinque. Vodca ou gim, pelo que parecia, e algum tipo de suco. Ela tinha quase terminando o primeiro e fez sinal pedindo um segundo.

Eu me sentei dois bancos depois e pedi uma Coca Diet. Senti a cabeça dela se virar para mim, se inclinar de leve enquanto ela pensava se já tinha me visto antes, e voltar para a bebida. De repente, as peças se encaixaram e ela me olhou de novo.

Sem erguer o rosto, eu disse: "Sou terapeuta profissional, sra. Young. Vim aqui nessa competência. Para ajudar. Eu gostaria de falar com a senhora".

"Você... você me seguiu até aqui? De Raleigh?"

Exagerei na hora de deixar o dinheiro para pagar o refrigerante para indicar que eu não ficaria mais do que o necessário, tentando deixá-la à vontade.

"Segui, sim. Mas, por favor, não precisa ter medo."

Finalmente, eu me virei para olhar para ela. Os olhos estavam como eu esperava, apertados, frios, os olhos de outra pessoa. O neme era ainda mais forte do que eu pensava.

"Estou a uns cinco segundos de chamar a polícia."

"Entendo. Mas escute. Quero dizer uma coisa para você. E, se você quiser que eu vá embora, volto para Raleigh agora. Você pode escolher o que quer."

"Diga e vá embora." Ela pegou a outra bebida.

"Sou especializado em tratar pessoas que não estão felizes na vida. Sou bom nisso. Quando vi você outro dia no Starbucks, eu soube que você era exatamente o tipo de paciente que poderia se beneficiar do meu conhecimento. Eu gostaria muito de ajudar você."

Sem mencionar os nemes, claro.

"Eu não preciso de psiquiatra."

"Não sou psiquiatra. Sou psicólogo, não médico."

"Não ligo para o que você é. Você não pode... não pode ser denunciado por isso, por estar tentando angariar trabalho?"

"Sim, e você tem liberdade para fazer isso. Mas achei que valia o risco oferecer meus serviços. Não ligo para o dinheiro. Pode me pagar o que puder. Mas quero ajudar você. Posso dar referências, e você pode ligar para o órgão estadual para saber sobre mim."

"Você tem mesmo uma namorada que é professora?"

"Não. Eu menti. E nunca mais vou fazer isso... Para você ver como era importante tentar explicar como posso ajudar você."

E, então, vi o rosto dela se suavizar. Ela estava assentindo.

Meu coração estava batendo forte. Foi um risco tentar isso, mas ela acabaria concordando. A terapia seria difícil. Para nós dois. Mas havia coisa demais em jogo para deixar que ela continuasse do jeito que estava. Eu sabia que podíamos fazer um progresso significativo.

Eu me virei para tirar um cartão da carteira. "Quero contar uma..."

Quando olhei para ela, levei toda a segunda bebida dela na cara. Meus olhos ardiam pelo álcool e pelo suco, eu ofeguei com dor e peguei guardanapos para secá-los.

"Annie, o que foi?", perguntou o barman, e pela minha visão borrada eu o vi segurando o braço dela quando ela ia jogar o copo em mim. Eu levantei o meu braço para me proteger.

"O que ele fez?"

"Foda-se, me solta!", ela gritou com ele.

"Ei, ei, calma, Annie. O que...?"

Ele se abaixou quando ela jogou o copo *nele*. Acertou uma fila de outros copos; metade se estilhaçou. Ela estava descontrolada. Típico.

"Fodam-se os dois!" Gritando. Ela tirou uma nota da bolsa e jogou no bar.

"Por favor, sra. Young", eu disse. "Eu posso ajudar."

"Se eu te vir de novo, vou chamar a polícia." Ela saiu como um furacão.

"Escuta, moço, o que foi que você fez?"

Eu não respondi. Peguei mais guardanapos e, limpando o rosto, andei até a janela. Eu a vi andar até o filho, que estava parado ali perto com uma mochila. Aquele era o ponto de encontro, então. Eu me perguntei com que frequência ele tinha que esperar do lado de fora enquanto a mãe estava aqui dentro enchendo a cara. Imaginei tardes frias de janeiro, o garoto encolhido e soprando as mãos.

Ela fez um sinal para ele a seguir. Aparentemente, havia alguma outra coisa programada depois da escola e, decepcionado, ele levantou os braços e olhou para a loja de esportes perto dali. Mas eles não iam às compras hoje. Ela se aproximou e o pegou pelo braço. Ele se afastou. Ela se preparou para bater nele, mas ele andou obedientemente até o carro. Eu o vi colocando o cinto de segurança e limpando as lágrimas.

Sem olhar para o barman, eu também fui embora.

Andei até o carro para voltar para o hotel e trocar de roupa. O que aconteceu foi desanimador, mas eu já tinha lidado com gente mais difícil do que Annabelle Young. Havia outras abordagens. Ao longo dos anos eu aprendi o que funciona e o que não funciona; faz parte de ser terapeuta.

NA MANHÃ SEGUINTE, ESTACIONEI atrás do Etta's Diner, em uma área deserta. O restaurante ficava diretamente atrás da casa de Annabelle. Subi a colina por um caminho que levava à calçada da rua dela. Eu tinha que fazer uma abordagem oblíqua; se ela me visse chegando, nunca atenderia a porta, e seria o fim.

A manhã estava fresca e aromática, com odores de pinheiro e terra molhada. Por ser primavera, o céu estava claro mesmo tão cedo, e era fácil seguir por aquele caminho. Eu me perguntei quão diferente a vida de Annabelle era antes de o marido morrer. Com que rapidez o neme se incorporou a ela depois. Eu desconfiava que ela era uma mãe e esposa vivaz e atenciosa, completamente diferente da mulher enfurecida e descontrolada que estava se tornando.

Continuei pela beirada do bosque e esperei atrás da casa dela, em um canteiro de camélias com flores vermelhas desabrochando. Por volta das seis e meia, o filho abriu a porta da frente, carregando uma mochila pesada, e andou até o começo da rua sem saída, supostamente para pegar o ônibus.

Quando ele saiu, andei até a varanda e subi a escada.

Eu estava pronto?, perguntei a mim mesmo.

Sempre os momentos de dúvida, apesar de eu ser terapeuta profissional havia anos.

Sempre as dúvidas.

Mas, então, relaxei. Minha missão de vida era salvar pessoas. Eu era bom na tarefa. Sabia o que estava fazendo.

Sim, eu estava pronto.

Toquei a campainha e me afastei do olho mágico. Ouvi os passos se aproximarem. Ela abriu a porta e só teve um momento para ofegar ao ver a máscara preta de meia que eu estava usando e a faca comprida na minha mão enluvada.

Peguei-a pelo cabelo e enfiei a faca no peito dela três vezes, depois cortei o pescoço. Dos dois lados e fundo, para que o fim fosse rápido.

O Senhor sabia que eu não queria que ela sofresse.

Dois

O TRABALHO DE CUIDAR PARA QUE Martin Kobel fosse condenado à morte ou sentenciado à prisão perpétua pelo assassinato de Annabelle Young caiu nas mãos de Glenn Hollow, o promotor do condado de Wetherby.

E foi um trabalho no qual ele mergulhou de cabeça desde o momento em que recebeu a ligação da polícia do condado. Com 42 anos, Hollow era o promotor mais bem-sucedido do estado da Carolina do Norte em termos de condenações obtidas e também segundo a imprensa, desde que ele começou a ter preferência por criminosos violentos. Uma marca do sucesso dele era que esse seria seu último ano em Wetherby. Ele concorreria ao cargo de procurador-geral estadual em novembro, e não havia muita dúvida de que venceria.

Mas seus planos maiores não o afastariam do trabalho entusiasmado para condenar o assassino de Annabelle Young. Nas cidades grandes, os promotores recebem os casos nas mesas junto com os relatórios policiais. Com Glenn Hollow era diferente. Ele tinha uma luz azul honorária presa no painel e, dez minutos depois de receber a ligação sobre o homicídio, estava na casa da sra. Young enquanto a equipe pericial ainda colhia sangue e tirava fotos.

Ele agora estava entrando no Fórum do Condado de Wetherby. Não havia nada do velho sul no local. Era o tipo de construção que se encontraria em Duluth ou Toledo ou Schenectady. Um único andar, pedras brancas discretas, ar-condicionado exagerado, piso de linóleo arranhado e luzes fluorescentes esverdeadas que poderiam gerar a pergunta "Ei, você está bem?".

Hollow era um homem magro, com bochechas carnudas e cabelo preto denso em uma cabeça de caveira — os réus diziam que ele parecia um demônio; relatos mais gentis diziam que ele parecia Gregory Peck em *Moby Dick*, mas sem a barba. Ele era sóbrio e reservado e mantinha a vida pessoal bem longe da profissional.

Ele agora assentiu para a secretária na antessala do escritório do juiz Brigham Rollins.

"Pode entrar, Glenn."

Dentro havia dois homens grandes. Rollins tinha cinquenta e tantos anos, exibia um rosto marcado e um cabelo grisalho e espetado estilo militar que já passava uma semana da hora de cortar. Estava só de camisa, mas ainda com gravata, claro. Usava inesperados suspensórios amarelos que puxavam a calça castanha como um balde de concreto embaixo de um guindaste. Havia manchas cinzentas embaixo dos braços. Como sempre, o juiz tinha se encharcado de Old Spice.

Sentado em frente estava Bob Ringling — as piadas de circo mortas depois de tantos anos sendo advogado de defesa em uma cidade de tamanho médio e, não, ele não tinha parentesco com aqueles irmãos Ringling. Atarracado, com cabelo castanho-claro cuidadosamente cortado, ele parecia um major aposentado do exército de 45 anos — uma dedução que não era ruim, considerando que Fayetteville não ficava muito longe, mas, como os irmãos do circo, tampouco era verdade.

Hollow não gostava nem desgostava de Ringling. Ele era justo, embora mordaz, e fazia Hollow trabalhar arduamente por cada vitória. E era como devia ser, o promotor acreditava. Deus criava advogados de defesa, ele dizia, para garantir que o sistema fosse justo e a promotoria não trapaceasse nem ficasse preguiçosa. Afinal, *havia* aquela uma chance em cem de que o negro de 1,66 m, membro de uma gangue de rua na Central High agora detido não fosse o mesmo negro de 1,66 m, membro de uma gangue de rua na Central High que tinha de fato puxado o gatilho.

O juiz Rollins fechou uma pasta que estava lendo. Grunhiu. "Me contem a situação neste caso, cavalheiros."

"Sim, senhor", começou Hollow. "O estado está querendo assassinato com circunstâncias especiais."

"É sobre a professora com a garganta cortada, certo?"

"Sim, senhor. Na própria casa. Em plena luz do dia."

Uma careta de repugnância. Não choque. Rollins era juiz havia anos.

O fórum ficava no cruzamento da Rota 85 com a estrada Henderson. Por uma janela, dava para ver vacas Belted Galloway pastando. Eram brancas e pretas, com uma listra vertical precisa, como se Deus tivesse usado uma régua. Hollow podia olhar por cima do ombro do juiz e ver oito delas, ruminando. Pela outra janela se via uma T.J. Maxx, uma Barnes & Noble e um complexo de lojas em construção. Eram duas vistas que definiam Wetherby.

"Qual é a história por trás?"

"Esse Kobel, terapeuta. Ele estava perseguindo ela. Eles se conheceram em um Starbucks quando ela estava em Raleigh, em uma conferência sobre educação. Tenho testemunhas que dizem que ele deu o cartão dele para ela, mas ela jogou no lixo. Depois ele a procurou e apareceu em Wetherby. Eles se envolveram em uma briga no Red Robin, perto do Harris-Teeter. Ela jogou um drinque na cara dele. Uma testemunha o viu estacionar no Etta's, a lanchonete, na manhã em que ela foi morta..."

"Hoje é carne ensopada", disse o juiz.

"A de lá é muito gostosa", acrescentou Ringling.

Era verdade, era gostosa mesmo. Hollow continuou: "...e ele subiu pelo bosque atrás da casa dela. Quando ela abriu a porta, ele a matou. Ele esperou o filho dela sair".

"Pelo menos isso", resmungou Rollins. "Como a rapaziada da polícia pegou ele?"

"Ele deu azar. Um garçom do Etta's que fazia uma pausa para fumar o viu saindo da floresta carregando algumas coisas. O garoto viu sangue perto de onde ele tinha estacionado. Ligou para a polícia com a marca e o modelo do carro. Kobel tinha jogado a faca e a máscara e as luvas longe, mas foram encontradas. Fibras, DNA, digitais *dentro* das luvas. As pessoas sempre esquecem isso. Veem muito *CSI*... Ah, e ele confessou."

"*O quê?*", gritou o juiz.

"É. Ouviu seus direitos duas vezes. Abriu o bico e cantou como um passarinho."

"Então o que vocês estão fazendo aqui? Aceitem a declaração de culpa e vamos trabalhar de verdade."

O juiz olhou para Ringling, mas o advogado de defesa voltou o olhar para Hollow.

Rollins pegou a caneca de café e bebeu o conteúdo quente. "Quem não está contando o que para quem? Não façam jogos. Não tem júri para vocês impressionarem aqui."

Ringling disse: "Ele é completamente maluco. Pirado".

Um franzido cético na testa do juiz. "Mas você está dizendo que ele usou máscara e luvas?"

A maioria dos criminosos malucos não ligava se era identificada e não ligava se escapasse depois. Não usava roupas de ninja nem de assassino de aluguel. Eles eram do tipo que ficava depois e fazia pintura de dedo com o sangue das vítimas.

Ringling deu de ombros.

O juiz perguntou: "Competente para ir a julgamento?".

"Sim, senhor. Estamos dizendo que ele estava ensandecido na hora do crime. Sem noção de certo e errado. Sem noção da realidade."

O juiz grunhiu.

A defesa por insanidade se baseia em um conceito predominante na jurisprudência: responsabilidade. Em que ponto somos responsáveis pelos atos que cometemos? Se provocamos um acidente e somos processados no tribunal civil por danos, a lei pergunta, uma pessoa razoavelmente prudente teria, digamos, dirigido um carro em uma rua escorregadia a 55 quilômetros por hora? Se o júri disser que sim, não somos responsáveis pelo acidente.

Se somos presos por um crime, a lei pergunta, nós agimos com conhecimento e intenção de violar uma lei? Se não agimos, não somos culpados.

Na verdade, há duas formas nas quais a sanidade surge em um tribunal criminal. Uma é quando o réu está tão louco que não pode participar do próprio julgamento. Aquela coisa da Constituição americana: o direito de confrontar seus acusadores.

Mas não é isso que a maioria das pessoas que conhece *Justiça sem Limites* e *Perry Mason* pensa como sendo defesa por insanidade e, como Bob Ringling confirmou, essa não era uma questão em *o Estado contra Kobel.*

É mais comum que os advogados de defesa invoquem várias ramificações da regra de M'Naghten, que diz que se o réu não tinha capacidade de saber que estava fazendo algo errado quando cometeu o crime, ele não pode ser considerado culpado. Isso não quer dizer que ele se safa; ele é trancado em uma instituição mental até ser estabelecido que não é mais perigoso.

Essa era a alegação de Bob Ringling em relação a Martin Kobel.

Mas Glenn Hollow deu uma gargalhada perplexa. "Ele não estava insano. Era um terapeuta atuante com uma obsessão por uma mulher bonita que o ignorou. Circunstâncias especiais. Quero que seja declarado culpado, quero a injeção letal. É isso."

Ringling disse para Rollins: "Insanidade. Você o sentencia a encarceramento por tempo indefinido em Butler, juiz. Não vamos contestar. Sem julgamento. Todo mundo vence".

Hollow disse: "Menos as outras pessoas que ele matar quando o soltarem em cinco anos".

"Ah, você só quer mais um troféu na sua prateleira para quando concorrer à procuradoria. Ele é um *bad boy* da imprensa."

"Eu quero justiça", disse Hollow, supondo que estava parecendo pretensioso. E não ligava nem um pouco. Nem admitia que, sim, ele queria o troféu também.

"Qual é a prova de que falta um parafuso?", perguntou o juiz. Ele tinha um comportamento bem diferente quando estava na sala de audiência em comparação ao tribunal, e presumivelmente ainda mais diferente quando estava no Etta's Diner, comendo carne ensopada.

"Ele acredita que não fez nada de errado. Que estava salvando as crianças da turma de Annabelle. Já conversei sobre isso com ele mais de dez vezes. Ele *acredita*."

"Acredita em quê, exatamente?", perguntou o juiz.

"Que ela estava possuída. Por algo como um fantasma. Já pesquisei. É um assunto de culto na internet. Um espírito faz você perder o controle, perder a cabeça e dar uma surra na sua esposa ou nos seus filhos. Faz até você matar gente. Se chama neme." Ele soletrou.

"Neme."

Hollow disse: "Eu também pesquisei, juiz. Pode pesquisar. Nós todos podemos pesquisar. E foi o que Kobel fez. Para preparar o terreno para alegar insanidade. Ele matou uma jovem bonita que o rejeitou. E, agora, está fingindo que acredita nisso para parecer que é maluco".

"Se for esse o caso", disse Ringling com seriedade, "ele estava planejando desde que era adolescente matar uma mulher que ele conheceu duas semanas atrás."

"Como é?"

"Os pais dele morreram em um acidente de carro quando ele estava no ensino médio. Ele teve um rompimento com a realidade, como os médicos chamam. Foi diagnosticado com transtorno de personalidade borderline."

"Como a minha prima", disse o juiz. "Ela é estranha. Eu e minha esposa nunca a convidamos para ir lá em casa se podemos evitar."

"Kobel ganhou uma internação involuntária por oito meses na época, por falar sobre as criaturas que possuíram o motorista que matou a família dele. Assim como agora."

"Mas ele teve que estudar para ser psicólogo", observou o juiz. "E se formou. Isso não é coisa de louco para mim."

Hollow se intrometeu nessa hora. "Exatamente. Ele tem mestrado em psicologia. E um em serviço social. Tirou boas notas. Tem pacientes. E escreveu livros. Pelo amor de Deus."

"Um deles eu por acaso tenho comigo e vou usar como prova. Obrigado, Glenn, por tocar no assunto." O advogado de defesa abriu a pasta e largou uma pilha de cinco quilos de folhas tamanho A4 na mesa do juiz. "*Auto*publicado, a propósito. E escrito à mão."

Hollow deu uma olhada. Ele tinha vista boa, mas era impossível ler o texto, exceto o título, porque a caligrafia era tão pequena. Devia haver umas mil palavras por página, em uma caligrafia elegante e obsessiva.

Evidências Bíblicas do Maléfico
ENERGIA *Emocional Incorporada a Psiques*
Por Martin Kobel
© Todos os direitos reservados

"Todos os direitos reservados?" Hollow riu. "Quem vai plagiar essa merda? E qual é a das letras maiúsculas?"

"Glenn, este é um de uns trinta volumes. Ele está escrevendo essa coisa há vinte anos. E este é o menor."

O promotor repetiu: "Ele está fingindo".

Mas o juiz estava cético. "Há tantos anos?"

"Tudo bem, ele é esquisito. Mas esse homem é perigoso. Dois pacientes dele se mataram em circunstâncias que parecem ter sido sugestão dele. Outro está cumprindo pena de cinco anos porque atacou Kobel no consultório. Ele alegou que o doutor o provocou. E Kobel invadiu uma funerária seis anos atrás e foi pego se metendo com os cadáveres."

"*Como é que é?*"

"Não assim. Ele estava dissecando os cadáveres. Procurando provas dessas coisas, desses nemes."

Ringling disse com alegria: "Tem outro livro que ele escreveu sobre autópsia. Mil e oitocentas páginas. Ilustrado".

"Não foi uma autópsia, Bob. Foi invadir uma funerária e se meter com os cadáveres." Hollow estava ficando com raiva. Mas talvez fosse só um neme, pensou ele cinicamente. "Ele vai à conferências."

"Conferências paranormais. Conferências de gente pirada. Cheias de gente pirada como ele."

"Jesus Cristo, Bob. As pessoas que alegam insanidade são esquizofrênicas paranoicas. Não tomam banho, fazem uso de Haldol e lítio, sofrem de delírio. Não vão à porra do Starbucks e pedem dose extra de caramelo no café."

Hollow tinha falado mais palavrões naquele dia do que no ano anterior.

Ringling disse: "Elas matam pessoas porque estão possuídas por fantasmas. Isso não é ser são. Fim da história".

O juiz levantou a mão. "Vocês, cavalheiros, sabem que quando a Terra era jovem a África e a América do Sul ficavam uma ao lado da outra. E quero dizer a uma distância de quinze metros. Pensem nisso. E aqui estão vocês, a mesma coisa. Vocês estão muito próximos, dá para perceber. Vocês podem resolver. Trabalhem juntos. Existe uma música sobre isso. É do interesse de vocês. Se formos a julgamento, vocês dois vão ter que fazer todo o trabalho. Só vou ter que ficar lá sentado dizendo 'mantido' ou 'negado'."

"Bob, ele matou a garota, uma professora. A sangue-frio. Quero que ele fique preso para sempre. Ele é um perigo e é doente... O que posso fazer, mas só isso, é pedir prisão perpétua. Deixar as circunstâncias especiais de lado. Mas nada de condicional."

O juiz olhou com expectativa para Bob Ringling. "Já é alguma coisa."

"Eu sabia que isso surgiria", disse Ringling. "Perguntei ao meu cliente sobre isso. Ele diz que não fez nada de errado e tem fé no sistema. Ele está convencido de que tem umas coisas voando por aí, que entram em você e o mandam fazer coisas ruins. Não, vamos alegar insanidade."

Hollow fez uma careta. "Se você quiser seguir esse caminho, chame seu especialista e eu vou chamar o meu."

O juiz resmungou. "Escolham a data, cavalheiros. Nós vamos a julgamento. E, pelo amor de Deus, alguém me explique, o que diabos é um neme?"

O POVO DO ESTADO *da Carolina do Norte contra Kobel* começou em uma quarta-feira de julho.

Glenn Hollow deu início com uma série de testemunhas e relatórios policiais sobre provas periciais, irrefutáveis. Bob Ringling deixou a maioria passar e só mandou retirar algumas provas indiciárias menores, com as quais Hollow não se importava mesmo.

Outra das testemunhas de Hollow era um funcionário do Starbucks de Raleigh, que testemunhou sobre a troca do cartão de visita. (Hollow reparou nas expressões perturbadas nos rostos de vários jurados e das pessoas na galeria, questionando-se, ele achava, sobre o bom senso de casos e outros comportamentos indiscretos em lugares com baristas observadores.)

Outras testemunhas falaram sobre comportamento consistente com perseguição, inclusive várias que viram Kobel em Wetherby nos dias anteriores ao assassinato. Várias viram o carro dele estacionado do lado de fora da escola onde Annabelle Young trabalhava. Se há alguma forma de botar sua localização em registro, basta ser um homem de meia-idade estacionado em frente a uma escola de fundamental II. Oito cidadãos preocupados deram o número da placa dele à polícia.

O garçom do Etta's Diner deu um testemunho muito útil com a ajuda de um intérprete de espanhol.

Já o próprio Kobel, sentado à mesa da defesa, estava com o cabelo desalinhado e usava um terno que não tinha bom caimento. Ele enchia freneticamente um caderno atrás do outro com uma escrita que parecia rastros de formiga.

Filho da puta, pensou Hollow. Era pura performance, orquestrada por Bob Ringling, advogado, claro, com Martin Kobel no papel de esquizofrênico. Hollow tinha visto o vídeo do interrogatório da polícia. Na tela, o réu estava limpo, articulado e tão nervoso quanto o labrador de dez anos de Hollow, famoso por cochilar no meio de um furacão.

Em qualquer outro caso, o julgamento acabaria no segundo dia, com veredicto a favor do Povo, seguido de uma apelação longa e alguns minutos inquietantes enquanto o executor tentava descobrir qual braço tinha a veia melhor, o direito ou o esquerdo.

Mas havia mais, claro. Onde a verdadeira batalha seria travada.

O psiquiatra especialista de Ringling testemunhou que o réu era, na opinião dele, legalmente insano e incapaz de saber a diferença entre certo e errado. Kobel acreditava de verdade que Annabelle Young era uma ameaça para os alunos e para o filho dela por estar infestada por um neme, um espírito ou força que ele realmente acreditava que existia.

"Ele é paranoico, sofre de ilusões. A realidade dele é muito, muito diferente da nossa." Essa foi a conclusão do especialista.

As credenciais do psicanalista eram boas, e como esse era o único jeito de atacá-lo, Hollow deixou pra lá.

"Meritíssimo", disse Ringling em seguida. "Quero apresentar as provas de defesa número um a 28."

E transportou até o banco das testemunhas — literalmente, em carrinhos — os cadernos de Kobel e os tratados autopublicados sobre nemes, mais do que qualquer pessoa poderia ter interesse.

Um segundo especialista da defesa testemunhou sobre os textos. "São típicos de uma mente iludida." Tudo que Kobel escreveu era típico de um indivíduo paranoico e iludido que tinha perdido o contato com a realidade. Ele declarou que não havia base científica para o conceito de neme. "É como vodu, como vampiros, como lobisomem."

Ringling tentou selar o acordo pedindo para o doutor ler um trecho de um desses "tratados científicos", uma página de baboseira totalmente incompreensível. O juiz Rollins, quase pegando no sono, o interrompeu. "Já captamos a ideia, advogado. Chega."

No exame cruzado, Hollow não pôde fazer muito para afetar o testemunho dele. O melhor que pôde fazer foi: "Doutor, o senhor leu os livros de Harry Potter?".

"Bem, eu li, sim."

"O quarto foi o meu favorito. Qual foi o seu?"

"Hum, na verdade, não sei."

"É possível", perguntou o promotor à testemunha, "que esses escritos do sr. Kobel sejam tentativas de escrever um romance? Um grande livro de fantasia?"

"Eu... eu não consigo imaginar."

"Mas é possível, não é?"

"Acho que sim. Mas tenho que dizer que ele nunca vai vender os direitos para o cinema."

Em meio às gargalhadas, o juiz dispensou a testemunha.

Houve um depoimento sobre a autópsia bizarra, que Hollow não se deu ao trabalho de refutar.

Bob Ringling também apresentou dois pacientes de Kobel, que testemunharam que ficaram tão perturbados pela fala obsessiva dele sobre esses fantasmas ou espíritos que habitavam seus corpos que pararam de ir às sessões.

E Ringling mandou o próprio Kobel ir para o banco das testemunhas, vestido no papel de maluco em suas roupas premeditadamente amassadas e sujas, mordendo o lábio, parecendo nervoso e excêntrico.

Essa ideia, insana por si só, era um risco enorme, porque, no exame cruzado, Hollow perguntaria ao homem à queima-roupa se ele tinha matado Annabelle Young. Como ele tinha confessado uma vez, teria que confessar de novo, senão Hollow leria a frase no depoimento dele. De qualquer modo, o júri ouviria o homem admitir o crime.

Mas Ringling enfrentou o problema de frente. Sua primeira pergunta: "Sr. Kobel, o senhor matou Annabelle Young?".

"Ah, sim, claro que matei." Ele pareceu surpreso.

Um arquejo se espalhou pela sala.

"E por que fez isso, sr. Kobel?"

"Pelo bem das crianças."

"O que quer dizer?"

"Ela era professora, sabe. Ah, Deus! Todos os anos, trinta ou quarenta alunos, pessoas jovens e impressionáveis, ficavam sob influência dela. Ela ia envenenar a mente deles. Podia até machucá-los, abusar deles, espalhar ódio." Ele fechou os olhos e tremeu.

E o Oscar por melhor desempenho do papel de suspeito maluco de assassinato vai para...

"Agora me diga, sr. Kobel, por que o senhor achou que ela machucaria as crianças?"

"Ah, ela estava sob influência de um neme."

"Foi sobre isso que ouvimos um pouco antes, não foi? Nos seus escritos?"

"Sim, nos meus escritos."

"O senhor pode nos contar brevemente o que é um neme?"

"Podemos chamar de força de energia. Energia maléfica. Gruda na mente e não solta. É terrível. Faz a pessoa cometer crimes, abusar de outras pessoas, ter ataques de fúria. Muitos ataques de raiva e fúria no trânsito são provocados por nemes. Eles estão por toda parte. Milhões deles."

"E o senhor estava convencido de que a sra. Young estava possuída?"

"Não é possessão", disse Kobel com determinação. "Esse conceito é teológico. Nemes são puramente científicos. Como vírus."

"Você acha que eles são reais como vírus?"

"São! Você tem que acreditar em mim! São mesmo!"

"E a sra. Young estava sob influência de nemes."

"Um, só um."

"E ia fazer mal aos alunos."

"E ao filho. Ah, sim, eu podia ver. Tenho a habilidade de ver nemes. Eu tinha que salvar as crianças."

"O senhor a estava perseguindo porque se sentia atraído por ela?"

A voz de Kobel falhou. "Não, não. Nada do tipo. Eu queria que ela fizesse terapia. Eu podia salvá-la. Mas ela já estava comprometida demais. A última coisa que eu queria fazer era matá-la. Mas foi uma bênção. De verdade. Eu tive que fazer isso." Lágrimas surgiram.

Ah, meu irmão...

"A testemunha é da acusação."

Hollow fez o melhor que pôde. Decidiu não perguntar sobre Annabelle Young. O fato de Kobel a ter matado não era mais o problema nesse caso. A questão toda era o estado mental de Kobel. Hollow fez o réu admitir que tinha estado em uma instituição mental só uma vez, quando adolescente, e que não foi a um profissional de saúde mental nenhuma vez depois disso. Ele não tomou nenhuma droga antipsicótica. “Elas me deixam perdido. É preciso estar atento quando se luta com nemes.”

“Só responda à pergunta, por favor.”

Hollow então apresentou os comprovantes de imposto de renda dos últimos três anos de Kobel.

Quando Ringling protestou, Hollow disse para o juiz Rollins: “Meritíssimo, um homem que faz imposto de renda está em boas condições mentais”.

“Isso é discutível”, disse o juiz ultraconservador, arrancando gargalhadas do tribunal.

Ah, quem me dera estar lá em cima, pensou Glenn Hollow. E talvez depois de alguns anos como procurador-geral, eu esteja.

Rollins disse: “Vou permitir”.

“São os seus comprovantes de imposto de renda, não são, senhor?”

“Acho que são. Sim.”

“Indicam que o senhor ganhou uma boa quantidade de dinheiro com seu trabalho. Uns quarenta mil dólares por ano.”

“Talvez. Acho que foi.”

“Então, exceto pelos outros dois pacientes que testemunharam antes, você deve ter um número bem maior de pacientes que atende regularmente e que estão satisfeitos com seus serviços.”

Kobel o encarou. “Tem muitos nemes por aí. Alguém tem que lutar contra eles.”

Hollow suspirou. “Não tenho mais perguntas, Meritíssimo.”

O promotor chamou o seu especialista, um psiquiatra que examinara Kobel. O testemunho foi de que, apesar de excêntrico, ele não era legalmente insano. Ele estava ciente do que estava fazendo, que estava cometendo um crime quando matou a vítima.

Ringling fez algumas perguntas, mas não elaborou o exame cruzado.

Perto do fim do dia, durante um intervalo curto, Glenn Hollow deu uma espiada no júri; ele era promotor e advogado de tribunal havia muito tempo, e era especialista não só na lei, mas em interpretar jurados.

E, caramba, eles estavam reagindo da forma que Bob Ringling queria. Hollow percebeu que eles odiavam e temiam Martin Kobel, mas como era um monstro e as coisas que estava dizendo eram tão bizarras, ele não podia ser julgado pelos padrões do júri de ética e comportamento. Ah, Ringling foi esperto. Ele não estava botando o cliente como vítima, não o estava colocando como alguém que sofreu abuso ou uma infância traumática (ele mal citou a morte dos pais e do irmão de Kobel).

Não, ele estava mostrando que essa *coisa* à mesa da defesa não era sequer humana.

Como o especialista dele disse: "A realidade do sr. Kobel não é a *nossa* realidade".

Hollow esticou as pernas finas e viu os penduricalhos do sapato social caírem para o lado. Vou perder esse caso, refletiu ele. Vou perder. E aquele filho da puta vai sair em cinco ou seis anos, procurando mulheres para perseguir.

Ele estava desesperado.

Nemes... Porra.

O juiz se afastou do assistente e disse: "Sr. Hollow? Vamos continuar sua refutação da defesa afirmativa do sr. Ringling?".

Foi nessa hora que um pensamento ocorreu ao promotor. Ele o avaliou por um momento e se surpreendeu com o destino ao qual a ideia levava.

"Sr. Hollow?"

"Meritíssimo, se possível, poderíamos pedir um recesso até amanhã? A promotoria gostaria de ter um tempo."

O juiz Rollins pareceu em dúvida. Ele olhou para o relógio. "Tudo bem. Vamos fazer um recesso até as nove horas de amanhã."

Glenn Hollow agradeceu ao juiz e disse para seus jovens associados reunirem os papéis e levá-los para o escritório. O promotor se levantou e saiu pela porta. Mas só saiu correndo quando estava fora do fórum; ele acreditava que nunca se deveria permitir que os jurados vissem qualquer coisa que não fosse você em posição de dignidade.

UM POUCO DEPOIS DAS nove na manhã seguinte, Glenn Hollow se levantou. "Eu gostaria de chamar ao banco o dr. James Pheder."

"Protesto, Meritíssimo." Bob Ringling estava de pé.

"Motivo?"

"Recebemos o comunicado dessa testemunha ontem às oito horas da noite. Não tivemos tempo adequado para nos preparar."

"Onde você estava às oito?"

Ringling piscou. "Bem, Meritíssimo, eu... Minha esposa e eu tínhamos saído para jantar."

"Às oito *eu* estava lendo documentos deste caso, sr. Ringling. E o sr. Hollow estava — obviamente — mandando recados sobre novas testemunhas. Nenhum de nós estava apreciando o bufê do House O'Ribs."

"Mas..."

"Pense rápido, advogado. É para isso que você recebe tantos dólares. Protesto negado. Prossiga, sr. Hollow."

Pheder, um homem de pele escura com cabelo preto encaracolado e rosto fino, fez o juramento e se sentou.

"Sr. Pheder, o senhor pode nos falar sobre suas credenciais?"

"Sim, senhor. Tenho diplomas de psicologia e biologia da University of Eastern Virginia, da University of Albany e da Northern Arizona University."

"Todas são faculdades reconhecidas com cursos de duração de quatro anos, correto?"

"Sim."

"E o que o senhor faz da vida?"

"Sou escritor e palestrante."

"O senhor é publicado?"

"Sim, senhor. Já publiquei dezenas de livros."

"Foram autopublicações?"

"Não, senhor. Por editoras estabelecidas."

"E onde o senhor palestra?"

"Por todo o país. Em escolas, bibliotecas, livrarias, locais particulares."

"Quantas pessoas vão a essas palestras?", perguntou Hollow.

"Cada uma deve ter a presença de quatrocentas a seiscentas pessoas."

"E quantas palestras você faz por ano?"

"Umas cem."

Hollow fez uma pausa e perguntou: "O senhor está familiarizado com o conceito de neme?".

"Sim, senhor."

"É verdade que o senhor criou o termo?"

"Sim, senhor."

"A que se refere?"

"Eu juntei as palavras 'negativo' e 'meme'. 'Negativo' é como a ideia me parece. 'Meme' é um fenômeno comum na sociedade, como uma música ou um bordão, que captura a imaginação popular. E se espalha."

"Nos dê o essencial do conceito de neme, isto é, *n*-e-m-e, por favor."

"Em resumo?"

"Ah, sim. Eu tirava C em ciências. Explique de forma fácil e simples."

Belo toque, pensou Hollow sobre sua própria improvisação. Ciências.

Pheder continuou. "É como uma nuvem de energia que afeta as emoções das pessoas de forma destrutiva. Sabe quando você está andando na rua e de repente se sente diferente? Sem nenhum motivo? Seu humor muda. Pode ser provocado por várias coisas. Mas pode ser um neme se incorporando no seu encéfalo."

"E você diz 'negativo'. Então os nemes são maus?"

"Ora, mau é um julgamento humano. Eles são neutros, mas tendem a fazer com que nos comportemos de formas que a sociedade caracteriza como sendo más. Pense em quando nadamos no oceano. Tubarões e medusas não são maus; eles apenas fazem o que a natureza pretende que eles façam, existem. Mas quando nos mordem ou nos queimam, chamamos isso de mau. Nemes são iguais. Eles nos levam a fazer coisas que para eles são naturais, mas que nós chamamos de más."

"E você está convencido de que os nemes são reais?"

"Ah, sim, senhor. Sem dúvida nenhuma."

"E as outras pessoas?"

"Muitas têm certeza."

"Essas pessoas são cientistas?"

"Algumas são. Terapeutas, químicos, biólogos, psicólogos."

"Não tenho mais perguntas, Meritíssimo."

"A testemunha é sua, sr. Ringling."

No fim das contas, o advogado de defesa não conseguia pensar rápido, não muito bem. Ele estava preparado para a possibilidade de Hollow apresentar testemunhos de especialistas que atacassem a alegação de insanidade do cliente dele.

Mas não estava preparado para a possibilidade de Hollow tentar provar que nemes eram reais. Ringling fez algumas perguntas sem sentido e deixou por isso mesmo.

Hollow ficou aliviado por ele não ter explorado o histórico e as credenciais de Pheder em outros campos, incluindo parapsicologia e pseudociência. Nem encontrado as postagens de blog em que Pheder alegava que os pousos na Lua foram filmados em um estúdio em Houston, nem as que apoiavam a teoria de que os israelitas e o presidente George Bush estavam por trás dos ataques do Onze de Setembro. Hollow estava particularmente preocupado que o ensaio de Pheder sobre o apocalipse de 2012 pudesse aparecer.

Desviei da bala, pensou ele.

Ringling dispensou o homem, parecendo convencido de que o testemunho tinha funcionado a favor da defesa.

Isso concluiu as apresentações formais do caso, e agora era hora dos argumentos finais.

Hollow começou a escrever o dele mentalmente quando saiu do fórum no dia anterior, em busca do número do telefone de Pheder.

O homem magro e austero andou até a frente do júri e, em concessão à camaradagem com o painel, abriu o botão do meio do paletó, que costumava manter bem fechado.

"Senhoras e senhores do júri. Vou ser breve nos comentários, por respeito a vocês e por respeito à pobre vítima e sua família. Eles, e também o espírito de Annabelle Young, querem e merecem justiça, e quanto mais cedo vocês providenciarem essa justiça, melhor para todo mundo.

"Os diligentes policiais envolvidos nesse caso estabeleceram sem a menor sombra de dúvida que Martin Kobel foi, de fato, o indivíduo que esfaqueou até a morte, cruelmente e sem remorso, uma jovem e vibrante professora, viúva e mãe solteira, depois de tê-la perseguido por uma semana desde que ela esteve em Raleigh, espionando-a e fazendo-a fugir de um restaurante enquanto ela esperava para encontrar o filho depois da aula. Esses fatos não estão em questão. Também não há a menor dúvida da legitimidade da confissão do sr. Kobel, que ele ofereceu livremente depois de ser informado de seus direitos. E que ele repetiu aqui, na sua frente.

"A única questão nesse caso é se o réu estava ou não sofrendo de insanidade na hora em que cometeu esse crime hediondo. Agora, para que o réu seja declarado inocente por motivo de insanidade, é preciso, eu repito, é *preciso* que seja provado que ele não percebeu a diferença entre certo e errado na hora em que matou Annabelle. É preciso ser provado que ele não entendeu a realidade como vocês e eu entendemos.

"Vocês ouviram o réu alegar que matou Annabelle Young porque ela estava infectada por forças chamadas nemes. Vamos pensar nisso por um momento. Se o sr. Kobel estivesse convencido de que ela estava possuída por alienígenas do espaço sideral ou por zumbis ou vampiros, talvez esse argumento tivesse alguma validade. Mas não é isso que ele está alegando. Ele está dizendo basicamente que ela estava infectada pelo que ele mesmo descreveu como um vírus... não um que provoque febre e calafrios, mas que leva você a fazer uma coisa ruim."

Um sorriso. "Tenho que dizer, quando ouvi essa teoria pela primeira vez, pensei comigo mesmo, meu irmão, que loucura. Mas quanto mais pensava no assunto, mais me perguntava se não havia uma certa verdade por trás disso. E ao longo deste julgamento, ao ouvir o sr. Kobel e o dr. Pheder, e passar toda a noite de ontem lendo os volumosos escritos do sr. Kobel, eu mudei de ideia... eu também acredito em nemes agora."

O ruído de surpresa em todo o tribunal soou alto.

"Estou convencido de que Martin Kobel está certo. Nemes existem. Pensem bem, senhoras e senhores; que outra coisa pode explicar os atos aleatórios de violência e abuso e fúria que vemos nas pessoas que antes eram incapazes disso."

Sim... alguns jurados estavam assentindo. Estavam com ele!

A voz de Hollow aumentou de volume. "Pensem bem! Forças de energia desincorporadas que nos afetam. *Nós* não as vemos, mas a gravitação da Lua não nos afeta? A radiação não nos afeta? Também não vemos nenhuma das duas. Esses nemes são a explicação perfeita para comportamentos que, de qualquer outra maneira, seriam incompreensíveis.

"Houve uma época em que o conceito de voar de avião teria sido considerado bruxaria. A mesma coisa com o GPS. A mesma coisa com os tratamentos médicos modernos. A mesma coisa com lâmpadas, computadores, milhares de produtos que agora sabemos que se baseiam em fatos científicos, mas que quando foram concebidos, pareciam magia negra."

Hollow chegou perto dos membros absortos do júri. "Mas... mas... se for esse o caso, se os nemes existem, como o sr. Kobel e eu acreditamos, isso quer dizer que eles são parte do mundo *real*. São parte da *nossa* sociedade, da nossa ligação uns com os outros, para o bem ou para o mal. Dizer que Annabelle Young estava infectada por um deles é exatamente a mesma coisa que dizer que ela estava gripada e podia infectar outras pessoas. Algumas dessas pessoas infectadas, as idosas ou as mais novas, poderiam morrer. O que seria uma pena, seria trágico... Mas isso quer dizer que seria certo assassiná-la preventivamente para salvar essas pessoas? Enfaticamente, não! Não é assim que o mundo funciona, senhoras e senhores. Se, como eu agora acredito, Annabelle Young estava sendo afetada por esses nemes, então, como um profissional qualificado, Martin Kobel tinha a responsabilidade de levá-la a tratamento e ajudá-la. Ajudá-la, senhoras e senhores. E não assassiná-la.

"Por favor, honrem a memória de Annabelle Young. Honrem a instituição da lei. Honrem a responsabilidade pessoal. Declarem o réu deste caso são. E declarem-no culpado de assassinato em primeiro grau por ter tirado a vida de uma jovem cujo único defeito foi estar doente, e cuja única chance de melhorar e viver uma vida feliz e satisfeita e produtiva foi arrancada dela por um assassino cruel. Obrigado."

Com o coração disparado, Glenn Hollow andou até a mesa da promotoria por um tribunal completamente silencioso, ciente de que todo mundo estava olhando para ele.

Ele se sentou. Nada de vozes, nada de movimento. Nada. Daria para ouvir um alfinete cair.

Depois do que pareceu uma hora, embora provavelmente tenham sido só trinta segundos, Bob Ringling se levantou, limpou a garganta e fez seu discurso de encerramento. Hollow não prestou muita atenção. E pareceu que mais ninguém prestou. Todas as almas do tribunal estavam olhando para Glenn Hollow, e, acreditava o promotor, repetindo em pensamento o que foi o argumento de encerramento mais articulado e dramático que ele já tinha feito. Virando o caso radicalmente no último minuto.

Se, como eu agora acredito, Annabelle Young estava sendo afetada por esses nemes, então, como um profissional qualificado, Martin Kobel tinha a responsabilidade de levá-la a tratamento e ajudá-la. Ajudá-la, senhoras e senhores. E não assassiná-la.

Glenn Hollow era um homem modesto por natureza, mas não conseguia deixar de acreditar que tinha dado o golpe de mestre da sua carreira.

E, assim, foi uma surpresa, no mínimo, quando os bons homens e a mulher do painel do júri rejeitaram completamente o argumento de Hollow, e voltaram com um veredicto declarando Martin Kobel inocente por insanidade depois de uma das deliberações mais curtas da história do condado de Wetherby.

Três

EU EVITAVA O JARDIM DE INVERNO o máximo que pudesse.

O motivo principal era por ser cheio de pessoas doidas. Que mordiam os lábios. Malucos delirantes que tomavam Haldol. Eles fediam, comiam como porcos no cocho, gritavam, usavam capacetes de futebol americano para não provocarem mais danos à cabeça. Como se isso fosse possível. No meu julgamento, fiquei com medo de exagerar no papel de esquizofrênico. Eu não devia ter me preocupado. Meu desempenho no tribunal não chegou nem perto de passar do limite.

O Hospital Estadual Butler não inclui as palavras "para os criminalmente insanos" no nome porque não precisa. Qualquer um que veja o lugar capta essa ideia bem rápido.

O jardim de inverno era o lugar a ser evitado. Mas eu gostava da pequena biblioteca, e foi lá que passei a maior parte do tempo nos dois últimos meses, desde que fui internado aqui.

Hoje eu estava sentado na única poltrona da biblioteca, perto da única janela. Eu normalmente disputo a poltrona com um paciente magrelo chamado Jack. O sujeito foi condenado porque desconfiou que a esposa estava vendendo seus segredos para o exército da União — o que teria sido engraçado se não fosse o fato de que, como punição pelo crime dela, ele a torturou por seis horas antes de matá-la e desmembrá-la.

Jack era um homem curioso. Inteligente em alguns aspectos e um verdadeiro especialista em história da Guerra de Secessão. Mas ele nunca entendeu as regras do jogo: que quem chegasse na biblioteca primeiro ficava com a cadeira.

Eu estava ansiando para me sentar nela o dia todo e botar a leitura em dia.

Mas aconteceu uma coisa que estragou os planos. Eu abri o jornal da manhã e reparei em uma referência ao promotor do caso contra mim, Glenn Hollow, cujo nome, como eu brincava com meu advogado, Bob Ringling, parecia nome de condomínio. Isso alarmava um pouco Ringling, pois eu não parecia tão maluco quanto ele gostaria — porque, claro, eu não sou.

O artigo era sobre membros do partido que deixaram de apoiar a candidatura de Hollow a procurador-geral. Ele abandonou a competição. Continuei lendo e descobri que a vida dele desmoronou depois que ele não conseguiu me condenar por assassinato. Ele teve que renunciar ao cargo de promotor do condado, e nenhuma firma de advocacia do estado queria contratá-lo. Na verdade, ele não conseguia trabalho em lugar nenhum.

O problema não era ele ter perdido o caso, mas o fato de ter apresentado provas sobre a existência de espíritos que possuem pessoas e as fazem cometer crimes. Não ajudou o fato de ele ter declarado publicamente que nemes eram reais. E o especialista dele era um excêntrico. Mas ainda considero Pheder um gênio. Afinal, para cada invenção de sucesso, Da Vinci inventou cem fiascos.

Na verdade, a estratégia de Hollow *foi* brilhante e me provocou alguns momentos de muita inquietação no tribunal. A Bob Ringling também. Parte de mim ficou surpresa de o júri não ter caído no argumento dele e não ter me mandado para o corredor da morte.

Essas revelações eram perturbadoras, e senti pena do homem — eu nunca tive nada pessoal contra ele —, mas foi quando li o último parágrafo que a implicação chocante do que tinha acontecido ficou clara.

> *Antes do julgamento de Kobel, Hollow era considerado barbada na corrida para a procuradoria-geral do estado. Ele tinha o melhor registro de condenações de todos os promotores da Carolina do Norte, principalmente em crimes violentos, como estupro e abuso doméstico. Ele até venceu um caso de assassinato premeditado alguns anos atrás por um incidente de violência de trânsito, a primeira vez que qualquer promotor convenceu um júri disso.*

Ao ler isso, senti como se tivesse levado um tiro. Meu Deus... Meu Deus... Eu arfei. Fui vítima de uma armação.

De repente, ficou claro. Desde o momento em que Annabelle Young se sentou ao meu lado no Starbucks, eu estava sendo sugado para o plano deles. Os nemes... Eles sabiam que eu assumiria a missão de tentar me tornar terapeuta dela. E sabiam que eu veria que o neme dentro dela era tão poderoso e representava um perigo tão grande para as pessoas ao redor que eu teria que matá-la. (Eu já tinha feito isso antes, claro; Annabelle não foi a primeira. Parte de ser terapeuta profissional é encontrar a técnica certa para cada paciente.)

E onde os nemes escolheram o hospedeiro? No mesmo condado do promotor que representou talvez a maior ameaça a eles. Um homem que estava vencendo condenação atrás de condenação em casos de violência impulsiva — aprisionando algumas das encarnações mais bem-sucedidas no país: abusadores, estupradores, assassinos...

Bem, isso respondia à pergunta que ninguém tinha conseguido responder ainda: sim, nemes se comunicam.

Sim, eles planejam e criam estratégias. Obviamente, tinham debatido a questão. O preço para eliminar Glenn Hollow era eu conseguir me safar alegando insanidade, o que queria dizer que eu sairia em poucos anos e voltaria ao ataque, escreveria sobre eles, ajudaria pessoas a se protegerem deles.

Até os mataria se precisasse.

Assim, eles decidiram que Glenn Hollow era uma ameaça a ser eliminada.

Mas não eu. Eu escapei. Eu suspirei, fechei os olhos e sussurrei: "Mas não eu. Graças a Deus, não eu".

"Desculpe, peguei a poltrona primeiro hoje", eu disse para ele, ainda distraído pela descoberta impressionante. "Amanhã..."

Mas minha voz sumiu quando olhei no rosto dele.

Os olhos... os olhos.

Não!

Ofeguei e comecei a me levantar, a gritar por um guarda, mas antes que conseguisse ficar de pé, Jack estava em cima de mim. "Minha poltrona, você pegou minha poltrona, você pegou, você pegou!..."

Mas então, quando a ponta afiada do cabo da colher que ele estava segurando foi enfiada no meu peito repetidamente, pareceu que o louco começou a sussurrar uma coisa diferente. Minha visão ficando turva, minha audição falhando, eu pensei que talvez as palavras saindo dos lábios ressecados fossem: "Sim, você, sim, você, sim, você...".

Os livros do autor campeão de vendas internacionais JEFFERY DEAVER são vendidos em 150 países e foram traduzidos em 25 idiomas. Ele ganhou inúmeros prêmios. Alguns de seus livros são *The Bodies Left Behind* e *More Twisted: Collected Stories, Volume II*.

L

TIM POWERS

Linhas paralelas

SERIA ANIVERSÁRIO DELAS HOJE. BEM, AINDA era dela, Caroleen achava, mas sem BeeVee a ideia de "aniversário" parecia não existir também. Ela podia estar fazendo 73 anos sozinha?

A mão direita de Caroleen estava tremendo intermitentemente desde que ela se sentou no sofá-cama da sala cinco minutos antes, e ela ergueu a xícara de café com a mão esquerda. O café estava quente, mas sem gosto, e a mobília da sala — a mesa de centro, a agora inútil televisão analógica cuja antena abandonada parecia orelhas de coelho, a cadeira de balanço ao lado da lareira de tijolos brancos, tudo brilhando no sol, cintilando pela janela leste às costas dela — parecia formada de itens arrumados em uma espécie de diorama de museu; já não havia qualquer movimento possível.

Mas ainda tinha a questão da lápide para resolver, nove desorganizadas semanas depois. Quatrocentos e cinquenta dólares por menos de meio metro quadrado de granito entalhado, e a empresa em Nevada não conseguia entender que Beverly Veronica Erlich e Caroleen Ann Erlich tinham a mesma data de nascimento, embora a segunda data embaixo do nome de Caroleen tivesse que ficar em branco por um período indeterminado.

A segunda data de BeeVee não foi decidida pelo acaso. BeeVee ingeriu todos os Darvocet e Vicodin da casa quando a dor do câncer, isso se fosse mesmo câncer, tinha ficado maior do que ela podia suportar. Por um ano, mais ou menos, ela sentiu um certo grau de dor — Caroleen lembrava que BeeVee expirava com um *ufa!* de tempos em tempos, e que a testa dela sempre parecia úmida de suor, e que ela tinha um novo hábito de lamber repetidamente a beirada interna do lábio superior. E sempre ficava mudando de posição enquanto dirigia, e se apoiando no chão ou no volante. Mais e mais, ela passou a contar — as duas passaram a contar — com a pobre e baixinha Amber, a adolescente que morava na casa ao lado. A garota ia limpar a casa e fazer compras, e parecia agradecida pelos cinco dólares por hora, mesmo com as críticas generosas de BeeVee sobre todos os trabalhos que Amber executava.

Mas Amber não conseguiria lidar com a empresa da lápide. Caroleen se moveu para a frente no sofá-cama, balançou a cabeça para trás e para adiante para ter certeza de que estava com os óculos de leitura e não os bifocais, e abriu o caderno de telefones de plástico marrom. Um lápis prateado curto estava preso por um aro plástico na espiral do caderno, e ela o soltou...

...E sua mão direita tremeu para a frente e derrubou a xícara de café da mesa, e o lápis tremeu nos dedos velhos e manchados enquanto a ponta rabiscava o papel.

Ela lançou um olhar temeroso e culpado na direção da cozinha no momento anterior à lembrança de que BeeVee estava morta; em seguida, se permitiu relaxar e olhou para o rabisco que tinha feito em cima dos antigos endereços e números de telefone.

Estava irregular, mas eram letras cursivas reconhecíveis:

Precisodasuaaiuda

Na verdade, eram reconhecíveis como a caligrafia de BeeVee.

A mão de Caroleen tremeu de novo e rabiscou a mesma sequência espremida de letras no papel. Ela levantou o lápis, adiando todos os pensamentos naquele momento congelado, e depois de vários segundos sua mão teve mais um espasmo, sem dúvida escrevendo as mesmas letras no ar. Seu corpo todo tremeu com um calafrio febril, e ela achou que fosse vomitar; inclinou-se sobre o tapete, mas o enjoo passou.

Tinha certeza de que sua mão estava escrevendo essa mensagem no ar desde que acordou.

Caroleen achava que BeeVee nunca na vida tinha dito *por favor* quando pedia alguma coisa a ela — exceto com ênfase irônica.

Ela ficou remotamente feliz por estar sentada, pois seu coração batia disparado no peito, e ela estava tonta com o pensamento enorme de que BeeVee não tinha partido, não completamente. Segurou a beirada do sofá-cama, com medo súbito de cair e derrubar a mesa, de rolar contra a cadeira de balanço. O fedor de café derramado estava forte nas narinas dela.

"Tá bom", sussurrou ela. "Tá bom!", disse ela mais alto. O tremor na mão tinha diminuído, e ela pulou para uma página em branco do calendário na parte de trás do caderno e escreveu *TÁ BOM* no alto.

Os dedos tinham começado a balançar de novo, mas ela levantou a mão como se para afastar a pergunta, hesitante em deixar o lápis trêmulo tocar na página à espera naquele momento.

Eu a quero de volta, pensou ela, *de alguma forma?* Não, não era *querer*, não era *ela*, mas... nas últimas nove semanas eu já não parecia existir, sem ela prestando atenção, qualquer tipo de atenção, a mim. Atualmente, não passo de uma amiga imaginária vizinha de Amber, um conceito frágil a ser superado em breve, mesmo por ela.

Ela suspirou e levou a mão ao caderno. Por cima do *TÁ BOM*, o lápis rabiscou:

Soubeevee

"Meu Deus", sussurrou Caroleen, fechando os olhos. "Você acha que precisa me dizer?"

A mão estava escrevendo involuntariamente de novo, quebrando a ponta do lápis na metade, mas continuando rapidamente até o final, depois fez tudo de novo mais três vezes, só arranhando o papel com a lasca de madeira. Finalmente, sua mão se abriu.

Ela jogou o lápis do chão e remexeu entre os frascos laranja de remédios na mesa em busca de uma caneta. Ao encontrar, escreveu: *O que posso fazer? Pra ajudar*

Não conseguiu acrescentar o último ponto de interrogação porque a mão teve outra convulsão, e escreveu:

usarseucorpomeconvidaproseucorpo

E, um momento depois:

desculpaportudoporfavor

Caroleen viu a caneta em sua mão escrever as mesmas duas linhas mais duas vezes, depois se recostou e deixou a caneta balançar no ar até que esse surto passasse de forma gradual e sua mão ficasse inerte.

Caroleen piscou para afastar as lágrimas dos olhos, tentando acreditar que tinham sido causadas apenas pelos músculos do punho já doloridos. Mas... BeeVee pedir desculpas, e para ela...! Os únicos pedidos de desculpas de BeeVee durante a vida foram hábeis e impacientes: *Bem, desculpa se...*

Os mortos perdem o egoísmo?, questionou-se Caroleen, sua única necessidade sendo a de limitar e dominar lares terrenos? BeeVee havia mantido Caroleen como uma espécie de eu prolongado, e isso resultara em isolamento para as duas; se, de fato, elas tivessem chegado a ser duas nos últimos anos. As gêmeas tinham dois irmãos por aí, e pelo menos umas duas sobrinhas, a mãe delas podia até mesmo ainda estar viva aos 91 anos, mas Caroleen não sabia nada dessas pessoas. BeeVee cuidava de toda a correspondência.

Ela escreveu rapidamente na página do calendário: *Preciso saber: você me ama?*

Durante quase um minuto ela esperou, os músculos dos ombros enrijecendo enquanto ela segurava a caneta sobre a página; sua mão se flexionou de repente e escreveu:

sim

Caroleen estava arfando e não conseguia ver o papel em meio às lágrimas, mas conseguia sentir a mão rabiscando a palavra várias vezes até esse espasmo também passar.

Por que você tinha que esperar, pensou ela, *até estar morta para me contar?*

Mas *usar seu corpo, me convida pro seu corpo*. O que isso queria dizer? Será que BeeVee tomaria controle dele e algum dia abriria mão desse controle?

Eu me importo de verdade?, pensou Caroleen.

Fosse como fosse, seria um passo para mais perto da totalidade que Caroleen tinha perdido nove semanas antes.

Sua mão estava tremendo de novo. Ela esperou até os primeiros rabiscos terem se expandido no ar para tocar o papel com a caneta. A caneta escreveu:

simprasempre

Ela moveu a mão para o lado, não queria que os ecos estragassem aquela declaração.

Quando a caneta parou, Caroleen se inclinou para a frente e começou a escrever *Sim, vou convidar você*, mas sua mão assumiu a tarefa e terminou a linha com

exaustamaisdepois

Exausta? Era extenuante para fantasmas se projetarem tão longe? BeeVee tinha que lutar contra alguma coisa para mover o lápis?

Mas, na verdade, Caroleen também estava exausta — sua mão estava doendo. Ela assoou o nariz em um Kleenex velho, os olhos lacrimejando novamente com o cheiro de mentol e eucalipto da pomada Bengay, e se deitou no sofá-cama e fechou os olhos.

UMA BATIDA FORTE NA porta da frente a acordou em um sobressalto, e apesar de os óculos terem caído e ela não saber imediatamente se era manhã ou noite, ela soube que seus dedos estavam tremendo e já havia algum tempo.

Ela se projetou para a frente e, com a mão esquerda, enfiou a caneta entre o polegar e o indicador direitos. A caneta começou a atravessar levemente a página do calendário. O rabisco foi mais longo do que os outros — com uma pausa no meio — e ela precisou girar o caderno para manter a ponta na página até que parasse.

A batida soou de novo, mas Caroleen gritou "Só um minuto!" e permaneceu encolhida sobre o caderninho, esperando a repetição da mensagem.

Não se repetiu. Aparentemente, ela pegou o último eco — talvez só o final do último eco.

Ela não conseguia ler o que tinha escrito. Mesmo que estivesse de óculos, também precisaria da luz do abajur.

"Caroleen?", foi o grito que veio de fora. Era a voz de Amber.

"Estou indo." Caroleen se levantou com o corpo dolorido e mancou até a porta. Quando a abriu, se viu apertando os olhos contra a luz do sol que passava pelos galhos do abacateiro.

A garota na porta estava de calça de moletom e uma camiseta enorme, piscando atrás dos reluzentes óculos redondos. O cabelo castanho estava preso em um coque no alto da cabeça. "Acordei você? Desculpa." Ela estava ofegante, como se tivesse vindo correndo da casa vizinha.

Caroleen sentiu o ar fresco — com cheiro de pedra aquecida pelo sol e de escapamento de carro — esfriando a cabeça quente. "Estou bem", disse ela com voz rouca. "O que é?" Ela tinha pedido para a garota ir até lá hoje? Não conseguia lembrar e estava tensa de impaciência para voltar para a caneta e o caderno.

"Eu só...", disse Amber rapidamente, "eu gostava da sua irmã, bem, você sabe que eu gostava, apesar... e eu... eu podia ficar com alguma coisa dela, não uma coisa valiosa, uma coisa para me lembrar dela? Tipo uma escova de cabelo?"

"Você quer a escova de cabelo dela?"

"Se você não se importar. Eu só queria alguma coisa..."

"Vou buscar. Espere aqui." Seria mais rápido entregar para ela do que propor alguma outra lembrança, e Caroleen não tinha nenhum apego especial à escova de cabelo — a dela era igual mesmo. Ela e BeeVee tinham tudo igual, claro — escovas de dentes, xícaras de café, sapatos, relógios de pulso.

Quando Caroleen pegou a escova e voltou até a porta, Amber a pegou e seguiu até a calçada, gritando "Obrigada!" com o rosto virado para trás.

Ainda desorientada por causa do cochilo, Caroleen fechou a porta e voltou até o sofá-cama, onde passou a mão pelo cobertor até encontrar os óculos e os colocar no rosto.

Ela se sentou, acendeu o abajur e se inclinou sobre a página do caderninho. Virou-o para seguir o rabisco mais recente e leu:

contasbancárias
pegaminhaescovacomelaagora

"Desculpa, desculpa!", exclamou Caroleen; e, na própria caligrafia, escreveu: *Vou pegar.*

Ela esperou, perguntando-se por que precisava pegar a escova de volta com Amber. Era necessário que todos os bens de BeeVee ficassem juntos? Provavelmente, pelo menos os que tivessem sinais de identidade, tipo vodu: amostras de DNA, como cabelo na escova, rastros de saliva seca nas dentaduras, um Kleenex em um lixo esquecido. Mas...

Abruptamente, seu peito ficou frio e vazio.

Mas aquela mensagem foi escrita *antes* de ela entregar a escova a Amber. E Caroleen só estava acordada nos segundos finais da transmissão da mensagem, que, se fosse como as outras, estava se repetindo por um minuto inteiro antes de ela acordar.

A mensagem foi endereçada a Amber, na casa ao lado, não a ela. Amber leu de alguma forma e pegou a escova de cabelo obedientemente.

Essas mensagens todas poderiam ser endereçadas à garota?

Caroleen se lembrava de questionar se BeeVee precisava lutar contra alguma coisa para se comunicar do lado distante do túmulo. BeeVee estava lutando contra Caroleen, sua gêmea ainda viva, para poder falar com Amber? A insignificante *Amber*?

Caroleen estava tonta, mas se levantou e andou até o quarto para pegar um par de sapatos. Teve que levá-los na mão até a sala — a cama no quarto também era de BeeVee, e ela não queria se sentar nela para calçar os sapatos — e no caminho deu uma entrada no banheiro e pegou sua escova de cabelo.

USANDO UMA DAS VELHAS saias de ir à igreja, com batom passado e carregando uma bolsa bordada grande, Caroleen fechou a porta e seguiu pela calçada. O céu estava de um azul intenso acima dos galhos das árvores, e as poucas nuvens estavam extraordinariamente distantes, e passou por sua cabeça que ela não se lembrava de ter saído da casa desde o funeral de BeeVee. Não dirigia mais — Amber era a única que dirigia o velho Pontiac atualmente — e era Amber que comprava comida e era reembolsada com cheques de Caroleen... e o pacote com os talões de cheques chegava pelo correio, e Amber o trazia da caixa de correspondência na calçada.

Se Caroleen afastasse a garota, poderia fazer essas coisas sozinha? Ela provavelmente morreria de fome.

A mão de Caroleen começou a tremer quando ela chegou na calçada e virou para a direita, na direção da casa dos pais de Amber, mas resistiu ao impulso de tirar uma caneta da bolsa. *Ela não está falando comigo*, pensou ela, piscando para afastar as lágrimas embaixo do sol forte que refletia nos para-brisas e para-choques dos carros que passavam; está falando com a idiota da *Amber.* Não vou *xeretar.*

Os pais de Amber tinham uma casa de estilo espanhol no alto de um gramado bem cuidado, com um toldo de lona verde sobre o janelão em arco da frente. Nem ao proteger os olhos com a mão esquerda ainda firme Caroleen conseguiu ver se tinha gente dentro, então subiu os degraus amplos e, enquanto recuperava o fôlego na entrada de cimento no alto, a porta da frente se abriu, soltando uma lufada de aroma fresco de cera de piso.

A mãe de Amber, jovem e de cabelo escuro — Crystal? Christine? —, estava olhando para ela com curiosidade. "É... Caroleen", disse ela, "certo?"

"É." Caroleen sorriu, sentindo-se velha e boba. "Preciso falar com Amber." A mãe estava com uma expressão de dúvida. "Quero pagar mais a ela e ver se ela está interessada em contabilizar nosso, meu talão de cheques."

A mulher assentiu, como se concordando com isso. "Bem, acho que pode ser bom para ela." Ela hesitou e chegou para o lado. "Entre e fale com ela. Ela está no quarto."

Caroleen teve um vislumbre rápido de uma sala de estar escura com capas de plástico transparente sobre os móveis, e de uma cozinha colorida com panelas de cobre penduradas para todo lado. A mãe de Amber bateu na porta de um quarto e disse: "Amber, querida. Você tem visita". Ela abriu a porta.

"Vou deixar vocês duas conversarem", disse a mulher, e saiu andando na direção da sala.

Caroleen entrou no quarto. Amber estava sentada de pernas cruzadas em uma colcha rosa, na frente de um pedaço de papelão com uma pedra, um lápis e a escova de BeeVee em cima. Cortinas de renda brilhavam na janela virada para a rua, e uma pilha do que pareciam ser livros escolares ocupava a mesa branca vazia no canto oposto. Os dois quadros nas paredes pareciam manchas de cor pastel. O quarto tinha cheiro de bolo.

Caroleen pensou no que dizer. "Posso ajudar?", perguntou ela.

Amber, que estava com expressão de cautela, se animou e se empertigou. "Fecha a porta."

Depois que Caroleen tinha fechado a porta, Amber falou: "Você sabe que ela está voltando?". Ela indicou o papelão diante de si. "Ela passou o dia falando comigo."

"Eu sei, criança."

Caroleen se aproximou e se inclinou para olhar o papelão, e viu que a garota tinha escrito as letras do alfabeto em um arco.

"É uma dessas coisas que as pessoas usam para falar com fantasmas", explicou Amber com orgulho evidente. "Estou usando a pedra de cristal para apontar para as letras. Algumas pessoas têm medo dessas coisas, mas é um dos tipos bons de cristal."

"Um tabuleiro Ouija."

"Isso mesmo! Ela me fez sonhar com um várias vezes logo antes do sol nascer porque é o aniversário dela. Bem, é o seu também, eu acho. Primeiro, achei que era um desenho de amarelinha, mas ela me fez olhar melhor até eu entender." Ela repuxou os lábios. "Escrevi-o recitando a rima, e fiz o *H* e o *I* duas vezes sem querer, e deixei o *J* e o *K* de fora." Ela pegou uma folha de papel pautado embaixo do papelão. "Mas só foi problema uma vez, eu acho."

"Posso ver? Eu, hã, quero que isso dê certo."

"Pode. Ela não vai embora. Ela vai estar em mim, ela contou?" Ela mostrou o papel. "Eu desenhei linhas para separar as palavras."

"Sim. Ela me contou." Caroleen esticou a mão lentamente para pegar o papel da mão de Amber e o aproximou do rosto para ler as linhas escritas a lápis.

PRECISO/DA/SUA/AIUDA
Quem é vc?
SOU/BEEVEE
O que posso fazer?
PRECISO/USAR/SEU/CORPO/ME/CONVIDA/PRO/SEU/CORPO
DESCULPA/POR/TUDO/POR/FAVOR
Vc é um fantasma agora? Pode conceder pedidos?
SIM
Pode me fazer ficar bonita?
SIM/PRA/SEMPRE
Tudo bem. O que eu faço?
EXAUSTA/MAIS/DEPOIS
BV? Passou o almoço. Está descansada?
SIM
Me faz ficar bonita.
PEGA/MINHA/ESCOVA/DE/CABELO/COM/A/MINHA/IRMÃ
Essa palavra é "escova de cabelo"?
É/DEPOIS/VOCÊ/PODE/ME/CONVIDAR/PRA/ENTRAR/EM/VOCÊ
Como vai ser isso?
NÓS/VAMOS/SER/VOCÊ/UNIDAS

Mas o que a gente vai fazer?
FICAR/MAGRA/VIAGEM/PELO/MUNDO
A gente vai ser rica?
VAI/EU/TENHO/CONTAS/BANCÁRIAS
PEGA/MINHA/ESCOVA/COM/ELA/AGORA
Peguei.
À/NOITE/FICA/SOBRE/O/TÚMULO/PENTEIA/SEU/CABELO/ME/CONVIDA/A/ENTRAR

"Na primeira linha é A-J-U-D-A", explicou Amber, solícita. "E vou querer pegar seu carro emprestado esta noite."

Sem se achar capaz de falar, Caroleen assentiu e entregou o papel de volta para ela, sem saber bem se seu rosto estava vermelho ou pálido. Sentia-se invisível e repudiada. BeeVee poderia ter procurado sua irmã gêmea para isso, mas sua irmã gêmea era velha demais; e, se conseguisse ocupar o corpo daquela garota — uma relação de gêmeas de um tipo ainda mais íntimo! —, ela não ia continuar morando com Caroleen. Além do mais, ela tinha ingerido todos os Vicodin e Darvocet.

Caroleen pegou a pedra. Era um tipo de cristal de quartzo.

"Quando...", começou ela, a voz rouca. Ela limpou a garganta e continuou com mais firmeza: "Quando você recebeu essa penúltima mensagem? Sobre as contas bancárias e a escova de cabelo?".

"Aquela? Hã, um minuto antes de eu ir bater na sua porta."

Caroleen assentiu, perguntando-se com tristeza se BeeVee sabia que estava deixando cópias em carbono — múltiplas e ecoantes — das mensagens com ela.

Ela colocou o cristal no papelão e pegou a escova. Amber abriu a boca como que para protestar, mas parou.

Havia mesmo uma série de fios brancos emaranhados nas cerdas.

Caroleen enfiou a escova na bolsa.

"Eu preciso disso", disse Amber rapidamente, inclinando-se por cima do papelão. "Ela disse que eu preciso."

"Ah, claro, desculpe." Caroleen abriu um sorriso forçado que devia ter parecido sinistro e tirou sua própria escova da bolsa e entregou para a garota. Era idêntica à de BeeVee, até os cabelos brancos presos nela.

Amber a pegou, olhou para ela e a colocou no travesseiro, fora do alcance de Caroleen.

"Eu não quero", disse Caroleen, "interromper... vocês duas." Ela suspirou, esvaziou os pulmões e tirou as chaves do carro da bolsa. "Aqui", disse ela, jogando-as na cama. "Vou estar na casa ao lado se você... precisar de ajuda."

"Tudo bem." Amber pareceu aliviada pela perspectiva de ela ir embora.

CAROLEEN FOI ACORDADA NA manhã seguinte pela dor da mão direita lesionada se flexionando, mas rolou para o lado e dormiu mais dez minutos, até o telefone à cabeceira a arrancar do sonho monótono que ocupou sua mente na última hora.

Ela se sentou, franzindo o nariz para o cheiro de queimado da lareira e desejando uma xícara de café, e ainda podia ver parcialmente o tabuleiro Ouija com o qual estava sonhando.

Ela atendeu o telefone com uma careta. "Alô."

"Caroleen", disse a voz de Amber, "não aconteceu nada no cemitério ontem e BeeVee não está respondendo minhas perguntas. Ela escreveu coisas, mas não são respostas para o que estou escrevendo para ela. O que ela escreveu hoje de manhã, até agora, ela escreveu, hã '*Você venceu... Você serve... Nós sempre fomos uma equipe, né...*'. Ela está falando com você?"

Caroleen olhou para a lareira, onde na noite anterior tinha queimado — ou ao menos chamuscado — a escova de dentes, a lâmina, as dentaduras, o babyliss e várias outras coisas de BeeVee, incluindo a escova de cabelo. E hoje ela ligaria para a empresa da lápide e cancelaria o pedido. BeeVee não teria um túmulo facilmente localizável.

"Comigo?" Caroleen fechou a mão direita com dificuldade. "Por que ela falaria comigo?"

"Você é irmã gêmea dela, ela poderia..."

"BeeVee está morta, Amber. Morreu nove semanas atrás."

"Mas ela vai voltar. Vai me deixar bonita! Ela disse..."

"Ela não pode fazer nada, criança. Estamos melhores sem ela."

Amber estava falando, protestando, mas os pensamentos de Caroleen estavam com os irmãos que ela não conseguia nem mais visualizar, com as sobrinhas que não tinha conhecido e que provavelmente tinham filhos em algum lugar, e com a mãe, que devia estar morta agora. E havia todas as outras pessoas, e não muito tempo.

Caroleen estava decidida a aprender a escrever com a mão esquerda, e, apesar de doer, ela esperava que a mão direita continuasse escrevendo inutilmente no ar.

Finalmente, se levantou, ainda segurando o telefone, e interrompeu Amber: "Você pode trazer as chaves do meu carro de volta? Tenho umas coisas a fazer".

TIM POWERS ganhou o World Fantasy Award duas vezes, pelos livros *Last Call* e *Declare*. Nascido em Buffalo, Nova York, ele passou a infância na Califórnia e ainda mora lá.

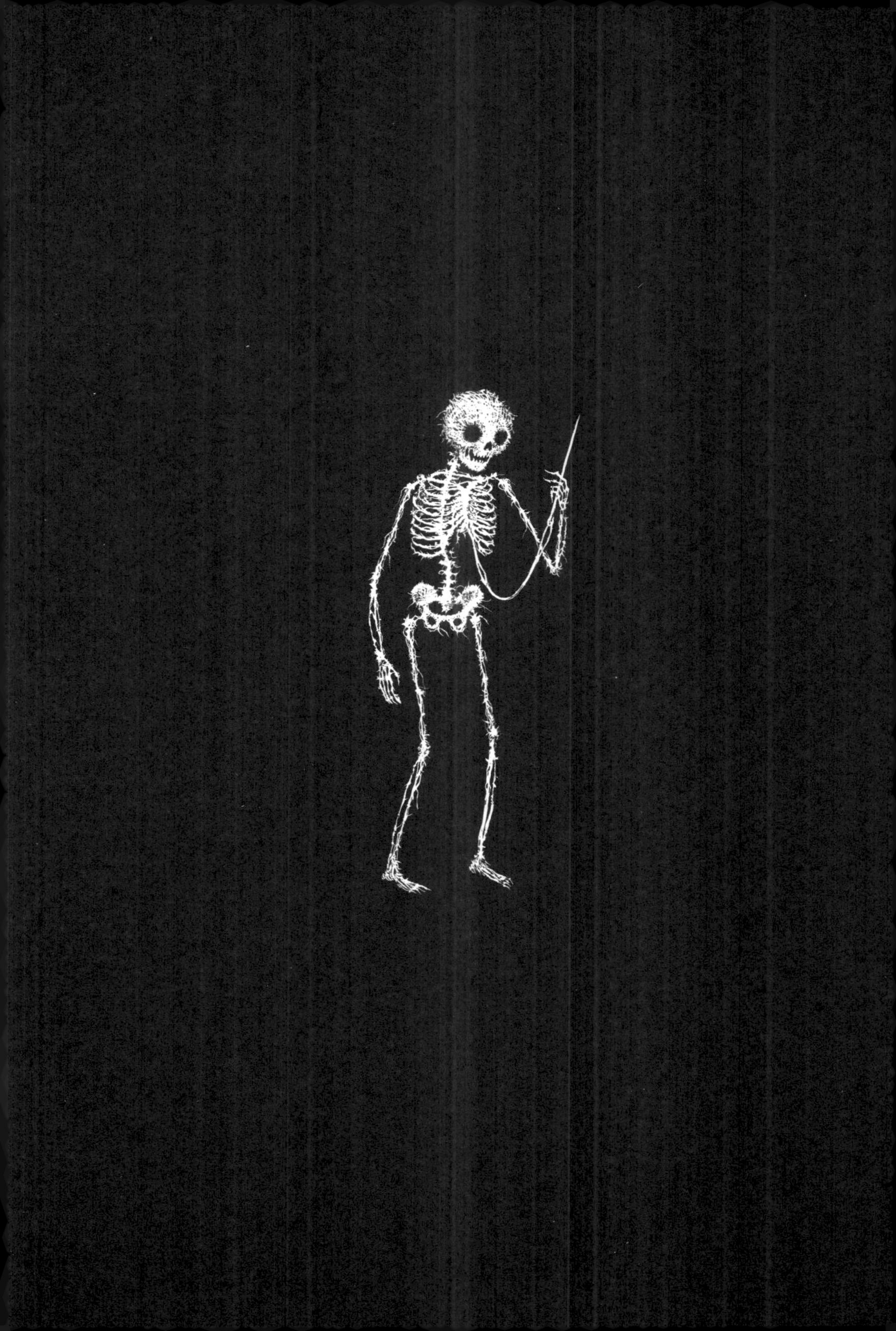

0

AL SARRANTONIO

O Culto do Nariz

A PRIMEIRA MENÇÃO AO CULTO NA literatura é encontrada em um panfleto do herege alemão Jacobus Mesmus, que datei de algum momento perto de 1349 d.C.; menciona, no meio de um relato de surto de peste na cidade de Breece, que "um grupo de habitantes viu nesse dia duas pessoas, um homem e uma mulher, saltitando alegremente nos arredores do vilarejo, usando o temido Nariz. Foram expulsos com clavas em chamas e uma chuva de pedras". Mesmus diz que a aparição das pessoas usando o Nariz continua — às vezes há duas pessoas mencionadas, às vezes três: um homem, uma mulher e uma criança pequena; o texto foi parcialmente destruído e é confuso — ao longo do período da peste, e termina abruptamente com o último caso da doença, embora haja uma passagem nebulosa perto da parte final do tratado (que, como informação adicional, trata mais do tempo) mencionando que uma "pessoa nariguda" foi vista na torre do sino da igreja intermitentemente por um tempo depois.

Na verdade, há um caso do Culto registrado bem antes dessa época; existem provas escassas e breves menções que podem datá-lo da era da dinastia egípcia. Há uma lenda sobre um dos narizes ter sido encontrado na câmara funerária de Ramsés II, embora não haja prova física que tenha sobrevivido nem testemunho que possa corroborar isso.

Depois de Jacobus Mesmus, os relatos do Culto ficaram mais frequentes. Uma figura usando o Nariz aparece em um dos trípticos de Brueghel; há várias aparições de membros do Culto no trabalho de Bosch, como era de se esperar. Também há, curiosamente, a aparição de uma pessoa usando o Nariz em um quadro pouco conhecido (e, por motivo da aparição do adorno, considerado espúrio) de Pierre-Auguste Renoir: uma figura sorridente pequenininha, espiando por trás de uma criança segurando uma sombrinha vermelha, é vista usando um Nariz com uma tira para segurá-lo no rosto. A história é que a garotinha no quadro era filha de M. Ebrezy, um ministro proeminente, e que a garota morreu misteriosamente depois de posar para o artista.

Há menções ao Nariz nos trabalhos de Maupassant; de Emily *e* Charlotte Brontë; e, nas Américas, de Hawthorne e, com frequência, nos últimos de Twain.

Há um conceito falso e perigosamente enganoso de que o Nariz é uma elaboração moderna, que foi não só inventado para o prazer bobo das crianças e adultos infantis, mas que foi promovido apenas para esse uso, e para os diferentes e mais antigos usos que têm sido preservados pelo Culto moderno. É necessária a compreensão de que o Nariz não é apenas um instrumento antigo, mas que seu uso pode ser rastreado para quase o começo da história registrada (ver meus comentários de abertura). O Nariz sem dúvida passou por períodos — pode-se levantar hipóteses de que esses períodos foram de relativa calma e estabilidade social e religiosa — em que foi relegado à posição de brinquedo. Mas foi determinado que esses períodos de tranquilidade sempre foram breves, e, além disso, que o Nariz sempre recuperou sua posição de autoridade misteriosa — e de temida nebulosidade.

É em um período assim, claro, que nos encontramos neste momento.

Devo acrescentar neste ponto que meu interesse no Culto não é recente; venho colhendo referências e formulando teorias cuidadosas há muitos anos.

PARA DEIXAR REGISTRADO, MEU interesse foi despertado durante os meses finais do envolvimento do mundo livre na Guerra do Vietnã. Na época, eu era um adido especial alinhado com um braço secreto da inteligência americana e examinava fotos em preto e branco tiradas por espiões e insurgentes por trás das linhas comunistas — eram fotos contrabandeadas de campos de prisioneiros de guerra e coisas do tipo. Também devo acrescentar que foi um período em que eu estava procurando esquecer um incidente infeliz na minha vida pessoal: minha jovem esposa, compreensivelmente solitária por causa da minha ausência prolongada, passou a ter um relacionamento com outro homem e teve um filho com ele. Procurei consolo mergulhando no trabalho.

Comecei a reparar um fenômeno recorrente e curioso em algumas das fotos que manuseava. Aqui e ali, em um canto ou espiando por trás de um galpão, havia uma figura peculiar usando o que parecia ser um nariz falso na cara. Muitas vezes, era possível identificar que a figura era masculina; em outras ocasiões, parecia ser uma mulher ou até mesmo uma criança. Muitos prisioneiros de guerra da época, por causa da subnutrição e consequente emagrecimento, não eram identificáveis pelo gênero — nem pela idade —, então é preciso lembrar que qualquer tipo de identificação era difícil. Muitas das figuras narigudas apareciam ao lado ou dentro (apesar de não estarem aparentemente mortas) de covas coletivas.

Separei as fotos achando que, embora houvesse pouco interesse para os meus superiores, ainda podia haver algo a ser investigado.

Comecei a sonhar com figuras assemelhadas a pássaros, que se pareciam com as bestas horrendas do inferno de Bosch, usando narizes falsos que pareciam bicos.

Minha coleção de fotografias cresceu. Percebi que, conforme as cenas de horror aumentavam — àquelas alturas estávamos recebendo fotografias diárias dos campos de extermínio com americanos e vietnamitas budistas —, o número de pessoas usando narizes crescia. Em uma foto — uma que guardo até hoje dobrada na carteira —, um homem, uma mulher e uma criança, em uma fila comprida de prisioneiros cansados e sem esperanças, a maioria usando trapos pendurados a ossos tão frágeis que mal os sustentavam em pé direito, sendo levados docilmente para um buraco aberto junto a guardas segurando metralhadoras, viraram os rostos para a câmera, os três seguidos, com o sorriso de uma caveira. Parece haver um pouco mais de carne nos ossos deles do que nos daqueles que estão na frente e atrás.

Todos estão usando o Nariz.

OUTRAS ATIVIDADES LOGO ME salvaram da total absorção nos detalhes dessas fotografias curiosas, e só bem depois da resolução da guerra, depois que me estabeleci em Montreal, longe da minha ex-esposa, do filho e do marido dela (que viajava muito), foi que encontrei um montinho de fotos granuladas em uma caixa (a fotografia mencionada acima estava entre elas), e todo o meu interesse anterior foi renovado. Comecei a procurar outras fontes — tendo um pouco de influência por causa do serviço prestado na guerra para conseguir materiais que não estariam facilmente disponíveis para o público — e a encontrar outras fotos, tiradas em outros setores da guerra, nas quais figuras usando o Nariz apareciam.

Em seguida, ampliei minha pesquisa e encontrei artefatos similares entre objetos da Segunda Guerra Mundial. Encontrei uma prova preciosa (que acabou se perdendo recentemente em um incêndio) que apresentava um comício do Terceiro Reich em que duas figuras separadas usando o Nariz podiam ser vistas. Lembro-me claramente dessa foto porque uma das figuras estava a poucos metros do próprio Hitler e sorria maliciosamente para a câmera.

Meu interesse acabou diminuindo novamente, até eu pegar, em uma manhã de 1979, um jornal londrino que continha uma foto oficial na primeira página com o corpo do presidente assassinado da Coreia do Sul, Park Chung Hee. À direita do corpo, quase invisível ao fundo, havia uma figura com o Nariz na cara.

Na mesma hora, pesquisei outras fotos tiradas na ocasião, mas não encontrei nada de útil.

No entanto, apareceu outra referência em uma fotografia de um descarrilamento de trem que matou 45 passageiros em Ohio na mesma semana: no meio do metal retorcido, havia uma cabeça visível espiando com o adereço falso preso por uma tira fina prateada. A figura a quem a cabeça pertencia, cercada de pessoas mortas, estava claramente viva.

Comecei a verificar arquivos mortos de fotografias e arquivos de jornal e encontrei centenas de fotos com figuras similares. A maioria era de desastres ou quase desastres; comecei a reparar que o número — e postura — das figuras muitas vezes dependia da quantidade de destruição que as cercava. Os rostos cintilavam de prazer em proporção à quantidade de confusão e carnificina. Isso não era uma coisa estritamente quantificável, mas a correlação, em geral, parecia existir.

A maioria dessas fotos, infelizmente, também foi destruída pelo incêndio.

Comecei a reparar em pequenas referências, que passavam facilmente despercebidas, ao Nariz ou ao Culto dos que usavam o Nariz na literatura, e naturalmente ampliei minha pesquisa para também incluir essa área, como já mencionei.

Aparentemente, eu tinha tropeçado em uma coisa que passou quase despercebida pela população, uma coisa que ficou de fora da consciência geral desde o começo do registro da história. Era uma seita tão misteriosa, nefasta e secreta (uma espécie de maçonaria verdadeiramente demoníaca?) que poucas e espalhadas evidências restavam ou chegaram a existir. Não havia fonte primária de estudo; as únicas evidências que apontavam para sua existência eram as poucas fotos em intervalos grandes e um símbolo — o Nariz — tão profundamente associado à noção geral de palhaçada que praticamente garantia a segurança de não ser detectado.

O passo seguinte, claro, foi pesquisar os resquícios modernos do Culto.

Minha tarefa de descoberta se mostrou longa e difícil. Eu levaria dias para recontar as numerosas vielas escuras e becos sem saída que encontrei; as dicas falsas, informações enganosas (algumas deliberadas), a intriga, a enganação e os ataques (sim) contra minha vida. Durante anos, me dediquei meticulosamente a cada rastro de evidência que poderia me levar à descoberta do verdadeiro aspecto do Culto.

Chegou um momento, apesar de todas as tentativas de me impedirem, em que eu consegui.

NA PRIMAVERA DESTE ANO, minha obsessão me levou a Paris, onde eu esperava me encontrar com um homem embaixo da sombra piramidal da Torre Eiffel. Eu tinha que esperar em um certo café até as três horas da tarde, depois tinha que pedir ao garçom para mudar para a mesa que ficava ao lado. Era um dia meio cinzento, meio ensolarado do começo de abril; havia brisas no ar que davam esperança de um calor próximo misturado com a ameaça de uma volta rápida ao latente inverno úmido. Eu estava com casaco e cachecol, e também com um chapéu-coco preto. Carregava um guarda-chuva fechado. Nisso também segui instruções. Eu me sentia o modelo de um quadro de Magritte, achava que devia estar flutuando no ar acima da loja de tijolos vermelhos do outro lado da rua, duro e delineado como um recorte de papelão. As três horas chegaram. Mudei de mesa, dei uma gorjeta ao garçom pelo trabalho e esperei. Nada aconteceu. Comprei o jornal com um vendedor que passava, o desdobrei e comecei a ler. Esse tipo de coisa já tinha me acontecido muitas vezes antes; eu esperaria mais dez minutos e faria meu caminho, inabalado, de volta ao hotel. Na primeira página do jornal havia uma foto de um homem com chapéu-coco preto e um nariz falso. Ouvi o som da cadeira de metal da mesa de onde eu tinha acabado de sair ser arrastada no piso, e o homem da foto em pessoa se sentou à minha frente. Ele usava o Nariz. Vi agora que a foto do jornal tinha sido colada.

"Estou vendo que você segue instruções", disse ele em um inglês entrecortado e neutro, o inglês de escola ensinado em todo o mundo. Ele não esperou que eu respondesse e me entregou um envelope.

"Pegue isto e continue seguindo as instruções."

No envelope havia a entrada de um jogo de basquete em Nova York.

Dois dias depois eu estava no estádio dos Yankees. A cadeira ao meu lado ficou vazia por oito entradas inteiras; àquelas alturas, o time da casa estava na frente e muitos espectadores tinham ido embora. Não reparei direito quando a cadeira foi finalmente ocupada por um garoto que tinha, eu concluí, vindo dos assentos mais altos e mais baratos; estava acontecendo por todo lado.

Só quando ele se virou para mim foi que vi que, embaixo do boné, o garoto estava usando o Nariz. Ele deu um sorriso torto, me entregou outro envelope e foi embora.

Nas semanas seguintes, fui a uma sucessão de encontros similares em locais públicos — teatros, restaurantes, o zoológico de Londres e Piccadilly Circus, um bonde de San Francisco. O padrão era sempre o mesmo. Um mensageiro identificável pelo Nariz se aproximava e me entregava um envelope com uma entrada ou um pequeno bilhete, impossível de ser rastreado, dentro.

Eu sempre fazia o que mandavam. Minha obsessão tinha virado compulsão: eu estava determinado a encontrar a fonte do mistério.

Comecei a ver narizes falsos por toda parte — em filas, mercados, aparecendo de repente de uma multidão na rua como se a pessoa tivesse colocado uma caixa no chão e pisado nela para ficar mais alta do que as pessoas em volta. Meus sonhos eram assombrados. Eu acordava no meio da noite chamando o Nariz para me enfrentar e acabar logo com a situação. Tinha visões do meu pai e da minha mãe me dando banho quando eu era pequeno, inclinados sobre a banheira rasa, me molhando e rindo. Eles usavam o Nariz — versões douradas dele, amarradas com fitas vermelhas atrás da cabeça. Uma manhã em Seattle, no estado de Washington, passando mal por falta de sono, tive uma alucinação de um homem na porta do meu quarto de hotel carregando um Nariz prateado em uma caixa de metal. O homem não tinha rosto, só pele lisa em formato oval.

Abruptamente, no mesmo dia dessa alucinação, o Culto finalmente revelou seus segredos a mim.

DEPOIS QUE A VISÃO se dissipou, passei a manhã toda na banheira. Meus olhos estavam bem fechados; eu buscava uma espécie de sono desperto.

Houve uma batida na porta do quarto de hotel. Eu a ignorei. A batida se repetiu.

Dei um grito hesitante, temeroso.

Fui respondido pelo som de uma gargalhada insubstancial tilintando do outro lado da porta, que eu tinha deixado destrancada. Saí pingando do banho para o quarto a tempo de ver a maçaneta girando. Esperei o homem sem rosto se revelar de novo.

A porta se abriu e apareceu o corredor vazio.

Eu me vesti rapidamente com o traje de Magritte — o chapéu-coco preto, o guarda-chuva, os sapatos de cadarços pretos —, coloquei meu material de pesquisa apressadamente na pasta e a fechei com um estalo.

Enquanto fazia isso, uma foto, a que exibia o Führer e a sombra narigu-da, caiu no chão. Eu a peguei e vi agora que havia mais figuras do Culto na imagem do que eu tinha percebido.

A plataforma onde Hitler estava tinha sido ocupada por pessoas com narizes.

Enfiei a foto na pasta e a fechei. Peguei o jornal matinal na mesa ao lado da porta. A primeira página mostrava um gângster que tinha se afogado na banheira — o que parecia ser um nariz falso flutuava na água perto do rosto submerso.

Por intuição, fui até a janela e consegui visualizar um homem, uma mulher e uma criança desaparecendo na entrada do hotel, oito andares abaixo. Eu estava plenamente visível, mas eles não olharam para mim.

Eu ajeitei a gravata. Por intuição, voltei para a janela e ali, sem dúvida nenhuma, estavam o homem, a mulher e a criança. Eles tinham ido da entrada para o meio-fio e estavam parados, olhando com expectativa para mim. A criança acenou.

Era o garoto que eu tinha visto no estádio de beisebol, com o sorriso torto.

O homem era o mesmo que eu tinha visto na sombra da Torre Eiffel.

A mulher também parecia familiar.

Os três usavam o Nariz.

Eles entraram no hotel novamente, e logo dei as costas para a janela e coloquei a pasta perto da porta.

Na mesa onde antes estava o jornal havia uma lata de fluido. Abri a tampa com cuidado, evitando o cheiro industrial penetrante, e comecei a espalhar o conteúdo pelo quarto. Quando a lata estava vazia, coloquei-a ao lado da pasta, tirei um isqueiro do bolso do casaco e o acendi casualmente.

A chama subiu inesperadamente e queimou meu dedo, e fui obrigado a largar o isqueiro. Ele não se apagou, mas caiu no líquido.

O fogo à minha frente virou uma entidade quente. Fiquei momentaneamente cego. Quando recuperei a visão, o quarto estava se enchendo rapidamente de fumaça. Eu ouvia vozes aumentando de volume pela janela, na rua, alguns gritos de alarme.

O homem, a mulher e a criança, usando seus Narizes, de alguma forma entraram no quarto e ficaram me olhando e sorrindo enquanto se amarravam rapidamente com cordas.

Ofegante, tateei até a porta, abri-a e corri para o corredor e pela saída de incêndio. Parei antes da porta da rua para limpar e ajeitar a roupa.

Ouvi gritos atrás de mim. Como a caixa de madeira que era, o hotel barato estava explodindo em chamas ferozes.

Abri a porta que dava para a rua. Equipes de televisão já tinham chegado com câmeras; uma dessas fotografias sem dúvida decoraria a primeira página do dia seguinte. Enfiei a mão no casaco para ter certeza de que minha passagem de volta para casa em Montreal estava no lugar. Estava. Muitos dos repórteres e espectadores na rua usavam Narizes. Uma mulher, usando o Nariz, caiu gritando e em chamas na rua na minha frente. Era a que eu vi no meu quarto. As mãos dela ainda estavam amarradas.

Foi nessa hora que percebi, em choque, que eu tinha deixado minha pasta para trás.

Eu me virei e, apesar de ser recebido por uma parede de fogo, voltei.

COMO VOCÊ PODE IMAGINAR, é muito doloroso para mim estar nessa condição. Não consigo enxergar com as ataduras. Não me disseram se minha visão será recuperada quando forem removidas.

E agora, para o meu horror, vejo que meu testemunho sobre o Culto do Nariz está sendo contestado.

As referências literárias ao Culto são reais, embora tenham se perdido com as minhas anotações e teriam que ser pesquisadas novamente. Outros documentos existem; por causa da destruição do meu material valioso, teriam que ser reunidos mais uma vez. Disseram que minha única fotografia que restou, que estava na minha carteira e que o desagradável promotor diz que eu mesmo tirei, a do homem, mulher e criança na fila, foi alterada, e não pode ser usada como prova na minha defesa: o campo de extermínio foi transformado em parque de diversão, e agora só a criança usa o verdadeiro Nariz. Os outros têm narizes que, estranhamente, foram desenhados com canetas de ponta de feltro, e parece que quem tirou a fotografia estava escondido em uma cerca viva, porque há galhos e folhas pequenas visíveis no primeiro plano.

Obviamente, fui vítima de fraude e zombaria.

Mas isso não me desencoraja.

Nada me desencoraja.

Por quê?

Porque eu tenho a evidência mais reveladora que prova a existência do Culto do Nariz.

Eu sei, sem sombra de dúvida, que ele existe.

Como?

É óbvio.

Porque:

Apesar de todos os testemunhos dados contra mim aqui hoje; apesar de todas as mentiras e acusações; apesar da suposta alegação do desagradável promotor de que botei fogo naquela espelunca de hotel deliberadamente para assassinar minha ex-esposa, o filho dela e o marido apenas porque ela me deixou para ter o filho de outro homem enquanto eu estava na guerra, o que, alega o desagradável promotor, me deixou obcecado e me fez persegui-los durante meses, até mesmo anos, e chegar ao ponto de assassiná-los; apesar de tudo isso, eu sei que, se meus curativos fossem retirados; se meu rosto destruído e derretido fosse restaurado, e meus olhos, recuperados; se eu pudesse enxergar pelos centímetros de unguento inútil e quilômetros de gaze branca que envolvem minha cabeça — eu sei com certeza absoluta que, se pudesse fazer essas coisas, eu veria no rosto de cada um de vocês doze que me sentenciaram à morte o Adorno sobre o qual falei com tanta eloquência.

AL SARRANTONIO é editor de diversas antologias e um autor aclamado, com currículo extenso, que assina mais de cinquenta livros e noventa contos. Entre as compilações que editou estão *999: New Stories of Horror and Suspense* e *Flights: Extreme Visions of Fantasy*. Ele começou sua carreira como escritor aos 16 anos, e, nos anos 1970, iniciou sua trajetória como editor em uma grande casa editorial de Nova York. Seu trabalho criativo já lhe rendeu diversas indicações (e vitórias) a prêmios, incluindo o Bram Stoker Award e o Shirley Jackson Award

I

KURT ANDERSEN

Inteligência humana

ELE ACHOU QUASE FISICAMENTE DOLOROSO FICAR deitado, o que era uma coisa péssima para alguém que tinha passado quase a vida toda como espião.

Na época em que tudo estava acontecendo de acordo com o plano, ano após ano, ele foi ficando um pouco descuidado e permitiu que passantes vissem a aeronave em voo, por vezes até anunciou para crianças e seus pais infantis quem era e onde vivia. Que importância tinha na época? Além do mais, ele disse para si mesmo, sua sinceridade criava uma identificação com os nativos. Mas era mais para aliviar sua solidão.

Quando as pessoas perguntavam sua ocupação, a resposta padrão por muito tempo foi "escritor" ou "antropólogo". Mas, ultimamente, mais uma vez, ele vinha respondendo a essas perguntas com uma versão mais perigosa da verdade. Esses gestos de revelação eram excitantes, como precursores de intimidade. Mas ele nunca se colocava em risco real. Nos Estados Unidos do século XXI, quem ficaria qualquer outra coisa que não encantado e divertido por um velho cavalheiro de aparência anglo-saxônica bem-vestido, bem cuidado, inteligente, alerta, simpático e que fazia um ou outro comentário fantástico? "Sou espião", ele começara a dizer para os curiosos com um sorriso e uma piscadela, "e estou aqui em uma operação de coleta de inteligência de longa duração. Mas é superconfidencial, então, se você não se importar, não posso dizer mais nada além disso."

Ele parecia um homem idoso mesmo quando era mais jovem porque, antigamente, antes de assumir a posição, tinha deixado crescer a barba para esconder as marcas roxas das cicatrizes cirúrgicas no queixo e na parte mais alta do pescoço. Agora que era genuinamente idoso, era agradável a aparência e a realidade estarem finalmente sincronizadas. Ele parecia velho e, por qualquer padrão, era velho. Uma mentira a menos para viver.

Claro que, se ele contasse a verdade inteira, só um lunático não o consideraria lunático. As autoridades seriam notificadas, e mesmo nessa era relativamente esclarecida, ele perderia a liberdade pelo resto da vida. O projeto ao qual tinha dedicado tanto tempo e esforço — obedientemente, sim, mas com entusiasmo também — teria sido em vão.

Por outro lado, com o passar dos anos, o cálculo das consequências ruins tinha mudado. O encarceramento e os olhares 24 horas por dia seriam desagradáveis, sem dúvida, mas o resto da vida dele estava parecendo um tempo breve e contornável.

Quanto a abortar a operação, ele duvidava que qualquer um no quartel-general ainda estivesse ciente dele e de sua missão — isso se o quartel-general ainda existisse. Fazer seu trabalho foi ficando cada vez mais fácil ao longo dos anos, principalmente com a televisão e a internet — embora, claro, a disponibilidade promíscua de informação também tivesse a tendência de deixar seu trabalho irrelevante. Talvez o projeto já não servisse de mais nada.

Ainda assim, ele continuou seguindo as quatro diretivas principais do plano de contingência, quase como artigos de fé: ficar na última posição relatada ao quartel-general, manter toda a discrição e sigilo necessários, continuar a catalogar as pessoas e a sociedade delas até onde fosse possível e esperar a remoção. "Remoção" é a melhor tradução da palavra na ordem, não "resgate", um burocratês estoico do qual ele tinha passado a se ressentir desde o acidente. (Teria se tornado nativo? Provavelmente.)

Então ali estava ele, morando em uma cidade agora mil vezes maior do que quando ele chegou, catalogando e esperando, catalogando e esperando, catalogando e ainda esperando.

Depois que leu *Fim de Partida* e *Esperando Godot* na Biblioteca Pública de Chicago em uma tarde agradavelmente gelada perto do final de dezembro de 1959, ele escreveu uma longa e entusiasmada carta de fã para Samuel Beckett em Paris, descrevendo as duas peças como "talvez os trabalhos mais profundos da literatura desde Shakespeare". Ele disse com admiração que descobri-las "tornou seu Natal um dos mais felizes". Em resposta, recebeu uma carta breve e genérica, mimeografada, que achou quase engraçada. Desde o acidente, ele não é um homem jovial, mas nunca perdeu o senso de humor. Por natureza e por treinamento, ele enxerga mais longe.

E, assim, ele ficou mais intrigado do que ansioso quando a luzinha do sinalizador remoto pela primeira vez começou a piscar. Não sabia bem quando tinha começado, porque deixava o dispositivo escondido no fundo de uma prateleira alta no armário do quarto. Ele olhava só uma vez por mês, mais ou menos, contrariado, parecendo um pateta cada vez que o pegava, apertava o botão de teste, pela décima milésima vez ouvia o bipe confirmando que estava funcionando e que a conexão era segura — *Cai, mas não para! Nada dura mais que o coelhinho da Energizer!* — e depois de esperar dez segundos pelo piscar do sinal que nunca acontecia, colocava a coisa de volta na prateleira.

Até a incrível noite de 16 de setembro de 2007, quando ele viu pela primeira vez o latejar da luz roxa e gritou tão alto que seu jovem vizinho de baixo ligou para ver se ele estava bem. De acordo com as instruções do plano de contingência, a luz da caixa podia piscar em uma ou outras nove cores diferentes, cada uma correspondendo a uma condição de alerta específica. Roxa queria dizer que os sensores na parte externa da estação, a 3.800 quilômetros de distância, agora estavam expostos à luz do Sol.

Quando a estação foi montada tantos anos antes, coberta por dezenas de metros de gelo mesmo no auge do verão, havia garantia de que permaneceria secreta. Mais ninguém, nem Peary, Amundsen ou Byrd, nem inuítes livres, tinham ido tão para o norte. Mas, nas últimas décadas, mais gelo ártico vinha derretendo a cada verão — e em 2007 o derretimento cresceu radicalmente, transformando um terço da calota polar em mar aberto. O topo da estação, uma forma oval de 45 metros de tubos e tanques suspensos logo abaixo da superfície, devia estar visível. E agora há estações permanentes de pesquisa espalhadas por todo o alto Ártico, e satélites de observação tirando fotografias de alta resolução de cada rod e furlong da área não mais irrastreável.

Por que estavam demorando tanto para encontrar? O gelo sazonal ainda podia voltar a esconder a base no inverno, mas em cada um dos três últimos verões ele esperou a notícia (TECNOLÓGICA "ATLANTIS" ENCONTRADA PERTO DO POLO NORTE) e a histeria global resultante. Ele tem medo de que a descoberta gere uma reação histérica em massa — os "impactos culturais e ontológicos imprevisíveis", como diziam no quartel-general. Mas ele também tem um palpite esperançoso de que uma fração crítica e controladora da humanidade tenha amadurecido e aprenderia, depois de uma falta de ar inicial, a aceitar os novos fatos.

De forma egoísta, ele também está ansioso para voltar a ver fotografias da estação depois de tanto tempo, para comparar suas lembranças indistintas às novas imagens digitais. E, apesar de parecer um pouco insubordinado (a quem?) ou até traiçoeiro (com o quê?), estava animado pela perspectiva de todo mundo no planeta saber de uma vez a verdade que só ele soube por tanto tempo.

QUANDO SEU VOO PARTINDO de Oslo se aproxima de O'Hare, Nancy Zuckerman pensa de novo no clichê dito mais cedo ou mais tarde por todo mundo que passa um tempo em Svalbard, incluindo ela mesma: *Deve ser assim viver em outro planeta.* A Nasa tem uma estação de pesquisa do outro lado do Polo Norte, no Ártico canadense, onde simula as condições de uma colônia espacial em Marte.

Ela sempre gostou de sair ao ar livre, e quando tinha sete anos era capaz de colocar uma minhoca viva em um anzol e montar uma barraca sozinha. Mas foi a segunda sequência de *Indiana Jones*, que saiu no verão em que ela fez oito anos, que a fez decidir ser exploradora quando crescesse. Em gerações anteriores, os adultos teriam sorrido para uma *garotinha* que dissesse que queria ser exploradora. Mas na virada do século XXI em Boulder, no Colorado, os adultos sorriram e foram condescendentes com Nancy Zuckerman não por causa do gênero, mas porque o trabalho fofo dos sonhos dela não existia mais.

Felizmente, ela era ao mesmo tempo parceira e autônoma, uma alegre jogadora em equipe e uma solitária independente. "Se eu pudesse ser uma super-heroína", ela dizia, "estaria disposta a ser um membro reserva dos X-Men ou da Liga da Justiça." E, assim, tanto a ciência quanto o campo que ela escolheu — geofísica exploratória, com especialização no Ártico — eram adequados. Ela não se importou de passar o último ano e meio em um pós-doutorado em Longyearbyen, uma cidade nas ilhas Svalbard, ao norte da Noruega, a 1.930 quilômetros de Oslo e 965 quilômetros abaixo do Polo Norte. Era e não era uma fortaleza de solidão. Os colegas pesquisadores e professores eram uma variedade cosmopolita e cheia de cafeína de falantes de inglês de todo o mundo, boa companhia de conversa durante os seis meses de luz do sol perpétua. E Einar, um jovem e solteiro mineiro de carvão que cresceu em Svalbard e não fazia ideia de como era bonito, tornou esses seis meses de escuridão abaixo de zero toleráveis, embora (ou talvez porque) falasse pouco inglês. Ela jogava squash, nadava na piscina coberta, tirava fotos.

Ela fazia parte de uma equipe que perfurava poços experimentais para armazenar o CO_2 capturado em um aquífero de arenito, e também de outro projeto que testava a viabilidade de engrossar a calota polar bombeando água do mar no gelo e deixando que congelasse. Bons dados foram colhidos. Técnicas foram refinadas. Um bom progresso foi feito. Não era exploração heroica do tipo que ela imaginara quando criança, mas, ao se aproximar dos trinta anos, ela aceitou as exigências da ciência incremental e do mundo real.

Ou era o que ela achava até algumas semanas antes. Ela estava havia cinco dias em uma excursão a bordo do navio de pesquisa de 68 pés da universidade, o *Dauntless*, levando alguns universitários novos em uma viagem pela margem sul da calota polar. Por volta das duas da madrugada de 11 de julho, sem conseguir dormir, ela se levantou e pegou um dos barcos a motor para passear sozinha perto do gelo, procurando ursos-polares para fotografar. Estava quente, 7°C, o céu quase sem nuvens e, claro, o sol alto no céu. O mar estava calmo. A trinta metros do gelo, na boca de uma enseada recém-formada, ela desligou o motor e se permitiu deslizar, sentada de pernas cruzadas no meio do barco, observando, a câmera e lente prontas. Estava explorando. Uma hora se passou. Algumas andorinhas-do-mar passaram voando, mas ela não viu focas e nem ursos.

Quando ouviu e sentiu o baque, ela achou que tinha batido em um pedaço de gelo submerso. Quando se levantou para investigar, o barco balançou livremente na água, apesar de estar mais ou menos preso, batendo em uma estrutura submersa à esquerda e à direita. Era como se o barco tivesse entrado em uma marina.

Que porra era aquela?

Ela começou a cutucar a água com a ponta de um remo, e 45 centímetros abaixo da superfície encontrou não gelo, mas o que parecia um cano, um cano grande, um cano com um diâmetro — ela arrastou e cutucou a superfície dura — de alguns metros. Foi até o lado estibordo para cutucar mais um pouco e encontrou um cano aparentemente idêntico, paralelo ao outro. A distância entre eles era de três ou talvez quatro metros.

Muito bizarro.

Um navio afundado? O pensamento a fez se sentir infantil e boba. A água tinha um quilômetro e meio de profundidade. Um navio naufragado não poderia flutuar até a superfície, nem canos soltos de óleo ou gás. A não ser que, *porra*, ela tivesse descoberto uma restinga ou um recife até então desconhecido no oceano Ártico! Tinha descoberto *uma coisa*. Mais objetivamente, *ela* tinha *descoberto* uma coisa.

Ela se ajoelhou no convés e começou a usar o remo como apoio, empurrando-o contra o cano submerso do lado bombordo para forçar o barco de volta — um empurrão, alguns poucos metros, outro empurrão, um toque — na direção da abertura por onde ela devia ter entrado.

Mas então, abruptamente, o barco parou de se mexer, preso entre os canos misteriosos. No fim das contas, os canos não eram paralelos, mas se uniam em um certo ângulo, e ela agora estava presa perto da junção. Ela se levantou. O barco mal se mexeu. Tentou se empurrar para a frente, mas não conseguiu. Estava entalada. Ela se agachou e se inclinou junto ao motor e enfiou o remo na água diretamente atrás do barco — e encontrou outra superfície lisa e dura embaixo da água. Embora fosse diferente, não um cano, mas uma espécie de funil. Ela usou as duas mãos para mergulhar o remo direto pelo buraco do funil.

Ela sufocou um grito ao sentir a ponta do remo ser presa de forma inteligente e mecânica, depois ser puxada lentamente mais trinta centímetros na água. Ela soltou o remo. O cabo se projetava entre as ondas. Ela ficou olhando, perplexa.

Ela ficou absurdamente chocada e apavorada. O mar embaixo do barco, e em uma longa e estreita faixa atrás dele, começou a se agitar, formando uma onda tubular de trinta metros — mas o oposto de uma onda quebrando, pois aquela onda tinha profundidade em vez de altura, a crista não era um pico, mas um vão três metros abaixo da superfície. Pensou na mãe e nos irmãos, no falecido pai, e no fato de que não receberia crédito nenhum por ter descoberto aquele esquisito tsunami invertido que a mataria.

Mas o barco não afundou nem foi sugado, e a onda de cabeça para baixo, em vez de quebrar, só continuou rolando. Em outras palavras, uma vala de três metros de largura se formou no mar, com laterais de três metros de água lisa e um fundo agitado e cheio de espuma. Nancy Zuckerman estava sentada em um barco suspenso por uma pinça de metal — os dois canos grandes, agora totalmente expostos — no alto daquela vala perfeita e impossível.

Como em Êxodo 14, as águas do mar se partiram, formando uma parede nos lados direito e esquerdo dela. Mas mesmo naquele momento supremo de fantasia, a fé de Nancy Zuckerman na razão e na ciência permaneceu inabalada. Milagres são função da ignorância, a inexplicabilidade uma condição temporária. Por algum meio mecânico, cem mil galões de água do mar estavam sendo sugados para formar um vão cilíndrico. Era impressionante, mas também parecia um dos brinquedos do Water World, perto da I-25 em Denver.

Ela teve a presença de espírito de apertar o botão do GPS uma e depois duas vezes para registrar a leitura: longitude 14° 48' 53" leste, latitude 86° 19' 27" norte.

E foi vingada — embora também tenha ficado apavorada — quando uma luva emborrachada azul surgiu do vão embaixo do barco e se envolveu com força no casco com um som de embalagem a vácuo. Definitivamente o trabalho de uma máquina, não de Deus nem de Satanás. Conforme o barquinho começou a se mover suave e lentamente no vão no mar, ela pensou em fugir — talvez pudesse mergulhar passando pela beirada do vão e sair nadando, talvez chegasse ao gelo e conseguisse sair antes da hipotermia agir, talvez fosse resgatada por pesquisadores do *Dauntless* depois que descobrissem que ela e o barquinho tinham sumido. Mas a curiosidade a manteve no barco. Enquanto a máquina a transportava para a névoa e a escuridão, Nancy tomou o cuidado de reparar em tudo que via e ouvia, e em todos os cheiros que sentia. Ela era uma exploradora.

DOZE DIAS ANTES, O sinalizador dele — agora fora do armário e em cima da mesa de centro da sala — tinha começado a alternar uma luz verde com a roxa. Verde queria dizer que alguém tinha entrado na estação. E o console de mapeamento da estação, supondo que ainda funcionasse, daria aos invasores a localização precisa do sinalizador remoto. Ele pensou em se livrar do dispositivo, em deixá-lo no metrô ou jogá-lo no rio Chicago, para tirar os cachorros do seu rastro. Mas então admitiu de uma vez por todas que quer ser rastreado. Ele deseja ser encontrado.

E, assim, botou todos os seus documentos e imagens em ordem, o registro todo. Fez uma mala e arrumou o apartamento. Ele tem assistido ao noticiário dos canais a cabo e navegado pela internet constantemente. Sem dúvida é só questão de tempo.

Mas ele fica surpreso quando a campainha toca. Esperava helicópteros e holofotes e ganchos e agentes de operações especiais com visores pretos e trajes de proteção irrompendo pelas portas e janelas com armas automáticas e latas de gás, e até treinou se jogar no chão e colocar as mãos sobre a cabeça. A casa de Hyde Park dos Obamas fica a dez minutos do apartamento dele, e por isso ele achava que a agitação seria ainda maior. Quando para na frente do interfone, ele olha pela janela, para a Kimbark Avenue: carros passando, pessoas andando e paradas, conversando como em qualquer tarde de verão, sem evacuação do quarteirão, sem veículos de emergência, sem isolamento do perímetro.

A campainha toca de novo. Ele pensa que pode ser o entregador da UPS.

"Sim."

"Alô." Uma mulher. Parece hesitante.

"Sim?"

"Estou procurando uma pessoa que, hum, também mora a 86 graus, 19 minutos e 27 segundos no norte?"

Ele sorri e abre a porta para ela.

Ao abrir a porta do apartamento, ele fica surpreso novamente: ela está sozinha, aparentemente desarmada, e é muito jovem. Ela estica a mão direita.

"Sou Nancy Zuckerman."

"Oi. Sou Nicholas Walker."

"Sou pesquisadora científica", diz ela. "Do Ártico."

"É mesmo?" Ele abre um sorriso e faz sinal para ela entrar. "Eu também! Que sorte. Para nós dois."

ELES SE SENTAM. ELA coloca de lado o cardigã que ele lhe entregou e se explica com uma torrente nervosa de palavras. Por que ela estava no

Ártico, como foi parar acima da estação e acidentalmente arrombar o sistema de entrada com o remo. Como achou de primeira que devia ser uma estação militar, americana ou russa ou chinesa, mas, depois de passar horas explorando o interior — os materiais e formas e interfaces tecnológicas peculiares, a qualidade muito peculiar da luz artificial, a irreconhecível linguagem escrita, as imagens exibidas —, desenvolveu uma nova hipótese. Como tinha fotografado tudo, inclusive o console de mapeamento com a única luzinha piscando no meio da América do Norte, e, depois, em seu computador em Longyearbyen, tinha colocado a grade de latitude e longitude sobre sua imagem para encontrar a localização precisa da luz piscando — 41 graus, 47 minutos, 54,1475 segundos norte e 87 graus, 35 minutos e 41,7095 segundos oeste, South Kimbark Avenue, entre as ruas 53 e 54, em Chicago. Como pegou algumas coisas da estação, inclusive uma pequena foto plástica dele, que tinha acabado de mostrar para a moça no andar de baixo para encontrar o apartamento. Ela entrega a foto para ele.

"Minha nossa", diz ele. "Eu era jovem. Tão jovem!" Ele coloca a foto na mesa e se vira para olhar para ela. Eles conversaram por dez minutos, mas ela não perguntou de onde ele é e nem o que está fazendo ali. O que não é problema para ele. Ele não está com pressa.

Ela está um pouco perdida. "Tenho que dizer que estou muito empolgada. Isso é mais do que surreal. Parece que estou tendo um derrame ou fui drogada ou fui para o céu. É... é uma categoria nova de empolgação." Ela respira fundo. "Também estou com medo."

"Com medo? De mim? Ah, não tenha medo. Não, não, não."

"Não, com medo porque não *contei* para ninguém sobre nada disso — nem pros meus colegas, nem pros meus chefes, nem para ninguém do governo, nem para minha mãe. Para ninguém. Não sei quais são as regras, mas tenho certeza de que não as segui."

Que interessante. "Por que você guardou segredo?" Ele sabe sobre guardar segredos.

"Bem, acho que fiquei com medo de... não, vou dizer por quê. Porque quero ser quem vai *revelar* tudo, contar a história toda. Ser 'a descobridora', sabe. Como Colombo ou Magalhães ou Galileu ou Einstein. Desculpe... você sabe quem são?"

Ele sorri. "Sei."

"Antes do resto do mundo descobrir e sair correndo e me empurrar para longe, eu quero saber o máximo que puder. Quero ser *a especialista.*"

Ele gosta dessa garota. Vai dar a ela o presente que ela deseja.

"Ah, *Jesus.*" Ela enfia a mão em uma bolsa em busca de um dos dois gravadores. "Posso gravar nossa conversa?"

"Claro." Ele vê uma coisa na bolsa. "Você encontrou o ouro? Na estação?"

Ela fica vermelha e tira um cilindro dourado de duzentos gramas do tamanho de um batom. "Pode pegar de volta. Peguei um como amostra de pesquisa."

Ele passa um dedo no lingote. "E você disse que viu imagens na estação?"

"Projetadas nos monitores esféricos grandes no, tipo, escritório."

"À esquerda e até o fundo de onde você entrou?"

"Centenas de imagens nos monitores, fotografias 3-D, coloridas, de cabanas e casas e cidades e animais de fazenda e panelas e carroças e soldados e crianças e templos, pareciam ser do mundo todo, da Europa e da Ásia e da África..."

Ele odeia parecer arrogante, o que teme que logo vá se tornar sua característica principal, mas não consegue suprimir um sorriso de conhecimento e a interrompe. "Eu sei. Eu tirei."

"Tiradas de cima, a maioria, com uma lente muito longa?"

"A coleta de inteligência precisa ser clandestina. E tentei minimizar o efeito Hawthorne — das pessoas agirem diferente quando sabem que estão sendo observadas."

"Muitas imagens parecem extremamente velhas. Inacreditavelmente velhas. Não as *fotos*, mas as pessoas e prédios e tudo."

"E são."

Ela hesita antes de fazer a pergunta seguinte. "Então você tirou fotos pelo mundo todo antes... antes da fotografia ser inventada?" Foi essa a hipótese que ela formulou, que ele devia ter pelo menos duzentos anos. *Incrível.*

"E imagens em movimento também — mais ou menos vídeos. De quando eu cheguei até o dia em que a câmera foi destruída. Quando a tecnologia passou a existir... de forma autóctone, me pareceu inútil começar de novo."

"Posso perguntar sua idade?"

Desta vez, é ele quem faz uma pausa e espera a reação dela. "A estação foi estabelecida em 429 d.C."

Ela fica olhando sem dizer nada. O ceticismo corre para alcançar a surpresa.

Ele refaz a resposta e tenta ajudá-la a registrar o fato. "Eu cheguei mil quinhentos e oitenta e um anos atrás."

"Você tem *mil e seiscentos* anos?"

"Mil oitocentos e sete. O que é uma idade bem avançada até no meu planeta."

Finalmente, ela pensa, *sim: "no meu planeta"*. Parecia impossível, mas também parecia a única explicação plausível. Ela tenta não hiperventilar. "De onde... de que planeta você é?"

"Nós o chamamos", por um instante a voz dele cai num sibilar não humano, meio zumbido, "Vrizhongil", e volta a ficar como antes, sem rastro de sotaque. "É uma lua, na verdade, que orbita um planeta grande. Que gira em órbita do nosso sol, claro. Uns 62 anos-luz daqui. Bem perto, no esquema das coisas. Mas longe o suficiente para me tornar descartável, no fim das contas."

Nancy não diz nada e continua olhando. Isso pode estar acontecendo? Isso tudo pode ser real?

Ele tinha imaginado esse encontro centenas de vezes, milhares, tinha até ensaiado. "Você está se questionando se sou maluco, imagino. Bem, houve momentos ao longo dos anos em que comecei a questionar a mesma coisa: Estou louco? Seria esta história — espião de outro planeta posicionado na Terra e abandonado pelos superiores, com quase dois mil anos de idade, uma base polar submarina — um completo devaneio, uma espécie de baboseira de velho esquizofrênico? E quando chego a esses momentos de crise existencial, uma das coisas que faço para provar para mim mesmo que estou são, que sou o que acredito que eu seja, é o seguinte."

Ele pega uma tesoura na mesa de centro e enfia com força na palma da mão direita. O sangue é de um laranja fosforescente, e quando pinga da mão dele na mesa, chia e queima a madeira como ácido.

"Claro", diz ele, pegando um lenço de papel para limpar a mão e a madeira, "um cético acharia que é truque, alguma espécie de efeito especial dramático. Mas você, sra. Zuckerman, você viu a estação do Ártico. E viu minha foto lá."

"Sim."

"Considerando as provas, talvez eu não precise provocar nenhum outro ferimento para estabelecer minhas credenciais." Ele está sorrindo. Não quer ter que tirar os olhos das órbitas, nem mostrar para ela que tem um pênis fosforescente bifurcado e não tem ânus.

"Eu acredito", diz ela.

Ele explica que seu governo estabeleceu um sistema para monitorar civilizações em planetas onde os vrizhongilianos conseguiam chegar, e que a Terra era um dos 116 planetas designados quando ele embarcou no voo de 83 anos até aqui. A grande nave carregava mais quatro agentes da inteligência a caminho de outros planetas na vizinhança, junto com as estações terrestres de peças pré-fabricadas e aeronaves expedicionárias individuais. Uma sonda de reconhecimento foi enviada para a superfície para fotografar humanos, para que as cirurgias reconstrutivas necessárias — remodelagem das orelhas, remoção de cartilagem externa do pescoço, deixar a pele com uma textura macia convincente e de tom rosado, e assim por diante — pudessem ser executadas por médicos a bordo da nave-mãe. A estação dele foi instalada embaixo do gelo polar. E, *voilà*, ele estava sozinho.

Enviar uma mensagem entre a Terra e Vrizhongil levava 62 anos, então a comunicação era inviável. Ele passava seis semanas por ano fazendo o trabalho de campo — voava pelo mundo, observava assentamentos humanos, tirava fotos, fazia vídeos, rabiscava anotações — e o resto do tempo usava para organizar e selecionar material.

"Ah", diz ela.

"O quê?"

"É tempo demais para organização e edição."

"Bem, é. Nosso problema de produtividade. É que dormimos por vinte ou 21 horas por dia. É a única coisa que invejo em vocês. Nas pessoas daqui." Ele não acrescentou que a comida e a digestão eram o que ele achava de mais monstruoso nos humanos. Sem dúvida todas as espécies inteligentes têm suas discrepâncias horríveis e patéticas, os psicopatas e assassinos, os automutiladores e televangelistas. Mas, na Terra, *todas as pessoas* mastigam comida e engolem e cagam, e isso ainda o enoja.

Uma vez por século, ele diz, a nave-mãe visitava para trazer suprimentos e levar para casa uma cópia do meticuloso registro multimídia de mais um século na Terra. A propósito, todos os seis primeiros registros receberam a avaliação mais alta possível do quartel-general.

"Então seu povo, lá no seu planeta, só viu seus relatórios da vida na Terra cem anos depois de cada fato."

"Ou mais."

"E você só tinha notícia deles cem anos depois."

Ele dá de ombros. "A velocidade da luz é a velocidade da luz."

No final do período de oitocentos anos de dever, que caiu no século XIII, ele seria substituído por um agente jovem e voltaria a Vrizhongil para assumir um emprego no quartel-general por mais quinhentos anos antes de se aposentar. Mas não chegou nenhuma nave-mãe em 1229. Nenhuma nave-mãe voltou a aparecer. Ele espera desde então. E nunca se aposentou. O registro, diz ele, "está absurdamente atualizado".

Ele explica que seu povo tem, por padrões humanos, uma habilidade única de aprender línguas, e, durante suas expedições semestrais em campo, no hemisfério norte em dezembro e no sul em junho, ele podia andar entre as pessoas despercebido. Quando era ameaçado de agressão ou captura, protegia-se com uma arma, uma varinha comprida, que paralisava temporariamente todas as criaturas ("exceto marsupiais, estranhamente") em um raio de 60 metros. Ele usou a arma, de acordo com seus registros, 373 vezes em 1.442 anos.

Mas era frequente, quando sua aeronave pairava por longos períodos em baixas altitudes, que as pessoas a vissem e ficassem alarmadas. Para demonstrar suas intenções pacíficas, ele distribuía presentes, contas e pedaços de ouro.

"Da mesma forma que os entrevistadores de pesquisas", diz ele, um pouco na defensiva, "oferecem pequenos pagamentos em dinheiro em troca de participação em uma pesquisa. Era um dos nossos protocolos padrão."

"E a estação foi estabelecida no Ártico", pergunta ela, "para ficar em segredo?"

Ele assente. "Sim, e também para meu conforto pessoal. Vrizhongil é um planeta frio. Durante esses meses infernais", diz ele, indicando a janela com um movimento de cabeça, "eu agradeço todos os dias pela invenção do ar-condicionado." Do lado de fora estava fazendo uns trinta e poucos graus, mas Nancy tinha vestido o suéter que ele lhe dera. "A região do meu nascimento é considerada quente, e as temperaturas lá são equivalentes às de Fairbanks. Ou eram, pelo menos."

"Mas então... por que você está aqui agora, em Chicago? Por que não está no Ártico?"

"Porque é meu tipo de cidade, eu acho."

Ela não entende a piada.

"Foi acidente", diz ele. Ele estava encerrando uma de suas pesquisas de campo anuais no norte, depois de ter revisitado e filmado a grande cidade indígena de Cahokia, na junção dos rios Mississippi e Illinois. Quando estava voando para o norte, na direção da estação, ele perdeu a energia de repente e caiu no lago Michigan. Conseguiu pegar o ouro, o paralisador, o equipamento de vídeo e o sinalizador portátil — ele tocou no dispositivo que piscava na mesa — e botar no barco de emergência. A aeronave afundou.

"Nossas ordens foram inequívocas — ficar o mais perto possível da última posição e esperar... resgate. Além do mais, na época eu não tinha como voltar ao Ártico. Então construí uma casa na floresta e coexisti com os nativos. De vez em quando, usava o paralisador para restabelecer minha autenticidade." Ele sorri. "E preciso admitir que nunca contrariei a ideia deles de 'Deus Branco dos Céus'."

"Mas e os colonizadores europeus?"

"Eles vieram depois. Bem depois." Ele faz uma pausa, talvez de efeito dramático. "Trezentos e cinquenta e seis anos depois. Eu caí em fevereiro de 1317. Quando os franceses chegaram, eles felizmente ignoraram as histórias que os índios contaram sobre mim. Eu era só mais um personagem sobrenatural dos mitos sobrenaturais dos selvagens. Ficção."

"Para obter comida, você caçou e coletou?"

"Eu não como. Não literalmente. Meu corpo absorve nutrientes do ar." Essa digressão o faz ter medo de ela pedir para usar o banheiro. Ele não tem papel higiênico.

Ele conta que se mudou para Chicago logo depois que foi fundada, que comprava o que precisava com pedaços de ouro, que fez um trabalho ou outro para conservar o ouro, que perdeu a câmera de vídeo e o paralisador no grande incêndio de 1871, que havia uma dificuldade de emprego nessa era de imposto de renda e Segurança Social e documentos de identidade. Claro que ele nunca procurou cuidado médico e fica mudando de residência para os vizinhos não ficarem curiosos demais por ele não envelhecer nem morrer. Aquele é seu décimo quarto apartamento. Mas, exceto pelos anos que passou em Winnetka, entre os anos 1940 e os 1960, para vivenciar de perto uma vida no subúrbio — "Uma vez antropólogo, sempre antropólogo" —, ele mora em Chicago desde 1837.

Eles conversaram por mais de três horas, e Nicholas tinha acordado três horas antes de ela chegar. Ele estava ficando sonolento.

"Você não me contou quase nada sobre seu planeta", diz ela. "Seu povo, sua história. Temos tanto para conversar. Tanto."

"Temos mesmo. Mas, se você não se importa, será que podemos encerrar por hoje e continuar nossa conversa amanhã?"

"Ah, sim, claro, sim, evidente que sim." Mas e se ele fugir? E se morrer durante a noite? Mas ela se tranquiliza. Tem as gravações de hoje. Tirou fotos dele. Já tinha fotografado a estação e sabe sua localização exata. Tudo ficaria bem. Ela estica a mão e toca no ombro dele.

"Obrigada. Isso é tão extraordinário, não consigo... palavras realmente não... *Obrigada.*"

"Também estou satisfeito. Extraordinariamente satisfeito de ter sido *você* quem fez a descoberta. Tive muita, muita sorte."

"*Você* teve sorte? Ora, isso é... Quer dizer, eu ganhei na loteria de todas as loterias, né? É Natal em julho!"

Ele ri, e a risada vira, quando ele se recosta, uma gargalhada sonora.

Ela fica horrorizada. Ele vai dizer que tudo aquilo foi uma pegadinha, uma enganação? Que ele é ator de um reality show incrivelmente elaborado?

"Desculpe", diz ele, ainda rindo. "Meu cansaço estragou meus bons modos. Desculpe."

"O quê?"

"Tem outra parte da história que você precisa saber. Eu ia guardar para amanhã. Mas, agora que chateei você, não posso mais."

Ele começa a descrever a aeronave com mais detalhes do que antes: pequena, com apenas oito metros de comprimento, uma cobertura grande transparente, hastes de pouso em vez de rodas, e um emaranhado de sondas de navegação projetadas na fuselagem frontal.

"Quando os povos do norte, os nórdicos e os lapões e o resto, me viram voando, percorrendo altitudes baixas pelos céus de inverno novecentos anos atrás, mil e cem anos atrás, o que você acha que eles pensaram que estavam vendo?"

Nancy balança a cabeça. Ela não tem ideia do que ele quer dizer.

"Um *trenó voador*, conduzido por um homem grande de barba que tinha dado presentes a ele."

"Ah, meu Deus."

"E um trenó voador puxado pelo quê? Por nada? Era inimaginável, então o amontoado de antenas na frente da aeronave, para eles, pareceu... o quê?"

"Ah, meu Deus."

"Chifres de um grupo de renas voadoras."

"Ah, meu *Deus*." Ela precisou de três semanas para se acostumar com a ideia de que tinha descoberto uma base extraterrestre e que podia acabar encontrando uma criatura de outro planeta. Mas isso, *conhecer o Papai Noel*, é quase chocante demais para aceitar.

"Quando as pessoas perguntavam meu nome, eu dava o que sempre usei, adaptado à língua local — Nikolaos, Nikola, Nicholas. E quando perguntavam onde eu morava, eu não via motivo para esconder a verdade — 'depois das montanhas de Korvatunturi', eu dizia, 'perto do topo do mundo'. Mas acho que eu nunca disse 'No Polo Norte'."

QUANDO ELA CHEGA, NA tarde seguinte, ele não atende à campainha. Ah, *Cristo*, não. Ela aperta o botão de novo. Quando está prestes a apertar uma terceira vez, ela ouve a voz dele no interfone.

"Nancy? Desculpe! Pode subir."

Ela já tinha ficado tão empolgada na vida? Ele ainda está aqui, ainda está sendo simpático, as janelas ainda improvavelmente geladas. E ela vê que ele andou olhando os vídeos. Ele a convida para se sentar ao lado dele no sofá e assistir em um dispositivo preto esférico e pequeno que parece uma bola mágica.

"Infelizmente nunca descobri como ligar na televisão", diz ele quando aperta o botão do play.

"Ai, meu Jesus, tem *som*!", diz Nancy, e se sente constrangida. "Me desculpe. Sou uma idiota. Claro que tem som."

Ela vê panoramas aéreos dos índios Lakota perseguindo um bisão por um penhasco em Sand Hills, juncos e gôndolas no rio Tigre, em Bagdá, a Muralha da China construída pela metade. Ela vê e escuta filmagens meio furtivas dentro de uma taverna viking lotada no norte da Inglaterra, homens colocando uma estátua de bronze em uma caixa no Benin do século XI, uma encenação de batalha marítima no Coliseu, em Roma, uma criancinha sorridente em Edo, falando japonês diretamente com a câmera, um homem alto e sem barba fazendo um discurso em Chicago no verão de 1858. "Sim", ele diz a ela. "Abraham Lincoln."

Ela está maravilhada. Poderia ficar assistindo para sempre. Mas, depois do dia anterior, está mais consciente do tempo. Ele logo ficaria com sono de novo.

"Quero discutir com você, Nicholas, exatamente como você gostaria que prosseguíssemos."

"Podemos assistir a mais algumas filmagens. Podemos conversar. Como você quiser."

"Estou falando a longo prazo. Vou fazer o que você disser. Se você quiser, posso te levar de volta à estação, e você pode ver se as pessoas em Vreez-honk, Vreez... Desculpa. Você poderia ver se seu quartel-general enviou alguma mensagem para lá nos últimos setecentos anos. E você não poderia enviar uma mensagem para eles?"

"E depois esperar 124 anos por uma resposta? Se houver alguém para responder." Ele balança a cabeça. Se pudesse chorar, choraria agora.

Ela não diz nada por alguns segundos. "Bem, se tenho sua permissão para contar sua história para o mundo... Quer dizer, se você preferir esperar até depois de você, até depois de você ter *ido embora* para revelar tudo postumamente, eu entenderia. Se quiser proteger sua privacidade."

"Obrigado. *Obrigado*. Mas, embora eu seja muito velho, é verdade, posso ainda ter uns trinta ou quarenta ou cinquenta anos pela frente. Os vrizhongilianos já viveram até os dois mil anos."

"Que bom!"

"Mas acho que seria um grande fardo e uma decepção para você ser obrigada a esperar tanto tempo, não seria? E quando outra pessoa encontrar a estação?" Ele se inclina para a frente. "Estou cansado de guardar segredo. Tudo bem, Nancy? Estou pronto." Ele tinha pensado em dizer: "Tudo bem, sra. Zuckerman, estou pronto para o meu encerramento", mas achou que ela provavelmente não entenderia.

Ela seca as lágrimas. "Eu achei que teria que convencer você."

"Sabe, minha querida, já tive tempo mais do que suficiente para pensar nisso."

Ele explica suas ideias, suas preocupações, seu plano. Acredita que o maior problema seja persuadir o mundo de que a estação do Ártico não é uma espécie de base militar, de que não há invasão iminente à Terra. Antes de qualquer coisa se tornar pública, ele acha que talvez faça sentido convocar Rupert Murdoch, talvez até oferecer algum tipo de acordo exclusivo de imprensa, para poder impedir que a Fox News apavore os americanos desnecessariamente. Nancy acha que ele está brincando. Ele garante que não.

"Sei que isso vai parecer extremamente brega. Principalmente considerando a história do 'Papai Noel'. Mas acho que a melhor forma de criarmos boa vontade desde o começo é descrever o que tenho em mente como, abre aspas, 'Presentes para o Povo da Terra'."

Ele vai entregar seus registros — todas as 2,4 milhões de palavras que escreveu e, "bem mais interessante, eu acho", todas as 73.496 horas de vídeo que filmou em todos os continentes, menos a Antártida, e em todos os anos desde o começo do século V até o final do século XIX.

Vai contar tudo que sabe sobre a vida na nossa parte da Via Láctea, corroborado pela biblioteca de textos e imagens armazenada na estação. "Está tudo desatualizado, claro", diz ele, "mas é melhor do que nada."

E ele vai dar ao povo da Terra sua tecnologia de sobrevivência — especialmente as baterias que fornecem energia ao leitor de vídeo, e ao sinalizador portátil e à estação do Ártico, todas ainda em funcionamento, 1.581 anos após a instalação. "Acho que algum cientista brilhante vai conseguir fazer engenharia reversa com elas", completa ele.

Enquanto se pergunta quantos bilhões de dólares as baterias vrizhongilianas devem valer, ela sente uma pontada de desprezo por si mesma. "Isso vai ser inacreditável, Nicholas."

Ele sorri. "Esperemos que não."

"Vai ser a maior coisa... *do mundo*."

"Acho que vai. Espero que as pessoas, pelo menos a maioria, fiquem felizes de finalmente descobrir de vez que não estão sozinhas no universo." *Porque*, ele pensa, *eu sei que fico indescritivelmente feliz por minha solidão estar finalmente prestes a acabar.*

"Nicholas?"

"Sim?"

"Posso abraçar você?"

KURT ANDERSEN é romancista e apresentador do programa público de rádio *Studio 360*. Cofundador da revista *Spy* e antigo editor-chefe da revista *New York*, ele também escreveu para a *Vanity Fair*, para a *Time*, para o *New York Times* e para a *New Yorker*.

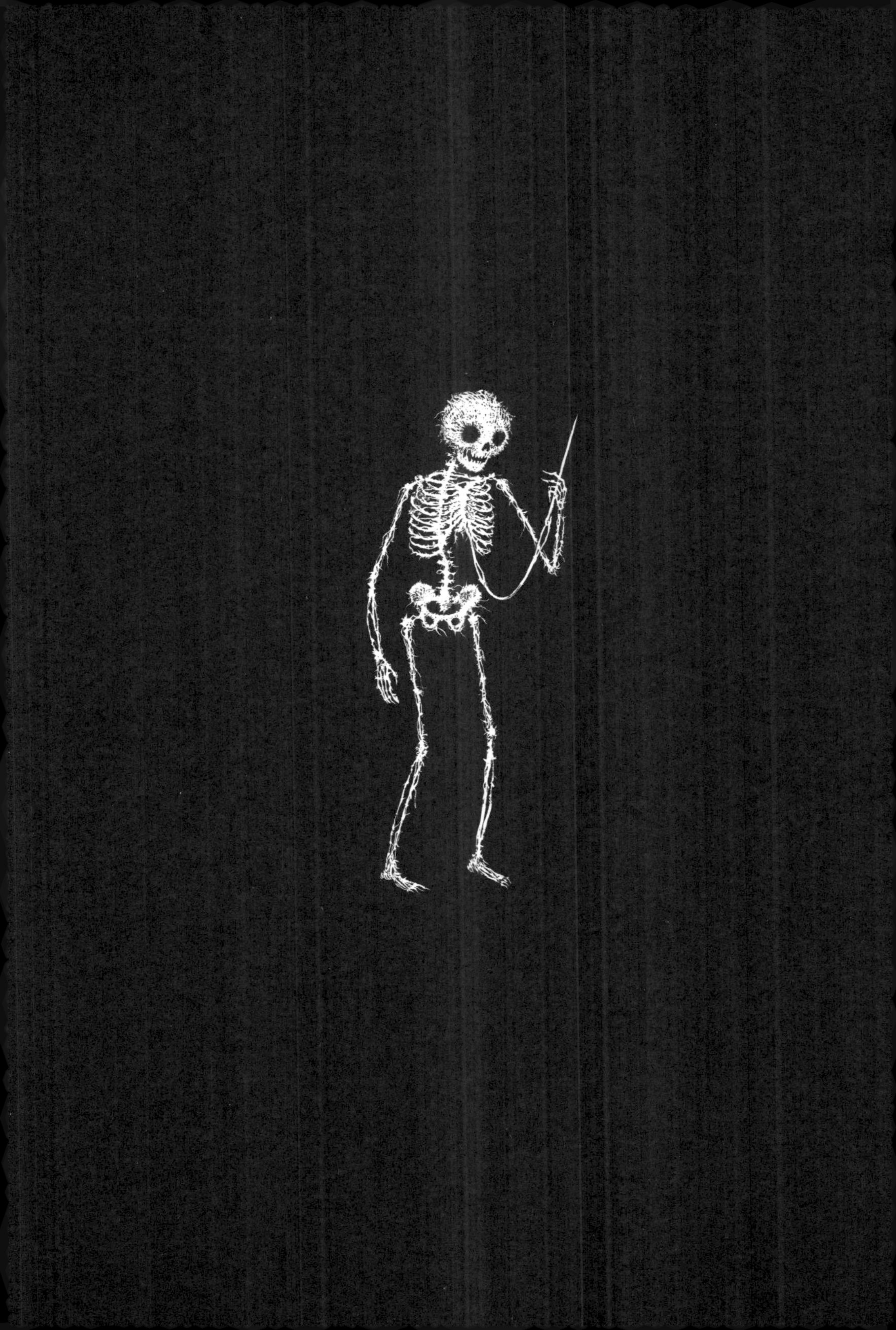

MICHAEL MOORCOCK

Histórias

ESTA É A HISTÓRIA DO MEU amigo Rex Fisch, que explodiu seu cérebro complicado em cima dos livros na biblioteca dele, no Lake District, em uma tarde de sábado no último mês de setembro. Naturalmente, foi um horror limpar o local, mas Rex nunca ligou muito para a sujeira que deixava para trás. O que me irritou foi o desperdício: cada célula estourada era uma história que ele nunca contaria. Rex sabia como machucar a si mesmo e aos velhos amigos que o amavam. Só sobraram alguns de nós agora. O câncer levou Hawthorn, Hayley, Slade e Allard naquele mesmo ano. Os três primeiros dividiram casa com Rex quando ele foi morar em Londres. Não pareceu justo o filho da mãe estragar deliberadamente o que havia sobrado da nossa lembrança em conjunto.

Como falei no funeral, Rex tinha mais ficção dentro de si do que poderia botar para fora, por mais tempo que vivesse. Um magnífico contador de histórias, ele as produzia em todas as suas formas, de versos narrativos secos e engraçados a mentiras sociais exageradamente dramáticas. Romances, peças, contos, tirinhas de quadrinhos, óperas, filmes, RPGS: ao longo da carreira, ele nunca se enrolou em uma narrativa. Nesse sentido, éramos muito parecidos e compartilhávamos uma espécie de constrangimento pela nossa facilidade. Nós dois nos identificávamos com Balzac e compartilhávamos uma fascinação por Jacques Collins, o mestre vilão onipresente e de muitos nomes que decidiu destruir La Torpille em *Splendeurs et misères des courtisanes*. Rex descobriu que a maioria das pessoas prefere uma boa história e um certo preconceito convencional à ambiguidade honesta; elas tomam as decisões de vida mais profundas com base em histórias que viram em tabloides ou em reality shows. Isso não impedia Rex de contar a verdade quando lhe ocorria, o que acontecia com frequência. A verdade estava sempre ali em algum lugar, mesmo quando ele achava que estava mentindo. Apesar de seu subsequente posicionamento de direita, ele tinha, como Balzac, um jeito de estabelecer uma comunicação com os sonhos das pessoas pobres e entender o que elas mais queriam no mundo. Eu o invejava pela empatia, se não pela ambição. Houve uma história que ele não conseguiu escrever. Acho que foi a que todos nós estávamos esperando e que poderia ter lhe dado o reconhecimento literário que ele desejava. Mas ele acreditava que os editores da *Paris Review* eram capazes de "sentir o cheiro de escritor das massas", enquanto eu, como editor, rejeitava histórias porque sentia o cheiro de *Paris Review* nelas. Eu acreditava que éramos bons demais para as críticas mesmo quando aparecíamos nelas. As convenções de gênero eram mais monótonas na escrita literária do que nos romances da Harlequin: exatamente o motivo para Rex ter se tornado o escritor de que mais precisávamos na *Mysterious*.

Nós dois tínhamos 1,87 m, as mesmas cores de cabelos e olhos e o mesmo humor, se bem que Rex já estava ficando careca. Acho que nossas diferenças vinham dos nossos passados. Eu era londrino. Rex nasceu e cresceu em Wrigley, no Texas, população de 1.204 habitantes, a uns 65 quilômetros de Waco. Ele acreditou em tudo que tinham contado para ele até ir para Austin, onde descobriu como duvidar das certezas das cidades pequenas, trocando-as pelo esnobismo do enclave literário da University of Texas. Por ter abandonado o provincialismo meio tardiamente, ele nunca perdeu a reverência pela academia. Furiosamente cínico, ele estava determinado a dizer para os leitores como eles eram tolos por acreditar nas histórias dele. Apesar disso, pareceu estranhamente inocente ao aparecer em Londres recém-saído do campus da University of Texas, vindo da Espanha, com os resquícios de uma icterícia, uma formação incompleta em escrita criativa e algumas vendas para compilações americanas policiais e de ficção científica, e ficou enojado com o que pagávamos, ainda menos do que nos Estados Unidos, mas feliz quando comprávamos o que ele escrevia, do tamanho que fosse. Quando nos conhecemos, nós dois tínhamos 25 anos. Poderosos do meio literário, como Julie Mistral, já o tinham chamado de James M. Cain da geração dele. Angus Wilson tinha me comparado a Gerald Kersh e Arnold Bennett.

As "compilações" eram tentativas das revistas de massa para parecer mais sofisticadas, com capas expressionistas abstratas e títulos descolados, mas eu tinha crescido lendo as verdadeiras revistas de massa com suas imagens poderosas e subtítulos delirantes. (*Donna era uma dama que decidiu ser diferente; Polly era uma policial apaixonada por perseguição!*) A qualidade da ficção não mudava, só a apresentação.

Foi difícil ganhar dinheiro no final daquela era, trabalhando no Falcon e na Sexton Blake Library, mas uma coisa ficou clara. Não havia escritores de revistas de massa. Escritores ruins como Carroll John Daly e escritores brilhantes como Dashiell Hammett por acaso escreviam para essas revistas. A reputação deles tinha mais a ver com o contexto. Jack Trevor Story escreveria um romance para Sexton Blake e, com pequenas modificações, o transformava em um romance para a Secker and Warburg.

Quando a assumi, a *Mystery Magazine* de Hank Janson era praticamente a última compilação de suspense do Reino Unido, e tive o bom senso de afastá-la da ideia de gênero e transformá-la em algo que abrangesse a maior quantidade possível de leitores. Em 1964, havia bem poucas revistas de crônicas, e a maioria era genérica. Publicavam romances, aventuras militares, mistérios e ficção científica. Para ser publicado e pago, era preciso adaptar seu trabalho, normalmente inserindo um enredo simples e racionalizado. Assim, você ganhava um pouco e aprendia um pouco. Nós não queríamos escrever o que chamávamos de ficção inglesa: os estilos e temas que saíam das universidades em uma imitação lamentável dos grandes modernistas. Queríamos escrever uma coisa que tivesse a vitalidade da boa ficção comercial e a ambição sutil da boa ficção literária, refletindo as sensibilidades e eventos da nossa época: coisas que nos levariam alto com a sensação de entusiasmo e envolvimento de Proust e Faulkner, mas com a vitalidade disciplinada da ficção de gênero pulsando em cada página.

Alguns de nós falavam sobre uma "via de mão dupla" para reunir ficção popular, mediana e alta. Devia haver pessoas tão frustradas quanto nós, insatisfeitas com praticamente tudo sendo oferecido, literário ou comercial. Durante séculos as pessoas discutiram as "duas culturas". Nós talvez fôssemos os caras que as uniriam: escrevendo para um leitor que conhecia um pouco de poesia, pintura e física, que gostava de Gerald Kersh, de Elizabeth Bowen e Mervyn Peake, mesclando o realismo com o grotesco com elegância, eloquência. Em 1963, estávamos publicando alguns exemplos das compilações, e com Billy Allard e Harry Hayley, meus dois escritores amigos mais próximos; nós planejamos uma revista ilustrada em formato de livro, em papel couché, que reuniria designers, artistas, cientistas, poetas, mas é claro que só o custo do papel já fez os editores balançarem a cabeça negativamente.

Depois, Len Haynes, o velho bêbado e sério que cuidava dela desde sempre, propôs que eu assumisse o comando da publicação de Janson quando ele se aposentasse para morar com a filha em Maiorca.

Eu estava casado havia menos de um ano com Helena Denham e morava em Colville Terrace, ainda feudo da Notting Hill de Rackman. Nossa primeira filha, Sara, tinha nascido, e Helena, mais linda do que nunca com o cabelo castanho de menino emoldurando o rosto em formato de coração, estava furiosamente grávida de Cass, nossa segunda. Eu tinha sido demitido da *Liberal Topics*, a revista de partido cujo salário recebi apesar de ter prometido a Winston Churchill, aos meus onze anos, que nunca me tornaria liberal. Então, eu precisava do dinheiro de Janson. O mais importante seria uma chance de fazer o que eu dizia que faria havia tanto tempo. Eu conversei com Helena e com os outros.

Quando fui falar com Dave e Howard Vasserman, os editores, impus somente três condições: que eu decidisse as diretrizes, que eles me deixassem mudar o título gradualmente, e se nossa circulação aumentasse, que eles me dessem o papel e o tamanho que eu quisesse. Eu os ajudaria a conseguir distribuição ampla para os títulos mais refinados. Eu os convenci de que podia tornar a marca respeitável o suficiente para ser aceita pelos comércios mais renomados. Em seguida, botei meus amigos para trabalhar. Não tínhamos um bom designer, mas fiz o melhor que pude. Nossa primeira edição não apenas ofereceria um manifesto, nós tentaríamos demonstrar diretrizes — e teríamos muitas ilustrações, um dos segredos, na minha experiência, de um periódico de sucesso. Eram tarefa de Jack Hawthorn.

Hayley começou a terminar uma novela da qual vinha falando, uma coisa esquisita em que os sonhos do detetive davam informação para o caso. Allard começou a escrever uma série nova, cheia de imagens metafísicas emprestadas de Dalí e Ernst. Helena terminou a história assustadora sobre um mundo alternativo nazista. Escrevi meu editorial sobre influências de publicações populares em William Burroughs, e Burroughs nos deu um capítulo do livro novo. Escritores beat americanos e artistas pop britânicos tinham alguma coisa em comum com os filmes noir, nosso outro grande entusiasmo. Allard elaborou um editorial de convidado, argumentando que a "era espacial" precisava de um novo vocabulário, novas ideias literárias. Escrevi um conto sob um pseudônimo comum, e o resto veio dos favoritos de Janson.

Nós três éramos ingleses, mas não tivemos uma criação convencional. Hayley ficou órfão por causa de uma bomba, assumiu um emprego em um jornal local antes do serviço militar na Força Aérea Real, estudou metafísica em Oxford, onde conheceu Allard, que foi criado na França ocupada com uma mãe anglo-judia que foi uma das últimas transportadas a Auschwitz, trabalhou para a resistência quando criança e voltou para a casa não na fantasia Mayfair pré-guerra, mas para uma austeridade suburbana desesperadora, o mundo que Orwell capturou. Depois de servir na Força Aérea Real, ele estudou física em Oxford, onde conheceu Harry. Os dois abandonaram os estudos depois de alguns períodos e escreveram contos e histórias de ficção científica noir para revistas como *Authentic* ou *Vargo Statten's*. Allard era qualificado para pilotar teco-tecos obsoletos, Hayley era operador de rádio, e eu cumpri alguns anos infelizes no treinamento do exército antes de acabarem com o alistamento militar, o que aconteceu um nanossegundo antes de eu ser convocado, editei jornais de contos juvenis, revistas e Sexton Blake, então tinha muita experiência editorial, mas pouca educação formal.

Tínhamos passado metade das nossas vidas no bar discutindo por que a ficção moderna era uma bosta e por que precisava de uma infusão dos métodos e preocupações da ficção popular, todos nós tendo vendido um pouco para as revistas populares de suspense e fantasia e ciências que tinham sobrevivido. Acho que sentíamos que sabíamos do que estávamos falando, por termos sido criados nas margens sociais graças a um truque ou outro do destino, e por amarmos o surrealismo, o absurdismo, os filmes da *nouvelle vague* francesa e também Pound, Eliot, Proust e o resto. Em comum com alguns outros autodidatas inquietos da nossa época, nós amávamos tudo que contivesse a .38 fumegante de Gabin, a .45 barulhenta de Mitchum ou as facas reluzentes de Widmark, tudo misturado com Brecht e Weill, o *Calígula* fascista de Camus gritando "Ainda estou vivo" e as barras negras cruzando os rostos do *Entre Quatro Paredes* de Sartre, enfatizando as prisões em que nos colocamos. Nessa mistura incluímos James Mason em *Odd Man Out*, Harry Lime, *Night and the City*, de Gerald Kersh, *O Homem Demolido*, de Bester, *Fahrenheit 451*, de Bradbury, *Rogue Male*, de Household, *Brother Death*, de Lodwick. Já conhecíamos o estilo de Francis Bacon, Somerset Maugham e Maurice Richardson no Colony, já tínhamos lido Beckett, Miller e Durrell na Olympia Press e aprendemos com os melhores romancistas, jornalistas e artistas da nossa época. Allard gostava mais de Melville do que eu, Hayley preferia Kafka, e eu amava Meredith. Concordamos que as lições deles tinham que ser trazidas para a cultura contemporânea por meio das artes populares. Borges também, embora as coisas dele só estivessem sendo feitas em inglês pela City Lights, de Ferlinghetti. Nós também achamos que a ficção devia poder carregar o máximo de narrativas possível por parágrafo, usando técnicas emprestadas do absurdismo, do futurismo e combinadas com nossas novas ideias. Achávamos que havia centenas de escritores morrendo pela oportunidade de fazer o mesmo que nós, mas embora bem mais leitores tivessem sido receptivos ao que fizemos com a *Mysterious*, as contribuições chegaram aos poucos.

Em 1965, tínhamos pelo menos criado a base da via de mão dupla. A arte pop vinha por um lado, a literatura popular por outro. Os Beatles e Dylan estavam fazendo a trilha sonora. Eles criavam coisas novas e ganhavam dinheiro por isso, mas a maioria das pessoas não tinha ideia real do que queríamos dizer quando falávamos em combinar artes "altas" e "baixas", apesar das duas culturas serem um assunto tão popular nas páginas dos periódicos quanto o big bang e os computadores do tamanho de planetas. Nós queríamos livrar a ficção pop da literalidade, menosprezando o exagero em um trabalho ambicioso, mas estávamos desenvolvendo lentamente um vocabulário crítico, tentando levar uma seriedade mais profunda ao romance, mas ainda frustrados, reconhecendo que ainda faltava um termo da equação. Reduzir o título lentamente até só restar uma palavra não foi suficiente. Nós precisávamos de escritores que desejassem emular um classicismo moderno para ajudar a construir uma ponte genuína capaz de tirar o peso do nosso tráfego de mão dupla.

Foi preciso Rex aparecer em 1965 para nos mostrar que precisávamos convencer nossos leitores e escritores da nossa autoridade. Como Allard e Hayley, ele escrevia melhor do que qualquer outro contemporâneo que eu conhecesse. Seu estilo sardônico era enganosamente simples. Ele também era fã de Balzac, com um amor especial por Jacques Collin/Vautrin. Nós tínhamos quase exatamente a mesma idade. Como eu, ele se sustentava desde os dezesseis anos. Saiu de uma família de bêbados católicos alemães dominados pelo pai, largou a University of Texas depois de vender algumas histórias para periódicos, o que gerou alguns contratos de livros que custearam a viagem à Europa, que ele achava que era o degrau seguinte na escada profissional, e que foi planejada com o amigo Jake Slade, um texano católico e mestre da ironia.

Eu só conhecia o mundo de Rex pela pouca ficção que tinha lido de Jim Thompson e pelo que ele tinha descrito de si mesmo em *Paine in Congress* e *The Clinic*. Nunca tinha ido ao Texas e só conhecia Manhattan. As histórias de Jake nunca tinham sido impressas; eram secas, maliciosas e carregadas da energia de bombas que ainda não explodiram. As de Rex eram como as de Henry James com anfetaminas. Havia uma clareza contemporânea dinâmica; ficção veloz de qualidade, nova em folha e com muita classe. Baseada em nosso mundo familiar.

Jake e Rex planejaram escrever um mistério juntos na Espanha, viajar pela Europa por um tempo e voltar ou para Austin ou para Nova York. Mas não tinham previsto pegar icterícia por causa de um ácido ruim na Espanha e ter que ficar com amigos em Londres até poderem terminar o livro. Rex, depois de ter lido sobre nós na coluna de Juliette Masters no *New York Times*, veio me ver com esperança de levantar dinheiro vivo. Ele também trouxe alguns manuscritos de Jake, e eu soube na mesma hora que a sorte era nossa. Nenhum dos dois vinha das tradições populistas, mas estavam sedentos de textos populares. Levaram as melhores ambições acadêmicas aos assuntos que publicávamos. Eles eram exatamente o que eu estava procurando, chegando pelo outro lado da rua de mão dupla e trazendo consigo um bando de novos escritores e leitores. Dois pelo preço de um. Assassinato e a alma humana. O rosto da sociedade e o tecido do futuro. A intensidade e a inteligência deles não continham a hesitação e a vulgaridade que rejeitei quando agentes literários arrogantes achavam que tinham encontrado um lugar para largar os textos horríveis de falatório genérico de seus clientes, e também não fediam a aula de escrita criativa.

Sociável, um pouco formal, um catalizador consciente, Rex me apresentou a amigos que tinha conhecido na UT, inclusive artistas talentosos de alto nível como Peggy Zorin, Jilly Cornish e o marido dela, Jimmy, assim como outros que ainda sairiam do Texas a caminho da *Mysterious* e de Londres. Finalmente tínhamos um conjunto completo de colaboradores talentosos que podiam nos dar um inventário substancial, interagindo com gravidade aumentada, atraindo outros escritores que acrescentaram histórias magníficas ao nosso índice, as melhores que qualquer pessoa poderia ler em séculos, combinando uma sofisticação e uma vitalidade tidas como óbvias atualmente, mas que representavam um salto quântico naquele período e nos tornou a revista de ficção mais celebrada da nossa época. O debate acabou de repente. Nós podíamos demonstrar tudo que tínhamos discutido. Foi o que Rex Fisch fez pela *Mysterious* e pelo movimento do não refinamento, que negávamos se tratar de um movimento. Nós entramos em uma era de ouro. Quase todas as histórias que publicávamos entravam em antologias. Uma boa quantidade ganhou prêmios.

Eu sabia que nossa pequena revolução desabaria rapidamente quando alcançássemos aquilo que esperávamos e nossas carreiras individuais estivessem construídas. A vida real ficou sombria depois daqueles bons anos. A primeira tragédia foi a morte de Jane Allard em uma viagem de volta ao lar da família, perto de Nantes. Billy se mudou para Streatham para criar os filhos. Nós íamos até lá com os nossos para fazer visitas de tempos em tempos. Em seguida, Rex participou de uma turnê de poesia com vários poetas conhecidos, inclusive o notório pansexual Spike Allison. Ele voltou gay (não foi surpresa para os amigos) e monstruosamente perturbado por causa disso depois que Spike deu o fora nele na volta a Londres. Nossos relacionamentos estavam sobrevivendo aos divórcios, rearranjos e brigas em geral. As pessoas entram em revoluções até obterem o que querem como indivíduos, depois começam a brigar pelos espólios, por mais imaginários que sejam. Fiquei surpreso com quantas das nossas amizades permaneceram intactas. Jake escrevia principalmente não ficção e foi morar com uma garota local, Daisy Angelino, na Portobello Road, perto do nosso escritório. Rex conheceu Chick Archer, que era do Maine, em um bar de sadomasoquismo em Paris. Eles se apaixonaram, viajaram por alguns anos e compraram uma linda casa velha e gelada na região dos lagos ingleses. O lugar não podia ser menos à la Wordsworth, com as nuvens pesadas trazendo chuva incansável, para então recompensá-lo com explosões de luz do sol, o conjunto todo se movendo como um corpo vivo em seus contornos e sombras, o que Rex encarava com um certo ar de proprietário na frente do janelão da sala de estar. Às vezes, o vento soprava no longo penhasco de Wattendale Edge, criando ondas no lago escuro. Dá para ver essas paisagens nos lindos desenhos de Chick, nos quadrinhos de *Mary Stone*. Ainda estão à venda. Quase ninguém sabia que Rex escrevia aquela ótima tirinha mordaz para os jornais, que lhes rendeu mais dinheiro do que qualquer outra coisa e que explicava por que a casa deles cheirava fortemente a riqueza amada.

Rex e eu ainda fazíamos um ao outro rir incontrolavelmente, para a repulsa silenciosa de Chick. Isso, claro, fazia o sádico Rex aumentar a inquietação de Chick. Desconfio que era por isso que não éramos convidados com frequência. Harry foi morar na Irlanda com a esposa dublinense, para cuidar da mãe dela, que morava em um apartamento de conjunto habitacional perto de Cork. Preso lá, Harry foi ficando cada vez mais deprimido e começou um longo livro sobre Nietzsche. Eu o via ocasionalmente, quando ele ia fazer pesquisa na British Library. Jimmy e Jill Cornish foram morar perto do velho moinho em Tufnell Hill. Ele escrevia resenhas, críticas para a *London Review of Books* e guias de não ficção. Ela produzia pôsteres comerciais para suplementar as exposições nas galerias. Outros continuaram a publicar livros e a participar de exposições com cada vez mais sucesso. Pete Bates desapareceu em uma viagem de férias de bicicleta pela França. A bicicleta foi encontrada no fundo de um penhasco na costa da Bretanha. Outros bons escritores e artistas apareceram e se foram. Charlie Ratz se juntou a nós como nosso designer. Eu tocava e gravava discos com o Deep Fix.

Achei que estávamos prolongando a era dourada dos anos 1960, mas na verdade era o fim. Continuei publicando a *Mysterious*, mas agora era editada por outros conforme os casos e relacionamentos desmoronavam dramaticamente nos quatro continentes. Os papéis de gênero seguiam todas as direções possíveis. Quartetos estáveis viraram orquestras completas; duetos decrépitos viraram trios firmes. Se você visitasse amigos em San Francisco, precisava de uma tabela complicada para saber quem estava com quem, por que, quando e onde. Quando ele e Rex se preparavam para fazer o velho Alan Bennett, Chick passou a ter o ar um tanto constrangido de um garoto de coral que veio de Londres para passar o fim de semana. Rex tinha trocado o sotaque texano por um arrastado falar *cowardiano* que desaparecia nas poucas ocasiões que ele ligava para casa. Os tons de Chick foram ficando cada vez mais podados. Eles eram modelos de retidão moral, tão fiéis que quando a AIDS chegou, eles não tiveram a menor ansiedade. Adotavam uma atitude superior em relação a todo mundo, claro. E particularmente comigo. Com três filhos muito amados de quem cuidar, me divorciei de Helena, me casei de novo e me mudei para o outro lado da rua com minha esposa extremamente jovem, Jenny.

Apesar de ter sofrido com Rex durante sua transição sexual e com todas as pequenas traições praticadas contra e por ele, ele preferiu ver minha separação de Helena como o feito mais horrível desde Eddie em *Death of the Heart*. Minha separação de Helena foi razoavelmente amigável, eu achava. Eu ainda estava sustentando todo mundo. Fiz tudo de forma muito aberta. Mas na primeira vez que levei Jenny para Wattendale para vê-los e a um grupo de amigos que eles convidaram, achei que os comentários murmurados de Rex não terminariam. Se Kim e Di Stanley não tivessem, como sempre, me convencido a lhes dar uma carona de Bury, eu teria voltado na manhã de sábado. Fiquei furioso e cheguei bem perto de encerrar a amizade ali mesmo.

Jenny me convenceu a não fazer isso. "Amo ouvir você e Rex contarem suas histórias." Ela sorriu. "Vocês mentem tão bem."

Quase não vi Rex e nem Chick nos três anos seguintes. Chick mandou um cartão no Natal só com a assinatura dele. Jenny mandou um nosso. Mas eu não queria mais saber. Rex não era o único filho da mãe mal-humorado que escrevia para a *Mysterious*, e eu não tinha energia para trabalhar em mais nada. Pelo menos ele ainda enviava suas coisas por meio de Charlie Ratz, nosso novo editor. Charlie ainda o via regularmente. Seus pais tinham se aposentado e ido morar em uma casa enorme perto de Keswick, a poucos quilômetros de Rex e Chick. Sempre que Charlie voltava para Londres, tinha uma nova história ou duas. Ou Jake Slade ia até lá e trazia alguma coisa.

Rex sabia do prestígio de publicar na revista. O público não viu nenhuma ruptura. Estávamos ganhando mais elogios do que devia ser saudável. Na verdade, uma crítica levou à nossa reconciliação. Julie Mistral, a crítica do *New York Times* que nos apoiou desde o começo, agora morava metade do ano na Inglaterra. Ela deu uma de suas chamadas festas VIP, e fomos todos convidados. A festa aconteceu no restaurante enorme do hotel antigo que ela alugava.

Jenny e eu estávamos entre os primeiros a chegar. Rex e Chick já estavam lá, tomando Jacquesson em taças compridas e poeirentas. Rex me viu, veio e nos cumprimentou com a afeição antiga e divertida. O Grande Oi, como Jake chamava. Fomos abraçados. Fomos beijados. Ficamos intrigados.

Fui esperto o suficiente para saber que não devia perguntar como e nem por que isso tinha acontecido, mas Jenny descobriu mais tarde com Chick. Rex tinha encontrado uma crítica escrita por Helena para o *Tribune*, que tinha uma circulação de uns vinte mil exemplares. Ela não elogiou

Lost Time Serenade, a paródia proustiana de Rex, tanto quanto ele achava que deveria. Não era uma crítica ruim, considerando que eu sabia que ela achou a obra pretensiosa e indigna de um escritor tão bom, mas, para Rex, era esperado que um amigo o elogiasse loucamente ou não escrevesse a crítica. Agora eu sabia por que Helena não tinha sido convidada, e como nunca cometi aquele erro particular de diplomacia, eu tinha caído nas graças dele de novo. Em seguida, Chick se aproximou e me lançou aquele olhar de repulsa muda, que era o jeito dele de manter amizades quando Rex oscilava entre opiniões. Eu ainda não tinha certeza sobre ele. Na verdade, não tinha certeza de nada, porque Jenny estava entrando no que ela chamaria de fase experimental, o que daria uma animada na nossa vida sexual e destruiria nosso casamento. Catorze anos mais nova do que eu, ela achava que não tinha vivenciado o suficiente do mundo.

Tenho que admitir que nossos experimentos sexuais eram engraçados para mim no começo. Não tem como obter muito prazer sexual com ficar pulando e gritando pelo quarto e acabar não conseguindo bater na bunda da sua esposa e, em vez disso, acertar a própria perna. Eu não tinha o instinto para a coisa. Acabei achando que poderia fazer o papel do cruel Sir Charles com habilidade razoável. Um pouco como fingir um orgasmo.

Desde que ficamos juntos, Jenny tinha uma fantasia na qual eu assistiria a um amigo meu trepando com ela. Havia mil cenários na cabecinha dela, e nenhum na minha. Acho que eu gastava todas as minhas histórias quando estava trabalhando. Eu também não sonhava. Precisava de um descanso de inventar histórias no fim das contas. Mas me esforcei. Eu odiava decepcioná-la.

Tive uma noção da situação que ela planejava uma noite quando Rex apareceu segurando uma garrafa de vinho tinto argelino em uma das mãos e o boné e o sobretudo encharcados na outra, sorrindo. "Oi!" Um sorriso nervoso pelo desconforto físico. Encantador. Comportando-se melhor do que nunca, do jeito mais feliz. Ele nos abraçou com os braços macios e gigantescos. Tinha algumas reuniões com a Universal Features e queria ficar um tempo. Achei que a noite seria uma comemoração da nossa amizade renascida. Jenny ficou em cima dele, flertando como uma Maria Purpurina, deixando Rex todo agitado. Nós jantamos. Quando fui ao banheiro, ela sussurrou no ouvido dele.

Acontece que Jenny amava *ménages a trois*, mas sobretudo com ela como espectadora e se masturbando como louca enquanto esperava para ser comida pelo cara menos exausto. Quase sempre era eu, enquanto Rex batia punheta. Essa imagem não é nem um pouco atraente para mim, tanto quanto não deve ser para você. Depois de três ou quatro noites disso, percebi que Rex ficava mais excitado por saber que Chick nem desconfiava do que ele estava fazendo.

Claro que, para aumentar o prazer perverso, Rex contou a Chick o que tinha feito conosco. Ele tinha que contar. Nunca resistiu a uma boa história, particularmente se quem estava contando era ele. Nossas poucas noites de sexo sem paixão viraram uma forma de manipular Chick. Desta vez, Chick cortou o relacionamento conosco.

Inevitavelmente, Jenny e eu nos afastamos ainda mais, conforme nossos joguinhos foram ficando mais fantásticos. Rex já tinha passado por aquilo tudo com Chick em Paris. As fantasias da vida real são distrações para um escritor que está trabalhando. Anos antes, Rex me contou isso. "É tão ruim quanto fazer uso da lei. A história começa a tomar conta. É como se apaixonar. Puro sentimentalismo e melodrama. Os enredos são repetitivos, convencionais. Só oferecem os confortos do gênero." Ele estava certo. Jogos sexuais são mais chatos do que um livro de Agatha Christie.

Apesar de nosso investimento em roupas especiais e acessórios sexuais, Jenny não estava tendo a resposta esperada dos meus esforços. É como nos filmes de terror e nos quadrinhos de super-heróis, você para e dá um tempo ou tem que continuar aumentando a ação. Mesmo se os joguinhos não me entediassem, nosso círculo cada vez maior de conhecidos, sim. Eu não estava tendo tempo suficiente sozinho. Indivíduos, casais, comunidades inteiras se envolviam. Se me dessem um ou dois bons parágrafos, eu não teria me importado tanto, mas havia uma mesmice infantil nos cenários deles. Jenny e eu fomos ainda mais afastados pelo que os tribunais chamam de intimidade. Tentei ir ver Rex e Chick, precisando desesperadamente descobrir como eles se salvaram do tédio, da repetição, da mesmice. Era uma coisa que passava? Às vezes Jenny parecia estar desistindo, até que uma nova variação de um tema familiar despertasse seu ânimo novamente. Ela era viciada por natureza. Eu nunca fui realmente viciado em nada. Então comecei a tentar afastá-la do hábito. Não adiantou. Ela inventou desculpas, começou a fazer coisas em segredo. Odeio ambiguidade na minha vida diária. Já tenho o suficiente no meu trabalho. Um escritor precisa de rotinas e certezas. O que posso dizer? Além de perder a verdadeira intimidade com os velhos amigos, eu perdi com Jenny. Em uma tentativa não muito empenhada de restaurar nossa antiga proximidade, ela me contou algumas das novas aventuras dela. Fiquei animado por um tempo. Comecei a exigir mais revelações. Ela me devia isso, eu decidi. Não acrescentavam nada, mas se tornaram assustadoras. Sedução de garotas menores. Coisas que meus amigos gostavam de fazer. Fiquei impressionado ao notar como tantas mulheres não davam bola para um estupro ou outro. Segredos demais foram revelados. Amizades enfraqueceram. Rex voltou a aparecer. Eu saí de casa.

Levei meus filhos, de quem eu estava mesmo com saudade, em uma longa viagem pelos Estados Unidos. Todos nós ficamos nos sentindo melhores. Para meu alívio, nos aproximamos. Sentindo-me como o meu antigo eu, voltei para casa, aluguei por curto prazo um apartamentinho em Fulham, bem quando Notting Hill virou um subúrbio gentrificado. Eu via Jenny com frequência suficiente para saber que tinha acabado. Não gostava do que ela tinha feito consigo mesma. Tinha pintado o cabelo de louro, e os olhos castanhos tinham um jeito meio vidrado de espelho, como se só refletissem e não vissem mais nada. Ela também tinha perdido o senso de humor e se meteu em vários relacionamentos estranhos, ainda procurando a boa vida. Quando tirei minhas últimas coisas de casa, ela fez uma tentativa esmaecida de voltar. Queria ter um bebê, ela disse, e voltar à nossa antiga rotina doméstica. Mesmo enquanto ela fazia a proposta, um cara que eu nem conhecia direito estava dormindo no andar de cima, na cama que tinha sido nossa, onde uma vez, como Proust, eu produzi a maior parte do meu material escrito. Passou de um lugar de concentração, em que eu concebia histórias, para um lugar de distração, onde histórias reais morriam. Eu disse que ela podia ficar com a casa. Ela só precisava pagar a hipoteca.

"Mas eu te amo." Ela chorou. Fez uma tentativa estranha de me lembrar dos dias antigos. "Eu amo ficar deitada nos seus braços à noite enquanto você me conta uma história."

Fiquei triste. "É tarde demais, Jenny." Aquelas histórias tinham acabado.

Fui para Windermere, liguei para Rex e Chick, mas Chick foi frio. Eu sabia que tinha quase feito com que eles rompessem? Pedi desculpas. Disse quanto estava arrependido do que tinha acontecido. Rex, igualmente distante e arrogante, bateu o telefone na minha cara. Eu os vi em Kendal uma ou duas vezes, e em Grasmere. Eles não quiseram falar comigo. Uma vez, por cima do ombro, Rex me olhou de um jeito peculiar. Ele queria que ainda estivéssemos enganando Chick? Isso me fez tremer. Havia algo de errado nele?

Claro que eu desejava estar novamente com Helena, mas ela estava com um chef escocês alegre e estava fazendo seu melhor trabalho. Por que ela iria querer mudar isso?

Apesar de nossas conversas na cama terem inspirado alguns contos, eu odiava ter sido parte das perversões de Jenny. Algumas daquelas pessoas eu não queria ver nunca mais, de outras, precisava de distância; eu ainda não estava pronto para ver Charlie Ratz e nem Jonny Fowler. Pete ainda estava desaparecido na França, dado como morto. Desisti de todo meu interesse na *Mysterious*, que agora estava indo bem sem mim, comprei uma casa perto de Ingleton, West Yorks, e fui morar primeiro com Emma MacEwan, que não suportou a chuva e o frio, depois comecei a namorar uma mulher da cidade que não aprovava aquecimento central.

Eu tinha uma esperança desesperada de restabelecer minha amizade com Rex, mesmo depois de conhecer Lucinda, até hoje o amor da minha vida. Lu achou minha obsessão estranha, eu sei, até acabar conhecendo Rex em Leeds, em um fim de semana literário de Ted Hughes para o qual todos nós fomos convidados. A filha adolescente de Lu amava o trabalho de Rex e queria que ele autografasse os livros dela. Era tímida demais para pedir, então Lucy, o cabelo claro voando e os olhos azuis ardendo, andou até a mesa onde ele estava sentado e disse: "Sei que você é um amigo antigo de Mike. Bem, eu sou a nova esposa dele, e esta é minha filha, que leu a maior parte do seu trabalho e ama tudo. Também acho muito bom. Então que tal alguns autógrafos, e, já que estamos aqui, por que vocês dois não fazem as pazes?". Como esse era um dos poderes dela, nós fizemos as pazes.

Mais tarde, no bar, Rex me contou que Chick me culpava pela infame "sedução". Ficamos rindo dessa ideia pelo resto do dia, até o dia seguinte, quando Chick apareceu e fez cara feia quando nos viu, e Lucinda, com quase um metro e oitenta, ficou com ele na palma da mão também. "Acabou", disse ela. "Se você quer culpar alguém, culpe aquela pobre vaca maluca da Jenny. Ela envolveu você nos delírios dela, e agora olhe só como você está." Quando Chick resmungou que Rex ainda via Jenny, o que me surpreendeu, Lu disse: "Bem, ela é um veneno, até onde eu sei, e ele não precisa dela agora que tem Mike de volta". Chick ficou com lágrimas nos olhos. Disse que eu era o melhor amigo que Rex já teve, mas que traí os dois. Mais uma vez, admiti que sim. E, no fim de semana seguinte, Lu e eu fomos até lá e ficamos com eles. No caminho de volta, ela disse: "Vocês dois poderiam fazer Jeremiah rolar no chão de tanto rir".

Não sei por que Rex continuou se encontrando com Jenny, a não ser que fosse por gostar de magoar Chick. Ele ainda tinha aquele traço cruel. Chick e eu conversamos sobre o assunto. Chick também achava que devia ser para afetá-lo. Ele achava que Jenny me substituía, principalmente porque Rex largou Jenny logo depois que fizemos as pazes. Ela ainda ligava para ele.

Vi Jenny algumas vezes depois disso. Ela parecia mais a antiga Jenny, de certas formas. Tinha tido gêmeos e morava com a mãe em Worthing, no litoral de Sussex. Estava com o ar cansado de tantas mães solteiras, mas disse que estava feliz, ainda que pobre, e até sugeriu que meu "conservadorismo sexual" tinha me deixado chato. Quando a encontrei de novo, na Kensington High Street, ela estava mais uma vez pálida, maquiada, o cabelo pintado. Parecia que toda a vitalidade tinha sido sugada dela. Achei que estava usando drogas. O olhar voltou a ficar vazio. Ela estava morando em Londres? Tinha alguém? Ela riu e pareceu ainda mais debilitada. "Não é da sua conta", disse ela. Eu não podia discutir em relação a isso.

Claro que eu estava curioso para saber o que ela e Rex fizeram. Eu achava que ela não tinha aceitado que ele a largou. Em uma festa em Brighton um ou dois anos depois, ela estava com aparência pior do que nunca, agarrada a Rupert Herbert, um dos novos colaboradores medianos e cheios de clichês da *Spectator*. Com mais maquiagem, loura demais e fumando um maço de Gauloise por minuto. Senti muita pena dela. Mas Rex apareceu e a esnobou tão grandiosamente que me irritou, e fiz questão de ir falar com ela, mas aí ela me esnobou. Lucinda se aproximou e murmurou "pobre vaca", e ela estava falando sério. Entre nós, a equipe da *Mysterious* tinha arruinado uma garota legal e sem imaginação, ela achava. Não era totalmente justo. Dava para ouvir Jenny acima do burburinho das conversas, falando sobre um produtor de filmes com quem tinha morado. Foi ele quem comprou *The Vices of Tom* de Rex e o transformou naquele lixo. "O filho da mãe...", dizia ela. Dava para adivinhar o resto. Talvez Lu estivesse certa.

Nos dez anos seguintes, mais ou menos, a vida caiu em rotinas com as quais ninguém sentia vontade de mexer, embora Rex fosse ficando cada vez mais irracional em suas discussões com editores, depois com as casas editoriais e também com os agentes, até quase ninguém querer trabalhar com ele. Seus livros não vendiam o suficiente para qualquer editor se dar ao trabalho de agradá-lo. Ele se ofendia com facilidade e frequência, e, por meio do texto vingativo, publicamente. Chick dizia que não conseguia mais controlá-lo. Eu teria achado que isso era uma coisa boa. Acreditava que a tendência natural de Chick pela convenção e respeitabilidade literária afastou Rex de sua vulgaridade autodebochada e salvadora. Balzac e Vautrin eram menos um modelo para ele do que Proust ou Albertine. O trabalho dele parecia pedir desculpas por si mesmo. Ele perdeu o toque popular sem ganhar prestígio crítico. Só a *Mary Stone* continuou ganhando dinheiro para eles. Seus contos eram publicados com menos frequência, mas ele mantinha o hábito de telefonar e muitas vezes ler a história toda. E ainda gostava de inventar uma história quando ligava e a secretária eletrônica atendia. "Ah, eu sei o que você está fazendo. Você encontrou aquele fazendeiro bonitão de novo e foi observar texugos com ele." Normalmente, o tempo acabava antes de ele completar a fantasia. Os livros novos tendiam a perder o ritmo depois de alguns capítulos. Eu ficava frustrado e considerava continuá-los para ele. Eram ideias maravilhosas. Ocasionalmente, ressurgiam quando uma forma de contá-las lhe ocorria. A aptidão para versos narrativos irônicos nunca o abandonou. Eu trabalhava por horas para chegar a qualquer coisa perto do que costumava levar minutos para ele. Chick o ajudou a desenvolver um gosto por música clássica, que foi como ele acabou escrevendo suas três óperas, uma das quais baseada em *The Brazen Bull*, de Kersh, e outra em *Ilusões Perdidas*, de Balzac, mas ele ficou esnobe diante de música popular, senão teria escrito letras ótimas. Usei alguns dos versos dele nas minhas músicas. Inseri outro em um dos meus suspenses baratos, como um atributo compensador. A única ópera dele a chegar ao palco foi uma versão de *Cardinal Pirelli*, de Firbank. Rex adorava incomodar os católicos, embora seus ataques não significassem muito para a maioria de nós.

Depois, conforme seguíamos claudicando para nossos sessenta anos, nós começamos a sofrer de doenças reais, em vez de sustos passageiros. Rex era diabético, sofria de artrite. Chick foi o primeiro de nós a ser diagnosticado com câncer. Acho que era no cólon, ele não falava. Até Rex se recusou a traí-lo nessa ocasião. A cirurgia pareceu curá-lo. Soubemos que Jenny sobreviveu a um derrame. Àquelas alturas, ela quase não via os antigos amigos. Quando passou por uma cirurgia, não sei de que foi. Rex não falava dos anos em que a via com regularidade, mesmo conforme fomos ficando mais próximos do que nunca, todos morando nas colinas do norte, de Todmorden a Kendal. Harry, claro, ainda estava na Irlanda. Billy Allard foi para Corfu depois que os filhos cresceram. Pete continuou tido como morto. Peggy Zoran voltou para Nova York e fez muito sucesso. Os Cornish se mudaram para Kirkby Lonsdale. Passei por uma cirurgia de hérnia que deu errado. Os pontos mal executados cortaram uma artéria e provocaram problemas na minha perna. Eu não conseguia mais andar nem escalar. A diabetes de Rex foi complicada pela bebida. Chick conseguiu fazê-lo parar. Em 2005, enquanto estávamos na nossa casa em Paris, recebi um e-mail de Rex falando casualmente sobre a volta de Chick ao Airedale General, e liguei para o hospital na mesma hora. "Se espalhou um pouco", disse Chick. "Vou sair em alguns dias." Nós voltamos para casa e fomos até lá. Chick tinha perdido muito peso. Estava muito branco, mas Rex fingia que não havia nada de errado. Houve muitas cirurgias envolvidas. Chick começou um conto chamado "Na Faca". Ele nos mostrou o texto. Era muito místico e sardônico. Ele me fez perguntar a Jack Hawthorn se ele assumiria a *Mary Stone*, mas Jack não queria. Pouco tempo depois, foi internado de novo, e fizemos a primeira de várias viagens a Skipton. Chick sentia amargura pelos amigos que não tinham tempo de visitar e ligar. "Nem de enviar uma porcaria de cartão da Hallmark e uma porra de um buquê de flores." Rex, que às vezes estava lá quando eu ia, repetia isso tudo. Eu fazia o que podia para que os amigos fossem visitar. Poucas pessoas iam. As pessoas estavam lutando para ter algum tipo de renda, eu acho. No hospital, fazíamos as piadas de sempre, elogiávamos Chick pela coragem. Ele achava isso engraçado. "Vocês só estão me agradecendo por não fazer vocês se sentirem mal. É fácil ser corajoso quando a atenção de todo mundo está voltada para você." Ele sabia dar o melhor sorriso pálido, lembrava Rex, rindo, mais tarde. Chick nos pediu para parar de mandar flores. O cheiro o lembrava enterros. Lembrei-me da minha mãe reclamando da mesma coisa.

Rex ainda estava em negação. Quem podia culpá-lo? As respostas foram ficando cada vez mais monossilábicas, ou porque ele não queria chorar ou porque não queria ser lembrado do que estava acontecendo. Já seu companheiro de quase quarenta anos falava sobre tudo mais abertamente. Ele tinha tão pouco tempo. Foram feitas cirurgias subsequentes para "consertar" os intestinos. Quando ele foi para casa, só ficou lá por poucas semanas, dias até, antes de ter que voltar. Outra série de cirurgias foi proposta, mas Chick recusou. Queria morrer com um pouco de dignidade. Anglicano praticante discreto havia alguns anos, ele estava pronto para partir. Perguntei se estava com medo. "De certa forma", disse ele, "como se eu fosse fazer uma entrevista de emprego." Ele precisava de promessas de que ficaríamos de olho em Rex, de que cuidaríamos para que ele pagasse as contas, mandasse consertar o que quebrasse, todas as coisas que Chick fazia para que Rex pudesse escrever sem se preocupar. "Sei que é difícil, mas vocês são os melhores amigos que ele tem." Uma espécie de chantagem. Eu não me ressenti. Ele devia dizer a mesma coisa para os outros. "Ele não pode começar a beber. Não vai cuidar da casa se vocês não ficarem no pé dele. Ainda falta pagar uma parte da hipoteca. Ele vai deixar a piscina de lado. Não deixem de pegar uma chave com ele. Ah, e ele tem uma arma. Peguem as balas, se puderem. Vocês sabem como ele gosta de um drama." Quando o vimos novamente, ele tinha escrito uma lista com sua culta caligrafia americana. Onde ficavam os registros, o que precisava ser molhado e quando, os nomes e números dos entregadores de óleo, dos técnicos de gás e eletricidade, do melhor encanador, do eletricista mais confiável. Do faz-tudo, do escritório local de impostos: todos os detalhes da vida doméstica deles. Nós prometemos fazer tudo que pudéssemos.

O rosto fino e cinzento, cujo bigode grisalho parecia uma escova de dentes, ficou sério. "Apesar de qualquer coisa que Rex diga?"

Nós prometemos.

"De qualquer coisa que Rex conte para vocês? Ou que eu conte?" Isso foi intrigante, mas concordamos. Quando ouviu nossas promessas, ele respirou fundo. E disse: "Você sabe, não sabe, o que ele estava fazendo com Jenny?".

"Nós não queremos saber." Lucinda falou antes que eu pudesse responder. Claro que eu queria que ele me contasse.

"Tudo bem." Chick se virou no travesseiro. "Acho que é melhor mesmo."

Lu e eu voltamos para casa em um silêncio pesado.

Chick morreu alguns dias depois. Sendo final de agosto, muitos amigos estavam de férias e não puderam ir ao enterro. Rex reclamou deles, claro. Se o velho e fragilizado pai de Chick pôde fazer a viagem, então sem dúvida...? Fui ficar com ele. Ele estava atordoado. Encontrou os diários de Chick antes de nós. "Eu nunca me dei conta do que ele abriu mão. De por que era tão infeliz." Observei que diários quase sempre enganavam. Nós os usamos para registrar infelicidades, frustrações do momento, raiva que não queremos manifestar por aí. Ninguém precisava deles quando estava feliz. Mas ele se recusou a ser consolado. Tinha fracassado com Chick. Era tudo que dizia. Começou a beber de novo.

Rex foi muito detalhista em relação ao funeral, insistiu para que vestíssemos o que ele chamou de "luto completo", o que queria dizer chapéus pretos e véus para as mulheres, ternos e gravatas para os homens. Só éramos sete no cemitério Grasmere, onde Chick queria ser enterrado. Rex exibiu sua dor com o disfarce arrogante de sempre. Lucinda organizou a parte da comida. Rex insistiu que tudo devia ser simples. Chick queria assim. Depois que todos fomos para a cama ou para casa, Rex se sentou no escritório e ligou para todos aqueles que não compareceram. Se a pessoa não atendia, ele deixava recados gravados. Não as historinhas de sempre. Ele contava o que ele e Chick sempre falavam pelas costas da pessoa sobre sua falta de talento, filhos feios, ego gigante, como cozinhava mal, que tinha mau gosto. Quando Rex sofria, todo mundo era atingido. No dia seguinte, no auge da própria vingança, ele me contou em uma série de vinhetas o que tinha feito. Algumas das pessoas me ligaram em seguida. Muitas delas às lágrimas. Quase todas tentaram perdoá-lo. Várias queriam saber se ele estava bem. Minha filha Cass transmitiu a ele os pêsames de Helena e foi tão esnobada por Rex que ainda estava chorando quando falou comigo. Ela estava mais disposta a perdoá-lo do que eu.

Uma semana depois, enquanto Lu visitava a mãe hipocondríaca, fui ver como Rex estava. Ele andava bebendo muito. "Estou feliz por você ter vindo", disse ele. "Queria que soubesse de um favor que fiz a você alguns anos atrás." Preparei nosso jantar, e em seguida ele me contou o que tinha feito por mim. Ele tinha certeza de que eu ficaria feliz, disse. Eu não sabia de quem ele estava debochando. Ofegante e gemendo pelas dores da artrite despertada pela bebida, ele cutucou o fogo na lareira e serviu conhaque. Em seguida, começou com o discurso lento e dramático que reservava para suas leituras. Acho que poderíamos chamar de história de vingança, com todos os elementos de que ele gostava em Balzac e nos jacobinos. Pouco tempo depois que Jenny e eu nos separamos, e culpando-a por "atraí-lo" para o *ménage a trois* com o qual ele tinha provocado Chick, Rex se tornou, nas palavras dele, seu confessor, sugerindo ideias para as aventuras sexuais dela, muitas vezes ajudando-a a fazer contatos específicos e apresentando-a ao que chamava de sua lista de "quarenta pervertidos famosos". Ele a acompanhou algumas vezes a jantares e festas e a encorajou a correr riscos que ela jamais ousaria correr sozinha. "Eu a levei cada vez mais longe, Mike. Você teria adorado! Sempre que ela hesitava, eu estava lá, encorajando-a a manter o rumo. Eu disse para ela que heroína não viciava!" (Por sorte, ele só conseguiu convencê-la a cheirar.) "Eu a convenci de que ela era uma prostituta por natureza. Me tornei o melhor amigo dela, assim como Vautrin acolheu Emma debaixo da asa!" A risadinha terrível e aprovadora veio em seguida, com ele sentado na poltrona grande de couro, olhando para a colina no fim do dia, observando o céu com satisfação sardônica, falando em tom de deboche controlado, normalmente reservado para os versos satíricos. "Eu sabia que você queria fazer isso, mas não podia. Então, assumi sua vingança *por* você, Mike!"

"Jesus, Rex. Ela não merecia... Eu nunca..."

"Ah, Mike, você *sabe* o que ela merecia. *Você* jamais faria, mas Vautrin podia, né? Aprendi as lições de Balzac melhor do que você!" Nesse ponto, conforme o mundo ia escurecendo e o fogo se refletia no rosto dele, ele era o monstro de Balzac centímetro por centímetro, aparentemente todo louco. Senti enjoo físico, preocupação pela sanidade dele, uma pena profunda de Jenny. Fiquei pensando se Lucinda adivinhou o que tinha acontecido. Foi por isso que não deixou Chick nos contar nada? Rex sentiu prazer a cada revelação. Rindo, explicou como a convenceu a fazer uma coisa particularmente humilhante. Eu não era sádico, mas ele era. Ele era capaz de odiar as mulheres. Ficou falando sem parar, oferecendo capítulo e verso, nomes, lugares, trazendo de volta todo o horror e a infelicidade. Explicou pequenos mistérios, ofereceu historinhas, consequências, um catálogo inteiro de traição. Chick não podia saber a metade. Eu queria dar as costas e ir embora, mas estava fascinado demais. Além disso, tinha prometido a Chick que ficaria ao lado de Rex. Eu não podia abandoná-lo. Esse era o jeito de Rex de ser meu amigo. Eu sabia como ele gostava de vingança. Ele realmente acreditava que os outros só fingiam não ter o mesmo prazer.

Eu tinha prometido passar a noite lá. Quando fui para a cama, não tinha nada a dizer para ele. Sabia como ele podia ser gentil, como tinha sido gentil com Jenny. Não conseguia imaginar uma crueldade tão complicada e elaborada. Por volta das três da madrugada, tomei dois comprimidos para dormir e acordei às oito de uma maravilhosa manhã ensolarada. Debaixo de um céu azul-acinzentado limpo, o granito cintilava e o vidro reluzia. Rex estava na grande cozinha de piso de pedra fazendo o café da manhã. Comi como se pudesse estar envenenado. Na entrada da garagem, ao lado do meu carro, eu o abracei. "Te amo, Rex", eu disse. E amava, mesmo naquele momento, em que mal conseguia olhar para ele. Ele pareceu parar e pensar. Em seguida, ficou com os olhos cheios de lágrimas e fez aquele ruído mudo que me acostumei a ouvir quando ele procurava uma palavra certa, o pequeno estalar dos lábios e a inspiração quando a encontrou.

"Eu também te amo", disse ele por fim.

Cheguei em casa naquela tarde. Tive que parar duas vezes para me acalmar. Lucinda ainda estava fora. Torci tanto para que ela chegasse em casa antes de mim. A luz do telefone estava piscando, avisando que havia uma mensagem. Tive uma premonição horrível de que tinha acontecido alguma coisa com ela. Mas era Rex, parecendo dramaticamente alegre, um sinal certeiro de que tinha bebido. "Oi, Mike! Sei que você deve estar fofocando com seu amigo vigário e seus Jack Russell. Obviamente, você não tem tempo a perder com o pobre e velho Rex..." E assim por diante até a máquina cortar a fala dele. Fiquei aliviado de ter demorado mais para chegar em casa. Quando Lu finalmente chegou com peixe empanado e batatas fritas do restaurante próximo, ela estava cheia demais das próprias frustrações com a mãe para reparar no meu humor, e expliquei que estava cansado por passar a noite acordado com Rex.

Vimos Rex algumas vezes depois disso. Como eu não conhecia realidade diferente, decidi tratar a maior parte do que ele me contou naquela noite como uma história elaborada de ficção. Eu devia estar certo. Dois meses depois, como se estivesse praticando comigo com aquela história de Jenny, ele começou a escrever de novo. Primeiro, fiquei aliviado, mas acabamos percebendo que ele não conseguia terminar nada. Ele tinha perdido o dom da narrativa, a sensação de futuro. Nós fizemos o que podíamos para encorajá-lo, para mantê-lo motivado. As ideias continuavam tão brilhantes quanto sempre tinham sido. Ele ligou para mim para ler alguns parágrafos iniciais pela secretária eletrônica, e eram tão bons, tão típicos de Rex em seu melhor momento, que Lucinda não me deixou apagar as mensagens. Quando eu estava em casa, ele era capaz de ler várias páginas, até um capítulo. Mas dois capítulos era o máximo que conseguia de qualquer coisa. Chick sempre foi quem ajudava com as construções. Depois que parei de editar, ele não me deixou mais fazer isso. Alegou que o diário de Chick o deixou incapaz de terminar uma história. "Pode ser porque eu sei como termina. Como todas terminam."

Rex tinha passado a vida contando histórias. Não havia muito que eu pudesse dizer. Ele ainda estava escrevendo poesia narrativa, e a cada quinze dias, mais ou menos, voltava a ligar com o começo de uma nova história, ainda deixando na máquina se não estivéssemos em casa.

Os problemas dele começaram a aumentar. Ao ligar para ele, eu soube que ele estava sendo ameaçado pelas autoridades porque não tinha enviado o formulário de imposto e que um pedreiro tinha largado pela metade o conserto do telhado da biblioteca para pegar outro trabalho, que a chuva estava encharcando os livros. Eu ia até lá e fazia o que podia, mas sempre precisava voltar para casa. Sentia uma culpa enorme e lembrava a promessa feita a Chick. Não que eu deixasse de lembrar a Rex o que Chick tinha mencionado, mas eu não podia estar lá o tempo todo. Era comum que ele parecesse se ressentir da nossa ajuda. Acho que o vinho em caixa que ele comprou pelo correio não ajudou. Ele comia muito, mas mal para um diabético, e apesar de todas as variações de desastres domésticos, que nós amigos resolvíamos bem entre nós, as coisas pareceram melhorar com o tempo. Pelo menos a ligação dele com a realidade pareceu se fortalecer. Ele desmoronava menos e começou a ir a algumas festas e conferências. Fez as pazes com os amigos que tinha insultado e foi perdoado por quase todos. Otimistas, falávamos dele como se estivesse voltando a ser quem sempre tinha sido. Ele estava introspectivo de uma forma positiva.

Quando outro mês de agosto chegou, ele pareceu bem positivo. Podia começar a se sentir infeliz, mas uma conversa logo o animava. Nós trocávamos fofocas ou tirávamos sarro de um bom amigo. Nós éramos assim. Ele também fazia piadas sobre Chick. Vi isso como outro sinal de cura. Lucinda sempre sabia quem era ao telefone por causa das gargalhadas. Falei com ele na primeira segunda-feira de setembro. Ele estava bêbado, mas não mais do que o habitual. Tinha me mandado um e-mail, ele disse. Isso era incomum. Ele odiava e-mails, via de regra. Então fui até o computador e lá estava. Rex raramente oferecia tantas revelações sobre si, e isso dava a sensação de uma conversa contínua, talvez com ele mesmo. Fiquei um pouco abalado. Tanto que fiz planos de ir vê-lo na semana seguinte. Era tão breve quanto chocante:

"A história que nunca escrevi foi a história da minha vida, da minha infelicidade por não conseguir convencer meu pai do meu valor. Me esforcei muito, mas nunca tive coragem e nem método para contar essa história. Sempre escrevi para impressionar. Os versos sempre tinham que ser espirituosos, a prosa, inteligente. Você lembra que contei quando éramos mais jovens do medo que eu tinha de baixar a guarda. A verdade não era tão importante quanto o sucesso para mim. Eu precisava impressionar as pessoas que meu pai aprovava. A opinião de mais ninguém importava tanto. Ou ele me via no *Saturday Evening Post* ou eu não existia como escritor." Acho que ele planejava dizer mais, mas era só isso que havia.

Na quinta-feira, Jimmy Cornish me ligou e me contou que Rex estava morto. O resto estava nos obituários. Morto, mas não perdoado.

Não consegui cumprir minha promessa a Chick. Eu não tinha encontrado as balas. Devia ter falado com o contador dele. Devia tê-lo ajudado a voltar para o AA. Eu nunca entendi o álcool. As pessoas precisam estar rolando na sarjeta e cantando "Nellie Dean" para que eu entenda. Deixei todos os sinais passarem e falhei em uma promessa solene. Não pela primeira vez. Nunca fiz nenhuma promessa que não pudesse cumprir para um filho, mas tinha o hábito de quebrá-las com adultos. Rex sabia exatamente o que estava fazendo. Não sou o único sobrevivente que ainda repassa as possibilidades na cabeça. Se eu tivesse encontrado a arma e a roubado... Se tivesse verificado quanto ele estava bebendo... Se tivesse ouvido com mais atenção...

Rex escreveu algumas ótimas histórias de terror. Quando o assunto era assombrar os amigos, ele era especialista. O que fez com Jenny me dizia que ele sabia exatamente o que estava tramando. As pessoas dizem que todas as histórias de terror são otimistas porque mostram uma crença na vida após a morte. Igualmente, todos os artistas são otimistas porque o ato da criação é otimista por si só. Os poemas e introduções de Rex ainda estão na nossa secretária eletrônica. Lu não quer apagá-los. Em uma noite ruim, eu sirvo uma taça de vinho e aperto o botão para ouvir a voz dele. Escuto os deboches delicados enquanto ele inventa uma história ultrajante sobre eu ter prendido o dedão do pé na torneira de água quente da banheira ou ter sido preso por vadiagem ao voltar de uma escalada. Ele sempre é cortado. Se estou a fim, escuto da forma como se escuta uma melodia doce e familiar.

Acho que esse foi o verdadeiro motivo pelo qual, depois da morte de Chick, Rex nunca chegou a completar nada. Só havia uma história que ele tinha para contar, e por hábito entranhado ele a reprimiu e escolheu o suicídio para não a escrever. "A História de Rex e Chick." Mesmo com tanto estresse, ele não a botou para fora. Tinha destruído os diários de Chick para garantir que não seria conhecida. E, depois, destruiu a si mesmo.

Em vez de ficar pensando nisso, eu escuto as fantasias familiares dele novamente. Depois, desligo a máquina, xingo o filho da mãe de mentiroso e covarde e sádico calculista pra caralho, pego um dos livros dele e vou para a cama, satisfeito, eu acho, de ainda ter algumas histórias minhas para contar e alguns amigos malditos para lembrar.

MICHAEL MOORCOCK já publicou livros de ficção científica e fantasia, assim como trabalhos mais abertamente literários. Como editor da revista *New Worlds*, ele ajudou a promover o movimento new wave na ficção científica, o que ajudou a tornar o gênero mais popular na literatura.

O

ELIZABETH HAND

O primeiro voo do Belerofonte *de McCauley*

SER DESIGNADO PARA A CABEÇA POR oito horas era a pior função do trabalho de segurança que se podia ter no museu. Mesmo agora, trinta anos depois, Robbie tinha sonhos em que andava da galeria de Primeiros Voos para a de Balões e Aeronaves e a de Sopa Cósmica, onde mais uma vez se via sozinho na escuridão, encarando o olhar vazio do famoso cientista entonando sua eterna aula sobre a natureza do universo.

"Lembra quando a gente achava que nada podia ser pior do que aquilo?" Robbie olhou com melancolia para o copo vazio e fez sinal para o garçom trazer outro Bourbon com Coca. Do outro lado da mesa, seu velho amigo Emery tomava cerveja.

"Eu gostava da Cabeça", disse Emery. Ele limpou a garganta e começou a recitar no mesmo tom portentoso que o famoso cientista empregava. "Trilhões e trilhões de galáxias entre as quais a nossa não passa de uma partícula de poeira cósmica. Fazia a gente pensar."

"Fazia a gente pensar em se matar", disse Robbie. "Quer saber quantas vezes eu ouvi aquilo?"

"Um trilhão?"

"Cinco mil." O garçom entregou uma bebida para Robbie, a quarta dele. "Vinte e cinco vezes por hora, vezes oito horas por dia, vezes cinco dias por semana, vezes cinco meses."

"Cinco mil não é muito. Principalmente quando você pensa naqueles trilhões de galerias. Eu quis dizer galáxias. Só cinco meses? Achei que você tivesse trabalhado lá mais tempo."

"Só naquele verão. Pareceu uma eternidade."

Emery tomou o resto da cerveja. "Muito tempo atrás, em uma galeria distante", disse ele, não pela primeira vez.

Trinta anos antes, o Museu de Aviação e Aeroespaço Americano tinha acabado de abrir. Robbie fez dezenove anos naquele verão, tinha acabado de largar a University of Maryland, morava em uma república em Mount Rainier. As oportunidades de emprego eram escassas; ganhar três dólares e quarenta centavos por hora como ajudante de segurança no museu mais novo do Smithsonian parecia preferível a ensacar compras no Giant Food. Todas as manhãs, ele batia o ponto no vestiário dos seguranças e vestia o uniforme. Em seguida, saía para fumar um baseado antes de descer para a reunião matinal e as tarefas do dia.

A maioria dos seguranças era mais velha do que Robbie, com passagens pelas forças armadas e um olho em carreiras futuras no departamento de polícia da capital ou no FBI. Ainda assim, eles o toleraram com brincadeiras bem-humoradas sobre o cabelo meio comprido e os olhos vermelhos. Todos, menos Hedge, o chefe de segurança. Ele era um homem enorme e de cabeça raspada, que ficava tricotando atrás de um console de monitores de vídeo de circuito fechado, observando turistas e guardas com expressão de desprezo entretido.

"O que você está fazendo?", Robbie perguntou uma vez. Hedge levantou as mãos para mostrar um cobertor de bebê com estampa complicada. "Que legal. Onde você aprendeu a tricotar?"

"Na prisão." Hedge apertou os olhos. "Está fumado de novo, Opie? Já chega. Galeria sete. Substitua Jones."

A pele de Robbie ficou gelada, depois quente de alívio quando percebeu que Hedge não o demitiria. "Sete, é? Tá, claro. Por quanto tempo?"

"Para sempre", disse Hedge.

"Ah, cara, você ficou com a Cabeça." Jones bateu palmas com alegria quando Robbie chegou. "É melhor ficar alerta, as crianças vão jogar coisas em você", disse ele, e saiu andando.

Dois projetores em lados opostos da sala escura emitiam raios gêmeos de luz prateada sobre a forma de cabeça feita de isopor. Robbie nunca conseguiu entender se tinham filmado o famoso cientista só uma vez ou se tiveram o trabalho de filmá-lo de dois ângulos diferentes.

Fosse lá como tivessem feito, a visão da Cabeça sem corpo era surpreendentemente eficiente: parecia um holograma flutuando no meio de centenas de estrelas cintilantes retroprojetadas que cobriam as paredes e o teto. O fator pavor era intensificado pela maneira ligeiramente intrigada da Cabeça piscar enquanto falava, como se o famoso cientista tivesse acabado de perceber que seu corpo tinha sumido e estivesse torcendo para mais ninguém reparar. Uma vez, quando estava muito chapado, Robbie jurou que a Cabeça tinha desviado do roteiro.

"O que dizia?", perguntou Emery. Na época, ele estava trabalhando na Galeria de Aviação Geral, operando um simulador de voo em que os turistas faziam passeios de três minutos.

"Alguma coisa sobre pêssegos", disse Robbie. "Eu não conseguia entender, ela meio que murmurava."

Todas as manhãs, Robbie parava em frente à entrada da Sopa Cósmica e via os turistas passarem pela entrada principal e entrarem no Salão de Voo. Acima, havia aeronaves lendárias penduradas no teto. O Wright Flyer de 1903, com o manequim de Orville; um planador de Lilienthal; o Bell X-1 em que Chuck Yeager rompeu a barreira do som. De um vão enorme no centro do salão surgia um Minuteman III ICBM, com as manchas cor de ferrugem ainda visíveis onde um manifestante tinha jogado um balde de sangue de porco alguns meses antes. Diretamente acima da entrada da galeria de Robbie ficava o *Spirit of St. Louis*. Os funcionários que trabalhavam no andar de cima do planetário se divertiam jogando clipes de papel nas asas dele.

Robbie fez uma careta com a lembrança. Tomou o que restava do Bourbon e suspirou. "Foi muito tempo atrás."

"*Tempus fugit*, baby. Pensando nisso..." Emery enfiou a mão no bolso para pegar um BlackBerry. "Dá uma olhada nisso. É de Leonard."

Robbie esfregou os olhos e leu.

De: l.scopes@MAAA.SI.edu
Assunto: Doença trágica
Data: 6 de abril, 19:58:22
Para: emeryubergeek@gmail.com

Prezado Emery,

Acabei de saber que nossa Maggie Blevin está muito doente. Escrevi para ela no Natal e não recebi resposta. Fuad El-Hajj diz que ela foi diagnosticada com câncer de mama em estágio avançado no último outono. O prognóstico não é bom. Ela ainda está na área de Fayetteville, e soube que está internada em um lar para doentes terminais. Quero fazer uma visita, mas não sei bem como vai ser. Tenho uma coisa para dar para ela, mas preciso falar com você sobre isso.

L.

"Ahhh." Robbie suspirou. "Meu Deus, isso é horrível."

"É. Me desculpe. Mas achei que você ia querer saber."

Robbie apertou o alto do nariz. Quatro anos antes, sua esposa, Anna, tinha morrido de câncer de mama, deixando-o boiando em uma dor tão profunda que pareceu que ele tinha sido envenenado, como se suas veias tivessem sido bombeadas com os mesmos medicamentos que não conseguiram salvá-la. Anna era enfermeira de oncologia, um fato que no começo ofereceu material para um certo humor negro, mas no final os privou até mesmo das menores esperanças falsas advindas da negação ou da fé em terapias alternativas.

Não havia tempo para nada disso. Zach, o filho deles, tinha acabado de fazer doze anos. Entre a própria dor e a reação subsequente de Zach, Robbie ficou tão deprimido que começava a servir o primeiro copo de Bourbon com Coca antes do menino sair para a escola. Dois anos depois, ele foi demitido do emprego na comissão de parques do condado.

Ele agora trabalhava no departamento de expedição da Small's, uma loja de descontos em um shopping desolado que parecia a ruína de um aeroporto regional. Robbie achava bizarramente consolador. Lembrava-o do museu. Os mesmos átrios genéricos e tapetes industriais; a mesma luz do sol fraca e filtrada pelo vidro com película; as mesmas pessoas de rostos vazios andando da Dollar Store para a Sunglass Hut, da mesma forma como iam da Galeria de Aviação Geral para a Sopa Cósmica.

"Pobre Maggie." Robbie voltou o olhar para o BlackBerry. "Eu não pensava nela havia anos."

"Vou ver Leonard."

"Quando? Pode ser que eu vá com você."

"Agora." Emery colocou uma nota de vinte embaixo da garrafa de cerveja e se levantou. "Você vem comigo."

"O quê?"

"Você não pode dirigir, está momado. Se for preso de novo, vai perder a habilitação."

"Preso? Quem vai ser preso? E eu não estou momado, estou..." Robbie pensou. "Mamado. Você pronunciou errado."

"Tanto faz." Emery segurou o ombro de Robbie e o empurrou na direção da porta. "Vamos."

Emery dirigia um híbrido caro que podia ir de Rockville a Utica, em Nova York, com um único tanque de gasolina. A placa personalizada dizia MARVO e era ladeada por adesivos de para-choque com mensagens como ARMAS NÃO MATAM PESSOAS: PHASERS TIPO 2 MATAM PESSOAS e VAI SE FERRAR!, assim como vários slogans que Emery dizia que estavam em klingon.

Emery era a única pessoa que Robbie conhecia que era meio famosa. No começo dos anos 1980, ele criou um programa de televisão em um canal a cabo local, chamado *O Espaço-Tempo Secreto do Capitão Marvo*, gravado no porão dos pais dele e apresentando Emery com roupa de papel alumínio atrás de um console de uma nave espacial de papelão. O Capitão Marvo assistia a episódios gravados de séries de ficção científica de baixo orçamento dos anos 1950, com títulos como *PAYLOA.D.: MOONDUST*, enquanto discutia com o copiloto, um boneco caseiro feito por Leonard, chamado Mungbean.

O programa era bem engraçado para quem estava chapado. O Capitão Marvo virou um sucesso cult, depois um sucesso real quando um canal grande passou a exibi-lo de madrugada. Emery abandonou o emprego no museu e alugou tempo de estúdio em Baltimore. Vendeu os direitos depois de alguns anos, e foi imediatamente substituído por um ator bonitão vestido em lurex com um robô reluzente como parceiro. O show se arrastou por uma temporada e morreu. Os fãs de Emery alegavam que foi porque o herói preguiçoso foi deixado de lado.

Mas talvez fosse só o fato de que as pessoas não estavam tão chapadas quanto antes. Atualmente, o programa tinha uma sobrevida surpreendente na internet, onde o filho de Robbie, Zach, via com os amigos, e Emery fazia um negócio pontual de venda de suvenires pelo site oficial do Capitão Marvo.

Eles levaram quase uma hora para chegar a Washington e encontrar uma vaga perto do shopping, tempo suficiente para Robbie ficar sóbrio a ponto de desejar ter ficado no bar.

“Aqui.” Emery lhe deu uma bala de menta sem açúcar para o hálito, depois ajeitou a gola da camisa de Robbie, verde-limão com SMALLS bordado em roxo. “Cristo, Robbie, você está péssimo.”

Ele esticou a mão para o banco de trás e pegou uma camiseta preta na bolsa da academia. “Aqui, vista isto.”

Robbie trocou de camisa e saiu para a calçada, cambaleando. Eles estavam em meados de abril, mas já estava abafado; o ar cintilava acima do asfalto e tinha um cheiro doce de flor de maçã e de gás de inúmeros aparelhos de ar-condicionado. Só quando se aproximou da entrada do museu e viu seu reflexo em uma parede de vidro foi que Robbie notou que a camiseta tinha a estampa do rosto jovem de Emery com o capacete de alumínio acima das palavras CAPITÃO, MEU CAPITÃO.

“Você usa sua própria camiseta?”, perguntou ele enquanto seguia Emery pela porta.

“Só na academia. Não tinha mais nada limpo.”

Eles esperaram junto ao balcão de segurança enquanto um guarda verificava seus documentos, ligava para a sala de Leonard, os admitia e tirava suas fotos antes de finalmente emitir um passe de visitantes.

“Vocês vão ter que esperar que Leonard os leve até lá em cima”, disse o guarda.

"Não é mais como antigamente, né, Robbie?" Emery passou um braço em volta de Robbie e o guiou até o Salão de Voo. "Não tinha muito escaneamento ocular no seu turno de trabalho."

O museu não tinha mudado muito. As mesmas aeronaves e cápsulas espaciais cintilavam acima. Turistas se amontoavam em torno da pirâmide de acrílico com pedaços de pedra lunar. Homens bronzeados com cortes de cabelo militares e tatuagens espiavam uma imitação da cabine de um F-15. Tudo tinha aquele cheiro de museu velho: tapete sujo, graxa, o odor de roupa molhada que vinha dos *réchauds* da lanchonete.

Mas a Cabeça não existia mais. Robbie se perguntava se alguém se lembrava do famoso cientista, morto havia tantos anos. A Galeria de Aviação Geral, onde Emery e Leonard operavam os simuladores de voo e onde conheceram Maggie Blevin, era agora dedicada a Voo Pessoal, com modelos de propulsores a jato usados por manequins assustadoramente reais.

"Leonard elaborou aquilo." Emery parou para olhar uma figura do tamanho de uma criança que parecia flutuar sobre um skate movido a energia solar. "Ele poderia ter ido trabalhar em Hollywood."

"Não é tarde demais."

Robbie e Emery se viraram e viram o antigo colega logo atrás.

"Leonard", disse Emery.

Os dois homens se abraçaram. Leonard deu um passo para trás e inclinou a cabeça. "Robbie. Eu não esperava por você."

"Surpresa", disse Robbie. Eles apertaram as mãos, constrangidos. "É bom ver você, cara."

Leonard forçou um sorriso. "Você também."

Eles foram para o elevador de funcionários. Antigamente, o cabelo de Leonard era comprido e vividamente louro. Caía solto pelas costas do paletó do uniforme amarelo-bosta, elaborado para parecer um paletó de piloto, que ele e Emery e os outros funcionários da Aviação Geral usavam quando faziam seu show para os turistas ansiosos para pegar os controles dos seus simuladores Link Trainer. Com o belo visual refinado e os olhos cinzentos e severos, Leonard era o único funcionário que realmente aparentava ser piloto.

Agora, ele parecia um cruzamento entre Obi-Wan Kenobi e Willie Nelson. O cabelo estava branco e caía em duas tranças que chegavam quase à cintura. Em vez do uniforme de poliéster vagabundo, ele usava uma túnica branca de linho, um colar de turquesa e coral sem polimento, uma calça preta larga presa dentro de botas gastas de caubói e um alargador no formato de crânio do tamanho do polegar de Robbie. Na gola cintilava a imitação barata de asas de piloto que antes já tinha enfeitado seu paletó do uniforme do museu. Leonard sempre levou seus deveres a sério, principalmente depois que Margaret Blevin chegou como a primeira curadora do museu de Protovoo. A recusa de Robbie de fazer o mesmo, ainda que bem depois de ter saído do museu, resultou em uma considerável fricção entre eles ao longo dos anos.

Robbie limpou a garganta. "Então, hum. Com o que você está trabalhando agora?" Ele queria não estar usando a camiseta idiota de Emery.

"Vou mostrar", disse Leonard.

No andar de cima, eles seguiram para o antigo laboratório de fotografia, agora um centro de imagens cheio de computadores, câmeras digitais, escâneres.

"Ainda revelamos filmes aqui", disse Leonard enquanto eles andavam por um corredor cheio de fotos penduradas da produção de *O Dia em que a Terra Parou* e *A Mulher na Lua*. "Negativos, películas cinematográficas velhas... As pessoas ainda nos mandam coisas."

"Alguma coisa interessante?", perguntou Emery.

Leonard deu de ombros. "Às vezes. Nunca se sabe o que podemos encontrar. Isso é parte do legado de Maggie — sempre estamos abertos à possibilidade de descobrir uma coisa nova."

Robbie fechou os olhos. A voz de Leonard fazia seus dentes doerem. "Lembra que ela guardava uma garrafa de uísque naquela gaveta lateral, embaixo da bolsa?", disse ele.

Leonard franziu a testa, mas Emery riu. "É! E era dos bons."

"Maggie tinha muita classe", disse Leonard com tom sério.

Seu babaca pomposo, pensou Robbie.

Leonard digitou um código e abriu uma porta. "Vocês talvez se lembrem de quando isto era um depósito."

Eles entraram. Robbie se lembrava daquele lugar — uma vez tinha feito sexo ali com uma funcionária da Aviação Geral cujo nome já tinha esquecido. Era um depósito de bom tamanho na época, com um aroma estranho e adocicado dos rolos de filme empilhados nas prateleiras.

Agora, era um escritório lotado. As prateleiras estavam abarrotadas de livros e relatórios curatoriais que datavam de 1981, e de caixas de arquivo que guardavam deus sabia o quê — a candidatura original de Leonard a um emprego no governo, talvez. Um casaco tinha sido jogado no chão em um canto. Havia uma mesa grande de metal coberta de vidros de esmalte de unha, e uma cadeira de rodinhas antiga que Robbie se lembrava vagamente de ter usado durante o encontro amoroso do horário de almoço.

Mas o principal na sala eram as coisas de Leonard: dioramas pequeninos de papelão, modelos de cápsulas espaciais e dirigíveis. Tinha um cheiro sufocante de esmalte de unha. Também estava muito fria.

"Cara, você deve congelar aqui." Robbie esfregou os braços.

Emery pegou um dos vidrinhos. "Você vai tirar licença de manicure?"

Leonard indicou a mesa. "Estou pintando com esmalte agora. Dá para conseguir uns efeitos bem diferenciados."

"Aposto que dá", disse Robbie. "Você fica cheirando esmalte." Ele espiou as prateleiras, impressionado, apesar de contra a própria vontade. "Caramba, Leonard. Você fez tudo isso?"

"Pode ter certeza de que fiz."

Quando Robbie conheceu Leonard, os dois eram apenas seguranças de grau I. Naquela época, Leonard colecionava clipes de papel e ia com uma bicicleta Schwinn velha para o trabalho. Ele distraía os turistas fazendo animais de balão. No tempo livre, criou Mungbean, o amigo robô do Capitão Marvo, usando uma lâmpada queimada e algumas velas de ignição.

Ele também fazia estranhos desenhos a tinta, centenas deles. Balões dos irmãos Montgolfier com rostos sinistros; vários B-52 carregando bolhas de sabão; caricaturas do diretor do museu e dos curadores seniores como cães de caça farejando o traseiro dos outros.

Foi esse último, desenhado em um pedaço de folha de bloco amarelo, que Margaret Blevin pegou no primeiro passeio pela Galeria de Aviação Geral. O desenho caiu do paletó de Leonard; ele viu, horrorizado, o vice-diretor do museu se abaixar para pegar o papel amassado.

"Com licença", disse a mulher ao lado do diretor. Ela era pequena, com quarenta e poucos anos, cabelo ruivo ondulado e brincos de argola enormes, usava uma túnica de estampa indiana por cima de uma calça azul-céu e tamancos de couro. Ela pegou o desenho, enfiou no bolso e continuou o passeio pela galeria. Depois que o vice-diretor saiu, a mulher foi até onde Leonard estava, ao lado do simulador de voo, suando dentro do paletó de poliéster enquanto supervisionava um garoto gordo com camiseta do Chewbacca. Quando o garoto saiu do simulador, a mulher mostrou o papel amassado.

"Quem fez isso?"

Os outros dois funcionários — um deles era Emery — balançaram a cabeça.

"Fui eu", disse Leonard.

A mulher dobrou o dedo. "Vem comigo."

"Estou sendo despedido?", perguntou Leonard enquanto a seguia para fora da galeria.

"Não. Sou Maggie Blevin. Nós vamos fechar aqueles simuladores Link Trainer e vamos transformar esse lugar numa nova galeria. Eu sou a encarregada. Preciso de alguém que comece a catalogar coisas para mim e talvez fazer alguns desenhos preliminares. Quer o trabalho?"

"Quero", gaguejou Leonard. "Digo, claro."

"Ótimo." Ela amassou o desenho e jogou no lixo. "Seus talentos estavam sendo desperdiçados. Aquilo ali parece a bunda do diretor."

"Se ele fosse um cachorro", disse Leonard.

"Ele é um filho da puta, e isso já chega bem perto", disse Maggie. "Vamos ao departamento pessoal."

A descrição da posição atual de Leonard dizia Especialista em Efeitos do Museu, Nível 9, Grau 10. Nas duas últimas décadas, ele criou figurinos e modelos para as exposições do museu. Não aviões de combate e nem aeronaves comerciais — havia uma divisão inteira de profissionais que cuidavam disso.

O trabalho de Leonard era mais refinado, como evidenciado pelas dezenas de máquinas de voo empoleiradas onde quer que houvesse espaço na salinha. Foguetes, aeródromos em forma de asas de morcego, biplanos e triplanos e discos voadores, muitos deles listrados e com bolinhas e cobertos, sim, de esmalte de unha em cores de circo, de forma que pareciam feitos de balas de arco-íris.

A especialidade dele eram aeronaves que nunca tinham efetivamente levantado voo; de muitas formas, aeronaves que nunca foram feitas para voar. Criptoaviação, como um curador insatisfeito as batizou. Ele trabalhava a partir de planos e fotografias, desenhos e materiais impossíveis de categorizar que ele encontrou nos arquivos que Maggie Blevin foi contratada para organizar. Ficavam guardados em um conjunto de arquivos de carvalho dos anos 1920. Oficialmente, o arquivo era conhecido como Coleção Pré-Langley. Mas todo mundo no museu, inclusive Maggie Blevin, chamava aquilo de Arquivo Maluco.

Depois da fatídica promoção de Leonard, às vezes Robbie e Emery batiam o ponto no fim do dia, subiam as escadas e andavam até o canto dele na biblioteca. Era possível fazer isso naquela época — andar pelas salas de trabalho e áreas de depósito, pela biblioteca e pelos arquivos, sem ter que se registrar nem pegar um passe especial ou liberação da segurança. Robbie só acompanhava, mas Emery era fascinado pelas coisas que Leonard encontrava no Arquivo Maluco. Fotos granuladas em preto e branco de supostos OVNIS; relatos de encontros com cosmonautas russos falecidos no deserto de Nevada; um relato de uma cerimônia de casamento raeliana à qual compareceu um globo vermelho iluminado. Havia também uma caixa grande doada pela viúva de um lendário cientista de foguetes, que acabou se revelando cheia de pornografia dos anos 1950 de fetiche por pés, e com uma filmagem em dezesseis milímetros de vários pioneiros de voo fazendo uma coisa indecorosa com um porco malhado.

"O que aconteceu com aquele filme do porco?", perguntou Robbie enquanto admirava um biplano com ailerons listrados de roxo.

"Foi recolhido", disse Leonard.

Ele tirou as coisas da cadeira e fez sinal para Emery se sentar, depois se empoleirou na beirada da mesa. Robbie procurou outra cadeira, em vão, e acabou se sentando no chão ao lado de uma cesta de lixo cheia de vidros de esmalte vazios.

"Eu tenho um plano", anunciou Leonard. Ele olhou fixamente para Emery, como se eles estivessem sozinhos na sala. "Para ajudar a Maggie. Lembra do *Belerofonte*?"

Emery franziu a testa. "Vagamente. Aquela filmagem velha de um acidente de avião?"

"*Suposto* acidente. Nunca encontraram os destroços, todo mundo só supôs que tinha caído. Mas, sim, aquele era o *Belerofonte* — era do clipe que passava na nossa galeria. A galeria de Maggie."

"Isso mesmo... o filme que queimou!", disse Robbie. "É, eu me lembro, o filme ficou preso em um dente da roda, sei lá. Os detectores de fumaça dispararam, e evacuaram o museu todo. Pegaram no pé da Maggie por causa disso, acharam que ela tinha instalado o equipamento errado."

"Ela não instalou nada errado", disse Leonard com irritação. "Um dos caras da parte técnica fez besteira na instalação — ele me contou alguns anos atrás. Não fez a ventilação adequada, a lâmpada do projetor esquentou demais e o filme pegou fogo. Ele disse que sempre se sentiu mal pelo problema que ela teve."

"Mas ela não foi demitida por isso." Robbie deu um olhar de lado para Leonard. "Foi o OVNI..."

Emery o interrompeu. "Estavam atrás ela", disse ele. "Ah, Rob, todo mundo sabia — todos aqueles antigos militares mandando neste lugar, nenhum aguentava o fato de ter uma mulher envolvida. Não se ela não fosse da força aérea nem merda do tipo. Eles só levaram alguns anos. Os filhos da puta. Eu até fiz uma campanha para escrevermos cartas. Mas não ajudou."

"Nada teria ajudado." Leonard suspirou. "Ela era uma visionária. *É* uma visionária", acrescentou ele rapidamente. "E é por isso que quero fazer isso..."

Ele pulou da mesa, remexeu em um canto e pegou uma caixa grande de papelão.

"Sai", ordenou ele.

Robbie ficou de pé. Leonard começou a tirar coisas da caixa e a colocá-las cuidadosamente na mesa. Emery se levantou para abrir espaço e ficou ao lado de Robbie. Eles viram Leonard arrumar pilhas de papel, fotos com pontas dobradas, plantas meio apagadas e um velho visualizador de slides de 35 milímetros, junto com vários envelopes pardos fechados com barbante vermelho. Finalmente, ele se ajoelhou ao lado da caixa e enfiou a mão dentro dela com cuidado.

"Acho que o bebê de Lindbergh está aí", sussurrou Emery.

Leonard se levantou com uma coisa aninhada nas mãos, se virou e a colocou no meio da mesa.

"Puta merda." Emery assobiou. "Leonard, você se superou."

Robbie se agachou para poder olhar de frente: era o modelo de uma espécie de máquina voadora, embora parecesse impossível que alguém, até mesmo Leonard ou Maggie Blevin, pudesse ter sonhado que voaria. Tinha um corpo em formato de zepelim, com nariz pontudo como o de um Lockheed Starfighter, um pouco inclinado para cima. Suspensa embaixo disso havia uma cesta cheia de pequenas engrenagens e correntes, e embaixo ficava um dispositivo com três rodas, como um velocípede, só que as rodas tinham dezenas de abas imóveis, cada uma do tamanho de uma unha, e até pequenas hélices.

E para todos os lados havia asas, surgindo de cada centímetro do corpo da aeronave em uma explosão de lona e cortiça e papel e gaze. Asas em formato de pássaros, asas em formato de morcegos; asas quadradas como as de uma pipa cúbica, elevadores e cones ocos de arame; tubos longos que, quando Robbie olhava dentro, eram cheios de placas reguladoras e abas. Ailerons e suportes formavam um ziguezague entre elas, presos com um fino fio dourado e um monofilamento que pareciam cabelo humano. Cada pedacinho estava pintado em tons vibrantes de violeta e esmeralda, escarlate e fúcsia e dourado, e aqui e ali havia objetos brilhantes colocados na superfície reluzente: pedacinhos de espelho ou de vidro colorido; uma carapaça de besouro; pontinhos de mica.

Acima de tudo, surgindo da fuselagem como a cúpula de um cogumelo enorme, havia um guarda-sol de penas feito de bambu curvo e seda multicolorida.

Era como olhar para o Wright Flyer por um caleidoscópio.

"Que incrível!", exclamou Robbie. "Como você fez isso?"

"Agora vamos ter que ver se voa", disse Leonard.

Robbie se empertigou. "Como é que essa coisa vai poder voar?"

"O original voou." Leonard se encostou na parede. "Minha teoria é que, se pudermos replicar as mesmas condições — *exatamente as mesmas* condições —, vai dar certo."

"Mas." Robbie olhou para Emery. "O original não voou. Caiu. Quer dizer, supostamente."

Emery assentiu. "Além do mais, tinha um cara dentro. McCartney..."

"McCauley", disse Leonard.

"Isso, McCauley. E você sabe, Leonard, que ninguém vai caber nisso aí, né?" Emery lançou um olhar alarmado para ele. "Você não está pensando em fazer um modelo em tamanho natural, está? Porque seria uma insanidade."

"Não." Leonard passou o dedo pelo alargador de crânio na orelha. "Eu vou fazer outro filme — vou replicar o original, e vou fazer com tanta perfeição que Maggie nem vai perceber que *não* é o original. Já tenho tudo planejado." Ele olhou para Emery. "Posso filmar no digital se você me emprestar uma câmera. Assim, posso editar no laptop. E depois, vou levar até Fayetteville para ela ver."

Robbie e Emery se olharam.

"Bem, não é uma insanidade total", disse Robbie.

"Mas Maggie sabe que o original foi destruído", disse Emery. "Eu estava lá, eu lembro — ela viu. Nós todos vimos. Ela está com câncer, né? Não com Alzheimer e nem demência, nem, sei lá, amnésia."

"Por que você não faz só alguma coisa no Photoshop?", perguntou Robbie. "Pode dizer que foi uma homenagem. Assim..."

O olhar de Leonard ficou gelado. "Não é uma homenagem. Eu vou para Cowana Island, assim como McCauley foi, e vou recriar o primeiro voo do *Belerofonte*. Vou filmar e editar. E, quando estiver pronto, vou dizer para a Maggie que encontrei uma cópia nos arquivos. Ela ficou de coração partido quando aquela filmagem pegou fogo. Eu vou devolver para ela."

Robbie olhou para o sapato para que Leonard não visse sua expressão. Depois de um momento, ele disse: "Quando Anna estava doente, eu queria fazer isso. Voltar a um lugar perto de Mount Washington, onde ficamos antes de Zach nascer. Tínhamos fotos ótimas andando de canoa lá, o lugar era tão lindo. Mas era inverno, e eu disse que devíamos esperar para ir no verão".

"Eu não vou esperar." Leonard mexeu nos papéis na mesa. "Tenho isso..."

Ele abriu um envelope pardo e tirou vários envelopinhos de papel vegetal. Examinou um e entregou para Emery.

"Isso foi o que sobreviveu da filmagem original, que na verdade *não* era a filmagem original — a original foi feita em 1901, em filme de nitrato de celulose. Foi o que Maggie e eu encontramos quando começamos a mexer no Arquivo Maluco. Só que a película de nitrato é como uma bomba relógio tiquetaqueando. Então o laboratório copiou para um filme mais seguro, que é o que vocês estão vendo."

Emery ergueu o filme contra a luz. Robbie ficou parado ao lado dele, os olhos apertados. Cinco quadros, em tons de âmbar e verde, com imagens borradas que podiam ser arbustos ou nuvens ou estrago da fumaça, até onde Robbie conseguia ver.

Emery perguntou: "Quantos quadros você tem?".

"No total? Setenta e dois."

Emery balançou a cabeça. "Não é muito, né? Quanto tempo tinha, quinze segundos?"

"Dezessete segundos."

"Vezes vinte e quatro quadros por segundo... Então, de uns quatrocentos quadros, só sobrou isso."

"Não. Na verdade, era menos do que isso, porque era um filme mudo, que funciona com uns dezoito quadros por segundo, e corrigiram a velocidade. Então, eram uns trezentos quadros, o que quer dizer que temos mais ou menos um quarto da película." Leonard hesitou. Olhou para cima. "Pode trancar essa porta, Robbie?"

Robbie o fez, se virou e viu Leonard agachado no canto, puxando o casaco para o lado e revelando um cofre de metal. Ele tirou a tampa de cima.

A caixa estava cheia de água — Robbie *esperava* que fosse água. "Isso é um aquário?"

Leonard o ignorou, arregaçou as mangas e enfiou as duas mãos na água. Com muito, muito cuidado, retirou outra caixa de metal. Colocou--a no chão, pegou o casaco e secou meticulosamente a tampa, depois se virou para Robbie.

"Sabe, talvez seja melhor destrancar a porta. Para o caso de a gente precisar sair rápido."

"Jesus Cristo, Leonard, o que é?", perguntou Emery. "Cobras?"

"Não." Leonard tirou uma coisa da caixa, e Emery se encolheu ao ver uma fita se desenrolar no ar. "É o que sobrou da filmagem original — o filme de 1901."

"Isso é nitrato?" Emery ficou olhando para ele, incrédulo. "Você *está* louco! Como conseguiu?"

"Cortei antes que destruíssem a película. Acho que não tem problema — eu tiro da caixa todos os dias para não ter acúmulo de gases. E não parece interagir com os vapores dos esmaltes. É a parte em que dá para ver McCauley, quando tem a melhor imagem do avião. Está vendo?"

Ele pendurou o filme na frente de Emery, que recuou na direção da porta. "Guarda, guarda!"

"Posso ver?", pediu Robbie.

Leonard olhou para ele, avaliando-o, e assentiu. "Segura por essa ponta..."

Os olhos de Robbie demoraram alguns segundos para se focarem direito. "Você está certo", disse ele. "Dá para ver ele... Bem, dá para ver alguém. E dá para perceber que é um avião."

Ele devolveu a película para Leonard, que a guardou com cuidado, primeiro na lata e depois no cofre cheio de água.

"Você pode ser preso por isso." Emery assobiou sem acreditar. "Se essa coisa explodisse? O museu todo podia pegar fogo."

"Você fala como se isso fosse uma coisa ruim." Leonard colocou o casaco em cima do cofre e começou a rir. "De qualquer modo, agora acabou. Fui ao laboratório uma noite e fiz uma cópia. Essa cópia está em casa. E aquela..."

Ele inclinou a cabeça na direção do canto da sala. "Vou levar o nitrato para casa e fazer um funeral viking no quintal. Podem ir se quiserem."

"Hoje?", perguntou Robbie.

"Não. Eu tenho que trabalhar até tarde, compensar umas coisas atrasadas antes de sair da cidade."

Emery se encostou na porta. "Aonde você vai?"

"Para a Carolina do Sul. Já falei. Vou para Cowana Island e..." Robbie sentiu um odor de acetona quando Leonard pegou o *Belerofonte*. "Vou fazer essa coisa voar."

"ELE ESTÁ MESMO PIRADO. Quando foi a última vez que ele viu a Maggie?" perguntou Robbie quando Emery o estava levando de volta ao shopping. "Eu ainda não sei bem o que aconteceu além da coisa do OVNI."

"Ela descobriu que ele estava transando com outra pessoa. Foi feio. Ela tentou fazer com que ele fosse despedido; ele procurou Boynton e disse que Maggie estava dedicando todo aquele tempo e dinheiro a estudar OVNIS. Infelizmente, era verdade. Fizeram uma auditoria, e ela teve algum tipo de ataque nervoso antes mesmo que pudessem mandá-la embora."

"Que babaca."

Emery suspirou. "Foi horrível. Leonard não fala sobre isso. Acho que nunca superou. Nunca a esqueceu."

"É, mas..." Robbie balançou a cabeça. "Ela deve ter o que, uns vinte anos a mais do que nós? Eles nunca teriam ficado juntos. Se ele se sente tão mal, devia só ir vê-la. Essa outra coisa é loucura."

"Acho que talvez os vapores tenham afetado a cabeça dele. Tem nitrocelulose no esmalte também. Pode ter provocado alguma coisa no cérebro."

"Isso é possível?"

"É uma teoria", disse Emery, pensativo.

A casa de Robbie ficava em um bairro abandonado nos arredores de Rockville. A casa era pequena, um bangalô com revestimento de madeira prensada, base de concreto rachado e os restos de um jardim que Anna tinha plantado. Uma picape GMC verde com documento vencido estava estacionada na entrada. Robbie espiou dentro da cabine. Estava cheia de garrafas vazias de Bud Light.

Dentro de casa, Zach estava reclinado sobre uma escrivaninha ao lado do amigo Tyler, dono da picape. Os dois estavam olhando com atenção para uma tela de computador.

"E aí?", disse Zach, sem afastar o olhar.

"Tudo bem", disse Robbie. "Contato visual."

Zach olhou para ele. Era magro, com os cachos densos e louros de Anna reduzidos a um corte raspado que Robbie odiava. Tyler era alto e desengonçado, com cabelo preto comprido e óculos com aros de metal. Os dois gostavam de camisetas tie-dye e shorts quadriculados que faziam os dois parecerem estar sempre de férias.

Robbie foi até a cozinha pegar uma cerveja. "Vocês comeram?"

"A gente comeu quando estava vindo para casa."

Robbie tomou a cerveja e olhou para os dois. A casa tinha um cheiro que Emery uma vez descreveu como de solteirão fracassado. Roupas sujas, cerveja derramada, fumaça de maconha. Robbie não fumava havia anos, mas Zach e Tyler tinham assumido a tarefa. Robbie gritava com eles, mas acabou desistindo. Se seu exemplo deprimente não era suficiente para dar um jeito neles, o que seria?

Depois de um minuto Zach olhou de novo. "Camisa bonita, pai."

"Valeu, filho." Robbie se sentou em um pufe. "Emery e eu passamos no museu e vimos Leonard."

"Leonard!" Tyler caiu na gargalhada. "Leonard é tão fofo! Ele é o cara mais maluco do mundo."

"Todos os amigos do meu pai são malucos", disse Zach.

"É, mas Emery é legal. Enquanto esse Leonard só é pirado."

Robbie assentiu com seriedade e terminou a cerveja. "Leonard é mesmo pirado. Ele vai fazer um filme."

"Um filme de verdade?", perguntou Zach.

"Está mais para um filme caseiro. Ou, sei lá... ele quer reproduzir outro filme, um que já foi feito, fazer tudo de novo. Quadro a quadro."

Tyler assentiu. "Tipo *O Chamado* e *Ringu*. Qual é o filme?"

"Dezessete segundos de um avião caindo, de 1901. A imagem original foi destruída, e ele quer refazer a coisa toda."

"Um avião caindo?" Zach olhou para Tyler. "A gente pode assistir?"

"Não é um avião caindo de verdade — ele vai usar um modelo. Quer dizer, eu acho."

"Existiam aviões nessa época?", perguntou Tyler.

"Ele devia botar no YouTube", disse Zach, e se virou para o computador.

"Tá, agora saiam." Robbie esfregou a cabeça com cansaço. "Preciso entrar na internet."

Os garotos discutiram, mas desistiram logo. Tyler foi embora. Zach pegou o celular e foi para o quarto no andar de cima. Robbie pegou outra cerveja, se sentou na frente do computador e saiu do jogo que eles estavam jogando, depois digitou MCCAULEY BELEROFONTE.

Só apareceram uns doze resultados. Ele passou os olhos por todos e clicou no verbete sobre Ernesto McCauley na Wikipedia.

> *McCauley, Ernesto (18??—1901), inventor americano cuja excêntrica aeronave, o* Belerofonte, *supostamente voou por dezessete segundos antes de cair durante um voo de teste em 1901, em Cowana Island, Carolina do Sul, resultando na morte de McCauley. Nos anos 1980, alegações de que esse voo foi bem-sucedido e de que era anterior ao dos irmãos Wright em dois anos foram feitas por uma especialista do Smithsonian, com base em filmagens de arquivo. As alegações foram desconsideradas, e o registro em filme infelizmente se perdeu em um incêndio. Curiosamente, nenhum outro registro de McCauley e da aeronave foi encontrado.*

Robbie tomou um grande gole de cerveja e digitou MARGARET BLEVIN.

> *Blevin, Margaret (1938—), historiadora cultural influente cujo trabalho revolucionário sobre o início da aviação lhe rendeu o apelido "Magnífica Blevin". Durante seu trabalho no Museu de Aviação e Aeroespaço Americano, do Smithsonian, Blevin reformou a Galeria de Aviação Geral para exibir pioneiros menos conhecidos da aviação, inclusive Charles Dellschau e Ernesto McCauley, assim como...*

"'Magnífica Blevin'?", disse Robbie, rindo. Ele pegou outra cerveja e continuou a leitura.

> *Mas o impacto mais duradouro de Blevin na história da aviação foi seu best-seller de 1986,* Asas para a humanidade!, *no qual ela apresenta um relato dramático e visionário sobre os aspectos místicos do voo, desde Ícaro aos irmãos Wright e além. A premissa central é a de que, um milênio atrás, uma raça benevolente povoava a Terra e deixou locais isolados com a capacidade de engendrar voos criados por humanos. "Nós sonhamos em voar porque o voo é nosso direito de nascença", escreveu Blevin, e desde sua publicação,* Asas para a humanidade! *nunca ficou sem reedição.*

"Foi Leonard que escreveu essa porcaria!"

"O quê?" Zach desceu a escada bocejando.

"Esse verbete da Wikipedia!" Robbie apontou para a tela. "O livro nunca foi um best-seller — ela colocou na loja do museu às escondidas e ninguém nunca comprou. O único motivo para continuar disponível foi porque ela mesma publicou."

Zach leu o texto por cima do ombro do pai. "Achei legal."

Robbie balançou a cabeça com firmeza. "Ela era completamente doida. Obcecada por essas porcarias de new age, alienígenas, círculos nas plantações. Ela achava que os aviões só podiam voar de certos lugares, e que é por isso que todos os primeiros voos caíram. Não por haver algo de errado no design da aeronave, mas porque todas estavam decolando do lugar errado."

"Então como é que tem aeroportos em todo lugar?"

"Ela nunca resolveu essa parte."

"'Nós temos que aceitar nossa herança galáctica, a dimensão espiritual do voo humano, para que não fiquemos acorrentados à terra para sempre'", leu Zach na tela. "Ela estava no avião que caiu?"

"Não, ela ainda está viva. Aquilo era só uma obsessão dela. Ela achava que o cara que inventou aquele avião fez ele voar alguns anos antes dos irmãos Wright realizarem o voo deles, mas nunca conseguiu provar."

"Mas diz que tinha um filme", disse Zach. "Alguém viu acontecer."

"Isso aqui é a Wikipedia." Robbie olhou para a tela com desprezo. "Qualquer um pode dizer qualquer merda que queira e as pessoas vão acreditar. Leonard escreveu esse verbete, eu garanto. Ela deve ter falsificado toda aquela filmagem. É isso que Leonard está planejando fazer agora — replicar a imagem e passar para a Maggie como se fosse a verdadeira."

Zach se sentou no pufe. "Por quê?"

"Porque ele também é maluco. Ele e Maggie tiveram uma história."

Zach fez uma careta. "Ugh."

"Ué, você acha que a gente nasceu velho? Nós tínhamos praticamente a sua idade. E Maggie era uns vinte anos mais velha..."

"Uma loba!" Zach caiu na gargalhada. "Por que ela não deu em cima de você?"

"Ha ha ha." Robbie empurrou a garrafa de cerveja vazia até a parede. "As mulheres gostam de Leonard. Vai entender. Até sua mãe saiu com ele por um tempo. Antes de se envolver comigo, claro."

Os olhos vidrados de Zach ameaçaram rolar para dentro da cabeça. "Para."

"Nós achamos bem estranho", admitiu Robbie. "Mas Maggie era bonita para uma hippie velha." Ele olhou para o verbete da Wikipedia e fez as contas. "Acho que ela tem uns setenta anos agora. Leonard mantém contato com ela. Ela está com câncer. De mama."

"Entendi", disse Zach. Ele saiu do pufe, abriu o celular e começou a digitar. "Vou pra cama."

Robbie ficou sentado, olhando para a tela do computador. Depois de um tempo, o desligou. Foi até a cozinha e abriu o armário onde guardava uma garrafa de Jim Beam, escondida atrás de vidros de vinagre e de óleo vegetal. Lavou o copo que tinha usado na noite anterior, serviu uma dose e bebeu, depois levou o Bourbon para a cama.

NO DIA SEGUINTE, DEPOIS do trabalho, ele estava em sua segunda bebida no bar quando Emery apareceu.

"Oi." Robbie indicou o banco ao lado. "Senta."

"Você está bem para dirigir?"

"Claro." Robbie fez uma careta. "Por acaso você está me vigiando?"

"Não. Mas quero que você veja uma coisa. Na minha casa. Leonard vai até lá, vamos nos encontrar lá às seis e meia. Tentei te ligar, mas seu telefone está desligado."

"Ah. É. Desculpa." Robbie pediu a conta ao barman. "Tudo bem. Por acaso ele vai fazer nossa unha?"

"Não. Eu tive uma ideia. Vou contar quando você chegar lá; vou passar na Royal Delhi primeiro para comprar comida. A gente se vê..."

Emery morava em uma casa grande em um condomínio, com cheiro de solteirão moderadamente bem-sucedido. As paredes exibiam fotografias emolduradas do Capitão Marvo e Mungbean junto de uma pintura em tamanho real de Leslie Nielsen como o Comandante J.J. Adams.

Mas havia também um porão com temperatura controlada cheio de mercadorias do Capitão Marvo e material para embalagem, com outra sala grande cheia de equipamentos eletrônicos — um sistema de som, monitores e um gravador de vídeo, prateleiras e arquivos dedicados a antigos episódios do Capitão Marvo, e cópias dos filmes Z que apareciam nos programas.

Foi onde Robbie encontrou Leonard, inclinado sobre uma mesa de edição Steenbeck reformada.

"Robbie." Leonard acenou e voltou a enrolar filme em um rolo. "Emery voltou com o jantar?"

"Hã-hã." Robbie puxou uma cadeira. "O que você está fazendo?"

"Carregando aquela película de nitrato que mostrei ontem."

"Não vai explodir, vai?"

"Não, Robbie, não vai explodir." Leonard apertou a boca. "Emery já falou com você?"

"Ele só mencionou um plano. O que está rolando?"

"Vou deixar que ele conte."

Robbie ficou muito vermelho, mas antes que pudesse retorquir, houve uma batida atrás deles.

"Hora da comida, companheiros." Emery mostrou dois sacos de papel soltando fumaça. "Você pode deixar isso aí por uns minutos, Leonard?"

Eles comeram no sofá na sala ao lado. Emery falou sobre uma tentativa que fez de ressuscitar o Capitão Marvo em formato de celular. "Seria perfeito se eu conseguisse pensar em um jeito de ganhar dinheiro com isso."

Leonard não disse nada. Robbie reparou que os punhos da túnica branca estavam manchados de pontinhos de pigmento laranja, assim como as unhas. Ele parecia cansado, o rosto enrugado e os olhos fundos.

"Você tem dormido?", perguntou Emery.

Leonard deu um sorriso desanimado. "O suficiente."

Finalmente, a comida acabou, assim como a cerveja. Emery bateu com as mãos nos joelhos, empurrou os pratos vazios para o lado e se inclinou para a frente.

"Tudo bem. O plano é o seguinte. Aluguei uma casa em Cowana por uma semana a partir de sábado. Mapeei o caminho on-line e leva umas dez horas. Se pegarmos a estrada assim que vocês saírem do trabalho na sexta e dirigirmos a noite toda, vamos chegar lá cedo no sábado de manhã. Leonard, você disse que está com tudo praticamente montado, então só precisa fazer as malas. Eu tenho todo o resto aqui. Mas vai ficar apertado no Prius, então vamos ter que ir em dois carros. Vamos levar tudo de que precisamos conosco, vamos ter uma semana para filmar e editar e sei lá, depois, na volta, passamos por Fayetteville e mostramos o produto final para a Maggie. O que vocês acham?"

"Não é muito tempo", disse Leonard. "Mas a gente consegue."

Emery se virou para Robbie. "Seu carro está bom para a estrada? São quase dois mil quilômetros, ida e volta."

Robbie ficou olhando para ele. "Do que você está falando?"

"Do *Belerofonte*. Leonard fez storyboards e todo tipo de desenho e de quadro, o suficiente para nós trabalharmos. A agente imobiliária é de Charleston; ela disse que não vai ter muita gente lá assim no começo da estação. Além do mais, houve um furacão uns dois anos atrás; acho que a ilha foi massacrada e ninguém teve dinheiro para reconstruir. Então vai ser praticamente toda nossa."

"Você está doidão?" Robbie riu. "Eu não posso viajar assim. Tenho um emprego."

"Você tem dias de férias, não tem? Pode tirar uma semana. Vai ser ótimo, cara. A agente imobiliária disse que já está fazendo uns 25 graus lá. Água quente, praia... o que mais você quer?"

"Hum, talvez uma praia com pessoas que não sejam só você e Leonard?" Robbie procurou outra cerveja, em vão. "Eu não poderia ir, de qualquer modo. Semana que vem é o recesso de primavera de Zach."

"É?" Emery balançou a cabeça. "Então você vai ficar na loja o dia todo e ele vai ficar em casa fumando um. Leva ele. Vamos botar ele para trabalhar."

Leonard franziu a testa, mas Robbie ficou pensativo. "É, você está certo. Eu não tinha pensado nisso. Não posso deixar ele sozinho. Acho que vou pensar no assunto."

"Não pensa, só faz. Hoje é quarta, diz que vai tirar a semana que vem de férias. Vão te demitir?"

"Talvez."

"Eu não vou ficar de babá...", começou Leonard.

Emery o interrompeu. "Carregou a película? Vamos ver."

Eles entraram na sala. Leonard se sentou em frente ao Steenbeck. Os outros o viram ajustar o filme nos encaixes. Ele se virou para Robbie e indicou a caixa preta de projeção no centro do painel.

"Emery já sabe disso, então vou contar para você. Isso é uma lâmpada halógena de quartzo. Ainda não a liguei porque só de o filme ficar parado ali, a lâmpada poderia botar fogo nele e em nós. Mas só tem uns quatro segundos de filmagem, então vamos correr o risco e assistir, uma vez. Você por acaso se lembra dele, da galeria?"

Robbie assentiu. "Lembro, eu vi algumas vezes. Não tantas quanto a Cabeça, mas o suficiente."

"Que bom. Apaga aquela luz, por favor, Emery. Todos prontos? Se vocês piscarem, vão perder."

Robbie esticou o pescoço e olhou para a tela branca vazia. Houve um movimento, uma agitação de filme rolando num projetor.

No pé do quadro surgiu o horizonte, centelhas brilhantes que podiam ser água. Em seguida, uma imagem borrada em sépia e âmbar desbotados, com bolhas e uma coisa que parecia uma perna de besouro: o dispositivo absurdo que Robbie reconheceu como o *Belerofonte* original. Só que estava se movendo — estava voando —, as incontáveis engrenagens e hélices e asas girando e balançando e batendo tudo ao mesmo tempo, e parecia que a coisa toda vibraria e se transformaria em mil pedaços. Embaixo da fuselagem, uma figura escura estava empoleirada precariamente acima do velocípede, as pernas como tesouras pretas cortando o ar. Do canto esquerdo do quadro pulou um raio de luz, como uma estrela cadente ou uma bombinha jogada na figura que pedalava. O piloto se inclinou para o lado e...

Nada. O filme terminava tão abruptamente quanto tinha começado. Leonard esticou a mão rapidamente para apagar a lâmpada e removeu imediatamente o filme do suporte.

Robbie sentiu um arrepio no pescoço — tinha esquecido como a filmagem era esquisita e até irreal.

"Jesus, que porra bizarra", disse Emery.

"Nem parece real." Robbie viu Leonard enrolar o filme e colocá-lo em uma lata. "O cara parece de mentira."

Leonard assentiu. "É, eu sei. Parece um daqueles filmes mudos antigos, *O Mundo Perdido* ou algum desse tipo. Mas não é. Eu o via quando passava cem vezes por dia na nossa galeria, da mesma forma que você assistia à Cabeça. E é real. Pelo menos o piloto, McCauley — ele é um cara real. Uma vez peguei uma lupa potente e fiquei parado lá, vendo sem parar. Ele estava respirando, dava para ver. E o avião também é real, pelo que pude perceber. O que não consigo entender é quem fez a filmagem? E que ângulo era aquele?"

Robbie olhou para a tela vazia e fechou os olhos. Tentou relembrar o resto do filme, na época em que era exibido na Galeria de Aviação Geral: a trajetória rápida e irregular daquele pequeno veículo esquisito com o piloto bizarro, um homem de terno preto e chapéu-coco; depois, o brilho no canto da tela e o homem caindo do assento no ar branco e vazio. A última coisa que você via era uma mãozinha na parte de baixo do quadro, depois uma tela branca, seguida das palavras "O primeiro voo do *Belerofonte* de McCauley (1901)". E a coisa toda começava de novo.

"Parecia que tinha alguém no ar ao lado dele", disse Robbie. "A não ser que ele tenha saído só quase dois metros do chão. Eu sempre achei que era mentira."

"Não era mentira", disse Leonard. "O câmera estava na praia filmando. O dia tinha muito vento, eles estavam esperando que isso ajudasse a dar impulso no avião, mas deve ter havido uma rajada repentina. Quando o *Belerofonte* caiu no mar, o câmera mergulhou para salvar McCauley. Os dois se afogaram. Os corpos nunca foram encontrados, nem os destroços. Só a câmera e o filme."

"Quem encontrou?", perguntou Robbie.

"Nós não sabemos." Leonard suspirou e seus ombros murcharam. "Nós não sabemos de nada. Nem o nome do câmera, nada. Quando Maggie e eu passamos a filmagem original, a tela inicial dizia 'Primeiro voo do *Belerofonte* de McCauley'. A lata tinha a data e 'Cowana Island' escrito. Então Maggie e eu fomos pesquisar. Era um lugar estranho. Quase não tinha gente, e isso foi no verão. Tem uma sociedade histórica bem pequena na ilha, mas não conseguimos descobrir nada sobre McCauley e a aeronave. Nem relatos de jornal e nem lápides. A única coisa que descobrimos foi um diário feito pelo cara que entregava as cartas na época. No dia 13 de maio de 1901, ele escreveu que estava ventando muito e que dois homens se afogaram ao tentar fazer decolar uma máquina voadora na praia. Alguém deve ter encontrado a câmera depois. Alguém revelou o filme, e ele foi parar no museu."

Robbie seguiu Leonard até a sala ao lado. "O que foi aquele brilho ou aquela luz esquisita?"

"Não sei." Leonard olhou pela porta de vidro para o estacionamento. "Mas não é superexposição nem *lens flare* e nem nada do tipo. É alguma coisa que o câmera realmente filmou. Água, talvez... Se estava ventando muito, uma onda alta pode ter quebrado na praia, sei lá."

"Eu sempre achei que era fogo. Tipo um foguete ou alguma espécie de sinalizador."

Leonard assentiu. "Era o que Maggie achava também. O carteiro... Ele praticamente só escrevia sobre o tempo. E, se você dependesse de carroças puxadas por cavalos, fazia sentido. Umas duas semanas antes de mencionar a máquina voadora, ele descreveu uma coisa que parece uma grande chuva de meteoros."

"E Maggie achou que a aeronave foi acertada por um meteoro?"

"Não." Leonard suspirou. "Ela achava que era outra coisa. O esquisito é que verifiquei on-line alguns anos atrás, e acontece que houve mesmo uma quantidade incomum de atividade de meteoros em 1901."

Robbie ergueu uma sobrancelha. "Significa?"

Leonard não disse nada. Ele finalmente abriu a porta e saiu. Os outros dois foram atrás.

Eles chegaram ao limite do estacionamento, onde o asfalto rachado abria espaço para o piso pedregoso. Leonard olhou para trás e se abaixou. Afastou algumas folhas caídas e tufos de grama morta, colocou a lata de filme no chão e abriu a tampa de metal. Pegou uma ponta do filme enrolado e a puxou delicadamente até se espalhar por alguns centímetros no chão. Em seguida, pegou um isqueiro, o acendeu e segurou a chama na ponta do filme.

"Mas o que...", Robbie começou a dizer.

Houve um *vush* seco, como o som de um queimador a gás acendendo. Uma pluma vermelha e dourada pulou da lata e se contorceu no ar dentro de uma bola de fumaça preta. Leonard ficou de pé e cobriu a cabeça enquanto recuava.

"Leonard!" Emery o pegou de qualquer jeito, se virou e correu para a casa.

Antes que Robbie pudesse se mover, um forte fedor químico o envolveu. As chamas encolheram até virar um brilho cintilante que pulava na fumaça, e depois, pontinhos de cinzas. Robbie baixou a cabeça, tossindo. Segurou o braço de Leonard e tentou puxá-lo, ergueu o rosto e viu Emery correndo na direção deles com um extintor de incêndio.

"Desculpa", disse Leonard, tossindo. Ele fez um movimento com as mãos na fumaça, que se dispersou. As chamas tinham se apagado. O rosto de Leonard estava preto de cinzas. Robbie tocou na própria bochecha com cuidado, olhou para seus dedos e viu que estavam cobertos de uma coisa escura e oleosa.

Emery parou, ofegante, e olhou para os restos retorcidos da lata de filme. No chão ao lado, um fio cintilante serpenteava na direção de uma folha seca, mas se apagou em um filete cinzento. Emery ergueu o extintor de incêndio de forma ameaçadora, o colocou no chão e pisou na lata.

"Que bom que você não fez isso no museu", disse Robbie. Ele soltou o braço de Leonard.

"Não pense que não passou pela minha cabeça", disse Leonard, e voltou para dentro da casa.

ELES PARTIRAM NA NOITE de sexta. Robbie tirou a semana de folga depois de contar ao chefe uma história duvidosa e longa sobre um parente moribundo no Sul. Zach gritou e quebrou um abajur quando foi informado que acompanharia o pai em uma viagem no recesso de primavera.

"Com Emery e *Leonard*? Você ficou *maluco*, porra?"

Robbie estava exausto demais para brigar: propôs rapidamente que Tyler fosse junto. Surpreendentemente, Tyler concordou e até apareceu na tarde de sexta para ajudar a arrumar o carro. Robbie se esforçou para não inspecionar as várias mochilas e bolsas que os garotos jogaram no porta-malas do Taurus maltratado. Álcool, drogas, armas de fogo: ele não se importava mais.

Ele se concentrou então na previsão do tempo para Cowana Island. Vinte e sete graus e sol, fotografias de águas azuis, areia branca e um bando de pelicanos voando rente às ondas. Dez horas, não era tão ruim. Em outro momento de fraqueza, ele disse para Zach que ele poderia dirigir durante parte do trajeto, para poder dormir.

"E eu?", perguntou Tyler. "Posso dirigir?"

"Só se eu nunca acordar", disse Robbie.

Por volta das seis, Emery apareceu, buzinando. Os garotos já estavam dentro do Taurus de Robbie, com Zach na frente com fones de ouvido pendurados em volta do rosto e um gorro puxado até os olhos, Tyler atrás, olhando com expressão vidrada, como se eles já estivessem na I-95.

"Prontos?" Emery abriu a janela. Estava com uma camisa azul de flanela e um boné com os dizeres ACADEMIA DA FROTA ESTELAR. No banco do passageiro, Leonard olhava um guia de estradas. Ele ergueu o rosto e abriu um sorriso para Robbie.

"Ei, uma viagem de carro."

"É." Robbie sorriu para ele e bateu no teto do carro. "Até lá."

Eles levaram quase duas horas só para sair do emaranhado do tráfego da Washington Beltway. Fazendas e florestas tinham desaparecido e dado lugar a uma série infinita de shoppings e condomínios, muitos deles vazios. Cada vez que Robbie aumentava o rádio por causa de uma música de que gostava, os garotos reclamavam que dava para ouvir mesmo com os fones de ouvido.

Quando o céu escureceu e a Virginia abriu caminho para a Carolina do Norte, o mundo assumiu um brilho etéreo, com luzes distantes verdes e amarelas refletindo as primeiras estrelas e um pedaço brilhante da lua. As construções abriram espaço para uma floresta de pinheiros. Os garotos estavam dormindo havia horas, naquela hibernação incrível e autoinduzida que eles conjuravam sempre que estavam na presença de adultos por mais de quinze minutos. Robbie botou o rádio em volume baixo, procurou até encontrar o eco de uma melodia que conhecia, depois outra. Pensou em quando dirigia com Anna ao seu lado, um Zach inquieto atrás deles na cadeirinha; as viagens sem destino que eles faziam até o bebê dormir e eles poderem conversar, estacionar em um lugar vazio e se beijar.

Quanto tempo fazia que ele não pensava nisso? Anos, talvez. Ele lutava para não pensar em Anna; às vezes, era como se ele lutasse contra a própria Anna, as mãos dela batendo nele quando ele servia outra bebida ou cambaleava para a cama.

Mas agora, a escuridão o acalmou da forma como aqueles passeios de tanto tempo antes acalmavam Zach até que ele dormisse. Ele sentiu uma dor subir no peito, como se uma farpa tivesse sido desalojada; piscou e, no retrovisor, viu o rosto de Anna, meio virado para longe dele enquanto ela olhava para o céu.

Sobressaltado, ele percebeu que tinha começado a cochilar. No painel, o indicador de combustível estava vermelho. Ele ligou para Emery, e saiu da 95 na saída seguinte, o Prius atrás.

Depois de alguns minutos, eles encontraram um posto de gasolina meio longe da estrada, no meio de um bosque de pinheiros, com uma bomba antiquada na frente e luz amarela saindo de uma porta com tela. Os garotos acordaram.

"Onde estamos?", perguntou Zach.

"Não faço ideia." Robbie saiu do carro. "Na Carolina do Norte."

Foi como pisar em um jardim no crepúsculo ou em uma biosfera escondida no zoológico. O calor se espalhava ao redor, violeta e verde, com um aroma poderoso de madressilva e pedra molhada. Ele ouvia água correndo, a agitação do vento nas folhas e incontáveis pequenas coisas — sapos coaxando, insetos que não era capaz de identificar. Uma ave noturna que fez um som borbulhado. Nas sombras atrás da construção, vaga-lumes flutuavam entre árvores cobertas de trepadeiras, como peixes cintilantes e pequenininhos.

Por um instante, ele se sentiu suspenso naquela escuridão envolvente. O ar quente passou por ele, docemente aromático, vibrando com uma vida que ele não conseguia ver nem tocar. Ele sentiu gosto de algo doce como mel e levemente adstringente no fundo da garganta, e inspirou intensamente.

"O quê?", perguntou Zach.

"Nada." Robbie balançou a cabeça e se virou para a bomba. "É só que... isso não é incrível?"

Ele encheu o tanque. Zach e Tyler saíram em busca de comida, e Emery se aproximou.

"Como você está?"

"Estou bem. Acho que vou deixar Zach dirigir um pouco para eu tirar um cochilo."

Ele tirou o carro da frente da bomba e entrou para pagar. Encontrou Leonard comprando um maço de cigarros enquanto os garotos saíam, carregados de energéticos e sacos de batatas. Robbie empurrou o cartão pela bancada para uma mulher com um top que deixava à mostra uma tatuagem que parecia a cara de Marilyn Manson, ou talvez fosse Jesus.

"Tem banheiro aqui?"

A mulher lhe entregou uma chave. "Nos fundos."

"O banheiro é aqui", gritou Robbie para os garotos. "Nós não vamos parar de novo."

Eles o acompanharam até um aposento úmido com paredes cinzentas. Uma luz fluorescente se acendeu acima. Depois que Tyler saiu, Robbie e Zach ficaram parados lado a lado em frente à pia, tentando fazer sair água de uma torneira enferrujada para lavarem as mãos.

"Que se dane", disse Robbie. "Vamos pegar a estrada. Quer dirigir?"

"Pai." Zach apontou para o teto. "Pai, olha."

Robbie ergueu o rosto. Tinha uma tela na frente de uma janelinha acima da pia. Uma coisa tinha se prendido na tela de arame, uma folha ou um pedaço de papel.

Mas a folha se mexeu, e ele viu que não era uma folha, e sim uma borboleta.

Não, não uma borboleta — uma mariposa. A maior que ele já tinha visto, maior do que a mão dele. As asas superiores em forma de leque se abriram e revelaram manchas vívidas em formato de olhos dourados; as asas inferiores formavam dois arabescos perfeitos, tudo de um verde luminoso e leitoso.

"Uma mariposa-da-lua", sussurrou Robbie. "Eu nunca tinha visto uma."

Zach subiu na pia. "Ela quer sair..."

"Espere." Robbie o levantou, buscando apoio para que o peso do garoto não arrancasse a pia da parede. "Toma cuidado! Não machuca..."

A mariposa ficou onde estava. Robbie grunhiu — Zach pesava tanto quanto ele — e sentiu as pernas tremerem quando o garoto forçou a tela da parede e lutou para soltá-la.

"Está presa", disse ele. "Não consigo..."

A mariposa bateu as asas. A ponta de uma das asas estava meio irregular, como se tivesse sido cortada.

"Arranca!", gritou Robbie. "Só arranca a tela."

Zach enfiou os dedos em um canto da janela e puxou com tanta força que ele mesmo caiu. Robbie o pegou quando a tela se soltou e ficou pendurada acima da pia. A mariposa-da-lua foi para o parapeito.

"Vai!" Zach bateu na parede. "Vai, voa!"

Como uma pipa pegando a corrente de vento, a mariposa voou. As asas inferiores tremeram e as manchas em formato de olhos pareceram piscar, um rosto pálido olhando para eles da escuridão. E então, sumiu.

"Isso foi legal." Por um instante, Zach ficou com o braço nos ombros do pai, um gesto tão fugaz que poderia ter sido a imaginação de Robbie. "Vou pro carro."

Quando o garoto saiu, Robbie tentou colocar a tela no lugar. Devolveu a chave e foi se juntar a Leonard, que estava fumando um cigarro no limite do bosque. Atrás deles, uma buzina soou.

"Venham!", gritou Zach. "Estou indo embora!"

"Boa viagem", disse Leonard.

Robbie dormiu um sono agitado no banco de trás enquanto Zach dirigia, os dois garotos discutindo sobre música e uma garota chamada Eileen. Depois de uma hora, ele tomou o volante novamente.

A noite seguiu em frente. Os garotos voltaram a dormir. Robbie tomou um dos Red Bulls deles e pensou na maravilha que foi a mariposa-da-lua. Um leve toque de esmeralda apareceu no horizonte, assumiu um tom de cobre e depois de ouro conforme se espalhou pelo céu. Ele começou a ver palmeiras no meio dos pinheiros e carvalhos, e também plantas com espinhos que não reconheceu. Quando abriu a janela, o ar estava com cheiro de rosas, e do mar.

"Ei." Ele cutucou Zach, que respirava pesadamente ao lado. "Ei, estamos quase chegando."

Ele olhou para as instruções, ergueu o rosto e viu o carro passando e Emery gesticulando para uma pista de terra que seguia para a direita. Era ladeada por cercas de arame farpado e pedaços de cactos carregados de flores da cor de creme de limão. Os pinheiros abriram espaço de vez para as palmeiras e árvores de aparência pré-histórica com raízes retorcidas, que surgiam de poças onde garças e airões tentavam pegar sapos.

"Olha", disse Robbie.

À frente deles a estrada se estreitou em um caminho onde mal cabia um veículo, feito de conchas e de pedaços de concreto. De um lado havia uma confusão de ciprestes e aves de pernas longas; do outro, um estuário de um azul-esverdeado que desembocava no mar, e dunas brancas e arredondadas.

Robbie diminuiu a velocidade do carro até seguir se arrastando por montes de conchas, fazendo o melhor possível para evitar buracos. Depois de quatrocentos metros, a passagem improvisada acabou. Havia um velho portão de metal caído e retorcido no chão, coberto de trepadeiras. Acima, havia uma placa velha e corroída pendurada em um cipreste.

BEM-VINDOS A COWANA ISLAND
PROIBIDO ANDAR DE BUGGY NAS DUNAS

Eles passaram pelas ruínas de um trailer. O carro de Emery tinha sumido. Robbie olhou para o celular e viu que não havia sinal. No banco de trás, Tyler se mexeu.

"Ei, Rob, onde a gente está?"

"Nós chegamos. Seja lá onde isso for. Na ilha."

"Legal." Tyler se inclinou no banco para acordar Zach. "Ei, acorda."

Robbie espiou pelo mato alto e procurou por alguma coisa que se parecesse com uma casa de praia. Tentou lembrar qual furacão acertou aquela parte da costa e quanto tempo antes. Dois anos? Cinco?

O local parecia estar abandonado havia décadas. Havia palmeiras caídas para todo lado, as folhas duras e marrom-avermelhadas como lâminas enferrujadas. Algumas estavam de pé, as copas cortadas. Lagartos verdes tomavam sol nos caminhos onde as samambaias cresciam pelo asfalto rachado. Os restos de abrigos para carros e deques apareciam sobre pilhas de madeira e placas de gesso. De vez em quando, uma casa intacta aparecia no meio da selva repleta de videiras.

Mas não havia gente nem carros, só um SUV esmagado embaixo de um poste caído. A única loja era um mercado modesto com fachada de tijolos e janelas quebradas, pelas quais os contornos fantasmagóricos de corredores e estantes de produtos ainda podiam ser vistos.

"Parece o filme *28 Dias*", disse Zach, e lançou um olhar sombrio para o pai.

Robbie deu de ombros.

"Fala com o homem da Academia da Frota Estelar."

Ele entrou em um caminho esburacado e foi até onde o carro estava, embaixo de uma palmeira vibrante. Havia pedaços de madeira ladeando um caminho que levava a uma casa velha de madeira sobre o que pareciam ser estacas. Havia cactos em flor ao redor, e árvores carregadas de madressilvas. O gramado irregular estava coberto por uma centena de conchas arrumadas em círculos concêntricos e espirais. No deque, um cata-vento vermelho destroçado girava na brisa, e havia redes feitas de corda penduradas como casulos flácidos.

"Eu vou dormir ali", disse Tyler.

Leonard olhou para a casa com expressão ilegível. Emery já tinha subido os degraus irregulares até o que Robbie supôs que fosse a porta de entrada. Quando chegou no alto, ele se inclinou sobre um capacho quadrado de fibra de coco, pegou algo debaixo e se empertigou, sorrindo.

"Venham!", gritou ele, virando-se para destrancar a porta; e os outros correram para se juntar a ele.

A CASA TINHA PISO de linóleo, coberto por uma fina camada de areia, e mobília que não combinava — cadeiras de vime, sofás com almofadas desbotadas de tecido cru, uma cadeira de lona pendurada no teto por uma corrente que gemeu de forma alarmante quando os garotos se sentaram. A brisa do mar balançava as cortinas brancas poeirentas nas janelas. Anólis corriam pelo chão, e Tyler fugiu correndo do chuveiro externo, onde tinha visto uma aranha viúva-negra. A eletricidade funcionava, mas não havia ar-condicionado nem televisão, e também não havia internet.

"É isso que se tem por trezentos dólares fora de temporada", disse Emery quando Tyler reclamou.

"Não entendo." Robbie estava parado no deque, olhando para a estrada vazia onde havia duna atrás de duna, com vegetação espinhenta aqui e ali. "Mesmo que tenha havido um furacão, aqui é praticamente à beira-mar, isso tudo. Cadê todo mundo?"

"Quem tem dinheiro para construir?", disse Leonard. "Venham, quero trazer as coisas para dentro antes que esquente."

Leonard tomou posse do maior quarto. Instalou seu laptop, o equipamento de filmagem de Emery, pilhas de storyboards, a caixa com a miniatura do *Belerofonte*. Essa arrumação complexa ocupou cada centímetro de espaço no chão e também a superfície da mesa de pingue-pongue.

"Por que tem uma mesa de pingue-pongue no quarto?", perguntou Robbie ao montar um tripé.

Emery deu de ombros. "Você também pode perguntar por que não tem mesa de pingue-pongue em todos os quartos."

"Nós vamos à praia", anunciou Zach.

Robbie tirou os sapatos e foi atrás dele, atravessando a estrada deserta e descendo um caminho que serpenteava por uma selva em miniatura de cactos e trepadeiras com espinhos. Sentia-se meio avoado pela falta de sono, e também por causa da cerveja que tinha surrupiado de uma das caixas que Emery tinha trazido. A areia já estava quente; duas vezes ele precisou parar e tirar carrapichos dos pés descalços. Um lagarto espinhoso correu pelo caminho, e também um lagarto de língua azul. A voz do filho chegou a ele, rindo, e o som de ondas quebrando.

Acima da última duna, pequenas rosas amarelas cresciam em um tapete denso, a fragrância adocicada se misturando com a brisa salgada. Robbie se inclinou para arrancar um punhado de pétalas e as jogou no ar.

"Não é um lugar ruim para voar, é?"

Ele se virou e viu Emery sem camisa. Ele entregou a Robbie uma garrafa de Tecate com uma fatia de limão enfiada no gargalo, ergueu a própria cerveja e tomou um gole.

"É lindo." Robbie espremeu o limão na cerveja e bebeu. "Mas aquele modelo... não vai voar."

"Eu sei." Emery olhou para onde Zach e Tyler estavam pulando na água rasa, gerando arco-íris nos respingos de água ao molharem um ao outro. "Mas é uma boa desculpa para umas férias, não é?"

"É", respondeu Robbie, e desceu a duna para se juntar aos garotos.

NOS DIAS SEGUINTES, ELES caíram em um ritmo estranho, quase sem dormir, ficando acordados até duas ou três da madrugada, bebendo e conversando. Os adultos fingiram não reparar quando os garotos tiraram uma Tecate da geladeira, e ignoraram a fumaça com cheiro de incenso que vinha do deque depois que iam para a cama. Todos acordavam logo depois do amanhecer, até os garotos. Uma luz do sol ofuscante entrava pelas cortinas velhas. No deque onde Zach e Tyler se encolhiam nas redes, uma perereca fazia um som de dobradiça enferrujada. Ninguém dormia o suficiente, todo mundo bebia demais.

Pela primeira vez, não importava. As ressacas de Robbie se dissolviam quando ele entrava na água quente como sangue, boiava de costas e via os pelicanos voarem acima. Depois, ele carregava o equipamento da casa para as dunas, onde Emery tinha criado um abrigo usando cadeiras velhas de lona e lençóis. Os garotos ajudaram, os três carregando tripés e câmeras digitais, a caixa que continha o modelo do *Belerofonte* de Leonard, um isopor cheio de cerveja e Red Bull.

Isso deixou Emery encarregado das tarefas da casa. Ele tinha encontrado um velho carrinho vermelho meio enterrado nas dunas e o usou para transportar sacos de salgadinhos de tortillas e um isopor cheio de Tecate e limão. Não havia mercado na ilha além das ruínas abandonadas pelas quais eles passaram quando chegaram. Nem posto de gasolina, e o prédio da sociedade histórica parecia ter desaparecido.

Mas enquanto dirigia pela ilha, Emery descobriu uma barraquinha de rua que vendia molho caseiro em potes de vidro e ovos esverdeados em caixas de papelão reciclado. O caminho ao lado estava bloqueado com uma cerca de arame farpado e tinha uma placa que dizia CUIDADO COM O CACHORRO DE DUAS CABEÇAS.

"Você já viu?", perguntou Tyler.

"Não. Nunca vi ninguém aqui além de um jacaré." Emery abriu uma cerveja. "E era grande o suficiente para comer um cachorro de duas cabeças."

Na manhã de quinta, eles já tinham levado tudo de uma ponta da ilha à outra e estavam esperando com impaciência crescente que Leonard subisse e descesse as dunas e olhasse com expressão séria para o horizonte azul.

"Como você vai saber qual é a certa?", perguntou Robbie.

Leonard balançou a cabeça. "Não sei. Maggie dizia que achava que seria por aqui..."

Ele moveu o braço, indicando uma área alta de areia que parecia uma onda congelada acima da praia. Abaixo, Tyler e Zach discutiam sobre de quem era a vez de levar tudo para cima da duna de novo. Robbie empurrou os óculos de sol no nariz.

"Esta praia deve ter se modificado uma centena de vezes desde que McCauley esteve aqui. Acho que a gente devia escolher um lugar qualquer. A duna mais alta, sei lá."

"É, eu sei." Leonard suspirou. "Essa deve ser nossa melhor escolha, aqui."

Ele ficou de pé e olhou por um longo momento para o céu. Finalmente, se virou e desceu para se juntar aos garotos.

"Vamos fazer aqui", disse ele bruscamente, e voltou para a casa.

Naquela tarde, eles fizeram uma fogueira na praia. O dia tinha terminado cinzento e bem mais fresco do que antes, o sol envolto em uma névoa de nuvens arroxeadas. Robbie entrou na água rasa, procurando conchas com os dedos dos pés. Ao lado do fogo, Zach encontrou um dente de tubarão do tamanho de uma palheta de guitarra.

"Deve ter um milhão de anos", disse Tyler com inveja.

"Quase da mesma idade do meu pai", disse Zach.

Robbie se sentou ao lado de Leonard. "É tão estranho", disse ele, tirando areia de uma concha. "Tem uma série de ilhas como esta por aqui, mas não vi um único barco desde que chegamos."

"Está reclamando?", perguntou Leonard.

"Não. Mas você não acha estranho?"

"Talvez." Leonard jogou o cigarro na fogueira.

"Eu quero ficar." Zach rolou de costas e viu fagulhas voando entre as primeiras estrelas. "Pai? Por que a gente não pode ficar aqui?"

Robbie tomou um longo gole da cerveja. "Eu tenho que voltar pro trabalho. E vocês têm escola."

"Que se foda a escola", disseram Zach e Tyler.

"Escutem." Os garotos fizeram silêncio quando Leonard olhou para eles. "Amanhã de manhã quero preparar tudo. Vamos filmar antes do vento ficar forte demais. Vou ter o resto do dia para editar. Depois, vamos fazer as malas e seguir para Fayetteville no sábado. Vamos encontrar um lugar barato para ficar e vamos voltar para casa no domingo."

Os garotos gemeram. Emery suspirou. "De volta à labuta. Tenho que ligar praquele cara para falar do show."

"Eu quero ter algumas horas com Maggie." Leonard puxou o crânio prateado na orelha. "Falei para a enfermeira que estaria lá no sábado antes do meio-dia."

"Vamos ter que partir bem cedo", disse Emery.

Durante alguns minutos, ninguém falou nada. O vento sacudiu as plantas nas dunas atrás deles. O fogo deu um salto e encolheu, e Zach colocou um pedaço de madeira seca na fogueira. Uma ave invisível deu um grito alto, ao qual outra se juntou, depois outra, até as vozes suplicantes afogarem momentaneamente o som suave das ondas.

Robbie olhou para a água escura. Na mão, a concha estava quente e macia como pele.

"Olha, pai", disse Zach. "Morcegos."

Robbie se inclinou para trás e viu formas negras desviando das fagulhas acima da cabeça deles.

"Legal", disse ele, a voz rouca pela bebida.

"Bem." Leonard se levantou e acendeu outro cigarro. "Vou pra cama."

"Eu também", disse Zach.

Robbie viu com leve surpresa os garotos se levantarem, bocejando. Emery tirou uma cerveja do isopor e entregou para Robbie.

"Fica de olho no fogo, compadre", disse ele, e seguiu os outros.

Robbie se virou para observar a chama baixa. Havia filetes fantasmagóricos em verde e azul ao longo dos galhos, que tinham sido trazidos pelo mar. Sal, explicara Leonard para os garotos, embora Robbie se perguntasse se era verdade. Como Leonard sabia dessas coisas? Ele franziu a testa, pegou um punhado de areia e jogou nas chamas fracas, que imediatamente se tornaram brasas fracas.

Robbie falou um palavrão baixinho. Terminou a cerveja, levantou-se e andou cambaleante na direção da água. As nuvens obscureceram a lua, embora houvesse um leve brilho ocre refletido nas ondas distantes. Ele olhou para o horizonte, procurando em vão algum sinal de vida, luzes de algum navio de cruzeiro ou de um avião; olhou para cima e olhou para os dois lados da praia.

Nada. Até a fogueira tinha se apagado. Ele ficou nas pontas dos pés e tentou espiar além da duna alta, para onde ficava a casa da praia, dentro do bosque de palmeiras. A noite tinha engolido tudo.

Ele se voltou para as ondas lambendo seus pés descalços. Alguma coisa bateu no rosto dele, areia voando ou talvez um mosquito. Ele balançou a mão para afastar o que fosse, mas ficou paralisado.

Na água, cortinas de luz se encolhiam e se desdobravam, deixando-o atordoado. De um violeta escuro, de um esmeralda chamejante que machucava os olhos; cobalto e um puro ardor em escarlate. Ele balançou a cabeça, recuando; controlou-se e olhou ao redor.

Estava sozinho. Ele se virou de novo e as luzes ainda estavam lá, logo abaixo da superfície, se dobrando e desdobrando em um ritmo secreto.

Como uma máquina, pensou ele; algum tipo de parque eólico submarino. Um parque de ondas?

Mas, não, era loucura. Ele esfregou as bochechas, tentando ficar sóbrio. Tinha visto uma coisa assim em Ocean City uma noite — era uma coisa viva, Leonard tinha explicado, plâncton ou águas-vivas, uma dessas coisas que cintilavam. Eles ficaram doidões e correram para o Atlântico para ver faixas verdes bem clarinhas passarem por eles enquanto pegavam jacaré.

Agora, ele respirou fundo e entrou, pulando as ondas, e parou para ver se tinha chutado uma nuvem luminosa.

A escuridão ia até quase seus joelhos: não havia brilho revelador onde ele tinha agitado a água. Mas, a alguns metros, as luzes continuavam girando abaixo da superfície: várias nebulosas do tamanho de punhos, tão inaudíveis e regulares quanto sua pulsação.

Ele ficou olhando até a cabeça doer, tentando entendê-las. As luzes não eram difusas, como fosforescência. E não flutuavam como águas-vivas. Pareciam estar presas no lugar, perto o bastante para ele tocar.

Mas seus olhos não conseguiam ter foco: quanto mais ele tentava, mais as luzes pareciam se mexer, como uma ilusão de ótica ou um jogo vertiginoso de computador.

Ele ficou ali por cinco minutos, talvez mais. Nada mudou. Ele começou a recuar lentamente, e finalmente se virou e saiu cambaleando pela areia, parando depois de alguns passos para olhar para trás. As luzes ainda estavam lá, mas agora ele só as via como um leve brilho amarelado.

Ele correu o resto do caminho até a casa. Não havia luzes acesas, nem música e nem gargalhadas.

Mas sentiu o cheiro de fumaça de cigarro, e foi atrás desse cheiro até o deque, onde Leonard estava parado ao lado da amurada.

"Leonard!" Robbie chegou perto dele e olhou ao redor para procurar os meninos.

"Eles dormiram lá dentro", disse Leonard. "Está muito frio."

"Escuta, você tem que ver uma coisa. Na praia... umas luzes. Não na praia, na água." Ele segurou o braço de Leonard. "Tipo... vem comigo."

Leonard se soltou da mão dele com irritação. "Você está bêbado."

"Não estou! Tá, tudo bem, acho que estou um pouco. Mas não estou brincando. Olha..."

Ele apontou para além do mar de palmeiras, para além das dunas, na direção da linha preta das ondas. O brilho amarelo agora estava pontilhado de prateado. Espalhava-se pela água e se estreitava na direção do horizonte, como um caminho oscilante.

Leonard olhou e se virou para Robbie, incrédulo. "Seu idiota. É a porra da lua."

Robbie ergueu o rosto. E, sim, ali estava o quarto crescente da lua, um brilho dourado nas aberturas das nuvens.

"Não é isso." Ele sabia que parecia não só bêbado, mas desesperado. "Estava *na* água..."

"Bioluminescência." Leonard suspirou e jogou o cigarro fora, depois seguiu para a porta. "Vai pra cama, Robbie."

Robbie ia gritar com ele, mas se controlou e se apoiou na amurada. Sua cabeça estava latejando. Manchas de luz fantasmagórica dançavam através de sua visão. Ele se sentia tonto, à beira das lágrimas.

Ele fechou os olhos; obrigou-se a respirar devagar, a canalizar a pulsação na cabeça para a lembrança de redemoinhos espectrais, uma galáxia em miniatura florescendo embaixo da água. Depois de um minuto, olhou de novo, mas não viu nada além das folhas das palmeiras delineadas contra o céu iluminado pelo luar.

ELE ACORDOU VÁRIAS HORAS depois no sofá, sentindo como se um machado tivesse sido enfiado em sua testa. Uma luz cinzenta se espalhava no chão. Estava frio; ele procurou inutilmente um cobertor, gemeu e se sentou.

Emery estava na cozinha americana, lavando alguma coisa na pia. Ele olhou para Robbie e mostrou a jarra de café. "Pronto para isto?"

Robbie assentiu, e Emery lhe entregou uma caneca fumegante. "Que horas são?"

"Pouco mais de oito. Os garotos estão com Leonard, eles saíram uma hora atrás. Parece que vai chover, o que meio que atrapalha tudo. Pode ser que demore o suficiente a tempo de a gente fazer aquela coisa subir do chão."

Robbie tomou o café. "Dezessete segundos. Ele podia só jogar pro alto."

"É, também pensei nisso. O que aconteceu com você ontem?"

"Nada. Tecate demais."

"Leonard disse que você estava delirando de bêbado."

"Leonard é meio exagerado. Eu estava... relaxado."

"Bem, hora de deixar o relaxamento para trás. Eu falei para ele que ia acordar você e que estaríamos na praia às oito."

"Eu nem sei o que vou fazer. Sou o câmera?"

"Hã-hã. Eu que sou. Você não sabe mexer nela, e a câmera é minha. Os garotos estão encarregados do quebra-vento e, sei lá, dos adereços. Eles entregam as coisas para o Leonard."

"Coisas? Que coisas?" Robbie fez cara de desprezo. "É uma porra de modelo de avião. Não tem controle remoto, tem? Porque isso seria uma *boa* ideia."

Emery pegou a bolsa com a câmera. "Vem. Você pode carregar o tripé, que tal? Pode ser que os garotos passem coisas para você e você possa entregar para o Leonard."

"Chego em um minuto. Diz que o Leonard pode começar sem mim."

Depois que Emery saiu, ele terminou o café e foi para o quarto. Remexeu nas roupas até encontrar um frasco de ibuprofeno, tomou seis, colocou um moletom com capuz e se sentou na beira da cama, olhando para a parede.

Ele só podia ter tido algum tipo de blecaute, o primeiro desde que foi demitido da comissão de parques. Em algum momento entre a sétima cerveja e a ressaca daquela manhã havia a imagem borrada de cata-ventos coloridos de giz de cera girando embaixo da água escura, ele fugindo cambaleante da praia e a voz repugnada de Leonard: *Seu idiota. É a porra da lua.*

Robbie fez uma careta. *Tinha* visto alguma coisa, ele sabia.

Mas não conseguia mais lembrar com clareza, e o que lembrava não fazia sentido. Era como um filme ao qual ele tivesse assistido só parcialmente acordado, ou um acidente que tivesse visto com o canto do olho em um carro em movimento. Talvez tivesse sido a luz da lua, ou algum tipo de alga marinha fluorescente.

Ou talvez ele só estivesse completamente bêbado.

Robbie suspirou. Calçou os tênis, pegou o tripé de Emery e saiu.

Pingos de chuva fria o receberam quando ele chegou na praia. Estava ventando. O mar cintilava em cinza e prata, como papel alumínio amassado. Amontoados de algas cobriam a areia, e também discos pequenos e redondos que lembravam pedaços de vidro embaçado: águas-vivas, centenas delas. Robbie cutucou uma com o pé e seguiu para a água.

A duna ficava no lado norte da ilha, onde subia íngreme por quase cinco metros acima da areia. Agora, algumas horas antes da maré baixa, a água estava a uns nove metros de distância. Era exatamente o tipo de lugar que você poderia escolher para lançar uma aeronave movida a energia humana se não soubesse muito sobre aerodinâmica. Robbie não sabia muito, mas tinha quase certeza de que era preciso estar mais alto para conseguir algum impulso.

Ainda assim, isso seria para uma aeronave em tamanho normal. Para um modelo que você conseguia segurar nas mãos em concha, talvez tivesse altura suficiente. Ele viu Emery andando pela beira da água, a câmera pendurada no pescoço. O único sinal dos outros era uma trilha de pegadas que levava à duna. Robbie subiu, usando o tripé como apoio para não escorregar na areia da cor e da textura de fubá úmido. Ele estava ofegante quando chegou ao alto.

"Oi, pai. Onde você estava?"

Robbie deu um sorriso fraco quando Zach espiou por trás do quebra-vento. "Estou com sinusite."

Zach fez sinal para ele entrar. "Vem, não posso deixar isso aberto."

Robbie colocou o tripé no chão e se agachou para entrar na cabana improvisada. Dentro, paredes de lençóis balançavam com o vento, presas por uma estrutura elaborada feita de cabos de vassouras, pedaços de troncos trazidos pelo mar e restos de cadeiras de praia de madeira. Tyler e Zach estavam sentados de pernas cruzadas em um cobertor, olhando para os celulares.

"O sinal fica mais forte aqui", disse Tyler. "Não, já foi de novo."

Ao lado deles, Leonard estava ajoelhado ao lado de uma caixa de papelão. Em vez da túnica branca costumeira, ele usava uma que era azul-céu, bordada com aves amarelas. Ele olhou para Robbie, os olhos cinzentos frios e desdenhosos. "Só tem espaço para três pessoas aqui."

"Tudo bem, eu vou sair", disse Zach, e passou pela abertura entre os lençóis. Tyler foi atrás. Robbie enfiou as mãos nos bolsos e forçou um sorriso.

"E aí", disse ele. "Viu todas aquelas águas-vivas?"

Leonard assentiu sem olhar para ele. Com muito cuidado, tirou o *Belerofonte* da caixa e colocou o modelo em uma toalha dobrada. Enfiou a mão na caixa de novo e tirou outra coisa. Um boneco que não era maior do que a mão dele, vestido de sobrecasaca e calça preta, com um chapéu--coco tão pequeno que dava para Robbie engolir.

"*Voilà*", disse Leonard.

"Jesus, Leonard." Robbie hesitou e perguntou: "Posso olhar?".

Para sua surpresa, Leonard assentiu. Robbie pegou o boneco. Era tão leve que ele se perguntou se havia alguma coisa dentro da roupinha.

Mas, ao virá-lo com delicadeza, ele sentiu juntas finas embaixo da roupa, um tronco em miniatura. Mãozinhas saíam das mangas, e usava sapatos mínimos e engraxados que pareciam feitos de couro preto. Embaixo da casaca havia um colete, com um relógio cuja corrente dourada pendia de um bolso quase invisível. De baixo do chapéu saíam uns fios de cabelo ruivo tão finos quanto fios de sementes de asclépias. O rosto pequenino que olhava para Robbie era o de Maggie Blevin, pintado em pinceladas finas que possibilitavam ver cada cílio, cada sarda nas bochechas arredondadas.

Ele olhou para Leonard, impressionado. "Como você fez isso?"

"Demorou muito tempo." Ele esticou a mão, e Robbie devolveu o boneco. "A parte mais difícil foi ter certeza de que o *Belerofonte* aguentaria o peso dela. E que ela caberia no assento de bicicleta e seria capaz de pedalar. Era uma coisa que não parecia difícil, mas foi."

"É... é igualzinho a ela." Robbie olhou para o boneco de novo e disse: "Eu achei que você quisesse fazer com que tudo parecesse o filme original. Você sabe, com McCauley... achei que esse era o objetivo".

"O objetivo é que voe."

"Mas..."

"Você não precisa entender", disse Leonard. "Maggie vai entender."

Ele se inclinou por cima da pequena aeronave, as asas multicoloridas e o guarda-sol sedoso tão chamativos quanto um carrossel de brinquedo, e começou a colocar delicadamente o piloto diminuto no assento.

Robbie tremeu. Já tinha visto o trabalho de Leonard antes, manequins tão realistas que os turistas costumavam cutucá-los para ver se estavam vivos.

Mas aqueles eram de tamanho real, e não tinham sido feitos para se parecer com alguém que ele *conhecia*. Ver Leonard segurando uma pequena Maggie Blevin com carinho, como se ela fosse um passarinho, fez Robbie se sentir meio tonto e um pouco enjoado. Ele se virou para a abertura da tenda. "Vou ver se posso ajudar Emery a ajeitar as coisas."

O olhar de Leonard permaneceu grudado na boneca. "Vou estar bem aqui", disse ele por fim.

No pé da duna, os garotos estavam tentando convencer Emery a deixar que eles usassem a câmera.

"De jeito nenhum." Ele acenou quando Robbie começou a descer. "Está vendo, não vou deixar nem seu pai mexer nela."

"É porque meu pai seria péssimo nisso", disse Zach quando Emery segurou Robbie e o virou na direção da água. "Deixa, só um minuto."

"Problemas com a equipe?", perguntou Robbie.

"Que nada. Eles só estão ficando entediados."

"Você viu a boneca?"

"A Incrível Maggie Encolhida?" Emery parou para olhar para a duna. "A questão sobre Leonard é que eu nunca consigo decidir se ele é brilhante ou potencialmente perigoso. O fato de ele poder se aposentar integralmente com a aposentadoria do governo sugere que ele é normal. Já a boneca de vodu de Maggie..."

Ele balançou a cabeça e voltou a andar. Robbie andou ao lado dele, chutando a areia molhada e olhando com curiosidade para o céu. O ar estava com um cheiro estranho, de ozônio ou metal quente. Mas estava frio demais para uma tempestade de raios, e a massa escura que pairava acima das palmeiras e dos carvalhos parecia mais uma neblina exagerada do que cúmulos.

"Bem, pelo menos o vento está vindo da direção certa", disse Robbie.

Emery assentiu. "É. Eu estava começando a pensar que teríamos que jogar aquela coisa do telhado."

Alguns minutos depois, a voz de Leonard soou acima do vento. "Pronto, venham todos para cá."

Eles se reuniram na base da duna e olharam para ele, a túnica um rasgo azul no céu ameaçador. Entre os pés de Leonard havia uma caixa de papelão. Ele olhou para a caixa e prosseguiu.

"Vou esperar até o vento parecer adequado e depois vou gritar *'Agora!'*. Emery, você vai ter que me observar e ver para onde ela vai, e fazer o melhor que puder. Zach e Tyler, vocês se espalhem e estejam prontos para pegá-la se começar a cair. Pegar com *delicadeza*", acrescentou ele.

"E eu?", gritou Robbie.

"Você fica com Emery para o caso de ele precisar de ajuda."

"Ajuda?" Robbie franziu a testa.

"Você sabe", disse Emery em voz baixa. "Caso eu precise de ajuda para levar Leonard de volta para a cela acolchoada."

Os garotos começaram a andar na direção da água. Tyler estava com o celular na mão. Ele olhou para Zach, que tirou o celular do bolso.

"Eles estão trocando *mensagens*?", perguntou Emery, sem acreditar. "Estão a três metros de distância."

"Prontos?", gritou Leonard.

"Prontos", gritaram os garotos.

Robbie se virou para Emery. "E você, Capitão Marvo?"

Emery sorriu e ergueu a câmera. "Nunca estive mais pronto."

No topo da duna, Leonard se inclinou para tirar o *Belerofonte* da caixa. Quando se empertigou, as hélices começaram a girar loucamente. Rotores que pareciam balas listradas giravam como cata-ventos enquanto ele o segurava contra o peito, as tranças brancas e compridas ameaçando se enrolar no guarda-sol.

O vento aumentou de repente: a garganta de Robbie se apertou quando ele viu o pequeno boneco embaixo da fuselagem balançar para trás e para a frente, como um pêndulo acelerado. Leonard escorregou na areia e lutou para recuperar o equilíbrio.

— Oh-oh — disse Emery.

O vento passou, e Leonard se endireitou. Mesmo da praia, Robbie conseguia ver que seu rosto tinha ficado pálido.

"Você está bem?", gritou Zach.

"Estou", respondeu Leonard.

Ele abriu um sorriso abalado e olhou com atenção para o horizonte. Depois de um minuto, inclinou a cabeça, como se ouvindo alguma coisa. Abruptamente, empertigou-se e ergueu o *Belerofonte* nas mãos. Atrás dele, palmeiras sacudiram quando o vento soprou.

"*Agora!*", gritou ele.

Leonard abriu as mãos. Como se fosse uma borboleta, o *Belerofonte* subiu no ar. O guarda-sol emplumado tremeu. Asas em formato de leque subiram e desceram; ailerons bateram e engrenagens giraram como cata-ventos. Houve um som como o de um trem em disparada por um túnel, e Robbie olhou boquiaberto quando o *Belerofonte* voou rente à cabeça dele, o piloto pedalando furiosamente na direção do mar.

Robbie ofegou. Os garotos correram atrás, gritando. Emery também foi, a câmera grudada no rosto e Robbie logo atrás.

"Isso é incrível, porra!", gritou Emery. "Olha essa coisa voando!"

Eles pararam a poucos metros da água. O *Belerofonte* passou voando, mal chegava a um braço de distância acima deles. Os olhos de Robbie ficaram embaçados conforme ele olhava para aquela agitação brilhante de cor e movimento, um sonho de criança, o de voar alto, pairando acima do seu alcance. Emery entrou no raso com a câmera. Os garotos foram atrás, espirrando água e acenando para o aviãozinho. Da duna atrás deles veio a voz de Leonard.

"Vai com Deus."

Robbie olhou silenciosamente para o horizonte enquanto o *Belerofonte* prosseguia, o piloto delineado em preto contra o céu, as asas abertas como velas. O som foi ficando mais baixo, um zumbido que poderia ser uma revoada de pássaros. Em pouco tempo, sumiria. Robbie chegou na beira da água e inclinou o pescoço para continuar vendo a aeronave.

Sem aviso, um brilho verde explodiu da água e seguiu na direção da pequena aeronave. Como um meteoro disparando *para cima*, um brilho esmeralda floresceu em um resplendor ofuscante que envolveu o *Belerofonte*. Por um instante, Robbie viu a máquina voadora, uma roda dourada girando dentro de um coração de cometa.

De repente, a luz intensa sumiu, e com ela o *Belerofonte*.

Robbie ficou olhando atordoado para o ar. Depois de um momento infinito, ele ficou ciente de alguma coisa — alguém — perto dele. Virou-se e viu Emery sair cambaleando da água, encharcado, a câmera inútil ao lado do corpo.

"Eu deixei cair", disse ele, ofegante. "Quando aquilo, o que quer que aquela porra fosse, quando apareceu, eu deixei a câmera cair."

Robbie o ajudou a chegar na areia.

"Eu senti." Emery tremeu, a mão apertando o braço de Robbie. "Como uma corrente de retorno. Achei que afundaria."

Robbie se soltou dele. "Zach?", gritou ele, em pânico. "Tyler, Zach, vocês..."

Emery apontou para a água, e Robbie os viu, andando com passadas altas pelas ondas e gritando de triunfo ao voltar para a areia.

"O que aconteceu?" Leonard chegou correndo perto de Robbie e o segurou. "Você viu aquilo?"

Robbie assentiu. Leonard se virou para Emery, os olhos arregalados. "Você pegou? O *Belerofonte*? E aquele brilho? Como no filme original! A mesma coisa, exatamente a mesma coisa!"

Emery esticou a mão para o moletom de Robbie. "Me dá isso, vou ver se consigo secar a câmera."

Leonard olhou sem entender para as roupas encharcadas de Emery, para a água pingando da câmera de vídeo.

"Ah, não." Ele cobriu o rosto com as mãos. "Ah, não..."

"Nós filmamos!" Zach apareceu no meio dos adultos. "Nós filmamos, nós filmamos!" Tyler apareceu correndo ao lado dele, balançando o celular. "Olhem!"

Todos se reuniram, os garotos inclinando os celulares até as telas ficarem pretas.

"Pronto", disse Tyler. "Vejam isso."

Robbie fez sombra nos olhos e os apertou.

E ali estava, uma mancha luminosa balançando por um campo cinzento, ficando cada vez maior, até ele conseguir ver claramente — o movimento de asas e engrenagens, o aumento do guarda-sol de penas de pavão e o piloto firme no velocípede; o brilho rápido e silencioso que saiu da água e desapareceu em um piscar de olhos.

"Agora vejam o meu", disse Zach, e a mesma cena se desenrolou de um ângulo diferente. "Dezoito segundos."

"O meu diz vinte", disse Tyler.

Robbie olhou com inquietação para a água. "Acho que a gente devia voltar para casa."

Leonard segurou o ombro de Zach. "Vocês podem me passar isso? Vocês dois? Por e-mail, sei lá?"

"Claro. Mas precisamos ir para um lugar onde tenha sinal."

"Eu levo vocês", disse Emery. "Só vou botar roupas secas."

Ele se virou e seguiu pela praia, os garotos rindo e correndo atrás dele.

Leonard andou os últimos passos até a beira da água, o respingar molhando as pontas das botas de caubói. Olhou para o horizonte, a expressão intrigada, mas cheia de expectativa.

Robbie hesitou, mas se juntou a ele. O mar parecia calmo, ondas verdes e límpidas rolando em longos movimentos embaixo de um céu da cor de pergaminho. Por uma abertura nas nuvens, ele viu um brilho azul, como uma estrela diurna. Ficou olhando em silêncio, e depois de um minuto perguntou: "Você sabia que aquilo ia acontecer?".

Leonard balançou a cabeça. "Não. Como poderia?"

"Então... o que era aquilo?" Robbie olhou para ele, desamparado. "Você tem alguma ideia?"

Leonard não disse nada. Finalmente, se virou para Robbie. Inesperadamente, sorriu.

"Não faço ideia. Mas você viu, né?" Robbie assentiu. "E viu ela voando. No *Belerofonte*."

Leonard deu outro passo, alheio às ondas a seus pés. "Ela voou." A voz dele não passava de um sussurro. "Ela realmente voou."

NAQUELA NOITE, NINGUÉM DORMIU. Emery levou Zach, Tyler e Leonard até um Dunkin' Donuts, onde os garotos conseguiram sinal no celular e enviaram as filmagens para o laptop de Leonard. Em casa, ele desapareceu enquanto os outros ficaram sentados no deque discutindo sem parar o que tinham visto. Os garotos queriam voltar para a praia, mas Robbie não deixou. Como oferta de paz, ele deu uma cerveja para cada um. Quando Leonard saiu do quarto com o laptop, passava das três da madrugada.

Ele colocou o computador em uma mesa da sala. "Vejam o que acham." Quando os outros se reuniram, ele apertou o play.

Letras borradas surgiram na tela: "O primeiro voo do *Belerofonte* de McCauley". O torto e familiar horizonte apareceu, sépia e âmbar, com brilhos prateados vindos do mar abaixo. Robbie prendeu a respiração.

E ali estava o *Belerofonte*, com as rodas piscando e as asas movimentadas por um piloto diligente, até a luz brilhante surgir abaixo e o clipe terminar de maneira abrupta, exatamente aos dezessete segundos. Nada traía a figura como sendo Maggie e não McCauley; nada parecia diferente, por mais vezes que Leonard repetisse o filme.

"Então é isso", disse ele finalmente, e fechou o laptop.

"Você vai botar no YouTube?", perguntou Zach.

"Não", respondeu ele com cansaço. Os garotos trocaram um olhar, mas acabaram ficando em silêncio.

"Bom." Emery se levantou e esticou os braços, bocejando. "Hora de arrumar as malas."

Duas horas depois, eles estavam na estrada.

O lar para doentes terminais ficava alguns quilômetros antes da cidade, uma casa branca velha e irregular cercada de azaleias e rododendros bem cuidados. Os garotos foram deixados livres para perambular pela região. Os adultos andaram até a varanda, Leonard carregando o laptop. Ele estava com uma aparência péssima, os olhos cinzentos injetados e o rosto sem barbear. Emery passou um braço pelo ombro dele, e Leonard assentiu rigidamente.

Uma enfermeira os encontrou na porta, uma mulher loura arrumada, vestindo calça cáqui e blusa amarela.

"Eu falei para ela que você vinha", disse ela enquanto os levava a uma sala iluminada pelo sol, com mobília de vime e uma mesa baixa coberta de livros e revistas. "Ela é a única aqui agora, mas esperamos uma pessoa amanhã."

"Como ela está?", perguntou Leonard.

"Ela dorme na maior parte do tempo. E está recebendo morfina para a dor, então não está muito lúcida. O corpo está se desligando. Mas ela está consciente."

"Ela recebe muitas visitas?", perguntou Emery.

"Não desde que chegou aqui. No hospital, alguns vizinhos apareciam. Eu soube que ela não tem família. É uma pena." Ela balançou a cabeça com tristeza. "Ela é uma mulher adorável."

"Posso vê-la?" Leonard olhou para uma porta fechada no fim da sala iluminada.

"Claro."

Robbie e Emery os viram se afastar e se acomodaram nas cadeiras de vime.

"Meu Deus, que deprimente", disse Emery.

"É melhor do que um hospital", disse Robbie. "Anna ia para um lar para doentes terminais, mas morreu antes disso."

Emery fez uma careta. "Desculpa. Claro, eu não pensei direito."

"Tudo bem."

Robbie se encostou e fechou os olhos. Viu Anna sentada na grama com azaleias em volta, abelhas nas flores e Zach rindo ao abrir a mão para soltar uma mariposa verde que pousou momentaneamente na cabeça dela, depois voou para o céu.

"Robbie". Ele acordou sobressaltado. Emery estava ao seu lado, balançando-o delicadamente. "Ei, vou entrar agora. Volte a dormir se quiser, acordo você quando sair."

Robbie olhou ao redor, confuso. "Cadê o Leonard?"

"Foi dar uma volta. Ele está arrasado. Queria ficar um pouco sozinho."

"Claro, claro." Robbie esfregou os olhos. "Vou esperar."

Depois que Emery entrou, ele se levantou e andou pela sala. Depois de alguns minutos, suspirou e voltou para a cadeira, depois mexeu preguiçosamente nas revistas e livros sobre a mesa. *Tricycle*, *Newsweek*, o *Utne Reader*; alguns panfletos sobre questões de fim da vida; trabalhos de Viktor Frankl e Elisabeth Kübler-Ross.

E, embaixo do jornal de ontem, uma capa azul-céu familiar, com a imagem chamativa de um homem e uma mulher nus, as mãos unidas, flutuando acima de um abismo enorme, cercados de uma esfera roxa brilhante. Embaixo deles, vinha o título com letras verdes.

> *Asas para a Humanidade!*
> *O próximo passo é NOSSO!*
> *de Margaret S. Blevin, PhD*

Robbie pegou o livro. Atrás havia uma foto de uma Maggie mais jovem com uma túnica branca bordada, o cabelo como uma coroa brilhante em volta do rosto atraente. Ela estava no Salão de Voo, ao lado de uma imitação do módulo lunar *Apollo*, o Wright Flyer acima da cabeça. Ela estava rindo, as mãos erguidas em um gesto de boas-vindas. Ele abriu o livro em uma página aleatória.

> *... a hora chegou: com o amanhecer do Milênio Dourado, vamos dar boas-vindas ao retorno deles, vamos encontrá-los finalmente como iguais para nos beneficiar da glória que é direito da nossa espécie.*

Ele olhou a ilustração e a folha de rosto, depois a dedicatória.

Para Leonard, que nunca duvidou.

"Não é um livro incrível?"

Robbie ergueu o rosto e viu a enfermeira sorrindo para ele.

"É, sim", disse ele, e o colocou na mesa.

"É incrível que ela tenha previsto tanta coisa." A enfermeira balançou a cabeça. "Como o telescópio Hubble e aquele homem das cavernas que encontraram na geleira, o cara da lente? E as turbinas capazes de gerar energia a partir das correntes de jato? Nunca ouvi falar disso, mas meu marido diz que é real. Tudo que ela diz é tão cheio de esperanças. Sabe?"

Robbie ficou olhando para ela e assentiu rapidamente. Atrás dela, a porta se abriu. Emery saiu.

"Ela está meio sonolenta" disse ele.

"A manhã é a hora boa para ela. Agora, por volta desse horário, ela costuma começar a cansar." A enfermeira olhou para o relógio e depois para Robbie. "Pode entrar. Não fique surpreso se ela cochilar."

Ele se levantou. "Claro. Obrigado."

O quarto era pequeno e tinha paredes pintadas de um cinza-lilás suave. A cama ficava de frente para um janelão com vista para um jardim. Pintassilgos e carriças verdes pequeninas voavam entre um alimentador e um pequeno bebedor com pedras brancas em volta. Por um momento, Robbie achou que a cama estivesse vazia. Mas então viu a figura magra que tinha escorregado entre os lençóis brancos, encolhida pelos travesseiros e as almofadas de apoio.

"Maggie?"

A figura virou a cabeça. Sem cabelo, a pele branca como papel, sarapintada de hematomas que pareciam tinta derramada. Os lábios e as unhas estavam violeta, o rosto tão pálido e cheio de rugas que era como olhar para um ovo rachado. Só os olhos eram reconhecíveis como sendo de Maggie, enormes, do azul profundo de um bebê. Quando olhou para ele, ela puxou os braços murchos para cima, lentamente, até os dedos roçarem os ombros. Ela fez Robbie ter uma imagem perturbadora de um louva-a-deus.

"Não sei se você se lembra de mim." Ele se sentou em uma cadeira ao lado da cama. "Sou Robbie. Trabalhei com Leonard. No museu."

"Ele me contou." A voz dela estava tão baixa que ele teve que se inclinar para ouvir. "Estou feliz por eles terem vindo. Eu os estava esperando ontem, quando ainda estava nevando."

Robbie se lembrou de Anna na cama de hospital, completamente dopada e falando sozinha. "Claro", disse ele.

Maggie lhe lançou um olhar que talvez fosse de irritação, depois olhou para o jardim. Seus olhos se arregalaram quando ela lutou para levantar as mãos, os dedos tremendo. Robbie percebeu que ela estava acenando. Ele se virou para olhar para a janela, mas não tinha ninguém lá. Maggie olhou para ele e apontou para a porta.

"Pode ir agora", disse ela. "Tenho visita."

"Ah. Tudo bem, desculpa."

Ele se levantou, desajeitado, e se inclinou para beijar a cabeça dela. A pele estava lisa e fria como metal. "Tchau, Maggie."

Na porta, ele olhou para trás, e a viu olhando com uma expressão arrebatada para a janela, a cabeça ligeiramente inclinada e as mãos abertas, como se para pegar a luz do sol.

DOIS DIAS DEPOIS QUE eles chegaram em casa, Robbie recebeu um e-mail de Leonard.

Caro Robbie,

Maggie faleceu hoje de manhã. A enfermeira disse que ela ficou inconsciente ontem cedo, pareceu estar sentindo dor, mas pelo menos não durou muito. Ela deixou tudo pronto para ser cremada. Sem cerimônia nem nada parecido. Vou fazer alguma coisa, provavelmente no outono, e aviso.

Seu amigo,

Leonard.

Robbie suspirou. A semana em Cowana já parecia distante no passado e com ares de sonho, como a lembrança de férias de infância. Ele escreveu uma nota de condolências para Leonard e foi trabalhar.

Semanas se passaram. Zach e Tyler postaram suas filmagens do *Belerofonte* na internet. Robbie encontrava Emery para beber a cada semana ou duas, e viu Leonard uma vez, no churrasco de Quatro de Julho de Emery. No final do verão, a filmagem de Tyler tinha sido vista 347.623 vezes e a de Zach, 347.401. Os dois incluíram um link para o site do Capitão Marvo, onde Emery oferecia download gratuito do texto completo de *Asas para a Humanidade!*. Havia agora mil resultados no Google sobre Margaret Blevin, e Emery acrescentou uma camiseta do *Belerofonte* nas mercadorias que vendia: era de algodão orgânico com a estampa da aeronave barroca e o piloto de chapéu-coco.

No começo de setembro, Leonard ligou para Robbie.

"Você pode me encontrar no museu amanhã, por volta das oito e meia? Vou fazer um memorial para a Maggie, só você, eu e Emery. Depois do horário de encerramento. Vou autorizar sua entrada."

"Claro", disse Robbie. "Tem alguma coisa que eu possa levar?"

"É só ir. Te vejo lá."

Ele foi com Emery. Eles caminharam ao longo do National Mall sob o crepúsculo, o museu era um cubo branco brilhando contra um céu que escurecia rapidamente até chegar a azul-marinho. Leonard os esperava na porta lateral. Estava usando uma túnica bordada azul-céu, o cabelo branco caído solto nos ombros, segurando uma caixa de papelão com uma etiqueta pequena impressa.

"Venham", disse ele. O museu estava fechado desde as cinco, mas um guarda abriu a porta para eles. "Não temos muito tempo."

Hedges estava no balcão de segurança, careca e ainda mais imponente do que quando Robbie o viu pela última vez, décadas antes. Autorizou a entrada deles, olhou para Robbie com curiosidade e sorriu quando leu a assinatura.

"Eu me lembro de você... Opie, né?"

Robbie fez uma careta ao ouvir o apelido e fez que sim. Hedges entregou uma folha de papel a Leonard. "Seja rápido."

"Obrigado. Pode deixar."

Eles foram até o elevador dos funcionários, o museu vazio sinistro e iluminado de azul. Acima deles, as aeronaves silenciosas pareciam menores do que eram no passado, maltratadas e com aspecto de brinquedos. Robbie reparou em uma rachadura na cápsula espacial *Gemini VII*, e filetes de poeira grudados no Wright Flyer. Quando eles chegaram ao terceiro andar, Leonard os levou pelo corredor, passando pelo laboratório de fotografia, pelo refeitório dos funcionários, pela biblioteca onde os Arquivos Malucos ficavam no passado. Finalmente, pararam em frente a uma porta perto de um duto aberto. Ele olhou para o pedaço de papel que Hedges tinha lhe dado, digitou uma série de números no painel digital, abriu a porta e esticou a mão para acender a luz. Dentro havia um aposento pequeno com uma escada de metal presa a uma parede.

"Aonde nós vamos?", perguntou Robbie.

"Para o telhado", disse Leonard. "Se formos pegos, Hedges e eu estamos ferrados. Na verdade, estamos todos ferrados. Então, temos que ser rápidos."

Ele apertou a caixa de papelão contra o peito e começou a subir a escada. Emery e Robbie foram atrás, até uma pequena plataforma de metal e outra porta. Leonard digitou outro código e a abriu. Eles saíram na noite.

Era como estar no topo de um transatlântico. O telhado do museu era plano, quase do tamanho de um quarteirão. Ar quente saía dos dutos enormes de ventilação, e Leonard fez sinal para eles se afastarem e irem na direção da extremidade mais distante do prédio.

O ar estava mais fresco ali, uma brisa com cheiro doce e de chuva, apesar do céu limpo. Abaixo, estirava-se o National Mall, um grande e verde tabuleiro de jogo, cujas peças enormes eram os outros museus e monumentos, marfim e ônix e vidro. O obelisco do Monumento a Washington subia ao longe, e atrás, o cintilar de Roslyn e Crystal City.

"Eu nunca vim aqui", disse Robbie, parando ao lado de Leonard.

Emery balançou a cabeça. "Nem eu."

"Eu vim", disse Leonard, e sorriu. "Só uma vez, com Maggie."

Acima do domo do Capitólio estava a lua cheia, tão luminosa no céu sem estrelas que Robbie conseguiu ler o que estava impresso na caixa de Leonard.

MARGARET BLEVIN

"São as cinzas dela." Leonard colocou a caixa no chão e tirou a tampa, deixando à mostra um saco lacrado. Ele abriu o saco, pegou a caixa de novo e se levantou. "Ela queria que eu espalhasse as cinzas dela aqui. Eu queria que vocês dois estivessem comigo."

Ele enfiou a mão no saco e tirou-a cheia; esticou a caixa para Emery, que assentiu em silêncio e fez o mesmo; depois, se virou para Robbie.

"Você também", disse ele.

Robbie hesitou, mas enfiou a mão na caixa. O que havia dentro era granuloso, mais parecido com areia do que com cinzas. Quando ergueu o olhar, viu que Leonard tinha dado um passo à frente, a cabeça inclinada para trás para olhar a lua. Ele levou o braço para trás, jogou as cinzas na direção do céu, e se inclinou para pegar mais.

Emery olhou para Robbie, e os dois abriram as mãos.

Robbie viu as cinzas escorrerem entre os dedos, como um voo de mariposas pequenininhas. Em seguida, virou-se para pegar mais, e os três jogaram punhado após punhado rumo ao céu.

Quando a caixa estava vazia, Robbie se empertigou, respirando com dificuldade, e passou a mão pelos olhos. Ele não sabia se era truque do luar ou do vento fresco, mas em volta deles, para onde quer que ele olhasse, o ar estava lotado de asas.

ELIZABETH HAND cresceu em Nova York e mora atualmente no Maine. Ela ganhou os prêmios World Fantasy, Shirley Jackson e International Horror Guild. Dentre seus livros estão *Illyria* e *Generation Loss.*

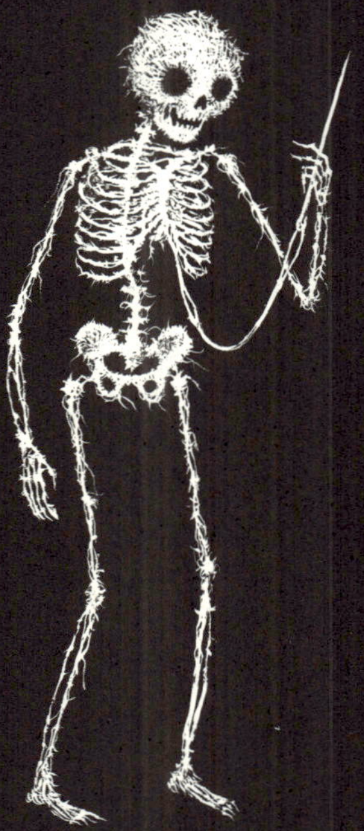

O

O
diabo
na escada
por
Joe
Hill

Eu
nasci em
Sulle Scale
e sou filho de
um pedreiro qualquer.

A
cidade
onde nasci
ficava situada
no cume mais alto
e mais íngreme, acima
da cidade de Positano, e
na primavera fria as nuvens
se esgueiravam lentas pelas ruas
como se fossem uma procissão de fantasmas.
Era preciso descer só oitocentos e vinte
degraus para ir de Sulle Scale até o mundo
abaixo. Eu sei. Eu subi e desci diversas vezes
junto a meu pai, acompanhando seus passos calmos,
da nossa casa no céu até embaixo, e voltando a subir.
Depois que ele morreu, eu subia com frequência sozinho.

De
cima com
a até que cada
baixo peso passo
carregando parecia
que os ossos
dos meus joelhos
eram esmigalhados
em finas farpas brancas.

Os
rochedos
eram cheios
de escadarias
tortas, de tijolos
em alguns lugares
e de granito em outros.
Mármore aqui, calcário ali,
placas de argila, vigas de madeira.
Quando foi preciso construir escadas,
meu pai as construiu. Quando os degraus
eram destruídos pelas chuvas, cabia a ele
consertar. Durante anos, ele teve um burro
para levar as pedras. Depois que morreu, era eu.

Eu
sentia
ódio por
ele, claro.
Ele tinha os
gatos e cantava
para cada um deles
e oferecia para todos
pires cheios de leite e
contava umas histórias bobas
e os acarinhava em seu colo
e quando uma vez chutei um deles —
não lembro por que — ele me chutou no
chão e disse para não tocar nos bebês dele.

Eu
levava
as pedras
quando devia
estar carregando
livros, mas não posso
fingir que o odiava por isso.
A escola não me servia, eu odiava
estudar, odiava ler, sentia intensamente
o calor sufocante da escola de uma sala só,
a única coisa boa nela era minha prima, Lithodora,
que lia para as criancinhas, sentada em um banquinho
com as costas eretas, o queixo alto, o pescoço à mostra.
Eu
imaginei
muitas vezes
o pescoço dela
branco e frio como
o altar de mármore que
tem na nossa igreja e tive
vontade de encostar a testa
nele, como já fiz nesse altar.
O jeito como ela lia, com a voz
baixa e firme, a voz que você sonha
que lhe chama quando você está doente,
dizendo que você vai ficar bem e só vai ter
a febre doce do corpo dela. Eu poderia ter amado
os livros se ela os lesse para mim, ao meu lado na cama.
Eu
conhecia
cada degrau
da escada que
seguia de Sulle
Scale a Positano,
lances longos que iam
pelos cânions e desciam
em túneis abertos em calcário,

passando por pomares e ruínas de
fábricas abandonadas, cachoeiras e lagos.
Eu andava na escada quando dormia, nos sonhos.
A
trilha
que meu pai
e eu seguíamos
costumava passar
por um portão pintado
de vermelho, bloqueando
o caminho de uma escada torta.
Eu achava que aqueles degraus levavam
até uma casa particular e não dava atenção
ao portão, até o dia em que parei no meio
da descida com um carregamento de mármore e me
apoiei nele para descansar, e o portão se abriu.
Meu
pai tinha
ficado uns trinta
degraus mais ou menos
para trás de onde eu estava.
Passei pelo portão e fui até o
patamar para ver aonde a escada ia.
Não vi casa e nem vinícola abaixo, só
a escada descendo para longe de mim pela
face mais íngreme daqueles penhascos íngremes.
"Pai",
eu chamei
quando o vi,
o som dos passos
ecoando nas pedras e
a respiração assobiando.
"Você já desceu essa escada?"
Quando
ele me viu
parado depois
do portão vermelho,

ficou pálido e agarrou
meu ombro em um instante
e me puxou de volta para a
escadaria principal. Ele disse:
"Como você abriu o portão vermelho?".

"Estava
aberto quando
eu cheguei aqui",
eu disse. "Elas não
vão todas para baixo,
seguindo em direção ao mar?"

"Não."
"Mas parece
que todas elas
vão descendo sempre
até chegar lá embaixo."

"Essa
escadaria vai
mais longe que isso",
disse ele, e fez o sinal
da cruz. E disse novamente:
"O portão está sempre trancado".
E ficou olhando para mim com firmeza,
os brancos dos olhos aparecendo. Eu
nunca tinha visto ele me olhar assim,
nunca pensei que o veria com medo de mim.

Lithodora
riu quando eu
contei para ela
e disse que meu pai
era velho e supersticioso.
Ela me disse que existia uma
história que dizia que a escada
do portão pintado levava ao inferno.
Eu tinha andado pela montanha umas mil
vezes mais que Lithodora e queria saber
como ela podia conhecer uma história dessas
se eu nunca tinha ouvido ninguém mencionar nada.

Ela disse
que os velhos
nunca falavam disso,
mas incluíram a história
em um compilado de histórias
da região, que eu conheceria se
tivesse lido qualquer uma das tarefas
dadas pela professora. Eu disse para ela
que nunca conseguia me concentrar nos livros
quando ela estava no mesmo lugar que eu. Ela riu.
Mas quando tentei tocar no pescoço dela, ela se afastou.
As
pontas
dos dedos
roçaram nos
seios dela, e ela
ficou zangada e disse que
eu tinha que lavar minhas mãos.

Quando
o meu pai
morreu — ele
estava descendo
a escada com muitos
tijolos quando um gato
apareceu na frente dele,
e, em vez de pisar no gato,
ele pisou no nada e caiu por
quinze metros e foi empalado por
uma árvore — eu encontrei um uso mais
lucrativo para as minhas pernas de burro e
ombros fortes. Fui empregado por Don Carlotta,
que era dono de um vinhedo na encosta de Sulle Scale.
Eu levava
o vinho dele
pelos oitocentos
degraus até Positano,
onde era vendido para um

sarraceno rico, um príncipe,
diziam, escuro e magro e mais
fluente na minha própria língua do que eu,
um jovem inteligente que sabia ler as coisas:
notas musicais, as estrelas, um mapa, uma bússola.
Uma vez,
eu tropecei
em um lance da
escada de tijolos
quando estava descendo,
carregando o vinho de Don,
e uma alça escorregou, e a caixa
nas minhas costas caiu no penhasco
e uma das garrafas dentro se estilhaçou.
Eu levei a caixa para o sarraceno no porto.
Ele disse que ou eu bebi ou devia ter bebido,
pois aquela garrafa valia o que eu ganhava no mês.
Ele me disse que eu podia me considerar pago, e bem.
Riu, e os dentes brancos reluziram no meio do rosto negro.
Eu estava
sóbrio quando
ele riu de mim,
mas em pouco tempo
enchi a cara de vinho.
Não o vinho tinto da montanha,
suave e picante, de Don Carlotta,
mas o Chianti mais barato da Taverna,
que bebi com vários amigos desempregados.
Lithodora
me encontrou
quando anoiteceu e
parou ao lado, o cabelo
escuro em torno do rosto frio,
branco, lindo, repugnado, amoroso.
Disse que estava com a prata que me deviam.
Ela disse ao amigo Ahmed que ele tinha insultado
um homem honesto, que minha família era trabalhadora,
não era mentirosa, e que ele tinha sorte de eu não ter…

"…você
o chamou
de seu amigo?",
eu disse. "Um macaco
do deserto que não conhece
nada do Senhor Jesus Cristo?"

O jeito como
ela me olhou me
fez sentir vergonha.
O jeito como botou o dinheiro
na minha frente me fez sentir ainda mais.
"Estou vendo que você precisa mais disto
do que de mim", disse ela antes de ir embora.

Eu quase
me levantei e
fui atrás. Quase.
Um amigo me perguntou:
"Você soube que o sarraceno
deu à sua prima uma pulseira escrava,
um aro com guizos de prata, para ela usar no
tornozelo? Acho que nas Arábias presentes assim
são dados a cada nova prostituta que entra no harém".

Eu me
levantei
tão rápido que
minha cadeira caiu.
Agarrei o pescoço dele
com as duas mãos e disse:
"Mentiroso. O pai dela nunca
permitiria que ela aceitasse um
presente assim de um mouro ímpio".

Mas
outro
amigo disse
que o mercador
não era mais ímpio.
Lithodora ensinou Ahmed

a ler em latim, usando a Bíblia
como gramática, e ele alegava agora
ter entrado na luz do Senhor Jesus Cristo,
e ele lhe deu a pulseira com o conhecimento
dos pais dela, como uma forma de mostrar agradecimento
por apresentá-lo às dadivas do Pai Nosso que está no céu.

Quando
o primeiro
amigo tinha
recuperado o ar,
ele me contou que
Lithodora subia pela
escada todas as noites
para se encontrar com ele
em cabanas de pastores vazias
ou nas cavernas, ou entre as ruínas
das fábricas, no estrondo da cachoeira,
que espirrava como prata líquida à luz do
luar, e naqueles lugares ela era como uma aluna,
e ele era um professor firme e extremamente exigente.

Ele
subia
na frente,
e logo depois ela
subia pela escadaria
na escuridão, sempre com a
pulseira de guizos no tornozelo.
Quando ouvia os guizos, ele acendia
uma vela para avisar onde a estava
esperando, pronto para começar a aula dela.

Eu
estava
tão bêbado.

Saí
andando
para a casa
de Lithodora,

sem ideia do que
faria ao chegar lá.
Fui por trás da casinha
em que ela morava com os pais,
pensando em jogar umas pedras para
acordá-la e atraí-la à janela do quarto.
Mas quando fui na direção dos fundos da casa,
ouvi um tilintar prateado em algum lugar mais alto.

Ela
já estava
na escadaria,
subindo na direção
das estrelas com o vestido
branco balançando em volta dos
quadris e a pulseira de guizos no
tornozelo brilhando muito no escuro.

Meu
coração
disparou,
foi rolando
pela escadaria:
tum tum tum tum tum.
Eu conhecia as encostas
melhor do que todos, e tomei
outro caminho, uma subida íngreme
de degraus de argila, para passar à frente,
e voltei ao caminho principal até Sulle Scale.
Levava a moeda de prata que o príncipe sarraceno
tinha lhe dado quando ela o procurou e me desonrou
ao implorar que ele pagasse o valor que me era devido.

Pus
a moeda
num copo de latão
e subi mais devagar,
andando, sempre em frente,
sacudindo aquela moeda de Judas
dentro da caneca velha e amassada.

Fazia um tilintar tão lindo e suave
nos cânions ecoantes, na escadaria no
meio da noite, bem acima de Positano e do
estrondo e do suspiro do mar, enquanto a maré
consumava o desejo da água de domar a terra submissa.
Enfim
fiz uma
pausa para
recuperar o ar
e vi a chama de uma
vela surgir no meio
da escuridão da noite.
Estava em uma bela ruína,
um lugar de paredes de granito
cobertas de flores selvagens e hera.
Uma entrada ampla levava a um aposento
com piso feito de grama e teto de estrelas,
como se o lugar tivesse sido construído não para
servir de abrigo do mundo natural, mas para proteger
um canto virgem da natureza dos atos de violação do homem.
Por
outro lado,
parecia um lugar
pagão, um ambiente
natural para uma orgia
organizada por faunos de cascos
de bode, com flautas e paus peludos.
Assim, o arco que levava ao pátio privativo
cheio de mato e de um verde estival parecia a entrada
de um salão à espera dos foliões de um bacanal particular.
Ele
esperava
num cobertor
aberto no chão,
com uma garrafa do
vinho de Don e alguns
livros, e sorriu ao ouvir

o tilintar metálico da minha
chegada, mas parou assim que eu
finalmente apareci à luz, com um
grande bloco de pedra na mão livre.

Eu
o matei
ali mesmo.

Eu
não o
matei por
honra familiar
nem ciúme, nem bati
com a pedra nele porque
ele tinha se metido com o
corpo branco e frio de Lithodora,
o qual ela jamais ofereceria para mim.

Eu
bati
nele com
o bloco de
pedra por ódio
daquela cara preta.

Quando
eu parei
de golpeá-lo,
fiquei sentado ali.
Acho que peguei o pulso
dele para ver se tinha algum
batimento, mas depois que soube
que estava morto, continuei com
a mão dele na minha, ouvindo o cricrilar
dos grilos na grama, como se ele fosse uma
criancinha, *meu* filho, que tinha adormecido
depois de lutar contra o sono por tempo demais.

O
que
me tirou

do estupor
foi a música
doce dos guizos
subindo a escada.

Dei
um pulo
e corri, mas
Dora já estava
lá, entrando pela
passagem, e eu quase
esbarrei nela ao passar.
Ela esticou uma de suas mãos
delicadas e brancas para mim e
disse meu nome, mas eu não parei.
Desci a escada de três em três degraus,
correndo sem pensar, mas não fui tão rápido,
e a ouvi gritando o nome *dele*, mais de uma vez.

Não
sei bem
aonde eu
estava indo.
Sulle Scale, acho,
mesmo sabendo que me
procurariam lá primeiro quando
Lithodora voltasse e contasse para
todos o que eu tinha feito com o árabe.
Não parei até estar com a respiração ofegante
e meu peito estar tomado de fogo, e aí eu me
encostei num portão que ficava à margem do caminho —
você sabe
qual portão —

e ele
se abriu
ao meu toque.
Eu passei pelo
portão e comecei
a descer a escadaria.

Pensei, ninguém vai procurar
aqui, posso me esconder um tempo e…
Não.
Pensei,
essa escada
vai levar até
a estrada, e vou
para Nápoles, para o Norte,
e vou comprar uma passagem
de navio para os Estados Unidos
e escolher um novo nome, começar uma…
Não.
Basta.
A verdade:
Eu
achava
que a escada
ia até o inferno,
e era para o inferno
que eu estava querendo ir.
Os
degraus
no começo
eram de pedra
branca velha, mas,
conforme segui adiante,
foram ficando sujos e escuros.
Outras escadarias se juntaram a
eles aqui e ali, vindas de outras
direções variadas naquelas montanhas.
Eu não entendia como isso era possível.
Achava que tinha andado por todos os lances
de escada das montanhas, menos nos degraus em que
estava agora, e não conseguia pensar de jeito nenhum
de onde todas aquelas outras escadarias podiam estar vindo.
O
bosque

ao redor
de mim tinha
ardido em chamas
num momento passado,
e eu desci pelos montes
de pinheiros chamuscados,
a encosta toda negra e queimada.
Só que não houve fogo naquela parte
da montanha que eu conseguisse me lembrar.
A brisa carregava um calor inconfundível.
Comecei a achar minhas roupas quentes demais.
Segui
a escada
em ziguezague
e vi, abaixo de onde
eu estava, um garoto num
patamar de pedra, sentado.
Ele
exibia
um monte
de coisinhas
curiosas num pano.
Um pássaro de dar corda
numa gaiola de metal, uma cesta
de maçãs brancas, um isqueiro amassado.
Tinha um pote, e dentro do pote havia luz.
Essa luz ficava mais intensa até que o patamar
ficasse iluminado como que pelo sol nascente, depois
ia se apagando na escuridão, encolhendo até se tornar
um único ponto, como um vaga-lume impossivelmente brilhante.
Ele
sorriu
ao me ver.
Tinha cabelo
dourado e o mais
lindo sorriso que já
vi no rosto de uma criança,

e senti medo dele, antes mesmo
de ele me chamar usando meu nome.
Fingi que não ouvi, fingi que ele não
estava lá, que eu não o tinha visto, passei
direto. Ele riu quando me viu passar correndo.

Quanto
mais eu
descia, mais
íngreme ficava.
Parecia haver uma
luz abaixo, como se
em algum lugar depois
da pedra, pelas árvores,
houvesse uma cidade enorme,
como Roma, as luzes feito brasas.
Senti cheiro de comida sendo preparada.

isso
se fosse
comida — o
apetitoso odor
de carne preparada
sobre um fogo ardente.

Vozes
à frente:
um homem falava
com cansaço, talvez
sozinho, um discurso
longo e sem alegria nenhuma;
outra pessoa rindo, uma risada
horrível, descontrolada e raivosa.
Um outro homem estava fazendo perguntas.

"Uma
ameixa
fica mais doce
enfiada na boca de
uma virgem para que ela
fique quieta ao ser possuída?

E quem vai assumir o filho bebê
que está dormindo no berço feito da
carcaça podre do cordeiro que se deitou
com o leão só para ser eviscerado?" E ainda mais.

Na
curva
seguinte
que surgiu
nos degraus,
eles finalmente
apareceram para mim.
Eles ladeavam a escada:
seis homens presos com pregos
em cruzes de pinheiros queimados.
Não consegui seguir em frente, e por
um tempo não pude voltar; foram os gatos.
Um dos homens tinha um ferimento na lateral,
um ferimento sangrando que formava uma poça na
escada, e havia gatinhos tomando o sangue como se
fosse um pouco de leite, e ele lhes falava com a voz
cansada para que todos os gatinhos bebessem à vontade.
Eu
não me
aproximei
o suficiente
para ver o rosto dele.

Acabei
voltando
pelo caminho
da minha descida
com as pernas tremendo.
O garoto estava esperando
com sua coleção de estranhezas.

"Por que
você não senta
e descansa os pés
doloridos, Quirinus

```
Calvino?", perguntou ele.
Eu me sentei na frente dele,
não porque queria, mas porque
foi ali que minhas pernas cederam.
```

Nenhum de nós disse nada. Ele sorriu do outro lado do pano aberto com as mercadorias em cima, e fingi interesse no muro de pedra que contornava o patamar. Aquela luz no pote cresceu e cresceu até nossas sombras se projetarem na pedra como gigantes deformados, depois o brilho se apagou e nos mergulhou na nossa escuridão compartilhada. Ele me ofereceu água, mas eu sabia que não devia aceitar nada daquela criança. Ou achava que sabia. A luz no pote começou a se intensificar de novo, um único ponto flutuante de brancura perfeita, inflando como um balão. Tentei olhar, mas senti uma pontada de dor no fundo dos globos oculares e afastei o rosto.

"O que é? Queima meus olhos", eu perguntei.

"Uma pequena fagulha roubada do sol. Dá para fazer todos os tipos de coisas maravilhosas com ela. Dá para fazer uma fornalha, uma fornalha gigante, poderosa o suficiente para aquecer uma cidade inteira, e acender mil lâmpadas de Edison. Veja como fica brilhosa. Mas é preciso tomar cuidado. Se o pote quebrasse e a fagulha escapasse, essa mesma cidade desapareceria em um estalo de luz. Pode ficar com ela se quiser."

"Não, eu não quero", eu disse.

"Não. Claro que não. Não é seu tipo de coisa. Não importa. Alguém vai aparecer depois para ficar com isso. Mas pegue alguma coisa. O que você quiser", disse ele.

"Você é Lúcifer?", eu perguntei com voz rouca.

"Lúcifer é um bode velho horrível com um tridente e cascos que faz as pessoas sofrerem. Eu odeio sofrimento. Só quero ajudar as pessoas. Eu dou presentes. É por isso que estou aqui. Todo mundo que passa por essa escada antes da hora ganha um presente de boas-vindas. Você parece com sede. Quer uma maçã?" Ele levantou a cesta com as maçãs brancas enquanto falava.

Eu estava com sede — minha garganta não estava só doendo, mas parecia queimada, como se eu tivesse inalado fumaça recentemente, e comecei a esticar a mão para a fruta oferecida, quase por reflexo, mas puxei a mão de volta, pois conhecia as lições de pelo menos um livro. Ele sorriu para mim.

"São...", eu perguntei.

"São de uma árvore muito antiga e muito honrada", disse ele. "Você nunca vai experimentar fruta mais doce. E, quando comer, você vai ficar cheio de ideias. Sim, mesmo alguém como você, Quirinus Calvino, que mal aprendeu a ler."

"Não quero", eu disse, quando na verdade queria dizer para ele não me chamar pelo nome. Eu não suportava que ele soubesse meu nome.

Ele disse: "Todo mundo vai querer. Todos vão comer e comer e ficar cheios de conhecimento. Ora, aprender a falar outro idioma vai ser tão simples quanto, ah, aprender a construir uma bomba. Só uma mordida na maçã. E o isqueiro? Dá para acender qualquer coisa com esse isqueiro. Um cigarro. Um cachimbo. Uma fogueira. Imaginações. Revoluções. Livros. Rios. O céu. A alma de outro homem. Até a alma humana tem uma temperatura na qual fica inflamável. O isqueiro carrega um feitiço, está ligado aos poços mais profundos de petróleo do planeta e vai botar fogo nas coisas pelo tempo que o petróleo durar, e tenho certeza de que vai ser para sempre".

"Você não tem nada que eu queira", eu disse.

"Eu tenho alguma coisa para todo mundo", disse ele.

Eu me levantei, pronto para ir embora, apesar de não ter para onde ir. Eu não podia descer a escada. O pensamento me deixava tonto. Também não podia subir. Lithodora já devia ter voltado ao vilarejo agora. Estariam me procurando na escada, com tochas. Fiquei surpreso de ainda não os ter ouvido.

O pássaro de metal virou a cabeça para me olhar quando oscilei e piscou, as abas metálicas dos olhos se fechando e se abrindo novamente. Soltou um trinado enferrujado. Eu também, surpreso pelo movimento repentino. Achei que fosse um brinquedo inanimado. A ave me observou com expressão firme, e eu olhei para ela. Quando criança, eu sempre tive interesse por objetos mecânicos engenhosos, gente feita de engrenagem que saía de seu esconderijo ao toque do meio-dia, o lenhador para cortar lenha, a dama para dançar. O garoto seguiu meu olhar e sorriu, depois abriu a gaiola e enfiou a mão dentro. A ave pulou no dedo dele.

"Ele canta a canção mais linda do mundo", disse ele. "Encontra um dono, um ombro onde se empoleirar, e canta para essa pessoa pelo resto dos dias. O truque para fazer com que ele cante para você é contar uma mentira. Quanto maior, melhor. Alimente-o com uma mentira, e ele vai cantar a melodia mais linda. As pessoas amam ouvir a música dele. Amam tanto que nem ligam de ouvir a mentira. Ele é seu se você quiser."

"Eu não quero nada seu", eu disse, mas, quando falei, o pássaro começou a assobiar: era a melodia mais doce e suave que ouvi, um som tão bom quanto a gargalhada de uma garota bonita ou sua mãe chamando para jantar. A música soava um pouco como algo que seria tocado por uma caixa de música, e imaginei um cilindro pontilhado girando dentro dele, batendo nos dentes de um pente prateado. Tremi ao ouvir. Naquele lugar, naquela escada, eu nunca tinha imaginado ouvir uma coisa tão boa.

Ele riu e balançou a mão para mim. As asas do pássaro bateram na lateral do corpo como facas pulando das bainhas, e ele voou até meu ombro.

“Está vendo”, disse o garoto na escada. “Ele gostou de você.”

“Não posso pagar”, eu disse, a voz rouca e estranha.

“Você já pagou”, disse o garoto.

Ele virou a cabeça, olhou escada abaixo e pareceu prestar atenção. Ouvi o vento crescendo. Fazia um som de gemido baixo e sussurrante ao subir pelo canal da escadaria, um choro profundo e solitário e inquieto. O garoto olhou para mim. “Agora vai. Estou ouvindo meu pai chegando. O bode velho horrível.”

Eu recuei, e meus calcanhares bateram no degrau atrás de mim. Estava com tanta pressa para fugir que caí estatelado nos degraus de granito. O pássaro no meu ombro levantou voo, subiu em círculos cada vez mais amplos no ar, mas, quando recuperei o equilíbrio, ele desceu até onde tinha se apoiado antes, no meu

ombro
e comecei a
correr pelo caminho
pelo qual tinha descido.

Eu
subi
com pressa
por um tempo,
mas logo me cansei e
tive que reduzir o passo.
Comecei a pensar no que
diria assim que chegasse à
escada principal e fosse visto.
“Vou confessar tudo e aceitar minha
punição, seja qual for ela”, eu disse.
A ave cantou uma canção alegre e divertida.

Mas
parou
assim que
eu cheguei no
portão, por causa

de uma outra canção
não muito distante dali:
o som do choro de uma garota.
Eu escutei, confuso, e segui com
hesitação até aquele lugar onde eu
tinha assassinado o amado de Lithodora.
Não ouvi nenhum som além do choro de Dora.
Nem homens gritando, nem correria na escada.
Fiquei metade da noite fora, ao que me parecia,
mas, quando cheguei nas ruínas onde deixei o sarraceno
e olhei para Dora, foi como se poucos minutos se passassem.
Fui
para
perto
dela e
sussurrei,
quase com medo
de ser escutado.
Assim que falei seu
nome, ela virou a cabeça
e me olhou com olhos vermelhos
de ódio e gritou para eu ir embora.
Eu queria consolá-la, dizer que sentia
muito, mas, quando cheguei perto, ela levantou
em um pulo e correu para mim, me batendo e arranhando
meu rosto com as unhas enquanto amaldiçoava meu nome.
Eu
queria
botar as mãos
nos ombros dela
para segurá-la firme,
mas, quando as estiquei,
encontrei o pescoço branco.
O
pai
dela e
seus colegas

e os meus amigos
foram me encontrar
chorando ao lado dela.
Passando os dedos pelos fios
de cabelo preto, longo, sedoso.
Seu pai caiu de joelhos e a tomou
nos braços, e por um tempo as montanhas
ecoaram com o nome dela, repetido sem parar.

Outro
homem, que
tinha um rifle,
me perguntou o que
tinha acontecido, e eu
contei — contei — que o árabe,
aquele macaco do deserto, a tinha
atraído até ali, e como não pôde arrancar
a inocência do corpo dela, a matou na grama,
e eu os vi e nós lutamos e eu o matei com uma pedra.

E
enquanto
eu contava,
a ave de metal
começou a assobiar
e a cantar a melodia
mais triste e mais doce
que eu já tinha escutado,
e os homens prestaram atenção
até a música infeliz chegar ao fim.

Eu
levei
Lithodora
nos braços
quando descemos.
No caminho, a ave
começou a cantar de novo
quando contei que o sarraceno

planejou levar as garotas mais doces
e lindas e leiloar o corpo delas na Arábia –
uma linha de comércio mais lucrativa do que vinho.
O pássaro agora assobiava uma marchinha, e os rostos
dos homens que caminhavam comigo estavam rígidos e sombrios.
Todos
os homens
de Ahmed queimaram
junto com o navio dele,
que acabou afundando no porto.
A mercadoria dele, guardada num
armazém perto do cais, foi tomada,
e a caixa de dinheiro acabou ficando
para mim como recompensa pelo meu heroísmo.
As
pessoas
nunca poderiam
ter imaginado, quando
eu ainda era um menino,
que chegaria o dia em que
eu me transformaria em um dos
comerciantes mais ricos, abastados
e poderosos de toda a costa amalfitana,
nem que eu acabaria sendo o proprietário
das premiadas vinícolas de Don Carlotta, eu,
que trabalhei como uma mula pelas moedas dele.
As
pessoas
nunca poderiam
ter imaginado que
um dia eu me tornaria
o amado e admirado prefeito
de Sulle Scale, e nem um homem
tão renomado que seria convidado
para ter uma audiência privada com o
Santo Papa em pessoa, que me agradeceu
pelos muitos atos conhecidos de generosidade.

As
engrenagens
dentro da linda ave
de metal se desgastaram
com o passar do tempo, e ela
parou de cantar completamente,
mas não importava mais àquelas alturas
se alguém acreditava ou não nas minhas mentiras,
de tão grande que eram minha riqueza, poder e fama.
Porém.
Vários anos
antes de o pássaro
ficar em silêncio, eu
acordei um dia na mansão
e reparei que ele fez um ninho
de fios na minha janela e o enchera
de ovos frágeis feitos de metal prateado.
Olhei para os ovos com inquietação, mas, quando
estiquei a mão para tocar neles, sua mãe mecânica
me beliscou com o bico afiado como agulha, e depois
disso eu não fiz nenhuma tentativa de tocar neles de novo.
Meses
depois, o
ninho ficou cheio
de pedaços de metal.
Os filhotes dessa nova
espécie, criaturas de uma nova
era, tinham saído voando por aí.

Não
sou capaz
de garantir
quantos pássaros
de metal e de fios
e de corrente elétrica há
no mundo agora — mas ouvi falar,
este mês mesmo, sobre o nosso novo
primeiro-ministro, chamado sr. Mussolini.

Quando ele discursa sobre a grandeza do povo
italiano e o parentesco com nossos irmãos alemães,
tenho quase certeza de que ouço um pássaro de metal cantar.
A melodia soa clara quando amplificada pelo rádio moderno.
Não
moro mais
nas montanhas.
Tem anos que não
vou a Sulle Scale.
Quando cheguei à idade
avançada, descobri que não
consigo mais percorrer as escadas.
Falei para as pessoas que eram meus joelhos.
Mas, na verdade,
eu desenvolvi
um medo de
altura.

O primeiro livro de JOE HILL, *A Estrada da Noite*, foi campeão de vendas. Ele ganhou muitos prêmios. Sua primeira coletânea de contos, *Fantasmas do Século XX*, foi publicada em 2005 e um de seus livros mais populares é *O Pacto*.

Todas essas palavras,
sonhos e lembranças
foram costuradas na
medida para cada leitor.

Muitos agradecimentos carinhosos a Jennifer Brehl
e Merrilee Heifetz, lemes duplos em um barco longo,
por nos guiarem em segurança até a margem.

NEIL GAIMAN é um dos principais nomes da fantasia contemporânea e um criador prolífico de prosa e quadrinhos. Ele começou sua carreira como escritor atuando como jornalista, até que se fixou de vez na ficção. *Sandman*, seu primeiro trabalho de grande sucesso, se tornou o primeiro quadrinho na história a receber um prêmio literário: o World Fantasy Award, em 1991. Hoje ele assina livros mundialmente conhecidos para crianças e adultos, e que já ganharam adaptações de sucesso para o cinema e TV, como *Coraline*, *Deuses Americanos* e *Belas Maldições*.

AL SARRANTONIO é editor de diversas antologias e um autor aclamado, com currículo extenso, que assina mais de cinquenta livros e noventa contos. Entre as compilações que editou estão *999: New Stories of Horror and Suspense* e *Flights: Extreme Visions of Fantasy*. Ele começou sua carreira como escritor aos 16 anos, e, nos anos 1970, iniciou sua trajetória como editor em uma grande casa editorial de Nova York. Seu trabalho criativo já lhe rendeu diversas indicações (e vitórias) a prêmios, incluindo o Bram Stoker Award e o Shirley Jackson Award.

JASON LIMON é pintor e escultor, e nasceu em San Antonio, Texas. Suas artes, tão mágicas e sombrias, já foram expostas em galerias nos Estados Unidos e em partes da Europa. Limon também fez exposições individuais em Nova York, Albuquerque e Chicago, e participou de inúmeras exposições coletivas em outras cidades. Em 2016, um brinquedo baseado em uma de suas pinturas ganhou o prêmio Toy of the Year do Designer Toy Awards em Nova York. Ele continua a residir em San Antonio, Texas, com sua esposa e duas filhas. Saiba mais em limon-art.com.

"Esta é uma obra de ficção. Ainda assim, dado um número infinito de mundos possíveis, deve ser verdade em algum deles. E se uma história ambientada em um número infinito de mundos possíveis é verdadeira em algum deles, deve ser verdadeira em todos eles. Então, talvez, não seja uma obra tão fictícia quanto pensamos."

— NEIL GAIMAN —

DARKSIDEBOOKS.COM

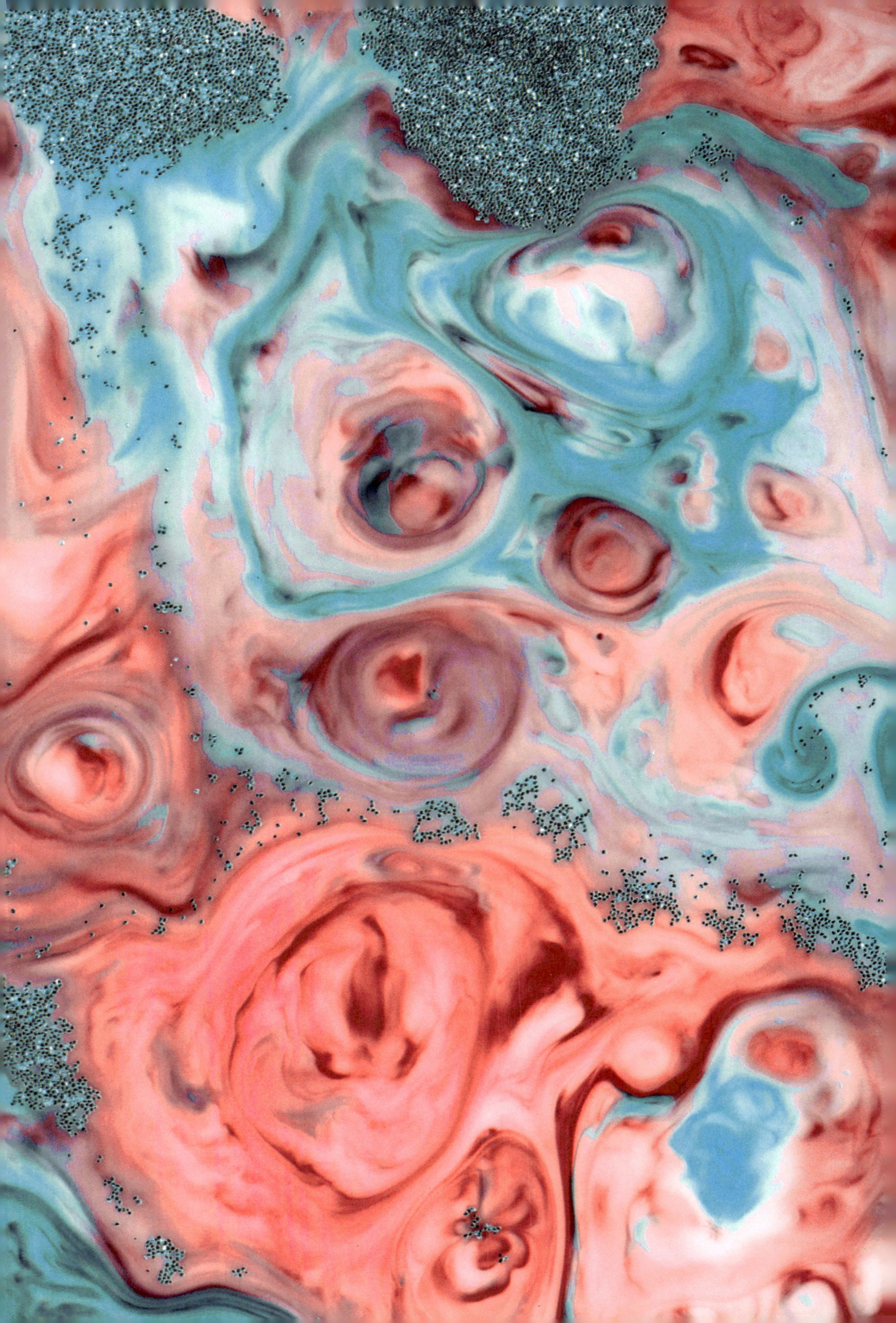